1. KAPITEL

in dem ich versuche, diese ganze Jonas-Geschichte in Worte zu fassen

Ich schaue in den Kühlschrank. Das mache ich immer, wenn ich nichts Besseres zu tun habe oder mal kurz nachdenken muss. Ich vermute, dabei handelt es sich um eine Art Urinstinkt. Der Mensch muss sich in regelmäßigen Abständen vergewissern, dass genug Nahrung vorrätig ist.

Der Blick in unseren Kühlschrank ist allerdings ernüchternd. Eine Packung Toast fristet ein trauriges Dasein neben einer Flasche Aperol und einem Eierkarton.

Anzahl der darin enthaltenen Eier: schätzungsweise null.

Dabei befinden wir uns keineswegs in einem klassischen Studentenhaushalt, Marke Budget beschränkt. Nein. Hier ist nichts provisorisch, und alles, was man braucht, ist auf magische Weise einfach da. Wir müssen nie etwas zweckentfremden, nie etwas bei den Nachbarn borgen. Nicht mal putzen müssen wir selbst. Kein Wunder, dass es meiner Schwester und mir noch nicht gelingt, den Lebensmitteleinkauf selbstständig zu organisieren, seit wir alleine in der Wohnung leben, die wir uns bis vor einem Jahr mit unserer Mutter geteilt haben.

Nur keine Panik. Es ist ja nicht so, als würde unser Kühlschrank seit zwölf Monaten leer stehen. Nö. Leer steht eigentlich nur Mamas Schlafzimmer. Was so auch nicht ganz richtig ist. Denn sie konnte unmöglich all ihre Schuhe, Taschen und Schmuckstücke mitnehmen, als sie beschloss, meine Zwillingsschwester Josephine und ich seien nun wahrlich alt genug, um alleine auf hundertzwanzig Quadratmetern zu hausen. Für sie dagegen sei es an der Zeit, endlich zu ihrem spanischen Liebhaber José nach Mallorca zu ziehen. Man mag es am Unterton heraushören: Ich bin bis heute nicht überzeugt von der Korrektheit dieses Beschlusses. Und das behaupte ich nicht nur deshalb, weil ich die Tatsache, dass meine dreiundvierzigjährige Mutter einen neunundzwanzigjährigen Liebhaber namens José hat, furchtbar klischeehaft finde. Es liegt auch nicht am leeren Kühlschrank. Es liegt – ich mach's kurz – an ALLEM.

Ich schließe den Kühlschrank wieder und lehne mich mit dem Rücken dagegen.

Kann hier nicht alles ein bisschen gewöhnlicher sein? Muss das Edelstahlmonster in meinem Kreuz so groß und teuer sein wie ein Kleinwagen, wenn es dann doch nur trockenes Toastbrot beherbergt? Müssen Jo und ich in einer Maisonettewohnung am Frankfurter Museumsufer leben, in die eine vierköpfige neureiche Familie viel besser passen würde? Und muss ich wirklich so angenervt sein – von Dingen, nach denen sich jeder andere sehnt?

Jo hüpft die Wendeltreppe aus dem oberen Stockwerk herunter, und wie immer, wenn sie auftaucht, wird der Raum ein bisschen freundlicher und strahlender.

»Kann ich so gehen?«, fragt sie und dreht sich um die eigene Achse.

In Gedanken spiele ich meine Antwortmöglichkeiten durch. Ich könnte …

a) … lügen und nein sagen. Es würde Jo verletzen, sie

würde nach oben eilen, sich mehrmals umziehen und mich folglich noch x-mal nach meiner Meinung fragen. Meistens bohrt sie so lange nach, bis sie irgendwann schmollend feststellt: »Warum frage ich eigentlich dich? Du hast doch eh keine Ahnung von Mode!« Womit sie Recht hat. In meinem Gehirn ist nämlich kein Platz für modisches Gespür.

b) … das lilafarbene Kleid mit einem Gartenschlauch vergleichen und sie damit bis auf die kokosnussbehangene Krone der sprichwörtlichen Palme bringen. Der Vergleich ist durchaus berechtigt, denn Jos Kleidchen ist sehr eng und sehr schlauchförmig. Das Ganze würde in einen Streit ausarten, Türen würden knallen und böse Worte fallen und unser beider Abend wäre versaut.

c) … sie schlicht und einfach bestätigen und die Sache damit wesentlich abkürzen.

Wenn ich gerade nicht so genervt wäre, würde ich ihr sogar ein Kompliment machen. Komplimente lösen in Jo Glücksgefühle aus. Nur leider habe ich es damit nicht so. Ich *will* ihr ja sagen können, dass sie in ihrem lila Schlauch perfekt aussieht und viele Blicke auf sich ziehen wird. Ich *will* ja zugeben, wie schön ich ihr Haar finde, wenn sie es wie heute mit dem Lockenstab frisiert hat. Ebenso, dass ich sie um ihre langen Beine, großen Brüste und vollen Lippen beneide. Aber ich kann's nicht. Fast so, als würde es auch nur das Geringste an ihrer Schönheit ändern, wenn ich ihr vorhalte, dass ihr Kleid einem Gartenutensil gleicht.

Ich antworte emotionslos. »Ja.«

Meine Schwester schnaubt unzufrieden und dreht sich vor dem großen barocken Spiegel mit Goldrahmen, einer der wenigen Änderungen, die wir an der Einrichtung vorgenommen haben, seit unsere Mutter sich auf die spanische Finca verpisst hat. Der Spiegel stand zuvor in ihrem Schlafzimmer. Da sich darin aber nun niemand mehr bewundert, beschloss Jo, er könne genauso gut direkt neben der Eingangstür stehen, damit man kurz vorm Verlassen der Wohnung noch mal sein Äußeres kontrollieren könne. Jo findet das total praktisch. Ich dagegen finde das, vor allem montagsmorgens auf dem Weg zur Uni, mit einem Wochenende auf dem Buckel, das sich deutlich in meinen Augenringen spiegelt, nicht besonders schmeichelhaft.

»Was soll ich sonst antworten? Ja, Jo, du bist wunderschön! Deine Schönheit darf den gaffenden Männern in dem Snob-Club nicht vorenthalten werden.«

Sarkasmus. Zynismus. Übertreibung. Alles hilfreiche rhetorische Mittel, um meinen Dauerfrust zu übertünchen.

Wie so oft kann Jo hinter meine Fassade schauen. »Reg dich nicht so künstlich auf«, sagt sie mit einem Lächeln, lässt ihr Spiegelbild eine letzte Pirouette drehen, wuschelt mir anschließend durch die Haare und ruft auf dem Weg zur Treppe: »Komm mit! Du sollst meine Schuhe aussuchen.«

Es ist ein Relikt aus unserer Kindheit, dass ich mich immer noch ein wenig geehrt fühle, wenn meine Schwester mich nach meiner Meinung fragt. Jo hatte immer die cooleren Freunde, den besseren Geschmack und die großartigeren Pläne. Aber das alles hätte sie jederzeit fallengelassen, wenn ich mich dagegen ausgesprochen hätte. Sie braucht meine Einschätzung genauso sehr, wie ich es brauche, dass sie mich darum bittet. Ich hingegen frage sie nicht oft um Rat, weil Jo, die mich besser kennt, als mich je ein Mensch kannte, kennt oder kennen wird, bei mir einen Hang zu schonungsloser Ehrlichkeit hat. Aus diesem Grund ist sie auch der einzige Wettbewerber in unserem Ankleidespiel, der Spielzüge vornimmt.

Ist ja nicht so, als hätte ich heute Abend nicht auch eine Verabredung, denke ich und werfe einen Blick auf meine Armbanduhr. Aber was Jo von meiner Kleiderwahl hält, weiß ich auch ohne nachzufragen. Ihre Begeisterung ist ähnlich hoch wie die Nahrungsmitteldichte im Kühlschrank.

Ich folge meiner Schwester in ihr Zimmer, das so anders aussieht als mein eigenes: Schuhschränke statt Bücherregale, Schminkspiegel statt Desktop-Computer, Schmuck- statt CD-Sammlung.

In weiser Kenntnis ihrer wirklich, also wirklichwirklich großen Schuhkollektion klappe ich zielsicher den ersten Schuhschrank auf und ziehe ein mörderisch hohes Paar schwarz und pinkfarbener Peeptoe-Pumps heraus. In Anbetracht der Tatsache, dass Pink und Lila zur selben Farbfamilie gehören, denke ich mir pragmatisch: passt schon. Mal davon abgesehen, dass Fünfzehn-Zentimeter-Stilettos nur sehr wenig mit Pragmatismus zu tun haben.

In diesem Moment klingelt es, und ich blicke erneut mit wachsender Nervosität auf die Uhr. Es ist kurz vor neun. Das muss er sein.

Ich rappele mich auf, aber Jo kommt mir zuvor.

»Ich mach schon«, sagt sie, tappt barfuß aus dem Zimmer in den Flur, wo direkt neben dem Treppenaufgang ein Hörer für die Gegensprechanlage angebracht ist.

Als ich höre, wie sie »Hi, Jonas, komm doch hoch« hineinsagt, wird es in meinem Kopf kurz nebelig. Ich stürze aus dem Raum, bemerke, wie mein Puls steigt, und drücke Jo im Vorbeihasten die Schuhe in die Hand.

»Das ist eine sehr gewagte Kombination«, urteilt Jo und beäugt das Schuhwerk, »aber sie gefällt mir. Hey, Max, vielleicht hast du ja doch Potenzial.« Sagt's und guckt kritisch an mir herunter.

»Kein Wort gegen meine Doc Martens«, ermahne ich sie und hopse im Gleichtakt mit meinem Herzschlag die Wendeltreppe hinab.

»Das sind Skinhead-Schuhe!« Sie setzt sich auf die oberste Stufe und schlüpft in die Peeptoes.

»Skinhead-Schuhe?«, beginne ich und bereite mich auf eine rohrspatzwürdige Schimpftirade vor. »Ich hab schon mehr Skinheads in schwarz-pinken Klackerhacken gesehen als …«

Jo schneidet mir die Luft ab. »Schon gut, Maxi, schon gut. Ich bin stolz auf dich, weil du einen Rock trägst. Bloß schade, dass du keinen schlichten schwarzen Pumps dazu anhast.«

Überkritisch ziehe ich die linke Augenbraue hoch. Klar! Ich habe derart viele Pumps im Schrank, dass ich sie nach der Farbe auswählen kann. Sicher doch. Ihr Kompliment kann mich nicht aufmuntern. Das Mädchen in mir macht sich plötzlich Gedanken, ob ich gut genug angezogen bin.

Papperlapapp. Natürlich bin ich gut genug angezogen. Jonas hat mich schon eintausendmal in meinen Doc Martens gesehen. Jonas liebt diese Schuhe. Das hat er zumindest mal behauptet. Davon abgesehen ist es ihm sowieso egal, was ich anhabe – und das meine ich jetzt leider nicht positiv. Wahrscheinlich würde es ihm nicht mal auffallen, wenn ich nackt im Türrahmen stünde.

Ich mache die Wohnungstür auf, weil ich aus Erfahrung weiß, dass der Aufzug mit Jonas jeden Augenblick bei uns im obersten Stockwerk ankommen muss, und schaue direkt in sein grinsendes Gesicht.

»Können wir los?«, fragt er mit kindlicher Vorfreude.

»Vergiss nicht, dass wir morgen um halb elf mit Papa verabredet sind, Max. Wo geht ihr überhaupt hin?«, fragt

Jo schräg hinter mir. Sie hat ihre Aufmerksamkeit wieder auf den Barockspiegel gelenkt und überprüft die Gesamtwirkung der Schlauch-Klackerhacken-Kombination.

Dadurch wird Jonas auf sie aufmerksam. Er schiebt sich an mir vorbei in die Wohnung und sagt: »Hey, Jo, wow, krasses Kleid.«

»Hey, Jonas, klar, komm doch rein. Schön, dich zu sehen. Ich hab auch einen Rock an«, murre ich sarkastisch, während ich die Tür schließe.

»Danke«, zirpt Jo, streicht sich effektvoll eine Haarsträhne hinters Ohr und wirft Jonas einen flirtenden Blick zu.

Ein ekelhaftes Brennen in der Magengegend durchzuckt mich.

Ich sehe Jonas an, seine Pupillen wandern zwischen Jos Dekolleté und ihrem Hintern hin und her.

Auf einmal fühle ich mich wie damals bei ihm zu Hause, als wir zu zweit im Haus seiner Eltern auf dem Balkon saßen, Bier tranken und einem wahren Spektakel an Sonnenuntergang beiwohnten. Es war einer von jenen Momenten, in denen ich felsenfest davon überzeugt war, dass wir uns endlichendlichendlich küssen würden. Die Luft war lauwarm, und wir hatten es uns in einer fast kuschelähnlichen Sitzposition auf der altmodischen Hollywoodschaukel bequem gemacht.

Jonas beugte sich zu mir und dachte wohl, er würde den Witz des Jahrhunderts machen, als er zu mir sagte: »Max, wusstest du, dass du das BH-Modell Zauberflöte trägst?« Ich fragte mich noch, woher er den Modellnamen meines schnöden H&M-BHs kannte, den ich selbst nicht mal wusste, da brachte er die Pointe. »Wenn du ihn ausziehst, geht der ganze Zauber flöten.«

Einem Stoffel wie mir kommt natürlich nichts gelegener, als wenn Jonas mir in einem Moment ersehnter Zweisamkeit mitteilt, dass ich quasi flacher bin als ein Brett. Zum Dank für diese Erläuterung trat ich ihm die Bierflasche aus der Hand, die sich prompt auf sein schniekes Marken-T-Shirt ergoss. Jenes T-Shirt, von dem Jonas glaubt, dass er darin aussieht wie jemand, der wohlbetucht ist, sich aber nicht darum schert. Dabei trifft weder das eine noch das andere zu.

»Wir gehen ins *Zoom*. Da spielen heute ein paar britische Indie-Bands, wird 'ne Mega-Sache«, preist Jonas unser Abendprogramm an, als hoffte er, Jo würde ihren Ausflug in die Frankfurter Clubszene gegen eine Nacht voll Britpop im *Zoom* eintauschen.

»Sollen wir dich irgendwo absetzen?«, fragt er sie.

»Nein. Ein Freund holt mich ab. Steffen … Er fährt einen Ford Galaxy.«

Ich bin mir sicher, Jo hat keinen Plan, dass ein Ford Galaxy ein familientauglicher Siebensitzer ist.

»Ja, wir müssen dann auch los«, bereite ich der Sache ein Ende und schiebe Jonas zur Tür hinaus – nicht ohne zu bemerken, dass er Jos Brüsten noch schnell mit tiefen Blicken Lebewohl sagt.

Im Aufzug schweige ich ihn so lange an, bis er seufzt und fragt: »Du bist mir doch nicht böse, weil ich mir manchmal vorstelle, wie es wäre, mit ihr zu schlafen, oder?«

Eine Frage wie ein Schlag in die Magengegend. Mit einem Baseballschläger. Oder einem Morgenstern.

»Du bist mir doch nicht böse, weil ich mir manchmal vorstelle, wie es wäre, deinen Kopf so lange gegen die Wand zu schlagen, bis dein Sexualtrieb nur noch eine ferne Erinnerung ist, oder?«

»Doch, da wär ich böse. Das würde ja bedeuten, du willst, dass ich unglücklich bin.«

»Oh, du Ärmster.«

Wir sind im Erdgeschoss angekommen, und ich stürme aus dem Haus in Richtung Straßenbahnhaltestelle, ohne darauf zu achten, ob Jonas mir folgt.

Dieser Vollidiot. Dieser vollkommen *taktlose* Vollidiot. Ich hasse ihn. Merkt er denn nicht, dass er für mich immer noch mehr ist als ein Typ, mit dem ich gerne Bier trinke und Musik höre? Manchmal möchte ich, dass er es merkt. Jonas scheint es aber gar nicht merken zu wollen. Und selbst wenn ... Ich bin mir nicht sicher, ob sich sein Verhalten mir gegenüber dann merklich verändern würde.

Wenn Jonas mehr von mir wollen würde als Freundschaft, dann hatte er wahrlich schon genügend Gelegenheiten, mir das zu zeigen.

Ich kenne Jonas seit der fünften Klasse, und ich liebe Jonas seit der fünften Klasse. Solange ich mich erinnern kann, macht mich der Gedanke wahnsinnig, er könnte eine andere Frau mehr mögen als mich. Weil ich es aber in zehn Jahren des Werbens und Anbietens nicht geschafft habe, ihn auch nur zu einer klitzekleinen Dummheit mit mir zu bewegen, bin ich eben, seit wir vierzehn sind, seine beste Freundin. Und diesen Thron lasse ich mir nicht streitig machen. Von niemandem.

Zur Zeit meiner Thronbesteigung, der vierzehnjährige Körper voller Pubertätshormone, fingen meine Gefühle für Jonas an, Kapriolen zu schlagen. Damals musste ich zum ersten Mal mit ansehen, wie jemand mir Jonas streitig zu machen versuchte. Wir waren auf Klassenfahrt, sie hieß Elena Eberhard, war einmal sitzengeblieben, liebte Kurt Cobain und trug Netzstrumpfhosen. Kurzum: Jonas vergötterte sie. Nachdem er mir wochenlang von ihr vorgeschwärmt hatte, riet ich ihm auf besagter Klassenfahrt, direkt auf sie zuzugehen und sie zu küssen. Wie sich bald herausstellte, war das ein ganz ausgezeichneter Rat. Denn anders als erhofft, führte mein Vorschlag nicht etwa dazu, dass Elena Eberhard Jonas den Vogel zeigte, sondern dazu, dass ich Zeugin von seinem ersten Kuss wurde. Erste Küsse sind vermutlich nie schön anzusehen, aber in diesem Fall war es besonders bescheiden.

Die Beobachtung der intimen Szene beschwor jedoch einen Wunsch in meinem Inneren herauf, den ich seither nicht wieder losgeworden bin: Eines Tages will ich diejenige sein, die Jonas küsst.

Kurzer Einschub

um zu erklären, warum Jo tanzen geht, während ich ein Indie-Konzert besuche

Vorab ein Schwank aus unserer Kindheit:

Am 14. September 1995 um 10.17 Uhr morgens bekam ich zum ersten Mal die Fingernägel professionell lackiert. Das Datum weiß ich deshalb so genau, weil es mein fünfter Geburtstag war. Die Uhrzeit habe ich gerade dazugedichtet, um einen dramatischen Effekt zu erzielen.

Wer jetzt glaubt, dass es 1995 noch gar keine Einrichtungen gab, in denen man sich die Nägel feilen-Slash-lackieren-Slash-frenchstylen lassen konnte, der irrt. Ich weiß es besser, denn ich war dort. Und es war furchtbar.

Es war ein Geburtstagsgeschenk unserer Mutter an mich und meine Schwester. Rückblickend denke ich heute, dass sie mich damit bestrafen wollte. Falls nicht, so zeugt es zumindest davon, dass sie mich nicht besonders gut kannte – ein Umstand, der sich seither nicht frappierend geändert hat.

An jenem Morgen musste ich ein rosa Dirndl anziehen,

was alles nur noch furchtbarer machte. Ich hasse Dirndl bis heute. Ich habe nie verstanden, warum Frauen so etwas Scheußliches anziehen. Die Dinger sind nicht schön, sie sind nicht bequem und deine Brüste pushen sie auch nur dann, wenn du welche hast. Fünfjährige haben übrigens keine Brüste. Nun ja, für mich hat sich da bekanntermaßen nicht viel geändert – Stichwort Zauberflöte.

Meine Mutter schnürte mich damals also in dieses bescheidene Dirndl, ich wehrte mich mit Händen und Füßen, aber es half alles nichts. Meine Schwester trug ein identisches rosafarbenes Ungetüm. Im Gegensatz zu mir war Jo aber schon immer ein Fan von Kleidchen, je rosaner und rüschenbeladener, desto besser. Für sie war die Kombination aus diesem Outfit und dem Nagelstudio der Inbegriff eines perfekten Geburtstages. Bester Laune stolzierte Jo in ihrem Dirndl herum wie die Königin von Bayern – wohlgemerkt auf hessischem Boden –, den Blick bewundernd auf die farblich passenden Glitzernägel geheftet. Ich dagegen kreischte, fluchte, heulte und hätte mir am liebsten das Kleid vom Körper und die rosa lackierten Nägel aus dem Fleisch gerissen.

Am 14. September 1995 um 10.17 Uhr morgens bekam ich zum letzten Mal die Fingernägel professionell lackiert. Eine halbe Stunde später fing ich an, an den Nägeln zu kauen. Irgendwie musste der Kram ja weg.

Bevor ich weitere Details zu mir und meiner Schwester verrate, muss ich etwas über meine Eltern loswerden.

Mit einundzwanzig lernte meine Mutter meinen Vater kennen, als sie 1989 in der Boutique meiner Großmutter als Verkäuferin arbeitete.

Ich sag's lieber gleich: Die Familie meines Vaters gehört zum alten Geldadel. Klingt saubekloppt, ich weiß.

Aber es gibt auch noch außerhalb des ehrenwerten Hauses von Anhalt und fernab von ARD-Vorabendserien Adelige. Allerdings habe ich nie gehört, dass mein Vater sich selbst als »adelig« bezeichnet hätte. Im Prinzip ändert es auch nichts. Außer dass meine Familie väterlicherseits eine Menge Kohle hat und ein wahnsinnig schickes *von* vor dem prestigeträchtigen Nachnamen trägt. Manchmal landen sie auch in der Klatschpresse.

Meine Mutter wusste sehr wohl, dass ihre Chefin eine Adelige war, die ihre Edelboutique einzig und allein deshalb führte, um nicht vor Langeweile zu sterben. Als in dem Laden irgendwann ein Typ auftauchte, der Theodor von Steinacker hieß und somit den gleichen Nachnamen trug wie ihre Chefin, hat sie zugegriffen. Eines kam zum anderen, und kaum ein Jahr nach der ersten Begegnung der beiden waren meine Schwester und ich auch schon da.

Wie das so ist, wenn man ungeplant Kinder in die Welt setzt: Man heiratet, nur um sich irgendwann scheiden zu lassen. Sowohl die Hochzeit als auch die Scheidung meiner Eltern erregte tatsächlich die Aufmerksamkeit einiger Zeitschriften. Als wir sieben waren und zwischen unseren Eltern der Rosenkrieg tobte, druckte sogar die *Gala* ein Bild von Jo und mir gemeinsam mit unseren Großeltern väterlicherseits ab. Jo bewahrt es bis heute in einer alten Kiste auf, aber sie weiß nicht, dass ich das weiß.

Dass meine Eltern sich wieder getrennt haben, hat mich – seit ich ein Bewusstsein und die Fähigkeit zur Reflexion erlangt habe – nie gewundert. Bis heute glaube ich, dass meine Mutter nur eine Sache an meinem Vater so richtig anziehend fand: seinen Namen. Den bekam sie durch die Heirat, und die Heirat bekam sie durch die Kinder. Doch genug davon. Meine Eltern sind grundverschieden.

Meine Mutter ist ziemlich groß für eine Frau, mein Vater für einen Mann eher klein.

Sie ist eine klassische Schönheit, er eher nicht.

Sie hat blonde, glatte Haare, er hat rötliche Locken.

Sie flucht viel und meckert, er ist die Ruhe selbst.

Seine weiblichen Verwandten sind mit großartigen Kurven ausgestattet, ihre nicht.

Sie ist sportlich, er nicht.

Er ist musikalisch, sie nicht.

Er studierte, übernahm die Marketingfirma seines Vaters und machte aus ihr *die* PR-Agentur schlechthin, der Job in der Edelboutique war ihr letzter.

Als meine Eltern anno 1989 meinten, ungeschützten Geschlechtsverkehr haben zu müssen, warfen sie dieses ganze genetische Material in einen Topf, fügten zwei Eizellen hinzu, rührten nicht besonders gründlich um, und heraus kamen ein paar Monate sowie eine Hochzeit später Jo und ich.

Meine Schwester ist groß und im klassischen Sinne schön. Sie hat goldblonde Wellen, ein sanftes Gemüt und egal, wohin sie geht, alle verfallen ihr sofort. Mit »alle« meine ich natürlich Männer, denn Frauen reagieren auf überdurchschnittlich attraktive Geschlechtsgenossinnen wie Jo bekanntlich mit Abneigung und neiderfüllter Lästerei. Jo ist nicht einfach nur schön. Sie ist perfekt vom Scheitel bis zu den pedikürten Füßen, besonders wegen des dazwischenliegenden Bereichs. Sie hat eine Figur wie ein Stundenglas. Ein Stundenglas mit Körbchengröße C.

Ich bin einen grandiosen Meter und zweiundsechzig Zentimeter klein und habe die roten Haare abbekommen, wobei mir selbstverständlich der Haarschwung, das Volumen und die Welle verwehrt geblieben sind. Meine Haare sind strack, bügelglatt, langweilig, strohig. Mir würden eine Million Adjektive einfallen, um sie negativ zu beschreiben.

Von einem ruhigen Gemüt kann bei mir genauso wenig die Rede sein wie von Körbchengrößen. Wen interessiert es da schon, dass ich die Sportlichkeit und Musikalität abbekommen habe und mein Abitur ein Jahr vor Jo in der Tasche hatte.

Niemanden interessiert das. Besonders die Männerwelt nicht. Bevor ich nämlich betonen kann, dass ich Ballgefühl habe oder weiß, was der Unterschied zwischen Dur und Moll ist, und einen Abi-Schnitt von eins Komma sechs habe, sind sie bereits an mir vorbeigelaufen, um Jo anzusprechen.

Wie erwähnt, ich bin kein besonders geduldiger Mensch. Ich bin auch nicht immer besonders höflich. Und nicht sonderlich feminin. Ich bin weder die, der man hinterherguckt, noch die, die man in der Disco auf einen trendigen Rum-Cocktail einlädt. Ich bin anders. Ich bin die, mit der man Bier trinkt, und die, die man fragt, ob es cool käme, die Blondine in dem Minirock dort drüben mal anzuquatschen und auf einen trendigen Rum-Cocktail einzuladen. Ich bin die, die dann sagt: »Halt die Fresse«, ehe sie einen Vortrag über billige Outfits hält.

Ich könnte auf der Stelle etliche Dinge aufzählen, die ich an der Welt im Allgemeinen und an mir im Speziellen nicht leiden kann. Ich neige dazu »hassen« zu sagen, obwohl ich der Meinung bin, dass »hassen« ein schreckliches Wort ist. Man sollte eigentlich nichts und niemanden hassen. Deshalb kann ich auch Leute nicht verstehen, die den Ausspruch von Kurt Cobain, »Life sucks and then you die«, als ihr Lebensmotto reklamieren.

In Wahrheit glaube ich, dass mich meine vielen Macken gar nicht stören. Ich will mich schlicht nicht ändern. Ich will nicht zu einem dieser miniberockten Mädchen werden, die sich den ganzen Abend Drinks bezahlen lassen. Mich stört nur, dass ich bisher nicht auf diesen einen Menschen gestoßen bin, der mich mitsamt meiner Eigenarten zu etwas einlädt. Zwar fand mich mein bisher einziger ernstzunehmender Freund David irgendwie gut, aber ich habe mich noch nie angekommen gefühlt. Immer nur wie bestellt und nicht abgeholt. Wie bestellt und dankend angenommen fühle ich mich eigentlich nur bei Jo. Bei Jonas fühle ich mich eher wie Reklamationsware.

Gott sei Dank gibt es auch eine Menge Dinge, die ich sehr mag, allen voran meine Schwester. Egal wie verschieden wir sind, wie oft wir uns streiten, wie kategorisch ich mich manchmal von ihr distanziere – ich liebe sie.

Ich weiß, diese Geschichte ist ein alter Hut: Zwillingsmädchen, die völlig unterschiedlich sind, sich aber tief im Innern von Herzen lieben. Doch so ist es nun mal. Ich brauche Jo genauso, wie sie mich braucht. Sie ist meine Festung, wenn das Leben mich umwirft. Sie ist beständig, wenn alles wankt, wenn Männer kommen und gehen und Jonas irgendwie immer bleibt, wenn Mütter nach Spanien abhauen und Väter so langsam ihr eigenes Leben aufbauen. Jo ist da und wird immer da sein. Das ist ein unglaublich beruhigendes Gefühl. Aber manchmal … Manchmal geht sie mir bloß ziemlich auf die Nerven.

2. KAPITEL

in dem klar wird, dass Jo, im Gegensatz zu mir, ziemlich scharf auf Babys ist

Der nächste Morgen ist ein Samstag. Als wäre es nicht schlimm genug, vor dem Weckerklingeln aufzuwachen – an einem Samstag ist es besonders schmerzlich. Ich wickele mich in die Decke und kneife die Augen zusammen. Aber der verfluchte Schlaf kommt nicht wieder. So, wie es sich anfühlt, habe ich meinen Schädel gestern im *Zoom* an der Bar vergessen. Aua. Ich hab Kopf.

Ich starre auf den Wecker. Halb zehn. In zehn Minuten klingelt er.

Unser Vater will uns um halb elf abholen, um mit uns frühstücken zu gehen. Die Sache ist die, dass er nach dem Grundsatz »Zehn Minuten vor der Zeit ist die rechte Pünktlichkeit« erzogen wurde und außerdem vor Verabredungen derart ungeduldig wird, dass er grundsätzlich viel zu früh losfährt. Immerhin könnte Stau sein, das Wetter könnte umschlagen, vielleicht muss man auf halbem Weg umkehren, weil man etwas vergessen hat, der Dritte Weltkrieg könnte ausbrechen, sämtliche Straßen könnten über Nacht die Richtung geändert haben. Er plant immer alle Eventualitäten ein. Obwohl er sich für halb elf angekündigt hat, wird er also gegen fünf nach zehn bei uns auflaufen.

Unten höre ich die Dusche rauschen. Jo ist schon auf.

Logisch. Sie braucht für gewöhnlich eine halbe Stunde, um sich die Haare zu föhnen.

Ich krieche aus dem Bett, wanke über die Wendeltreppe nach unten und betrete ohne anzuklopfen das Bad. Das Gute daran, sich neun Monate lang einen Mutterbauch geteilt zu haben, ist nämlich, dass du voreinander alles tun kannst und nichts verheimlichst. Auch nichts, was die Körperhygiene betrifft. Die Dusche ist verstummt, und eine munter klingende Jo wünscht mir flötend einen Guten Morgen, während ein schabendes Geräusch darauf hindeutet, dass sie sich gerade die Beine rasiert. Jetzt mal ehrlich: Wie viele Mikrometer können die Stoppeln seit gestern Abend gewachsen sein? So ungefähr null Komma drei?

Jo steigt aus der Dusche, vollführt diverse rhythmische Vorwärtsbewegungen und singt dazu einen öden Chart-Song.

»Wieso bist du so fit? Das verstehe ich nicht«, knurre ich und halte mir den Kopf.

»Erstens: Ich bin schon eine Stunde wach. Zweitens: Ich habe kalt geduscht. Drittens: Ich hatte gestern total viel Spaß und habe deshalb immer noch gute Laune.«

Jo und ich sind vergangene Nacht, oder besser gesagt heute früh, fast zeitgleich nach Hause gekommen. Ich hatte die Haustür gerade mühsam hinter mir geschlossen, als Jo sie wieder öffnete und mir freudig von ihrem Abend und diesem Typen erzählte, der sie in seinem Siebensitzer nach Hause gefahren hat.

»Ich hatte *auch* Spaß.«

»Max, du warst total besoffen. Das heißt nicht automatisch, dass du Spaß hattest.«

»Besoffen? Mach dich nicht lächerlich …«

»Ich weiß, dass es dir leichter fällt, dich Jonas gegenüber zu öffnen, wenn du was getrunken hast. Trotzdem solltest du die Taktik überdenken. Sonst wirst du noch zur Alkoholikerin.«

Ich starre sie mit großen Augen an. »Was redest du denn da?«

»Du weißt ganz genau, was ich da rede. Geh duschen. Wenn Papa halb elf sagt, dann ist er um fünf nach zehn hier.«

Kurz mache ich mir Gedanken, ob Jonas meine Taktik ebenfalls durchschauen könnte. Unmöglich. Dafür besitzt er nicht genügend Einfühlungsvermögen. Außerdem ist er ein Mann. Männer bemerken sowieso nie irgendwas, das ihnen Anlass dazu geben müsste, ihre Handlungen und-Slash-oder Gewohnheiten zu überdenken.

Eine Stunde später sitzen wir irgendwo, wo es teuer ist. Genauer sitzen wir über den Dächern der Stadt in einem nach dem Understatement-Prinzip eingerichteten Restaurant, in dem ein Frühstück für eine Person so viel kostet wie andernorts ein ganzes Familienmenü. Weißer Stoff und silberne Kerzenständer, so weit das Auge reicht.

Hastig verschlinge ich ein Brötchen mit Schinken und Rührei, um das Wabern in meinem Kopf durch Fett und Kohlenhydrate auszugleichen, während Jo abertausende exotische Früchte mit fremden Namen in mundgerechte Stücke schneidet, pellt und zupft. Die Früchte landen in einer Schüssel und werden anschließend mit Sojajoghurt, Bio-Müsli und Leinsamen vermischt. Ich verkneife mir die Frage, ob sie Verdauungsprobleme habe oder warum sie sich sonst Leinsamen zu ihrem Körnerfraß bestellt hat. Bestimmt isst sie dieses Frühstück aus den gleichen Gründen, aus denen sie auch Yoga macht, vegane Brotaufstriche kauft, Peta unterstützt und auf die Inhaltsstoffe ihrer

Kosmetika achtet. Ob sie sich wirklich für ein gesundes, nachhaltiges Leben interessiert oder nur auf einer Trendwelle mitschwimmt, habe ich bisher nicht herausfinden können. Da sie aber auch Blogs und Zeitschriften mit ähnlichen Inhalten verfolgt, glaube ich fast, sie ist tatsächlich mit Eifer dabei.

Ein Kellner im Frack kommt vorbei und fragt Jos Brüste, ob es noch etwas sein dürfe. Ja, ein Strick bitte.

»Momentan nicht, vielen Dank«, antwortet Papa und verscheucht ihn mit freundlichen Blicken.

Als wäre es nicht schlimm genug, dass man uns mit »Aaaaaaach, der Herr von Steinacker mit seinen wunderhübschen Töchtern. Tisch am Fenster?« begrüßt hat, nun kommt auch noch alle zwei Minuten ein anderer Pinguin vorbei und erkundigt sich, ob er meinem Vater in den Allerwertesten kriechen dürfe.

Papa fragt amüsiert: »War wohl 'ne heiße Nacht gestern?«

»Frag nicht«, brumme ich.

»Okay. Wahrscheinlich will ich es gar nicht wissen.« Er lacht.

Sein linker unterer Schneidezahn steht ein Stück hinter den anderen Zähnen. So wie bei mir. So wie bei Jo … bevor sie es vor einem Jahr hat korrigieren lassen.

»Was gibt's denn zu besprechen?«, fragt meine Schwester, und ein merkwürdig farbloses Fruchtstück wandert in ihren Mund.

Papa grinst breit und voller Vorfreude. So guckt er, wenn er Geschenke für uns hat. Kaum etwas auf der Welt macht ihm so viel Spaß, wie Geld für uns auszugeben. Er greift in seine Aktentasche und stellt Jo und mir je ein braunes Lederetui mit Schleife vor den Teller. »Aufmachen und aufsetzen«, fordert er.

Als ich mein Etui öffne, hellt sich meine Miene auf. »Cool. Wow!«, sage ich und setze mir die dunkelbraune Sonnenbrille auf die Nase. »Eine Wayfarer. Nicht schlecht, Papa, du hast echt Geschmack.«

»Hey, so eine hatte ich schon vor zwanzig Jahren. Ich bin eben ein Trendsetter.«

Auf Jos Nase sitzt eine große, goldumrahmte Pilotenbrille.

»Ich wollte deine eigentlich in Schwarz nehmen, Max, aber als die Verkäuferin gehört hat, dass du meine Haarfarbe hast, hat sie gesagt, braun sei besser.«

»Très chic, die Damen …« Der Pinguin wieder.

»Wir haben alles, danke«, schneidet Papa ihm gleich das Wort ab, und er verschwindet.

»Nun sag schon, Papa, worüber willst du mit uns sprechen?«, fragt Jo, während sie sich in einem dem Tisch gegenüberhängenden Spiegel bewundert.

»Also«, er faltet die Hände, »Kristin und ich bekommen ein Baby.«

Oh. Juhu.

Papa ist seit anderthalb Jahren mit Kristin zusammen. Vor sechs Monaten hat er ihr einen Antrag gemacht – mit einem halbkarätigen Diamantring, eingebacken in ein Schokoladensoufflé, das sie in einem Pariser Straßencafé zu sich nahmen. Eins muss man unserem Vater lassen: Er weiß, wie man den Bogen so sehr überspannt, dass das Endergebnis fast schon wieder romantisch ist.

Die beiden haben sich bei der Arbeit kennengelernt. Kristin war – ganz klassisch – seine Tippse. Also nicht seine persönliche Tippse. Sondern die Tippse der Tippse seiner Tippse. Oder so ähnlich. Sagen wir's mal so: In der Nahrungskette stand sie nicht sonderlich weit oben. Allerdings ist sie hübsch. Sehr hübsch sogar. »Rattenscharf«

hat Jonas sie mal genannt. Aber auf sein Urteil darf man bekanntlich nicht viel geben. Sie ist gerade einmal zweiunddreißig, also stolze vierzehn Jahre jünger als mein alter Herr und hat die Optik eines Supermodels. Ohne Scheiß. Neunzig, sechzig, neunzig, blonde lange Haare und all solche Sachen. Und mein Vater? Blasse Haut, eine Hornbrille und hellrote, wellige Haare mit Geheimratsecken.

Kristin ist nett. Wirklich. Aber sie ist und bleibt eine überattraktive Blondine, die als untergeordnete Sekretärin gearbeitet hat, bevor sie angefangen hat, mit dem Firmeninhaber zu schlafen. Nun, da die beiden verlobt sind, rückt der beschissene Nachname für sie in greifbare Nähe. Sie trägt ihn gewissermaßen schon unter dem Herzen. Was kommt wohl danach? Der Wonneproppen wird einen tollen, mit dem Nachnamen perfekt harmonierenden Vornamen wie Josephine oder Maxime bekommen, und Kristin kann ihre Altersvorsorge in den Armen wiegen. Mein Vater wird sie vorschnell heiraten, sie werden sich scheiden lassen, und ein weiterer von Steinacker wird durch die Gegend watscheln und der Frau Mama nette monatliche Alimente bescheren.

Ich blinzele unseren Vater verwirrt an. »Ein Baby?«, frage ich nur.

Sein Gesicht leuchtet in tausend Farben.

Jo dagegen ist komplett aus dem Häuschen. »Ein Baby! Wisst ihr denn schon, was es wird? Wann soll es denn kommen? Wie soll es heißen? Wird es ein Junge? OH GOTT, MAX, WIR WERDEN SCHWESTERN!«

»Und ich werde noch mal Papa, was sagt man dazu?«

Ja. Was sagt man dazu? »Papa … Glückwunsch! Also … ich freu mich für euch«, sage ich dazu.

Weil man das so macht.

3. KAPITEL

in dem sich nicht daran gehalten wird, dass es das Persönlichkeitsrecht verbietet, fremde Menschen ohne ihr Einverständnis zu fotografieren

Nach dieser Nachricht brauche ich erst mal einen Moment, um mit mir, Babys und der Welt klarzukommen. Also benutze ich das schöne Wetter als Ausrede vor Jo, um die Wohnung, kaum dass uns Papa zu Hause abgesetzt hat, auch schon wieder zu verlassen. Meiner Schwester erzähle ich, ich wolle Jonas besuchen. In Wahrheit will ich nur weg von ihr und ihrer Baby-Euphorie.

Jonas ist jedenfalls nicht mein Ziel, als ich in meinem Polo in Richtung Taunus brettere.

Zwar habe ich meine Unisachen mitgebracht, aber ich weiß ziemlich genau, dass ich nicht lernen werde. Das zweite Semester meines Geschichtsstudiums liegt hinter mir, und ich befinde mich mitten in der Klausurenphase. Eigentlich müsste ich mich intensiv darauf vorbereiten. Vor allem die Klausur über Otto III. und der Lateintest, die ich beide nächste Woche für den Bereich Mittelalterliche Geschichte schreiben und im Idealfall auch bestehen muss, fordern meine ganze Aufmerksamkeit ein. Bisher weiß ich noch nichts über Otto III., außer dass er der Dritte seines Namens in seinem Amt (welches auch immer) war.

Dass ich ein lateinisches Verb fließend im Konjunktiv konjugieren oder einen Ablativus absolutus a) erkennen und b) übersetzen konnte, ist auch schon etwas länger her. Seit der elften Klasse sind meine Lateinkenntnisse, nun ja, eingerostet. *Non vitae sed scholae discimus?* Von wegen!

Die bunt bedruckte Stofftasche, in der ich die Bücher und Hefte transportiert habe, liegt neben mir auf der Bank, die kleine Umhängetasche baumelt um meine Schulter. Auf meinen Ohren sitzen riesige Kopfhörer, die für den Gebrauch in einem Tonstudio geeignet wären. Die Leute schauen mich komisch an. Guckt ihr ruhig, denke ich, dafür muss ich euch alle nicht hören. Sämtliche Geräusche sind vollkommen ausgeblendet. Alle bis auf die Songs von Kings Of Leon. Ich starre ins Elefantengehege, das sich wie ein tiefer Graben vor mir auftut. Die Sonne strahlt fast zu warm für einen hessischen Juli.

Früher waren wir an den sogenannten Papa-Wochenenden oft im Opel-Zoo. Wir hatten Dauerkarten, und die Frau im Tickethäuschen kannte sogar Jos und meinen Namen. Als ich eben Eintritt gezahlt habe, bei einem pickeligen Teenager, der weder meinen Namen noch Höflichkeitsfloskeln wie »Hallo« und »Viel Spaß« kannte, war ich deshalb ein wenig wehmütig. Warum muss sich bloß alles verändern?

Oh Gott, ich werde nostalgisch!

Ich krame mein Handy aus der Umhängetasche, weil ich mir wünsche, irgendjemand wollte Kontakt zu mir aufnehmen. Ich fühle mich ein klein wenig albern, wie ich da auf einer Bank im Zoo sitze, ganz allein, bis auf eine Jutetasche voll mittelalterlicher Geschichte und Sprache.

Das Handydisplay ist schwarz, zeigt keine Nachrichten oder Anrufe an. Ich schiebe das Telefon in die Hosentasche.

Nachdenklich ziehe ich die Beine unters Kinn und umfasse die Knie. Mit der Hand fahre ich mir durch die Haare, die sich halb aus dem Zopf gelöst haben.

Ein Baby. Ein Baby! Er macht doch den gleichen Fehler schon wieder! Ich sehe es kommen, dass Papa genauso handeln wird wie damals, als er mit Anfang zwanzig meine Mutter geschwängert hat. Wie damals wird die Klatschpresse darüber berichten, wenn Kristin ihn schwanger zu irgendwelchen Events oder mit Säugling zu einem seiner schrecklichen Golfturniere begleitet. Das war bei Jo und mir ganz genauso! Soll es allen Ernstes noch ein Baby geben, das in zwanzig Jahren mal denken wird, dass es nur ein Mittel zum Zweck war?

Aus dem Augenwinkel bemerke ich plötzlich ein Blitzen. Ich drehe den Kopf und entdecke etwa fünfzig Meter von mir entfernt einen Mann mit einem Fotoapparat. Für einen kurzen Moment denke ich, er hätte mich fotografiert.

Was für ein Blödsinn. Ich weiß doch gar nicht, wer der Typ ist. Fremde Menschen fotografiert man nicht. Darüber steht bestimmt was im Grundgesetz. Schutz der Privatsphäre oder so ähnlich.

Er richtet das große Objektiv auf die Elefanten und lässt es erneut blitzen. Der Fotograf kommt näher. Als ihm mein Blick auffällt, grinst er freundlich. Ich verziehe die Mundwinkel zu einem klitzekleinen Lächeln und schaue in die entgegengesetzte Richtung.

Vor mir steht eine Familie mit drei Kindern. Das jüngste jauchzt vor Freude, als sich ein Elefantenjunges aus dem Stall wagt und eine Runde durch das Gehege dreht.

Kristin ist bereits im vierten Monat. Das heißt, in weniger als einem halben Jahr ist das Baby da.

Ich weiß beim besten Willen nicht, was ich dazu sagen soll.

Liebend gerne würde ich mit jemandem darüber sprechen. Aber Jo ist völlig aus dem Häuschen vor Freude, und Jonas versteht es sicher nicht. Ich will mich mit diesem Problem nicht an ihn wenden, weil ich dann sicher losheulen würde. Ich kann in seiner Gegenwart nicht weinen. Er würde mich in den Arm nehmen, Witze machen, um mich abzulenken, und irgendeine Unternehmung vorschlagen, die ich mag. Er würde alles richtig und es dadurch nur noch schlimmer machen. Manchmal ist eine Umarmung von Jonas alles, was ich will – und zugleich das Letzte, was ich gebrauchen kann.

Mein Telefon vibriert in meiner Hosentasche, und ich ziehe die Kopfhörer ab, um den Anruf anzunehmen. Es ist Jonas. Ich gehe ran und lächle ein bisschen, weil ich es für Gedankenübertragung halte.

»Hi …«

Willst du herkommen? Willst du mich doch vielleicht in den Arm nehmen? Willst du mir sagen, dass ich mich verdammt noch mal nicht so anstellen soll?

»Hey. Du, Max, bist du zufällig in der Nähe von der Hanauer Landstraße?«

»Äh, nein?!«

»Wo bist du denn dann?« Er klingt, als wäre ich sonst rund um die Uhr dort.

»Ich …« Im Taunus, auf einer Bank im Opel-Zoo, wäre die korrekte Antwort, aber weil das bescheuert klingt, schweige ich.

»Na, egal. Wenn du heute zufällig noch an der Hanauer vorbeikommst, kannst du dann an dem Musikladen Halt machen und mir zwei, drei Sets *Vic Firth* mitbringen? Die, die ich immer hab.«

Ich schlucke und sage: »Jonas, ich bin gerade nicht auf der Hanauer.« Mein Orientierungssinn sendet sogar die Warnmeldung, dass es kaum einen Ort innerhalb der Stadtgrenze von Frankfurt gibt, von dem ich zurzeit weiter entfernt bin.

»Ich mein ja nur. Wär halt gut, wenn ich neue hätte. Wenn wir am Montag proben, muss ich neue haben. Und du weißt nun mal, welche ich brauche.«

Jonas spielt Schlagzeug in einer Band, die er vor ein paar Jahren mit seinem Bruder Oli und seinem Schulfreund Daniel, den alle nur Buzz nennen, gegründet hat. Ich bin sehr oft bei den wöchentlichen Proben dabei. Und mit sehr oft meine ich: eigentlich jede Woche. Ich erfülle bei diesen Treffen keine konkrete Aufgabe. Hin und wieder schwärme ich Jonas an – gut versteckt unter großspurigen Sprüchen natürlich. Ich rede mir ein, dass die Jungs meine Meinung schätzen. Sie gehören zu meinen engsten Freunden, und ich glaube, dass ich ebenfalls ihre Freundin bin. Wie man es auch dreht und wendet, es gehört nicht zu meinen Aufgaben, Jonas Equipment zu besorgen. Soll er sich doch in die S-Bahn setzen und selbst hinfahren! Das jedenfalls hätte ich mit einem amüsierten Unterton jedem anderen meiner Freunde vorgeschlagen. Wobei ich vermute, dass mich kein anderer Freund angerufen hätte, um mich um einen – objektiv betrachtet – derart unverschämten Gefallen zu bitten.

»Vielleicht komme ich auf dem Heimweg dran vorbei.« Es ist eine Schande, dass das, was ich denke, und das, was ich laut ausspreche, oft so wenig deckungsgleich ist.

»Gut, bis dann. Bist die Beste, weißte, ne?«

Bevor ich das bestätigen, in Frage stellen oder verneinen kann, hat Jonas aufgelegt.

Mit einem drückenden Gefühl im Magen setze ich die

Kopfhörer wieder auf, verstaue das Handy in dem Jutebeutel und frage mich zum gefühlt Millionsten Mal: Warum Jonas? Warum ich? Warum kann ich mich nicht mit unserer tollen Freundschaft begnügen? Und wo genau habe ich den Absprung verpasst?

Plötzlich berührt mich jemand an der Schulter. Ich sehe, dass der Fotograf neben mir steht und mit mir spricht. Seine Lippen bewegen sich, aber ich höre keinen Ton. Schnell schiebe ich die Kopfhörer nach hinten.

»Sorry«, entschuldige ich mich und verdränge die Miesepeter-Miene für eine kleine Sekunde zugunsten eines Miniaturlächelns.

Er ist in meinem Alter, schätze ich, hat aber ein sehr jungenhaftes Grinsen.

»Kein Ding. Ich wollte bloß fragen, ob es okay ist, wenn ich mich kurz hier draufstelle.« Er deutet auf den freien Platz neben mir.

»Äh … ja, klar.« Ich verstaue die Jutetasche unter der Bank. Gut so. Dort kann sie mich nicht an all das erinnern, was ich noch nicht über Otto III. weiß.

Der Blitz ist jetzt ausgeschaltet, aber ich höre den Auslöser viele Male leise klicken. Zuerst glaube ich, er fotografiere das Elefantenbaby. Aber die Kamera, diesmal mit kleinerem Objektiv, ist auf die Familie gerichtet. Er fotografiert sie von oben. Als er mein Starren bemerkt, wird aus seinem Lächeln ein Grinsen. Er geht auf der Bank in die Hocke und zeigt mir das Bild, das er eben geschossen hat. Eine Nahaufnahme des jüngsten Kindes mit weit aufgerissenen Augen und einem breiten Lächeln.

Das erste ehrliche Lachen umschmeichelt meinen Mund. »Schön«, murmele ich, doch es kommt kaum mehr heraus als ein kehliges Hauchen.

Den Fotografen freut es trotzdem. Er wirkt amüsiert, als

sein rechtes Auge wieder hinter dem Sucher verschwindet und weiter die vollkommen ahnungslose, aufs Glücklichsein konzentrierte Familie ablichtet.

Interessiert beobachte ich ihn dabei, wie seine schlanken Finger Knöpfchen drücken und Rädchen drehen, wie er sich auf der Rückenlehne der Bank niederlässt, das Objektiv austauscht, sich dabei die Baseballmütze vom Kopf zieht und die rötlich blonden Strubbelhaare rauft. Er wirkt durch und durch zufrieden. Jeder Handgriff, jedes Drücken des Auslösers lässt ihn glücklich aussehen. Und ich? Ich hänge hier rum, den Kopf voller Dinge, die ich gerade an mir, der Welt und Otto III. nicht leiden kann.

Ich weiß nicht, wie lange ich ihm zusehe. Zwei, fünf oder fünfzehn Minuten. Ich weiß auch nicht, was mich an seiner Arbeit so fasziniert. Doch als er sich zu mir herabbeugt und flüstert: »Neugierig, was?«, übermannt mich plötzlich Unsicherheit. Mit einem beschämten Achselzucken schüttele ich den Kopf, schiebe mir wieder die Kopfhörer über die Ohren, schalte den iPod in meiner Handtasche auf Play und verlasse fast schon fluchtartig die Szenerie. Memo an mich: Sollte mir bei Gelegenheit unbedingt mehr Selbstvertrauen und die Fähigkeit zulegen, locker mit Fremden zu sprechen. Ach ja: Wenn ich schon mal dabei bin, nehme ich auch gleich noch eine Portion Selbstachtung. Denn auf dem Heimweg fahre ich an dem Musikladen auf der Hanauer vorbei und kaufe drei Sets Schlagzeugsticks. Warum? Vielleicht weil ich Jonas eine Freude machen will. Oder einfach nur, weil ich bescheuert bin. Weil ich die tadelnden Worte meiner Freunde und von Jo seit Jahren ignoriere und mir selbst einrede, dass ich nicht aufgeben darf, da es durchaus noch im Bereich des Möglichen liegt, dass Jonas eines Tages aufwacht und plötzlich verliebt in mich ist.

Am nächsten Morgen kennt Jo nur ein Thema: Babybabybaby. Patentante will sie werden, und das Babyzimmer will sie einrichten. Eine Babyparty will sie schmeißen, ganz nach amerikanischem Vorbild, und zur Geburt will sie dem Baby ein Armkettchen mit einer Namensgravur schenken.

»Hey, Max, wenn ich dann mit dem Baby unterwegs bin, denken die Leute bestimmt, es wäre meins, oder?«

»Erstens denken die Leute eh immer, was sie wollen. Zweitens: So abwegig wäre es gar nicht.«

»Wie meinst du das? Wirke ich etwa schwanger?« Sie streichelt ihren alles andere als schwanger aussehenden Bauch unter dem Sporttop, das sie noch von ihrer Yoga-Stunde trägt.

»Na ja, sexuell aktiv bist du immerhin schon seit ein paar Jahren. Und wenn man mal nachmittags den Fernseher einschaltet, bekommt man durchaus den Eindruck vermittelt, dass wir gut sechs Jahre *über* dem Altersdurchschnitt der Erstgebärenden liegen.« Ich durchforste mein Zimmer nach der Chronik über das elfte Jahrhundert, die ich aus der Unibibliothek ausgeliehen habe. Ich muss den Sonntag nutzen, um etwas mehr über diesen dämlichen dritten Otto rauszufinden.

»Sag mal, Jo, du hast nicht zufällig meine Tasche genommen?«

»Welche Tasche?«

»Diese bunte Stofftasche. Mit meinen Uni-Sachen drin.«

»Nee.«

»Sicher? Hast du sie weggelegt? Da sind sauteure Bücher drin.«

»Nein! Was sollte ich denn damit?«

Gutes Argument.

Na super. Ich suche überall, finde die Tasche jedoch

nicht. Vielleicht sollte ich Jonas anrufen und ihn fragen, ob ich sie bei ihm liegen gelassen habe, als ich gestern Abend noch kurz bei ihm war, um die Sticks abzuliefern und bei ihm zu sein. Ich hatte gehofft, bei Jonas zu sein, dumme Sprüche zu machen und Musik zu hören, würde dazu führen, dass es mir besser geht. Die Hoffnung wurde enttäuscht. Als ich Jonas die Sticks gegeben habe, hat er gesagt, er wisse nicht, was er ohne mich tun solle. Daraufhin war mir wenigstens wieder kurzzeitig bewusst, warum ich mich für ihn zum Trottel mache.

Aber als ich Jonas anrufen möchte, ist mein Handy unauffindbar.

Mit den Fingerspitzen reibe ich mir über die Schläfen und erschrecke zu Tode. Mein Gehirn hat soeben eine Eilmeldung rausgegeben: Okay, Max, reg dich jetzt bitte nicht auf, aber dein Handy war in der Stofftasche.

Ich gehe zurück in mein Zimmer, wo Jo immer noch sitzt, und will sie bitten, mir ihr Telefon zu leihen. Doch bevor ich auch nur ein Wort sagen kann, klingelt ihr iPhone mit dem Sound eines Elektro-Songs, den sie heiß und innig liebt.

»Da steht: ›Max ruft an.‹« Sie schaut mit fragendem Blick erst auf das Display und dann auf mich. »Hallo?«, fragt sie in ihr Handy, schweigt einen Augenblick und sagt dann irritiert: »Ähm, ja, Moment bitte.« Sie hält den Hörer zu und reicht ihn mir. »Jemand hat deine Tasche samt Handy im Opel-Zoo gefunden. Was bitte hast du im Opel-Zoo gemacht?«

Meine Tasche samt Handy und einem Stapel superteurer Bücher liegen lassen, was sonst? Ich bin erleichtert.

»Und warum hast du dein iPhone nicht passwortgeschützt?«

»Weil … keine Ahnung!« Wahrscheinlich damit man

mich in Fällen wie diesem unter der am häufigsten gewählten Nummer erreichen kann: Jos. »Ist da der Zoo dran?«, frage ich und nehme eilig das Telefon entgegen.

»Nee, irgend so'n Typ.«

»Hallo?«, sage ich etwas zurückhaltend in den Hörer.

»Hi«, erwidert eine fremde, nervös klingende Stimme am anderen Ende der Leitung. »Ich … ich habe deine Tasche gefunden. Im Opel-Zoo, bei den Elefanten. Vielleicht weißt du's noch, ich hab da gestern Fotos geschossen.«

Der Fotograf!

»Oh. Äh … danke!«

»Ja, kein Ding. Also ich hab deine Tasche mit nach Hause genommen. Ich kann sie dir vorbeibringen, wenn du willst.«

»Nee, Quatsch, ich hol sie ab. Du musst dir keine Umstände machen.«

»Das ist gar kein Problem. Wo wohnst du denn? Ich bin heute in Frankfurt unterwegs, ich … äh … ich bin Fahrradkurier.«

Dann ist der Fotograf also gar kein Fotograf?

»Dein Ernst? Das wäre … total nett«, füge ich hinzu und zucke mit den Schultern, als Jo mich fragend ansieht. Dann nenne ich ihm meine Adresse.

»Ich bin heute in der Gegend. So gegen fünf. Ich bringe dir alles vorbei. Bis später.«

Schon hat er aufgelegt. Ich kann nicht mal mehr Danke sagen, ihn nach seinem Namen fragen oder meinen eigenen nennen.

4. KAPITEL

in dem ich eine kranke Fantasie mit Leberwurst habe

Ich bin völlig ungeübt darin, einen Mann bei mir zu Hause zu empfangen. Noch dazu einen, dessen Namen ich nicht einmal kenne. Dabei muss man mir natürlich zugutehalten, dass normalerweise keine wildfremden Männer vor der Tür stehen und um Einlass bitten – GEZ-Beamte, städtische Gas-Wasser-Ablese-Menschen und die Zeugen Jehovas einmal ausgenommen. Deshalb bin ich überfordert, als der Minutenzeiger sich am Nachmittag behände auf die Fünf-Uhr-Marke zubewegt.

Der Elefantenfotograf-Slash-Jutetaschenkurier ist nach bisherigem Kenntnisstand zwar überdurchschnittlich zuvorkommend und freundlich, aber wissen kann man trotzdem nie. Wieso hat er darauf bestanden, mir die Tasche persönlich vorbeizubringen? Diese Frage hat mich nach seinem Anruf schwer beschäftigt, während Jo ganz verzückt von seiner Höflichkeit war und ich an ihn denken musste. An ihn und die Fotografie von dem strahlenden Kindergesicht, die er mir auf der Bank des Opel-Zoos gezeigt hat. Ist es traurig, wenn man sich nicht einmal mehr vorstellen kann, dass Menschen einfach nur des Nettseins wegen nett sind? Oder dient gesundes Hinterfragen der Selbsterhaltung? In letzterem Fall könnte ich gar nichts dafür, dass ich an den Motiven des Fotofuzzis zweifle.

Ich kann auch nichts dafür, dass ich allen Ernstes geduscht, mir die Haare geföhnt und dreimal das T-Shirt gewechselt habe, als der Stundenzeiger auf die Vier zeigte. Doch seltsamerweise gab es da diese Windung in meinem Gehirn, die mir aufgetragen hat, mich bloß nicht in Jogginghosen zu präsentieren. Ob auch das der Selbsterhaltung dient? Ich weiß es nicht. Allerdings bin ich mir ziemlich sicher, dass ich mich für einen GEZ-Beamten, einen städtischen Gas-Wasser-Ablese-Menschen oder die Zeugen Jehovas nicht umgezogen hätte.

Noch bevor ich Kopf und Körper für den Fünf-Uhr-Besuch bereit gemacht habe, habe ich mit meinen verbliebenen Uni-Unterlagen den Esstisch in Beschlag genommen und eine Lerneinheit eingelegt. Der monströse, indisch anmutende Tisch aus schwarz schimmerndem Mahagoni dominiert fast unsere gesamte Wohnküche. Er steht schräg vor der rot lackierten Kücheninsel, über der eine Dunstabzugshaube schwebt, deren Brummen ich im letzten Jahr nicht sehr oft gehört habe. Die Tischplatte verschwindet nun unter einem Meer aus Papier, Notizen und aufgeklappten Büchern. In einem Anflug von Klausurpanik versuche ich seit etwa drei Stunden (unterbrochen nur durch die männerbesuchindizierte Körperpflege), meine Lateinkenntnisse wiederzubeleben. Wie im Erste-Hilfe-Kurs gelernt pumpe ich zum Beat von »Saturday Night Fever« auf meinem klinisch toten Latinum herum und brülle theatralisch: »Komm schon! Bleib bei mir!« Doch bisher ist mir lediglich wieder eingefallen, dass ich in der Schule lieber Französisch hätte wählen sollen.

Ich brauche dringend die Jutetasche zurück. Darin befindet sich neben einer geliehenen, sehr alten Chronik über die Wallfahrten von Otto III. nämlich auch ein Buch mit dem Titel *Latein für das Grundstudium. Ein Crashkurs*.

Jo sitzt hinter mir auf der Couch und surft auf ihrem Tablet-PC im Internet. Wenn ich sie fragen würde, was sie da tut, würde sie sicher behaupten, sie recherchiere nach einem Studienplatz. Papa hat ihr das Ultimatum gestellt, sich für diesen September irgendwo einzuschreiben, wenn sie nicht mit schlimmen Folgen rechnen wolle. Sie hat mir nicht verraten, womit er ihr gedroht hat, aber ich spekuliere darauf, dass das Schlagwort »Kreditkarte« gefallen ist. In Anbetracht der Tatsache, dass wir bereits Juli haben, ist Jo etwas spät dran. Ich vermute stark, dass sie deshalb gerade auch eher auf den Seiten von Zalando und Co. unterwegs ist, um die gezählten Tage mit ihrer Kreditkarte noch mal so richtig zu genießen.

Ich schaue zur Uhr hinüber. Der Minutenzeiger hat die Zwölf bereits passiert. Mein Blick wandert weiter zum Spiegel neben der Eingangstür. Meine Haare sehen stumpf und langweilig aus. Na klasse!

»Hoffst du, dass dein Spiegelbild lateinische Verben im Plusquamperfekt Indikativ Passiv deklinieren kann?« Jo muss schon den ganzen Nachmittag meinen Tiraden auf das Bildungssystem lauschen, deshalb schenkt sie mir ein nicht ganz ungehässiges Lächeln. Sie fläzt sich in einem breiten Schneidersitz im Sofa und schafft es, dabei trotzdem noch feminin und anmutig zu wirken. Wo war ich bloß, als dieses Gen verteilt wurde? Bestimmt an der Bar, an der sie die Allele für miese Haarstruktur ausgeschenkt haben.

»Verben kann man nicht deklinieren«, murre ich und knabbere am linken Daumennagel, während ich mit der rechten Hand versuche, mein Haar aufzuhübschen. Vergeblich.

»Na, siehst du! Du hast ja doch nicht alles vergessen.«

Das Türläuten schneidet mein verzweifeltes Lachen ab und lässt Jos Gesicht aufleuchten.

»Ist er das?« Sie springt auf. »Oh, lass mich aufmachen. Bitte!«

»Nur zu«, biete ich großzügig an und spüre, wie ich tatsächlich aufgeregter werde. Eine Aufregung, die gewiss nichts mit meinem Freund Otto oder seiner Amtssprache zu tun hat.

Jo schwebt zur Tür, grinst mich noch einmal an und reißt sie dann so ekstatisch auf, als erwarte sie eine Schar durchtrainierter Spitzensportler in Muscle-Shirts.

Vor ihr steht lediglich mein Fotograf, der im Moment sehr viel mehr nach Kurier als nach Künstler aussieht. Er trägt Cargoshorts, eine Windjacke und eine wasserdichte Messenger Bag, die er langsam von den Schultern zieht. Er mustert Jo und unseren Wohnbereich äußerst interessiert.

»Hi«, grüßt er sie, öffnet den Rucksack und zieht meine Tasche heraus. »Die wollte ich hier abgeben.«

»Das ist echt lieb von dir. Meine Schwester ist schier am Verzweifeln, weil sie keine Verben mehr deklinieren kann.«

Ich verfolge, wie Jo den Rücken durchbiegt und kokett eine Hand in die Hüften stemmt. Sofortige Schlussfolgerung: Ich muss intervenieren.

Ich haste zur Tür, lege meiner Schwester eine Hand auf die Schulter und drücke sie sanft zur Seite.

»Danke«, zische ich ihr zu und widme mich dann dem neckischen Grinsen meines Retters in hochschulverzweifelter Not.

»Ich gehe dann mal«, flötet Jo, »hat mich sehr gefreut.«

»Mich auch«, sagt der Rotschopf höflich und reicht ihr tatsächlich die Hand. Manieren hat er also auch noch.

Ich folge Jo mit einem sehr genervten Blick. Sie setzt sich wieder auf die Couch und vertieft sich in ihre Suche nach einem Paar Schuhe, das zu ihren Vorstellungen und

Zielen passt. Habe ich Schuhe gesagt? Ich meine natürlich Studiengang.

»Sie ist manchmal etwas durchgedreht«, sage ich mit einer winkenden Bewegung an den Kurier gewandt, weil ich irgendwie das Gefühl habe, Jos übertrieben breites Grinsen rechtfertigen zu müssen.

»Schon gut. Das finde ich cool. Ich mag durchgedrehte Leute.« Er zuckt mit den Schultern. »Leute, die mutterseelenallein auf einer Bank im Zoo fürs Studium lernen und dann ihre Bücher liegen lassen, zum Beispiel.«

Mit einem absolut werbespottauglichen Lächeln hält er mir nun die Tasche hin.

»Vielen Dank«, antworte ich und höre förmlich den Stein von meinem Herzen plumpsen. »Ich … ja … also ich schreibe bald eine Klausur für mittelalterliche Geschichte, und die Bücher hier drin sind dafür echt wichtig. Ich kann nämlich wirklich keinerlei Verben mehr deklinieren. *Konjugieren!* Ich meine konjugieren.«

»Ziemlich altes Lateinbuch«, sagt er und deutet auf die Tasche.

»Nein. Das ist eine Chronik über Otto den Dritten. Wurde Ende des neunzehnten Jahrhunderts verfasst.«

Das interessiert ihn offenbar weniger. Dafür interessiert mich umso mehr die Tatsache, dass er in meine Tasche geschaut hat. Ob er doch ein Stalker ist? Nein, Max, ruhig! Sieh nicht in allem das Schlechteste. Hätte er es nicht getan, dann hätte er das Handy nicht gefunden und dich nicht erreichen können. Wäre das nicht eingetreten, hättest du der absolut unerträglichen Bibliothekarin erklären müssen, wohin die Chronik über Otto III. verschwunden ist.

Damit hat mein Gewissen natürlich vollkommen Recht. Besagte Bibliothekarin, die einige meiner Kommilitonen meist in einem Atemzug mit Adjektiven wie »untervögelt«

erwähnen, hat mir dieses seltene, kaum ersetzbare Buch nur ausgeliehen, weil ich meinen allertreudoofsten Hundeblick aufgesetzt habe. Bei einem Verlust hätte sie mich bestimmt umgebracht. Wenn nicht Schlimmeres.

Unser Gespräch ist am Ende einer Sackgasse angekommen. Doch während ich bereit wäre, den Fotofuzzi ziehen zu lassen, greift er die Unterhaltung notdürftig wieder auf. »Ich musste im ganzen Haus klingeln und fragen, ob jemand einen Fahrradkurier mit einer Tasche erwartet. War lustig«, sagt er zusammenhanglos. »Ich hätte dich am Telefon noch fragen sollen, wie du heißt. Oder welche Wohnung deine ist. Oder wie nennt man das hier? Loft?«

»Keine Ahnung. Ja. Loft könnte passen. Aber ich bin kein Architekt.« Ich bin so was von mies im Smalltalk.

War das eben die angedeutete Frage, wie ich heiße? Will er mehr Details über unser Zuhause wissen? Interessiert er sich für den Wohnungsmarkt am Sachsenhäuser Mainufer? Will er bei uns einziehen? Ich weiß es nicht. Warum sind Männer bloß so schwierig?

»Was bist du dann?« Er hat ein herausforderndes Lächeln aufgesetzt.

»Dankbar, dass ich meine Tasche wiederhabe. Das eine Buch aus der Uni-Bibliothek kostet vermutlich ein Vermögen.«

»Du studierst Geschichte, oder?«

Ich nicke stumm und drehe Würstchen aus den Henkeln meiner Stofftasche. Bin ich jetzt dran mit fragen? Aber ich weiß doch schon, was er macht. Er ist Fotokurier und Fahrograf … oder so ähnlich. Ob er gemerkt hat, wie schlecht ich in Smalltalk bin?

Hat er. Er schwingt die Messenger Bag dynamisch zurück auf seine Schulter und verabschiedet sich. »Dann mal schönen Tag noch.«

»Danke. Auch fürs Herbringen.«

»War echt kein Ding.« Er kehrt mir den Rücken zu, wird kleiner und kleiner auf dem Hausflur, während ich in der Loft(?)tür stehe und ihm nachsehe. Warum hab ich ihn nicht gefragt, wie er heißt? Oder ob er Feierabend hat? Oder ob er auch studiert? Ob er sich für Geschichte interessiert? Ob er mir Nachhilfe gibt? Das ganze weite Feld an Smalltalk-Fragen war vor mir ausgebreitet, und ich entscheide mich für ein saudämliches, nichtssagendes Nicken. Na, gute Nacht. Aber Hauptsache ich habe vorher dreimal das T-Shirt gewechselt, aus lauter Nervosität und der Angst, einen schlechten Eindruck zu hinterlassen. Hätte ich ihn mal lieber in Jogginghosen empfangen und wäre dafür charmant gewesen!

Er entscheidet sich für die Treppe statt für den Aufzug. Bevor er die erste Stufe nimmt und damit aus meinem Blickfeld verschwindet, schenkt er mir ein letztes Lächeln und ein Winken. Ich winke zurück. *Achtung bei der Ausfahrt! Der Zug »letzte Chance auf Smalltalk« verlässt soeben den Bahnhof.* Weg ist er. Ich schließ die Tür.

»Max! Hast du sie noch alle?« Jo steht hinter mir, beide Hände in die Hüften gestemmt, und schüttelt ungläubig den Kopf.

Ob ich sie noch alle habe? Für gewöhnlich habe ich sogar mehr als sie. Nicht unbedingt vor der Hütt'n, aber zumindest im Kopf. Heute jedoch …

»Was meinst du?«, blaffe ich zurück, obwohl ich ziemlich genau weiß, was sie meint.

»Der fand dich gut, verdammt! Der wollte mit dir quatschen.«

»Ich wollte aber nicht mit ihm quatschen.« Zumindest wusste ich nicht, worüber. Die Vernetzung zwischen Gehirn und Mund hat irgendwie nicht funktioniert.

»Deswegen musst du doch nicht gleich so unhöflich sein.«

»Ich war überhaupt nicht unhöflich.«

»NEIN! Auf die Frage, was du so machst, hast du kaum geantwortet, und dann hast du die Tür hinter ihm zugeknallt. Der arme Kerl.«

»Ich habe gar nicht die Tür hinter ihm zugeknallt! Er ist gegangen und hat mir vor der Treppe noch mal zugelächelt. Das macht man ja wohl nicht, wenn man sich unhöflich behandelt fühlt.« Letzteres erkläre ich mehr mir als Jo.

»Er hat sich noch mal umgedreht und dir zugelächelt?« Ihre Augen werden groß. »Ich sag dir, Fräulein: Das hatte Potenzial! Der wollte! Und du?«

»Ich wollte eben nicht.«

»Nein, du konntest nicht, weil du ein emotionaler Krüppel bist.«

Ich wende mich ab und steige die Treppe hoch.

Emotionaler Krüppel. Pah, ich glaube, es geht los. Das ist nun wirklich zu viel des Guten. Nur weil ich nicht auf Kommando mit jedem Heino gut Wetter machen kann. Es hätte ihn sowieso nicht interessiert, wie mein Studium läuft, wie ich heiße, welche meine Lieblingsfarbe ist. Oder was auch immer. Wer weiß, vielleicht hat er das alles bloß geschickt eingefädelt: Er bringt mir meine Tasche vorbei, labert mich voll, lädt mich ein und macht mir schöne Augen. Ich Trottel finde ihn toll, und wenn mich alle Skepsis verlassen hat, gehe ich mit zu ihm nach Hause, wo er mich mit Leberwurst beschmiert und an einen Stuhl gefesselt erst misshandelt und dann zerstückelt, um meine sterblichen Überreste anschließend im Elefantengehege zu verbuddeln.

Man hat doch schon von solchen Dingen gehört, oder? Smalltalk kann sehr wohl zu solchen Horrorszenarien führen, da bin ich mir ganz sicher.

5. KAPITEL

in dem Kim darüber nachdenkt, ein Bistum in Sachsenhausen zu gründen

Seit dem gestrigen Tag ist das Chaos auf dem indischen Esstisch nur noch mehr gewachsen. Erweitert wurde es um den Latein-Crashkurs und das historische Werk aus der Jutetasche, um einige gebrauchte Kaffeetassen und zwei inzwischen leer gefutterte Tüten Gummibärchen.

»Wenn ich mir das hier so ansehe, vergeht mir echt die Lust aufs Studieren«, hat Jo gesagt und sich zu einer Verabredung mit Mr. Siebensitzer aufgemacht. Die beiden planen Mainufer, Eiscreme und Eiserner Steg. Ich bin neidisch. Und das nicht nur, weil ich bei strahlendem Wetter in der Lernbude hocke, sondern auch auf das Eis und das Date.

Deshalb habe auch ich mir jemanden eingeladen. Meine Freundin Kim teilt seit zwei Stunden mein Leid. Sie studiert ebenfalls Geschichte und hat dieselben Latein- und Otto-Kurse belegt wie ich. Außerdem mag auch sie Eis. Sie hat einen ganzen Eimer Häagan Dasz mitgebracht, den dasselbe Schicksal ereilt hat wie die Gummibärchentüten.

Ich kenne Kim seit der fünften Klasse. Sie ist meine einzige beständige beste Freundin. Sie weiß fast alles über mich, auch wie sehr ich auf die Häagan-Dasz-Sorte Strawberry Cheesecake stehe, und bringt sie mit, obwohl sie selbst lieber Schoko isst. Kim war für mich da, als meine Mutter die Flatter machte, und hat mich getröstet, als Jo nicht verstehen konnte, dass ich Mamas Drang nach Selbstverwirklichung nicht gutheißen wollte. Wir verstehen uns nach dem Motto »Ein Blick genügt«, können Sätze des anderen vervollständigen und amüsieren uns über dieselben Witze. Kim ist in gewisser Weise wie Jo und doch ganz anders. Meine Schwester sieht mir Dinge an, weiß genau, wann ich lüge, wann ich verletzt oder glücklich bin, und nimmt mir so jede Möglichkeit, mich ihr freiwillig mitzuteilen. Sie ist wie ein Stückchen meiner Seele, das gerade Schüleraustausch in ihrem Körper macht. Bei Kim ist das anders. Bei ihr kann ich selbst entscheiden, ob ich darüber sprechen will oder nicht. Danach versteht sie mich. Jo versteht mich oft nur, wenn wir einer Meinung sind.

Kim wird Verständnis dafür haben, warum ich nicht weiß, was ich von der Babybabybaby-Sache halten soll, und dass es keine Schande ist, den Smalltalk mit einem sommerbesprossten, verwegenen Fahrradkurier-Slash-Fotografen zu verweigern, weil sonst Tod durch Zerstückelung in greifbare Nähe gerückt wäre.

Im Grunde ist Kim in vielerlei Hinsicht ein weiblicher Jonas. Mit ihr kann ich bekloppte Sachen machen und über den größten Mist reden. Sie kann ich aber auch fragen, was sich dagegen tun lässt, wenn man in erschreckender Regelmäßigkeit davon träumt, mit seinem besten Freund zu schlafen. Letzteres habe ich sie schon ein- oder zweimal zu oft gefragt. Vor allem zu der Zeit, als ich zum ersten und bisher einzigen Mal versucht habe, Jonas hinter mir zu lassen: in der Oberstufe, als sich unverhofft ein Typ namens David für mich interessierte. Ich war davon derart geschmeichelt, dass ich meine Gefühle für Jonas wegsperrte und mir einredete, David rundherum toll zu finden. Oder zumindest toll genug, um mit ihm Beziehung zu spielen. Während dieses einjährigen Laienspiels hat Kim ein großes Stück dazu beigetragen, dass ich mich nicht von einer Brücke gestürzt habe (bildlich gesprochen, denn Suizid ist so gar nicht mein Ding). Ich stand zu dieser Zeit mehr als einmal am Rande eines Nervenzusammenbruchs, weil ich neben David lag und überlegte, was Jonas wohl gerade machte, David küsste und an Jonas dachte, mit David schlief und mich dabei erwischte, dass ich mich fragte, wie es sich wohl anfühlte, wenn er Jonas wäre.

Warum muss ich schon wieder an Jonas denken? Er ist ein Idiot! Ich werde meist wahnsinnig in seiner Gegenwart – nicht etwa, weil er so atemberaubend ist, sondern weil er sich wie der dümmste Horst der nördlichen Hemisphäre aufführt. Wie oft ich mich schon für meine Gefühle für ihn geschämt habe, kann ich gar nicht mehr abschätzen. Jonas ist einer von jenen Typen, die drei Stunden lang amüsant und charmant sind und dann von einem Moment auf den anderen eine Kehrtwende machen, rumpöbeln, verleugnen, verletzen und meckern.

Dennoch fallen mir einige Dinge ein, die ich an ihm mag. Er ist witzig. Er ist sehr musikalisch. Er ist ein Teil von meinem Leben. Und: Er. Ist. So. Hübsch. Wenn ich mir einen Mann backen könnte, er würde aussehen wie Jonas: die braunen, fast zu langen Haare, die fast zu große Nase, das nur fast zu spitze Kinn, die dunklen, fast gefährlich wirkenden Augen, der sehnige, große, fast zu schlanke Körper. Jonas ist eine Kombination aus einer ganzen Menge *Fasts*.

Trotzdem ist alles so unkompliziert mit Jonas. Ich muss nichts neu aufbauen. Alles ist schon da – *er* war schon immer da. Wenn ich Anekdoten erzähle und mich bei der Erinnerung an vergangene Dummheiten vor Lachen biege, dann muss ich Jonas die Geschichte nicht erklären, denn er hat sie mit großer Wahrscheinlichkeit miterlebt. Manchmal frage ich mich: War Jonas bei allen erzählenswerten Episoden in meinem Leben dabei, oder finde ich vor allem jene Momente erzählenswert, die ich mit ihm geteilt habe? Darauf weiß ich keine Antwort, und selbst wenn ich sie wüsste, würde sie mir bestimmt Angst einjagen. Ich habe generell Angst vor Gefühlen.

Jonas mag dieselben Dinge wie ich – oder besser: Ich mag dieselben Dinge wie er. Wir haben in den letzten zehn Jahren so viel Zeit miteinander verbracht, dass sich unsere Interessen angeglichen haben. Wir mögen die gleichen Bands, wir hören die gleichen CDs, sehen uns die gleichen Filme an. Höchstwahrscheinlich waren wir sogar gemeinsam im Kino oder haben auf meiner-Slash-seiner Couch die DVD zusammen geguckt.

Doch auf neunundneunzig dieser großartigen Momente kommt ein Augenblick, in dem Jonas so unerträglich auf mir herumtrampelt, dass er einen kleinen Gefühlsweltkrieg auslöst. Zum Beispiel wenn er es nicht mal in Erwägung zieht, dass ich NICHT für ihn mit dem Auto durch ganz Frankfurt zum Musikladen gurken möchte. Manchmal ist unsere Beziehung wie die unter Geschwistern: Wir begegnen uns respektlos, weil sich jeder mittlerweile sicher ist, dass der andere dazu verdammt ist, einem zu verzeihen.

Nun aber zurück zu Kim.

Was soll das eigentlich? Obwohl Kim hier ist und ich daran denken will, was für eine gute Freundin sie ist, dreht sich alles um meine Gefühle für Jonas. Blödes Unterbewusstsein. Gibt es im Gehirn irgendeinen Lappen, der dafür zuständig ist, das Verliebtsein zu steuern? Wenn ja, dann lasse ich mir den schnurstracks rausoperieren.

»Warum ist Otto der Dritte noch mal nach Gnesen gegangen?«, weckt mich Kim und holt mich zurück ins elfte Jahrhundert. Wir haben Latein vorerst aufgegeben und widmen uns stattdessen der mittelalterlichen Kirchengeschichte.

Breitbeinig stellt sie die Füße auf die Tischkante, kippelt mit dem Stuhl und sieht mich erwartungsfroh an. Sie ist genauso ladylike wie ich – das mag ich so an ihr.

»Der hat dort ein Bistum gegründet.«

»Ja, aber warum? Ist das cool? Wenn das cool ist, gehe ich auf der Stelle vor die Tür und gründe ein Bistum, direkt in Alt-Sachsenhausen. Inmitten all der Kneipen auf der Klappergasse.«

Kim muss lachen, aber ich kann nicht einstimmen. Mir schwillt der Kopf an, so viel denke ich nach.

»Hallo? Das war witzig. Tu wenigstens so, als hättest du Spaß mit mir. Nun sag schon: Was hatte der Otto vor mit seinem Bistum?«, drängt sie.

»Ich hab doch selbst keine Ahnung. Guck mal in der Chronik nach. An der Stelle, wo das Eselsohr drin ist.«

Sie zieht das schwere, halb zerfledderte Buch über den Boden zu sich her und schlägt die Seite mit der umgeknickten Ecke auf. Während sie das Papier glatt streicht, breitet sich ein genüssliches Grinsen auf ihrem runden Gesicht aus. »Das Buch hier war in der Tasche, die dir der Fotograf-Slash-Fahrradkurier gebracht hat, oder?«

Kim ist bereits über den Fotografen-Slash-Fahrradkurier informiert. Jo hat umgehend Aufklärungsarbeit geleistet, als meine Freundin vor ein paar Stunden einen Fuß über die Schwelle unserer Wohnungstür gesetzt hat. Ihre ersten Worte waren: »Wasch meiner Schwester bitte mal den Kopf. Der Typ mit der Tasche fand sie total gut, und sie unterstellt ihm, er wollte sie umbringen. Bei Max stimmt irgendwas nicht.« Nachdem ich Kim alles ausführlich erklärt hatte, urteilte sie dummerweise, dass ich übertreibe. Außerdem findet sie meine Fantasie krankhaft. Wer sich vorstellt, mit Leberwurst bepinselt und zerhackt zu werden, ist in unserer Gesellschaft offenbar nicht akzeptiert.

Ich lege den Bogen Notizen, den ich gerade auswendig zu lernen versuche, ab und stecke mir gedankenversunken den Eislöffel von vorhin in den Mund. Ein entfernter Hauch von Strawberry Cheesecake klebt noch daran. »Ja, das hier und das Lateinbuch. Warum?«, nuschele ich durch den Löffel.

»Ich glaube, jemand hat dir darin eine Nachricht hinterlassen.« Sie schiebt die Chronik quer über den Tisch und tippt auf die Seite. »Es sei denn, das hier stand vorher auch schon drin.«

Links oben steht eine Handynummer. Begleitet von den Worten »Schreib mal!«. Mit Kugelschreiber. Na klasse!

Der Typ ist ja wohl wahnsinnig! Mit *Kugelschreiber*! Noch dazu so fest aufgedrückt, dass es zwei Seiten weiter noch zu sehen ist. Wenn die das in der Bibliothek entdecken, reißen sie mir erst alle Gliedmaßen und dann den Kopf ab. Sie haben mir das Werk nur *ausnahmsweise* ausgeliehen – und dann so was! Ich will gar nicht wissen, was die dämliche Chronik kostet. Wenn ich den Schaden bezahlen muss, dann fordere ich von dem Fahrradtrottel-Slash-Fotoidioten jeden einzelnen Cent zurück. Seine Handynummer habe ich ja jetzt.

Mit Radiergummi, Tintenkiller und einem feuchten Tuch will ich die Zahlen von der Seite entfernen, aber ich könnte genauso gut versuchen, Luft mit den Fingern einzufangen.

Kim kugelt sich vor Lachen.

»Hör auf! Das ist 'ne Katastrophe!«

»Och, Maxi, du bist doch sonst nicht so spießig. Was soll denn schon passieren?«

»Du kennst den untervögelten Geier doch. Die macht mich einen Kopf kürzer.«

»Du behauptest einfach, das stand schon vorher drin. Hab dich nicht so, ich finde das total goldig. Du solltest ihm schreiben.«

»Das werde ich auch. Und zwar wie viel er mir schuldet, falls die Uni mich dafür zur Kasse bittet.« Ich ziehe meinen Laptop zu mir heran, googele die Chronik und finde heraus, dass die Neuausgabe des Werkes einhundertzwanzig Euro kostet. Prima! Das Exemplar, das ich in Händen halte, ist aber keine Neuausgabe, sondern hat höchstwahrscheinlich Antikwert. Den zehnfachen. Es sieht so alt aus, dass man die speckigen, modrig riechenden Seiten am liebsten nur mit Handschuhen anfassen möchte. Schlimmer noch: Es sieht *so* alt aus, dass ich jedes Mal, wenn ich es aufschlage, darauf warte, dass es zu schreien beginnt wie das Buch in *Harry Potter und der Stein der Weisen.*

»Max! Ich glaube, der hat sich auf den ersten Blick in dich verknallt.«

»Warum hat er dann nicht mit mir gesprochen? Er hat mich nicht mal gefragt, wie ich heiße.«

»Du warst fürchterlich unhöflich zu ihm. Der arme Bub wird sich nicht getraut haben.« Wenn Kim witzelt, bricht jedes Mal ihr südhessischer Dialekt durch. Ihr Vorwurf klingt also mehr nach: De aarm Bubb werd sich net getraut ham!

»Er hat nicht schüchtern gewirkt«, sage ich zu meiner Verteidigung. »Und ich war nicht unhöflich!«

Kim sieht mich mit diesem vielsagenden Blick an. Sie glaubt mir nicht. Dann greift sie mit irrwitziger Geschwindigkeit nach meinem Handy und beginnt zu tippen.

»Was machst du da? Wehe, du schreibst ihm! Wehe, Kim! Kim, ich warne dich!«

»Du solltest dir echt mal ein Passwort einrichten. Du bist der einzige Mensch, den ich kenne, der sein Handy offen rumliegen lässt.«

Ich krabbele um den Tisch und stürze mich auf sie.

»Reg dich ab. Ich hab bloß die Nummer eingespeichert. Mehr nicht. Und dafür wirst du mir noch dankbar sein, mein Schätzchen.«

6. KAPITEL

in dem es mir gefällt, dass sich Jonas wie ein Neandertaler verhält

Am darauffolgenden Donnerstag bringe ich sowohl die grausige Mittelalterklausur als auch den Lateintest hinter mich. Ich bin mir nicht sicher, ob das wohlige Gefühl in meinem Bauch daher rührt, dass es erstaunlich gut gelaufen ist, oder ob ich bloß erleichtert bin, weil es vorüber ist. So oder so wird die Erleichterung von einer kurzen Flauheit unterbrochen, als ich reuig in die Zweigbibliothek des Historischen Instituts schleiche und den beschmierten Band auf den Tresen lege. Während ich darauf warte, dass die alte Jungfer von Bibliothekarin aus ihrem Stübchen gekrochen kommt, scharre ich mit den Füßen und schaue wie ein ertappter Supermarktdieb ablenkend nach allen Seiten. Ich schwanke zwischen zwei Alternativen. Entweder ich halte den Mund und hoffe, dass sie die Telefonnummer gar nicht oder erst dann bemerkt, wenn sie mir nicht mehr zuzuordnen ist. Oder aber ich starte einen Angriff nach vorne und weise die Bibliothekarin auf die Schmiererei hin. Frei nach dem Motto: »Ich hab da was entdeckt. Schauen Sie sich nur mal diese Schandtat an. Die Jugend von heute macht nicht mal vor den großen Werken des Hochmittelalters Halt. Furchtbar!«

Als der unbefriedigte Geier aus dem Hintertürchen tritt, gleitet wie durch ein Wunder ein Lächeln über ihr Gesicht.

Auch das graue Vogelnest auf ihrem Kopf sieht heute geordneter aus als sonst, die Haut ist glatter, die Augen sind wacher, und ihre Stimme klingt beinahe freundlich, als sie »Nur dieses hier?« fragt und das Buch zu sich heranzieht. Erneut fällt mir die alte, zerbrechliche Struktur des Bandes auf. Der angeschlagene Buchrücken, die pergamentartigen Seiten und die verblassende Goldschrift.

Ich nicke und bete stumm: Lass sie nicht hineinschauen, bitte, lieber Gott, bitte lass sie nicht hineinschauen.

Sie macht ein paar unbeholfene Klicks auf der Computermaus, löscht allem Anschein nach meinen Namen aus dem System, stellt die Chronik auf einen Rollwagen und sagt: »Danke, das war's schon.«

Ich bedanke mich und hüpfe beschwingt aus dem Bibliotheksgebäude. Die Sonne strahlt so hell, dass ich den Sonnenbrand auf meiner empfindlichen Sommersprossenhaut schon fast spüren kann, aber ich genieße es. Mit einem Mal bin ich mir auch sicher, dass das Gefühl in meinem Bauch tatsächlich Zuversicht darüber ist, in den Klausuren meine Erwartungen übertroffen zu haben.

Am Abend bin ich bei Jonas zu Besuch. Er und sein älterer Bruder Oli wohnen noch bei ihren Eltern in einem Hattersheimer Einfamilienhaus mit Garten und Golden Retriever, nicht weit von Frankfurt entfernt. Sie gehören zu jenen Familien, die ein handbemaltes Emailleschild mit der Aufschrift »Hier leben Jonas, Oliver, Monika und Edgar Schenk« neben der Türklingel hängen haben und bei denen noch immer eine Schaukel im Hinterhof steht. Den Vater der beiden habe ich in den vielen Jahren unserer Freundschaft nur sehr selten zu Gesicht bekommen. Er ist ständig auf Geschäftsreise. Die Mutter ist eine gönnerhafte kleine Frau, stets darum bemüht, dass ihre Jungs sich entfalten können. Das heißt auf gut Deutsch, dass Jonas und Oli machen dürfen, was sie wollen. Der ausgebaute, zum Bandprobenraum umfunktionierte Keller des Hauses ist dementsprechend zu einem beliebten und hochfrequentierten Ort für Trinkgelage und laute Musik geworden. Und die Schaukel im Hof hat Dinge erlebt, bei denen jedem anderen Gartenspielzeug Hören und Sehen vergehen würde.

Als wir noch zur Schule gingen, habe ich mehr Wochenenden in diesem Keller verbracht als zu Hause. Seitdem bin ich auch mit seinem Bruder Oli und vielen seiner Kumpels gut befreundet. Seinerzeit wurde es außerdem zur Tradition, dass ich den Jungs zuhöre, wenn sie proben.

Jonas, Oli und ihr Bassist Buzz haben gerade zwei Stunden lang einen guten Mix aus Indie, Alternative und Pop-Punk zum Besten gegeben, weshalb mich nun ein anstrengendes Fiepen auf dem rechten Ohr plagt. Ich bewundere ihre Musikalität. Vor allem die Gebrüder Schenk hätten das Talent, um etwas aus sich zu machen. Soweit ich weiß, hat Oli aber keinerlei Ambitionen, Berufsmusiker zu werden. Vergangenen Oktober hat er im stolzen Alter von fünfundzwanzig bereits mit seiner Promotion in Physik angefangen. Jonas hingegen bewirbt sich seit drei Jahren ziemlich erfolglos um ein Musikstudium für Schlagzeug und Percussion. Er tut so, als würde es ihn nur peripher jucken, dass er bisher etliche Absagen kassiert hat. Aber eines betrunkenen Nachts hat er mir, während wir zu zweit auf der Kinderschaukel im Garten schwangen, flüsternd anvertraut, dass es ihn fix und fertig mache. Das Mathestudium, das er eigentlich nur so lange machen wollte, bis es mit der Musik klappt, frustriert ihn, obwohl er ziemlich gut ist. Was ihn bloß noch mehr runterzieht.

Ich beobachte ihn dabei, wie er tropfnass geschwitzt vom intensiven Schlagzeugspiel quer durch den Raum auf mich zukommt und sich neben mich auf das alte, durchgesessene Ledersofa fallen lässt. Er riecht nach Musik, Schweiß, Alkohol und nach ihm selbst. Ich mag diese Kombination. Meine schönsten Erinnerungen an Jonas tragen diese Duftnote.

Ich reiche ihm ein Bier, das er mit einem einzigen routinierten Zug abpumpt, mich danach stolz und lobeinfordernd anstrahlt, ehe er einen Arm um mich und seinen Kopf an meinen legt. Ich strampele und wehre mich gegen seinen verschwitzten Körper, aber in Wahrheit fühle ich mich schlicht und ergreifend gut, sobald er mir physische Aufmerksamkeit schenkt. Selbst wenn diese Aufmerksamkeit schweißnass ist.

»Hey! Hier wird nicht gekuschelt«, mahnt Oli. »Lasst uns lieber nach Frankfurt reinfahren und die Semesterferien begießen.«

»Hast du etwa Semesterferien, Herr Doktor?« Buzz zieht Oli seit einem halben Jahr permanent mit seinem Doktorandenstatus auf. »Der Doc hat echt gute Ideen. Wir sollten einen trinken gehen.« Er streckt sich und verstaut seine Bassgitarre in ihrer Tasche. »Alt-Sax erscheint mir gerade richtig für so einen schönen Donnerstagabend.«

Noch nie habe ich einen Abend in Alt-Sachsenhausen mit den Jungs verbracht, ohne mich am nächsten Morgen nach dem Tod durch Enthauptung zu sehnen. Die drei trinken mich jedes Mal hemmungslos unter den Tisch. Ich brauche dringend weibliche Unterstützung.

»Ich rufe Kim an und sage ihr, dass sie mitgehen soll«, erkläre ich.

»Ja, mach das. Mädels sind immer gut.« Das kommt von Jonas, von wem sonst? Er zerstört die Intimität unserer verschwitzten Zweisamkeit zusätzlich, als er nachsetzt: »Frag doch auch deine Schwester.«

»Wieso sollte ich?«, zische ich.

»Na, weil Jo 'ne geile Sau ist.«

Für diesen Idioten fahre ich also durch die halbe Stadt, um Schlagzeugsticks zu kaufen. Nur weil er in Kack-Hattersheim in seinem Einfamilienschlösschen ein ruhiges Dasein fristet, kein Auto hat und zu faul ist, die Bahn zu nehmen. Ich sollte ihm die Sticks wieder wegnehmen und einen nach dem anderen in der Mitte durchbrechen. Anschließend sollte ich dasselbe mit seinen Extremitäten tun.

Wenn eine Frau möchte, dass der attraktive Bruder eines Freundes mitkommt, dann besitzt sie in der Regel das Taktgefühl, diesen Wunsch diskret zu äußern. Diskretion ist allerdings nicht Jonas' Stärke. Vielmehr sagt er es so, als müsste ich stolz drauf sein, dass meine Schwester das Gütesiegel »Geile Sau« vom Institut Jonas verliehen bekommen hat. Er denkt nicht mal daran, dass ich mich dadurch verletzt fühlen könnte.

Zwar bin ich abgehärtet genug, um nicht auf der Stelle in Tränen auszubrechen, trotzdem reagiere ich aggressiv. »Meine Schwester kann heute nicht. Die ist mit 'nem Kerl ihres Kalibers verabredet.«

»Ruhig, Baby. Sei nicht gleich so zickig«, zischt mir Jonas zu, und ich höre, wie er zu Buzz sagt: »Die hat bestimmt ihre Tage oder so.«

»Du kannst mir nicht alle zwei Wochen unterstellen, ich hätte meine Tage. Das kommt biologisch nicht hin.« Ich greife nach meiner Tasche und laufe vor den anderen aus dem Keller.

An der Haustür holt Jonas mich ein, legt einen Arm um mich und zieht mich an seine Seite. »Heyho, Maxi«, säuselt er und drückt mir einen Kuss aufs Haar, »du weißt doch, dass ich dich liebe, oder?«

Ich hebe eine Augenbraue. Du kannst mich mal, denke ich. Aber dann spüre ich seinen warmen Körper an meiner Seite und lasse mich in die Umarmung sinken.

Habe ich schon erwähnt, dass Jonas ein Trottel ist und ich trotzdem nicht von ihm lassen kann?

»Erzähl nicht so einen Müll«, überspiele ich meine Emotionen.

»Jedes Wort ist wahr!«

»Jaja.« Mein wie bekloppt pochendes Herz möchte das allzu gerne glauben.

Ich rufe Kim an.

»Hey, Max! Was machst du so? Lass mich raten: Du hast den ganzen Abend wie ein liebeskrankes Groupie bei Jonas rumgesessen und ihn angehimmelt?«

»NEIN!«, fahre ich sie an und drehe mich von Jonas weg. »Es ist alles wie immer.«

»Also hast du doch den ganzen Abend wie ein liebeskrankes Groupie bei Jonas rumgesessen und ihn angehimmelt.«

Gekonnt ignoriere ich den Kommentar und frage stattdessen: »Wir gehen was trinken, kommst du mit?«

»Ja, klar. Ist Buzz auch dabei?«

Kim steht ein bisschen auf Buzz. Sie wartet nur darauf, dass sie den Mut aufbringt, es ihm zu zeigen. Na ja, und darauf, dass er seine Freundin in die Wüste schickt. Buzz ist ein Typ vom Schlag »Schaut alle her, ich bin ein Rebell!«. Er hat mehrere Tattoos, lange Dreadlocks, trägt experimentelle Kleidung, Atomkraft?-Nein-danke-Buttons und solche Sachen. Kim hat viel für Anti-Establishmentismus übrig. Ihr Vater ist Polizist, und es bringt ihn herrlich auf die Palme, wenn sie Typen anschleppt, bei denen es durchaus sein kann, dass er ihnen in der nächsten Demo mit seinem Gummiknüppel gegenübersteht.

Wir fahren in meinem Auto nach Frankfurt rein, parken bei mir in der Tiefgarage und gehen die restlichen Meter zu Fuß zu einer Bar auf der Sachsenhäuser Klappergasse, wo Kim wenige Tage zuvor noch ein Bistum gründen wollte. Sie wartet bereits an der Theke auf uns, die Jungs bestellen Bier, wir bestellen Bananenweizen und setzen uns an einen Tisch in der hintersten Ecke.

Natürlich habe ich Jo *nicht* angerufen. Sie legt keinen besonders großen Wert darauf mitzukommen, wenn ich mit Jonas und seinen Freunden weggehe. Sie steht nicht sonderlich auf Biertrinken, Rülpsen und Fäkalsprache. Sie steht auch nicht auf Typen, denen Kims Vater auf Demos eine überbrät. Vor allem aber steht sie nicht auf Bars, in denen irische Rugbytrikots an den Wänden hängen und du dich bei jedem Schluck aus deinem klebrigen Glas fragst, welche Form von Hepatitis du da gerade mit deinem Bier zu dir nimmst.

»Ich hab letzte Woche übrigens mit Sandra Schluss gemacht«, sagt Buzz aus heiterem Himmel, woraufhin Kims Augen prompt hell leuchten.

Na super, die hat vielleicht ein Glück. Sandra und Buzz waren gut anderthalb Jahre ein Paar. Wir konnten sie alle nicht sonderlich leiden. Sie war militante Veganerin und deshalb kein gerngesehener Gast auf unseren abendlichen Treffen, zu denen Fleisch genauso selbstverständlich dazugehört wie Bier oder selbstgemachte Gitarrenmusik.

Kim legt ihm eine Hand auf die Schulter und sagt gespielt sentimental: »Oh nein! Warum? Geht's dir gut?«

»Sei mir nicht böse, Buzz, aber Sandra war 'ne dumme Flunz. Da findest du hier drin dreißig Bessere«, meint Jonas und deutet mit ausgebreiteten Armen in den Raum, in dem außer uns nur zehn weitere Menschen sitzen. Alles Männer übrigens. Allesamt ziemlich blau, laut und ungepflegt.

Ich lege den Kopf schief. »Wie einfühlsam!«

»Wieso? Er hat sich doch von ihr getrennt, nicht andersrum.«

Dass auch derjenige Partner, der den Schritt gemacht hat, unter der Trennung leiden kann, ist ein Phänomen, das Männer niemals verstehen werden.

Jonas und Oli beginnen eine Diskussion darüber, warum es gut ist, dass Sandra weg ist (Fleisch ist dabei ein starkes Argument), und wie viele heiße Schnecken Buzz künftig vernaschen kann. Währenddessen erzählt Buzz Kim irgendwelche Halbwahrheiten, die alle mit »Es ging einfach nicht mehr, weil …« beginnen. Sie hängt an seinen Lippen und gibt scheinheilige Kommentare ab.

Ich sitze am Tisch, stelle die Füße auf den Stuhl, stütze die Ellenbogen auf den Knien ab und nehme an keinem der beiden Gespräche teil. Ich trinke bloß aus dem riesigen Weizenglas und zerrupfe die Bierdeckel in winzige Fetzen – das mache ich in Gaststätten häufig. Es gibt Menschen, die sich deswegen schon fürchterlich für mich geschämt haben und es vorziehen, nicht mehr mit mir in Bars zu gehen.

Obwohl ich von den Menschen umgeben bin, die mir mit am liebsten sind, fühle ich mich plötzlich einsam. Kim hat nur noch Augen für Buzz, und er scheint auch Gefallen an ihr zu finden, denn er fläzt sich auf seinem Stuhl, hat ein Bein lässig überschlagen und einen Arm auf ihre Lehne gelegt. Außerdem dreht er an einer seiner Dreads herum – was er nur macht, wenn er sich wohlfühlt, entspannt und-Slash-oder selbstzufrieden ist. Jonas und Olis Unterhaltung hat sich ausgeweitet und behandelt nun die grobe Tatsache, dass es alles in allem besser sei, Single zu sein. Dann könne man häufiger Frischfleisch haben. Allerdings reden sie längst nicht mehr von Rumpsteaks.

»Ich muss mal aufs Klo«, murre ich, um für einen Moment der Situation zu entkommen. Ich stehe auf, ziehe mein verrutschtes Tanktop zurecht und kralle meine Hände in die Haare.

»Alles okay, Max?«, höre ich Kim noch fragen, doch ich winke nur nickend ab.

Ich vergrabe mich in einen Berg Trübsal. Warum bloß? Ich weiß, dass Jonas freiwillig und gerne Single ist. Es sollte mich nicht schockieren, wenn er von One-Night-Stands und wohlgeformten Brüsten spricht. Wahrscheinlich hat er übertrieben, um sich vor seinem Bruder zu profilieren.

Als ich an der ranzigen Theke vorbeilaufe, schließt sich unvermittelt eine Hand fest um mein Gelenk und hält mich zurück, woraufhin ich zu Tode erschrecke. Ich denke an die matschigen Typen, die hier für gewöhnlich Tag und Nacht herumhängen, und werde panisch. Aus einem Instinkt heraus, von dem ich auch nicht weiß, wo er herkommt (wahrscheinlich aus der Kreidezeit), wirbele ich herum und ramme dem Angreifer meine Faust ins Gesicht.

Oh Gott, verdammt, Heilige Mutter Gottes!

»Au!«, schreie ich auf, meine Stimme drei Oktaven höher als gewöhnlich, als es mein Handgelenk zerreißt. Ich habe es immer für eine Hollywood-Erfindung gehalten, dass dem Austeilenden beim Zuschlagen die Faust schmerzt. Jesus!

»Oh shit! Sorry, ich wollte dich nicht erschrecken«, sagt eine Stimme, die mir entfernt bekannt vorkommt.

Ich hebe den Kopf. Auf einem Barhocker vor mir sitzt der rothaarige Fahrradkurier, der sich mit überraschter Miene die Wange hält.

»Entschuldige! Ich …«

Bevor ich noch ein weiteres Wort sagen kann, steht Jonas neben mir und stößt dem Kurier beide Hände vor die Brust. Mit einem lauten, unangenehmen Holz-auf-Holz-Krachen kippt er mitsamt seinem Barhocker zur Seite und schlägt auf den Boden auf. Hätte ich das bei *Upps! Die Pannenshow* gesehen, hätte ich mich wohl kaputtgelacht.

Aller Augen sind auf uns gerichtet – ein Umstand, den ich noch nie leiden konnte.

Der Barkeeper beugt sich über die Theke und brüllt: »Jetzt ist aber gut, meine Damen und Herren, sonst fliegt ihr hier alle raus! Du, mein Freundchen, grabschst hier keine Frauen an«, sagt er dann zu dem Fahrradkurier, »und du«, er wendet sich Jonas zu, »überlässt es mir, meinen Schuppen sauber zu halten, klar?«

Ungläubig wandert mein Blick von Jonas zu dem Rothaarigen. Ein großer blonder Typ, der neben ihm gesessen hat, hilft ihm wieder auf die Beine.

»Hast du sie noch alle?«, zische ich Jonas leise zu.

»Der hat dich befummelt!«

»Er hat mich nicht *befummelt*. Außerdem kann ich mir ganz gut selbst helfen. Danke schön!«

»Ich wollte sie nicht erschrecken«, mischt sich der Fahrradkurier ein.

»Es tut mir schrecklich leid! Ist alles okay? … Ich kenne ihn«, füge ich an Jonas gewandt hinzu, der sein Gegenüber immer noch feindselig anblitzt. »Sei kein Neandertaler!«

Jonas schnickt sich die Haare aus dem Gesicht und dampft ab, zurück zu den anderen, die ihn neugierig anglotzen und sofort ausfragen. Jonas gestikuliert wild beim Antworten, und ich kann den Zorn in seinen Augen deutlich erkennen. Der zornige Jonas gleicht einem missgelaunten Kleinkind.

»Das ist irgendwie in die Hose gegangen«, resümiert der Fahrradkurier ziemlich treffend.

»Yep«, murre ich und beobachte Jonas weiter.

»Ich wollte nur Hi sagen.« Er fährt sich durch die Haare.

»Frag mich mal: *Ich* wollte nur aufs Klo.«

Er amüsiert sich. »Na, dann will ich dich nicht aufhalten.«

War das eine Abfuhr? Haben Jo und Kim nicht beide gesagt, er habe eindeutig Interesse an mir gezeigt? Warum nutzt er die Gelegenheit der zufälligen Begegnung dann nicht?

»Du hast mir nicht geschrieben«, ruft er mir hinterher, als ich schon weitergegangen bin.

»Tja, ich musste das Buch zurückgeben. Das schweineteure Buch von antikem Wert, in das du hineingekritzelt hast«, füge ich mit einem Zwinkern hinzu. »Das hätte echt Ärger geben können.«

»Und, gab es welchen?«, fragt er schelmisch, sympathisch und – zugegebenermaßen – ziemlich süß. Er bekommt es sogar hin, dass seine Augen mitlächeln.

Bevor ich antworten kann, steht Jonas wieder neben mir. »Sie will aufs Klo, okay? Sie will nicht vollgequatscht werden.«

Erst jetzt dämmert mir, was Jonas da tut. Er meint, mich verteidigen zu müssen. Er springt für mich in die Bresche, weil er glaubt, ich würde gegen mein Einverständnis angesprochen. Oder hat er bloß gesteigerte Lust, eine Schlägerei anzuzetteln?

»Das war nicht meine Absicht«, erklärt der Fahrradkurier ruhig und hebt beschwichtigend die Hände. »Ich wollte sie bloß fragen, ob sie etwas mit mir trinken möchte. Ich wusste nicht, dass sie … mit einem Kerl hier ist.«

»Ist sie aber!«

»Jonas, ich kann für mich selbst sprechen, okay? Ich … ich glaube, ich gehe erst mal auf die Toilette und du beruhigst dich.« Überfordert wuschele ich mir durch die Haare. So etwas ist mir ja noch nie passiert. »Ich fürchte, mit dem Getränk sieht es heute schlecht aus.«

Mein Fahrradkurier nickt wissend, hebt zuprostend sein Bierglas und wendet sich von uns ab.

In der Toilette sitze ich auf dem Klodeckel und kriege mich nicht mehr ein: Jonas, der herbeieilt, weil er sieht, dass mich jemand anfasst. Jonas, der mich verteidigt. Dazu der süße Kurier, der mit mir was trinken will. Vielleicht sogar einen trendigen Rum-Cocktail, könnte ja sein.

Ich binde mir die Haare zusammen, wasche mir die Hände.

Als ich zurück in die Bar gehe, ist der Kurier verschwunden. Jonas steht wie ein Wachhund an der Theke und geleitet mich zu unserem Platz zurück. Ich hätte gerne gewusst, ob er mich noch mal angesprochen hätte. Ob er darauf bestanden hätte, etwas mit mir zu trinken. Das hätte sich irgendwie gut angefühlt.

»Ist alles okay?«, fragt mich Kim, als ich mich auf meinen Platz fallen lasse.

Ich nicke.

»Alter, solche Typen bringen mich auf die Palme«, sagt Oli. Dieser Ausspruch könnte auch auf seinen Bruder zutreffen.

Als wir uns in ein neues Gespräch vertiefen, ist Jonas bis auf ein Grummeln hie und da still. Hastig stürzt er sein Bier herunter und bestellt gleich ein neues.

Ich lege eine Hand auf sein Knie und sage: »Sei nicht so ein Brummbär. Ich weiß, du hast es gut gemeint, aber es war überflüssig.« Vorsichtig grinse ich ihn an.

Er nickt wenig überzeugend. Dann scheint er seine Zustimmung noch einmal zu überdenken und sagt leise zu mir: »Was sollte das denn? Der Kerl hat dich angetatscht. Ich wollte dir bloß helfen, und du stehst nicht mal zu mir. Du bist echt komisch, Max.«

»Es hätte keinem geholfen, wenn ihr euch geprügelt hättet.«

»Doch, mir«, Jonas greift nach meinem Glas und leert es.

»Na, danke schön«, brumme ich und deute auf das leere Glas.

»Sehr gern.«

Für mich ist das Thema damit erledigt, da sagt Jonas noch: »Woher soll ich wissen, dass du den kennst? Alle Typen, die du so gut kennst, dass sie dich anfassen dürfen, sitzen hier am Tisch. Oder besser gesagt, hier auf diesem Stuhl.« Er deutet auf seinen Sitz. »Du hast ihm eine geklebt, verdammt! Ich hab gedacht, der tut dir was oder so.«

Ich tue ihm den Gefallen und sage, was er hören will: »Danke, du bist mein Held.«

Er sieht mich schief von der Seite an, dann rempelt er mir freundschaftlich gegen die Schulter.

Freundschaftlich. *Super!*

Du schlägst dich eben mit den Leuten, die deine Freunde dumm anmachen. So verhält man sich als echter Kerl. Jonas war bloß sauer, weil ich ihn in seinem Stolz verletzt habe, als ich vor den Ohren des anderen gesagt habe, dass ich die Situation auch ohne ihn im Griff hätte.

In eine Fast-Schlägerei verwickelt zu sein, aus der mich Jonas mit wehendem Cape rettet, ist eine nette Vorstellung. So fühlen sich also die Lois Lanes und Mary Janes dieser Welt. Doch mit der Realität bin ich alles andere als zufrieden. Ich will nicht, dass der Fotograf mich in schlechter Erinnerung behält. Gleichzeitig schmeichelt mir, dass Jonas den alleinigen Anspruch darauf erhebt, mich anfassen zu dürfen. Es ist irgendwie romantisch – und tieftragisch. Wenn er gerne der einzige Mann wäre, der mich anfassen darf, sollte er das auch sein. Dann aber bitte schön anfassen wie Erwachsene.

7. KAPITEL

in dem mir ein Post-it zugestellt wird

»Bitte, ich will, dass du mitgehst.«

»Ich mag nicht.«

»Warum nicht? Er-Schrägstrich-sie ist auch dein Bruder-Schrägstrich-deine Schwester.«

»Der Schrägstrich ist gerade mal so groß wie eine Kidneybohne.«

»Sei nicht immer so negativ, Max. Komm schon. Es ist Samstag, es ist tolles Wetter. Wir bummeln ein bisschen über die Zeil, schauen uns Babysachen an, und danach kaufe ich dir einen riesigen Frappuccino.« Jo strahlt mich an. Bei diesem Blick ist es nicht schwer nachzuvollziehen, warum ihr die Männerherzen nur so zuflattern. Sie will mich bereits seit einer halben Stunde davon überzeugen, mit ihr ein Geschenk für Kristin-Slash-das Babybabybaby zu kaufen.

»Du weißt ja noch nicht einmal, ob du blaue oder rosa Strampler kaufen sollst.«

»Dann kaufe ich eben grüne.«

»Grün?«

»Das ist geschlechtsneutral.«

Selbst Rosa ist mittlerweile geschlechtsneutral. Soll sie doch einen mit Ed-Hardy-Muster kaufen. Ist auch geschlechtsneutral. Sieht an Männlein und Weiblein gleich bescheuert aus.

»Ich komme trotzdem nicht mit.«

»Frappuccinooooo«, sagt sie lockend.

»Nope.«

»Och Mann!« Sie lässt sich auf mein Bett plumpsen. »Du bist ganz schön depressiv in letzter Zeit. Ohne Mist, Maxime. Draußen sind fast dreißig Grad, und du sitzt hier rum. Sonst hast du so viel unternommen in den Semesterferien. Aber seit deine Lateinklausur vorbei ist, hast du praktisch nichts mehr gemacht.«

»Das ist gerade mal zwei Tage her, Jo.«

»Ich will doch nur, dass du gut gelaunt bist. Mir geht's auch nicht gut, wenn du so mies drauf bist, Maxime.« Da ist sie wieder, die Seele-macht-Schüleraustausch-Nummer. Sie beruht auf Gegenseitigkeit, schlägt sich bei uns allerdings unterschiedlich nieder.

»Ich bin nicht depressiv, *Josephine*, ich hab nur keinen Bock, Babykleider einzukaufen.«

»Dann lass uns eben Erwachsenenkleider einkaufen. Ich will, dass du glücklich bist, komm schon.«

»Mir geht's blendend.«

Jo stöhnt und winkelt ihre Beine direkt neben meinem Kopf zum Schneidersitz an. Sie beginnt, mir übers Haar zu streicheln. Dummerweise weiß sie, dass ich das schrecklich gern mag und dann ganz handzahm werde.

»Du kannst doch nicht dein Leben lang wegen Jonas schlecht gelaunt sein. Du musst ihn endlich abschreiben. Du ärgerst dich ständig über ihn. Ich weiß, dass er dir gefällt, aber das bringt doch nichts. Johnny Depp gefällt mir auch, und trotzdem habe ich akzeptiert, dass es mit uns nie klappen wird.«

Kritisch sehe ich meine Schwester an. »Gelungener Vergleich. Wirklich.«

»Ja, er ist mir dann doch ein bisschen zu alt. Seit ich *Edward mit den Scherenhänden* gesehen habe, macht er mir außerdem ein wenig Angst.«

Ich finde es nett, dass sie versucht, witzig zu sein, um mich aufzuheitern. Vielleicht hat Jo ja Recht und ich bin emotional ein klein wenig verkrüppelt. Meine Krankenkasse sollte für entsprechende Gegenmaßnahmen aufkommen.

Da klingelt es an der Tür.

»Erwartest du wen?«, fragt Jo mich und hält mit der Streicheleinheit inne.

»Nö«, stöhne ich, rappele mich ächzend auf und dröhne in die Freisprechanlage neben dem oberen Treppenabsatz: »Ja?«

»Post«, brummt es.

Ich drücke den Summer. »Hast du wieder ein zehn Zentner schweres Zalando-Paket bestellt?«

»Nein! Ich schwöre!« Meine Schwester hebt zum Beweis zwei Finger.

Ich tappe in die untere Etage, Jo auf den Fersen, und öffne die Wohnungstür. Vor uns steht ein Junge, der kaum achtzehn ist und die gleiche Windjacke trägt wie mein Fotograf-Slash-Fahrradkurier. Er knatscht auf einem Kaugummi herum und hält mir einen braunen Versandumschlag hin.

»Ja?«, frage ich verwirrt.

»Das soll ich hier abgeben. An …«, er guckt auf die Auftragsbestätigung, »… die Dame des Hauses.«

»Welche?«, fragt Jo.

»Was weiß denn ich«, grummelt er schlecht gelaunt, während er mit offenem Mund weiter Kaugummi kaut. »Unterschrift«, blafft er und hält mir das Papier hin.

Ich kritzele meinen Namen darauf.

»Von wem ist das?«, will Jo wissen.

»Weiß ich doch nicht«, knatscht er, wedelt dankend mit der unterzeichneten Empfangsbestätigung und zieht von dannen.

»Was war das denn für ein pubertärer Vollidiot?«, frage ich und reiße neugierig den Umschlag auf, der ungewöhnlich flach ist, so als wäre gar nichts drin.

»Hey, vielleicht ist es gar nicht für dich?«, beschwert sich Jo.

»Der Typ hatte dieselbe Jacke an wie er. Ich denke schon, dass es für mich ist.«

»Wie wer?«

Ich ignoriere die Frage und schüttele den Umschlag, aber nichts fällt heraus. »Komisch«, überlege ich.

»Lass mich mal.« Jo entreißt ihn mir und steckt die Hand hinein. »Hab was«, sagt sie triumphierend und fischt einen kleinen gelben Zettel heraus. Sie klebt sich das Zettelchen an den Zeigefinger und liest: »Ich muss dich fotografieren. Heute, halb drei bei den Elefanten. Bring deine schlechte Laune ruhig mit. Hoffe, dein Freund hat nichts dagegen.« Sie sieht mich an. »Versteh ich nicht.«

Mein Verdacht hat sich bestätigt. Mein Herz wummert. »Das ist von dem Typen, der im Zoo meine Tasche gefunden hat. Warum will er mich fotografieren? Und wie kommt er darauf, dass ich spontan Zeit habe? Ich glaub, ich kann das nicht, Jo.«

Sie sieht mich erst lächelnd, dann abschätzend an und sagt dann: »Vielleicht meint er ja auch mich?«

»Wieso sollte er dich meinen? Er kennt dich doch gar nicht.«

»Aber er hat mich neulich gesehen. Vielleicht findet er mich ja hübsch und will mich fotografieren. Du hast erzählt, dass er eine ziemlich professionelle Kamera im Zoo dabeihatte. Vielleicht ist das sein Job.«

»Er ist Fahrradkurier!«

»Der im Opel-Zoo Kinder fotografiert.«

»Ein pädophiler Fahrradkurier!«

Jo stupst kraftvoll gegen meine Schulter. »Hör auf, so einen Blödsinn zu erzählen.«

Ich nehme ihr den Zettel ab und lese ihn noch mal durch. Die Worte sind schnell hingeschrieben, aber nicht krakelig, sondern wie von einem routinierten Schreiber. »Bei den Elefanten, steht da. Da hab *ich* ihn schon mal getroffen. Warum sollte er sich mit *dir* bei den Elefanten verabreden wollen?«

»Vielleicht mag er die Location?«

»Oh, Location. Das Wort hast du wohl bei *Germany's Next Topmodel* gelernt?«

»Nein. Im Englischunterricht, Max«, giftet sie zurück. »Außerdem steht da: ›Hoffe, dein Freund hat nichts dagegen.‹ Du hast gar keinen Freund.«

»Du doch auch nicht.«

»Ja, aber bei mir ist die Wahrscheinlichkeit, dass ich einen habe, weitaus höher.«

Ich stocke einen Moment, dann klebe ich den dämlichen Zettel an ihre dämliche Stirn und blaffe: »Du bist 'ne dumme Kuh. Aber ich sag dir mal was: So toll, wie alle immer behaupten, bist du auch nicht.«

»Halt den Mund, Max, ja? Weißt du was: Natürlich meint er dich. Schlechte Laune ist nämlich die einzige Qualität, die du hast.«

Ich trampele die Treppe hoch.

Um halb zwei stolziere ich durchs Wohnzimmer zur Tür.

»Wo gehst du hin?«, fragt Jo in versöhnlichem, leisem Tonfall.

»Weg.«

»Geh nicht mit zu ihm nach Hause, zahl ihm kein Geld für die Fotos und zieh dich nicht für ihn aus.«

Ich schaue sie an, meine Miene entspannt sich.

»Das hab ich bei *Germany's Next Topmodel* gelernt.« Sie lächelt.

Ich nicke kurz und öffne die Lippen ebenfalls zu einem freundlichen Grinsen.

Als ich die Haustür aufmache, sagt Jo noch: »Wärst du auch hingegangen, wenn ich dich nicht provoziert hätte?«

8. KAPITEL

in dem ich endlich erfahre, wie der Fotograf-Slash-Fahrradkurier heißt, und es zuerst für einen Witz halte

Ich fahre mit dem Auto zum Zoo. Es ist fantastisches Erste-Augustwochen-Wetter. Auf den Straßen hüpfen Mädchen in einem Hauch von nichts herum, und Männer starren ihnen hinterher.

Hätte ich vielleicht auch etwas Kurzes anziehen sollen? Vielleicht eines von Jos auf große Brüste ausgelegten Sommerkleidchen? Bin ich in schwarzen Jeans und grauem T-Shirt underdressed?

Nein. Stopp. Gaaaaanz falsche Gedanken. Wenn ich mir jetzt schon Sorgen darüber mache, was ich anhabe, fange ich womöglich auch noch an, mich zu fragen, was ich da *überhaupt* tue: Ich treffe mich mit dem potenziellen Leberwurst-Psychopathen im Opel-Zoo. Es wird ihm ein Leichtes sein, meine Leiche ins Elefantengehege zu werfen und das Ganze wie einen Unfall wirken zu lassen.

Um Punkt halb drei sitze ich auf der Elefantenbank, auf den Ohren die übergroßen Kopfhörer. Warum bin ich pünktlich gekommen? Wäre dies vielleicht die Gelegenheit gewesen, mich einmal ob meines Zuspätkommens feiern zu lassen? Ich bin keine gute Strategin.

14.31 Uhr: Er ist nicht hier. Ich kaue an meiner Nagelhaut und ziehe ein Bein an.

14.32 Uhr: Ich spiele an meinem linken Schnürsenkel herum. Ziehe ihn auf und binde ihn wieder zu.

14.33 Uhr: Ich stehe auf und wippe auf den Füßen vor und zurück.

14.33 Uhr und vierzig Sekunden: Ich gehe vor an die Mauer des Elefantengeheges, stütze mich darauf ab und gucke nach unten.

14.34 Uhr: Ich lehne mich mit dem Rücken gegen die Mauer, ziehe die Kopfhörer ab und lasse sie um meinen Hals hängen.

Ich schaue ein letztes Mal auf die Uhr. Es ist fünf nach halb drei. Sollte ich bei dieser sehr unkonventionellen Form des Dates echt mehr als fünf Minuten warten? Sollte ich vielleicht verschwinden, den Spieß umdrehen und um Viertel vor drei wieder auftauchen, nur damit er das Gefühl hatte, auf mich warten zu müssen? Macht man als das Fotomodell nicht so? Naomi Campbell hat es mit derartigem Fehlverhalten zu großem Ruhm gebracht. Weil ich jedoch nicht weiß, was in solchen Situationen Standard ist, mache ich solche Dinge für gewöhnlich nicht. Ich lasse mich weder in Bars vollquatschen noch einladen. Denn ehe du es dich versiehst, hockst du ganz allein in irgendwelchen Zoos herum und fragst dich, warum. Dabei kennst du die Antwort sowieso schon: Du wurdest sitzen gelassen.

Wie lange er die Nummer wohl geübt hat? Ob er sie bereits häufiger durchgezogen hat?

Dabei ist die Ich-will-dich-fotografieren-Masche nun wirklich ein Klischee. Wie konnte mir das nur passieren? Ich hätte es wissen müssen, schließlich verabscheue ich Klischees.

Andererseits: Es sind nur fünf Minuten.

Erbost über meine komplette Verstandeslosigkeit packe ich die Kopfhörer in die Tasche, schwinge sie mir über die Schulter und nehme den Spazierweg zurück zum Ausgang.

Just in dem Moment höre ich ihn rufen: »Hey, nein, nicht gehen!«

Ich drehe mich um und sehe ihn auf mich zurennen. Seine Haare wehen im Gegenwind und leuchten in der blendend hellen Sonne kupferfarben und goldgelb. Er hat sogar Klischeehaare!

»Sorry«, ächzt er, als er nur noch ein paar Meter von mir entfernt ist. Er trägt khakifarbene Shorts und ein langärmliges schwarzes Shirt. Um seine Schulter baumelt die Fototasche. »Ich weiß, wir hatten halb drei gesagt. Tut mir leid.«

»Das hattest *du* gesagt. Ich bin nur auf dieses fancy Post-it angesprungen. Sehr clevere Anmache übrigens«, korrigiere ich ihn.

Er grinst mich an. »Du bist ganz schön schlagfertig, weißt du das? Und schlagkräftig.« Er deutet auf seine Wange, die unter seiner hellen Haut leicht bläulich schimmert.

Ich bestaune mein Werk. Hätte nicht gedacht, dass ich zu so etwas fähig bin. »Es tut mir ehrlich leid. Falls es dich tröstet: Mir selbst hat es auch ganz schön wehgetan«, gebe ich zu. »Im Film sieht das leichter aus.«

»Im Film sieht es auch weniger schmerzhaft aus, von einem Barhocker zu fallen. Ich muss zugeben, das war nicht gerade der eleganteste Abgang meines Lebens.«

»Ja, sorry wegen Jonas. Er hat total überreagiert.«

»Kein Ding, mach dir keine Sorgen. Mir ist klar, wie die Situation auf ihn gewirkt haben muss. Ich fasse dich an, du ohrfeigst mich …« Er gestikuliert mit den Armen und bewegt sich, als wollte er nachstellen, was in der Bar passiert ist. »In solchen Situationen verteidigt man seine Freundin, klare Sache.«

Seine Freundin. Ich, die Freundin von Jonas?

Im ersten Moment will ich ihn darüber aufklären, dass er da etwas missverstanden hat, dass Jonas gar nicht mein Freund ist. Aber dann lasse ich seine Worte noch einmal in meinem Kopf zerschmelzen und kann ihn nicht berichtigen. Es hört sich so gut an. Es *fühlt* sich so gut an, dass Jonas' Verhalten auf einen Außenstehenden diesen Eindruck gemacht hat.

Außerdem: Das Wort »Freundin« ist doppeldeutig. Ich bin sehr wohl Jonas' Freundin. Das ist ja der schmerzhafte Kasus knaxus unserer Beziehung.

»Wenn du das sagst …«, entwinde ich mich der Situation.

»Eins muss ich wissen. Ich kann nicht eine Sekunde weiterleben, ohne dir diese eine Frage zu stellen. Ich hätte das schon viel früher machen sollen«, kündigt er an, als würde gleich etwas furchtbar Bedeutsames folgen. Dann kommt: »Wie heißt du?«

Beruhigt und irritiert zugleich antworte ich: »Max.«

»Ich bin Moritz«, sagt er, ohne dabei auch nur mit der Wimper zu zucken.

Ich gucke ihn schief an und stöhne. »Wow. Das hab ich ja erst … lass mich nachdenken … zwölftausendmal gehört. Nur können die Leute dabei normalerweise nicht so überzeugend ernst bleiben. Sag schon, wie ist dein richtiger Name?«

»Das ist mein Ernst. Ich heiße wirklich Moritz. Du dagegen heißt nicht wirklich Max. Du weißt schon, deutsche Standesämter sind pingelig, was die eindeutige Geschlechterzuordnung angeht. Also, wer von uns beiden hat hier seinen echten Namen nicht verraten?«

»Okay, okay.« Seine wilden Gesten und der lustige Tonfall in seiner Stimme amüsieren mich. Es ist so unkompliziert, mit ihm zu quatschen. Die Leberwurst-Fantasie rückt in weite Ferne. »Mein voller Name ist Maxime. Aber in der Pubertät musste ich mir 'ne Menge unschöner Vergleiche mit den Mädels auf dem gleichnamigen Männermagazin anhören. Seither bevorzuge ich die Max-und-Moritz-Witze und stelle mich nur noch als Max vor.«

Er sieht mich einen Moment baff an, dann erwidert er, während er in der hinteren Hosentasche rumfummelt: »Sagte ich schon, dass du ziemlich schlagfertig bist? Na gut. Ich werde dich Max nennen. Aber du ...« Er zieht sein Portemonnaie hervor, öffnet es, hält mir seinen Ausweis unter die Nase und deutet auf seinen Namen. »Du wirst mich wohl oder über Moritz nennen müssen. Zugegeben, das Foto ist nicht das neueste, aber die Ähnlichkeit ist unverkennbar. Hier steht mein Name: Moritz Maria Stolz.«

Ich gucke genauer hin. Tatsächlich. Moritz Maria Stolz. Und ich dachte, nur Komiker heißen mit zweitem Vornamen Maria. Ich presse die Lippen zusammen, um mir eine blöde Bemerkung zu verkneifen.

»Lass stecken. Witze über meinen Namen hab ich nämlich erst ... lass mich nachdenken ... zwölftausendmal gehört«, imitiert er mich. »Meine Mutter ist sehr gläubig. Hätte sie mich Jesus nennen dürfen, sie hätte es glatt getan. Aber auch da zicken die deutschen Standesämter rum. Zum Glück! Mein Bruder heißt Benjamin Josef Stolz, und ich bin mir nicht sicher, wann genau meiner Mutter klar wurde, dass sie ihre Kinder Maria und Josef genannt hat.«

Ich kann nicht mehr, breche in lautes Lachen aus. Er freut sich, als wäre mein Lachen eine würdige Belohnung für seine Einlage.

»Du bist vierundzwanzig?«, frage ich mit einem Blick auf sein Geburtsjahr. »So alt siehst du gar nicht aus.«

»Danke. Das ist die Art von Kompliment, über die man sich erst ab dreißig freut.«

Verlegen kicke ich ein paar Steinchen über den Boden. »Irgendwie hatten wir einen miesen Start«, sage ich schließlich. »Ich meine, klar, du hast ein Uni-Buch ruiniert, das auf meinen Namen ausgeliehen war. Du hast mich zu Tode erschreckt und dir dafür eine, nein zwei gefangen. Du hast mir ominöse Nachrichten geschickt, mit denen du mich zu noch ominöseren Fotosessions eingeladen hast. Du hast mich warten lassen und bisher kein einziges Foto von mir geschossen.«

»Eine sehr präzise Zusammenfassung, wenn auch fehlerhaft.« Er schiebt die Hände in die Hosentaschen und wippt auf den Zehenspitzen.

Ich lege den Kopf schief. Er ist nicht sehr groß, etwa zehn Zentimeter größer als ich. »Nein, ich bin mir ziemlich sicher, dass es genau so war.«

»Ich bin seit Viertel nach zwei hier, um dich auf keinen Fall zu verpassen. Und ich habe, grob geschätzt, dreihundert Bilder von dir geschossen.«

Mir klappt der Mund auf. »Du hast *was*?«

Er kratzt sich den Hinterkopf und schaut mich verlegen an. »Sorry.« Er grinst ein Alibi-Grinsen, weshalb klar ist, dass ihm das alles andere als leidtut.

»Du hast was?«, frage ich noch mal. »Warum? Wie?«

»Ich hab dahinten gestanden.« Seine eine Hand ruht in seinem Nacken, die andere winkt grob in die entgegengesetzte Richtung.

»Du hast in fünf Minuten dreihundert Bilder geschossen?«

»Tja, ich hab eben verdammt schnelle Finger.« Die Zweideutigkeit dieser Bemerkung entgeht mir nicht.

»Aber ich habe doch gar nicht posiert oder so. Ich hab nur doof rumgestanden.«

»JA! Du glaubst nicht, wie fantastisch du dabei warst.

Wenn du gewusst hättest, dass ich dich fotografiere, hättest du nicht mehr so natürlich gewirkt. Dein Blick war so schön genervt und dazu diese gigantischen Kopfhörer.« Wieder fuchtelt er mit den Händen, stellt alles dar, wovon er spricht. »Deine Haare haben geweht. Und wie du an den Fingern geknabbert hast. Man hat dir förmlich angemerkt, dass du Panik hattest, ich würde nicht kommen. Sorry, dass du nicht posieren durftest. Aber es hätte alles kaputtgemacht.« Er betrachtet mich mit einem Blick, der so vor Begeisterung sprüht, dass ich mir sicher bin, bei dem Menschen, von dem er da spricht, kann es sich unmöglich um mich handeln. »Du warst unperfekt. Und wunderschön«

»Bist du irgendwie krank oder so?«, frage ich in ernstem Tonfall.

»Ich … was? Krank?« Er blickt sich irritiert um. »Ich glaube nicht, nein.«

»Du bist kein Psychokiller, der mich gleich hinter den nächsten Busch zerrt, mich mit Leberwurst bestreicht und dann zerstückelt?«

»Himmel, nein! Ich … NEIN!«

Ich knete meine Hände. »Du holst dir heute Abend auch nicht über den heimlich geschossenen Fotos einen runter? Oder stellst sie ins Internet? Oder beides?«

Angewidert sieht er mich an. »Ähm … ich weiß gerade nicht, was ich sagen soll. Bis eben war ich der Überzeugung, dass das, was ich da tue, so was Ähnliches wie Kunst ist. Aber aus deinem Mund klingt's irgendwie pervers.«

»Zeig sie mir.«

»Was?«

»Die Fotos, zeig sie mir.« Ich strecke die Hand aus, als könnte er mir sofort dreihundert Abzüge hineinlegen.

»Nein. Das mache ich für gewöhnlich nicht.«

»Das Foto von dem Kind hast du mir neulich auch gezeigt.«

»Da hast du mich so komisch angestarrt. Ich wollte nicht, dass du mich für gestört hältst.«

»Jetzt halte ich dich sowieso für gestört. Also?« Ich verschränke die Arme vor der Brust und reiße die Augen übertrieben weit auf, eine Augenbraue abschätzend hochgezogen.

»Ich zeig sie dir, wenn ich die besten ausgesucht und bearbeitet habe.«

»*Ich* will die besten aussuchen.«

»Dafür hast du gar nicht den richtigen Blick.«

»Ach ja?« Ich stemme die Hände in die Taille, so wie Jo es immer macht. Bei ihr wirkt das ziemlich durchsetzungsfähig. Könnte daran liegen, dass sie eine Taille hat. Ich dagegen bin eher der Typ Ritter Sport – quadratisch, praktisch, gut. »Hör mal, mein Freund, ich sehe mich seit zwanzig Jahren jeden Tag im Spiegel, und du glaubst, mir fehlt der Blick für mich selbst?«

»Gerade weil du dich jeden Tag im Spiegel siehst, fehlt dir die nötige Distanz zu dir. Zwischen Spiegelbild und Fotografie ist ein ebenso großer Unterschied wie zwischen Spiegelbild und Realität. Glaub mir, ich hab das schon hundertmal gemacht.«

Ich rücke meine Tasche zurecht und sage zynisch: »Trotzdem bist du kein Fotograf, sondern ein Fahrradkurier.«

»Vorsicht, das ist mein wunder Punkt.« Trotzdem lächelt er. »Der Kurierdienst zahlt die Miete, sagen wir es mal so.« Wir schweigen einen Augenblick, dann fügt er hinzu: »Wenn die Fotos fertig sind, rufe ich dich sofort an. Du bekommst natürlich Abzüge. Wir machen TFP, okay?«

»TF was?«

»So heißt das. TFP – time for pictures. Ich schieße unentgeltlich Bilder von dir, und du trittst mir als Gegenleistung die Rechte daran ab. Dafür bekommst du die Fotos und kannst damit machen, was du willst. Vorausgesetzt, du schreibst immer brav dazu, dass ich sie geschossen habe.«

Ich runzele die Stirn. »Was heißt, ich trete dir die Rechte daran ab?«

»Du bist vielleicht kritisch. Das heißt, die Bildrechte gehören mir. Ich darf zum Beispiel die Fotos auf meine Homepage stellen und damit Werbung für mich machen.«

»Du willst mit *meinem* Gesicht Werbung für *dich* machen?«

»So in etwa.«

»Warum machst du nicht mit deinem eigenen Gesicht Werbung für dich?«

»Willst du ein Eis?«, wechselt er ohne jede Vorbereitung das Thema.

»Was?«, frage ich zischend.

»Willst du ein Eis?«, wiederholt er und deutet auf den Kiosk ein paar Meter weiter.

»Äh … ja«, antworte ich, ohne darüber nachzudenken. Bei Eis schaltet sich bei mir die Vernunft aus. »Du bezahlst.« Wenn ich hier schon irgendwelche Rechte abtreten darf, ohne gefragt zu werden, dann kann er mich dafür wenigstens in Süßspeisen entlohnen.

»Cool«, sagt er sichtlich zufrieden und kauft zwei Eis am Stiel.

Kurz darauf sitzen wir auf einer Baumstammbank und lecken an unserem Eis herum, das in der dreißig Grad warmen Sonne rasend schnell schmilzt. Moritz steckt sich sein Eis in den Mund und holt den Fotoapparat aus der Tasche.

»Lass dich nicht ablenken. Sorry, das muss sein«, nuschelt er durch sein Eis hindurch.

Ich bin nicht besonders fotogen. In unseren Familienalben gibt es dafür etliche stichhaltige Beweise. Jedes Mal, wenn ich im Internet lese, dass mich jemand auf einem Foto markiert hat, mache ich mich auf das Schlimmste gefasst. Als er nun mit der Kamera so nah an meinem Gesicht ist, bin ich irritiert und weiß nicht, wie ich mich verhalten soll.

»Genau davon habe ich gesprochen. Sobald die Leute wissen, dass sie fotografiert werden, werden Bilder scheiße. Verhalt dich ganz normal.«

»Warum musst du denn unbedingt *mich* fotografieren? Hier laufen hunderte Leute rum.« Hunderte schönere, fotogenere, interessantere Leute.

»Die will ich alle nicht. Ich will dich. Du hast es mir irgendwie angetan.«

Mit großen Augen warte ich darauf, dass er seine Worte erklärt. Aber das tut er nicht. Es scheint völlig normal für ihn zu sein, so etwas zu sagen.

Für einen Sekundenbruchteil bin ich derart gefesselt von seinem Blick, dass ich das schmelzende Eis nicht schnell genug auflecken kann. Es rinnt mir über die Faust. Ich fluche und lecke mir über die Finger. Dabei höre ich den Fotoapparat gut ein Dutzend Mal leise klicken.

Moritz grinst breit und schaut mit leuchtenden Augen auf das kleine Fotodisplay.

»Hey!«, protestiere ich.

»Das«, Kunstpause, »war der Hammer.« Ehe ich einfordern kann, die Bilder zu begutachten, ist der Fotoapparat auch schon wieder in der Tasche verschwunden.

»Ich wollte dich neulich echt nicht anbaggern. Echt nicht. Aber du bist mir im Zoo aufgefallen, und du sahst so schön schrecklich aus, da konnte ich nicht anders.«

Ich mustere ihn von der Seite. »Schön schrecklich?«

»Ja, oder schrecklich schön. Beides irgendwie. Du warst bis zum Rand voll mit Emotionen. Das war super.« Sagt man Mädchen, dass sie schrecklich schön und schön schrecklich sind? Mit einer solchen Selbstverständlichkeit? Sind Männer etwa doch in der Lage, Emotionen wahrzunehmen und zu lesen? Ich habe mal gehört, dass Männer lediglich vier verschiedene Gesichtsausdrücke deuten können, wohingegen Frauen über zwanzig zu unterscheiden in der Lage sind.

»Moritz?«

»Mhm?« Er leckt an seinem Eis.

»Bist du schwul?«

Prompt verschluckt er sich und muss husten. »Sehr diskret«, presst er prustend hervor. Er wischt sich über den Mund und leckt das heruntergetropfte Eis auf. »So direkt hat mich das bisher niemand gefragt. Das Fotografieren scheint gewisse Vorurteile mit sich zu bringen.« Er leckt Eis von seinem Daumen. Er kaut an den Fingernägeln, das kann man deutlich erkennen. »Trotzdem: Nein, bin ich nicht. Dafür gibt es Beweise.« Er hüstelt verlegen.

»Ich dachte, ich frag mal.«

»Ja, kein Ding. Ein Bekannter von mir ist schwul und Fotograf. Vor ihm ziehen sich die Mädchen mit dem größten Selbstbewusstsein für Aktfotos aus. Vielleicht sollte ich künftig so tun, als wäre ich's.«

Ich weiß nicht, ob ich lachen soll, also verkrampfe ich bloß meinen Mund.

»Das sollte ein Witz sein«, stellt er klar. »Mir sind Aktfotos viel zu gestellt. Sollte ich doch mal welche machen, würde es ungemein helfen, wenn die Mädels keine Angst vor mir hätten.«

Ich sehe ihn von Satz zu Satz kritischer an.

»Grundsätzlich muss niemand Angst vor mir haben.

Deine Leberwurst-Fantasie bleibt eine Fantasie. Es sei denn, du bestehst darauf. Dummerweise esse ich kein Fleisch, aber wir könnten es mit Ketchup versuchen. Sieht sowieso viel kranker aus.«

Endlich muss ich lachen (und lasse auch zu, dass er es bemerkt). Er wirkt zufrieden mit sich.

Als unsere Eis am Stiel nur noch Stiele sind und wir am Zooausgang stehen, schiebt Moritz die Hände in die Taschen.

»Na dann, ich warte auf deinen Anruf. Wegen der Fotos«, leite ich die Verabschiedung ein.

»Willst du vielleicht noch was machen? Jetzt? Was trinken oder so? Ich hab noch Bier daheim.«

Ich lächele ihn an und schüttele den Kopf. Warum sollen Kerle mit mir immer bloß Bier trinken?

»Was ist nur los mit dir, dass du partout keinen Drink von mir annimmst? Nun gut. Vorschlag zwei: Wir stöpseln die Kamera in den PC und ziehen die Bilder rüber. *Gemeinsam* suchen wir die besten aus. Das wäre eine Premiere, du musst dich geehrt fühlen.« Ein verführerisches Angebot. »Ich sag's deinem Freund auch nicht.«

Bei dem letzten Satz muss ich schmunzeln, schüttele aber erneut den Kopf. »Nein, sorry. Nicht wegen Jonas, sondern wegen meiner Schwester. Ich habe ihr versprochen, nicht mit dir nach Hause zu gehen.«

Er reißt die Augen auf. »Warum?«, fragt er und streckt die Hände unschuldig von sich.

»Man hört so viele Schauergeschichten über Fotografen, weißt du?«

»Aber ich bin doch bloß ein harmloser Fahrradkurier!«

Ich krame in meiner Handtasche nach einem Kugelschreiber, fasse nach seiner Rechten und kritzele meine Nummer auf den Handballen. »Du schreibst in mein Buch, ich auf deine Haut. Das scheint mir nur gerecht. Und du rufst erst an, wenn die Bilder fertig sind.«

Langsam schlendere ich zu meinem Auto und höre, wie er mir hinterherruft: »Dir ist schon klar, dass ich mich mit dem Bearbeiten beeilen muss, damit ich dich möglichst bald anrufen kann?«

Auf dem Heimweg fühle ich mich merkwürdig selbstzufrieden, was daran liegen muss, dass ich mich noch nie im Leben so interessant verhalten habe, dass mir jemand etwas hinterhergerufen hat.

9. KAPITEL

in dem ich eine Verabredung habe, für die ich mir nicht die Beine rasiere

Noch am selben Abend erzähle ich Jo, ich sei nun überzeugt davon, dass Moritz kein kranker Spinner ist.

»Moritz? Er hat gesagt, er heißt Moritz?«

»Er hat mir seinen Ausweis gezeigt, er heißt tatsächlich so.«

»Ihr heißt Max und Moritz, und ihr seid beide rothaarig. Keine Frage, Schwesterherz, ihr seid jetzt schon mein Traumpaar des Jahres.«

»Jo! Vor einer Sekunde dachtest du noch, er will mich zerstückeln.«

»*Du* dachtest, er will dich zerstückeln, meine Beste. Derart kranke Gedanken habe ich nicht.«

Wir sitzen gemeinsam auf Jos Bett und schauen uns eine dämliche Vampirsendung an, die sie sich jede Woche reinzieht. Das Schlimme daran ist, dass ich meine freien Abende sehr gerne mit Jo verbringe und mir deshalb die Sendungen mit ansehe. Manchmal erwische ich mich doch glatt dabei, wie es mich plötzlich auch interessiert, ob der gute Vampir das Mädchen nun kriegt oder ob sie auf den bösen reinfällt. Hin und wieder ärgert es mich sogar, wenn die Handlung nicht nach meinen Vorstellungen verläuft. Aber das streite ich natürlich vehement ab, selbst Jo gegenüber. Selbst mir gegenüber.

In der nächsten Werbepause springt sie vom Bett auf und beginnt eine Parallelunterhaltung mit ihrem Spiegelbild. Einerseits will sie weitere Informationen über Moritz erhalten, andererseits will sie wissen: »Was soll ich denn bloß nachher anziehen?«

»Wo gehst du hin?«

Sie äfft mich nach: »Bloß in einen schwachsinnigen Club auf der Zeil.« Damit schiebt sie die Tür ihres Kleiderschrankes auf, hinter der sich Kleidchen an Kleidchen reiht. In allen Formen und Farben.

»Also, wann seht ihr euch wieder?«

»Das ist nicht der Beginn einer Romanze, Jo. Es geht nur um die Fotos.« Sie hält sich ein schwarzes Kleid an. »Sieht aus wie ein Hausmädchen«, kommentiere ich.

Sie wirft es zur Seite. »Was heißt denn hier *nur* um die Fotos? Warum sollte er Bilder von dir machen, wenn er nicht an dir interessiert ist?«

»Er hat gesagt, ich hätte es ihm angetan.«

Jo schenkt mir einen Mehr-gibt-es-dazu-ja-wohl-nicht-zu-sagen-Blick. »Das hier hatte ich beim letzten Mal an.« Das Schlauchkleid wird aussortiert.

»Warhol hatte es eine Suppendose angetan, das heißt gar nichts«, murre ich und knibbele an meinen Nägeln herum.

»Willst du dich etwa mit einer Suppendose vergleichen? Mensch, Max, du musst dringend was für dein Selbstbewusstsein tun.«

Ja, klar. Ich könnte mir einen Stall voll Kleider anschaffen, die ich nie anziehe. Das würde sicher helfen. Mit meinem Selbstbewusstsein ist alles paletti. Was Jo meint, ist *Selbstwertgefühl*. Wie es um meines bestellt ist, darüber kann ich leider keine Aussage treffen. Das ist bestimmt schon Aussage genug.

»Wie wär's mit 'ner Hose?«, frage ich, als das nächste Kleid auf dem Nein-Haufen landet.

»Ja genau. Oder wie wär's mit 'nem Sack?«, erwidert Jo, als wäre es das Abwegigste überhaupt, eine Hose zu tragen. So als hätte ich gerade Jane Austen den Vorschlag gemacht, zur nächsten Teeparty Hotpants anzuziehen.

»Also, wenn das mit euch was wird, dann lerne ich ihn natürlich als Erstes kennen.«

»JO! Das. Ist. Keine. Romanze.«

»Jaja, wir sprechen uns in ein paar Wochen noch mal.«

»Nein. Weil … er ist überhaupt nicht mein Typ.« Allerdings bin ich mir unsicher, ob ich überhaupt einen Typ habe.

»Du meinst: Er ist nicht Jonas, und niemand wird jemals den Stellenwert von Jonas einnehmen können.«

»Das habe ich nie gesagt.«

»Aber gedacht! Hat er Boris-Becker-Wimpern?« Jo erzählt mir seit der Pubertät, dass ich mich glücklich schätzen könne, braune Wimpern und eben keine Boris-Becker-Exemplare zu haben.

Ich überlege einen Augenblick. »Nein. Hellbraun.«

Jo schlägt ein Kreuz und sagt pathetisch: »Dem Herrn sei Dank. Das hier ist es. Juhu!« Sie hält sich ein dunkelblaues T-Shirt-Kleid an, zieht schnell Shirt und Hose aus und schlüpft hinein.

Ich erblasse augenblicklich. Natürlich sieht sie mal wieder fantastisch aus. *Fantastisch.* Das Wort hat Moritz mir gegenüber benutzt. Er hat gesagt, ich hätte fantastisch ausgesehen, als ich gewartet, meine Haare gezwirbelt, meine Finger angeknabbert und mit meinen Schnürsenkeln gespielt habe. Dieses Adjektiv wirkt an mir so was von unpassend und blass, wenn Jo im selben Raum ist. *Fantastisch* steht mir nicht.

In den nächsten fünf Tagen erwische ich mich mehrmals dabei, dass ich mir wünsche, Moritz würde endlich anrufen. Nicht jede Minute, aber schon so einmal die Stunde. Ich will wissen, ob ich in den Fotos erkenne, was er in mir zu sehen behauptet.

Doch als der Anruf endlich kommt, bin ich schrecklich unvorbereitet. Denn ausgerechnet zu dem Zeitpunkt wohne ich einer der Donnerstagabend-Bandproben bei.

Im Keller steht die Hitze. Die Jungs haben keine T-Shirts mehr an. Jonas trägt nichts als Boxershorts, nicht mal Schuhe. Der Anblick seines schlanken, drahtigen Körpers, der sich beim Schlagzeugspielen bewegt, macht mich für gewöhnlich schier wahnsinnig. Wie seine Muskeln arbeiten und wie der Ausdruck in seinem verschwitzten Gesicht immer wieder von Anspannung zu ekstatischer Freude wechselt. Auch mir steht der Schweiß sonst wo, ich bin nicht besonders ansehnlich. Der schlecht klimatisierte Keller unterbindet jede Luftzirkulation, und mit jedem Atemzug sauge ich die verbrauchte Luft der schwitzenden Männerkörper ein. Das ist übrigens bei weitem nicht so sexy, wie es klingt.

Es hat keinen Sinn, mich für die Bandproben aufzubrezeln. In T-Shirts schwitzt es sich nun mal wesentlich leichter als in Haute Couture. Vielleicht ist das der Grund, warum die Jungs (inklusive Jonas) regelmäßig vergessen, dass ich eine Frau bin. Sie halten dieses schwitzende, zerzauste Wesen, das zu ihrer Musik rhythmische Kopfbewegungen macht, schlicht für einen Geschlechtsgenossen.

In dieses Setting platzt in einem seltenen stillen Moment mein Klingelton. Als ich den Namen von Moritz auf dem Display sehe (den Eintrag »Otto III.«, unter dem Kim seine Nummer gespeichert hatte, habe ich letzte Woche abgeändert), ist Jonas' nackter Körper auf einmal nicht mehr ganz so präsent.

Ich nehme den Anruf an und will gerade etwas sagen, da fangen die Jungs an, die Melodie des Klingeltons weiterzuspielen. Fluchtartig verlasse ich den Raum, und sie verstummen. Natürlich. Wenn sie mich nicht ärgern können, macht es schließlich keinen Spaß. Offenbar bin ich mit einem Haufen Kleinkinder befreundet.

»Sorry«, sage ich in mein Handy.

»Hey, Max, ich bin's, Moritz.«

Der Satz bringt mich zum Lachen. »Hi«, sage ich.

»Ich muss zugeben, ich bin erleichtert, dass die Nummer richtig ist.«

»Warum?« Ich fange an, die Raufaser von der Tapete zu kratzen.

»Ich hätte dir zugetraut, dass du mir eine falsche gibst.«

Jonas kommt raus. Er sieht aus, als hätte man ihn unter die Dusche gestellt, so verschwitzt ist er. »Ich bin klitschnass und stinke wie ein Schwein«, singsangt er mehr schlecht als recht zur Melodie meines Klingeltons.

»Eine falsche?«, frage ich noch mal.

»Stör ich? Ich kann später wieder anrufen.«

»Nee, alles super. Warum hätte ich dir die falsche Nummer geben sollen? Ich will doch die Fotos sehen.« Ich rede mit gesenkter Stimme, damit Jonas merkt, dass er aus dem Gespräch ausgeschlossen ist und sich verziehen soll.

»Guck dir das mal an«, buhlt Jonas um meine Aufmerksamkeit. Er wringt sich die Haare aus, aus denen tatsächlich der Schweiß tropft.

»Beeindruckend«, sage ich in seine Richtung.

»Welche Fotos?«, fragt er dann.

»Lass mich mal bitte kurz in Ruhe«, zische ich Jonas zu.

»Max?«, fragt die Stimme von Moritz im Handy.

»Ja, 'tschuldigung. Ich bin bei Freunden.«

»Ich ruf dich später noch mal an.«

»Nein! Nein, wirklich. Sind die Fotos fertig?«

»Ja. Ich hatte so viele gute und konnte sie immer nur abends nach der Arbeit bearbeiten, deshalb hat es etwas länger gedauert. Aber das Ergebnis ist … wow! Du bist einfach nur wow.«

In meinem Magen flattert es, als er das sagt. »Wann kann ich sie mir ansehen?«

»Ich wollte dich fragen, ob du vorbeikommen willst.«

Vorbeikommen? Vorbeikommen?

Jonas unterbricht meine aufsteigende Nervosität: »Welche Fotos?«

»Sei ruhig, Jonas, verdammt. Wie alt bist du? Sechs?« Ich schiebe ihn zurück in den Probenraum.

»Stimmt. Ich hätte fragen sollen: Hat er etwas dagegen, wenn du mich besuchen kommst?«

»Wer?« Ich verstehe nicht.

»Jonas.«

Ach so, Jonas, mein Freund.

»Nein. Ich sag's ihm nicht«, rutscht es mir heraus. Just in diesem Moment habe ich mich wohl in etwas verstrickt. Diese Aussage lässt es definitiv so klingen, als wäre Jonas mein Freund. Mehr noch: Als wäre er mein Freund, den ich belüge, um bei Moritz zu sein.

»Gut. Ist deine Schwester auch einverstanden? Oder hat sie noch Bedenken?« Er sagt das, als nähme er Jos Ängste sehr ernst.

»Ähm …« Für Jo ist so ein Treffen zwischen ihm und mir ein ähnlich spektakuläres Ereignis wie die Hochzeit von Charles und Lady Di. Sie würde den Event im internationalen Fernsehen ausstrahlen lassen. »Nein, ist schon okay.«

»Wann kannst du hier sein?«

»Wo wohnst du?«

»In Bornheim.«

»Mhm …« Ich schaue auf meine Armbanduhr. Schon halb neun. »Es könnte nach zehn werden. Ich bin gerade noch in Hattersheim, und ich müsste vorher noch mal heim, mich umziehen und duschen.«

»Musst du für mich nicht, komm einfach so vorbei.«

»Nein, wirklich. Ich habe Schweißflecken in der Größe von Liechtenstein.«

In dem kurzen Moment, in dem Moritz still ist, haue ich mir gegen die Stirn. Bin ich denn wahnsinnig? So etwas kann ich zu Jonas sagen, zu Kim oder zu Jo, aber doch nicht zu einem Fremden! Ich interpretiere sein Schweigen als Schockzustand und lege mir schon die Worte für eine Ausrede zurecht: »Haha. Der war gut, oder? War natürlich ein Witz. Mädchen schwitzen nicht. Und wenn doch, dann riechen sie dabei nach Rosen.«

Aber er kommt mir mit einem lauten Lachen zuvor. »Okay, dann lass dir Zeit. Ist kein Ding. Am besten du fährst mit der Bahn bis Bornheim-Mitte und schreibst mir eine SMS, wann du da sein wirst, dann hole ich dich an der Halte ab. Ich hätte kein gutes Gefühl dabei, dich hier zu der Uhrzeit alleine herumlaufen zu lassen.«

»Gut, bis gleich.« Ich lege auf. Mein dummes Herz klopft noch heftiger.

Ich gehe zurück in den Kellerraum, greife nach meiner Tasche und sage: »Hey, Jungs, äh … ich gehe.«

»Warum?«, fragt Jonas.

»Ich …« Fieberhaft überlege ich genau eine Sekunde. In dieser einen Sekunde beschließe ich, die Wahrheit zu sagen. »Ich habe eine Verabredung.«

»Wowowow, du meinst ein Date?«, fragt Oli.

»Nein.« Ich fahre mir durch die Haare und binde sie zu einem Knoten. »Nicht wirklich. Ich weiß nicht. Vielleicht.«

»Was sind das für Fotos, von denen du eben am Telefon

gesprochen hast?«, will Jonas wissen und dreht dabei einen Schlagzeugstick rasend schnell im Kreis.

»Ich hab furchtbar scharfe Aktfotos für meine Facebook-Seite schießen lassen.«

»Kein Scheiß?«, fragt Jonas. Der Stick fällt runter.

Ich verdrehe die Augen und brumme: »Bis dann.«

Zu Hause platze ich in eine von Jos Vorglühpartys. Auf den ersten Blick zähle ich fünf ihrer Freunde, die sich in unserer Wohnküche verteilt haben und Hugo schlürfen. Jo unterhält sich halszeigend und haarezwirbelnd mit einem auf unnahbar machenden Schönling. Er hat einen blonden, gegelten Kurzhaarschnitt – genau wie Jo es mag und ich es verabscheue. Wo bitte bleibt der Spaß bei gegelten Kurzhaarschnitten? Man kann weder die Finger hineinkrallen noch mit den Haarsträhnen spielen. Da Jo sofort auf mich zueilt und mir den Gelkopf vorstellen will, vermute ich, dass es Mr. Siebensitzer ist.

»Hi, Max, hallo.«

»Sorry, ich hab überhaupt keine Zeit«, entschuldige ich mich knapp und verziehe mich mit meinen Liechtenstein-Schweißflecken nach oben ins Badezimmer. Hastig schäle ich mich aus meinen klebenden Klamotten und steige unter die Dusche.

Die Tür geht auf.

»Ich bin's nur«, sagt Jo. »Alles klar bei dir?«

»Ja«, antworte ich und schütte mir Shampoo auf den Kopf.

»Gehst du mit uns aus?«

»Ich kann nicht. Moritz hat mich angerufen. Die Fotos sind fertig.«

»Echt? Trefft ihr euch?«

»Ich fahre gleich zu ihm«, antworte ich und rieche an

verschiedenen Duschgels. Mit dem bestduftenden schäume ich mich ein.

»Das ist meins«, erschnuppert Jo.

»Danke«, sage ich, als hätte sie mir erlaubt, es zu benutzen. Dann steige ich aus der Dusche und wickele mich in ein Handtuch.

»Rasierst du dir denn nicht die Beine?«, fragt sie.

»Ich ziehe eine lange Hose an, keine Panik.«

»Was, wenn du die lange Hose dort ausziehst?«

»Warum zum Henker sollte ich das tun? Ich will mir bloß ein paar Fotos angucken.«

Jo lehnt sich gegen die Badezimmertür. »Du weißt es vielleicht selbst noch nicht, aber du findest diesen Moritz gut. Deshalb solltest du dir unbedingt die Beine rasieren. Es führt dazu, dass du dich schöner *fühlst*.«

»Ich habe keine Zeit dafür, mich schöner zu fühlen.«

»Wo wohnt er denn? Wir könnten dich dort absetzen.«

»In Bornheim. Ich fahre mit der U-Bahn.«

»Hat er eine eigene Wohnung?«

Ich überlege. Er hat gesagt, mit dem Kurierfahren verdiene er seine Miete. »Ich glaube, ja.«

»Wo genau?«

»Hör auf, mich zu löchern. Ich weiß nicht, wo genau, er holt mich an der Halte ab. Ist wohl nicht die sicherste Gegend. Zumindest meinte er, ich solle dort nicht alleine rumlaufen.«

Jo schlägt die Hände vor den Mund, wie die Frauen es in Kitschfilmen immer machen, wenn sie die diamantbesetzten Verlobungsringe ihrer besten Freundin vorgeführt bekommen. »Oh Gott, Max, das ist so süß, ich könnte sterben. Er holt dich ab, damit dir nichts passiert? Damit ist tausendprozentig sicher, dass er in dich verknallt ist. Hach, ich finde ihn total toll.«

»Ich werde es ihm ausrichten, okay? Aber lass mich jetzt bitte in Ruhe.«

»Jaja, gleich. Zieh die Replay-Jeans an und ein schwarzes Trägertop. Keinen BH, wenn du dich traust. Und eine Sweatshirtjacke. Ganz schlicht. Ganz leger. Du siehst am besten aus, wenn du lässig gekleidet bist.«

»Verschwinde!« Damit schiebe ich sie aus dem Badezimmer. Leger? Was redet sie denn da, ich bin doch kein Frischkäse! Ich öffne noch mal die Tür und brülle ihr hinterher: »DAS. IST. KEIN. DATE. Und ich werde mir NICHT die Beine rasieren!« Gut. Somit wüsste das jetzt jeder im Umkreis von drei Kilometern.

Ich föhne mir die Haare halb trocken und versuche, sie in einen Zopf zu zwängen. Die Ponysträhnen fallen mir ins Gesicht. Zuletzt creme ich mich ein und benutze ein bisschen Wimperntusche.

In meinem Zimmer stehe ich in Unterhose vor dem Kleiderschrank und tapse von einem Fuß auf den anderen. Dazu singe ich »Was zieh ich an? Was zieh ich an, damit man mich besser sehen kann?« von Rolf Zuckowski leise vor mich hin. Als ich das nächste Mal in den Spiegel blicke, habe ich an, was Jo mir befohlen hat. Ich ziehe den BH aus und wieder an, aus und wieder an. Brust weg. Brust da. Brust weg. Ich erkenne keinen Sinn darin, ohne Brüste auf eine Verabredung zu gehen, die alle für ein Date halten, und lasse den BH schlussendlich an.

Es ist kein Date. Es ist kein Date. Es ist kein Date.

Nur Fotos gucken. Nur Fotos gucken. Nur Fotos gucken.

Ich rieche nach Mango und Orange.

Ich sitze in der U-Bahn und schaue auf meine Füße, mit denen ich wackele, nur um irgendetwas zu tun. Um Punkt zehn tippe ich die Nachricht an Moritz: »Bin in etwa zehn Minuten da. Komme mit der U-Bahn. Bis gleich!«

Mir gegenüber sitzt ein heftig betrunkener zahnloser Opi, der im Fünf-Sekunden-Takt aufstößt. Unangenehme Dämpfe wabern jeweils eine Sekunde nach jedem Rülpser zu mir herüber.

Ich habe ein flaues Gefühl im Bauch.

Es ist kein Date, Bauch, also reiß dich zusammen.

Ein kurzes Vibrieren, dann erscheint die Antwort von Moritz. »Bin schon unterwegs. Freu mich auf dich!«

Es ist kein Date. Auch wenn er sich freut. Mein Bauch zieht. VERDAMMT noch mal! Jetzt reicht's aber. Mein Magen teilt mir mit, dass ich ihn soeben furchtbar missverstanden habe. Er hat bloß gewaltigen Kohldampf.

Ich bin heilfroh, als ich um zehn nach zehn aussteige und endlich wieder an der frischen Luft bin. Moritz entdecke ich sofort. Er steht rauchend am Rand des Haltestellenhäuschens. Als er mich sieht, winkt er kurz, zieht noch einmal an der Zigarette und schnippt sie dann auf die Straße. Lässig bläst er den letzten Rauch aus und kommt auf mich zu. Er trägt Jeans und eine Sweatshirtjacke.

»Einen wunderschönen guten Abend«, sagt er und dann etwas weniger förmlich: »Hi.«

»Hi«, erwidere ich und streiche mir die Haare hinter die Ohren.

»Wie geht es dir?«, fragt er und läuft mir voran in Richtung der Häuserblocks.

»Ganz gut.« Er hat eine komische Art, ganz klassische Fragen zu stellen. Nur wenige Leute fragen direkt *Wie geht es dir?*. Die meisten verpacken es, weil sie glauben, dass sie das interessant macht. Aber diese Verpackungen sind in neunzig Prozent aller Fälle eine totale Katastrophe.

Vor einem Haus mit ungefähr vierzig Klingelschildchen bleibt er stehen und schließt zwei verschiedene Türschlösser auf. »Das Licht ist tot und der Aufzug kaputt. Sorry.«

Ich laufe hinter ihm die Stufen hoch und muss mich beeilen, um mit ihm Schritt halten zu können. Im zweiten Stock schließt er die Wohnung direkt gegenüber dem Treppenabsatz auf.

»Mein Mitbewohner ist zu Hause. Als ich eben gegangen bin, um dich abzuholen, war er ziemlich high. Wenn wir Glück haben, pennt er mittlerweile.« Er macht die Tür hinter mir zu und dreht den Schlüssel zweimal um. »Ich hatte diese Woche schrecklich viel zu tun, deswegen ist hier nicht richtig aufgeräumt«, rechtfertigt er sich. »Willst du was trinken?«

»Ja. Was hast du da?«

Ich folge ihm durch den kurzen Flur in die Küche, von der zwei Türen abgehen. Alte, rustikale Eichenfronten, eine grafitfarbene, gesprenkelte Arbeitsplatte, dazu Schachbrett-PVC. Klare Sache: Diese Einrichtung kann nur ein Blinder zusammengestellt haben. Doch in Kombination mit den vielen am Kühlschrank mit Magneten befestigten Take-away-Karten, den nicht zueinander passenden Stühlen um den Esstisch und den wahllos an die Wand gepinnten Fotos und Papierschnipseln hat das Ganze einen studentischen Charme. Jene Authentizität, die ich in Jos und meinem *Loft* so schmerzlich vermisse. Dieses schnuckelige Chaos lenkt sogar fast von den gut fünfzig Bierflaschen, die wie Deko-Elemente auf dem Fenstersims über der Spüle stehen, und dem beißend süßen Haschgeruch ab, der in der Luft hängt.

»Es gibt Bier. Und Leitungswasser«, zählt Moritz nach einem Blick in den Kühlschrank auf, »und Multivitamin-Kindersaft. Aber frag mich bitte nicht, wieso.«

»Dann frage ich nicht und entscheide mich für ein Bier.«

Moritz nimmt eine Flasche aus der Kühlschranktür und reicht sie mir. »Täusche ich mich oder riecht es hier brutal nach Kiffe?«, fragt er dabei und rümpft die Nase.

Ich greife nach der Flasche und bestätige: »Ein wenig.«

»Oh Mann! Ich hab Kai extra gesagt, dass ich Besuch bekomme und er wenigstens durchlüften soll. Kai, also Kai ist mein Mitbewohner.« Er deutet auf eine der verschlossenen Türen, an der ein verblichenes Jimi-Hendrix-Poster klebt, dessen eine Ecke traurig herunterhängt. »Das ist sein Zimmer. Ich weiß, unsere Bude ist nicht mit eurer zu vergleichen.« Er zwinkert mir kurz unsicher zu.

Ich setze mich auf einen der vier zusammengewürfelten Küchenstühle an den Esstisch, den etliche, mit schwarzem Stift gemalte Zeichnungen, Zitate und Unterschriften zieren. Der schwarze Marker hängt an einer Kordel neben der provisorischen Fotowand. Interessiert betrachte ich die Abzüge und lasse den Blick erneut quer durch den Raum schweifen, von Jimi Hendrix zu der anderen Tür.

»Das ist mein Zimmer«, erklärt Moritz und folgt meinem Blick. »Ich weiß, der Schnitt ist beschissen, aber was soll's. Die Nachbarschaft ist natürlich auch nicht gerade vom Feinsten, aber die Miete ist für die Lage echt ein Witz. Warte, wir haben irgendwo einen Öffner«, fügt er mit einem Nicken in Richtung meiner Flasche hinzu.

Eine Sekunde später habe ich den Kronkorken an der Tischkante aufgeknackt (eindeutige Spuren deuten darauf hin, dass der Tisch dafür schon häufig herhalten musste).

»Wow. Ich dachte immer, das können nur Kerle und Aso-Bräute.«

Lachend nehme ich einen Schluck. Moritz öffnet seine Flasche an der Arbeitsplatte, kommt zu mir herüber und schiebt dabei beiläufig ein paar Zeitschriften, die sich auf dem Boden stapeln, mit dem Fuß unter den Tisch.

»Kai schreibt momentan seine Magisterarbeit. Das heißt, wenn er gerade mal einigermaßen normal drauf ist, den Rest der Zeit …« Mein Magen rumort laut. Moritz ignoriert das Geräusch, vermutlich um mich nicht in Verlegenheit zu bringen. »… den Rest der Zeit hängt er rum.«

»Moritz, hättest du vielleicht auch etwas zu essen da?«, frage ich geraderaus.

»Ähm, klar. Obwohl …« Er wirkt furchtbar fahrig. Erneut reißt er die Kühlschranktür auf. Ich kann von hier aus erkennen, dass so gut wie nichts darin ist. »Moment, ich lass mir was einfallen.«

Die Jimi-Hendrix-Zimmertür geht auf, und ein dünner Typ in Boxershorts, Unterhemd und mit bis unter die Achseln hochgezogenen Tennissocken kommt in die Küche. Begleitet wird er von einer Welle intensiven Grasgeruchs, der mich unwillkürlich an die Abende erinnert, die wir in der Oberstufe auf Jonas' Schaukel verbracht haben.

»Hoppla«, sagt er. »Hallöchen!« Er gibt mir die Hand und stellt sich vor. »Ich bin der Kai.«

»Max«, sage ich.

»Ich weiß schon, ich weiß schon. Ich habe dein Gesicht diese Woche ungefähr vierhundertmal gesehen, Max.«

Mein Blick wandert zu Moritz, der sich gegen die Spüle lehnt und mir ausweicht, indem er auf den Boden starrt und sich die Haare in die Stirn streicht.

»Wisst ihr eigentlich, dass ihr beide Max und Moritz heißt?« Kai schlägt sich auf die Schenkel. »Alter Schwede, Max und Moritz, voll lustig. Wenn das der alte Willy Busch gewusst hätte, den hätt's glatt umgehauen. Momo, weißt du, wo Philip ist?«

Zu meiner Verwirrung deutet Moritz auf einen Tischventilator der Marke Philips, den jemand auf dem Stuhl mir gegenüber abgestellt hat.

»Philip!« Kai schließt das Gerät in die Arme wie einen lange verschollenen Freund. Dann geht er zum Kühlschrank, nimmt sich ein Bier und verabschiedet sich. »So, Max und Moritz, ich wünsche euch noch einen schönen Abend und eine geruhsame Nacht. Wenn ihr Sex haben wollt, kein Problem. Nur seid bitte so lieb und wartet, bis ich penne. Aber tut es ruhig – wenn ich morgen allen erzählen kann, dass gestern Nacht in meiner Bude Max und Moritz Sex hatten, dann bin ich der Held, kein Scheiß. Gute Nacht, Welt.« Kais Zimmertür schließt sich hinter ihm und Philip, dem Ventilator.

»Ein interessanter Typ, dein Mitbewohner«, sage ich, um die Situation aufzulockern und um meine eigene Panik zu überspielen. Habe ich irgendwas nicht mitbekommen? Habe ich mit meinem Erscheinen Erwartungen geweckt? Müssen Max und Moritz heute Nacht Sex haben, um Kai und Wilhelm Busch zu amüsieren? Und welche Rolle spielen meine unrasierten Beine dabei?

Moritz rauft sich die Haare und verschränkt die Arme hinter dem Kopf. »Ja, kann man so sagen. Hey, willst du mir nicht irgendwas von dir erzählen? Vielleicht vergesse ich, wie peinlich mein Mitbewohner und das Chaos in meiner Bude sind, wenn wir über was anderes reden.«

Ich trinke von meinem Bier. »Ich bin weder ein Kerl noch eine Aso-Braut. Ich habe nur sehr viel mehr männliche Freunde als weibliche. Da lernt man sogar, Bierflaschen mit den Zähnen zu öffnen.« Versunken fahre ich mit dem Zeigefinger über den Namen Jana, den jemand in Großbuchstaben auf den Tisch geschrieben hat, von einem Herz eingerahmt.

»Meine Freunde haben einen internen Wettbewerb um die ungewöhnlichsten Ersatzflaschenöffner ins Leben gerufen. Jonas hält den Rekord. Er hat es mit einer Seite aus der FAZ geschafft. Aber frag mich bitte nicht, wie.«

Moritz sieht mir wieder in die Augen.

»Übrigens finde ich weder deinen Mitbewohner noch deine Wohnung peinlich. Ehrlich gesagt, finde ich beides sogar ziemlich großartig.« Sehr viel großartiger, als mit Anfang zwanzig gemeinsam mit der eigenen Schwester ein Hundertzwanzig-Quadratmeter-Loft zu bewohnen, in dem ich nicht mal selbst Fenster putzen muss.

»Danke.« Er lächelt. Dann klatscht er in die Hände und sagt: »Also, du hast Hunger. Wir haben nicht so viel da, ich habe in letzter Zeit Tag und Nacht gearbeitet, aber das hab ich schon hundertmal gesagt. Ich glaube, für Pfannkuchen reichen unsere Vorräte gerade noch.«

»Pfannkuchen wären der Hammer.«

»Cool«, sagt er, »zu mehr reichen meine kulinarischen Fähigkeiten auch nicht. Willst du … willst du solange in mein Zimmer gehen?«

Ich tue es, lasse aber die Tür offen, damit er sich nicht allzu sehr in seiner Privatsphäre verletzt fühlt. Als Erstes knipse ich das Licht an. Von drei Glühbirnen funktioniert nur eine. Der Raum ist nicht sehr groß, die Tapete leicht gräulich, und es gibt nur ein kleines Fenster. Es riecht nach Rauch. Jedoch nur Zigarettenrauch. Wie in der Küche ist auch hier die Wand voller Fotos.

Alle Aufnahmen zeigen Personen. Viele scheinen ähnlich entstanden zu sein wie meine: ohne dass die Abgebildeten bemerkt haben, dass er sie fotografiert hat. Ich halte gezielt Ausschau nach einem Mädchen, das besonders häufig auf den Fotos auftaucht, aber ich entdecke keins – keine Freundin. Dafür ist auffallend oft ein kleiner Junge abgebildet. Ein süßer Fratz mit blonden Haaren in den verschiedensten Situationen.

Neben dem Fenster steht eine Kleiderstange, auf der Hosen, Hemden und Jacken hängen, daneben stapeln sich auf dem Boden T-Shirts und Pullover. Zwischen den Kleidern und der Tür befindet sich das Bett, auf dem eine zerknäulte Bettdecke und ein Kissen liegen. *Ein* Kissen – keine Freundin. Verdammt noch mal, Max, ist doch egal, ob er eine Freundin hat! Das hier ist schließlich kein Date!

Zurück zum Zimmer: Gleich neben dem Bett steht ein durchgesessenes Sofa aus Cord, davor auf einer umgedrehten alten Weinkiste ein Fernseher. An der gegenüberliegenden Wand stapeln sich Zeitschriften und Papierkram in einem vollgestopften Bücherregal.

Auf dem Schreibtisch brennt das Lämpchen des Computerbildschirms, daneben ein überquellender Aschenbecher, ein Beutel mit Tabak und eine Packung von diesen Papierchen, mit denen man Zigaretten selbst dreht (mir mangelt es an Fachvokabular). Ich setze mich auf den Stuhl und richte das Licht der Tischlampe auf die Wand über dem Schreibtisch. Zu meiner Überraschung sehe ich mein eigenes Gesicht etwa drei Dutzend Mal vor mir hängen.

»Du lieber Gott«, flüstere ich. Meine Augen fliegen über die Fotografien: ich auf der Bank mit Kopfhörern, ich im Stehen vor dem Gehege, die Kopfhörer um den Hals, eine Großaufnahme von meinem Gesicht, wie ich nur wenige Zentimeter an der Kamera vorbeigucke, ich, während ich mir die Haare aus dem Gesicht streiche, ich mit dem breitesten Grinsen, das ich jemals an mir selbst gesehen habe, als ich zerlaufenes Eis von meinem Daumen lecke.

Mit offenem Mund vor der Flut an Bildern, auf denen ich mich fast nicht erkenne.

Plötzlich taucht ein Teller vor meiner Nase auf, darauf ein dicker, mit Nutella bestrichener Pfannkuchen, der verdammt verführerisch duftet.

»Wow, danke«, sage ich, »und noch mal wow.« Ich deute auf die Fotos.

Moritz wirkt verlegen. »Ich konnte mich nicht entscheiden, deshalb habe ich die beeindruckendsten aufgehängt.«

»Beeindruckend?« Bin ich das? Bin ich nicht vielmehr … weiß nicht … Ich bin doch nur Max.

»Ja.«

»Also ich verbinde mich wahrlich mit vielen Adjektiven, aber mit beeindruckend?«

»Ich hab dir doch gesagt, dir fehlt die nötige Distanz zu dir selbst.«

Moritz zieht Messer und Gabel aus seiner hinteren Hosentasche und reicht sie mir. Dann bewegt er die Maus und erweckt den Computer zum Leben. Der Desktophintergrund ist ein langweiliges, vorgespeichertes Windowsmotiv (kein Foto eines Mädchens – keine Freundin. *Mist!*). Er öffnet einen Ordner mit Fotografien von mir und beginnt erneut, sich zu entschuldigen. »Sorry, hier riecht es nicht besonders gut. Wenn ich vorm PC sitze, rauche ich viel zu viel, und irgendwann merke ich nicht mehr, dass ich lüften müsste.« Er greift nach dem Aschenbecher und trägt ihn in die Küche. Während ich ihn werkeln höre, schneide ich den Pfannkuchen an, schiebe mir den ersten Bissen in den Mund und öffne heimlich die Fotos aus dem Ordner, den er eben angeklickt hat. Sogleich fülle ich den gesamten Bildschirm aus. Ich vor dem Elefantengehege mit Fokus auf mir. Eine Großaufnahme von meinem Gesicht, mit fliegenden Haaren und einer unscharfen Menschengruppe im Hintergrund. Ich auf der Bank von der Seite, mit einem angewinkelten Bein, während ich am Finger knabbere. Mein fröhliches Gesicht mit dem zerlaufenen Eis in der Hand, in dem Moment, als ich merke, dass Moritz ein Foto schießt.

Dann erscheint ein ganz anderes Bild von mir, auf dem ich ziemlich traurig wirke. Nein, verärgert. Traurig-verärgert. Ich habe die Knie unters Kinn gezogen, trage die Kopfhörer und starre vor mich hin. Das Bild ist schwarzweiß, aber ich erkenne, dass ich ein dunkles T-Shirt trage.

Moritz ist zurück im Zimmer und geht neben mir in die Hocke.

»Das war aber nicht letzte Woche«, bemerke ich.

»Nein, das war in der Woche davor.«

Ich sehe ihn fragend an.

»Tut mir leid. Aber du hast da gesessen und dabei so toll ausgesehen. Ich hatte die Kamera schon am Auge, ich *musste* einfach abdrücken. Wenn du willst, lösche ich es. Aber bevor du eine Entscheidung fällst, sollst du wissen, dass ich fast fünf Stunden daran gesessen habe.«

»Fünf Stunden? Habe ich so viele Pickel, die retuschiert werden mussten?«

»Nein, gar nicht. Du hast tolle Haut. Es dauert nur immer ziemlich lange, bis alles stimmig ist, weißt du? Ich bin sehr pingelig.«

Tolle Haut? Das hört man von einem heterosexuellen Mann Anfang zwanzig auch eher selten. Und ich, ich habe das noch nie gehört. Von niemandem. Egal wie alt, egal wie sexuell orientiert. Dabei … wenn man mal ehrlich ist: Ich habe tatsächlich tolle Haut. Irgendwie. Keine Pickel, vornehm blass, eine sympathische Anzahl von Sommersprossen.

Ich betrachte mir das Bild genauer.

»Ich weiß, ich sollte aufhören, Leute ohne ihr Einverständnis zu fotografieren, aber dabei kommen nun mal die besten Bilder raus.« Er deutet auf den Bildschirm.

»Ich finde mich darauf furchtbar«, gestehe ich.

»WAS? Bist du bekloppt?«, bricht es aus ihm heraus. »Du bist … der Hammer! Guck dir mal deine Augen und deine Haare an. Ich kann erkennen, dass du rote Haare hast, obwohl das Foto schwarzweiß ist, und genauso dass du am liebsten weinen würdest, aber es dir selbst nicht erlaubst, und …«

Ich starre ihn mit großen Augen an. Was erzählt er denn da? »Aber ich wirke todtraurig.«

»JA! Natürlich! Das ist ja das Gute! Man kann doch auch toll aussehen, wenn man traurig guckt. Die Leute denken immer, dass sie in die Kamera strahlen müssen, um schön zu sein. Die Mundwinkel hinter den Ohren festgetackert, mit makelloser Haut und so blendend weißen Zähnen, dass jede Zahnpastawerbung alt dagegen aussieht.« Moritz hat sich erhoben, seine Stimme ist lauter geworden, und er fuchtelt wieder wild mit den Händen durch die Luft. »Sorry«, entschuldigt er seinen kleinen Ausbruch, »ich habe bloß die Schnauze voll von diesen falschen Strahlemännern.« Er setzt sich auf sein Bett.

Ich gucke auf den Bildschirm, mitten in mein trauriges, nachdenkliches Gesicht. »Das ist ein tolles Foto«, sage ich schließlich. »Aber ich sitze da, als wäre mir hundeelend.«

»War's dir doch auch, oder?«

»Nein. Ich habe bloß nachgedacht.« Ich ziehe die Beine in den Schneidersitz und knibbele an der Nagelhaut meines Daumens herum.

»Du willst mir vermutlich nicht sagen, worüber?« Er hat die Arme auf die Oberschenkel gestützt und sieht mich an.

Ich überlege kurz und schaue herausfordernd zurück. Dann schüttele ich den Kopf und antworte: »Nein. Ich glaube nicht.«

»Kein Problem. Ich will's auch gar nicht wissen, das

macht nur die Fantasie kaputt.« Moritz lächelt und tippt sich gegen die Schläfen.

»Du fantasierst darüber, was in meinem Kopf vorgeht?«

»Was glaubst du denn, warum ich so gerne unbemerkt Fotos schieße? Ich denke mir gerne Geschichten zu den Gesichtern aus.«

»Das ist eine ziemlich schräge Angewohnheit«, sage ich leise.

»Wie sollen meine Bilder zum Betrachter sprechen, wenn nicht mal ich weiß, wie ihre Geschichte geht?«

Ich mag den philosophischen Ansatz, mit dem er an die Fotografie herangeht. »Erzähl mir meine Geschichte«, fordere ich ihn gespannt und neugierig auf.

»Zuerst habe ich mir einen Streit mit deinem Freund ausgemalt. Fremdgehen, Trennung oder so. Aber dann dachte ich an Unverstandenheit. Zurückweisung. Vielleicht Einsamkeit. Wahrscheinlich Familienprobleme.«

Ich bin sprachlos.

Was erzählt er da? Nichts als die Wahrheit. Aber warum weiß er das alles? Von einem kurzen Blick? Von einem Foto? Einzig und allein von dem Ausdruck in meinen Augen?

So schlimm war's doch gar nicht. Ich habe bloß ein wenig gegrübelt. Ich *bin* nicht allein. Ich habe mich nur einen unbedeutenden Moment lang alleine *gefühlt*.

»Willst du noch ein Bier?«, fragt Moritz in die Stille hinein.

Ich bin ihm dankbar dafür. Schweigen ist ziemlich schwer, wenn man sich noch nicht lange kennt. Ich kann stundenlang neben Jo sitzen und schweigen, aber neben Moritz erdrückt mich die Ruhe. Ich muss an Uma Thurman denken, die in *Pulp Fiction* diesen sehr wahren Satz über das miteinander Schweigen sagt: »Man weiß, dass man jemand ganz Besonderen gefunden hat, wenn man einfach mal für 'nen Augenblick die Schnauze halten und zusammen schweigen kann.«

»Ja.«

»Gut.« Er geht in die Küche, kommt zurück und reicht mir eine Flasche. »Ist irgendwie warm hier, oder?«, fragt er und wedelt sich mit dem Kragen der Sweatshirtjacke Luft zu. Ich zucke mit den Schultern. »Stört es dich, wenn ich eine rauche?«, fragt er mit sichtlicher Überwindung.

»Nein, mach ruhig.«

»Wenn du nicht willst, ist das kein Ding. Dann lass ich's. Ist echt kein Ding.«

»Weißt du eigentlich, dass du ständig ›Ist kein Ding‹ sagst?« Ich drehe mich auf dem Schreibtischstuhl.

»Ja, ich weiß. Ist 'ne Marotte.« Moritz greift nach einer fertig gedrehten Zigarette auf der Fensterbank und fragt noch mal: »Es macht dir echt nichts aus?«

»Es ist deine Lunge.«

»Oh Gott, den Spruch bringt meine Mutter auch immer.« Er steckt die Zigarette an und zieht den Reißverschluss der Jacke auf. Darunter trägt er ein schwarzes, eng anliegendes T-Shirt. Er zieht den rechten Arm aus dem Ärmel und steckt sich die Zigarette in den Mundwinkel, um auch den linken Arm zu befreien. »Aber er stimmt ja, irgendwie«, nuschelt er durch die halb um die Zigarette geschlossenen Lippen und gestikuliert herum.

Ich erlebe diesen leicht peinlichen Augenblick, in dem man sich eingestehen muss, dass es durchaus anziehend wirken kann, wenn jemand raucht. Gegenstände in den Mund zu nehmen ist sicher ein vorprogrammierter Schlüsselreiz. Ich kann also gar nichts dafür, dass es mich anzieht. Es ist Biologie. Transmitter-Zeugs.

Moritz zieht den linken Arm aus dem Ärmel.

»Hey!«, sage ich und deute darauf. »Hast du das bisher versteckt?« Ich denke an das lange Shirt, das er im Zoo getragen hat, obwohl es dreißig Grad warm war. Sein linker Oberarm ist bis über den Ellenbogen von einer bunten Tätowierung bedeckt.

Er lächelt und guckt auf seine Beine. »Bisher bin ich immer vom Arbeiten gekommen. Mein Chef steht nicht so drauf. Er fürchtet, die Kunden könnten mich und somit die Firma für unseriös halten, wenn sie mein ›Bilderbuch‹ sehen. Deshalb muss ich lange Ärmel tragen.«

Ich gehe zu ihm hinüber, setze mich neben ihn aufs Bett, stelle die Bierflasche zusammen mit dem nicht aufgegessenen Pfannkuchen auf dem Boden ab und inspiziere seinen Oberarm.

»Du bist ja krass«, sage ich und lache leise. Dann ziehe ich, ohne auch nur einen Gedanken an überschätzte Dinge wie um Erlaubnis fragen und Intimsphäre zu verschwenden, den T-Shirt-Ärmel bis über sein Schultergelenk hoch. Das Tattoo ist zu groß und zu detailliert, als dass ich alle Motive auf einen Blick erfassen könnte. Ich erkenne Schwalben, Hibiskusblüten, kleine Sternchen, Diamanten und sogar einen kleinen Totenschädel, den ein Spruchband ziert: *Memento mori* – bedenke, dass du sterben wirst. Hey! Da ist doch tatsächlich ein wenig Latein hängen geblieben.

Vorsichtig fahre ich über die Haut, als könnte ich die Farbe ertasten. Es fühlt sich sehr schön an, Moritz anzufassen. Ich spüre die überdurchschnittliche Wärme seiner Haut, die weichen blonden Härchen auf seinem Unterarm und seinen Atem unweit meines Ohrs. Ich räuspere mich und lasse von ihm ab. »Krass. Du bist echt krass. Das sieht man dir gar nicht an.«

»Du willst gar nicht wissen, was man mir noch so alles

nicht ansieht.« Er grinst schief. So als gäbe es da tatsächlich ein paar Dinge, die man seinem zarten, jungenhaften Gesicht nicht ansehen kann. Etwa eine Karriere als Serienkiller. Oder Pornostar. Oder Drogensüchtiger. Mittlerweile hat es sich herumgesprochen, dass die richtig kaputten Typen oft unscheinbare Honigkuchenpferde sind. Doch an Moritz scheint mit einem Mal nichts mehr gefährlich zu sein. Nicht einmal der tätowierte Totenschädel. Er riecht nach Waschmittel und Männerduschgel, die Härchen auf seinem Unterarm haben sich unter meiner Berührung aufgerichtet und fühlen sich zart und weich an. Höchstwahrscheinlich wird er mich in naher Zukunft nicht mit Leberwurst bestreichen.

Ich hebe herausfordernd die Augenbrauen und sage: »*Da* bin ich aber mal gespannt.«

Er kommt näher und sagt leise: »Das erzähle ich dir ein andermal.«

Ein andermal. Das heißt, er will mich wiedertreffen. Seine Augen verdunkeln sich, und ich – urplötzlich von der Panik ergriffen, Kais Max-und-Moritz-Sexfantasie gerecht werden zu müssen – greife nach dem Teller und verschlinge weiter meinen Pfannkuchen.

Moritz zieht den Ärmel wieder über den Oberarm.

»Ich will auch eins«, plappere ich mit halbvollem Mund.

»Was?«

»Ein Tattoo.«

»Dann mach's.«

»Na ja, alle reden es immer schlecht. Du weißt schon. Das Übliche ›Das geht nie mehr weg‹ und ›Wie sieht das aus, wenn du mal achtzig bist‹. Das nervt irgendwann.« Ich höre immer noch Kim, Jonas und Jo in meinem Ohr, die mich bei meinen Beteuerungen, mir sei sehr wohl bewusst, dass mich ein Tattoo bis ans Sterbebett begleitet, stets nur daran erinnerten, dass sich vor zehn Jahren alle ziemlich sicher waren, dass sie ihr Steißtattoo auch im dritten Jahrtausend noch bombastisch finden würden. Diese Sicherheit schwand jedoch nach dem Aufkommen des Wortes Arschgeweih. Dem Erfinder dieses Wortes gilt übrigens meine Hochachtung.

»Und deshalb hast du's nicht gemacht? Es gibt da einen klugen Spruch, dass man am Ende seines Lebens nicht all die Fehler bereut, sondern jene Dinge, die man *nicht* gemacht hat.«

»*Memento mori* – bedenke, dass du sterben wirst«, sage ich leise und lächele ihn an.

»Exakt. Im Grunde ist das eine sehr positive Einstellung. Und du bist eine sehr kluge Frau«, sagt er, wobei er mich eine Spur zu eindringlich ansieht.

Eine kluge Frau. Dieses Wort verwirrt mich. Nicht »klug«, sondern »Frau«.

Das Klingeln meines Handys zerschneidet die Luft und den Faden, der unsere Blicke für die letzten paar Sekunden miteinander verbunden hat.

»Meine Schwester«, erkläre ich mit einem Blick auf das Display. Ich nehme ab. »Jo?«, frage ich.

»Mahaaax …« Ich höre sofort, dass sie bitterlich schluchzt.

Ich schnelle hoch und frage: »Was ist los?«

Jo plappert wild drauflos. Ich kann kaum etwas verstehen, weil sie viel zu laut heult. Es geht um einen Typen, so viel ist klar. Meine Schwester bricht häufiger wegen irgendwelcher Typen in Tränen aus. Jo weint sowieso überall und ständig. Über Filme, über Bücher, über in der Waschmaschine zerstörte Kleidungsstücke, über ruinierte Haarschnitte, Obdachlose und jedes Mal, wenn der Fernsehspot über Walfang kommt. Manchmal bin ich richtig neidisch darauf, dass sie auf Kommando alle Schotten öffnen und losflennen kann. Das ist tierisch befreiend, und ich wünschte, ich könnte das auch. Stattdessen fresse ich meine Gefühle in mich hinein. Ich leide an emotionaler Adipositas.

»Jo, ich kann kein Wort verstehen. Wo bist du?«

»Im Auto. In … in Bo… Bornheim.«

»Was machst du in Bornheim?«

»Du … hast gesagt, du bist in Bornheim. Und ich will jetzt bei dir sein.«

Ich fasse mir an die Stirn. Ach Gott, dieses Mädchen und seine überbordenden Gefühle! Ich bin hin- und hergerissen zwischen dem Instinkt, für sie da zu sein, dem freudigen Gefühl, dass sie mich braucht, und der Tatsache, dass ich mich gerade sehr wohl fühle – den Bauch voll mit Pfannkuchen und den Kopf voll mit Moritz' lieben Worten und seinem Geruch.

»Wie schlimm ist es denn?«

Sie plappert drauflos und bricht wieder in Tränen aus. Es geht um jemanden, der Steffen heißt. Mehr verstehe ich nicht.

»Es tut mir leid wegen deines Dates, aber …« Ein langes Schniefen.

Ich schlucke heftig und sage: »Okay. Okay, ist gut. Jetzt beruhig dich erst mal, sonst baust du noch einen Unfall.« Jo ist von Natur aus keine sehr begabte Autofahrerin. Doch so, wie sie momentan drauf ist, befürchte ich, dass sie eine rote Ampel nicht von einem Vorfahrtsschild unterscheiden kann.

»Kann ich dich abholen? Ich mach's auch wieder gut! Und ich frag dich nie mehr, ob du mit mir Babykleidung kaufen gehst.«

»Ich ruf dich zurück«, würge ich sie ab, lege auf und

reibe mir über die Augen. »Das war meine Schwester«, seufze ich.

»Geht's ihr gut?«, fragt Moritz.

»Ja, sie ... sie heult. Aber es ist, glaube ich zumindest, nicht so schlimm. Sie will mich abholen und nicht alleine sein oder so, aber ...«

»Ich bringe dich runter«, sagt er sofort.

Ich reagiere resigniert. Eigentlich hatte ich gehofft, dass er mich vom Gehen abhält. »Okay. Das ... musst du nicht.«

»Ich mach's trotzdem.« Er steckt Tabak und die Zigarettenpapierchen ein, ich rufe Jo zurück und erkläre ihr, wo sie mich einsammeln soll.

Moritz sagt nichts, als wir über das holprige Kopfsteinpflaster laufen.

Ich versuche, die Situation aufzulockern. »Wenn du irgendwann Profifotograf bist, erzähle ich jedem, dass du mich schon abgelichtet hast, bevor du berühmt wurdest.«

Er lächelt stumm, ohne mich anzugucken.

Wir stehen an der Haltestelle. »Danke, dass ich vorbeikommen durfte, das war echt cool. Und es tut mir leid, dass ich so abrupt gehen muss. Wir konnten nicht mal in Ruhe die Fotos durchgehen.«

Er nickt, weicht meinem Blick aber aus. »Das ist so ein Geschwisterding.« In nervös machender Langsamkeit dreht er seine Zigarette. Ich will ihn fragen, ob alles okay ist, aber ich tue es nicht. Es kommt mir falsch vor. Menschen, die man kaum kennt, fragt man nicht, ob alles in Ordnung ist, weil man sich ja gar nicht sicher sein kann, dass sie anders drauf sind als sonst.

Jos Auto brettert über die Straße.

»Da kommt sie«, sage ich amüsiert, weil sie viel zu schnell fährt und ihre Reifen so laut quietschen wie in einem Film mit Verfolgungsjagden und Vin Diesel. Sie hält und wischt sich, während sie in den Rückspiegel schaut, Schminke aus den Augen. »Ist alles okay?«, frage ich nun doch – ganz unwillkürlich.

Er nickt. »Nur verdammt schade, dass du schon gehen musst. Es war so cool mit dir. Leicht, irgendwie.« Ich starre ihn an, weil ich es ganz genauso empfunden habe und weil mich seine Ehrlichkeit beeindruckt. »Darf ich dich mal wieder anrufen?«, fragt Moritz und guckt mich an wie ein kleiner Junge, der ausloten will, ob er noch was Süßes haben darf, obwohl er sich schon die Zähne geputzt hat.

»Klar. Wenn es einen triftigen Grund dafür gibt.« Ich strahle ihn an, und endlich erwidert er mein Lachen.

»Ist ›weil ich dich wiedersehen will‹ triftig genug?«

»Glaube schon.« Mein Atem stockt.

Moritz sieht mich an, berührt mich seltsam am Oberarm (soll das eine Umarmung sein?) und sagt: »Bis dann.«

»Gute Nacht.«

Er winkt Jo zu und wendet sich ab. Im Gehen nimmt er die Zigarette zwischen die Lippen und zündet sie an.

Er dreht sich nicht noch einmal um. Verdammt. In Filmen gucken sie immer noch mal. Die Frauen freuen sich dann. Springen in die Luft und werfen Konfetti. Hui!

10. KAPITEL

in dem ich meine Definition von Männlichkeit überdenken muss

Jo lässt sich feiern. Ich hasse es, wenn sie das tut. Doch heute hasse ich es besonders. Sie hat mich von Moritz abgezogen, und nun sitzt sie völlig verheult auf ihrem Himmelbett, ihre Mascara ist förmlich bis zu den Knien heruntergelaufen, und sie rückt nicht mit der Sprache raus.

»Jo, bitte! Nun sag schon. Was ist passiert?«

Sie seufzt. »Also, wir waren in diesem Club … Du hattest übrigens Recht, da waren wirklich nur Snobs. Und damit meine ich jetzt nicht reiche Leute an sich, sondern solche, die sich richtig geil finden, weil sie reich sind und erst mal eine Methusalem-Flasche Champagner bestellen, damit auch ja alle mitbekommen, dass sie den Laden kaufen könnten, wenn sie wollten.«

Ich kenne solche Leute natürlich zur Genüge. Als wir noch in unsere schrecklichen rosa Dirndl gepasst haben, haben unsere Großeltern väterlicherseits uns regelmäßig zu Gruppentreffen mit solchen Menschen mitgenommen. Man traf sich in teuren Golfclubs, stellte seine Familie zur Schau und erzählte sich von den Geschäften, die man vergangene Woche abgeschlossen hatte. Dabei aß man Miniportiönchen, die mich selbst im zarten Alter von vier, als mein Magen vermutlich kaum größer war als eine Pflaume, schon nicht sattgemacht haben.

Jo dreht sich auf die Seite und stützt sich auf dem Ellbogen ab. Dann legt sie los. Als sie mit ihren netten, vorgeglühten Freunden in dem Schuppen ankam, war noch alles gut. Doch bald war die Kacke am Dampfen, denn einer von Jos Freunden (der unnahbare Mr. Siebensitzer, wie ich in Erfahrung bringe) glühte schon dermaßen, dass er eine hitzige Diskussion mit einem der Methusalem-Proleten begann, der Jo zum Tanzen aufgefordert hatte.

»Lass mich raten: Du hast mit ihm getanzt.« Ich lege mich neben sie und kuschele mich in eines ihrer rosa Kissen aus flauschigem Zottelstoff.

»Ja, aber es war bloß ein einziger Tanz! Steffen hat so getan, als ob …«

»Wer ist Steffen?«, frage ich dazwischen.

»Na, Steffen eben. Hörst du mir eigentlich jemals zu? Ich treffe mich seit ein paar Wochen mit ihm. Du hast ihm heute Abend Hallo gesagt.«

»Ach so, der. Ford-Galaxy-Steffen.«

»Er hat mich eine geldgeile Schlampe genannt.«

»Der Methusalem-Prolet oder Ford-Galaxy-Steffen?«

»MAXI!«, heult sie auf. »Menno, mir geht's echt beschissen deswegen, und du bringst nur doofe Kommentare zustande.« Sie boxt mir erstaunlich fest gegen die Schulter. »Ich bin keine geldgeile Schlampe. Ich brauche keinen Typen mit Kohle.«

»Das ist eine gute Einstellung.« Schulmeisterhaft schüttele ich den rechten Zeigefinger.

»Das Schlimme ist: Ich dachte, er könnte der Richtige sein.«

»Wer? Der Typ mit der Riesenpulle Blubberwasser?« Ich feixe.

»Steffen natürlich.«

Ich rolle mich auf den Bauch. »Na, dann sag es ihm.«

Sie sollte eines ihrer tief ausgeschnittenen Kleidchen anziehen und es ihm gestehen. Für den Rest sorgen dann schon die Hormone.

»Nachdem er mich so behandelt hat?«

»Er war betrunken. Er war eifersüchtig. Er wollte dich provozieren. So etwas passiert.«

Jo setzt sich auf und sieht mich aus ihren saphirblauen Augen an. »Warum frage ich dich überhaupt? Du stehst seit einer Ewigkeit auf Jonas und kriegst gar nichts gebacken.«

»Ich stehe nicht auf Jonas.«

»Wie bitte?« Jo schnaubt höhnisch, als hätte ich etwas schrecklich Dummes gesagt.

»Wirklich! Ich weiß nicht, ob ›auf ihn stehen‹ die richtige Bezeichnung ist. Es ist ein anderes Gefühl.«

»Welches denn?«

»Keine Ahnung. Dafür gibt's noch kein Wort. Da besteht eine lexikalische Lücke.«

Bei ihren Worten muss ich daran denken, dass der Duden-Verlag vor ein paar Jahren einen Wettbewerb für ein neues passendes Gegenteilwort zu »durstig« ausgeschrieben hat. Das Gegenteil zu durstig ist ebenfalls eine lexikalische Lücke. Gewonnen hat das Wörtchen sitt. Vielleicht wäre es keine schlechte Idee, auf ähnliche Art und Weise nach einem Wort zu fahnden, das beschreibt, was Jonas mir bedeutet. Er ist ein guter Freund mit dem Aussehen, den Hobbys und dem Musikgeschmack meines Traummannes. Er treibt mich zwar zur Weißglut, dennoch sehne ich mich nach ihm, will ihn berühren, ihm nahe sein, Zeit mit ihm verbringen. Ist das eine Freundschaftsliebe? Oder eher Hassliebe?

Mittlerweile bin ich mir nicht mal mehr sicher, ob Jonas tatsächlich die Eigenschaften meines Traummannes hat oder ob sich mein Männerideal nach all den Jahren meiner Jonas-Besessenheit bloß seinen Eigenschaften angeglichen hat.

Mir fällt ein, dass Kim immer sagt: »Traummänner sind zum Träumen da.« Ein Gefühl in meiner Magengegend, das in meiner Fantasie aussieht wie ein verwirrt dreinblickendes Männchen mit Flickenjackett, sträubt sich dagegen, Jonas als den Mann meiner Träume zu bezeichnen. Denn wäre mein Traummann jemand, der nicht mit mir zusammen sein will – was würde das dann über mein Selbstwertgefühl aussagen?

»Kann es sein, dass der heutige Abend dazu beigetragen hat, dass du gerade nicht mehr auf Jonas stehst?« Jo zwinkert mir zweideutig zu.

»Der heutige Abend? Weil du das abschreckende Beispiel dafür bist?«

»Nein, weil du dieses ganz spezielle Funkeln in den Augen hast, seit ich dich bei Moritz eingesammelt habe.«

Was erwartet sie von mir? Soll ich reuig zugeben, dass ich mir doch besser die Beine rasiert hätte? Dass sein Geruch immer noch in meiner Nase wabert und ich von seiner ungezwungenen, unaufgeregten und unnachahmlichen Art schwer beeindruckt bin?

»Es war nett.«

»Nett?« Ihre Stimme überschlägt sich. »Nett ist so ungefähr die schlimmste Beleidigung, die es gibt. Nett ist der kleine Bruder von scheiße.«

»Nein. *Er* ist nett.«

»Das will auch keiner hören! Niemand will nett sein. Willst du nett sein? Also ich nicht.« Meine Schwester liegt auf dem Rücken, streckt die Beine in die Luft und macht Kreisbewegungen mit den Füßen.

»Er ist … anders, als ich dachte. Er hat mich überrascht.«

»Hat er dunkle Geheimnisse?« Jos Augen blitzen.

»Sein linker Oberarm ist komplett tätowiert.«

»Als ob dich das stören würde«, sagt sie schnippisch.

Nein, das stört mich ganz und gar nicht. Im Gegenteil, ich fand tätowierte Männer schon immer gut. »Er ist nicht besonders männlich«, ist mein nächstes Argument, und ich wundere mich einen Augenblick über mich selbst. Nicht besonders männlich? Wie komme ich denn darauf? Diesen Gedanken hatte ich vorher noch nie.

Jo fängt an zu kichern und fragt: »Wie darf ich das denn verstehen?«

»Ich … keine … Ach, ich weiß es nicht.« Ich weiß nur, dass es stimmt. Moritz wirkt so anders als Jonas, Oli oder Buzz, mit denen jede Verabredung in einen Wettkampf ausartet. Wer ist der bessere Musiker? Wer hatte die meisten Weiber? Wer kann die Bierflasche auf die abgefahrenste Weise öffnen? Kein einziger Wesenszug an Moritz lässt darauf schließen, dass er sich vor mir profilieren will. »Er hat eine künstlerische Ader. Du solltest ihn hören, wenn er über seine Bilder spricht. Er gibt offen zu, wenn ihm etwas peinlich ist. Als wäre es ihm völlig egal, ob ich dann denke, dass er irgendwie, du weißt schon, schwach ist. Er war so … er selbst.«

Jos Augen sind mit jedem meiner Worte zu engeren Schlitzen geworden. Sie kratzt sich am Kopf und fragt: »Moritz ist also nicht männlich genug, weil er in deiner Gegenwart er selbst ist, und weil er seine Schwächen zugibt?«

»Und weil er mir Pfannkuchen gemacht hat.«

»*Und weil er dir Pfannkuchen gemacht hat?*«, fragt sie. Ihre Augenbrauen sind so weit hochgezogen, dass sie fast keine mehr hat.

Ich nicke.

»Oh Gott, Max! Wenn du häufiger Frauenzeitschriften lesen würdest, wüsstest du, dass du den Jackpot geknackt hast.« Jo dreht sich zur Seite und zieht die Decke über die Schultern. »Scheiße. Ich hätte dich da nicht wegholen dürfen. Es tut mir leid. Ihr hättet bestimmt noch einen fantastischen Abend gehabt.«

»Wie soll ich …«

»Du weißt ganz genau, wie du das verstehen sollst. Ich vermute, Moritz ist der Richtige für dich. Männlich zu sein bedeutet eben nicht, dass man viel Jägermeister trinken kann, ständig Mädchen anpöbelt und ein Hobby hat, bei dem man ständig schwitzt. Denk mal drüber nach.«

Das tue ich hiermit gezwungenermaßen. Ist meine Definition von Männlichkeit womöglich ähnlich verschoben wie die Vorstellung von meinem Traummann? Und wie kann ich mich davon lösen?

In der Nacht geistert Jonas durch meine Träume. Zusammen mit Kim fahre ich mit dem Fahrrad durch die Stadt. Kim erzählt mir eins zu eins, was Jo gesagt hat, und hat dabei sogar ihre Stimme. Wir treffen Jonas, der behauptet, er müsse schnell weiter, um Schreibwaren einkaufen zu gehen. Ich biete an, ihm den Weg zu zeigen. Er freut sich und willigt ein. Kurz darauf tauchen zwei attraktive Frauen auf Motorrollern neben uns auf. Eine fragt Jonas im Vorbeifahren, ob sie ihn mitnehmen solle, sie wären gerade auf dem Weg in die Stadt, um dort ebenfalls Schreibwaren zu besorgen. Jonas dreht sich von mir weg, steigt zu ihr auf den Roller und düst ohne ein Wort des Abschieds davon.

Als ich aufwache, fühlt sich mein Gehirn matschig an, irgendwie *falsch*. So als wäre es ein fremdes Organ in meinem Körper. Schreibwaren kaufen mit Jonas? Zu welchem Schluss soll mich das bringen?

Ich blicke auf mein Handy, um die Uhrzeit zu überprüfen (kurz nach halb zehn), und bemerke erfreut, dass Moritz mir zwei Nachrichten geschrieben hat. Die erste ist noch gestern Nacht eingegangen und lautet: »Ich kann nicht warten, bis es einen Anlass gibt. Ich muss dir eine gute Nacht wünschen und dir sagen, wie schön der Abend war – wenn auch viel zu kurz. Hoffe, deine Schwester hat sich erholt.« Die zweite ist von acht Uhr heute früh: »Ich steige gleich auf mein Rad, fahre die erste Tour und denke dabei an gestern. Was machst du heute so?«

Wie kann es sein, dass diese Nachrichten ein derart heftiges Herzklopfen bei mir auslösen und mir mein Unterbewusstsein trotzdem Träume von Jonas unterjubelt?

Jo hat Recht: Ich muss endlich mal über all das nachdenken. Ich muss mir bewusst werden, welche Rolle Moritz in meinem Leben spielen soll. Und was es bedeutet, dass Jonas in meinen Träumen von mir wegrennt, während eine einzige SMS von Moritz Herzrhythmusstörungen bei mir auslöst. Ehe ich darauf keine Antwort gefunden habe, sollte ich besser keinen von beiden zu sehr in meinen Kopf lassen. Oder in mein Herz.

11. KAPITEL

in dem Levi Baumann der einzige Mann für mich ist

Ich tue das einzig Vernünftige, nämlich etwas für meine Ausbildung. Spontan verabrede ich mich mit Kim für elf Uhr in der Uni-Bibliothek, um dort nach dem Klausurenstress die nächste Baustelle in Angriff zu nehmen. Die Hausarbeiten.

»Ist alles okay?«, fragt Kim mich nach nur fünf Minuten über den Büchern.

»Will nicht drüber reden. Muss den Kopf frei haben.«

»Für deine Hausarbeit über deutsch-jüdische Auswanderungsgeschichte?«

»Nein. Die ist bloß Mittel zum Zweck. Lass uns nicht über Männer reden.«

»Auch nicht über Levi Baumann, der sich neunzehnhundertachtundzwanzig einem Auswanderungstrupp gen USA angeschlossen hat?«

»Doch. Levi ist okay.«

Samstag und Sonntag gestalte ich auf die gleiche Weise. Nachts erträume ich hundert verschiedene Arten, wie Jonas mich zu Gunsten anderer Frauen sitzen lässt, tagsüber rekonstruiere ich die Geschichte von Levi Baumann. Eingegrenzt werden die beiden Tätigkeiten von den Gutenacht- und Gutenmorgen-SMS von Moritz. Ich versuche, alles zu vergessen und meine gesamte Aufmerksamkeit dem derzeit einzigen Mann in meinem Leben zu widmen:

Levi. Dass das nicht besonders klug war, merke ich erst, als ich am Sonntagmittag zu Hause auf dem Balkon lernen muss, da die Bibliothek geschlossen hat.

Jo macht in der Mittagshitze Yogaübungen. Sie hat vor ein paar Tagen eine Kur angefangen, kocht sich jeden Tag massenhaft Gemüse und gesunde Kohlenhydrate, kauft Fleisch von Tieren, die total glücklich darüber sind, dass ein Bio-Bauer sie geschlachtet hat, und legt mehrmals täglich Yogaeinheiten ein. Das ist ihre Art, damit umzugehen, dass sie sonst praktisch nichts tut. Unterdessen kämpfe ich mit Büchern und meinem Laptop und verzweifle so langsam. Denn ich kann in den Unterlagen partout keinerlei Textbeleg für meine steile These finden, dass Levi sich mehr aus privaten als aus politischen Gründen der Auswanderungsgruppe angeschlossen hat. Was daran liegen könnte, dass ich mir das ausgedacht habe.

»So wird das nichts mit uns, Levi«, brülle ich das Textdokument an, das einmal meine Hausarbeit werden soll.

»Wer ist der Typ?«, fragt Jo und klemmt sich ihr Bein fast hinter den Kopf, so sehr verbiegt sie sich. »Sind dir Jonas und Moritz nicht genug?«

»Pscht!«, verscheuche ich ihren Kommentar wie eine freche Katze.

»Nein. Jetzt mal im Ernst: Gibt's was Neues?«

»Nope«, sage ich entschieden und schiebe mir die von Papa geschenkte Sonnenbrille die Nase hoch. »Ich höre brav auf mein Schwesterlein und gehe mal in mich. Deswegen hatte ich zu keinem von beiden Kontakt in den letzten Tagen.«

Jo lässt sofort ihr Bein fallen und sieht mich erschrocken an: »Wie bitte?«

»Gut, was?«

»GUT? Du hast mir erzählt, Moritz schreibt dir jeden

Morgen und jeden Abend. Jetzt sag mir bitte nicht, dass du das ignoriert hast.«

Beleidigt sage ich: »Hallo? Ich war endlich mal konsequent und habe versucht, mich auf mich zu konzentrieren, statt irgendwelche Typen mein Leben und meine Laune bestimmen zu lassen.«

»Du hast nicht mal zurück ›guten Morgen‹ gesagt?«

»Ich …« Plötzlich fällt mir auf, dass ich heute noch gar keine Nachricht bekommen habe. Ich dachte, es liegt eventuell daran, dass Moritz sonntags ausschläft. Doch inzwischen ist es bereits halb drei. Das wäre schon ein sehr ausgedehntes Schläfchen. »Möglicherweise nicht?«

»Sag mal, Max, was ist eigentlich los mit dir?« Meine Schwester lässt sich auf den freien Balkonstuhl neben mir fallen, blickt verzweifelt über den Main Richtung Skyline und stöhnt: »Du hast's verkackt. Moritz hätte mal meine Hochzeitsfotos schießen können, aber nein, du musst es ja verkacken.«

»Meinst du?«, frage ich kleinlaut.

»Entscheide dich endlich! Willst du, dass alles beim Alten bleibt? Dann kleb ruhig weiter an Jonas! Willst du riskieren, dass es dir irgendwann einmal besser geht? Dann lass dich verdammt noch mal auf Moritz ein.«

Wie soll ich das so schnell entscheiden? Jonas gegen Moritz? Das sind acht Jahre gegen ein paar unbedeutende Tage, tausende Erlebnisse gegen einen einzigen gemeinsamen Abend, gegenseitiges Vertrauen und In-und-auswendig-Kennen gegen eine kleine Sympathie, die ich mir immer noch nicht so recht erklären kann. Ich muss also den Test machen.

Ich gehe duschen, föhne mir die Haare, benutze mehr Schminke als sonst und ziehe mich an. Ich rasiere mir sogar die Beine.

»Nanu, wo willst du hin?«, höre ich Jos Stimme, als ich die Wendeltreppe zur Hälfte heruntergehopst bin. In ihrem hautengen Yoga-Outfit steht sie vor dem Barockspiegel und begutachtet schamlos ihren einwandfreien Hintern.

Ich steuere auf den Kühlschrank zu und packe einen ganzen Berg der gesunden und nachhaltigen Zutaten, die Jo für ihre Kur eingekauft hat, in meinen Rucksack. Daraus will ich einen Nudelauflauf kochen. Ich weiß zwar nicht, wie das geht, aber in meiner Vorstellung macht es Spaß, etwas zu kochen, das man nicht kochen kann. Und ich will Spaß. Ich weiß nur noch nicht, wer mich dabei unterstützen wird. Ich bin Johann Laafer auf der Suche nach meinem persönlichen Horst Lichter.

»Ciao!«, rufe ich und schlüpfe in Schuhe und Sweatshirtjacke.

»Nun sag schon: Wo willst du hin?«, fragt Jo, und nach genauerem Hinsehen fügt sie hinzu: »Mit der Flasche Wein, die *ich* eingekauft habe.«

»Weg«, ist meine kurze Antwort, um Nachfragen zu vermeiden.

»Das ist ein zweitausendneuner Chardonnay!«, beschwert sie sich und stemmt die Hände in die Hüften.

»Jo, du hast keine Ahnung, was einen zweitausendneuner Chardonnay von einer Pulle Traubensaft unterscheidet, also stell dich nicht so an.«

»Ich weiß, dass Traubensaft keine zehn Euro kostet.«

»Zehn Euro, für die unser Vater bestimmt hart arbeiten musste«, bieste ich und schwinge den Rucksack mit dem Zehn-Euro-Chardonnay energisch auf meinen Rücken.

»Den wollte ich irgendwann vielleicht mit Steffen trinken«, schmollt sie.

»Ach, ihr habt euch also wieder lieb? Schön! Ich kaufe

dir einen neuen, versprochen. Einen für elf Euro, wenn es dich glücklich macht.«

Jo hüpft auf mich zu, zieht mich am Ärmel und quiekt. »Oh Max, du Luder, du gehst zu ihm«, sagt sie leise und strahlt mich an. »Sag das doch gleich!«

Mhm, joa. Ich weiß nur noch nicht so recht, welcher *Ihm* das sein wird.

Ich steige in mein Auto und mache mich zunächst auf den Weg nach Hattersheim.

Nach zweimaligem Klingeln öffnet mir Jonas die Tür seines Elternhauses. Die Haare hängen ihm in die Stirn, er trägt ein graues Marken-T-Shirt und Sport-Shorts von Adidas. Er sieht aus, wie er an einem Sonntagnachmittag zu Hause immer aussieht. Dennoch: Mein Herz rührt sich nicht. Keine Beschleunigung, kein Aussetzen.

»Max!«, sagt er und schaut mich erstaunt an.

»Hi«, grüße ich und warte auf das Herzklopfen.

»Was gibt's?«, fragt er.

Ich denke an die Weinflasche und die Stange Lauch, wegen der mein Rucksack seltsam verformt ist. Ob ihm aufgefallen ist, dass ich ihm seit längerem keine belanglose SMS mehr geschickt habe? Manchmal wünsche ich ihm eine gute Nacht, einfach so. Dann antwortet er: »Gute Nacht, mein Mädchen. Träum was Feines.« Jedes Mal.

Im echten Leben haben wir noch nie über diese Nachrichten gesprochen. So als würden sie zwei völlig andere Menschen austauschen. So als gäbe es sie nicht. Seit Moritz in meinem Leben aufgetaucht ist, geht das irgendwie nicht mehr. Himmel, warum fallen mir all diese Anzeichen erst jetzt auf? Warum bin ich nicht gleich zu Moritz gefahren?

»Ich …« Jap. Geil. Was soll ich bloß sagen? »Hast du … hast du Lust, was zu kochen?«

Er sieht mich eine Sekunde lang an, als hätte ich ihn gefragt, ob wir zusammen einem Pferd rosa Strähnchen färben wollen. Dann scheint ihm wieder einzufallen, dass ich ja bloß Max bin und es keinerlei Bedeutung hat, wenn ich, also Max, ihn frage, ob er mit mir was kochen will. Es ist, als würde ihn sein Bruder Oli fragen, ob sie zusammen eine Jamsession machen wollen. Oder als würde Buzz ihn fragen, ob sie zusammen eine Flasche Jägermeister exen wollen. Jene Max, die er gerade live vor sich sieht, ist schließlich nicht diejenige, der er hin und wieder süße Träume wünscht.

Dann sagt er: »Äh … ich hab gerade ein paar Jungs aus'm Verein da.« Jonas spielt seit vielen Jahren Handball. »Wir zocken GTA und trinken ein paar Bier. Wenn du willst, kannste mit reinkommen.«

NEIN, Jonas, ich will nicht mit ein paar Kerlen aus deinem Handballverein virtuelle Wettrennen in Zuhälterkarossen fahren. Ich will dazu auch kein Bier trinken. Ich will eigentlich gerade nicht mal mehr hier sein. Aber das kann ich ihm alles schlecht sagen.

Ich überspiele meine Unsicherheit mit maskulinem Humor, womit auch sonst? »GTA? Alter, hab ich doch schon fünfmal durchgespielt.«

Jonas schiebt beide Hände in die Hosentaschen. Dann zieht er sie wieder heraus und faltet sie am Hinterkopf. Mir wird die Stille unangenehm. Noch unangenehmer als die Tatsache, dass ich mit einem Rucksack voller Gemüse vor ihm stehe.

»Na dann. Ich geh mal wieder. Viel Spaß noch mit deinen Handballern.«

»Ey, was machst du jetzt?«, fragt er mich, nachdem ich ihm den Rücken gekehrt habe.

»Ich … ich koche dann wohl mit wem anders.« Ich grinse

breit. Fast ein bisschen überrascht stelle ich fest, dass mein Grinsen echt ist. Ich bin erleichtert. Jonas und ich in der Küche, bei dem Versuch, beim Auflaufkochen Spaß zu haben, dazu einen Wein – an diesem Bild ist schlicht alles falsch.

Mit einer Flasche Bier in der Hand, vor einer Spielkonsole und umringt von grölenden Handballern sieht Jonas viel stimmiger aus.

12. KAPITEL

in dem wir Auflauf ohne Augen essen

Als ich ein paar Ecken von meinem geparkten Auto entfernt auf das schmuddelige Hochhaus zulaufe, steigt mein Puls fast unmerklich. Dann betrete ich es – und genau in diesem Moment fängt mein Herz heftig an zu pochen.

Nun, da es hell ist und Licht durch die Flurfenster fällt, sieht hier alles noch viel schäbiger aus als beim letzten Mal. In den Ecken der Treppenstufen klebt Undefinierbares, am Geländer ist der Lack abgeplatzt, und an den Wänden bröckelt der Putz ab. Außerdem zieren zahlreiche Zeichnungen den Flur, die diverse Unterleibsfetischisten in den letzten Jahrzehnten dort hinterlassen haben.

Nachdem ich zweimal kurz die Klingel gedrückt habe, macht Kai auf. Er trägt Badeshorts, Flipflops und ein T-Shirt mit der Aufschrift »WO WARST DU, ALS KURT COBAIN STARB?«.

»Juhu«, sagt er zur Begrüßung und macht einen Knicks.

»Wahrscheinlich im Kindergarten«, beantworte ich die Frage und versuche, über seine Schulter zu spähen.

»Wie bitte?«

»Als Kurt Cobain gestorben ist, da war ich höchstwahrscheinlich im Kindergarten.«

»Aaah, clever, die Frau! Doch sag: Haben wir ein Date?«, fragt er und lehnt sich gegen den Türrahmen.

Ich reagiere ungewöhnlich unschlagfertig mit Verdutztheit, was an meiner plötzlich aufbrodelnden Nervosität liegen kann.

Er fängt an zu lachen und erklärt: »War bloß ein Witz. Ich bin eh auf'm Sprung. Der alte Mo hat gar nicht gesagt, dass du vorbeikommst. Find ich aber nett.« Er boxt mich auf die Schulter, trifft aber mein Schlüsselbein. Aua.

»Ich gehe ins Schwimmbad«, sagt er, greift nach einem Handtuch, legt es sich um den Hals und schiebt sich an mir vorbei zur Tür hinaus. »Ach ja, eins solltest du noch wissen: Moritz ist in seinem Zimmer und hat gerade voll das mördernervige Gespräch an der Strippe. Er brüllt schon seit 'ner halben Stunde oder so in sein Handy rein. Seine Ex ist dran. Kennt man ja.« Er zieht die Badehose hoch und sagt: »Ich bin dann mal weg.«

Ich stehe halb im Treppenhaus, halb im Wohnungsflur und weiß nicht, was ich tun soll. Seine Ex ist dran? Man kennt das ja? Mein Ex David und ich haben nach unserer Trennung nie mehr miteinander telefoniert.

Dann höre ich Moritz laut schimpfen. »ICH? JAAAA. ICH! Jana, nein, da gibt es gar keine Diskussion.«

Natürlich könnte ich wieder gehen. Moritz würde gar nicht mitbekommen, dass ich hier war. Zwar könnte Kai ihm davon erzählen, aber ich glaube, es ist leicht, Kais Storys als Hirngespinste abzutun.

Ich will bei diesem Gespräch nicht zuhören. Das tut man nicht. Aber ich will nur sehr ungern gehen. Es hat mich einiges an Überwindung gekostet herzukommen. Ich will dafür belohnt werden.

Da höre ich Moritz rufen: »JA, GENAU! Komm mir einfach wieder mit dem Anwalt. SO WIE IMMER!«

An dieser Stelle beschließe ich, dass ich etwas tun muss. Ich will kein weiteres Wort erfahren, schließlich bin ich gerade erst über meine Mord- und Zerstückelungsfantasien hinweg. Anwaltsdrohungen der Ex sind da definitiv zu viel des Guten.

Ich klopfe laut gegen die Zimmertür.

»Wart 'ne Sekunde.«

Die Tür öffnet sich.

Moritz guckt mich mit großen Augen an und sagt in den Hörer, ohne den Blick von mir zu wenden: »Ich lege jetzt auf.« Damit wirft er das Telefon aufs Bett, reibt sich die Augen, sieht mich durch die Finger an und sagt: »Hi.«

»Hey.«

»Warte kurz«, befiehlt er und geht an mir vorbei durch die Küche in Richtung Flur.

Ich höre, wie ein Wasserhahn aufgedreht wird, und vermute, dass er sich im Bad befindet. Kurz darauf kommt Moritz zurück, mit nacktem Oberkörper und klatschnassen Haaren, aus denen ihm das Wasser ins Gesicht und auf die Schultern tropft. Er greift nach einem T-Shirt auf dem Zimmerboden.

»Sorry, ich musste nur kurz den Kopf freikriegen.«

Ich versuche verständnisvoll zu nicken, schaffe es aber nicht, weil ich dabei zugucke, wie er sich das Shirt überzieht und sich mit dem Kopf im Kragen verheddert.

»Hi«, sagt er dann noch mal. »Du hier?«

Diesmal nicke ich wirklich, weil ich nicht weiß, was ich sonst tun soll. Ich bin irritiert davon, dass Moritz dezente, aber definierte Bauchmuskeln vorzuweisen hat.

»Warum bist du hier?«, fragt er noch mal.

»Ich … wollen wir zusammen was kochen?«

Er strahlt mich an und sagt: »Klar. Also, ich meine, würd ich gern, aber in unserem Kühlschrank kann man momentan ziemlich anschaulich demonstrieren, wie ein Echo funktioniert.«

Ich bin froh, dass er meine ausbleibenden Antworten

auf seine echt süßen Nachrichten nicht thematisiert. Und noch froher, dass er mich nicht direkt wieder vor die Tür gesetzt hat. Erleichtert öffne ich meinen Rucksack, halte ihn so, dass er den Inhalt erkennen kann, und sage: »Dagegen habe ich etwas.«

»Du bist der Hammer!«, ruft Moritz begeistert und geht an mir vorbei in die Küche. Er lehnt sich gegen das Waschbecken und sagt: »Zeig her!«

Stück für Stück lege ich den Inhalt meines Rucksacks auf den Tisch. »Nudeln, Gemüse, Käse, Sahne, Schinken.«

Moritz kratzt sich am Hinterkopf und fragt: »Bestehst du auf den Schinken?«

»Ähm … Warum? Hast du Angst vor Schweinehintern?«

»Nein. Aber ich esse ihn nicht.«

»Keinen Schweinehintern?« Irritiert lasse ich mich auf einen Stuhl fallen.

»Auch den Rest vom Schwein nicht.«

»Bist du Moslem?«

»Nein. Moritz MARIA Stolz ist kein Moslem.«

»Jude?«

»Hab ich nicht schon mal erwähnt, dass meine Mutter erzkatholisch ist?«

»Stimmt.«

»Außerdem gibt es bei den Juden, soweit ich weiß, keine Marienverehrung.«

Stimmt auch. Das kann sein. Warum die Mutter eines Mannes anbeten, den man nicht für den Erlöser hält? Dazu hätte mein Freund Levi Baumann bestimmt auch eine Meinung.

»Das hat keine religiösen Gründe. Ich esse bloß kein Fleisch.«

»Weil es mal Augen hatte?« Ich erinnere mich an einen

Bericht über Vegetarismus, den ich mal im Fernsehen gesehen habe. Ein Befragter sagte: »Ich esse nichts, was mal Augen hatte.«

In der Sendung gab es eine Kocheinlage, die dem Zuschauer suggerieren sollte, wie leicht es ist, auf Fleisch zu verzichten und trotzdem leckere Proteine zu sich zu nehmen. In der Sendung servierten sie Qualle. Der erwähnte Befragte weigerte sich, die Qualle zu verspeisen, weil es sich bei Quallen schließlich um Lebewesen handelt. Das war einer dieser Momente, in denen ich zu gerne in den Fernseher gesprungen wäre (der Aufprall wäre hart ausgefallen, Ultra-Flatscreens haben nämlich eine extrem geringe Knautschzone). Ich wollte den Befragten saftig ohrfeigen. Wer aus Prinzip keine *Lebewesen* zu sich nehmen will, darf auch kein Gemüse essen. Kein Obst. Keine Pilze. Überhaupt gar nichts. Außer Steine.

»Mhm, vielleicht auch, weil es mal Augen hatte. Aber, nun ja, Vegetarier zu sein ist eher ein Relikt aus meiner Sturm-und-Drang-Phase.«

Ein Relikt aus seiner Sturm-und-Drang-Phase? Wow. Das war erstens ein sehr klug verwendetes Wort (Relikt) und zweitens eine Floskel, die auf eine gewisse kulturell-literarische Bildung schließen lässt (Sturm-und-Drang-Phase).

»Ich liebe Fleisch«, sage ich und wende die Packung Schinken in den Händen. »Ich könnte nie aufhören, welches zu essen.«

»Musst du auch nicht. Ich will dich bestimmt nicht missionieren. Aber ich will den Schinken trotzdem nicht essen.«

Da fällt mir wieder ein, dass er mir bereits versichert hatte, die Leberwurst-Fantasie bleibe eine Fantasie, da er kein Fleisch esse. Ich lege in meinem Gehirn einen Ordner mit der Aufschrift MORITZ an und beginne darin Informationen über ihn zu speichern.

»Ich denke, für einen Abend kann ich durchaus mal auf Essen mit Augen verzichten.«

»Das ist lieb von dir.« Moritz lächelt zwar, als er das sagt, aber er meint es nicht als Witz. Er meint es tatsächlich ernst. Er findet das lieb von mir.

13. KAPITEL

in dem ich Nagetiere und kleine Kosmetikprodukte niedlich finde

Nachdem wir den Auflauf gegessen haben, der zwar lecker war, aber laut Moritz aussah, wie bereits zweimal verdaut und wieder hochgewürgt, sitzen wir mit spannenden Kugelbäuchen auf dem Sofa in seinem Zimmer.

»Was hättest du gegessen, wenn ich nicht vorbeigekommen wäre?«, frage ich in Erinnerung an den gänzlich leergefegten Kühlschrank.

»Ach, irgendwas hätte ich schon gefunden.« Es klingt nicht überzeugend. »Außerdem würdest du staunen, wenn du wüsstest, wie lange ich schon ohne feste Nahrung ausgekommen bin.«

Ich merke schnell, dass es ihm ernster ist, als er tut. »Komm«, sage ich, »jetzt mal Butter bei die Fische.« Butter bei die Fische … diese Redewendung habe ich noch nie verstanden. Warum Butter? Warum Fische? Was soll die Butter bei den Fischen? Ist der Satz nicht sowieso von vorne bis hinten grammatikalisch fragwürdig?

»Ständig machst du irgendwelche Andeutungen. Willst du mir damit etwas mitteilen?« Ich kann es nicht leiden, wenn jemand Andeutungen macht, nur damit man ihn nach seinem furchtbar interessanten Leben fragt. Ich hatte mal eine Freundin, mit der war normale Konversation schlicht unmöglich, weil sie immerzu damit beschäftigt war, Dinge zu sagen wie: »Ach, gestern war wieder *so* schlimm.« Wenn man ihr den Gefallen tat, nach ihrem gestrigen Tag zu fragen, verweigerte sie jedoch die Antwort, so schlimm war das Erlebte.

»Andeutungen?«, fragt er.

»Ja: ›Wenn du wüsstest, wie lange ich schon ohne feste Nahrung ausgekommen bin‹. Was soll das heißen? Dass du ein ganzes Jahr im Krankenhaus warst und intravenös ernährt werden musstest? Oder dass du auf der Straße gelebt hast und nur Brotkrumen aufgelesen hast, die die Tauben übrig gelassen haben?«

»Du bist immer so direkt.«

»Einer muss es ja sein.«

»Du siehst sehr hübsch aus heute.«

»Was sollte das denn jetzt?«

»Ich war auch direkt.«

Überfordert blinzele ich ihn an. Ich höre nicht oft, dass ich hübsch bin. Das bedeutet entweder, dass ich nicht oft hübsch bin oder dass ich in Kreisen verkehre, in denen Komplimente nicht geläufig sind.

Der eingerostete Teil meines Nervensystems, der für die Aufnahme und Weiterverarbeitung von schmeichelnden Worten zuständig ist, setzt sich ratternd und knarzend in Gang. Er sorgt dafür, dass meine Lippen lächeln und meine Wangen rosa werden.

»Danke«, lässt mich mein Nervensystem sagen.

»Kein Ding.« Moritz sieht mich lange an, dann sagt er: »Und nein, ich bin noch nie durch einen Schlauch gefüttert worden. Auf der Straße hab ich auch noch nie gepennt. Ich habe nur, seit ich nicht mehr zu Hause wohne, ziemlich oft ziemlich wenig Kohle. Wenn ich mal Geld habe, investiere ich es in wichtigere Dinge als Essen.«

Wichtigere Dinge als Essen? Mir fällt nichts ein, was

wichtiger sein könnte als Essen. Wenn ich nichts zu essen bekomme, werde ich schnell ungemütlich.

»Wieder so eine Andeutung«, tadele ich. »Was ist wichtiger als Essen?« Atmen vielleicht.

»Fotoausrüstung, Miete, solche Sachen.«

»Wann bist du ausgezogen?«

»Nach dem Abi. Mit achtzehn.«

»Bist du zum Studieren weggezogen?«, mutmaße ich.

Moritz seufzt, als wäre das eine ziemlich abwegige Annahme. »Nein, viel banaler: Ich hatte keinen Bock mehr.«

»Auf deine Eltern?«, frage ich und krame in meinem Rucksack nach der Flasche Wein.

»Auf meine Eltern, auf die Stadt, auf alles.« Er beobachtet mich beim Öffnen der Flasche. »Ich fürchte, so was Schniekes wie Weingläser haben wir nicht.«

»Macht nichts, ich bin da nicht so.« Ich setze die Flasche an und trinke einen Schluck. Jo würde mit Sicherheit einen Tobsuchtsanfall erleiden, wenn sie mitbekäme, wie der Zehn-Euro-Tropfen direkt aus der Flasche in meine Kehle rinnt.

Moritz sieht mich an und schüttelt den Kopf, dann nimmt er mir die Flasche ab und trinkt ebenfalls.

»Wie bist du nach Frankfurt gekommen?«

»Mit dem Zug«, antwortet er frech.

Ich kichere. »Warum Frankfurt? Wenn du bloß wegwolltest, warum nicht nach Berlin, Hamburg oder München?«

»Um Gottes willen, München! Wenn ich damals eines nicht ausstehen konnte, dann Snobs. München wär die letzte Stadt gewesen, in die ich gezogen wäre.«

»Was machen deine Eltern?« Ich nehme die Flasche und trinke daraus. Wein macht die Beine schwer und den Kopf leicht.

»Meine Mutter ist Bibliothekarin. Mein Vater ist ein Prof.«

»An der Uni?«

Moritz nickt. Er fährt sich durch die Haare und mustert mich von der Seite.

»Klingt interessant.«

»Ja, vielleicht«, er lächelt mich wohlwollend an.

Ich denke darüber nach, dass er ausgezogen ist, um von seinen Eltern wegzukommen. Vielleicht haben sie sich zerstritten. Das würde erklären, warum Moritz ein eher bescheidenes Leben führt, obwohl sein Vater ein Professor ist und ihn sicherlich unterstützen könnte. Ich mustere die durchgesessene Cordcouch, den überholten PC, die Klamotten, die auf der Kleiderstange vor sich hin knittern. Fast habe ich ein schlechtes Gewissen, dass mein Leben nur deshalb so leicht und unbeschwert ist, weil mein Vater für alles aufkommt.

Schnell wechsele ich das Thema: »Okay, aber warum nun Frankfurt?«

»Ich bin ein Großstadttyp. Ich stehe auf U-Bahnen. Die Eintracht ist der beste Fußballverein der Welt. Ich mag Apfelwein, ich liebe Grüne Soße. Es gibt 'ne Menge Gründe für Frankfurt. Außerdem hat meine Freundin hier gewohnt.«

Neugierig hake ich nach: »Du bist also damals mit deiner Freundin zusammengezogen?«

»So halb. Ich hab eine Weile bei ihr und ihren Eltern gelebt … bis sie mich vor die Tür gesetzt hat.«

»Ihr habt euch getrennt?«

»Getrennt und es noch mal versucht und uns wieder getrennt und es noch mal versucht und uns wieder getrennt. Ungefähr ein gutes Dutzend Mal. Nach der ersten Trennung hat es fast zwei Jahre gedauert, bis wir beide gecheckt haben, dass wir zusammen eine mittelschwere Katastrophe sind und es besser ganz lassen sollten. Das vorhin am Telefon war übrigens sie.«

Unvermittelt streichelt er mit dem Daumen über meinen Handrücken. »Lass uns über etwas anderes sprechen.« Seine Stimme ist nur noch ein Flüstern, und seine Augen fixieren mich.

Ich ziehe die Hand weg. Das geht mir zu schnell. Gerade eben haben wir doch noch über seine Ex gesprochen.

»Okaaaaay«, sagt er langgezogen. »Sorry.«

»Macht nichts.« Auf einmal ist mir die Situation unangenehm. Hätte ich das nicht eleganter lösen können? Kann ich nicht eleganter *sein*?

Zeit für einen erneuten Themawechsel. »Es tut mir leid, dass ich nicht auf deine Nachrichten reagiert habe. Ich musste über ein paar Dinge nachdenken. Aber ich habe mich sehr darüber gefreut.«

»Ich verstehe schon: Es ist wegen Jonas. Das ist normal. Ich weiß, dass ich dir so etwas nicht schreiben sollte. Aber ich habe befürchtet, dass du mich nicht mehr treffen willst. Das wäre schade gewesen.« Moritz schmunzelt und reibt sich mit den Händen über die Oberschenkel.

»Mhm … hast du Musik da?«, frage ich.

»Klar.« Moritz steht vom Sofa auf, geht zum Schreibtisch und startet auf seinem Computer eine Playlist.

Offenbar steht Moritz auf Oldschool und deutschen Hip-Hop, und ich kann nicht umhin zu bemerken, dass mich das enttäuscht. Ich mag es gerne, wenn ein Mann dieselbe Musik hört wie ich. Zwar habe ich keine Erfahrung damit (mein Exfreund David hat irgendwie gar keine Musik gehört), aber ich stelle es mir schön vor. Man schenkt sich zu Geburtstagen, Weihnachten und Jahrestagen Konzertkarten und hat gemeinsame Lieder, von denen man dann seinen Freunden erzählt. Beispielsweise:

Den ersten Kuss hatten wir zu den Kings of Leon, den ersten Sex zu Young The Giant, und als wir uns das erste Mal gestritten haben, habe ich die ganze Nacht geheult und Radiohead gehört.

Moritz lässt sich wieder neben mich aufs Sofa fallen, gähnt und trinkt aus der Weinflasche. Dann lächelt er und starrt dabei auf seine Oberschenkel, über die er wieder mit den Handflächen reibt.

Hat er einen Krampf? Braucht er Magnesium?

»Ist alles okay?«, frage ich.

Er merkt, dass ich auf seine Oberschenkel gucke, nimmt hastig die Hände weg und sagt: »Äh … ich muss mich zusammenreißen, um nicht nach deiner Hand zu greifen.«

Meine Augen sind so groß wie zwei Monde. Warum sagt er das? Sind wir nicht zu alt für solche Spielchen? Warum spüre auch ich dieses Kribbeln in den Fingerspitzen und gleichzeitig den Druck in meiner Brust, es zu ignorieren? Bin ich stimmungsbedingt hormonell verwirrt? Oder ist es der Wein?

Meine Antwort ist ein halbherziges Grinsen.

»Mach dir keinen Kopf, ich tu's ja nicht«, sagt er.

Soll ich darauf etwas Romantikkomödienartiges sagen? Etwas wie: »Tut mir leid, aber wir kennen uns noch gar nicht richtig.« Oder: »Ich will dir keine falschen Hoffnungen machen.«

Der springende Punkt ist: Ich weiß nicht, was ich will. Also tue ich, was ich immer tue: Ich zerstöre die Stimmung durch einen unangebrachten Spruch. »Mit deiner Offenheit kriegst du normalerweise die Mädels rum, oder?«

Moritz nimmt die Ansage gelassen und gibt zu: »Ja, meistens klappt es. Aber bitte denk jetzt nicht, dass es nur eine Strategie ist. Frauen mögen nun mal, dass ich sage, was ich denke.«

»Hat es schon bei sehr vielen geklappt?«

Moritz wirft lachend den Kopf in den Nacken. »Sind wir damit bei den pikanten Themen angelangt?«

»Pikante Themen?« Hastig greife ich nach der Flasche. Mein Gefühl sagt mir, dass ich den Alkohol gleich brauchen werde. Ich wünschte, ich wäre ein bisschen mehr wie Jo. Sie würde in der Situation garantiert etwas Tolles sagen. Sie würde sich gekonnt in Szene setzen und etwas wahnsinnig Sinnliches von sich geben. Meine Schwester kann so was. Darin hat sie Übung. Sie hätte sich dieser süßen, vollkommen harmlosen Geste des Händchenhaltens auch nicht so nonchalant entzogen wie ich.

»Du hast mich gerade gefragt, wie viele Mädchen ich schon hatte. Das ist schon irgendwie pikant.«

»Kommt auf die Zahl an. Eins finde ich nicht sonderlich pikant«, versuche ich meinen knallroten Kopf aus der Schlinge zu ziehen.

»Und wie findest du zwölf? Pikant oder nicht pikant?«

»ZWÖLF?« Hat er gerade zwölf gesagt, oder hat mein Gehör Mist gebaut?

»Das war nur so in den Raum geworfen.«

»Ja, ich werf hier auch gleich mal was in den Raum!«

Moritz muss laut lachen und nimmt mir die Weinflasche aus der Hand.

»Warum erzählst du mir solche Sachen? Die gehen mich doch gar nichts an!« Ich nehme die Flasche wieder an mich und muss feststellen, dass sie leer ist. Mist! Das gute Teufelszeug. Worin soll ich jetzt meine Nervosität ertränken? Etwa in Wasser? Haha. Weiß doch jeder, dass die Dichte von Nervosität viel niedriger ist als die von Wasser, weshalb sie oben schwimmt.

»Ich hab das nur so gesagt.« Plötzlich ist da wieder seine Hand um meine. »Tut mir leid«, sagt er, aber er lässt meine

Hand nicht los. »Nein. Das war gelogen, es tut mir nicht leid.« Wir beginnen um meine Hand zu kämpfen.

»Du nötigst mich, mit dir Händchen zu halten, du Ladykiller. Das hast du doch gar nicht nötig, oder?«, kichere ich und reiße die Hand nach oben.

Moritz hält sie so fest, dass ihn meine ruckartige Bewegung zu Fall bringt. Unsere Oberkörper prallen gegeneinander, unsere Nasenspitzen sind von nichts weiter als ein klein wenig Luft getrennt. Sein Atem riecht nach Wein. Sein Haar riecht nach Seife. Und sein Hals riecht nach ihm.

Ich drehe das Gesicht weg. Das war nur ein sexuell auslegbarer Unfall. Mehr nicht. Mehr nicht!

In meiner Hosentasche vibriert mein Handy.

»Du solltest rangehen«, haucht mir Moritz ins Ohr, der die Vibration ebenfalls gespürt hat.

Ich nicke atemlos.

»Ich wollte sowieso …« Er rappelt sich von mir auf, greift in seine hintere Hosentasche, zieht das Tabaktütchen heraus und dreht sich eine Zigarette.

»Hallo?«, sage ich in den Hörer. Ich höre Straßenlärm am anderen Ende der Leitung. »Kim?«

»Max? Hey! Heyheyhey, zum Glück erreiche ich dich.«

»Ist alles klar?« frage ich.

»Oh Mann, alles ist super! Ich muss dir unbedingt was erzählen.«

»Jetzt?«

»Nee, Ostern zweitausendvierunddreißig, deshalb rufe ich auch jetzt schon an. Natürlich jetzt!«, sarkastiert sie. »Buzz hat mich gerade angerufen!«

»Aber es ist«, ich schaue auf die Uhr, »halb eins!«

ES IST HALB EINS? Es ist so leicht, mehrere Stunden mit Moritz zu verbringen, ohne auch nur ein einziges Mal auf die Uhr zu schauen.

»JAAAA«, brüllt sie in den Hörer, »das macht die Sache ja so gut! Er hat mich angerufen und gefragt, was ich so mache. Die Wahrheit ist: Ich hab schon gepennt, aber das wollte ich nicht zugeben, also hab ich behauptet, ich wäre bei Freunden. Daraufhin hat er gefragt, ob ich Lust hätte, was mit ihm zu unternehmen. MITTEN IN DER NACHT! Ist das nicht der Hammer? Also, wenn das nichts heißt, dann weiß ich auch nicht.«

Kim brüllt so laut, dass Moritz jedes Wort verstehen kann.

»Das nennt man einen Bootycall«, nuschelt Moritz durch den Zigarettenfilter, den er zwischen die Lippen geklemmt hat, während er den Tabak im Papier verteilt.

»Hä?«

»Der Typ ruft bloß an, weil er mitten in der Nacht Bock auf Sex bekommen hat. Ein klassischer Bootycall.« Er legt den Filter in sein Zigarettenbauwerk, dreht und verschließt die Konstruktion mit Speichel.

»Hast du was gesagt?«, fragt mich Kim. »Wo bist du denn?«

»Ich bin bei Moritz.«

»AAAAAACH jaaaaa, der niedliche Fahrradkurier.«

Selbstredend versteht Moritz immer noch jedes Wort, und ein Ausdruck tiefster Zufriedenheit spiegelt sich auf seinem Gesicht.

Habe ich ihn jemals niedlich genannt? Also, mal ehrlich: Dieses Wort ist in meinem Sprachgebrauch für Goldhamster und winzig kleine Shampoo-Flaschen reserviert, wie man sie im Hotel bekommt. Niemals würde ich es verwenden, um einen Mann zu beschreiben.

Ich kann mich nicht erinnern, Moritz jemals mit einem Adjektiv betitelt zu haben, das niedlich auch nur im Entferntesten nahe kommt. Allerdings erinnere ich mich noch, ihn mal nett genannt zu haben. Zwischen nett und niedlich liegt eine marathonähnliche Distanz. Kim spinnt also. *Ich spinne!*

»Ich … äh … Nein! Moritz … was?«, blubbere ich in den Hörer.

»Na, dann will ich euch mal nicht stören, hihi.« *Hihi*? Was soll das? »Ich ruf dich morgen an, da haben wir uns bestimmt gegenseitig eine Menge zu erzählen. Hihi.« Ja, hihi.

Ich lege auf, bevor sie noch mehr Unheil anrichten kann.

Immer noch ohne mich anzugucken, aber mit einem so breiten Grinsen im Gesicht, dass ich fürchte, ihm bleiben gleich die Mundwinkel an den Ohrknorpeln hängen, sagt Moritz: »Niedlich also, ja?«

»Nicht meine Wortwahl!«

»Aber ich *bin* niedlich?« Er lehnt sich zurück und landet weich in einem Berg an Selbstbewusstsein.

»Du … was? Glaub mir, du willst gar nicht niedlich sein. Hamster sind niedlich. Gleichzeitig sind Hamster die dümmsten Haustiere, die es gibt, findest du nicht? Tagsüber pennen sie, und nachts machen sie Krach. Wer schafft sich schon freiwillig so etwas an?«

Was rede ich da bloß?

»Aber du kannst mich gut leiden, oder?«

»Ähm … ja, ich denke schon. Ich kann aber auch Schokolade gut leiden.«

Moritz lacht und streicht mir eine Haarsträhne hinters Ohr. (Männerwelt aufgepasst: Wir Frauen wissen, dass ihr das nur tut, weil ihr es in irgendeinem Film gesehen habt und denkt, das würde irgendwas bringen! Die gute Nachricht: Es bringt tatsächlich was. Allerdings solltet ihr wissen, dass *wir* wissen, dass ihr nicht selbst darauf gekommen seid, sondern es lediglich Orlando Bloom nachmacht.)

»Ich kann sehr gut damit leben, mit Schokolade auf einer Stufe zu stehen.«

Ich sehe ihn an, seine Augen, seine Haare, seinen Mund – und mit einem Mal fühlt sich hier mit ihm zu sitzen ganz genauso an, wie Schokolade zu essen. Süß, richtig, warm. Bleibt mir nur zu hoffen, dass ich nachher nicht anfange, Kalorien zu zählen. Denn da ist etwas in Moritz' Blick, das mich unsicher macht. Sehr unsicher.

14. KAPITEL

in dem ich eigentlich implodieren müsste

Vier Tage ist es inzwischen her, dass ich bei Moritz war. Weil wir uns seither nicht gesprochen haben, waren seine letzten Worte zu mir: »Ich find's schade, dass du gehst.« Es war drei Uhr morgens, wir standen an der Bahnhaltestelle, und in unserer Nähe kündigte lautes Geschrei ein streitendes Pärchen an.

Zum Abschied hat er die Hand gehoben und mich einschlagen lassen, seine Finger mit meinen verschränkt und mich angelächelt. Dabei ist mir aufgefallen, dass er ziemlich spitze Eckzähne hat. (Liebe Freunde der Vampirromanzen: Tut mir leid, aber Moritz ist KEIN Vampir. Definitiv. Ich habe nachgefragt, er hat nein gesagt.) Durch die nie ganz dunkle Bornheimer Nacht flatterte nicht nur das Rufen des streitenden Pärchens, sondern auch so etwas wie ein Moment. Ein Moment, in dem irgendetwas passieren müsste. Ein Moment, ausgelöst durch Moritz' nicht abreißenden Blick, das Gefühl in meinen Fingerspitzen und seine erstaunliche Ähnlichkeit mit richtig guter Schokolade.

Selbst jetzt noch, während ich an meinem Schreibtisch sitze und Levi Baumann einen guten Mann sein lasse, juckt es mich am ganzen Körper, weil ich diesen Moment nicht ausgekostet habe. Sogar das Wetter hat sich diesem Gefühl angepasst. Ein Sommergewitter wie aus dem Bilderbuch verhängt den Nachmittagshimmel.

Es ist an der Zeit, mich ein paar Dingen zu stellen. Es

hat keinen Zweck, ewig vor mir selbst davonzurennen. Von allen Konfrontationen fällt mir die mit mir selbst immer am schwersten. Da ich mich ganz gut kenne, kenne ich auch alle meine Tricks – umso schwerer ist es, eine Argumentation gegen mich zu gewinnen.

Trotzdem muss ich mich wohl damit auseinandersetzen. Bei Moritz zu sein, fühlt sich gut an. Es ist eine ganz andere Art von – man verzeihe mir den nüchternen Begriff – *Zwischenmenschlichkeit*, als ich sie bisher kannte. Alles ist so intim und irgendwie emotional. Damit meine ich ausschließlich gute Emotionen. Nicht die vorgeschobenen Rüpeleien, die ich bei Jonas benutze, um meine echten Gefühle zu verkleiden.

Genau das macht mir Angst. Was will Moritz? Warum ist er so ehrlich zu mir? Warum tut er so viel dafür, nur um meine Hand halten zu können? Ist das altmodisch oder romantisch, und wo ist überhaupt die Grenze zwischen altmodisch und romantisch?

Ich bin daran gewöhnt, meine Weiblichkeit (welche Weiblichkeit?) zu verstecken, weil ich gelernt habe, dass ich als Kumpelfreundin bessere Chancen habe, Nähe aufzubauen.

Da kann doch nicht einfach dieser wildfremde Moritz daherlaufen und dieses System komplett über den Haufen werfen?! Ich fühle mich, als hätte ich mich ausgiebig auf eine Französischklausur vorbereitet, und kaum sitze ich im Prüfungssaal, werden spanische Arbeitsblätter ausgeteilt.

Warum hat Moritz nicht von mir abgelassen, als unser kleines Missverständnis dazu geführt hat, dass er nun denkt, ich wäre mit Jonas zusammen? Es fühlt sich toll an, dass Moritz dennoch meine Nähe sucht, dass es ihm egal ist, ob er unmoralisch handelt, dass er – und das klingt völlig verkehrt – mich *will*!

Ich würde lügen, wenn ich leugnen würde, dass ich die Situation neulich nicht genossen habe, als Moritz mich anrief und ich gerade den Jungs bei ihrer Bandprobe zuhörte. Nur durch die Telefonleitung getrennt, buhlten Moritz und Jonas darum, wessen Worten ich zuerst Gehör schenkte und wem ich zuerst antwortete.

Ich will, dass Moritz sich weiter so viel Mühe um mich gibt, obwohl mein Scheinfreund mich eigentlich tabu und unerreichbar macht. Ich will, dass Jonas merkt, es gibt Männer, die sich wirklich für mich – für mich als weibliches Wesen mit einem weiblichen Körper und weiblichen Gedanken – interessieren.

Vielleicht ist das kindisch, unfair und total falsch, aber verdammt noch mal, ich war noch nie in einer solchen Situation, ich hatte noch nie die Chance, unfair und falsch zu sein, da sei es mir wenigstens einmal gegönnt!

Müsste man nicht implodieren, wenn man so viele verschiedene Dinge gleichzeitig möchte? Wollte ich versuchen, all dem gerecht zu werden, würde mein Körper sicher in den Selbstzerstörungsmodus umschalten. Dann würde ich nur noch regungslos in der Ecke sitzen und darauf warten, dass mich jemand gnädigerweise neu startet.

Wäre ich ein Computer, wäre alles so viel leichter. Wobei: Wenn *ich* ein Computer wäre, hätte ich das komplizierteste und benutzerunfreundlichste Betriebssystem aller Zeiten. Ich würde garantiert ständig abstürzen.

Vielleicht ist es ein Zeichen, dass ich, als ich am Endpunkt meiner inneren Debatte angekommen bin, zum Telefon greife und Moritz anrufe. Als er antwortet, höre ich lautes Rauschen im Hintergrund.

»Ich bin auf dem Rad«, erklärt er.

»Aber es regnet aus Kübeln.« Gegen mein Fenster peitschen Wind und Regen.

»Das macht die Blutproben, die ich spazieren fahre, nicht weniger dringend.«

»Du tust mir ehrlich leid«, sage ich. »Wenn du in der Gegend bist, darfst du bei mir einen Tee trinken und ein Bad nehmen.«

»Gibt's Kekse dazu?«

»Natürlich! Ich backe sie sogar selbst.«

Jeder meiner Backversuche endete bisher mit einem Haufen steinharter Aschebrocken, die mir nicht mal das Krümelmonster abgenommen hätte.

»Warum rufst du an?«, will er wissen. Die Frage ist typisch für ihn. Sie drückt sein ehrliches Interesse aus.

»Ich ... ähm ...« Leider gibt es für meinen Anruf keinen Grund, weder handfest noch butterzart. Vor etwa einer Minute hat es sich vollkommen logisch und natürlich angefühlt, seine Nummer zu wählen. »Ich wollte nur mal hören, wie es dir geht.«

»Mir geht's gut. Ich bin klatschnass, aber sonst ganz zufrieden. Wie geht es dir?«

»Ja ... äh ... mir auch.«

»Schön. Wenn du schon anrufst: Wir sollten uns demnächst mal wieder treffen und etwas unternehmen.«

»Ich hätte dieses Wochenende Zeit«, platze ich viel zu schnell und viel zu enthusiastisch heraus. Mein Kopfkino spielt dazu einen Trailer aus Erinnerungen ab. Szenen, wie Moritz meine Hand hält, wie er auf mich fällt, wie sein Gesicht meinem so nah kommt, dass ich selbst bei dem bloßen Gedanken den Geruch seiner Haut riechen kann, der irgendwo zwischen Holz, Rauch und Gianduia-Nougat anzusiedeln ist.

»Puh, also ... ich weiß nicht genau. Versteh mich bitte nicht falsch, ich würde dich sehr gerne am Wochenende treffen, aber ich müsste erst etwas verlegen.«

»Was Wichtiges?« Neugier, Neugier!

»Ich bekomme Besuch.«

»Ach so.« Welche Art von Besuch? Besuch, der über Nacht bleibt? Besuch, dem man am nächsten Morgen ein Frühstück serviert?

»Aber wir bekommen das hin. Ich verschiebe es. Wir treffen uns morgen. Freitag, zweiundzwanzig Uhr mitteleuropäische Zeit. Bei dir. Casa di Steinacker. Und dann führe ich dich aus. Jetzt muss ich auflegen, sonst lege ich mich auf die Schnauze.«

»Moritz!«, halte ich ihn auf.

»Ja?«

»Ich muss dir noch etwas sagen.« Mein Herz fängt heftig an zu wummern, als ihm – etwa im selben Moment wie mir – auffällt, was ich zu sagen im Begriff bin.

»Nur zu.« Ich höre, wie das Rauschen im Off leiser und weniger intensiv wird, ganz so als hätte er angehalten und wäre vom Rad gestiegen.

»Jonas ist nicht mein Freund. Er ist mein bester Kumpel … aber nicht mein Freund.«

Moritz zögert einen Moment, und ich mache mich darauf gefasst, kritische Fragen oder gar einen Anpfiff zu kassieren. »Das … sind doch fantastische Neuigkeiten.«

»Echt? Willst du mich gar nicht fragen, warum ich gelogen habe?«

»Ich bin mir sicher, du hattest deine Gründe. Alles fein.«

»Du bist … echt lieb.« Meine Worte bleiben mir fast im Halse stecken.

Moritz verhält sich immer genau so, wie ich es *nicht* von anderen Menschen erwarte. Vielleicht kenne ich ja die falschen Menschen – oder ich habe die falschen Erwartungen.

15. KAPITEL

in dem Bumsraketensternhagelvolligkeit zu einem Ausrutscher führt

Am nächsten Vormittag liege ich mit Kim im Freibad.

»Das hier ist echt eine gute Alternative zur Bibliothek.«

»Du sagst es, Schwester.« Ich deute mit dem Zeigefinger auf sie und strecke mich in der Sonne aus.

»Natürlich hat die Bibliothek den Pluspunkt, dass man dort nicht im Bikini rumlaufen muss. Ich fühle mich fett.«

»Red keinen Stuss«, ermahne ich sie und setze meine Sonnenbrille auf.

»Das ist kein Stuss. Siehst du das hier?« Sie wackelt seltsam mit ihren Armen. »Das nennt man Winkearme. Ich bin mindestens zwanzig Jahre zu jung für Winkearme. Dass ich mich überhaupt in einen Bikini reintraue.« Kim legt sich schmollend auf ihre Strandmatte und starrt einem von Kopf bis Fuß tätowierten Typen hinterher. »Wusstest du, dass Buzz ein Yoshi auf dem Oberschenkel hat?«

»Ein was?«

»Eine von diesen grünen Nintendo-Dino-Schildkröten oder was auch immer das ist.«

»Ach so, ja, stimmt, das hab ich gewusst.« Ich drehe mich auf die Seite und schaue sie an. »Schätze, ich hätte dich deshalb vorwarnen müssen, als er dich am Donnerstag gebootycallt hat.«

»Erstens: Ja, das hättest du. Zweitens: Es ist kein Bootycall, wenn man keinen Sex hat.«

»Hattet ihr nicht? Wusste gar nicht, dass Buzz so schüchtern ist, das passt gar nicht zu seinem Nintendo-Dino-Schildkröten-Tattoo.« Ich verteile Sonnencreme auf meiner milchweißen Haut. Meine Güte, warum musste ich nur Papas Teint erben? Jo kann sich in einen Hochofen legen und wird dabei knackig braun wie ein Grillhähnchen. Ich dagegen mutiere zum Krebs, sobald der Himmel aufreißt.

Kim rafft sich auf, stützt sich auf die Ellenbogen und verkündet, als hätte sie schon lange darauf gewartet, diese Geschichte erzählen zu können: »Er war total betrunken. Und total scharf. Ich war kaum zur Tür rein, da hat er mich gepackt und mich halb behindert geküsst. Ich sag dir, der weiß definitiv, was er tut.«

»Zu viele Details. Ich kenne Buzz, seit er sechzehn ist. Damals hieß er noch Daniel und hing dreiundzwanzig Stunden am Tag vor seiner Spielekonsole. Hey, das erklärt das Tattoo!« Ich verstaue die Sonnencreme wieder in meiner Tasche und hole eine Flasche Mineralwasser heraus.

»Das waren *mir* eindeutig zu viele Details.« Kim schüttelt sich gespielt, ehe sie weiterredet. »Auf jeden Fall: Wir kommen so langsam zur Sache, ich ziehe ihm die Hose aus, entdecke das mit Worten nicht zu rechtfertigende Yoshi-Tattoo, er fummelt bisschen an mir rum und dann … schwupps! Niente. Nada. Nix los in Pimmelhausen!«

Ich verschlucke mich an meinem Wasser, die Kohlensäure schießt mir in die Nase. »KIM! Verdammt! So was darfst du mir doch nicht erzählen. Wie soll ich dem Typen je wieder in die Augen schauen?«

»Max! Ich kann ihm auch nicht mehr in die Augen schauen. Ich kann nur noch auf sein Ding gucken und fragen: Warum willst du mich nicht, kleiner Buzz? Was hab ich dir bloß getan?«

Ich wische mir das Wasser vom Kinn, streichle Kim über den Kopf und sage: »Er war betrunken. Das alles war ihm sicher peinlicher als dir.«

»Ich sag dir, das liegt nur an meinen Winkearmen.« Sie wiederholt die Wackelnummer.

»Ach Quatsch! Ich wette, in Pimmelhausen stehen sie alle auf Winkearme. Und wie!«

Kim dreht sich auf den Bauch und versteckt den Kopf unter den Armen. »Menno. Ganz großes Menno. Ich wette, dein Ausflug nach Pimmelhausen war super.«

»Wir sind nicht mal im Vorort angekommen. Selbst bis nach Knutschstadt haben wir es nicht geschafft. Immerhin gab es einen kleinen Abstecher nach Händchenhaltheim. Aber … keine Ahnung. Ich bin total durcheinander. Ich kann mir ein Leben ohne Jonas nicht vorstellen, verstehst du?«

»Musst du doch auch gar nicht. Jonas bleibt deine Nurgute-Freunde-Hauptstadt.«

»Du weißt, dass mir das nicht reicht.«

»Reicht es dir denn, mit Moritz bloß Händchen zu halten wie alberne Teenager?«

Ich zucke mit den Schultern. »Heute Abend sind wir verabredet.«

»Uuuuh, Baby. Wo geht's hin? Er ist nicht der Typ für ein romantisches Candle-Light-Dinner, oder?«

»Ich habe keinen blassen Schimmer. Moritz steckt voller Überraschungen.«

»Etwa Yoshi-Tattoos?«

Kichernd schlage ich vor: »Lass uns noch eine Runde

schwimmen gehen.« Noch im Reden stehe ich auf und laufe zum Schwimmerbecken.

»Hey!«, ruft mir Kim nach. »Du entkommst dieser Unterhaltung nicht. Was glaubst du, wo es hingeht? Essen? Spazieren? Tanzen?«

»Darüber spekulieren wir, während wir was für die Winkeärmchen tun«, piesacke ich sie und springe ihr voran ins Becken.

Kims letzter Vorschlag hat ins Schwarze getroffen. Wir gehen tatsächlich tanzen.

»Ziemlich cool hier«, brüllt mir Moritz zu, während er mich an der Hand an einem Türsteher vorbeizieht, den er eben mit »Hi, Bernie!« begrüßt hat. Bernie sieht eher aus wie ein Bernhard, wiegt grob geschätzt viermal so viel wie ich und trägt eine Camouflage-Bomberjacke.

Ich war noch nie in diesem Club, den Moritz für unser Date ausgesucht hat. Er liegt in einer Seitenstraße der Frankfurter Zeil, und das Publikum unterscheidet sich stark von dem jener Clubs, an denen wir unterwegs vorbeigekommen sind. Moritz stand Punkt zehn vor meiner Tür, hat mir einen Umschlag voll Fotos geschenkt, die mitgebrachte Weinflasche geöffnet und mich um kurz nach elf zu einem etwa halbstündigen Spaziergang entführt, der uns ans Museumsufer, an den Eisernen Steg und schließlich über den Römer hierhergeführt hat.

»Ich hab hier mal gearbeitet«, erklärt er, seine Lippen ganz nah an meinem Ohr, und führt mich an der Hand weiter durch die Menschenmasse.

»Echt?«, brülle ich zurück. Damit erklärt sich, warum Bernie uns sofort durchgewinkt hat und wir keinen Eintritt zahlen mussten.

»Als ich hergezogen bin. Als Partyfotograf.«

»Warum hast du damit aufgehört?«

»Jana, meine Ex, wollte es nicht. Zu schlechte Arbeitszeiten, zu viele fremde Frauen, zu miese Bezahlung.«

Seine Hand schließt sich fester um meine, als wir uns durch die dicht gedrängten Clubgäste schieben, die sehr unkonventionell zu überraschend rockiger Musik tanzen. Erstaunlich wenige der Anwesenden tragen Röcke oder Glitzerfummel. Mit meinen engen Jeans, den Converse und dem schwarzen Tanktop bin ich absolut richtig angezogen und fühle mich sehr wohl.

»Ich muss hier nichts zahlen, daher kann ich so tun, als wär ich spendabel.« Er feixt. »Die Getränke gehen auf mich. Was willst du?«

Ich lächele und sage: »Tequila.«

Wenig später tummeln sich circa fünf Millionen Menschen um mich, die Moritz kennen. Wir treffen einen Typen namens Chris, von dem Moritz sagt, er sei sein absolut bester Freund.

Chris schüttelt mir mit beiden Händen die Hand und erklärt: »Wir kennen uns schon. Ich war dabei, als du Momo gezeigt hast, was 'ne Harke ist.«

Er kam mir gleich so bekannt vor. Chris hat einen blonden Pferdeschwanz und so stechend eisblaue Augen, dass ich mich von seinem Blick merkwürdig verfolgt fühle.

Dass die beiden beste Freunde sind, ist für jeden klar ersichtlich. Sie verhalten sich wie beste Männerfreunde. Die ganze Zeit beömmeln sie sich wegen etwas, das außer ihnen niemand versteht, und nach einigen Tequila verschränken sie die Hände hinter dem Kopf des jeweils anderen, ihre Nasen ganz nah aneinander, und bereden tiefschürfende Sachen. Das ist so ein typisches Männerding, das vorzugsweise bei übermäßigem Alkoholverzehr zu beobachten ist. Nach dem fünften Longdrink vollführen Männer dieses Schauspiel auch gerne mit Wildfremden, die dafür kurzerhand zu besten Freunden erklärt werden.

Ich erinnere mich an einen Discobesuch, bei dem wir Jonas und den Türsteher beinahe operativ voneinander trennen mussten, weil sie die Köpfe und Hände ineinander verhakt hatten, während sie über den Sinn des Lebens philosophierten. Die beiden nannten sich Seelenverwandte und verabredeten sich am nächsten Tag zum Gewichtheben. Ich glaube nicht, dass dieses Treffen je stattgefunden hat.

Ein anderer Freund versucht Moritz in ein gestenreiches Gespräch über Fußball zu verwickeln. »Richtig mieses Spiel letzten Samstag, sei froh, dass du nicht dabei warst.«

»Froh? Niemals!«, schnarrt Moritz, greift nach meiner Hand und will mich davonziehen.

Doch der Fußballfreund hält dagegen und erzählt mir, dass Moritz früher kein Spiel seines Lieblingsvereins verpasst hat. Der Typ, der nicht zu verstehen scheint, dass Moritz gerade keine Lust auf seine Spielanalyse hat, bombardiert ihn weiter mit Fragen. Moritz wehrt ihn mit einer knappen Handbewegung ab, zieht mich zur Seite, beendet so das Männergespräch und fragt mich, ob wir tanzen wollen.

»Darin bin ich nicht besonders gut«, versuche ich mich herauszureden und will mich seinem Griff entwinden.

»Mach schon!« Er ist meinem Gesicht ganz nah und redet mir ins Ohr, damit er nicht schreien muss. Sein heißer Atem macht mich ganz weich in der Kniegegend.

»Aber ich komme mir dabei dumm vor.«

»Ist mir egal. Mir kommst du nicht dumm vor.«

»Es sieht bescheuert aus.«

»Du siehst nie bescheuert aus.«

»Wenn ich mit dir tanze, tust du mir dann einen Gefallen?«

»Jeden.«

»Hör auf, so nette Sachen zu mir zu sagen. Damit kann ich nicht umgehen.«

Ich muss gestehen, dass ich mich ein klitzekleines bisschen verändere, wenn ich sechs Shots Kaktusschnaps in Windeseile in meinen doch eher schmächtigen Körper gegossen habe. Ich bin dann ehrlicher. Und ehrlicher heißt in diesem Fall: Ich erzähle Dinge, die so geheim sind, dass ich sie manchmal selbst nicht weiß.

»Jeden Gefallen, außer diesen.« Moritz küsst mich leicht auf die Wange. Seine Lippen huschen nur ganz kurz über meine Haut, aber lange genug, um ein heißes Brennen zu hinterlassen, das mich für einen Moment aus der Fassung bringt. In diesem Augenblick zieht er mich auf die Tanzfläche.

Als wir nach einer Weile zurück zu dem Kreis seiner Freunde kommen, lache ich mich immer noch über Moritz und mich kaputt. Wir sind auf der Tanzfläche rumgehopst wie kleine Kinder, haben dumme Dinge mit unseren Extremitäten gemacht und den ganzen Katalog an Bewegungen abgeklappert, die man niemals in der Öffentlichkeit vollziehen sollte (unter anderem den Roboter, den Pantomimen und den Saturday-Night-Fever-Travolta). Und das ausgerechnet zu The Offspring, Blur und Rage against the Machine. An der Theke wartet bereits die nächste Runde Tequila auf uns, die wir nach einem nicht jugendfreien Trinkspruch von Chris herunterstürzen.

Während Chris mich in ein Gespräch darüber verwickelt, wie man zuschlägt, ohne sich dabei die Faust zu verletzen, verfolge ich aus dem Augenwinkel, wie ein schockiert dreinblickendes Mädchen aus dem Kreis seiner Freunde Moritz anspricht. Sekunden später steckt er mitten in einer hitzigen Diskussion.

Mein Kopf dreht sich schon ein bisschen von dem Tequila, daher kann ich mir nicht auch noch Gedanken über dieses Mädchen machen. Wer ist sie? Warum streiten die beiden? Warum fühlt sich mein Gehirn so wattebauschig an?

Durch die Menge bahne ich mir einen Weg zur Toilette. Ich muss mich hinsetzen.

Hier eine kurze statistische Auflistung der Gründe, warum ich in der Disco aufs Klo gehe:

Weil ich muss: 5 %.

Weil ich verdammt noch mal nicht mehr stehen kann und bloß eine Sekunde lang meine Beine entlasten möchte: 95 %.

Ich stütze den Kopf auf die Handflächen. Jetzt bloß nicht betrunken werden. Wenn ich vor fremden Leuten sichtlich betrunken bin, ist mir das am nächsten Tag immer peinlich. Ich muss an Moritz denken. An Moritz auf der Tanzfläche, an Moritz, wie er meine Wange küsst, an Moritz, wie ich auf seinem Schoß sitze, er mich fest an den Schultern fasst und mir über den nackten Rücken fährt.

UM GOTTES WILLEN!!!

Was war das? Das war eine Fantasie! Eine waschechte Sexfantasie!

So was hatte ich zuletzt … Ach herrje, ich glaube, so etwas hatte ich noch nie! Zumindest noch nie in einer ekelhaften, stinkenden Klokabine, auf deren Tür jemand die Lyrics von »Rape me« geschmiert hat.

Ob man diese Fantasie wegwaschen kann? Einen Versuch ist es allemal wert. Ich stürme aus der Kabine und bespritze mir das Gesicht mit Wasser.

Sonst habe ich doch nur Fantasien von Jonas! Wie er meinen Kopf in beide Hände nimmt und mich küsst. Diese Fantasie hat sich bisher immer ganz passabel angefühlt. Ich bin verwundert darüber, wie viel besser sich dieser andere Gedanke gerade angefühlt hat. So viel besser. So viel näher. So viel … *wahrscheinlicher*.

Als ich aus der Damentoilette komme, weiß ich nicht mehr, wo genau ich mich befinde. Verwirrt drehe ich mich um, schaue an den steinernen Wänden des Clubs entlang über die Bar, hinter der sich mehrere Hundert Flaschen zu einem eindrucksvollen Gebilde auftürmen, und beobachte die vielen Leute, die zu späterer Stunde sinnlicher zu tanzen und zu knutschen begonnen haben.

Wie aus dem Nichts taucht Moritz neben mir auf. »Alles klar? Ich hab dich gesucht. Warum ist dein Gesicht so feucht?«, fragt er. Die Fantasie von mir auf seinem Schoß schießt mir durch den Kopf, lässt meinen Körper schwach werden. Er will nicht mehr stehen, sondern liegen, und er will, dass Moritz neben mir liegt.

Moritz legt mir eine Hand auf die Schulter und sieht mich an.

»Ähm … ja … äh.« Ich versuche meine Unsicherheit zu überspielen und lehne mich gegen seine Brust, deren Festigkeit und Gutgebautheit ich bis eben definitiv unterschätzt habe.

Moritz streichelt mir übers Haar und den Rücken. »Du bist voll«, sagt er zu mir.

»Bumsraketensternhagelvoll«, korrigiere ich ihn.

»Nein! Nicht *voll*! Du bist *toll*, hab ich gesagt.«

Ich baue mich vor ihm auf und hebe drohend den Zeigefinger: »Keine Komplimente mehr.«

Moritz streicht mir die Haare aus dem Gesicht und küsst mich auf den Mund.

Hui! Mein Mund reagiert nicht, aber ein heißes Prickeln durchzuckt meinen ermüdeten, erschlafften Körper.

»Entschuldige«, sagt Moritz. »Ich … hey, tut mir leid. Das … sorry, das war gerade ein Ausrutscher.«

»Ich … Ja, ist okay.«

»Wirklich?«

»Klar. Es … es hat sich okay angefühlt.«

»Okay? Gut .. ich hab schon mal besseres Feedback bekommen, aber man nimmt, was man kriegt.« Moritz schmunzelt, umfasst mein Kinn und hebt meinen Kopf an, sodass ich ihm in die Augen blicke.

»Ich ruf uns ein Taxi, ja?«

»Nicht nötig. Ich bin noch fit«, blubbere ich und werde von einer Schar vorbeidrängender Menschen fester an Moritz gedrückt.

Er legt beide Arme um mich, haucht mir einen Kuss auf die Schläfe und wiederholt: »Ich ruf uns ein Taxi.«

Als wir wenige Minuten später in das Taxi steigen, falle ich wie ein nasser Sack auf die Rückbank und rolle mich ein, den Kopf auf Moritz' Schulter. Ich höre, wie er dem Taxifahrer seine Adresse nennt. Er fragt mich, ob es mir recht sei, dass wir zu ihm fahren.

»Ich hab nicht genug Geld dabei«, fasele ich zusammenhangslos und stimme dann den Anfang von *Rape me* an.

Moritz bestätigt dem Taxifahrer die Bornheimer Adresse, legt seinen Arm um mich und streichelt mein Haar. »Hätte nicht gedacht, dass ein Mädchen, das Bierflaschen so öffnen kann wie du, derart schnell voll wird.«

»Klappe«, mahne ich ihn, atme genüsslich seinen Duft ein und nicke weg.

Kaum eine Viertelstunde später liege ich auf dem Rücken in Moritz' Bett und starre an die Decke, die sich unablässig dreht. So langsam und gleichmäßig, dass es mich provoziert. Diese blöde Decke. Ich bin total durcheinander. Betrunken. Voller Gedanken, Erinnerungen, Fantasien, und so langsam kann ich sie nicht mehr voneinander unterscheiden.

»Geht's dir gut?«

»Weiß nich«, murre ich und merke, wie meine Augen ziemlich schwer werden.

Nee, nee, nee, Maxime. Bitte nicht einpennen …

Doch, doch, nur kleines bisschen, ist gerade so bequem hier. Außerdem riecht die Bettdecke so gut nach Moritz …

Wenn du findest, dass er gut riecht, warum hast du ihn dann angeguckt, als hätte er dir gerade ein Messer in die Brust gestoßen, als er dich geküsst hat? Weil … tja weil … weiß auch nicht. Das kann er doch nicht machen! Das hab ich mir so nicht vorgestellt, hat damit doch auch gerade nichts zu tun. Ich bin todmüde, und wenn ich die Augen zumache, dreht sich die Decke wenigstens nicht mehr. Ich weiß gar nicht, was das alles zu bedeuten hat, und …

Hallo? Maxime, bleibst du bitte wach? …

Nö …

16. KAPITEL

in dem es mir nichts ausmacht, dass Jo mich nackt sieht

Meine Augen sind verklebt und wollen sich nicht öffnen. Egal, ich zwinge sie dazu. Oh, stockdunkel hier. Meine Nase ist gegen etwas gedrückt, das hart und weich zugleich ist.

Ich schrecke auf. Neben mir liegt Moritz. Meine Nase ist gegen seine nackte Brust gequetscht. Mein Herz pumpt innerhalb der nächsten drei Sekunden hunderttausend Hektoliter Blut durch meinen Organismus.

Moritz' rotblonde Haare sind ziemlich zerzaust. Sein Mund steht ein bisschen offen.

Ich versuche an gestern Abend zurückzudenken. Der Kuss …

Vorsichtig strecke ich die Beine aus dem Bett und bemerke, dass ich immer noch die Jeans anhabe. Ich stehe auf, mein Hals ist staubtrocken. Dieser vermaledeite Tequila …

Auf dem Weg in die Küche stolpere ich über einen meiner Schuhe und kann mich im letzten Moment am Türgriff auffangen. Die Tür springt auf und schlägt mit einem lauten Krachen wieder zu.

Moritz schreckt hoch und greift sich an die Brust. »Oh Gott«, krächzt er. »Morgen.«

»Morgen«, sage ich kleinlaut. Dieses Wort macht mir erst bewusst, dass ich bei ihm übernachtet habe.

Für mich hat es eine Bedeutung, die ganze Nacht nebeneinanderzuliegen. Das würde ich nicht mit jedem machen. Es hat etwas mit Kompatibilität zu tun, es setzt voraus, dass man sich selbst im Schlaf – unkontrolliert und unterbewusst – versteht und gut genug leiden kann, um auf engstem Raum nebeneinander Ruhe zu finden.

»Du bist eingepennt, ich hab dich nicht mehr wach bekommen. Also habe ich mit deinem Handy deine Schwester angerufen und ihr gesagt, dass du hier schläfst. Ich hoffe, das war okay.«

Warum ist Moritz so rücksichtsvoll? Gestern wollte er mich küssen, weniger als eine Stunde später liege ich sturzbetrunken in seinem Bett, und er denkt glatt noch daran, meiner Schwester Bescheid zu geben, wo ich übernachte? Das ist nicht der Stoff, aus dem Filme gemacht werden. Oder etwa doch?

»Ja … danke. Ich hab einen Höllendurst«, murmele ich und schlurfe in die Küche, wo ich ein Glas unter den Wasserhahn halte, es zweimal auffülle und austrinke. Kalkiges Frankfurter Leitungswasser rinnt meine Kehle hinunter und macht den Durst nur noch schlimmer.

Moritz stapft hinter mir her und zieht sich ein T-Shirt über. Er kratzt sich am Kopf und setzt Kaffee auf. »Du auch?«, fragt er.

Ich nicke, lasse mich auf einen Stuhl am vollgekritzelten Esstisch fallen und reibe mir den Bauch. Jeder Tequila-Shot liegt mir im Magen wie ein großer, schwerer Stein, der beim Schlucken ein unangenehmes Gefühl in meinem Rachen hinterlassen hat. Dieses Gefühl von Ekel und Scham und Ich-mach's-nie-wieder-ich-schwör's. Meine Hände zittern ein bisschen. Mein Körper fühlt sich an, als hätte man ihn ausgeweidet und dann alles wieder hineingestopft, ohne sich dabei an die Regeln der menschlichen Anatomie zu halten.

Moritz muss über mich lachen. Sicher sehe ich schlimmer aus als die sterblichen Überreste von Tutanchamun, wie ich da so auf dem Stuhl hänge.

Ich blicke auf die Uhr: erst halb neun. Wenn ich betrunken ins Bett gehe, kann ich nicht lange schlafen. Ein eindeutiger Nachteil. Ich würde gerne erst aufwachen, wenn der Mist schon verstoffwechselt wäre.

Es klingelt.

»Wer ist das denn?«, fragt Moritz mehr sich selbst als mich und stakst zur Tür. Er drückt auf den Summer und öffnet kurz darauf die Wohnungstür.

Ich spähe aus der Küchentür in den Flur. Im Treppenhaus steht eine junge Frau, die vielleicht fünf- oder sechsundzwanzig ist. Auf ihrem Kopf türmen sich etliche Rastazöpfchen, die von einem Haarband zurückgehalten werden. Sie trägt ein graues T-Shirt und eine zu weite, unten umgeschlagene Jeans. Dazu Flipflops. Fazit: Hippie!

Sie fängt sofort laut an zu meckern. »Na, sind wir verkatert?«

»Hi erst mal«, sagt Moritz matt.

»Ich geb dir gleich ›Hi erst mal‹. Ich glaub, du spinnst. Du warst also gestern arbeiten, ja?«

Erst da bemerke ich, dass sich hinter ihren Beinen ein kleiner Junge versteckt, der ungefähr vier oder fünf sein muss.

»Jenny hat mir erzählt, dass sie dich gestern mit einer Tussi in der Disco getroffen hat«, brüllt die Frau Moritz an. In dem Moment entdeckt sie mich. Ich fühle mich so falsch ertappt wie noch nie in meinem Leben, als sie Moritz anfaucht: »Ist sie das? Hast du mit der gefickt oder wie?«

»Hast du sie noch alle?«, fragt Moritz und sieht mich entschuldigend an.

»ICH? *Du* hast sie nicht mehr alle.«

Moritz sieht den Jungen an und sagt mit einer mir fremden Stimme: »Gehst du bitte schon vor in mein Zimmer? Ich komme gleich nach, ja? Mama ist gerade ein bisschen schlecht gelaunt. Ist nichts Schlimmes, okay?«

Der Junge läuft schnurstracks an mir vorbei in Moritz' Zimmer, wobei er mich mit großen blauen Augen ansieht. Seine Haare sind blond, schimmern im Licht rötlich und stehen ihm wirr vom Kopf ab. Auf seinem Rücken ist ein kleiner Rucksack in Form von SpongeBob Schwammkopf. Ich kenne den Kleinen. Er ist auf etlichen Fotos abgebildet, die in der ganzen Wohnung hängen. Ich habe diesen Jungen auf den Fotos aufwachsen sehen, ihn beim Ballspielen, Malen und Grimassenziehen betrachtet. Doch auf keiner einzigen Aufnahme sieht er aus wie jetzt: als würde er gleich in Tränen ausbrechen.

»Wenn du die Sache wieder über ihn austrägst, dann lernst du mich mal richtig kennen«, höre ich die Frau brüllen.

Ich sehe erst den kleinen Jungen an, dann sie, danach Moritz und schließlich meine Fingernägel. Ich kann es einfach nicht glauben. Ich kenne alle diese Fotos und habe mich nicht gefragt, wer dieses Kind ist? Was dieser Junge für Moritz bedeutet und warum er größeren Raum in seiner Collage – also offenbar in seinem Leben – einnimmt als jeder andere.

»Jana, verdammt«, zischt Moritz, »du hast ihn mitgebracht. Ich will nicht, dass er mitbekommt, wie wir miteinander reden.«

Jana. *Jana* wie seine Exfreundin. Jana wie Wir-habenuns-getrennt-und-es-wieder-versucht-und-wieder-getrennt. Jana wie der Name vor mir auf dem vollgekritzelten Tisch, umrahmt von einem Herz.

»Und *ich* will nicht, dass er irgendwelche Tussis kennenlernt, mit denen du nur mal so gevögelt hast.«

»Halt sie bitte da raus, ja? Und nimm gefälligst dieses Wort nicht ständig in den Mund!«

Hastig schließe ich die Küchentür, gehe in Moritz' Zimmer und mache auch dort hinter mir die Tür zu.

Mein Herz schlägt Purzelbäume. Mein Kopf ebenfalls. Ein dezenter Brechreiz schwillt in mir heran. Ich betrachte den Jungen, dem eine einzige Träne über die Wange läuft. Mein Herz droht zu platzen. Ich bin schrecklich traurig. Warum bin ich nur so traurig?

»Hallo«, sage ich.

»Hallo«, antwortet der Junge.

»Ähm ... ich heiße Max«, sage ich, knie mich hin und setze mich auf die Unterschenkel, damit ich auf Augenhöhe mit ihm bin.

Draußen hört man Moritz und Jana gedämpft streiten, allerdings versteht man ihre Worte nicht mehr.

Er sieht mich kritisch an und schweigt. Dann sagt er leise: »Aber du bist doch ein Mädchen, oder?«

Zum ersten Mal, seit ich denken kann, muss ich über diese Frage lachen. »Ja, ich bin ein Mädchen. Guck, ich hab lange Haare.« Ich ziehe an meinen ziemlich mitgenommenen roten Borsten.

Der Junge kichert verhalten.

»Verrätst du mir, wie du heißt?«

Der Junge nickt, winkt mich näher zu sich ran und flüstert mir ins Ohr: »Liam.«

»Liam?«, frage ich. »Das ist aber ein schöner Name.«

»Ja, meine Mama ist Oasis-Fan.«

Ich muss schmunzeln. Den Spruch hat sie ihm antrainiert, so viel ist klar.

Liams Blick wandert durchs Zimmer und bleibt am

Schreibtisch kleben. Darüber an der Wand hängen immer noch die Aufnahmen von mir. Er schaut von mir zu den Fotos und wieder zu mir. »Das bist du«, sagt er.

»Ja, genau.« Meine Stimme ist zittrig.

Er setzt den Rucksack ab, zieht die Schuhe aus (winzig kleine Chuck's, die so süß sind, dass mir fast die Milch einschießt) und klettert aufs Bett.

»Das ist ein ziemlich cooler Rucksack.« Ich weiß nicht recht, wie man mit kleinen Jungs spricht, ich weiß ja nicht mal, wie man mit großen Jungs spricht, aber ich gebe mein Bestes. Liam soll nicht hören, wie die beiden sich streiten … Seinetwegen. Ich verspüre einen kräftigen Stich in der Herzgegend.

Verdammt! Bis eben war ich der Ansicht, die Autoren von Frauenliteratur würden sich das bloß ausdenken. Aber Herzstiche gibt es auch im echten Leben.

Liam strahlt. Sein Rucksack scheint ein gutes Thema zu sein. »Den hat Papa mir zum Geburtstag geschenkt. Aber nicht dieses Jahr, weil dieses Jahr hatte ich noch nicht.«

»Ach so. Und wie alt bist du?«, frage ich. Mein Herz schlägt noch wilder, weil ich die Antwort gar nicht wissen will.

Vielleicht ist er ja schon sechs oder sieben. Wenn er schon sechs oder sieben ist, dann kann es nicht sein! Nur … er ist viel zu klein, um schon sechs oder sieben zu sein.

»Ich bin vier. Aber bald, bald werde ich fünf.«

Schon wieder ein Herzstich. Die tun ziemlich weh. Ich muss daran denken, wie Moritz mich gestern geküsst hat, und frage mich, ob ich will, dass er es noch einmal versucht.

Draußen hört man Moritz laut rufen und dann eine Tür zuschlagen. Liam erschrickt.

Oh Mann, ich muss etwas tun. Ich weiß noch, wie es

damals bei uns war. Jo und ich waren ungefähr in Liams Alter, als unsere Eltern begannen, ausschließlich oberhalb der Achtzig-Dezibel-Grenze miteinander zu kommunizieren.

Mein Mund ist staubtrocken, und diesmal hat es nichts mit der Party von gestern zu tun. Die Party ist Millionen Kilometer weit weg. Die laute Musik, mein benebelter Kopf, die sich drehende Decke auf der Toilette, Moritz' Lippen auf meinen – das alles muss in einem Paralleluniversum passiert sein.

Ich knie mich vor Liam auf den Fußboden. »Erwachsene sind manchmal ziemlich blöd, oder?«

Der kleine Mann nickt eingeschüchtert. »Ja, vor allem wenn sie Streit haben.«

»Erwachsene streiten auch immer über total blöde Dinge, stimmt's?«

Er nickt.

»Hast du dich auch schon mal gestritten?«

Wieder nickt er. »Mit dem Elias. Der ist mit mir im Kindergarten. Elias will immer das, was ich gerade habe. Da hab ich ihn mal gehauen. Dann hat er mich gehauen. Und dann haben wir uns gestritten.«

»Aber jetzt habt ihr keinen Streit mehr, oder?«

Er schüttelt den Kopf.

Ich freue mich, dass seine Geschichte meiner so in die Hände spielt, und erkläre: »Siehst du! Obwohl ihr euch schon mal gehauen habt. Weil wenn man sich streitet, kann man sich auch wieder vertragen. Ich habe eine Schwester, mit der hab ich mich schon tausendmal gestritten.«

»Tausendmal?«

»Mindestens.«

»Die haben sich auch schon mindestens tausendmal gestritten.« Er blickt auf seine Füße.

»Aber sie vertragen sich auch wieder.« Ich weiß, dass es nicht stimmt, was ich da sage, doch Liam lächelt mich an. Ich kenne diese Lachfältchen an den Wangen, ich kenne sie nur zu gut.

Liam wendet sich plötzlich zur Tür um und winkt.

Moritz steht im Türrahmen. Er sieht aus, als hätte jemand ihn überfahren. Sein Gesicht ist kalkweiß und fahl. In seinen Augen spiegeln sich mehr Gedanken und Gefühle, als ich in meinem ganzen Leben bisher gedacht und gefühlt habe.

Und dann sagt Liam, was sowieso überflüssig ist: »Hallo, Papa.« Als Nächstes packt er in aller Ruhe seinen Rucksack aus und errichtet eine kleine Stadt aus mitgebrachten Playmobilfiguren.

»Danke«, sagt Moritz ganz leise zu mir, als ich mich aufgerichtet habe und neben ihm stehe.

Ich lächele ihn an.

»Es tut mir leid«, sagt er noch leiser, fast tonlos.

Ich höre seine Stimme brechen. Oje, ich will ihn auf keinen Fall in die Verlegenheit bringen, vor mir weinen zu müssen. Ich hasse es, vor anderen zu weinen. Es ist, als würde man sich vor einem Fremden nackt ausziehen. Obwohl ich nicht genau weiß, wofür er sich gerade entschuldigt hat, sage ich: »Muss es nicht.«

»Doch. Ich hätte es dir sagen sollen.«

Ich schüttele den Kopf. »Wir kennen uns doch praktisch gar nicht. Wir haben nie darüber gesprochen, ob einer von uns beiden zufällig … du weißt schon.« Ich kann es nicht aussprechen. »Ich muss … ich muss ein bisschen nachdenken, okay?«

»Kann ich gut verstehen.«

Liam schaut zu uns auf, die Figuren noch in der Hand, aber mitten im Spiel erstarrt.

Ich schlüpfe in meine Schuhe, greife nach Jacke und Tasche und klemme mir beides unter den Arm.

»Darf ich dich anrufen?«

Ich nicke.

»Danke«, sagt er ehrlich. »Wirklich, danke.«

Ich winke dem Kleinen zu und sage: »Tschüss, Liam.«

»Warum gehst du weg?«, fragt er.

»Ähm … weil … ich muss zu meiner Schwester.«

Er nickt verständnisvoll.

Moritz bringt mich zur Tür. »Du bist … so toll, Max.«

»Warum sagst du das ständig?«

Er zuckt mit den Schultern. »Bitte sei mir nicht allzu böse.«

»Ich bin nicht böse. Ciao«, erwidere ich und gehe hinaus. Nach ein paar Schritten drehe ich mich noch mal um und sage: »Tust du mir einen Gefallen?«

»Jeden.«

»Sorg dafür, dass er euch nie wieder so miteinander reden hört. Das ist 'ne Sauerei!«

»Ich weiß«, murmelt Moritz.

Dann gehe ich ohne ein weiteres Wort.

Noch im Treppenhaus rufe ich Jo an. Sie macht sich sofort auf den Weg und holt mich ab. Kaum sitze ich in ihrem Auto, fange ich an zu heulen. Aber das ist okay. Weil Jo schon immer weiß, wie ich nackt aussehe.

17. KAPITEL

in dem ich von meinem ersten Versuch erzähle, eine Beziehung zu führen und gleichzeitig in Jonas verliebt zu sein

»Jetzt?«, fragt Jo und steckt den Kopf in mein Zimmer, wo ich mich im Bett in meiner Sprich-mich-nicht-an-Position eingerollt habe.

Ich nicke. Ich habe mich wieder eingekriegt. Dafür schlägt die Übelkeit nun voll zu. Genauso wie das Alkoholzittern. Beides zerrt und rüttelt ziemlich an meinem Körper.

Jo war völlig baff, als ich in ihrem Auto saß und so viel und so unvermittelt heulte, dass ich kurz befürchtete, uns ginge es gleich wie Alice im Wunderland: Das Auto läuft komplett mit Wasser voll, wir schrumpfen zu winzigen Ausgaben unserer selbst, weil wir in ein dämliches *Iss mich* gebissen haben (oder war es das *Trink mich*, das klein macht?), und dann kraulen wir in meinen Tränen herum.

Ist aber nicht passiert. So schnell wie das Heulen kam, so schnell war es auch wieder vorbei. Jo hat ohne Unterlass gefragt, was denn passiert sei. Ob Moritz böse zu mir gewesen sei. Ob er mir wehgetan habe oder irgendetwas, das ich nicht wollte (sie schaut echt zu viel fern).

Ich habe die ganze Zeit den Kopf geschüttelt und gesagt: »Nein, Moritz ist lieb.« Oder: »Nein, Moritz tut mir nichts.«

»Wann erzählst du mir endlich, warum ich an einem Samstagmorgen um halb zehn durch die halbe Stadt fahren muss, um dich von einem Typen abzuholen, den du *nett* findest?«, fragte sie irgendwann.

»Nachher«, antwortete ich und schluckte einen neuerlichen Heulanfall herunter.

»Gut. Nachher. Aber sag mir bitte – BITTE – vorher, ob du Sex mit ihm hattest.«

Daraufhin funkelte ich sie böse an und zischte: »Nein!«

»Nein, du sagst es mir nicht, oder nein, du hattest keinen?«

»Hör auf, dir vorzustellen, das hier wäre 'ne Seifenoper. Ich heule nicht, weil er mich zum Sex gezwungen hat, ja?«

Jo weiß natürlich, dass ich besonders grantig bin, wenn ich heule, also schloss sie das einzig Richtige daraus und sagte: »Okay, du hattest also keinen.«

Jo setzt sich auf die Bettkante und zieht eine Nagelfeile aus der Tasche ihres Rocks. »Also, was ist los?«, fragt sie.

»Nichts. Nichts … ich weiß nicht. Ich bin mir nicht sicher, ob ich Moritz weiter treffen soll.« Was erzähle ich da? Ich will Moritz unbedingt weiterhin treffen. Am liebsten wäre ich schon zwei Minuten, nachdem ich in Jos Auto saß, wieder umgekehrt. Weil ich ihn sehr mag. Es fühlt sich nur so … ich will nicht sagen falsch an, aber das ist zweifelsfrei das Wort, das mir dazu einfällt. Ja, es fühlt sich falsch an. Ich bin einundzwanzig! Ich kann doch keinen Papa daten!

»Also hat er doch was Blödes gemacht.«

Ja … vor fünfdreiviertel Jahren hat er was Blödes gemacht. Herrje! Damals war er noch keine neunzehn. Jünger als ich heute. Ich an seiner Stelle hätte mich wahrscheinlich erhängt, wobei ich stets sehr sorgsam über solche Dinge wie Verhütung nachdenke. Bisher habe ich Moritz für einen Menschen gehalten, der schlau genug ist, um genauso zu handeln, und zwar auch in erotisch aufgeladenen Situationen. Konnte er nicht genügend Grips aktivieren, um ein verfluchtes Kondom zu benutzen? Meinetwegen auch einen Schweineenddarm wie im Mittelalter.

Und was ist mit Jana? Soweit ich weiß, ist die Pille in den Sechzigern erfunden worden und nicht erst 2010. Es schockiert mich ja nicht mehr, wenn sechzehnjährige Dummbratzen ihre Kevins und Chayennes durchs Privatfernsehen karren. In der Realität dagegen sieht es ein bisschen anders aus. Moritz passt nicht in die Klischeeschublade mit der Aufschrift »Teenie-Vater«.

Nein. Ruhig, Max. Ist doch gut. Jeder kann mal einen Fehler machen. Vielleicht ist etwas schiefgegangen. Soll tatsächlich schon mal vorgekommen sein, dass Kondome reißen oder Pillen nicht wirken.

»Er hat ...«, ich kratze mich am Arm, »er hat einen Sohn.«

Jo guckt mich schief an und brummt dann: »Max, was soll das Theater? Verarschen kann ich mich selbst. Ich meine, Moritz ist wie alt? Zwanzig?«

»Vierundzwanzig!«

»Echt? Er sieht jünger aus.« Jo betrachtet ihre Nägel und setzt die Feile an.

Ich ziehe mir die Bettdecke bis unters Kinn. Obwohl es draußen rund dreißig Grad warm ist, kann ich es gerade gar nicht kuschelig genug haben.

»Nun sag endlich, was ist wirklich passiert?«

»Verdammt, Jo! Moritz hat einen Sohn! Ich sag's dir doch. Heute Morgen stand seine stinksaure Exfreundin auf der Matte und hat ihn zur Sau gemacht, weil er gestern mit mir weg war, statt auf ihren gemeinsam Sohn aufzupassen. Der Knirps ist vier und heißt Liam. Seine Mutter ist übrigens Oasis-Fan.«

Jo rutscht die Feile aus der Hand. Entgeistert starrt sie mich an. »Seine Mutter … *was*? Hallo? Du erzählst mir gerade, dass der Typ, auf den du stehst, ein Kind hat, und dir fällt nichts Besseres dazu ein, als dass die Mutter Oasis-Fan ist?«

»Sieht ganz so aus«, schniefe ich, während mir erneut eine Träne übers Gesicht läuft.

Jo streichelt mir über die Haare und sagt: »Weißt du, es ist nicht schlimm, sich in jemanden zu verlieben, der nicht Jonas ist.«

Schon wieder eine von diesen verdammten Tränen. Ich hasse heulen! Ich hassehassehasse heulen! Es bringt überhaupt nichts! Es spült nur diese ganzen dämlichen Emotionen nach außen.

»Gestern hat er mich geküsst.«

»JONAS?«

»Nein, Moritz. Aber ich habe … ich hab total blöd reagiert, weil ich dabei an Jonas denken musste und das … Das wird nie was mit Jonas und mir, und inzwischen will ich es auch gar nicht mehr, aber irgendwie ist es so tief drin in meinem Kopf. Ich kann doch nicht Moritz küssen, wenn ich noch gar nicht weiß, wie es ist, Jonas zu küssen.«

»Du warst doch auch mit David zusammen. Da ging's schließlich auch.«

Ich wische mir die Tränen weg. »Nee. Es ging eben nicht. Ich hab fast ständig an Jonas gedacht, wenn ich bei David war, sogar bei … du weißt schon.«

Es fällt mir schwer, Jo von meinen Fehlversuchen in Sachen Männer zu berichten, während sie von ihren Erfolgen schwärmt. Meine Schwester weiß, wie das alles geht. Sie verhält sich wie die Frauen in den rosa Büchern oder wie die Frauen in Filmen mit Meg Ryan. Und sie fährt gut damit.

Bei mir gab's bisher nur David. David und ich, das ging ehrlicherweise nie. Ich wollte nur auch endlich mal dran sein. Ich wollte auch mal mitten in der Nacht eine Freundin anrufen, um ihr mitzuteilen, dass jemand mich geküsst hat. Wollte auch versuchen, Liebeslieder zu schreiben (die allerdings Dinge enthielten, die ich an Jonas mag und die mir bei David fehlten). Ich wollte haben, was Jo schon so oft hatte: jemanden, der mich gut findet, jemanden, der mir sagt, dass ich schön bin. Der mich bewundert für all die Dinge, die ich gut kann, und über die übrigen hinwegsieht. Der mit mir ins Kino geht und dabei meine Hand hält. Der mir zum Geburtstag etwas schenkt, das ich schon immer haben wollte. Ich wollte jemanden, der *da* ist.

David war zwar theoretisch da, praktisch aber ziemlich oft abwesend. Ich habe ihn kennengelernt, als wir in der zwölften Klasse den gleichen Englisch-LK belegt haben. Er war gut in der Schule, sein Englisch durch ein Auslandsjahr in London perfekt, und er hatte diesen atemberaubenden südbritischen Akzent. Jedes Mal, wenn ich Augen und Kopf zugemacht und ihm beim Englischreden zugehört habe, hat er mich an den Sänger der Kooks erinnert. Das war wohl damals genug, um meinem achtzehnjährigen Selbst einzureden, dass ich verliebt in ihn sei. Ihre Klimax fand diese Selbstbeschwörung auf einer Schulfeier.

Auf einer Jahrgangsparty vor gut zwei Jahren knutschte Jonas vor meiner Nase mit einer Elftklässlerin rum, mit der er anschließend ein halbes Jahr zusammen war. Jeden einzelnen Tag dieses halben Jahres habe ich sie zum Teufel gewünscht. Ich habe sie immer nur »sie« genannt. Jetzt kann ich's ja verraten: Sie hieß Kathinka, bestand jedoch darauf,

Kathi genannt zu werden, weil sie fand, dass Kathinka doof klingt, womit sie absolut Recht hatte.

Ich konnte seine Knutscherei nicht auf mir sitzen lassen, also habe ich David angebaggert. Ich teilte ihm mit, dass sein englischer Akzent schlicht *adorable* sei (ja, ich sagte allen Ernstes *adorable* und kopierte noch dazu auf ziemlich kümmerliche Art und Weise sein British English). Ich schwärmte ihm vor, dass er mich an die Kooks erinnere. Ich trommelte ihm auf die Schulter (eine andere Form der Kontaktaufnahme zu Männern kannte ich damals noch nicht) und frage ihn scherzend, ob er für mich »She moves in her own way« anstimmen könne. Konnte er nicht. Er wusste nicht mal, von welcher Band ich da sprach. Er wusste auch nicht, wen ich meinte, als ich ihn später am Abend über die Filme von Tim Burton vollquatschte.

Kurzum: David wusste äußerst selten, wovon ich sprach.

Ich ging trotzdem mit ihm ins Kino und war danach der felsenfesten Überzeugung, dass ich ihn gut genug leiden konnte, um zu verdrängen, dass Jonas mit einer Tussi zusammen war, die tatsächlich Kathinka hieß. Das hat leider nur suboptimal geklappt.

Als wir uns das erste Mal küssten (auf Davids Initiative hin), da fragte ich mich, ob es mit Jonas womöglich besser gewesen wäre. Und als wir das erste Mal miteinander schliefen (auf Davids Initiative hin), da fragte ich mich ebenfalls, ob es mit Jonas womöglich besser gewesen wäre.

Rückblickend tut mir der arme David deswegen echt leid. Niemand hat es verdient, dass man mit ihm zusammen ist, nur weil der Angebetete nicht will.

David fand mich offensichtlich gut, sonst hätte er es kein Jahr mit mir ausgehalten, mich dagegen machte dieses Jahr alles in allem eher unglücklich als glücklich. Er sagte mir nie, dass er mich schön findet, wenn ich es nicht einforderte. Wenn wir im Kino waren, dann in stumpfsinnigen Filmen mit Sylvester Stallone, Bruce Willis oder Mel Gibson oder allen dreien zusammen. Währenddessen hielt er nicht einmal meine Hand, sondern stopfte Popcorn in sich rein und erlebte den Film sehr intensiv mit. Nie war David emotionaler als in *The Expandables*.

Jo fragt mich weiter aus: »Glaubst du, es kommt häufiger vor, dass er seinen Sohn hängen lässt, um sich mit Mädchen zu treffen?«

Ich gucke sie nicht an. Dieser Gedanke ist mir auch schon gekommen. Und er beunruhigt mich. Weil ich Moritz bisher für einen vernünftigen Menschen gehalten habe. Weil ich möchte, dass er wenigstens ein *verantwortungsvoller* Vater ist, wenn er schon unbedingt einer sein muss. Weil ich nicht will, dass er mit anderen Mädchen hatte, was er gerade mit mir hat. Er ist so lieb zu mir. Ich zucke mit den Schultern. Ich will es gar nicht wissen.

»Was hast du vor?«

»Ich … ich denke, ich tue erst mal was für die Uni. Rufe Kim an und setze mich mit ihr in die Bibliothek.«

»Ich meinte: Bist du bereit, zur Ersatzmama zu werden?«

Wenn ich das wüsste …

18. KAPITEL

in dem ich Spezialnachtisch esse

»Ganz ehrlich? Diese Hausarbeit interessiert mich so sehr wie die Hüftprobleme meiner Großtante dritten Grades«, ächzt Kim. »Es ist Samstag. Wir haben geiles Wetter. Das hier ist der Bodensatz der Frustration.« Immerhin besser als mich mit dem Pingpongspiel auseinanderzusetzen, das gerade in meinem Gehirn ausgetragen wird. »Können wir nicht lieber wieder ins Freibad gehen?«

»Ts, ts. Was würde Levi Baumann dazu sagen?«

»Der kann mich mal. Dann lass uns wenigstens eine Runde Ich-galge-was-was-du-nicht-galgst spielen.«

Dieses Spiel ist aus der Not heraus im Laufe des Seminars entstanden, für das wir gerade die Hausarbeiten schreiben. Der Dozent ist ein selbstverliebter Mittvierziger, der mehr zu sich selbst spricht als zu seinen Studenten und jeden zweiten Satz mit »In meiner Forschung …«, »Ich habe herausgefunden …« oder »Meiner Meinung nach …« beginnt. Stunde um Stunde, Woche um Woche haben wir uns durch das Seminar gequält, uns gegenseitig unlösbare Sudokus kreiert und schließlich das Spiel erfunden, das in höchstinteressanter Weise Ich-sehe-was-was-du-nicht-siehst mit Galgenmännchen verbindet. Man wählt ein Galgenmännchen-Wort aus, das sich auf irgendein komisches Kleidungsstück oder eine äußerliche Unangebrachtheit der anderen Seminarteilnehmer bezieht, und der Mitspieler muss es dann erraten. In Geschichtsseminaren gibt es dafür allerhand geeignetes Material. Darin sitzen eine Menge Jungs, die aussehen wie Gimli aus *Der Herr der Ringe* und gerne mal mit einer Axt in den Krieg gegen böse Orks ziehen würden. Dann gibt es da noch die Cosplay-Mädchen, die am Wochenende in Reifröcken auf Burgfesten oder als Manga-Figuren verkleidet auf Conventions anzutreffen sind. Hinzu kommen die Vertreter der Müslifraktion, die ebenfalls reichlich Stoff für unser Spiel bieten.

Es ist kurz vor eins, und von dem tollen Wetter draußen bekommen wir hier in der Universitätsbibliothek kaum etwas mit. Die Regalflucht zu unserer Linken befasst sich mit Auswanderungsgeschichte, zu unserer Rechten stehen Werke über Otto von Bismarck. Die gewaltige Menge an Wissen schluckt selbst das hellste Sonnenlicht, und die Klimaanlage hält das Gebäude so frisch, dass es draußen genauso gut Dezember sein könnte. Überall riecht es nach Buch. Nicht jener gute Geruch, den ich gerne einatme, wenn ich ein neues Buch zum ersten Mal öffne, sondern dieser modrige, leihbüchereiartige Muff.

Was, wenn jemand das vorderste Regal anstupst, dadurch einen Dominoeffekt auslöst und wir in unserer fensterlosen Ecke erst von den unbequemen Stühlen gerissen und schließlich von Bismarck-Biografien und Auswanderungstagebüchern erschlagen werden?

Ich wundere mich nicht mehr über meine komischen Todesfantasien. Wahrscheinlich hat Jo Recht und mit mir stimmt tatsächlich etwas nicht. Ich male größer und größer werdende Kreise auf mein sonst leeres Blatt und nehme nur am Rande wahr, dass Kim sich wieder mal über Buzz, ihre Winkeärmchen und die generelle Ungerechtigkeit der Welt aufregt.

»Mensch Max, langsam glaub ich echt, dass ich nicht mehr mit dir befreundet sein will.«

»Hä?« Ich hebe den Kopf und merke, wie Kim mich halb böse, halb scherzend anguckt. »Warum, wenn ich fragen darf? Ich bin eine sehr gute Zuhörerin.«

»Es gibt Zuhören, und es gibt Zuhören, Max. Nur so dazusitzen, Wirbelstürme zu malen und meine Worte kommentarlos zu absorbieren, zählt nicht.«

»Entschuldige. Ich gelobe Besserung.«

»Ich verstehe nicht, warum es nicht geklappt hat ... Mit Buzz und mir. Weißt schon. Dass wir den Deal abgeschlossen haben, verstehst du?«

»Ich verstehe.«

Mit Nachdruck schlägt sie einen dicken Wälzer auf und blättert wahllos durch die pergamentdünnen Seiten. Kim blickt nach links und rechts, um zu checken, ob wir belauscht werden, was völlig überflüssig ist, weil wir gegen die Wand gedrängt an einem winzigen Tisch zwischen zwei Regalwänden kauern. »Er war nicht so betrunken, dass da gar nichts mehr ging. Er ist doch kein Rentner. Er war bloß lustig drauf. Verstehst du?«, fragt sie schon wieder.

»Verstanden.« Ich kenne Buzz gut genug. Bei ihm gibt es genau drei Alkoholstadien: nüchtern – lustig drauf – tot. Wo genau die Impotenz einsetzt, kann ich als Außenstehende natürlich nur schwer abschätzen.

Kim redet sich daraufhin so lange in Rage, dass ihre Stimme eddymurphyähnliche Geschwindigkeit erreicht. Dabei erzählt sie weitere Dinge, die ich niemals wissen wollte. Beispielsweise von Buzz' Angewohnheit, in regelmäßigen Abständen nachzufragen, ob es ihr denn gefalle, was er da tue.

Aus Verlegenheit werfe ich nur kurz ein: »Diese Bücher machen mich depressiv, lass uns in die Mensa gehen.«

Sie läuft mir brav hinterher zur Mensa und redet immer noch, als wir uns, jede mit einem Tablett samt einer Portion Spaghetti und einer Puddingschüssel, einen Tisch suchen. (»Weißt du, hätte mir letzten Freitag jemand gesagt, dass ich es süß finde, wenn jemand mich fragt, ob es mir gefällt, dass er beim Knutschen meinen Hintern anfasst, hätte ich gesagt, das ist das Bescheuertste aller Zeiten, aber wenn man dann in der Situation ist, ist es irgendwie total passend.« »Ja. Echt. Passend.«)

»Auf jeden Fall haben wir gestern noch ein bisschen gechattet. Weißt du, Buzz ist einer von diesen Typen, der für jedes Zeichen zu faul ist. Da krieg ich zu viel. Ob ich fünf Zeichen oder ganze, anständige Sätze schreibe, ist ja wohl der gleiche Aufwand. So viel Zeit hat jeder. Und wenn ich jemanden mag, dann schreibe ich ja wohl mehr als fünf Zeichen. Ist doch klar, oder?«

»Ja. Völlig klar.« Ich bin abwesend. Moritz schreibt nur schöne SMS, denke ich.

»Aber sag mal, wie war eigentlich das Date mit deinem niedlichen Fahrradkurier?«

»Ich hab nie gesagt, dass er niedlich ist«, widerspreche ich, pikse einen Berg Nudeln auf und schiebe sie mir in meinen Mund. »Wir waren tanzen. Hab ein paar Freunde von ihm kennengelernt.«

»Dann ist die Sache für ihn ernst, das sag ich dir.«

»Ich weiß nicht, ob es geplant war, dass wir seine Freunde dort treffen.« Immerhin war es nicht das einzige zufällige Treffen an diesem Wochenende, bei dem ich bedeutende Menschen aus seinem Leben kennengelernt habe.

»Aber er ist die Gefahr eingegangen, dass ihr sie zufällig treffen könntet, also …« Sie blubbert munter weiter. Vielleicht hat sie ja Recht. Vielleicht bin ich ihm wichtig.

»Ist was gelaufen?«

»Nein. Gar nichts. Ein flüchtiger Kuss. Das war's.«

»Okay, also geht da nichts?«

Ich schüttele den Kopf. »Keine Ahnung. Ich hab mich gefragt, vielleicht … Vielleicht bin ich nicht reif genug für ihn. Außerdem wäre das alles viel zu kompliziert. Nein danke.«

»Reif? Wollte er dich gleich heiraten?«

»Nein, es ist kompliziert.«

»Es ist *kompliziert*? Max, das Leben ist kein Facebook-Status. Ich bin deine Freundin, also lass dir nicht alles aus der Nase ziehen. Hat er etwa eine Freundin?«

»Nein, aber eine sehr nervige Exfreundin.«

»Warum kennst du seine Exfreundin?«

»Sie stand gestern Morgen vor seiner Tür und hat uns aus dem Bett geholt.«

»IHR WART MITEINANDER IM BETT?«

»Kim!« Ich nicke zu dem Typen hinüber, der mit uns am Tisch sitzt (Marke Gimli) und an unserem Gespräch überaus interessiert ist. »Nein, waren wir nicht. Ich hab dir doch eben erklärt, dass da nichts gelaufen ist. Ich war bloß voll wie'n Eimer und bin bei ihm eingeschlafen.«

»Guter Trick«, lobt sie mich.

»Was?« Als hätte ich das mit Absicht gemacht. Ich meine, wenn ich das mit Absicht gemacht hätte, wenn ich eins von den Mädchen wäre, die so etwas mit Absicht machen, dann wäre es in der Tat ein guter Trick, aber so bin ich nun mal nicht. Ich gehöre eher zu denen, die nichts mit Absicht machen. Eine Absicht setzt schließlich voraus, dass man im Vorhinein über sein Verhalten nachdenkt.

Kim winkt ab. »Gut. Wie kommt seine Ex dazu, euch morgens aus dem Bett zu werfen?«

»Er … sie wollte …« Ich schiebe mir schnell eine Gabel Nudeln in den Rachen, damit ich nicht weitersprechen muss.

Da tippt mir jemand auf die Schulter. Ich drehe mich um. Keiner da.

Kim, die mir gegenübersitzt, guckt fragend in meine Richtung und sagt dann mit vollem Mund: »Ich galge was, was du nicht galgst, und es trägt einen Spongebob-Rucksack.« Dabei deutet sie über meine Schulter hinweg.

Ich drehe mich um und erstarre. Hinter meiner Stuhllehne lugen zwei leuchtend blaue Augen und strubbelige, rötlich schimmernde blonde Haare hervor. *Liam!*

»Hallo«, quiekt er.

»Ähm …« Ich schlucke die Nudeln herunter und muss prompt husten. »Hi«, bringe ich hervor.

Ich huste so doll, dass Liam mir auf den Rücken klopft. Eine Geste, die er sich zweifelsfrei bei einem Erwachsenen abgeguckt hat.

»Besser?«, fragt er mit hoher Kinderstimme.

Ich nicke, schlucke schwer und sage: »Danke. Viel besser.«

Irritiert starrt Kim mich an. Ja, ist schon recht. Ich würde mich auch doof angucken, wenn ich mir selbst in der Mensa gegenübersäße, während ein Vierjähriger auf meinem Rücken herumtrommelt, um einen Hustenanfall zu verscheuchen. Liam klettert auf den freien Platz neben mir und strahlt mich an, als würde er mich bereits seit Jahren kennen. Diese Art von Freundlichkeit ist mir bereits von Moritz vertraut.

»Ein neuer Freund von dir?«, flüstert Kim.

Ich hebe die Augenbrauen und nicke. Während ich mich wild im Raum umblicke, schielt Liam auf meinen Pudding. Mit wem ist der Kleine hier? Wo ist Moritz? Ob er mich entdeckt und Liam zu mir geschickt hat? Um mich zu umgarnen oder so? Der Junge ist ein dermaßen süßer Fratz, es dauert sicher nicht lange, bis er jeden um den Finger gewickelt hat. Aber was hätte Moritz hier in der Uni-Mensa verloren? Er ist nicht an der Goethe-Uni eingeschrieben. Ob Jana studiert und Liam mit ihr hier ist? Kommt sie gleich angestürmt wie eine Furie und plärrt Fäkalwörter durch die ganze Mensa, was ich ihrer kranken Fantasie nach alles mit dem Papa ihres Sohnes angestellt habe?

»Ich … warum hast du so was?« Liam deutet auf die Erdbeeren, die auf meinem noch unangerührten Pudding thronen.

»Ich hab's mir gekauft.« Halbherzig lächele ich ihn an. Ich kann nicht so gut mit Kindern. Deshalb freudentaumele ich auch nicht wie Jo über die Tatsache, dass wir Schwestern sind. Klar, selbst ich finde kleine Menschen irgendwie süß. Aber ich beobachte sie lieber aus der Ferne, als mit ihnen Unterhaltungen zu führen.

»Auf meinem Pudding war das nicht.«

»Mit Erdbeeren war er teurer«, erklärt Kim ihm.

»Ach so«, sagt er, und seine Augen werden groß vor Einsicht. Liam sitzt auf seinen Unterschenkeln auf dem Stuhl und wippt vor und zurück, den Blick auf den Pudding gerichtet.

Oh Gott, ich kann da nicht zugucken!

»Ich schenk ihn dir«, sage ich und schiebe ihm die Schale hin.

Seine Augen funkeln kurz gierig, dann verengen sie sich, und er denkt nach. »Dann hast du ja nichts mehr.«

»Nicht so schlimm.«

»Aber der Pudding war teurer«, erinnert er sich.

»Okay, dann … Weißt du was, wir teilen ihn uns.«

»Mhm«, bestätigt er, nimmt den Kaffeelöffel, den ich

ihm reiche, und isst genau die Hälfte der Erdbeeren, dann Löffel für Löffel den Pudding.

»Wer ist das?«, fragt Kim mich mit einem mehr als eindeutigen Blick auf den kleinen rotblonden Jungen.

»Das ist … also …«

Sie winkt ab, weil sie ahnt, dass sie keine richtige Antwort von mir bekommen wird. Lieber fragt sie den Kleinen direkt: »Wie heißt du denn?«

»Liam. Meine Mama ist Oasis-Fan«, antwortet er automatisch.

Kim sieht mich mit einem Ist-er-nicht-süß-Blick an.

»Oasis sind ja auch ein ziemlicher Hammer. Wo ist denn deine Mama?«

»Weiß nicht.« Er zuckt mit seinen kleinen Schultern.

»Bist du alleine hier?«

Gut, dass Kim Lehramt studiert, da bekommt man bestimmt in irgendwelchen Psychologievorlesungen eingetrichtert, wie man mit Kindern umzugehen hat, die zufällig am Mittagstisch auftauchen und der besten Freundin die Erdbeeren vom Pudding klauen.

»Nein«, sagt Liam, »natürlich nicht. Ich bin doch erst vier!«

Kim und ich sind sprachlos.

»Mein Papa ist dahinten und redet mit Chris. Chris ist mein Patenonkel.«

Chris, der beste Freund von Moritz.

»Soll ich den Papa mal holen?«, fragt er mich.

»Nein«, antworte ich schnell und füge dann hinzu: »Gleich. Iss ruhig erst den Pudding.«

»Aber ich hab schon die Hälfte.«

»Du kannst ihn ganz haben.«

Er überlegt einen Moment, beschließt dann, dass das wohl in Ordnung geht, und löffelt los.

»Du kennst seinen Vater?«, fragt Kim so leise wie möglich.

Ich nicke schwach.

Oh Mann, das klingt alles so falsch: Sein Vater. Sein Sohn. Liam. Moritz. Papa. Sohn.

Da entdecke ich Moritz. Er kommt genau auf uns zu. Verdammt. Ist mir jemals aufgefallen, dass er *wirklich* gut aussieht? Seine Haare lugen aus einer Baseballmütze heraus. Er trägt ein schwarzes T-Shirt mit einem offenen Hemd darüber und grüne Cargoshorts. Außerdem hat er tolle Schuhe an. Mir sind Schuhe an Männern sehr wichtig, denn sie sagen viel über einen Menschen aus. Lederschnürschuhe gehen zum Beispiel gar nicht, denn wer in seiner Freizeit lederne Schnürschuhe trägt, kann sich nicht gehen lassen. Noch schlimmer sind sämtliche Modelle, die man auf innovative Art an der Seite zubindet oder mit einer ausgefuchsten neuen Klettverschlusstechnik schließen muss. Diese Schuhe sagen: Ich brauche morgens länger im Bad als du, zupfe mir die Augenbrauen und bin der Ansicht, innere Werte sind überbewertet.

Die Schuhe von Moritz sind dunkelblau. Vans, weder besonders gepflegt noch schmutzig.

Außerdem trägt er eine Brille. Ein ziemlich cooles Modell mit relativ großen quadratischen Gläsern, die oben in schwarzes und unten in farbloses Horn gefasst sind.

»Du elender Schnorrer«, sagt Moritz, schnappt sich Liam und wirft ihn sich über die Schulter. Der Kleine quietscht so laut vor Begeisterung, dass alle Köpfe in der kaum besetzten Mensa zu uns herumfahren und die Leute verzückt schmunzeln.

»Hi«, sagt er lächelnd und hält Kim die Hand hin. »Moritz«, stellt er sich vor.

»Hi … äh … Kim«, sagt sie, sieht von mir zu Moritz, zu

Liam und von Liam wieder zu Moritz. Dann wird ihr Gesicht zu einem großen Fragezeichen. Eines dieser Fragezeichen, die im Grunde gar keine sind, weil sie längst weiß, was abgeht. Ein rhetorisches also.

Meine beste Freundin bewahrt mich davor, ihr in der Gegenwart von Moritz seine Verwandtschaftsverhältnisse zu erklären. »Ich wollte sowieso kurz mal Buzz anrufen. Bin gleich wieder da.« Sie deutet erst auf ihr Telefon, dann Richtung Ausgang und hastet davon.

Moritz setzt sich auf den freien Stuhl neben mir und zieht Liam auf den Schoß. Ich blicke auf meinen Teller, weil ich spüre, wie Moritz mich anstarrt.

»Soll ich dir einen neuen holen?«, fragt er schließlich und deutet auf den Kleinen, der soeben den letzten Rest aus der Puddingschüssel kratzt.

»Nee, schon okay.«

Moritz schlingt einen Arm um Liam und trommelt mit den Fingerspitzen auf seinen Bauch, er sticht und kitzelt ihn. »Ich bin jedes Mal überrascht, wie viel Pudding in einen so kleinen Körper reinpasst. Guck dir mal diesen dicken Bauch hier an.«

Ich muss lächeln und sehe ihm kurz in die Augen.

Seine Augen sind so blau wie noch nie. Wie eine blank polierte blaue Spiegelfläche. Wie ein sauberer See bei Windstille. Wie der Himmel an einem Sommertag, den man als kleines Kind mit Papa im Freizeitpark verbracht und an dem man Zuckerwatte gegessen hat. Ich mochte schon immer blaue Augen, für die man schnulzige Allegorien finden kann.

»Wusste gar nicht, dass du samstags in die Uni gehst«, sagt er dann.

»Wusste gar nicht, dass du überhaupt in die Uni gehst«, erwidere ich.

Moritz sagt amüsiert: »Na ja. Der Kühlschrank war unserem Hunger nicht gewachsen. Die Mensa ist recht günstig, deshalb …«

Ich nicke, starre auf meine Finger und kratze an meinem Nagellack herum.

Moritz mustert mich und sagt dann zu Liam: »Geh mal zu Chris, der hat sicher noch Nachtisch.«

Schon hopst der kleine Mann durch den Saal davon.

»Ich kann wieder gehen, wenn dir das lieber ist«, bietet Moritz an.

Ohne nachzudenken, schüttele ich den Kopf.

»Ich verstehe, dass dir das ein bisschen zu viel ist. Mit Liam und so. Ich weiß, ich hätte es dir sagen sollen. Aber weißt du, wie oft ich schon Leute getroffen habe, die mich angucken, als wäre ich asozial, wenn ich ihnen sage, dass ich vierundzwanzig bin und einen fast fünfjährigen Sohn habe? Es nervt. Ich bin so gern mit dir zusammen, ich wollte nicht, dass …«

Schnell lege ich ihm eine Hand aufs Knie, damit er die Klappe hält, und sage: »Ist schon okay. Ich denke ganz bestimmt nicht, dass du asozial bist. Und ich mache dir auch keinen Vorwurf.«

»Solltest du aber.« Moritz greift nach der Hand auf seinem Knie, führt sie an die Lippen und haucht einen Kuss auf meinen Handrücken. »Danke.«

Fasziniert starre ich auf die Stelle, die er geküsst hat, als könnte man einen Abdruck erkennen.

»Das ist bestimmt 'ne doofe Frage, aber wir wollten gleich in den Zoo fahren. Willst du mitkommen?«

»Ich weiß nicht«, gebe ich zu. »Ich wollte heute etwas für die Uni arbeiten, also …«

»Ja, kein Ding, ich versteh schon. Sorry, ich wollte dich nicht überfahren. Wie gesagt, es war 'ne dumme Idee.«

»Nein, gar nicht. Das war 'ne coole Idee.« Ich will eigentlich ja sagen, aber ich finde, ich sollte ablehnen. Immerhin bin ich mit Kim hier.

Ich nicke zögerlich und sage: »Nein, ich … weißt du was? Lass mich kurz mit Kim reden und ihr Bescheid geben. Ich möchte gerne mitkommen.«

19. KAPITEL

in dem Moritz aus der Zukunft kommt

Moritz blickt sich um, kneift die Lider gegen das Sonnenlicht zusammen und schiebt die Hände in die Hosentaschen. Wir schlendern alleine über einen Kiesweg, laufen nebeneinander. Ich wünschte mir, Chris und Liam wären bei uns. Dann wäre es irgendwie lockerer. Doch Chris hat uns zugezwinkert und sich dann mit dem Kleinen zum Kamelreiten verabschiedet. Ich bin gerne in Moritz' ungeteilter Nähe. Aber mit ihm alleine zu sein, bringt mich dazu, alles an mir in Frage zu stellen. Ich frage mich seit zehn Minuten, was ich mit meinen Armen tun soll. Hängen die immer so dämlich an mir herunter? Sind sie nicht viel zu lang für meinen Körper?

Meine Haare sind nicht frisch gewaschen, ich war hierfür nicht gerüstet. Ich hatte mir fest vorgenommen, den Tag zwischen müffelnden Büchern zu verbringen, an Kims unablässig tratschender Seite.

Als könnte er meine Gedanken lesen, sagt Moritz: »Nett von Kim, dass sie dich hat gehen lassen.«

»Das war ein glücklicher Zufall. Sie hat mit dem Typen telefoniert, der sie am Donnerstag – wie du es genannt hast – gebootycallt hat. Sie trifft sich gerade mit ihm.«

Als wir am Elefantengehege vorbeischlendern, rückt Moritz symbolisch die Fototasche zurecht, die er über der Schulter trägt. Er geht auf die Mauer zu und späht auf den Grund, auf dem kein einziger Elefant zu sehen ist.

»Ich muss schon sagen, ich bin überdurchschnittlich oft hier in letzter Zeit«, stellt er fest, klopft sich die Hände an der Hose ab und kommt auf mich zu.

Ich gebe ein bestätigendes Geräusch von mir.

»Alles in Ordnung?«, fragt er.

Ich nicke übertrieben, sozusagen Schleudertraumagefahr, ziehe dazu meine Na-klaaaar-alles-bestens-und-jetzt-frag-bitte-nicht-weiter-nach-Schnute und verschränke meine dämlichen Arme vor der Brust. Moritz greift nach einem meiner verknoteten Unterarme und zieht mich zu der Bank. Er drückt mich auf die Sitzfläche und setzt sich neben mich. Dabei starrt er mich so eindringlich an, dass ich mich fühle, als würde ich in die Sonne gucken. Gleich wird mir schwarz vor Augen werden, jeden Augenblick erscheinen diese nervigen Farbkleckse und Lichtblitze.

»Warum muss ich sitzen?«, frage ich und blinzele ihn fragend an.

»Weiß nicht. Vielleicht sprichst du dann endlich mal mit mir.«

»Worüber?«

»Worüber du willst.« Moritz packt die Kamera aus.

»Wag es nicht, auch nur ein einziges Bild von mir zu schießen.« Ich zeige sogar drohend mit dem Finger auf ihn. Warum? Weil ich ich bin.

»Hey? Weißt du überhaupt, dass ich gerade Zeit mit meinem Sohn opfere, um mit dir hier zu sitzen? Dann werd ich ja wohl mal ein Foto machen dürfen.«

»Es hat dich keiner gezwungen«, brumme ich und klinge sehr viel schmolliger als beabsichtigt.

Moritz hat eine gewisse Sensibilität für solche Nuancen und sagt besänftigend: »So war's nun auch wieder nicht gemeint.«

Geistesabwesend nicke ich und starre ins Leere. Ich lasse es zu, dass Moritz mich von der Seite fotografiert, aber ich ziehe die Stirn ziemlich kraus. Ich habe nicht vor, ihm auch nur ein einziges schönes Bild von mir zu schenken.

Während er fotografiert, sitzt die Brille auf seinem Kopf, als er die Kamera sinken lässt, schiebt er sie zurück auf die Nase.

»Ich wusste gar nicht, dass du eine Brille brauchst«, sage ich leise.

»Ja, sonst trage ich Kontaktlinsen.«

»Echt? Ich dachte immer, nur eitle Schnösel tragen Kontaktlinsen. Du hast ja auch 'ne schnöselige Hipster-Brille.« Ich lache ihn an.

»Dann bin ich wohl ein schnöseliger Hipster.« Er lässt die Brille auf die Nasenspitze rutschen und betrachtet mich über die Gläser hinweg.

»Das wusste ich ja gar nicht.«

»Es gibt vieles, was du nicht weißt.«

»Jop. Das habe ich gemerkt.«

Verdammt, er hat so blaue Augen. Als hätte er sie sich selbst gefotoshopt. Diese Farbe kann unmöglich normal sein.

»Tut mir leid«, sagt er zum wiederholten Mal.

»Hör auf, dich ständig zu entschuldigen«, entgegne ich. Man sollte sich nicht dafür entschuldigen müssen, dass man Kinder hat. »Du bist also ein eitler Hipster, der eigentlich eine Brille braucht und einen Sohn hat. Sonst noch irgendwelche großen Geheimnisse? Dann sag's besser gleich.«

»Okay«, Moritz holt tief Luft, »ich komme aus der Zukunft.« Er sieht mich eindringlich an. »Ich bin ein Spion aus dem Jahr zweitausendsiebzig, und man hat mich auf die Erde geschickt, um das Leben der Menschen in dieser Zeit hier auszukundschaften.«

Ich muss schmunzeln und frage: »Und? Wie lautet dein Urteil?«

»Mhm ... Die Mädchen sind um einiges besser als zu meiner Zeit. Sehr viel spontaner, sehr viel natürlicher und gelassener.«

Ich blinzele ihn an. »Tatsächlich?«

Moritz nickt verschwörerisch. »Findet man in meiner Zeit nicht mehr so oft. Sonst hat sich nicht viel verändert. Die Stones gehen immer noch auf Tour, Bill Kaulitz ist jetzt eine Frau, Lady Gaga ist dafür ein Mann und, ach ja, Chuck's sind seit den Sechzigern total out.«

Ich muss laut lachen, was zur Folge hat, dass Moritz' schelmisches Schmunzeln zu einem schiefen Lächeln wird.

»Wie ist das denn passiert?«, frage ich.

»Ach, du weißt doch, wie das ist, Moden kommen und gehen.«

»Du spinnst.« Ich boxe ihn gegen die Schulter.

Daraufhin legt er den Arm um mich und zieht mich scherzhaft an sich ran. »Und du lachst endlich«, stellt er zufrieden fest.

Zwei Stunden später stehen wir vor dem Ausgang des Zoos. Liam quengelt, weil er noch bleiben will, und Moritz schießt tolle Fotos von ihm, wie er ein bisschen abseits von uns auf einem Baumstumpf sitzt und ein derart süßes Schmollgesicht zieht, dass alle, die an uns vorbeilaufen, mitleidig auf ihn deuten.

»Mama will, dass du um fünf zu Hause bist«, versucht Moritz ihm zu erklären.

»Dann ist Mama doof.«

»Nein«, sagt Moritz mit Bedacht.

»Doch!«, brüllt Liam ihn an.

Moritz kann sich ein Schmunzeln nicht verkneifen. Er

nimmt seinen Sohn bei der Hand und zieht ihn weiter. Liam fängt an zu weinen.

Ich fühle mich ein bisschen unwohl. So wie früher, wenn Jo aus heiterem Himmel angefangen hat zu flennen, wenn irgendetwas nicht nach ihrem Kopf ging oder sie etwas haben wollte und es nicht bekam (was nicht gerade oft vorkam und deshalb umso tragischer war). Das war mir jedes Mal totenpeinlich. Ich dachte, das unangebrachte Verhalten meiner Schwester fiele auf mich zurück.

Moritz stöhnt, wirkt dabei aber mitfühlend. Er gibt Chris die Fototasche und geht in die Knie, um mit Liam auf Augenhöhe zu sein. »Nicht weinen, ja?«, sagt er und streicht ihm mit den Daumen die Wangen trocken. »Ist doch alles cool, oder? Du bist ein …?«

»… ein Mann«, brummelt Liam.

»Und Männer …?«

»… weinen nicht«, ergänzt er und schluckt tapfer einen Heuler herunter.

»Jana sagt immer, das sei ein Chauvi-Spruch«, sagt Moritz zu mir.

»Du musst wissen: Jana ist die Pest«, zischt mir Chris zu, der direkt neben mir steht.

Ich gucke ihn fragend an. Aber mein fragendes Gesicht bekommt keine Antwort.

»Aber, Papa …«

Papa. Papa. Das macht mich immer noch ganz verrückt. Das passt irgendwie nicht. Es ist, als würde der Kleine Moritz mit einem falschen Namen ansprechen. Als würde Liam ihn die ganze Zeit Jürgen nennen. Und ich frage mich, warum Moritz ihn nicht endlich darauf aufmerksam macht, dass er nicht Jürgen heißt.

»Darf ich nächstes Wochenende wieder zu dir kommen?

Oder musst du arbeiten? Mama sagt, du musst dauernd arbeiten.«

Moritz reibt sich über die Augen, stellt sich auf und nimmt Liam an der Hand. »Wir schauen mal, okay? Aber jetzt ab zu Chris ins Auto. Wir müssen schließlich eine Dame nach Hause bringen.«

20. KAPITEL

in dem ich versuche, zwischen Hampelmann und Vollidiot nicht verrückt zu werden

Am darauffolgenden Mittwoch stellt mein Geschichtsprofessor die Noten der Mittelalter- und Lateinklausur online. Kim besucht mich, damit wir sie gemeinsam abrufen können. Sie hat eine Flasche Sekt und eine Flasche Gin mitgebracht. Die eine für den Erfolgsfall, die andere für einen eher schlechteren Ausgang.

»Ich mach mir gleich in die Hose, beeil dich«, stachelt sie mich an, während ich den Computer aufklappe und mich mit meinem Passwort auf dem Uni-Server einlogge.

Nach ein paar Klicks habe ich die anonymisierte Notenliste gefunden und das PDF heruntergeladen. Kim und ich fahren die Zeilen entlang, um unsere Matrikelnummern und die dazugehörigen Klausurergebnisse zu finden.

»Ich hab 'ne zwei Komma null!«, jubele ich, als ich meine Nummer entdecke. »Oh mein Gott, ich hab 'ne zwei Komma null. Wie ist das möglich? Ich hatte nicht die leiseste Ahnung.«

»Wieso hast du 'ne zwei Komma null? Ich hab eine drei Komma fünf.« Kim sieht mich einen Moment mit zerknitterter Stirn an, dann zuckt sie mit den Schultern, knurrt: »Drauf geschissen« und öffnet sowohl den Gin als auch die Sektflasche, deren Korken mit einem filmreifen Peng an die Decke schießt.

»Das können wir unmöglich alles alleine trinken.«

»Ruf die Jungs an. Bitte, Max, tu mir den Gefallen. Ruf Buzz an und meinetwegen auch Jonas und Oli zur Tarnung.«

Brav greife ich zu meinem Handy.

Die drei lassen sich natürlich nicht lange bitten. Binnen einer Stunde sind sie alle bei mir aufgeschlagen, einen Kasten Bier und Pizza vom Lieferdienst im Gepäck. Wir trinken, essen und quatschen wie zu Schulzeiten. Fangen grölend ein Trinkspiel an, bei dem es verboten ist, mit dem Finger zu zeigen, Fragen zu stellen und Namen zu sagen. Wir brechen jede der recht simplen Regeln gut und gerne tausend Mal.

Gegen 21.00 Uhr kommt Jo von einer Verabredung mit Freunden nach Hause und schaut etwas überrascht, als sie merkt, wie angeheitert wir alle schon sind. Oli, Buzz und Jonas sitzen auf der Couch, die große Fensterfront im Rücken, surfen auf meinem Laptop und lassen ohrenbetäubend laut Musik spielen. Kim und ich stehen in der offenen Küche hinter der Theke, die Hintern gegen die Arbeitsplatte gelehnt, und trinken den furztrockenen Gin, der mir eigentlich gar nicht schmeckt.

»Was geht hier ab?«, fragt Jo. Sie gesellt sich zu uns, nimmt mein Glas, nippt daran und verzieht angewidert das Gesicht. »Du liebe Güte.«

»Nach dem dritten schmeckt es nur noch halb so doll nach Brennspiritus«, erkläre ich ihr.

»Ja, nach dem dritten kann man auch darüber hinwegsehen, dass da drüben ein Typ sitzt, mit dem man letzte Woche noch rumgefummelt hat, der momentan aber so tut, als wäre man gar nicht da.« Kim nickt frustriert in Richtung Buzz, der sie wegen der lauten Musik nicht hören kann.

»Vielleicht ist ihm seine Schlappe noch peinlich«, mutmaße ich und wedele mit meinem Ginglas. Wenn ich schon so etwas Ekelhaftes trinke, möchte ich wenigstens auch die passende Gestik dazu vollführen dürfen. Ich fühle mich ein bisschen wie eine zwielichtige englische Gangsterbraut um die vorletzte Jahrhundertwende.

»Ou, pikante Themen. Wartet!« Jo öffnet den Kühlschrank, findet darin eine angebrochene Flasche Baileys und schenkt ihn in Ermangelung eines sauberen Glases in einen Kaffeebecher. »Prost, Mädels.«

»Von wegen peinliche Schlappe. Am Telefon hat er neulich so getan, als wäre zwischen uns alles cool. Als wäre nie etwas gewesen. Wisst ihr, was er gesagt hat?« Kim imitiert ziemlich mies Buzz' tiefe Brummstimme: »Lass uns demnächst mal wieder ein bisschen Spaß haben!«

»Ich hasse es, wenn Typen so etwas sagen«, wirft Jo ein und winkt dabei klischeehaft mit der rechten Hand ab.

»Ich auch.« Ich äffe die Geste nach. »Das passiert mir ja auch mindestens einmal pro Woche.«

Meine Schwester ignoriert mich, weil sie weiß, dass es das Beste ist, um einen Streit zu vermeiden, und plappert einfach weiter. »Mal ehrlich, was denken diese Typen, wer sie sind? So etwas kann man sagen, wenn man vierzig ist, eine Ehefrau und drei Kinder hat und nebenbei eine Affäre haben will. Aber Buzz? Der ist zwanzig und will bloß seine Kumpels beeindrucken.«

»Vierundzwanzig«, verbessert Kim sie.

Wir sind noch nicht in dem Alter, in dem es chic ist, sich einen jungen Knaben zu halten. Wir sind nicht Madonna.

»Aber ihr hattet doch gar keinen Spaß?«, frage ich. Diese Liebesdinge sind mir echt zu kompliziert. »Ihr habt doch bloß ein bisschen rumgemacht!«

»Ja, aber das hat trotzdem Spaß gemacht.«

»Max kennt sich damit nicht so gut aus«, wirft Jo ein. »Deswegen hat sie es ja auch immer noch nicht hinbekommen, die Sache mit Moritz dingfest zu machen.«

»Mensch, Max!«

»Mensch, Kim!«

»Was denn?«

»Du tust so, als wolltest du mit Buzz bloß ein bisschen Spaß haben, nur damit er dir nicht davonrennt, also gib mir bitte keine Beziehungstipps. Das ist scheinheilig.«

»Nein, Kim verhält sich vorbildlich. Man darf den Kerlen nie gleich geben, was sie wollen«, schulmeistert Jo.

»Du bist nicht die *Cosmopolitan*, okay, Jo?« Ich schütte meinen Gin runter und verschränke die Arme vor der Brust.

»Du merkst ja selbst, dass es klappt, Max. Überleg doch mal: Du bietest dich Jonas ungefähr seit dreihundert Jahren an, rennst ihm ständig hinterher. Der braucht doch bloß mit den Fingern zu schnippen, und schon rennst du los und machst, was immer er will.«

»So ein Schwachsinn!«

»Aber es stimmt! Du machst es Jonas viel zu leicht. Moritz hingegen erteilst du eine Absage nach der anderen. Und er ist verrückt nach dir.«

»Schon mal daran gedacht, dass ich Moritz gar nicht so toll finde, wie ihr alle meint?« Ich zucke mit dem Kopf, um zu überspielen, dass ich in diesem Moment eine tiefe Sehnsucht nach Moritz verspüre.

Jo und Kim werfen sich einen verschwörerischen Blick zu und gucken dann mit verzogenen Schnuten auf mich runter.

»Sie leugnet es.«

»Klare Sache«, pflichtet Kim meiner Schwester bei.

»Und das alles wegen einem Penner wie Jonas.« Jo gießt

unsere Becher so voll mit Baileys, dass der Vorgang zu einer sehr anschaulichen Demonstration der Oberflächenspannung wird.

»Max! Max, kommaher«, kreischt Oli plötzlich in einem lallenden Tonfall, und ich folge seinem Ruf. Er dreht die Musik leiser und drückt die Nase so dicht vor den Laptopbildschirm, dass ich einen kurzen Moment vermute, er will einen Kopfsprung hineinmachen. »Dieses Foto! Guck dirma dein Gesicht an. Das gibt's ja gar nicht. So hast du nonie geguckt. Hammer, echt Hammer!«

Oli hat ein Foto von mir auf Facebook entdeckt, das Moritz geschossen hat. Sein Lob gibt mir die Bestätigung, die ich mit dem Uploads des Bildes wohl unbewusst erreichen wollte. Ich bin eigentlich niemand, der Protzfotos von sich ins Internet stellt. Aber normalerweise gibt es auch keine Fotos von mir, die mit »Hammer, echt Hammer!« kommentiert werden könnten.

Keine Ahnung, was sich mein Unterbewusstsein dabei gedacht hat, als es ausgerechnet, dieses Bild für die Zurschaustellung im Social Web ausgesucht hat. Ich sitze auf der Bank im Zoo, viel aufrechter, als ich sonst sitze. Ich wusste selbst nicht, dass mein Oberkörper diese ballerinagleiche Haltung annehmen kann, durch die meine Oberweite zwar nicht größer aussieht, als sie ist, aber zumindest präsenter.

»Gib mal her«, raunt Jonas und zieht unsanft den Laptop vor Olis Nase weg. »Ach ja, gar nicht mal so untalentiert, dein Hampelmann.«

Mich durchflutet eine Welle von Stolz auf meinen Hampelmann, weil selbst Jonas ein lobendes Wort für ihn übrig hat. Jonas, der eigentlich niemandem je irgendein Talent zugesteht. Nicht mal sich selbst, denn er ist sehr kritisch mit sich. Vielleicht hört er auch nur sehr gerne von anderen, wie toll er ist und dass er nicht so schlecht von sich denken soll. Irgendjemand muntert ihn nämlich immer auf, indem er Jonas sagt, er sei echt talentiert. Dummerweise bin das ziemlich oft ich.

»Aber … jetzt mal unter uns, Max, wie lange hat er daran rumgespielt?«

»Wie soll ich das denn bitte verstehen?«, frage ich Jonas plump.

»Guck doch mal.« Er hebt den Laptop an, um die Fotografie mit der Realität zu vergleichen. Allerdings hält er ihn nicht neben mein Gesicht, sondern eine Etage tiefer.

»Mit Photoshop wird aus A schnell mal B«, kommentiert er dann mit fachmännisch zusammengekniffenen Augen.

»Wie redest du mit meiner Schwester?«, ruft Jo erbost, die mit verschränkten Armen neben dem Couchtisch steht und die Unterhaltung mitverfolgt.

Mein Blick gefriert. »Lass nur, Jo.« Dann sage ich an Jonas gewandt: »Wenn du denkst, dass das hier B ist«, ich deute verächtlich auf den Screen, »dann hast du in etwa so viel Ahnung von Brüsten wie von Taktgefühl.«

»Ich bin Drummer. Ich hab jede Menge Ahnung von Taktgefühl«, kichert Jonas und setzt den Laptop auf dem Boden ab. Er fläzt sich tiefer ins Sofa, legt eine Hand hinter den Kopf und ext provokativ seine Bierflasche. »Ou Max«, seufzt er mit einem selbstzufriedenen Lächeln.

Ou Max. Ou Max. Ou Max hat definitiv keinen Bock mehr darauf, dass ihr komplett geschmacksverirrtes Herz immer noch aus Gewohnheit hüpft, sobald Jonas die Mundwinkel zu einem Lächeln verzieht. Ich sollte mich auf eine Transplantationsliste setzen lassen. Ich brauche ein neues Herz. Und zwar möglichst zeitnah.

Jonas lässt die Fingerknöchel knacken. »Da geht doch

was zwischen dir und dem Hampelmann, oder? Wenn du deinen Astralkörper so für ihn in Szene setzt.«

»Mein Astralkörper haut dir gleich eine rein, wenn du nicht die Klappe hältst«, drohe ich ihm. Im ersten Moment bin ich stolz auf meine Schlagfertigkeit, im nächsten bin ich schockiert. Jonas und ich pflegen nicht gerade einen kultivierten Umgangston. Eigentlich schade. So unterhalten sich leider nicht zwei Menschen, zwischen denen mehr als Freundschaft ist. Nein. So klingt nur … Hm, der einzig brauchbare Vergleich, der mir einfällt, ist: So klingen richtig gute Männerfreunde. Das heißt also, ich bin ein richtig guter Männerfreund.

Als meine Miene unverändert hart bleibt, greift Jonas nach meiner Hand und sagt: »Hey, du weißt, dass ich es nicht so meine.«

»Woher soll sie das wissen?«, mischt sich Jo ein. »Du bist immer nur scheiße zu ihr.«

»Was? Max ist meine beste Freundin, so bin ich nun mal.«

»Das soll deine Ausrede sein? Dass du nun mal so bist? Entschuldige mal, aber dann bist du eben ein riesiges Arschloch. Wie wär's mal mit einem netten Wort zu Max, he? Du hast ein wunderschönes Foto von deiner angeblich besten Freundin vor der Nase, und dir fällt nichts Besseres dazu ein, als an ihrer Figur rumzumeckern? Du weißt, dass sie in dem Punkt empfindlich ist. Oder du solltest es wissen, wenn du ein ach so guter Freund bist.« Jo wedelt wie eine Besessene mit den Armen und deutet schließlich drohend mit dem Finger auf Jonas.

»Jo, halt die Klappe«, ermahne ich sie. Meine Stimme ist staubtrocken, meine Magengegend gleicht einem Bienennest.

»Nein, ich halte nicht die Klappe. Ich liebe dich, Max,

und dieser Typ tut dir nicht gut.« Aus irgendeinem absurden Grund hat Jonas zu lächeln begonnen. »Lach nicht so blöd, du kleiner Wicht. Du hast Max überhaupt nicht verdient. Weder als beste Freundin noch als irgendwas.«

»Hey, komm mal wieder runter«, sagt Jonas und hebt beschwichtigend die Arme.

»Bitte, Jo, hör auf.« Ihre letzten Worte lassen mich das Schlimmste befürchten. Ich habe sie noch nie so erlebt. Ich bin ergriffen von ihrer Fürsorge und fürchte sie gleichzeitig.

»Du nimmst ihn ständig in Schutz«, kreischt sie unvermittelt los. »Was ist nur los mit dir, dass du auf ihn stehst? Behandele dich doch mal selbst mit ein bisschen Respekt und sieh ein, dass es vielleicht mit dreizehn cool war, auf einen ungehobelten Drummer zu stehen. Du bist aber keine dreizehn mehr.«

Die Welt um mich gefriert. Hat sie das gerade allen Ernstes gesagt?

In aller Seelenruhe stelle ich meinen klebrigen Becher mit Sahnelikör auf dem Couchtisch ab, streiche mir eine Haarsträhne hinters Ohr und gehe Richtung Treppe.

»Räumt auf, bevor ihr geht«, sage ich tonlos, steige die Stufen hoch, betrete mein Zimmer und tue etwas, das ich seit Jahren nicht mehr getan habe: Ich schließe die Tür ab und lasse den Schlüssel innen stecken.

21. KAPITEL

in dem Moritz da ist

Stunden später liege ich im Stockdunkeln auf meinem Bett und heule vor Verzweiflung, Überforderung und über meinen Kontrollverlust.

Was für eine Predigt! Die gehört doch in Stein gemeißelt auf den Berg Sinai.

Mit dem T-Shirt-Saum wische ich mir über die laufende Nase. Es bilden sich nasse Flecken darauf. Na toll! Jetzt werde ich auch noch eklig. Als würde es nicht genügen, dass meine Schwester mich heute Abend zum Vollidioten gemacht hat.

Das Vibrieren meines Handys schreckt mich auf. Schnell schiebe ich es unter mein Kissen, das ich fest unter meinem Gesicht zusammenknautsche, und versuche das Brummen zu überhören.

Ich fühle mich verraten. Was noch viel schlimmer ist: Jo hat mir einen Spiegel vorgehalten. Das mag ich nicht. In Selbstkonfrontation bin ich furchtbar schlecht. Ich will keine Revolution. Ich wollte, dass sich irgendwann alles von selbst erübrigt: meine Gefühle für Jonas, mein Verhältnis zu Moritz. Hätte mir Jo nicht diese Zeit zugestehen können? Musste sie in die Schlacht fremder Parteien einziehen, um erbarmungslos um sich zu metzeln?

All die Jahre haben sich eine Menge Dinge aufgestaut, die ich mich Jonas zu sagen nie getraut habe. Aus lauter Panik weiterzumachen, fortzuschreiten und keine dreizehn mehr sein zu dürfen, habe ich ihm nach dem Mund geredet. Habe beteuert, dass er bei Franzi Becher aus der 10b gute Chancen habe, dass er eine Karriere als Berufsmusiker anstreben solle, und ihm versichert, dass er in seinen Karohemden keineswegs daherkomme wie ein Holzfäller.

Warum habe ich nie laut gerufen: »Franzi Becher? Ernsthaft? Die ganze Schule weiß, dass sie einen Vaterkomplex hat. Sie ist in unseren Englischlehrer verliebt, das hat sie in der Umkleide nach dem Sportunterricht jedem erzählt. Ja, genau, in Herrn Dachmeister, fünfundvierzig, geschieden, kinder- und haarlos. Du hast keine Chance bei ihr, Jonas. Tut mir leid.« Oder: »Du bist nicht dazu gemacht, Berufsmusiker zu werden, Jonas. Ja, du bist ein guter Schlagzeuger, aber du kannst nicht mal Noten lesen. Orientiere dich um, nimm dein Mathestudium ernster, zeig ein wenig Disziplin.« Und was das Hemd angeht: »In rotkariertem Flanell sieht jeder aus wie ein Holzfäller.«

Konnte ich je eine wertvolle Freundin sein, wenn ich ihm meine ehrliche Meinung verschwiegen habe, nur um meine eigenen Chancen bei ihm zu steigern? Gibt es etwas Egoistischeres?

Ich ignoriere das stetige Vibrieren meines klingelnden Handys, weil ich befürchte, dass es Jo ist, die vor meiner verschlossenen Zimmertür steht und sich nicht anders zu helfen weiß, als mich anzurufen.

Vielleicht hat Jo Recht und Jonas hat mich gar nicht verdient. Niemand hat einen Freund verdient, der bloß aus Egoismus nett zu einem ist. Doch ist es wirklich seine Aufgabe, mich deswegen ziehen zu lassen? Oder vielmehr: Ist es Jos Aufgabe, ihn darauf hinzuweisen? Klar könnte es Jonas aufgefallen sein, dass ich mich für ihn erniedrige. Damit aufhören kann ich allerdings nur selbst. Ich wollte es bloß nie. Nichtsdestotrotz wollte ich wenigstens selbst darüber entscheiden und Jo keine Vollmacht geben. Unter all den Dingen, die ich Jonas nie gesagt habe, von Franzi Becher bis hin zu seinem Flanellhemd, war die Aussage »Ich bin verliebt in dich« die bestgehütete.

Das Handy klingelt ein drittes Mal. Ich ziehe die Nase hoch, fummele es unter meinem Kissen hervor und gehe ran.

»Lass mich«, murre ich und klinge, als hätte man meine Stimmbänder soeben durch den Fleischwolf gedreht.

»Max?«, fragt eine besorgte Stimme. »Ist alles okay mit dir? Soll ich dir …«

»Moritz?«, frage ich. Mein Herz schlägt heftiger, und das Zittern in den Fingern ist wieder da.

»Ähm … ja«, Moritz klingt irritiert. »Geht's dir gut?«

»Ja, ich … sorry, ich dachte, du wärst Jo.« Ich bin selbst vom nasalen Klang meiner Stimme überrascht.

»Ach so. Du klingst … als hättest du geweint.«

»Nein. Alles gut.« Es muss mittlerweile fast drei Uhr morgens sein. Ich heule Wasserfälle. Ob's mir gut geht? Klar, es ging mir nie besser. Ich warte auf den Zeitpunkt, an dem es mir mal so schlecht geht, dass ich es zugebe, wenn mich jemand danach fragt.

»Okay, verstehe, du willst nicht drüber reden, sondern die Starke spielen. Kein Ding.«

»Es ist gerade schlecht.«

»Sorry. Ich wollte bloß fragen, was du so treibst.«

»Was soll ich schon treiben? Es ist kurz vor drei oder so.«

»Fünf vor halb vier.«

»Warum rufst du mich um fünf vor halb vier an?«

»Immerhin bist du noch wach. Stör ich etwa?«

Ja. Er stört mich und mein Trübsal. Wir beide wollen gerade ein Ständchen blasen und allein sein. Allein mit der Wut unter meiner Bettdecke.

Weil ich nicht antworte, fragt Moritz weiter: »Wie war dein Abend?«

»Super, Moritz, es war ein super Abend.«

»Wirklich alles okay bei dir?«

»Ich … ich hatte nur einen … so etwas wie einen Streit mit Jo. Nicht weiter schlimm.« Meine verflixte, kackunzuverlässige Stimme bricht weg.

»Ich … ich kann auch wieder auflegen.«

»Ja … ja … vielleicht.«

»Gut, dann … Du … also, du kannst dich ja mal melden.« Er legt auf.

Ich drücke die Stirn flach auf meine Matratze und boxe in mein Kopfkissen. So eine riesengroße Riesenkacke. Das ist doch Scheiße. Scheiße mit Scheiße und Scheiße. Warum bin ich so, wie ich bin, warum bin ich nicht Jo und warum kann ich Moritz nicht sagen, dass ich mich freue, wenn er anruft?

Mit seiner weichen Stimme im Ohr und tränenverklebten Wangen nicke ich ein und schlafe gnädigerweise traumlos, bis ein Trommeln und Rufen mich weckt.

»Max? Max, kommst du auch mal wieder da raus? Es ist schon halb zwei.«

»Mirdochegal«, nuschele ich so leise, dass sie es unmöglich hören kann.

In meinem Zimmer ist es stockfinster. Ich liege unter der Bettdecke begraben, friere, obwohl darunter bestimmt fünfzig Grad herrschen, glotze auf mein Handy und die SMS, die gestern, wenige Sekunden nachdem Moritz aufgelegt hat, eingegangen ist.

DU SOLLST WISSEN, DASS ICH DA BIN, OKAY? ICH MÖCHTE NICHT, DASS ES DIR SCHLECHT GEHT.

EGAL, WAS ES IST: ICH BIN DA, JA? JETZT UND WANN IMMER DU WILLST, OKAY?

Außerdem hat Kim vor etwa zwei Stunden geschrieben.

SEI NICHT BÖSE AUF JO. ES MUSSTE MAL GESAGT WERDEN. JONAS HAT DICH DOCH GAR NICHT VERDIENT.

Ja, gottverdammt, ich habe es ja verstanden! Wenn Til Schweiger etwas à la »Er hat dich nicht verdient blabla« sagt, dann schmachten dreißig Millionen Kinogänger dahin. Aber hat auch nur einer mal darüber nachgedacht, dass ich liebend gerne selbst darüber entscheiden möchte, wer mich verdient hat?

Und dann Moritz. Warum ist er so … *lieb*? Wie hat er es geschafft, dass ich ihm nach den wenigen Wochen, die wir uns kennen, jedes seiner SMS-Worte glaube? Ich weiß, dass ich jederzeit bei ihm anrufen könnte, um ihm mein Herz auszuschütten. Über Jo, über Jonas, über das Wetter, darüber, wie schlecht Green Day geworden sind und dass die Waschmaschine meinen Lieblings-BH geschreddert hat. Wahrscheinlich würde er mir sogar zuhören, wenn ich über Menstruationsbeschwerden klage. Er würde lächeln und sagen, dass es wieder gut wird.

Ich würde ihn aber nicht anrufen. Weder um mich über die Eigenarten des weiblichen Unterleibs zu beschweren noch um mit ihm über meine Schwester zu reden. Aber zu wissen, dass ich es könnte, fühlt sich seltsam und ungewohnt gut an.

»Willst du nicht mal was essen? Ich habe Brötchen aufgebacken«, holt Jo mich in die Gegenwart zurück.

»Wo hast du das denn gelernt?«, stichele ich.

»Och, bleib doch einfach für immer da drin!«

Kurz darauf höre ich sie laut die Treppe herunterstampfen.

Ich schaffe es, bis um vier Uhr nachmittags in meinem Zimmer zu bleiben. Dann bin ich kurz vorm Verhungern und knicke ein. Niemals könnte ich so schlecht drauf sein, dass bei mir über längere Zeit der Überlebens- und Ernährungsinstinkt ausfiele. Ich koche mir Spaghetti mit Tomatensoße und habe vor, die ganze Portion alleine zu essen. Direkt aus dem Topf – das spart schließlich Wasser. Damit habe ich mein Soll an der Menschheit für heute erfüllt. Herrlich wird das! Danach wird mein Magen derart voll mit Soße und Nudeln sein, dass mein Organismus die nächsten paar Stunden mit verdauen beschäftigt sein wird, was gut ist, denn das Nachdenken fällt einem bei allzu gefülltem Bäuchlein schwerer.

Apropos Bäuchlein. Während ich koche, sitzt Jo auf dem Sofa und faltet Babystrampler in fünf geschlechtsneutralen Farben und drei verschieden Größen. Sie ignoriert mich, und ich ignoriere sie.

Anschließend sehen der Nudeltopf und ich in meinem Zimmer ein bisschen zusammen fern und beschließen, mir ein Bad einzulassen. Als die Nudeln versuchen, in meinem Magen genügend Platz zu finden, lasse ich mich in die Wanne gleiten und höre dabei über Kopfhörer Musik.

Meine Augen sind kurz davor, sich zu den Klängen der Best-of-Platte von Radiohead zu schließen, da öffnet sich die Badezimmertür. Mein Hirn ist voll und ganz mit dem Zurechtlegen der Standpauke beschäftigt, mit der ich Jo hochkant herauswerfen werde, weshalb es etwas zeitversetzt registriert, dass der Mensch, der da in der Badezimmertür steht, nicht Jo ist, sondern Moritz.

Ich schreie tatsächlich spitz und kurz auf, ziehe hastig die Beine an den Oberkörper und umschlinge sie mit beiden Armen, wobei ich mir die linke Brust schmerzhaft einquetsche.

»Hi«, lautet sein hochqualifizierter Kommentar.

»Moritz!«, quieke ich und reiße mir die Kopfhörer herunter. »Was? Äh … Ich … Nein! HALLO?«

»Ich habe angeklopft, aber du hast es nicht gehört.«

Moritz kann sich sein unverschämt gelassenes, unverschämt breites und unverschämt unverschämtes Grinsen nicht verkneifen. Dann endlich zieht er sich die Kapuze ins Gesicht und dreht den Kopf von mir weg.

»Ich BADE!«

»Ja, ich hab's gesehen … Quatsch, ich habe nichts gesehen. Gar nichts!«

»Ich will es gar nicht wissen, also … Könntest du … *bitte*?« Ich mache ihm mit dem Zeigefinger deutlich, dass er sich ganz umdrehen soll.

Er gehorcht.

So schnell es geht, hüpfe ich aus der Wanne, lasse das Wasser ablaufen, rubbele mich trocken und ziehe mir in Windeseile Jogginghose und Top an. Ich hätte für Moritz gerne etwas Vorzeigbareres gewählt, doch mal ehrlich: Wer mich an einem derart formvollendeten Scheißtag aus der Badewanne holt, kann nicht auch noch erwarten, dass ich mich für ihn in Schale werfe.

Moritz setzt sich auf den Stuhl, auf dem Jo für gewöhnlich abenteuerliche und schmerzhafte Dinge mit ihren Füßen anstellt. Die dazugehörigen Folterinstrumente liegen im Regal daneben (Hornhauthobel und überdimensionale Nagelfeilen, mit denen man irgendwelchen Schmodder wegschrubben kann).

»Hör bitte auf, mich so dämlich belustigt anzugucken!« Ich postiere mich vor dem Spiegelschrank und kämme mir die Haare durch.

»Aber ich *bin* dämlich belustigt.«

»Warum schneist du einfach in unser Bad? Warum bist

du überhaupt hier? Wir waren nicht verabredet. Wenn du mir persönlich sagen willst, dass du *da bist* und so was: Das hab ich schon kapiert. Ehrlich, ich weiß das auch zu schätzen, aber ich … ICH WAR IN DER BADEWANNE! NACKT!«

Moritz schlägt ein Bein über das andere und erwidert schmunzelnd: »Beruhige dich. Selbst wenn ich irgendetwas gesehen *hätte*, dann wärst du nicht die erste Frau gewesen, die ich nackt zu Gesicht bekommen habe.«

»Das dachte ich mir bereits.« Ich fuchtele wild mit beiden Händen durch die Luft und greife mir schließlich den Föhn, nur um etwas zu tun zu haben. Wahllos puste ich in meinen Haaren herum, ohne Moritz dabei aus den Augen zu lassen. Er wippt auf dem Stuhl vor und zurück. Nimmt immer wieder kurz meinen Blick auf, lächelt und inspiziert dabei unser Regal. Zielsicher greift er nach einer großen Cremeflasche, öffnet sie und schnuppert daran. »So riechst du manchmal. Das mag ich.«

Ich schalte den Föhn aus. »Du machst mich ganz … meschugge!«

»Meschugge?« Seine blauen Augen leuchten mich an.

Ich seufze: »Was machst du hier?«

»Ich wollte wissen, wie es dir geht. Du hast ziemlich traurig geklungen heute Nacht am Telefon.«

»Es war halb vier.«

»Du hast geweint.«

»Na und? Ich bin ein Mädchen. Mädchen weinen.«

Moritz steht auf und kommt auf mich zu. »Verstehe. Ich wollte bloß wissen, wie es dir geht. Ich war in der Nähe und habe Feierabend, also dachte ich, du magst vielleicht ein Eis mit mir essen gehen.«

»Ein Eis?« Er nickt strahlend. »Ich wollte eigentlich bloß wissen, was du in unserem Badezimmer machst.«

»Na, Jo hat mir die Tür aufgemacht und gesagt, du wärst im Bad. Ich sagte ja schon, dass ich geklopft habe, du aber nicht reagiert hast.« Ich hole Luft, um ihn zu fragen, ob seine Mama bei seiner Erziehung die Lektion über verschlossene Türen ausgelassen hat, doch er kommt mir zuvor. »Stell dich nicht so an, Max, ich bin keine Jungfrau mehr.«

»Den Verdacht hatte ich auch schon. Die Beweislast war geradezu erdrückend.«

Seine Miene wird ernster und schließlich eine Spur bitter, sein Mund ist nur noch ein Strich.

Ich spüre, dass ich zu weit gegangen bin, und halte mir die Hand vor den Mund. »Entschuldige, das war …« Bevor ich den Satz zu Ende führe, trampele ich an Moritz vorbei in mein Zimmer. Mein Unterbewusstsein spürt, wie mir sein Blick folgt. Oh Gott, ist das alles peinlich! Ich könnte schwören, dass er einen Teil von mir gesehen hat, für dessen Ansicht ihm definitiv die Befugnis fehlt.

Ich stutze. Auf meinem Nachttisch steht der größte Eisbecher, den die Menschheit je zu Gesicht bekommen hat. In einem Papierbecher, so groß wie ein Eimer, stapeln sich geschätzte fünfzehn Kugeln Eis, die von einem Sahnehäubchen mit Schokosauce und Streuseln gekrönt werden.

»Was ist das denn?« Überrumpelt deute ich auf die Eiskreation.

»Dein Eis.« Er bemerkt meinen verdutzten Blick. »Ich wusste nicht, welche Sorte du am liebsten magst, da habe ich dem Eisverkäufer gesagt, ich will von jeder ein bisschen.« Moritz steht nun genau hinter mir.

Ich begutachte den Eisbecher und muss plötzlich doll grinsen. Hitze durchflutet meinen Körper, ebenso gewaltige Lust, diese durch übermäßigen Verzehr von Eis zu lindern.

»Du spinnst komplett«, sage ich zu Moritz, drehe mich zu ihm um, lege instinktiv den Kopf gegen sein Schlüsselbein und wiederhole: »Du spinnst.«

»Mag sein«, gibt er zu, sein Mund direkt neben meinem Ohr. Dabei streichelt er meine zerzausten Haare.

22. KAPITEL

in dem mir auffällt, dass es manchmal guttut, wenn man jemandem wehtut

»Nun erzähl schon. Was war los zwischen Jo und dir?«, fragt Moritz und leckt sich Eis vom Zeigefinger.

»Ich … also …« Um die Antwort noch ein bisschen hinauszuzögern, schiebe ich mir eine große Portion Zitroneneis in den Mund und starre gedankenversunken auf die Zunge von Moritz.

Wir sitzen nebeneinander auf meinem Bett. Er hat die Beine angewinkelt und die Ellenbogen auf die Knie gelegt. Alle paar Minuten zerwühlt er sich die struppigen, plattgedrückten Haare. Jedes Mal muss ich darüber lächeln.

»Sorry, ich bin neugierig. Vergiss es.« Moritz nimmt einen Löffel Heidelbeereis.

»Du hast ungefähr ein halbes Monatsgehalt für Eis ausgegeben«, sage ich begeistert.

Moritz dreht den Löffel in seinem Mund herum und sagt: »Sie bezahlen mich zwar schlecht, aber nicht *so* schlecht.«

»Trotzdem. Du hättest im Supermarkt …«

»Ist doch egal, Max. Du bist es wert.« Ich funkele ihn mit einem Hör-auf-nette-Dinge-zu-sagen-Blick an, und sein Lächeln wird sanft. »Sorry. Ich dachte bloß: Wenn Frauen Frust haben, wollen sie Eis essen.«

»Ist das *Sex-and-the-City*-Denke?«

»Stimmt es etwa nicht?«

»Meine Lust auf Eis ist dauerpräsent, egal wie ich gelaunt bin. Ich kann dir dazu also nichts sagen. Du könntest Jo befragen. Es ist ihr bedeutendstes Lebensziel, sich immer und überall wie eine New Yorker Upper-Class-Tante zu verhalten. Jo isst Eis *ausschließlich* dann, wenn sie Frust hat.«

Moritz wedelt mit dem Löffel und sagt: »Na los, erzähl schon. Du bist sauer auf sie, das merkt man. Du musst es rauslassen, man kann nicht immer alles in sich reinfressen.«

»Kann man wohl«, sage ich, den Mund gefährlich voll mit Schokoladeneis. »Siehst du?« Eines muss ich den New Yorker Upper-Class-Tanten lassen: Der beruhigende Effekt von Schokoladeneis ist nicht von der Hand zu weisen. Selbst wenn die Wirkung nicht einträte, das Eis verstopft den Mund komplett, sodass es rein anatomisch gar nicht möglich ist, das unliebsame Gespräch fortzusetzen.

Moritz lacht und sagt: »Für jemanden, der alles in sich hineinfrisst, hast du aber eine tolle Figur.«

Ein derartiges Kompliment habe ich noch nie bekommen. Eine tolle Figur? Ich werfe einen beschämten Blick auf meinen Körper, der in Jogginghose so gar nicht nach irgendeiner Figur aussieht, und auf das oberdämliche Top. Gottverdammt. Ich bin einfach nur … *flach*.

Moritz spielt mit meinem Kissen und beginnt zu erzählen: »Vor ein paar Wochen, als ich Liam freitags vom Kindergarten abgeholt habe, war er total geknickt. Irgendwas stimmte nicht mit ihm. Er hat mich die ganze Zeit so schräg angeguckt, und als er bemerkt hat, dass ich ihn dabei beobachte, hat er auf den Boden gestarrt und sich geschämt. Ich hab ihn gefragt, ob alles okay sei, ob was passiert sei, ob es Streit gegeben oder ob er ein Problem habe.

Aber er hat behauptet, es sei nichts. Die ganze Fahrt nach Hause über hat er gegrübelt, trotzdem wollte er nicht darüber reden. Erst als ich ihn ein paar Minuten in Ruhe gelassen habe, ist er mit der Sprache herausgerückt.«

Moritz wendet sich von dem Kissen ab und sieht mir direkt ins Gesicht. Mein Blick flackert zwischen seinen Augen hin und her, die beinahe kindlich leuchten, wann immer er von Liam erzählt. Sie spiegeln jene Art von Stolz, zu dem ich aus biologischen Gründen gar nicht fähig bin. Wahrscheinlich muss man sich fortgepflanzt haben, um derart glitzernde Augen zu bekommen.

»Was hat er gesagt?«, frage ich.

»Er hat mich gefragt, wie alt ich sei.« Ich muss schmunzeln. »Ich hab also geantwortet, dass ich vierundzwanzig sei, und da hat er mich gefragt, ob sechsunddreißig sehr viel mehr sei als vierundzwanzig.«

Meine Augenbrauen ziehen sich fragend zusammen.

Moritz löst das Rätsel auf: »Er hatte sich im Kindergarten mit einem Jungen geprügelt. Der Junge hat gesagt, er hole seinen Vater zu Hilfe, der sei sechsunddreißig und der stärkste Papa auf der ganzen Welt.«

Ich muss laut lachen.

»Na ja, als der Junge vom stärksten Papa der ganzen Welt abgeholt wurde, muss Liam aufgefallen sein, dass der Mann in der Tat etwas kräftiger gebaut ist als sein Papa.« Ich bin so sehr in die Geschichte vertieft, dass ich sogar vergesse, mein Eis zu verdrücken. »Liam hat sich mit dem Gedanken rumgequält, was passieren würde, wenn dieser andere Papa und ich im beinharten Kampf aufeinanderträfen.«

Ich empfinde ein Gefühl für Moritz, das mir bisher fremd war. Mit Empfindungen wie Hunger, Müdigkeit und Durst bin ich bestens vertraut. Manchmal spüre ich auch Wut oder Zorn oder Neid. Aber dieses warme Gefühl, das sich von meinem Bauch bis in die Fingerspitzen ausbreitet, sobald Moritz von Liam spricht, hat reichlich wenig mit meinen altbekannten Emotionen zu tun.

»Liam hat mich erst so spät darauf angesprochen, weil er irgendwie wusste, dass … dass ich kein normaler Durchschnitts-Papa bin.«

»Warum bist du nicht normal?« Mein Blick wird kritisch, das warme Bauchgefühl bleibt.

»Max, ich weiß, was die Leute denken. Ich bin viel zu jung für Liam, und ich sehe auch noch jünger aus, als ich bin. Und ich … also, es gibt relativ viele Sachen, die bei mir nicht nach Plan verlaufen sind.«

»Liam?«

»Liam? Quatsch! Klar, er war nicht geplant, aber wenn ich in meinem Leben irgendetwas richtig gut hinbekommen habe, dann ist es Liam.«

Moritz und ich schauen uns an. Wieso kann er das? Wie macht er das? Warum kann er einfach so drauflos erzählen? Von diesen ganzen Gefühlsdingen. Heißt es nicht immer, Männer könnten nicht über Gefühle reden? Das habe ich schon mindestens eine viertelmilliardemal in irgendwelchen Vorabendserien gehört.

Ich stütze mich sogar auf diesen Satz. Alle Frauen tun das! Er ist eine Rechtfertigung für jedes Mal, wenn unsere Liebe nicht erwidert wird. Du redest dich immer fein raus damit, dass der Trottel dich *eigentlich* total super findet, es nur leider *nicht zeigen kann*, weil er seine *Gefühle nicht zulassen* will, dass er nur so tut, als wäre er ein Macho, um zu verstecken, dass er *Angst hat, verletzt zu werden*.

Moritz ist nicht so. Moritz sagt mir immer, was er gerade fühlt.

Wir schweigen uns lange an, und wieder einmal hallt

das Zitat von Uma Thurman durch meinen Kopf: »Man weiß immer, dass man jemand ganz Besonderen gefunden hat, wenn man einfach mal für 'nen Augenblick die Schnauze halten und zusammen schweigen kann.«

Dann platzt der Knoten. »Jo hat gestern Jonas zur Sau gemacht. Wegen mir. Weil sie glaubt, dass er … mir nicht guttut oder so. Und sie … sie hat dabei ein paar Dinge zu ihm gesagt, die sie nicht hätte verraten dürfen. Dinge, die ich ihr im Vertrauen gesagt habe. Solche, die Jonas nichts angehen.« Ich knete meine Hände, um nicht zu viel preiszugeben, um Moritz nicht zu verletzen. »Als ich sie aufhalten wollte, ist sie auch auf mir ganz schön herumgetrampelt. Ich verstehe nicht, warum sie sich da einmischt. Es ist mein Leben! Ich weiß, sie tut es wahrscheinlich aus Liebe … aber hätte sie aus Liebe nicht einfach die Klappe halten können?« Ich bemerke, dass ich meinen Überlegungen von vorhin widerspreche. Vielleicht halte ich zu oft aus Liebe die Klappe?

Moritz wischt mit seinem Finger etwas geschmolzenes Eis vom Rand des Bechers und fragt schließlich: »Was macht dich daran so wütend? Dass Jo sich eingemischt hat oder dass Jonas nun diese Dinge weiß?« Seine Stimme klingt belegt, ein bisschen, als hätte er einen Schwamm gegessen.

Ich zucke mit den Schultern, aber dann fällt mir doch eine Antwort ein. »Mich nervt, dass mich keiner für voll nimmt. Jo muss mich genau die Scheiße bauen lassen, die ich bauen will. Sagt man nicht, dass es wichtig ist, seine eigenen Fehler zu machen? Ich will Fehler machen, und sie lässt mich nicht. Und wegen Jonas … keine Ahnung. Vielleicht musste es endlich mal gesagt werden.«

»Sie hat ihm gesagt, dass du in ihn verliebt bist, richtig?« Moritz blickt mich nicht an, sondern starrt verletzt auf den Eisbecher, der zwischen unseren Beinen auf meiner grauen Bettwäsche ruht.

»Ich weiß es nicht mehr«, gestehe ich. »Aber ich weiß auch nicht mehr, wie es ist, nicht verliebt in ihn zu sein.« Ich schäme mich ein bisschen für das Gefühl, das mich gerade überkommt. Es tut mir gut zu beobachten, dass meine Worte ihn schmerzen.

Doch die emotionale Retourkutsche lässt nicht lange auf sich warten. »Ich kenne das. Jana und ich fanden uns am Anfang total interessant, weil wir überhaupt nicht zueinander gepasst haben. Wir wussten, dass das mit uns nichts werden kann. Aber dann ist sie schwanger geworden, und wir haben uns Liam gegenüber verpflichtet gefühlt, uns zu lieben. Wir haben nur gestritten – die ganze Zeit. Irgendwann akzeptiert man das leider als neuen Normalzustand und setzt neue Maßstäbe. Es war leicht zu ignorieren, solange wir nicht die Finger voneinander lassen konnten. Dass es falsch ist, habe ich erst rückblickend verstanden.«

Menno, es tut weh zu hören, wie er von seinen Erlebnissen mit Jana spricht. Ob es auch *ihm* guttut, dass es *mich* schmerzt?

»Wir haben in einer Endlosschleife festgesteckt. Ich bin erst von ihr losgekommen, als ich angefangen habe«, er zögert kurz, »Erfahrungen mit anderen Mädchen zu machen.«

Was soll das denn bitte heißen? Soll ich mit anderen Typen in die Kiste steigen, und schwuppdiwupp werde ich mir meiner verwirrten Gefühle bewusst? Das mag bei einem Mann funktionieren. Bei mir würde es zum totalen Systemabsturz führen.

»Aha«, sage ich bloß, weil mein Kopf voll von Gedanken daran ist, welche anderen Mädchen das waren, wie viele es waren und wie eng er das Wort *Erfahrungen* fasst.

Die Stimmung zwischen uns wird drückend.

Voilà, jetzt haben wir uns beide Dinge erzählt, die wir gar nicht voneinander wissen wollten, und prompt ist die Atmosphäre eher im Bereich *beschissen* anzusiedeln.

Irgendwann schaut Moritz auf die Uhr, und ich weiß es schon, bevor er es ausspricht. »Ich muss dann mal los. Liam ist dieses Wochenende bei mir.«

Ich bringe ihn hinunter zur Tür und sage ziemlich diplomatisch: »Mach's gut!«

»Ja, du auch.« Er zieht mich in eine feste Umarmung und küsst mich erst auf eine Stelle hinter meinem Ohr, dann ganz zart auf die Schläfe.

Während er den Flur entlanggeht und mein Herz flattert, rufe ich ihm nach: »Meine Lieblingssorte ist Schokolade.«

Moritz dreht sich zu mir um und lächelt.

23. KAPITEL

in dem ich mir nichts Schönes bauen kann

Ich glaube, dass es Goethe war, der einst sagte: »Auch aus Steinen, die einem in den Weg gelegt werden, kann man Schönes bauen.« Allerdings befürchte ich, dass das, was ich mir da in den Weg lege, nicht nur Steine sind. Sondern riesige, monströse Superfelsbrocken. Berge! Gebirge! PLANETEN!

Ich lasse mich auf mein Bett fallen. Breitarmig, mein Körper ein großes Kreuz, liege ich da, starre an die Decke und zerbreche mir den Kopf.

Hinter diesen Steinen wartet Moritz auf mich. Nur wie soll ich diese planetengroßen Steine wegschaffen? Ich weiß nicht, wohin mit ihnen. Sie lösen sich nun mal nicht in Luft auf. Mir fällt nichts Schönes ein, was ich daraus bauen könnte. Vielleicht ein Denkmal, das der Zeit gewidmet ist, die ich bisher daran verschwendet habe, an Jonas zu kleben? Das wäre kein besonders schönes Denkmal. Eher ein Haufen unverständlicher moderner Kunst.

Sobald ich jedoch an Moritz denke, wirkt alles irgendwie leicht. Keine Steine, keine Gebirge. Er macht alles so einfach, so lebenskünstlerisch.

Aber Moritz hat Liam. Kann ich in jemanden verliebt sein, der einen fast fünfjährigen Sohn hat? Würde mich das nicht auf einen Schlag sehr *erwachsen* machen? Meine Mutter hat mir einmal erzählt, dass sie sich von dem Moment an als Erwachsene gefühlt hat, als sie Kinder und damit

Verantwortung bekam. Gilt das auch für die Kinder von Menschen, die einem das Gefühl geben, leicht, besonders und irgendwie fähig zu allem zu sein? Und was würde das bedeuten: Verantwortung? Erwachsensein?

Ich rolle mich ein, knautsche mein Kissen mit beiden Armen zusammen und halte es ganz fest, dann ziehe ich die Knie an meinen Körper und will so klein sein wie nur möglich.

Ich weiß, dass ich kein Kind und auch kein Teenager mehr bin, aber ich bin momentan wohl in meiner In-between-Zone. Ich habe Erwachsenenprivilegien, genieße aber zugleich noch Welpenschutz. Ich will dieses Gefühl nicht verlieren, dass mein Handeln zwar Konsequenzen hat, jedoch keine Konsequenz auf lange Frist schlimm sein wird. Zwar denke ich, dass es mich echt fertigmachen würde, sollte ich in einer Lateinklausur mal so richtig in die Tonne greifen. Aber mal ehrlich: Was kann mir eine Prüfung, die ich vor Gott weiß wie langer Zeit mal verhauen habe, jetzt noch anhaben? Das Leben formt sich dann eben neu. Ich will, dass sich mein Leben immer wieder neu formt. Es soll nicht starr werden.

Moritz hat diesen sorgenfreien, unbekümmerten Anschein von Freigeist, aber wenn ich in Ruhe darüber nachdenke, muss auch er eine Menge mit sich herumtragen.

Mit Liam ist es bestimmt nicht immer leicht.

Und er hat ein mieses Verhältnis zu Jana.

Und er hat keinen gescheiten Job.

Und er ist so toll.

Moment, nein. Dieser Gedanke gehört in eine andere Schublade. Das hier ist die Das-mit-Moritz-und-mir-ist-viel-zu-kompliziert-Seite der Medaille, nicht die Scheiß-drauf-er-ist-der-Wahnsinn-Seite.

Was ist mit Jonas? Sollte es mich einschränken, dass ich

die Sache zwischen uns nie zu einem Ende bringen konnte? Ist er wirklich derjenige, den ich will, oder mag ich bloß die Vorstellung, er könnte sich irgendwann in grauer Zukunft doch noch in mich verlieben? So als könnte ich doch noch eines Tages als Siegerin ins Ziel kommen. Ich bin zielstrebig, es macht mich wahnsinnig, dass ich dieses Ziel bisher nicht erreichen konnte.

Was bin ich eigentlich für eine Heuchlerin? Ich erzähle davon, wie sehr ich es schätze, dass sich mein Leben ständig verändert, dabei habe ich mein Liebesleben vor Jahren in eine knochenharte Form aus Blei gegossen.

Eine Form, die einen eindeutigen Riss verpasst bekommen hat, denn ich bin in Moritz verliebt.

Ich sollte mich freuen – nur leider kann ich nicht damit umgehen, in jemanden verliebt zu sein! Es bringt so viele abgrundtief mädchenhafte Konsequenzen mit sich. Bei jeder SMS werde ich Herzrhythmusstörungen und bei jedem Anruf Atemnot bekommen. Ich werde durch die Wohnung springen wie ein Flummi, wenn ich seine Stimme höre. Werde strategisch ausgewählte Hintergrundmusik laufen lassen und zwanghaft versuchen, interessant und begehrenswert zu wirken. Werde jeden seiner Sätze durchkauen, einmal, zweimal, tausendmal, um tief versteckte Botschaften darin zu entdecken.

All das, was ich seit Jahren bei Jonas tue.

Dabei ist es Moritz völlig egal, welche Musik läuft, während er mich anruft, weil er *mich* mag, nicht meinen Musikgeschmack. Mein strategisches Unfug-Gerede würde ihm sofort negativ auffallen, weil ich für ihn interessant bin, wenn ich schlicht ich bin. Das System Jonas ist mit der Hardware Moritz nicht kompatibel.

Als ich das Gesicht ins Kissen drücke, erhasche ich darin unverhofft seinen Geruch. Ich atme so tief ein, als hätte ich jahrelang die Luft angehalten. Zusammen mit seinem Geruch steigen Erinnerungen an seine leuchtend blauen Augen und das rotblonde Wuschelhaar in mir auf. Sein wippender Gang, wie er in der Mensa auf mich zukam, so unaufgeregt, so normal und trotzdem irgendwie besonders. Sein überforderter und trotzdem erfreuter Gesichtsausdruck, als ich zum ersten Mal in seiner Wohnung war und er sich für sie schämte. Wie er mich berührt. Wie seine Nase meinem Gesicht immer näher kommt. Wie seine Lippen meine streifen. Wie sich seine Haut anfühlt. Wie er mich ansieht.

Oh Gott! Panikanfall! Meine Brust wird eng, als mich heftige Angst überrollt. Moritz mag mich viel zu sehr. Er mag mich so viel mehr als ich ihn! Ich werde ihn enttäuschen! Ich werde nicht … Ich will nicht … Ich kann nicht …

Nein.

Ruhe, Max. Ruhe.

Vielleicht ist es besser, Goethe einen guten Mann sein und die Steine liegen zu lassen. Ich kann später immer noch drüber klettern, wenn's denn unbedingt sein muss.

Unser Vater gehört zu jenen Männern, die ihre Zuneigung weniger in Worten als in Gesten zeigen können. Er macht uns Geschenke, er zahlt sämtliche Rechnungen, er nimmt vieles hin, und er meckert wenig. Vor allem seit unsere Mutter festgestellt hat, dass die Sonne über Spanien sehr viel heller und wärmer strahlt, versucht er seine Rolle als Hauptelternteil noch ernster zu nehmen und wartet dementsprechend mit noch größeren Gesten auf. Macht uns teurere Geschenke, zahlt höhere Rechnungen und nimmt noch mehr hin. So hätte er Jo wahrscheinlich bereits letztes Jahr zu mehr Disziplin bei der Suche nach einem Studienplatz gedrängt, wenn sie damals nicht so extrovertiert mit ihrer neuen Mutterlosigkeit umgegangen wäre. Sie hat ständig geheult. Ich dagegen war stinksauer.

Neben den vielen materiellen Mutterausgleichen geht er auch sehr gern mit uns essen.

Heute, eine Woche nach meiner kleinen Goethe-Steine-Sinnkrise, haben wir ihn in seiner PR-Agentur abgeholt und sind zu einem Chinesen im Nordend gefahren, wo wir fast so gern und oft gesehene Besucher sind wie in dem Frühstückslokal, in dem die Pinguine Jos Brüsten stets mit äußerster Gastfreundschaft begegnen.

Nach seiner zweiten Portion Chop Suey wischt sich Papa mit der Serviette über den Mund, justiert mit einem Nasekräuseln seine Brille und legt dann die Hände aneinander. »Wir sollten langsam mal über euren Geburtstag sprechen, oder?«

»Oh Gott, ja!«, ruft Jo euphorisch mit – für sie sehr untypisch – vollem Mund.

»Haben wir nicht erst in drei Wochen?«, frage ich nach.

»Ja, trotzdem habe ich schon mal die Location klargemacht.« Papa lächelt und verrenkt dann den Kiefer, als versuche er mit seiner Zunge ein festsitzendes Reiskorn aus seinen Zähnen zu Tage zu fördern.

»Du hast einen Raum gemietet?« Jo greift ihn am Arm, bereit, komplett auszuticken vor Freude.

»In etwa.«

»Wow, Papa, du …«

» … übertreibst?«, werfe ich mit – für mich sehr typisch – vollem Mund ein.

»Ich wollte sagen: Du bist der Beste«, korrigiert mich Jo.

Mein unterschwelliger Zorn auf sie ist noch nicht verraucht. Ich habe mich entschieden, ihren Ausbruch Jonas gegenüber nicht noch mal zu thematisieren. Psychologen nennen mein Verhalten vermutlich »vor einem Problem davonrennen«. Aber ich habe nie behauptet, dass ich gut mit Konfrontationen umgehen kann.

»Ich übertreibe nicht«, winkt er ab. »Meine Mädchen werden nur einmal zweiundzwanzig.«

»Ja, aber deine Mädchen sind auch nur einmal einundzwanzig geworden, und wir werden auch nur einmal dreiundzwanzig werden. Streng genommen werden wir auch irgendwann nur einmal dreißig Jahre, zwei Monate und zwölf Tage alt«, kommentiere ich. »Hey, *das* sollten wir feiern. Das wäre mal cool.«

»Also, Jo, wenn Max sich so anstellt, kannst du auch gerne ohne sie feiern. Ich dachte, ich mache euch eine Freude.«

»Machst du doch auch. Das wird der Hammer. Ich gebe gleich allen Bescheid. Eigentlich wollte ich nur mit ein paar Freunden in einen Club gehen, aber wenn du den Raum schon gemietet hast, schmeißen wir eben doch eine große Party.« Jo verfällt in ein Gebrabbel in einer Sprache, die ich nicht beherrsche. »Eigentlich ist das total praktisch, weil ich jetzt nicht mehr entscheiden muss, ob ich Franzi *oder* Janette einlade. Wenn es weitläufig genug wird, können beide kommen und sich aus dem Weg gehen. Und Henrik kann ich dann auch einladen. Perfekt!«

Ich habe keine Ahnung, wer Henrik, Franzi und Janette sind, und ich weiß auch nicht, was Henrik mit Franzi und Janette angestellt hat.

»Ich hoffe, du hast die Frankfurter Festhalle angemietet, damit Franzi, Janette und Henrik sich aus dem Weg gehen können.« Ich gluckse.

»Also *gemietet* habe ich gar nichts.«

»Sondern?« Jo wirkt enttäuscht. Ihre Augen verraten, dass sie schon überlegt, wie sie Janette-Slash-Franzi beibringen soll, dass sie nicht kommen darf.

»Ich muss den Raum nicht mieten, er gehört mir. Es ist die Mehrzweckhalle im Erdgeschoss der Agentur. In der neulich diese Kunstausstellung war, wisst ihr noch?«

Jo reißt den Mund auf, die Augen so groß wie Untertassen. »Ist nicht dein Ernst!«, quiekt sie, und ihre Stimme wird mit jedem Wort höher. »Du meinst den Raum, in dem alles weiß ist? Der mit den Säulen?«

»Ja. Und es wäre mir sehr recht, wenn wir nach der Feier nicht neu streichen müssten. Das bedeutet, ihr veranstaltet nicht die Party des Millenniums. Verstanden, Jo?« Er weiß genau, dass er diese Ansage an meine Schwester und nicht an mich adressieren muss.

»Jaja, Papa. Maximal hundert Leute. Einen DJ, okay? Ich kenne da jemanden. Essen und Trinken können wir ja auch eher … leger gestalten.«

Leger? Was soll das heißen? Nudelsalat mit fettreduzierter Mayonnaise und Piña Colada mit Milch statt Sahne?

»Wir arbeiten in der Agentur mit einem Partyservice zusammen, ich kümmere mich darum. Okay, Jo, hundert Leute, hörst du? Keine vierhundert, keine hundertfünfzig, nicht mal einen mehr als hundert!«

Jos Augen leuchten wieder, sie ballt die Hände zu Fäusten und wirbelt damit um ihren Kopf. »Oh Gott! Wenn ich zu Hause bin, schicke ich das sofort bei Facebook rum, damit die Leute rechtzeitig Bescheid wissen. Alles klar, nicht mehr als hundert Leute«, wiederholt sie und lächelt unseren kritisch und verkniffen dreinblickenden Vater an.

»Lass mir auch noch ein paar übrig, ein, zwei Leutchen möchte ich vielleicht auch ganz gerne einladen«, melde ich mich zu Wort.

»Ist alles okay bei dir, Max?«, fragt Papa. »Du bist so still heute.«

»Ich habe doch eben erst etwas gesagt.«

»Papa, Max ist nicht still, Max ist ein pathologischer Brummbär. Juhu, eine Party! Morgen gehe ich so was von shoppen. Max, was hältst du von einer Mottoparty?«

»Nichts!«

»Doch! Wie wäre es mit ›Berühmte Paare‹?«

»Aus welchem Pro-Sieben-Streifen hast du denn *die* innovative Idee?«

Sie ignoriert mich und beginnt laut zu denken: »Romeo und Julia, Bonnie und Clyde, Brad und Angelina.« Sie kichert.

»Bibi und Tina, Tim und Struppi, Pommes und Ketchup?«, schlage ich vor.

»Och, Max, du bist immer gleich so kindisch. Ich meine das voll ernst.«

»Na, dann eben Jean-Paul Sartre und Simone de Beauvoir, Gretchen und Faust, Kleopatra und Caesar.«

»Ja, JA!«

»Nee, trotzdem nicht. Dann müssen alle Gäste paarweise kommen. Damit führst du bloß die armen Singles vor.«

»Apropos, wer wären denn eure Kostümpartner?« Papa stützt den Kopf auf die gefalteten Hände.

»Bitte keins von diesen Gesprächen, okay? Dafür bin ich gerade nicht in Stimmung«, murre ich und fummele in meiner Hosentasche nach meinem Handy, das seit ein paar Sekunden unaufhörlich vibriert.

Als ich »Moritz« auf dem Display lese, läuft mir vor Aufregung ein Kribbeln vom Rücken bis in die Fingerspitzen. Seine Ex Jana war letzte Woche verreist, und Moritz war für Liam da, wenn er nicht gearbeitet hat. Wir haben uns seit der süßen Eis-Aktion nicht mehr getroffen, und ich habe, ehrlich gesagt, Sehnsucht nach ihm.

Nach ihm und überhaupt nach Kontakt zu Menschen. Denn seit Jos Ausbruch gehe ich auch Jonas, Oli und Buzz aus dem Weg. Sogar Kims Vorschläge, sei es Freibad, ein Grillabend oder gemeinsame Uni-Arbeit, habe ich allesamt ausgeschlagen.

»Ich geh mal kurz telefonieren«, sage ich, springe hastig auf, verfange mich in der Tischdecke und stoße mein glücklicherweise leeres Glas um.

»Diese Vorstellung ist die Antwort auf deine Frage nach dem Kostümpartner von Max, Papa.« Jo feixt.

Auf der Toilette läuft komische Instrumentalmusik. Ist das ein Gesetz in China-Restaurants? Erhält man die Genehmigung zur Restauranteröffnung nur, wenn man verspricht, ausschließlich Panflötenversionen von »I will always love you«, »The winner takes it all« oder »My heart will go on« auf dem stillen Örtchen zu spielen? So viel zum Thema strategisch ausgewählte Musik, die mich interessant machen soll. Ich schließe mich in einer Kabine ein, während im Hintergrund ein pangeflötetes ABBA-Medley dudelt, und gehe endlich ans Handy.

»Hi.«

»Hallo, hier spricht Gelateria Moritz, Sie hatten einen großen Schoko-Eisbecher bestellt. Ist das richtig?«

Ich muss lachen, mein Herz lacht im selben Rhythmus mit, und antworte: »Ja. Ich möchte gerne Ihren Lieferservice nutzen.«

»Oh, tut mir herzlich leid, wir liefern heute nicht. Sie können den Eisbecher aber gerne hier abholen.«

»Echt?«, frage ich.

»Nee, ich hatte für die nächsten drei Jahre genug Eis.«

»Eine Woche später immer noch?«

»Liam war die letzten sechs Tage hier. Ich habe nichts anderes gegessen als Fischstäbchen und Bum-Bum-Eis.«

»Schade. Ich hätte gern bei dir Eis gegessen.« Meine Stimme macht Zirp-Zirp.

»Du kannst trotzdem gerne vorbeikommen, wenn du willst. Ein Bum-Bum ist noch im Gefrierfach.«

»Das ist die Sorte mit dem Kaugummi im Stiel, richtig?«

»Yep!«

»Überzeugt! Ich könnte in einer Stunde bei dir sein.«

»Super. Dann bis gleich. Ich freu mich.«

Ich freu mich auch, will ich sagen, aber Moritz hat schon aufgelegt.

»Wie war's?«, brüllt Jo, kaum dass mein Hintern den Stuhl wieder berührt hat.

»Auf dem Klo? Super! Man kann zu Panflötentönen pinkeln und das Toilettenpapier ist altrosa.«

»Papa, ich hasse deine Tochter«, zischt sie und steht auf, um sich noch mal etwas vom Buffet zu holen.

»Sag mal, Max, du erzählst mir doch, wenn du einen Freund hast, oder?«, fragt Papa, als Jo außer Hörweite ist.

»Ähm … ja, denke schon.«

»Gut.«

Papa sieht mich erwartungsvoll an. Seine grünen Augen bohren sich in meine blauen. Er hat diesen Blick drauf, diesen Ich-bin-zwar-dein-Vater-aber-wir-können-über-alles-sprechen-Blick. »Worauf wartest du?«, drängt er.

»Was?«

»Sag mir jetzt gefälligst, dass du einen hast.«

»Hab ich doch gar nicht!«

Jo kommt zurück an den Tisch und stellt einen Teller mit Sushi vor sich ab.

»Also, ich bitte dich, Max. Du bist eben zum Telefonieren *aufs Klo* gegangen.« Er blickt mich an, als wäre es das Dümmste, was ich jemals getan habe. Was nicht wahr ist, denn ich habe schon mal Spüli getrunken. Und ich habe neun Euro für eine Kinokarte für *Fantastic Movie* ausgegeben, weil Jonas den unbedingt sehen wollte. Habe die neun Euro von ihm zurückverlangt. Habe sie bis heute nicht bekommen.

»Ja, das war allerdings eine schlechte Entscheidung, die Musik ist echt eine Schmerzensgeldklage wert. Haben wir eigentlich eine Rechtsschutzversicherung?« Ich nehme meine Essstäbchen wieder auf und mopse eine Sushirolle von Jos Teller.

»Maxime, würdest du deinem alten Herrn den Gefallen tun, nicht ständig abzulenken?«

Habe ich die Möglichkeit, nein zu sagen? Ich befürchte, nicht. »Jo hat mir längst gesagt, dass du einen Freund hast.«

Ich deute mit einem Essstäbchen erst auf mich, dann auf meine Schwester und führe es abschließend wie ein Messer über die Kehle.

»Wie ist er denn so?«

»Es gibt keinen Freund.«

»Wie heißt er?«

»Kein! Freund!«

»Noch nicht, Papa, aber bald«, versucht Jo unseren Vater über mein nicht existentes Liebesleben aufzuklären.

»Jo denkt immer, sie weiß alles besser als ich.« Ich werfe ihr einen scharfen Blick zu.

»Oh, ist damit der Zeitpunkt gekommen, an dem du mir endlich die Sache mit Jonas vorwirfst? Ich habe mich schon gefragt, wann es so weit sein wird. Und was Moritz betrifft, weiß ich es ausnahmsweise tatsächlich besser. Du wirst schon sehen.«

»Wenn du nicht sofort die Klappe hältst, wirst *du* schon sehen!«

»Ach, ihr seid schon zwei äußerst liebenswerte Gören.« Papa mustert uns gefühlvoll.

Nach kurzer Stille versuche ich möglichst beiläufig fallen zu lassen: »Könntet ihr mich nachher vielleicht in Bornheim absetzen?«

»Ha!«, bricht es aus Jo heraus, und sie deutet mit den Stäbchen auf mich.

Meine Schwester freut sich in der Tat mehr über meine Verabredung als ich selbst. Ich bin nämlich viel zu sehr damit beschäftigt, mir weitere Steine in den Weg zu legen: Was habe ich überhaupt an? Jeans. T-Shirt. Cardigan. Meine Haare? Ein wüster Knubbel an meinem Hinterkopf. Na ja. Also alles so wie immer.

Ich bin eben doch nur ich. Auf die Schnelle kann ich das jetzt auch nicht ändern.

24. KAPITEL

in dem Moritz vom Stürmen und Drängen erzählt

Als ich bei Moritz an der Wohnungstür klingele, schlägt mein Herz wie verrückt. Und das nur, weil ich mir eingestanden habe, dass ich in ihn verliebt bin. Vielleicht. Ein bisschen. Viel.

Kai öffnet. Auf seinem T-Shirt prangt der Ausspruch »IHR NAME IST WODKA UND WIR WERDEN HEIRATEN«, dazu trägt er etwas, das aussieht wie eine Laufhose aus den Siebzigern. Sie ist extrem kurz, und bei jeder Bewegung befürchte ich, gleich Bekanntschaft mit Kai junior zu machen. Seine schulterlangen Haare sind zu einem Stummelpferdeschwänzchen zusammengebunden.

»Na, grüß Gott«, empfängt er mich.

»Hi«, antworte ich.

»Du willst zu Moritz.«

»Ja, ich weiß.«

»Der ist unter der Dusche.«

»Aha.«

»Aber komm ruhig rein.«

Ich gehe durch den Flur und folge Kai in die Küche.

Theoretisch könnte ich Moritz ebenfalls im Badezimmer überraschen. Er hat mich nackt gesehen, ich sehe ihn nackt, wir wären quitt.

Die Küche wirkt verändert. Sauber und aufgeräumt ist es, trotzdem hat sie immer noch diesen Hier-und-dort-steht-etwas-herum-Charme, den man aus Studentenküchen in Filmen kennt. Im Ofen backen zwei Pizzen vor sich hin.

»Setz dich, setz dich.« Kai nimmt einen Pullover vom Stuhl, drückt mich auf die Sitzfläche nieder und gibt mir in Ermangelung eines Ablageplatzes den Pulli in die Hand. Ich schmunzele. Der Pulli gehört Moritz. Das kann ich riechen.

Kai geht in sein Zimmer und kommt mit einem bunt bemalten Holzrohr zurück. Ein Didgeridoo. Er setzt sich mir gegenüber und fängt kommentarlos mit größter Selbstverständlichkeit an, darauf zu spielen. Seltsame Brummtöne wabern durch die Küche.

»Ich will eine Band gründen«, erklärt er mir, als er merkt, dass ich ihn verwirrt beobachte. »Crossover vom Feinsten. Wir werden etwas komplett Neues schaffen.«

»Okay«, erwidere ich überrascht.

»Ja. Am Anfang von etwas Großem steht immer ein Didgeridoo.« Diese poetische Aussage könnte aus dem Mund eines bedeutenden Dichters oder Denkers stammen. Kai sollte dieses Zitat in Kleinbuchstaben, Schrifttyp Understatement, auf eine Postkarte drucken lassen, im Hintergrund eine Vintage-Aufnahme.

»Und wer spielt da so alles mit in deiner Band?« Ich rechne mit dem Schlimmsten. Einer Combo, bestehend aus Didgeridoo, Akkordeon und Sousafon oder so.

»Also bisher nur ich. Das ist ein guter Anfang, denn ich bin eine Bereicherung für musikalische Projekte aller Art. Mein Opa hat eine alte Hammond-Orgel, und ich wollte Moritz überreden, mich darauf zu begleiten, aber er hat gesagt, er will nicht.«

»Wäre sicher ein interessantes Duett geworden.«

»Ich weiß.« Er schlägt mit der Faust auf den Tisch. »Schade drum. Ich übe gerade zirkuläres Atmen.«

Sagt's und atmet zirkulär in das Didgeridoo. Die Übungen scheinen noch nicht zu fruchten, denn er muss alle zwanzig Sekunden absetzen, um nach Luft zu schnappen.

Kurz nachdem er die Pizzen aus dem Ofen geholt hat, steht Moritz in der Küche. Seine Haare sind noch nass, und er ist, soweit das mein nicht ganz objektiver Blick richtig einschätzt, bis auf das Handtuch um die Hüften gänzlich unbekleidet.

»Du bist ja schon da«, sagt er überrascht.

»Huihui, soll ich euch alleine lassen? Ich sag ja schon immer, dass in unserer Küche viel zu wenig Sex gehabt wird. Mal ehrlich, diese Küche hat zuletzt Erotik gespürt, als ich dich mal mit Jana …«

»Kai!«

»… auf dem Tisch erwischt habe. Sorry, aber man unterbricht andere nicht, Moritz.«

Moritz verschwindet in seinem Zimmer, wo er Kleidungsstücke vom Boden aufsammelt.

Zwei Dinge schwirren mir durch den Kopf.

Erstens: Wo nimmt er nur diese Rückenmuskulatur her, die sich anspannt, wenn er sich nach etwas bückt, und kleine Muskelhügel um seine Schultern bildet? Warum sehen die so toll aus und warum muss ich da jetzt hingucken?

Zweitens: WAAAAS?

Ich bekomme Bluthochdruck. In Lichtgeschwindigkeit rauscht das Blut durch meinen Körper, dazu gesellt sich dämliches Zittern. Während ich schwer schlucke, versuche ich an nichts zu denken. Ich will nach Hause. Ich fühle mich nicht gut. Ich bin verklemmt, und mein sexueller Horizont ist so weit wie ein Nadelöhr, wofür ich mich auf einmal schäme.

In meinem Kopf schwirrt ein Bild von Moritz, mir und

meinen Fingernägeln, die tiefe Kratzspuren auf seinem Rücken hinterlassen, während wir auf … na ja, auf dem Tisch eben …

Mit dem Fantasieren ist es so eine Sache. Wäre es nicht viel leichter, wenn ich die Fantasien aus meinem eigenen Erfahrungspool schöpfen könnte? Oder wären sie dann das Fantasieren gar nicht wert? Ist es sinnvoll, beim Fantasieren nach den Sternen zu greifen und mal kurz den Horizont eines anderen auszutesten?

Ich hatte übrigens noch nie Sex in der Küche. Noch nicht mal außerhalb eines Bettes. Auch nicht auf einem Sofa. Was zur Hölle ist los mit mir?

Moritz kommt wieder aus dem Zimmer, ohne mich anzusehen. Er trägt ein weißes T-Shirt, Jeans und die Brille.

Kai filetiert gerade seine Pizza mit einem Brotmesser. Er viertelt sie und verdrückt die riesigen Stücke eins nach dem anderen.

»Warum hast du Max nichts zu trinken angeboten?«, fragt Moritz ihn harsch.

»Sie ollte nüchs. Sie ätte sonscht ja ohl was gesagt.«

Noch nie habe ich jemanden mit derart vollem Mund noch so verständliche Worte sprechen hören.

Moritz holt zwei Flaschen Bier aus dem Kühlschrank, öffnet sie, stellt eine vor mich hin und beginnt seine Pizza zu essen. Plötzlich kommt mir Biertrinken unweiblich und plump vor. Ich möchte nicht plump wirken, ich will lieber eins von diesen typisch verliebten Mädchen sein. Verliebte Mädchen trinken kein Bier, sie trinken Sekt und fruchtige Cocktails. Ob Moritz zufällig einen fruchtigen Cocktail im Kühlschrank hat?

Ich fahre mit dem Zeigefinger über die Flaschenöffnung und gucke immer wieder verstohlen zu Moritz, der mitten im Raum steht und eilig seine Pizza vertilgt.

»Ey, die Stimmung hier macht mich depressiv. Ich verdrück mich.« Kai geht mit seinem Teller in der Hand und dem Didgeridoo unter dem Arm in sein Zimmer.

»Wag es nicht, weiter auf der Scheißtröte zu spielen. Das geht mir tierisch auf den Sack«, flucht Moritz ihm laut hinterher.

Ich habe ihn noch nicht oft fluchen gehört. Es passt gar nicht zu ihm. Aber auch die finstere Miene, die er aufgesetzt hat, und die Tatsache, dass er meinem Blick ausweicht, stehen ihm nicht.

»Was bist'n so gereizt? Nur weil ich das von Jana und dir erzählt hab? Mein Gott, Moritz, reg dich ab. Max denkt bestimmt nicht, dass euer gemeinsamer Spross durch Händchenhalten entstanden ist.«

Kais Zimmertür fällt hinter ihm zu. Moritz lässt sich auf den Stuhl mir gegenüber fallen und kaut lustlos auf einem Pizzarandstück herum.

»Ich mag deine Brille«, sage ich, weil mir gerade nichts Besseres einfällt.

Moritz guckt mich fragend an und nickt dann nur.

»Als ich am Freitag bei dir übernachtet habe, warum hattest du sie da nicht an? Hast du mit Kontaktlinsen geschlafen?«

Er nickt wieder. »Hab vergessen, sie rauszunehmen. Eigentlich soll man das nicht.«

»Ist alles okay bei dir?«, frage ich.

»Yep. Warum?«, fragt er knapp.

»Weil … weil du gereizt wirkst.«

»Quatsch, bin ich nicht. Ist doch vollkommen cool, wenn Kai dir irgendeine Scheiße über mich erzählt. Es hat dich mit Sicherheit brennend interessiert, was ich schon alles mit wem auf diesem Tisch …« Moritz wird mit jedem Wort lauter und gestikuliert dabei wild.

»Hey«, unterbreche ich ihn, »keine Details, okay?« Die tun mir nämlich weh.

Er seufzt. »Stimmt, ich bin gereizt. Sorry, das war mir gerade ziemlich unangenehm.« Endlich sieht er mich an und lächelt. »Weißt du, wie cool es ist, dass du nie eine Szene machst? Du bist immer so locker.«

Ich muss lächeln. Ich bin momentan so locker wie der Hosenbund einer Einhundertfünfzig-Kilo-Frau, die versucht in Größe sechsunddreißig zu passen, aber das möchte ich Moritz nicht spüren lassen.

Eines habe ich mit der Zeit gelernt: Jungs reagieren meist genau andersherum, als man es beabsichtigt hat. Wenn du deinem Freund zum Beispiel in der Disco eine Szene machst und ihm vorwirfst, andere Mädchen anzugucken, dann führt das höchst selten zum gewünschten Ergebnis, nämlich dass er dich in den Arm nimmt, sanft auf die Stirn küsst und sagt: »Baby, du bist die schönste Frau hier, ich will gar keine andere ansehen.« Es führt vielmehr dazu, dass er sich von deiner Eifersucht bedroht fühlt und sehnsüchtig an die Zeit zurückdenkt, als er noch ungestraft jedem Hintern hinterherstarren durfte. Das kann dazu führen, dass er lieber wieder Single wäre.

»Es ist mir egal, was du hier schon mit egal wem gemacht hast«, sage ich, was nicht ganz stimmt, aber vermutlich gerade die richtige Reaktion ist.

Moritz sieht mich verdutzt an.

»Also nicht egal-egal. Ich meine nur, es ist im Moment nicht wichtig. Im Moment ist wichtig, dass ich hier bin und du hier bist und wir in dein Zimmer gehen und uns unterhalten. Oder was auch immer.«

Ein Lächeln huscht über sein Gesicht. Er schiebt sich die letzte Ecke der Pizza in den Mund und sagt mampfend: »Ich bin definitiv für ›Oder was auch immer‹.«

Eine halbe Stunde später sind wir nicht nur in eine wunderbare Unterhaltung verwickelt, sondern haben auch unsere BEL gefunden – unsere beste einzunehmende Liegeposition. Moritz lehnt gegen die linke Seitenlehne des Cordsofas, ein Bein angewinkelt, das andere ausgestreckt, und ich liege mit dem Rücken gegen seinen Oberkörper, der sich perfekt meiner Form angepasst hat. Es ist, als hätte man meinen Körper in seinen gegossen.

Er spielt mit meinen Haaren. Jede seiner Berührungen fühlt sich richtig und schön an und weckt in mir eine Sehnsucht, die ich bisher in mir verborgen hatte. In den Untiefen eines überflüssigen Organs wie dem Blinddarm zum Beispiel.

»Okay. Erzähl mir etwas, das du noch niemandem erzählt hast. Irgendwas.«

Da gäbe es eine Menge. Ich habe noch niemandem erzählt, dass ich, als ich noch Fußball gespielt habe, mal in einem Spiel drei Eigentore geschossen habe. Ich habe noch nie jemandem meine exakte BH-Größe verraten. Auch nicht, dass ich mir erschreckend häufig vorstelle, wie es wäre, wenn ich ein bisschen mehr wie Jo wäre. Da ich kein großes Gefühlsfass aufmachen will, sage ich: »Okay, als ich sieben war, hatte ich eine Phase, in der ich ein Junge sein und Herkules heißen wollte.«

Moritz fängt herzhaft an zu lachen.

»Was ist das Dümmste, das du jemals gemacht hast?«, frage ich ihn

»Puh!« Moritz verschränkt die Hände im Nacken. »Da könnte ich als Antwort wahrscheinlich einen Roman schreiben.«

»Echt jetzt?«

»Ich habe in etwa mein ganzes Leben zwischen meinem achtzehnten Geburtstag und Liams Geburt in den Wind geschossen. Gut, ich habe auch vor und nach dieser Zeit das eine oder andere Mal gewaltigen Mist gebaut, aber das war … ich sage immer meine Sturm-und-Drang-Phase.«

»Ja, das hast du schon mal erwähnt.« Ich sortiere meine Beine neu und rücke näher an ihn heran.

Dann fühle ich, wie er mit dem Gesicht kurz in meine Haare abtaucht, an mir riecht und schließlich langsam mit dem Zeigefinger über meine Schultern fährt.

»Wonach genau hast du in dieser Zeit gestürmt und gedrängt?«, versuche ich die ernst gemeinte Frage ins Lächerliche zu ziehen, weil mir ernst gemeinte Fragen so leichter fallen.

»Nach allem, was meinen Eltern nicht gepasst hat. War so was wie 'ne späte Pubertät.«

»Verstehe.« Natürlich verstehe ich nicht. Ich verstehe lateinische Verben. Strategische Bündnispolitik. Mittelalterliche Kirchengeschichte. Und soziohistorische Gründe für Auswanderung. Alles Dinge, die man auswendig lernen kann. Wahrscheinlich habe ich auch deshalb angefangen, Geschichte zu studieren: um Wissen in Büchern nachzulesen. Von Transferleistungen und effektiven Problemlösungen habe ich nämlich nicht den geringsten Plan. »Was war in der Zeit? Was hast du angestellt?« Ich habe das ungewohnt positive Gefühl, dass Moritz auf alle meine Fragen antworten wird. So als würden wir uns ewig kennen.

Als seine Haltung sich versteift, trete ich sofort den Rückzug an. »So sorry«, entschuldige ich mich, »es geht … mich nichts an. Ich finde … bloß dein Leben so spannend. Du musst es mir nicht erzählen.« Ich rappele mich auf.

Er lächelt. »Du findest mein Leben spannend?«

Ich hebe eine Schulter und nicke verhalten.

»Du musst dich für deine Fragen nicht entschuldigen. Auch wenn du sehr süß bist, wenn du stammelst.«

SÜSS? Ich? Nee, nee, ich bin bestenfalls süß, wenn man mich anstatt eines Holzstäbchens in einer Zuckerwattemaschine kreisen lässt.

»Es war so: Ich habe Jana kennengelernt und war derart begeistert davon, dass sie Interesse an mir hatte, dass ich genau so werden wollte, wie es ihr gefiel«, beginnt er nun doch zu erzählen. »Ich habe angefangen zu rauchen, mir die Haare wachsen lassen und mir einen Iro rasiert. Ich habe mich tätowieren lassen, zuerst ein bisschen, mit der Zeit ein bisschen mehr.« Er lacht. »Ich habe mich zweimal täglich mit meinem Vater angelegt, wegen nichts, nur weil ich ihn provozieren wollte. Ich habe meine Mutter in den Wahnsinn getrieben, indem ich bei jeder sich bietenden Gelegenheit Gott verflucht habe. Bei uns gab's oft Fleisch, also bin ich Vegetarier geworden. Ich habe mich nie für ein Studium eingeschrieben, weil mein Vater wollte, dass ich mal Wissenschaftler werde – genau wie er. Und weil er Lokalvorstand der CDU war, engagierte ich mich bei der Grünen Jugend. Wir sind durch halb Deutschland gefahren, um an Demos teilzunehmen. Bald habe ich nichts mehr mit meinen Freunden unternommen, sondern nur noch mit denen von Jana. Jeden zweiten Tag bin ich schwarz mit dem Zug zu ihr nach Frankfurt gefahren und ziemlich oft erwischt worden, aber ich habe nie die Strafe bezahlt. Samstags war ich mit ein paar Kerlen im Stadion, und nach dem Spiel haben wir uns mit anderen Fans geschlagen. Ohne jeden Grund. Anfangs war ich ständig betrunken, später hab ich mir am Tag drei Joints gedreht, und irgendwann hab ich Gott weiß was geraucht. Ich habe meiner Mutter mehrfach Geld geklaut und behauptet, mein kleiner Bruder Benjamin hätte es genommen. Benni war erst zwölf, und ich habe ihm vier Wochen Hausarrest eingehandelt, nur weil ich mir mein Gras nicht leisten konnte. Irgendwann hat mich mein

Vater dann beim Klauen erwischt. Da war ich schon achtzehn und habe eine Tracht Prügel kassiert. Er hat mich vor die Wahl gestellt: entweder bleiben und wieder runterkommen oder ausziehen und mich nicht mehr blicken lassen. Also bin ich gegangen, zu einer Frau, die nur zwei Wochen später mit mir Schluss gemacht hat … weil sie mich angeblich nicht mehr wiedererkannt hat. Klar hatte ich mich verändert. Ich war so geworden, wie sie es immer gewollt hatte. Ein paar Tage später stand diese Frau vor der Tür des Kumpels, bei dem ich untergekommen war, und wollte unbedingt mit mir schlafen. Dabei haben wir dann ein Kind gezeugt. Als klar war, dass sie schwanger ist, haben wir es noch mal versucht und noch mal und noch … Diesen Teil der Story kennst du ja bereits. Kurzum: Ich war damals ziemlich anstrengend.«

Ich weiß nicht, was ich darauf sagen soll. Ich erleide gerade einen Overload. »Ähm«, ist meine gelungene Antwort.

»Yep.«

»Bereust du das alles? Also das Tattoo, Jana …«

»Nein. Es war wichtig, dass das alles passiert ist. Weil … es ist schon alles gut so, wie es derzeit ist. Ich glaube, all das hat mich zu dem gemacht, der ich heute bin und … irgendwie mag ich mich. Wenn ich immer nur gemacht hätte, was meine Eltern wollten, wäre ich wahrscheinlich todunglücklich, würde irgendwas studieren, das mir keinen Spaß macht, promovieren, Pullunder mit Zopfstrickmuster tragen und ich hätte Liam nicht. Vielleicht wär's dann leichter … Ich hätte einen anständigen Job, würde besser verdienen und müsste nicht am Ende des Monats hungern, damit ich Jana Unterhalt zahlen kann.« Moritz versucht es mit einem Zwinkern, um den Ernst seiner Worte herunterzuspielen.

»Du zahlst ihr Unterhalt?«

»Klar. Für Liam.«

»Gibt es da nicht Gesetze? Wenn man nicht genug Geld hat und nicht zahlen kann, dann muss man das nicht. Du solltest dich erkundigen. Für so etwas gibt es Anwälte.«

Moritz mustert mich teils belustigt, teils dankbar. »Ich weiß, Max. Nur wie soll ich bitte einen Anwalt bezahlen?«

»Warum unterstützen dich deine Eltern nicht?«

»Hab ich das nicht eben erklärt? Es sei alles meine Schuld, sagen sie. Ich könnte zu Hause wohnen, dann müsste ich keine teure Miete zahlen. Ich hätte studieren und brav bleiben sollen, dann müsste ich Liams nonkonformer Mutter kein Geld abdrücken, weil es Liam gar nicht gäbe.«

Nachdenklich sitze ich da. »Scheiße«, zische ich.

»Ich weiß«, sagt Moritz.

»Hat Jana denn keinen Job?«

»Doch. Sie arbeitet in einem Jugendzentrum.«

Oh Gott, die Frau ist ein wandelndes Klischee. Ich wette, sie hat Sozialpädagogik studiert und glaubt, dass sie sich voll in die Jugendlichen aus den sozialen Brennpunkten reinversetzen könne, weil sie Rastas hat.

»Wo ist Liam, wenn sie arbeitet?«

»Entweder im Kindergarten oder bei ihren Eltern.«

»Moritz, du solltest das alles überprüfen lassen. Es kann durchaus sein, dass du gar nichts zahlen musst. Dann wäre es dumm, wenn du dich ständig abrackerst und am Ende vom Monat trotzdem nichts zu futtern hast«, brause ich auf. Vor Empörung rudere ich mit den Armen, und mich ergreift tiefer Hass auf Jana. Was ist das überhaupt für eine dumme, dumme ... DUMME eben. Mir fehlen sogar die Schimpfworte. Selten habe ich einen Menschen so wenig leiden können, obwohl ich ihn gar nicht kannte. Wie kann man mit so jemandem Sex auf dem Küchentisch haben? Solche Leute gehören auf einem Tisch festgebunden und geknebelt! Scheidungskinder-Trennungsgeld-Geschichten machen mich schier wahnsinnig …

»Max, es ist echt lieb, dass du dir so viele Gedanken machst. Aber ich weiß das alles.« Moritz streichelt mir über die Hand. »Die Sache ist die, dass Jana mir Liam sonst nicht mehr gibt.«

Ich löse mich ganz aus unserer Umklammerung, knie mich vor Moritz hin und sage in scharfem Ton: »*WAS?*«

»Max, reg dich ab, ja? Das ist eine Sache zwischen Jana und mir. Alles ist gut so, wie es ist.«

»Aber …«

»Ich will für Liam zahlen, es ist okay.«

»ABER, MORITZ …«

Er legt mir seinen Zeigefinger auf die Lippen und gebietet mir, ruhig zu sein. »Das ist meine Sorge, nicht deine.« Er sagt das nicht böse, sondern mit weichem Blick und strahlenden stahlblauen Augen.

»Wie konntest du je was von ihr wollen? Ich verstehe das nicht. Sie ist total unsympathisch!«

Er zerwühlt sich die Haare. »Na ja, bevor ich Jana kennengelernt habe, war ich ein klassischer Verlierer. Der komische rothaarige Typ, der in seiner Freizeit wildfremde Menschen fotografiert. Dann kam sie. Sie war so anders als alles, was ich kannte, vor allem anders als meine Eltern. Dass sie zwei Jahre älter war als ich und unbedingt mit mir zusammen sein wollte, hat wahrscheinlich auch einiges dazu beigetragen. Außerdem kennst du sie gar nicht, sie hat auch gute Charakterzüge.«

»Ja, nee, Moritz, ist klar. Dass man sie hervorragend auf dem Küchentisch vernaschen kann, zählt in meiner Welt nicht als Charakterzug.«

Obwohl ich gerade hasserfüllt, eifersüchtig, zickig und irrational bin, lächelt mich Moritz an.

»Warum grinst du so doof?«

»Ach, nur weil du redest wie eine eifersüchtige kleine Ziege. Das ist irgendwie süß.«

»ICH BIN NICHT SÜSS!«

Wieder nimmt Moritz meine Hand (Körperprickeln. Überall. Echt überall.) und sagt: »Ich weiß, dass das komisch klingt. Aber Jana war meine erste Freundin und überhaupt irgendwie die Erste, die an mir interessiert war. Ich war total verliebt in sie. Dann hatten wir Liam, da fühlt man sich verpflichtet zusammenzubleiben, oder?«

Also meine Eltern haben sich nie verpflichtet gefühlt zusammenzubleiben. Wobei ich erst vier war und mich vielleicht bloß nicht mehr daran erinnern kann. Wahrscheinlich haben sie auch viele Jahre miteinander gekämpft. Und gegeneinander.

»Ich hab's dir ja schon erzählt. Irgendwann habe ich angefangen, andere Mädchen zu treffen, und gemerkt, dass es so, wie es mit Jana gelaufen ist, nicht normal ist.«

Moritz sieht mich an, und sein Blick wirkt irgendwie … glücklich. Obwohl wir über so doofe Themen reden. Obwohl er gerade vor mir einen kleinen Seelenstrip hingelegt hat.

Nach einem kleinen Augenblick der Stille fragt Moritz: »Bin ich jetzt in deinem Ansehen gesunken?«

»Warum solltest du?«

»Na ja, ich bin nicht der liebe Kerl, für den die Leute mich meistens halten.«

Ich lege den Kopf auf seine Schulter. »Doch … das bist du.«

25. KAPITEL

in dem Jonas platt ist

In der letzten Augustwoche haben Levi Baumann und ich eine ernsthafte Beziehungskrise. Zuerst scheiterte ich bei meinen Recherchen an diversen französischen Zeitschriftenartikeln (nur zur Erinnerung: Ich habe acht Jahre lang eifrig Latein gelernt – auf Französisch kann ich lediglich fragen, ob mein Gegenüber mit mir schlafen mag). Nun bin ich mit meiner erfundenen Hausarbeitsthese in eine derartige Sackgasse geraten, dass mein zuständiger Dozent als Paartherapeut herhalten muss. Also vereinbare ich einen Sprechstundentermin bei ihm. Das mache ich für gewöhnlich nie, da ich mir dann ja eingestehen müsste, dass ich einen Fehler gemacht habe und meine Meinung besser noch einmal überdenken sollte.

Dr. Edgar Bayer freut sich wie ein kleines Kind, dass wenigstens eine seiner Studentinnen bei über dreißig Grad den Weg in sein schlecht gelüftetes Büro findet. Er ist ein großer Mann mit einer kreisrunden, winzig kleinen Brille, buschigen Augenbrauen und rabenschwarzem Haar. Selbst bei diesem Wetter trägt er ein weißes Hemd mit ordentlich hochgekrempelten Ärmeln. Sein Büro versinkt in einem Meer aus Büchern und Zeitschriften über sein Fachgebiet, die jüdische Geschichte.

»Frau … äh … von Steinacker«, sagt er und späht durch die dicken Brillengläser auf die Terminliste vor ihm auf dem Schreibtisch. Sie ist leer, bis auf meinen Namen. Alle anderen liegen bestimmt gerade im Freibad. Oder auf dem Balkon. Oder am Goldstrand. »Ja, dann nehmen Sie mal Platz. Erzählen Sie mal. Was ist Ihr Problem?«

»Es geht um meine Hausarbeit.«

»Sehr schön, sehr schön. Also, ich persönlich finde es ja immer gut, wenn ich mich mit jemandem austauschen kann. Die Gedanken fließen lassen. Das Rohmaterial schleifen. Mir hilft das jedes Mal sehr. Bei meiner zweiten Doktorarbeit in Politikwissenschaften war es jedenfalls so. Die erste habe ich ja mehr im Alleingang gemacht, aber ...« Herr Dr. Bayer besitzt ein Nähkästchen mit schier grenzenlosem Umfang, aus dem er plaudern kann. Er fängt sich mit einem Räuspern. »Nun gut. Wenn ich das richtig in Erinnerung habe, haben Sie mein Vertiefungsmodul ›Neue Geschichte‹ besucht? ›Kippa, Tora, Schläfenlocken – jüdische Klischees im einundzwanzigsten Jahrhundert‹?«

Ich runzele die Stirn. »Nein. Ich war im Grundlagenmodul ›Israel, USA, die ganze Welt – warum und wohin Juden auswanderten‹.« Dr. Bayer verfolgt bei der Namensgebung seiner Seminare ein eindeutiges Schema.

Daraufhin lächelt er freundlich und sagt: »Natürlich.« Sonderlich gut vorbereitet hat er sich offenbar nicht auf unser Gespräch. »Dann legen Sie mal los.«

Also berichte ich Herrn Bayer mit zusammengebissenen Zähnen von meiner Theorie, Levi Baumann sei eigentlich in die USA abgehauen, weil er an Liebeskummer litt. Mein einziger Beweis dafür ist eine Scheidungsurkunde. Ich schmücke hier ein bisschen aus, ergänze da ein bisschen Halbseidenes und versuche dabei, voll und ganz überzeugt von mir zu wirken.

Bayer schaut mich nach meinem Monolog überrascht an, kneift die ohnehin schon winzig kleinen Augen noch fester zusammen und resümiert: »Sie glauben also, dass unser Herr Baumann gerade mal fünf Jahre vor der Gleichschaltung aus rein privaten Gründen aus Deutschland – wie nannten Sie es – verduften wollte?«

Habe ich gerade verduften gesagt? Huch …

Mit einem Mal reißt er die Augen auf. »Das finde ich fantastisch! Gewagt, aber fantastisch! Ich sage ja immer, man muss auch mal etwas wagen. Als ich in meiner Habilitationsschrift darauf pochte, dass …«

»Sie meinen also, ich bin auf einem guten Weg?« Ich unterbreche ihn ja nur ungern, aber mir rinnt in seinem heißen Büro der Schweiß nur so über den Rücken. In meinem Nacken spüre ich den Verschluss meines Bikini-Oberteils, der mich schmerzlich daran erinnert, dass ich genauso gut irgendwo im kühlen Nass vor mich hin dümpeln könnte.

»Wenn Sie eine Eins-A Quellenanalyse von der Scheidungsurkunde in Ihre Hausarbeit integrieren und eventuelle Gegenbeweise widerlegen, ist das vollkommen ausreichend. Sie haben ja nur mein Grundlagenseminar besucht, Frau von Stockacker.«

»Steinacker.«

»Frau von Steinacker! Weiter so. Das wird eine gute Arbeit, vermute ich.« Eigentlich ist Bayer ein richtig netter Kerl. Für einen Moment tut es mir sogar fast ein bisschen leid, dass ich mit Kim das ganze Semester über lieber Galgenmännchen gespielt habe, als seinen Anekdoten über sich selbst zu lauschen.

Er verabschiedet mich in einen traumhaften Nachmittag, und ich beeile mich, in mein Auto zu kommen und den Weg ins Freibad anzupeilen.

Auf dem Parkplatz hat sich eine Gruppe zu einer Party eingefunden. Aus einem offenen, uralten Ford Kombi dröhnt Musik einer Metalband, etwa fünfzehn Studenten sitzen auf dem Dach des Autos, auf Klappstühlen und umgedrehten Getränkekisten und trinken Bier.

Mein Polo parkt nur zwei Plätze weiter, daher muss ich zwangsläufig an dem Typen vorbei, der mit freiem Oberkörper und erhobener Flasche auf einem Bierkasten steht und sein Haar zum Doublebass der Musik schwingt. Es ist Jonas.

»Maxi!«, ruft er, als er sieht, wie ich mein Auto aufschließe.

Ich erstarre. Es ist eine gefühlte Ewigkeit her, dass Jo die Bombe in unserem Wohnzimmer hat platzen lassen. Unsere Beziehung lag seither auf Eis. Und ich bin mir nicht sicher, ob dieses Eis mittlerweile schon dick genug gefroren ist, um es wieder zu betreten.

»Hey«, sage ich dennoch mit einem aufgesetzten Lächeln.

»Was machst du hier?«, fragt er.

»Ich war bei einem meiner Dozenten in der Sprechstunde. Und … äh … du?«, frage ich und deute auf ihn.

Er trägt Badeshorts statt einer richtigen Hose und keine Strümpfe in den zerschlissenen Chucks.

»Wir haben Analysis zwei geschrieben.«

»Und … war's gut?« Meine Stimme schnellt auf der letzten Silbe merkwürdig in die Höhe.

»Ja, du … war locker.« Jonas nickt zur Untermalung und zischt dann sein Bier leer. Weder nimmt er Blickkontakt zu mir auf noch klopft er mir komisch auf die Schulter und er witzelt auch nicht mit mir. Dennoch: Er hat Maxi zu mir gesagt. Scheinbar wissen wir beide nicht, wie wir miteinander umgehen sollen.

»Hey, fährst du ins Schwimmbad?« Er deutet auf die verknoteten Bikinienden, die aus meinem Shirt herausgucken.

»Yep. Ich brauch 'ne Abkühlung.«

Wieder nickt er, sieht an sich herunter und als hätte ihn der Anblick seiner Badekleidung auf den Gedanken gebracht, fügt er hinzu: »Hättest du Bock ... Stört's dich, wenn ich mitkomme? Hey, wir haben ewig nix zusammen gemacht. Wir könnten einfach ein bisschen in der Sonne liegen ...«

Er spricht es nicht an – ich spreche es nicht an. Wir einigen uns stumm. Ein Lächeln huscht über mein Gesicht, als ich sage: »Steig schon ein.«

Weil Jonas kein Geld dabeihat, habe ich ihn auf ein Eis eingeladen. Nun sitzen wir auf der Liegewiese und unterhalten uns über seine Prüfung.

»Trotzdem geht mir diese Mathenummer auf den Sack. Ich will auf die Bühne, verstehst du? Momentan studiere ich Mathe – und dann? Werde ich Taxifahrer ... oder Fahrradkurier.«

Ich sehe ihn schräg an. »Moritz arbeitet als Fahrradkurier.«

»Mag ja sein. Mein Traum isses nich.« Er stützt sich auf den Unterarmen ab und mustert mich. »Läuft gut bei euch, was?«

Ich lächele unwillkürlich und nicke. Ja, es läuft gut. Das kann man so sagen. Wir haben in den letzten zwei Wochen so viel Zeit miteinander verbracht, dass sich mein Tag unvollständig anfühlt, wenn er nicht mit einem Besuch bei Moritz endet. Abends haben wir zusammen bei ihm gegessen, Nudeln gekocht oder Toast überbacken. Einmal habe ich Pizza mitgebracht und mich geweigert, das Geld anzunehmen, das Moritz mir zurückgeben wollte. Daraufhin weigerte er sich, seine Pizza zu essen, schließlich gehöre sie mir. Schlussendlich aß er sie doch, aber ich musste schwören, ihn nie mehr zum Essen einzuladen, das sei ihm peinlich. Ich schwor es, weil er mir drohte, während er halb auf mir drauf lag, mich kitzelte und mein Körper kurz davor war, vor unausgesprochenem Verlangen nach ihm zu verenden.

»Dann ist es also was Festes?«, will Jonas wissen.

»Derzeit ist es … keine Ahnung. Wir schlafen nicht miteinander, falls du das wissen wolltest.« Endlich bin ich mal diejenige, die etwas Derartiges vom Stapel lassen kann.

»Nee, wollte ich nicht.«

Wie durch eine seltsame Form der Gedankenübertragung ruft Moritz mich just in diesem Moment an.

»Hey, was machst du?«, möchte er wissen. »Ich bin gerade von der Arbeit nach Hause gekommen.«

»Ich bin mit Jonas im Schwimmbad.«

»Das macht mich in unangemessenem Maße neidisch auf Jonas.«

»Solltest du auch sein. Ich trage einen brandheißen Bikini.« In dem ich daherkomme wie eine Achtjährige, die ihre Bademode in der falschen Abteilung gekauft hat.

»Mach es nicht noch schlimmer«, fleht Moritz. Ich bilde mir ein, am Telefon hören zu können, wie er sich auf seinem Sofa zurücklehnt, eine Hand hinter den Kopf schiebt und an seinen Nackenhaaren herumspielt. Meine eigenen Nackenhaare geben bei dieser Vorstellung Standing Ovations. »Also sehen wir uns heute Abend nicht?«

»Doch, doch, klar. Ich kann später noch vorbeikommen, wenn du möchtest.«

»Um nicht mit ihm zu schlafen?«, zischt Jonas, der nicht mal so tut, als würde er mir und meinem Telefonat eine Privatsphäre zugestehen.

Ich quittiere den Spruch mit einer hochgezogenen Braue.

»Wir wollten sowieso gleich fahren«, erzähle ich Moritz.

»Ach ja?«, fragt Jonas.

»Ich springe zu Hause nur kurz unter die Dusche, danach komme ich vorbei.«

»Warum kommst du nicht gleich her? Ich habe auch eine Dusche. Das ist ein Angebot, keine Anmache.«

Ich übersetze dieses Angebot lieber nicht für meinen unerwünschten Zuhörer, sondern antworte nur: »Okay. Dann bis gleich.«

Als ich auflege, werde ich sofort von Jonas' kritischem Blick eingefangen.

»Willst du mir echt erzählen, dass da nichts läuft?«

»Ja, es … Es hat sich noch nicht ergeben.«

»Okay, Max. Was ihr da abzieht, ist megakomisch. Geht endlich miteinander ins Bett, dann habt ihr wenigstens was von diesen ganzen Treffen und dem Kochen und den kindischen Telefonaten.«

»Vielleicht solltest du mal wieder mit jemandem ins Bett gehen. Damit du aufhörst rumzujammern.«

»Würd ich ja gern«, schmollt er und bettet sein Kinn auf meine angewinkelten Knie. »Du könntest dich wenigstens aus reiner Nettigkeit anbieten.« Jonas lacht routiniert, sucht dann meine Augen und verstummt sofort. »Sorry, das war platt.«

Meine sehr verehrten Damen und Herren, Jonas Schenk hat sich soeben bei mir entschuldigt. Nicht weil er mir aus Versehen einen Arm amputiert hat. Nicht weil er einen mir nahestehenden Menschen ermordet hat. Sondern nur, weil er einen unangebrachten Spruch gebracht hat.

Wobei …

»Nein, das war lustig. Schon okay.«

26. KAPITEL

in dem ich mir Gedanken um Unterwäsche mache

Es ist mir nicht ganz geheuer, als ich bei Moritz unter der Dusche stehe. Man kann das Badezimmer nicht abschließen, und das Handtuch, hinter dem ich mich verstecken könnte, sollte jemand hereinkommen, ist leider nur unwesentlich größer als ein Waschlappen.

Ich hüpfe nur kurz in die Duschwanne, brause mich ab, schäume mich mit Duschgel ein und spüle es ab. Hastig trockne ich mich ab und ziehe mich wieder an.

Als ich aus dem Bad komme, sitzt Chris neben Moritz in der Küche. Er habe spontan vorbeigeschaut, erzählt er, und nicht gewusst, dass ich da sei. Dabei guckt er leicht verwirrt von mir zu Moritz und wieder zu mir, da ich gerade barfuß mit einem nassen Mini-Handtuch in der Hand aus dem Badezimmer komme. Dann grinst er bloß und denkt sich seinen (falschen) Teil.

Er hat Pizza mitgebracht, was er komischerweise im Gegensatz zu mir darf, und Moritz fragt nicht mal, ob er ihm das Geld wiedergeben soll. Mir ist klar, dass das etwas mit Stolz und Ehre und anderen archaischen Dingen zu tun hat, trotzdem ist es ungerecht.

Kai gesellt sich zu uns, und wir verbringen den Abend damit, Pizza und Chips zu essen und dazu Bier und Wein zu trinken (Bier auf Wein, das lass sein). Wir lachen viel und reden dummes Zeug.

Fasziniert schaue ich Moritz beim Zigarettendrehen zu, weil es mich auf besorgniserregende Weise kribbelt und kitzelt, wenn er das Papierchen ableckt und sich die Zigarette anschließend zwischen die Lippen steckt. Ich sage es nur ungern, aber er sieht verdammt heiß dabei aus. Bis eben war ich noch einer dieser Menschen, die Rauchen für kindisch und charakterschwach halten. Ebenso einer dieser Menschen, die das Wort »heiß« nicht inflationär, sondern schlicht als Gegenteil zu »kalt« gebrauchen.

Kurz nach Mitternacht verschwindet Chris vor die Haustür, um ein Telefonat zu führen. Kai ist seit einer halben Stunde in seinem Zimmer, wo er Dinge tut, von denen ich nichts wissen will. Das bedeutet, wir sind zum ersten Mal an diesem Abend alleine.

»Darf ich bei dir übernachten?«, frage ich Moritz, während ich mit baumelnden Beinen auf der Arbeitsplatte sitze. Ich schaue in mein leeres Glas, an dem getrockneter Rotwein klebt.

»Das wär sehr schön.«

Oh, wie er das sagt! »Ja?«

Er lehnt sich gegen die Arbeitsplatte, ist mir sehr nahe und streicht mir übers Haar. »Ja. Ich find's übrigens toll, dass du bei dem ganzen Mist mitmachst. Biertrinken mit uns Kerlen und so. Du lachst sogar über die Sexgeschichten von Chris, und die sind manchmal echt … wie soll ich sagen … frauenverachtend.«

»One of the boys«, sage ich nur und ahme dabei einen starken amerikanischen Akzent nach. »Ich kenne es nicht anders.«

Moritz streicht mir mit dem Daumen über die Wange und sagt leise: »Du bist echt der Hammer.«

»Soooo«, höre ich die Stimme von Chris. Er kommt zur

Küchentür herein (Moritz und ich fahren auseinander) und lässt sein Handy in die Hosentasche gleiten.

Juhu! Das war gerade der erste filmreife Kussus interruptus meines Lebens. Mein ganzer Körper kribbelt, ich spüre, wie ich unterschwellig sauer auf Chris werde, und dann bemerke ich, dass dieses Kribbeln Lust ist.

Ich bin mir nicht sicher, ob sich Chris der vor Verlegenheit übersprudelnden Situation, die er da gerade ausgelöst hat, bewusst ist. Mit verheißungsvollem Gesichtsausdruck sieht er uns an, und sein Mund formt ein überraschtes O. Dann lockert er die Szene auf, indem er eine Sexgeschichte erzählt, die jene Frau verachtet, mit der er gerade telefoniert hat.

»Ich denke, du solltest abhauen«, sagt Moritz zu Chris, als dieser geendet hat, und lässt mich dabei nicht aus den Augen.

»Ich bin todmüde«, sage ich und gähne.

»Ich auch«, antwortet Moritz und funkelt mich mit Augen an, die alles andere als todmüde wirken.

»Ich gehe schon mal vor in dein Zimmer.«

Oh, oh! Was passiert als Nächstes? Habe ich jetzt sehr große Erwartungen in ihm geweckt? Ist »Darf ich hier schlafen?« vielleicht Männersprache und heißt übersetzt so viel wie »Darf ich deine heißesten Fantasien wahr werden lassen, so funkele mich entweder mit leuchtenden Augen an oder schweige für immer«? Zu Beruhigungszwecken setze ich mich erst mal aufs Bett und ziehe meine Socken aus. Die Socken auszuziehen scheint mir eine gute Kurzschlussreaktion zu sein. Sollte sich mein Körper dazu entscheiden, eine Panikattacke zu bekommen und wegzulaufen, rutsche ich barfuß weniger schnell aus. Sollte er sich dagegen für einen Zustand angenehmer Erregung entscheiden, ist es ebenfalls von Vorteil, keine Strumpfwaren zu tragen. Alles richtig gemacht, Max.

Als die Socken auf dem Boden liegen, bin ich immer noch planlos. Wie geht es weiter? Soll ich die Jeans ausziehen? Ja, sollte ich. Welche Unterhose trage ich? Schwarze Pantys. Welche Botschaft übermitteln schwarze Pantys? Wirken sie sympathisch? So nach dem Motto: Sie hat sich nicht allzu viele Gedanken gemacht, aber das ist besser, als wenn sie überkandidelte Reizwäsche anhätte. Oder wirken sie unsympathisch? À la: Warum zum Teufel hat sie sich denn keine Gedanken um überkandidelte Reizwäsche gemacht?

Soll ich in dem T-Shirt schlafen, das ich gerade trage, oder Moritz bitten, mir eins von seinen zu leihen?

Soll ich den BH anlassen oder ausziehen? Und wie schaffe ich es, den BH vor seinen Augen auszuziehen, ohne dabei komplett bescheuert und krampfig auszusehen?

Ich wette, Männer stellen sich in solchen Situationen nicht so viele Fragen. Sie denken sicher nur eines: Sex?

»Hier«, sagt Moritz, wirft mir ein T-Shirt zu und nimmt mir damit wenigstens eine Entscheidung ab. »Ich gehe kurz ins Bad, dann kannst du dich hier in Ruhe umziehen.«

Ich schlüpfe aus meinen Klamotten, begutachte doch tatsächlich den Sitz meiner Unterwäsche und ziehe dann das T-Shirt an. Hastig verstecke ich meine Beine unter der Bettdecke.

Als Moritz zurück ins Zimmer kommt, trägt er die Brille, Boxershorts und ein T-Shirt. Er knipst das Licht aus, legt sich neben mich ins Bett und – schwupps – wird die Situation wie auf Knopfdruck komisch.

Er beginnt zu lachen. »Okay … Warum können wir nicht mehr normal miteinander reden?«, fragt er ehrlich.

»Ich weiß nicht, woran es bei dir hängt. Bei mir liegt es definitiv daran, dass ich mir seit fünf Minuten Gedanken über meine Unterwäsche mache.« Du weißt, dass es höchste Zeit ist, schlafen zu gehen, wenn du plötzlich Dinge aussprichst, die besser Teil eines inneren Monologs geblieben wären.

»Oh Max, du bist … du bist so toll.«

Du weißt, dass du jemand ganz Besonderen gefunden hast, wenn er auf einen dummerweise laut ausgesprochenen inneren Monolog derart positiv reagiert. Cool! Eine Weisheit, die mich das wahre Leben gelehrt hat – und nicht ein Quentin-Tarantino-Protagonist.

»Weißt du eigentlich«, beginne ich, »dass du rote Haare hast, aber blaue Augen?«, frage ich ihn.

»Ja, weiß ich.« Er dreht sich um und zu mir hin.

»Das ist so etwas wie ein genetischer Sechser im Lotto.«

»Max, du hast selbst rote Haare und blaue Augen.«

»Meine sind nicht so blau wie deine.«

»Dafür sind meine Haare nicht so rot wie deine.«

»Dann sind wir zwei genetische Lotto-Jackpots.« Gewinnchance eins zu einhundertvierzig Millionen. Glücksspiel kann süchtig machen. Süchtig nach Moritz' blauen Augen und roten Haaren.

Meine Augen werden schwer, meine Stimme wird leise.

»Eigentlich wären wir es der Menschheit schuldig, uns fortzupflanzen«, witzelt Moritz.

Ich bringe nur noch einen schwer als Lachen interpretierbaren Brummton heraus.

Eine Minute später fragt er: »Hey, Jackpot, schläfst du schon?«

»Mpffl …«, murmele ich schläfrig, da spüre ich plötzlich seine Hand auf meinem Oberschenkel.

»Max?«, fragt er.

»Mhm«, säusele ich leise.

Seine rechte Hand senkt sich auf meine Wange und

drückt meinen Kopf nach oben. Ich spüre, wie Moritz sich mir nähert und dann seinen Atem in meinem Gesicht. Mit dem Daumen streichelt er mir über die Wange, und kurz darauf sagt er: »Ich küss dich jetzt, okay?«

Ich kann nichts sagen. Seine Lippen schließen sich um meine Oberlippe, und er küsst mich hauchzart, während er mit einer Hand um mich herumfährt und sie mir auf den Hintern legt. Auf meinen Hintern, dem es auf einmal piepegal ist, in welche Wäsche er gekleidet ist.

Dann hält Moritz inne und sagt leise: »Gute Nacht.«

27. KAPITEL

in dem ich nicht mehr weiß, wie es ist, wenn jemand da ist

Gleich mache ich die Augen auf, und Moritz wird neben mir liegen. Vielleicht schläft er noch. Vielleicht ist er wach und guckt mich an. Wie ist das noch mal, neben jemandem aufzuwachen, der einen in den Schlaf geküsst hat?

Ich schlage die Augen auf. Kein Moritz. Ich drehe mich um, aber die andere Bettseite ist leer.

Was hatte dieser Kuss zu bedeuten?

Moritz ist ein aufgeklärter Mensch, der ausreichend Erfahrung hat, um nach einem kurzen Kuss nicht mit Rosen und einer Verlobungsringschachtel vor dem Bett zu knien.

Ich blicke mich um. Kein Moritz. Keine Rosen. Keine Schachtel. Eigentlich auch ein bisschen schade. Nicht, dass ich unbedingt geheiratet werden will. Aber ich will, dass man mich mag. So simpel ist das. Das wollen wir schließlich alle.

Ob ich ihn gleich küssen sollte? Oder nicht? Wird von mir irgendeine Reaktion erwartet?

Der Gedanke daran, Moritz zu küssen, tut gut. Der Gedanke, Moritz zu küssen, mich fallen zu lassen und in ein paar Tagen, Wochen oder Monaten wieder fallen gelassen zu werden, tut weniger gut. Ich weiß beim besten Willen nicht, wie das geht. Ich weiß auch nicht, wie man sich auf jemanden einlässt. Und ich weiß nicht mehr, wie das ist, wenn jemand da ist.

Ach … Ich glaube, ich brauche dringend ein Frühstück und eine heiße Dusche. In umgekehrter Reihenfolge.

Ich strecke die Beine aus dem Bett, tapse zur Tür und luge hinaus. Niemand in der Küche.

»Moritz?«, rufe ich.

Keine Antwort.

Ich gucke ins Bad. Leer.

»Kai?«, frage ich.

Keine Reaktion.

Ich gehe duschen und betrachte mich danach ausgiebig im Badezimmerspiegel. In aller Seelenruhe knote ich mir die Haare zusammen, fahre mir über die Wangen und ziehe verschiedene Gesichter. Ich übe verschiedene Arten zu lachen, mit denen ich Moritz gleich gegenübertreten könnte. Dann verteile ich mit den Fingern Zahnpaste auf meinen Zähnen und spüle den Mund durch.

Da knackt es im Türschloss, und ich höre Moritz summend durch den Flur in die Küche laufen. Ich husche aus dem Badezimmer und folge ihm. Er dreht sich zu mir um und strahlt übers ganze Gesicht. Mein Magen schrumpelt zu einer Trockenpflaume zusammen, und meine Knie werden zu frisch gekochtem Pudding.

»Hallo, schöne Frau«, begrüßt er mich. Er deckt den Tisch. »Hast du Hunger?«, fragt er.

Ich lasse mich auf einen Stuhl fallen, halte mir den Bauch und antworte: »Riesigen.«

Er lächelt. »Sehr gut. Hast du … gut geschlafen?«

»Ja. Ich war ziemlich kaputt gestern.«

»Ich weiß. Du warst ganz schön schläfrig.«

Schläfrig? Ob er denkt, ich hätte nicht mitbekommen, dass er mich geküsst hat?

»Ich habe …«, beginnt Moritz, da klingelt es an der Tür. »Oh fuck. Es ist ja Samstag!« Er greift sich an den Kopf. »Ich hab heute Liam!« Moritz geht an die Sprechanlage, und bevor er etwas sagen kann, brüllt eine helle Kinderstimme: »Halloooo!«

Wir frühstücken mit Liam zusammen und sprechen deshalb nicht mehr über gestern Nacht. Jana hat ihn hochgebracht, Moritz keines Blickes gewürdigt und ist sofort wieder verschwunden, nicht ohne ihn zu ermahnen, dass Liam um sechs wieder bei ihr sein müsse.

Jana hat mich sehr kritisch angesehen, wie ich dasaß mit meinen nassen Haaren und barfuß. Sie wird eins und eins zusammengezählt und ein falsches Ergebnis herausbekommen haben.

Für sie ist nun bestimmt klar, dass ich die neue Freundin von Moritz bin. Oder so etwas Ähnliches. Eins von den Mädchen, mit denen er *andere Erfahrungen* sammelt.

Ihr Blick auf mich war geringschätzig. Sicher hält sie mich für ein dummes, kleines junges Ding, vielleicht sogar für eine Schlampe oder für die Pest, so wie ich sie für die Pest halte. Jana hat mich von oben herab betrachtet und sich ein vorschnelles Urteil über mich gebildet. Das mag ich nicht. Sie ist mir durch und durch unsympathisch. Und ihr scheint es mit mir genauso zu gehen. Ach, was sage ich: Ich glaube, sie hasst mich.

Wir sitzen am Frühstückstisch, und ich kaue seit Minuten an einem Brötchen herum. Liam erklärt Moritz haarklein ein Bild, das er für seinen Papa gemalt hat, und obwohl der andächtig zuhört, wandert sein Blick ständig zu mir. Er wirkt ein bisschen besorgt, als wäre ihm die Situation peinlich.

Ich denke an Jana. Moritz hat gesagt, sie sei zwei Jahre

älter als er. Also ist sie um die sechsundzwanzig. Leider sind wir noch nicht in dem Alter, in dem man verletzt ist, weil der Ex eine Neue hat, die jünger ist als man selbst. Wir sind vielmehr in dem Alter, in dem man sich darüber lustig macht, wenn der Ex mit einer ankommt, die kaum zweiundzwanzig ist. Ich bin für sie bestimmt nichts weiter als ein Kind. Sie dagegen ist eine Frau. Ich meine, hallo? Sie ist Mutter! Abgesehen davon sieht sie mehr als nur fünf Jahre älter aus als ich.

Ihre braunen Haare sind zu mehreren hundert kleinen Rastas geflochten, die sie auf dem Oberkopf zu einem beachtlichen Turm zusammengeknotet hat. Ihre Augen sind etwas zu rund, ihre Nase etwas zu skisprungschanzig, ihr Mund ist etwas zu groß, nur leider ist sie trotzdem ziemlich hübsch. Ihre Unterlippe ist gepierct. Sie ist ein bisschen größer als Moritz, schlank und sehr gut proportioniert. Und wenn *ich* das sage, ist klar, was damit gemeint ist.

Wir verbringen den Tag zu dritt, spazieren am Museumsufer entlang, machen Wettrennen über den Eisernen Steg und trinken Milkshakes von McDonald's. Als wir Liam abends nach Hause bringen, weigert er sich, aus meinem Auto auszusteigen, und fängt nach einer kurzen Diskussion mit Moritz an zu weinen. Janas Eltern wohnen in einem recht schnieken Haus mit Einliegerwohnung und Garten. Ich habe in der Einfahrt davor angehalten und fühle mich, als wäre ich viel zu tief in die Privatsphäre dieser Frau eingedrungen. Fast so, als wäre ich mit meinem Auto durch die geklinkerte Häuserwand gebrochen, hätte durch die Erschütterung kostbare Nippesfiguren von der Anrichte geholt und wäre unsanft mitten im Wohnzimmer zum Stehen gekommen.

Ich beobachte, wie Moritz den widerwilligen Jungen abschnallt, ihn sich über die Schulter wirft und zur Haustür läuft. Er klingelt, und kurz darauf öffnet Jana die Tür. Mein Fenster ist heruntergekurbelt, daher kann ich jedes Wort hören, das die beiden sprechen. Was ich mir zugegeben lieber geschenkt hätte.

»Traut sich deine Freundin nicht raus?« Jana deutet zum Auto herüber.

»Lass gut sein, Jana.«

»Wahrscheinlich ist sie eh bloß eine von deinen kleinen Bettgeschichten.«

»*Jana!*«, zischt er und deutet auf Liam. Er drückt ihn kurz an sich, küsst ihn auf die Stirn und schickt ihn ins Haus. Liam winkt mir noch einmal, ich winke zurück, und er verschwindet.

»Nein. Sie …«

»Ist mir auch egal. Ich will nur nicht, dass mein Sohn jede deiner dahergelaufenen Affären kennenlernt.«

»Unser Sohn«, korrigiert Moritz sie nüchtern, geht die Treppen herunter und kommt zurück ans Auto.

Er hat mich mit keinem Wort verteidigt. Er lässt sich ständig von ihr unterbuttern. Er gibt ihr klein bei. Warum hat er ihr nicht gesagt, was er immer zu mir sagt? Dass ich schön sei und klug und besonders und besser als alle anderen, die er kennt.

»Sie ist schwierig«, murrt Moritz, als er die Beifahrertür zuzieht.

Schwierig würde ich das nicht nennen. Im Grunde ist es ziemlich einfach: Sie ist 'ne Bitch!

Ich starte den Motor, fahre rückwärts aus der Einfahrt und spiele die Sache herunter. »Ist schon okay.«

»Kommst du noch mal mit zu mir?«, fragt er hoffnungsvoll.

»Nein, ich glaube, ich muss mich mal wieder bei Jo blicken lassen. Ich war schon die ganze Nacht und den heutigen Tag komplett weg. Sie macht sich immer gleich Sorgen.« Ich lasse den Wagen ganz aus der Einfahrt rollen und schlage das Lenkrad ein.

»Hat das was mit Jana zu tun?«

»Nein! Nein, ich weiß doch, dass du sie auch nicht ändern kannst.« Ich lege den ersten Gang ein, und als ich die Hand vom Schaltknüppel nehme, fasst Moritz danach und führt sie an seine Lippen.

»Ich habe noch keine Frau kennengelernt, die mit all dem so gut klarkommt wie du. Mit meiner unmöglichen Ex, mit Liam, mit meiner Arbeits- und Wohnsituation.«

Ich lächele ihn unsicher an.

»Wann sehen wir uns wieder?«

»Na morgen … ich … oh Gott, das habe ich dir ja noch gar nicht gesagt! Jo und ich feiern morgen Geburtstag.«

»DU HAST MORGEN GEBURTSTAG?«

»Ich …« Ich habe tatsächlich morgen Geburtstag! »Ja, irgendwie schon.« Ich lache trocken.

»Und das sagst du mir am Samstagabend um sechs Uhr? Ich kann dir – euch! – gar kein Geschenk mehr besorgen.«

»Hey, ganz ruhig, Moritz. Kein Grund zur Panik. Jo hat so viele Leute eingeladen, dass es ihr gar nicht auffallen wird, wenn jemand ohne Geschenk auftaucht. Und ich möchte nichts weiter, als dass du kommst.«

»Okay. Wann soll ich bei euch sein?«

Ich blicke über die Schulter, fädele mich auf eine andere Spur ein und wende mich kurz Moritz zu. »Oh, wir feiern nicht bei uns zu Hause, sondern bei unserem Vater in der Agentur. Auf der Darmstädter. In der Nähe vom Lokalbahnhof«, erkläre ich.

»Bei deinem Vater in der PR-Agentur?«

Ich nicke.

»Wird er auch da sein?«

»Anfangs schon, vermute ich. Er wird ein Bier trinken, ziemlich schnell angetrunken sein und ein Taxi nach Hause nehmen.«

»Ich werde da sein. Für mein Geburtstagskind.«

Er schenkt mir ein verlegenes Lächeln und greift wieder nach meiner Hand.

28. KAPITEL

in dem man mich nach dem Abschleppen sofort wieder zurückbringen würde

»MAX! ICH! MUSS! INS! BAD!«

Wegen Jos Schönheitswahn kann ich keine zwei Sekunden in Ruhe pinkeln. Kaum besetze ich das Badezimmer aufgrund dringender fundamentalbiologischer Bedürfnisse, fällt ihr irgendeine Stelle an ihrem Körper ein, die sie augenblicklich verschönern muss. Dieses Mal sind es die Fußnägel, die gerne lackiert werden möchten. Und zwar subito.

Zehn Sekunden später schließe ich ihr die Tür auf, und sie stürzt herein, als wäre sie kurz davor, sich in die Hose zu machen. Sie lässt sich auf dem Fuß-OP-Stuhl nieder und schraubt eine Flasche hautfarbenen Nagellack auf. Na super! Jetzt habe ich mich extra beeilt, damit sie ihre Nägel in einer Farbe bepinselt, die man nicht mal sehen kann.

»Papa kommt in einer Viertelstunde«, ruft sie mir ins Gedächtnis.

Sie erinnert mich in so kurzen Abständen an unsere heutige Geburtstagsfeier, als befürchte sie, mir könnte mein eigener – heutiger – Geburtstag entfallen. Wie soll ich den bitte schön vergessen, wenn sie mich seit einer Woche einmal am Tag zwingt, Gästelisten, Wunschzettel und Playlists mit ihr durchzugehen. Ich wünsche mir heute sehnlicher denn je, ich könnte meinen zweiundzwanzigsten Geburtstag in einer gemütlichen Kneipe verbringen. In einer Kneipe, in der ich schon hundertmal war, mit Leuten, die ich schon hundertmal getroffen habe, liebe und hasse. Aber nein: Ich werde mit etlichen fremden Menschen in einer Design-Atmosphäre zusammengepfercht, von denen siebzig Prozent höchstwahrscheinlich nicht einmal wissen, dass es mehr als nur ein Geburtstagskind gibt.

Papa hat angekündigt, uns um acht abzuholen und uns zur Agentur zu fahren, wo die Cateringfirma momentan ein Buffet und der DJ-Bekannte von Jo die Turntables aufbauen.

»Darf ich mir von dir was zum Anziehen ausleihen?«, frage ich meine Schwester zögerlich.

»Gott sei Dank fragst du, ich dachte schon, du willst so bleiben.« Ich trage eine lilafarbene Nickihose, in der ich Cindy aus Marzahns dünne, kleine Schwester sein könnte. So würde nicht mal ich vor die Tür gehen. »Mach schon, plündere meinen Kleiderschrank!«

Fünf Minuten später stehe ausnahmsweise mal ich vor dem barocken Ganzkörperspiegel und drehe und wende mich. Okay, an Jo sieht das nachtblaue T-Shirt-Kleid, für das ich mich entschieden habe, definitiv anders aus. Ganz anders. Glamouröser. Bei mir wirkt es eher … sind wir mal großzügig und nennen es sportlich. Ein Ärmel rutscht mir über die Schulter, und meine nackten Beine stehen so verloren in der Gegend herum, als hätten sie rein gar nichts mit meinem restlichen Körper zu tun.

»Oh mein Gott, Max«, stöhnt Jo, die hinter mir die Treppe heruntergekommen ist. »Du siehst aus wie ein Mädchen.«

»Woran das wohl liegt«, knurre ich.

»Ich mein ja nur, sonst siehst du eher … androgyn aus.«

»Androgyn?«, wiederhole ich skeptisch. »Wo hast du denn das Wort gelernt?«

Muss sie ausgerechnet jetzt anfangen, mich mit Fremdwörtern zu entweiblichen? Ausgerechnet androgyn? Androgyn … dieses Adjektiv gesteht mir ja nicht mal ein Geschlechtsteil zu! Da wäre ich lieber maskulin. Ich glaube, es ist immer noch besser, einen Penis zu haben als gar nichts.

Jo streckt mir die Zunge heraus. »Heute Abend wird er dich abschleppen, so viel ist klar.« Sie verlässt das Zimmer. »Zieh ruhig Chuck's dazu an. Du kannst dir das erlauben. Aber bloß keine Leggins, sonst siehst du aus wie eine Elfjährige.«

»Was?«, frage ich.

»Eine Elfjährige.«

»Das davor. Er wird mich abschleppen? Das klingt entwürdigend.«

»Hör auf, einen auf Emanze zu machen. In Wahrheit willst du abgeschleppt werden, sonst hättest du dich nicht an meinem Kleiderschrank bedient. Und zieh den Gürtel dazu an, den ich dir geschenkt habe.«

»Hör auf zu quatschen und beeil dich. Es ist Viertel nach sieben. Papa muss jeden Augenblick kommen.«

Jo sieht panisch auf die Uhr. »Aber er hat acht gesagt«, kreischt sie quietschend.

»Du kennst ihn doch.« Damit stürmt sie noch mal ins Bad und knallt die Tür zu.

»Ist Moritz schon da?«, brüllt mir Jo zu und packt mich am Arm, damit ich stehen bleibe.

Ich kämpfe mich gerade durch die Menge an wildfremden Partygästen, um auf eine Menschenseele zu treffen, die ich kenne. Doch es ist so dunkel und voll, dass ich selbst Jo nur erkannt habe, weil sie mich berührt hat. Sie wiederum klebt an Steffens Arm und ist vollauf mit Tanzen und Knutschen beschäftigt.

»Nein, ich suche ihn auch.«

»Es ist schon elf – wo bleibt er?«

Ich zucke die Achseln, entschuldige mich, winke grob in Richtung Bar und lasse sie mit ihrem Flirtglück alleine. Der DJ spielt House, Charts und Unfug, und die Masse trainiert dazu auf der Tanzfläche das Buffetessen wieder ab. Ich sehe Kim mit Buzz rummachen – in aller Öffentlichkeit –, und das, obwohl sie eine total unverfängliche, total erwachsene Affäre führen. Jonas und Oli kleben an der Kühltruhe mit dem Bier und dem Schnaps, seit sie die Halle betreten und festgestellt haben, dass ihnen die Musik nicht zusagt. Ich wandere alleine durch den Raum und mache einen auf gleichgültig. Dabei ist mir alles andere als wohl bei dem Gedanken, dass es schon fast elf und Moritz immer noch nicht da ist.

Hier und da begrüßt mich jemand, umarmt mich, gratuliert mir, aber ich würde im Moment gerne das Geburtstaghaben alleine Jo überlassen. Sie ist viel besser darin als ich, die Arme theatralisch in die Luft zu werfen und zu schreien, wenn ihr jemand Glückwünsche und Geschenke überreicht.

Als ich an der Kühltruhe vorbeilaufe, hält mich Jonas am Handgelenk fest und zieht mich zu sich und Oli. »Auf dich!«, grölt er und drückt mir ein Schnapsglas in die Hand. Sein Arm liegt um meine Taille. Er ist betrunken. Beweis Numero uno: Er hat dieses Jonas-ist-besoffen-Glänzen in den nussbraunen Augen. Beweis Numero due: Seine schwitzige Hand liegt ein wenig zu tief auf meiner Hüfte. Dass er Schnapsgeruch ausatmet, ist zugegebenermaßen auch ein klarer Hinweis. Er füllt Olis und sein Glas mit Schnaps auf, und wir stoßen zu dritt an. Dabei entwinde ich mich unauffällig seinem Griff.

»Also«, beginnt Jonas, schwenkt philosophisch den

Arm und bestätigt damit meinen Verdacht, »noch einen Avicii-Song, und der DJ bekommt eins auf die Fresse.«

»Kann ja nicht jeder einen so ausgezeichneten Musikgeschmack haben wie du.«

»Allerdings!« Jonas strahlt mich an, und sein Arm holt erneut zur Umarmung aus.

»Max!«, höre ich eine mir vertraute Stimme hinter mir, und mein Herz tut einen lauten, erleichterten Schlag.

»Moritz!«, sage ich.

»Max und Moritz. Das fällt mir ja jetzt erst auf. Das sollte man verbieten«, brummt Jonas mehr zu sich selbst als zu irgendjemand Bestimmtem und dreht sich weg.

Moritz greift nach meiner Hand und zieht mich durch die tanzenden Leute vorbei am Buffet, so schnell, dass ich über meine eigenen Füße stolpere. Er hält erst inne, als er mich ganz aus dem Raum herausgezogen hat, in den Eingangsbereich. In einer Ecke stehen zwei Jungs, die wild miteinander knutschen. Neben der verglasten Eingangstür betrachten drei kichernde Mädchen Fotos auf einem Handy. Gegen eine der weißen, drei Meter hohen Steinsäulen lehnt ein Typ, den Jo von PETA kennt. Er schlummert sanft. Alle hier sind so in ihre kleine Welt versunken, dass ich mir trotz ihrer Anwesenheit unbeobachtet vorkomme.

Bevor ich irgendein Wort sagen oder fragen kann, warum wir hierhergegangen sind, zieht Moritz mich an sich und nimmt mich so fest in den Arm, dass ich (Achtung! Kitschromanfloskel!) nach Luft schnappen muss. »Herzlichen Glückwunsch!«, sagt er so nahe an meinem Ohr, dass mir (Achtung! Noch eine!) ein Schauer über den Rücken läuft.

»Danke«, sage ich leise.

»Es tut gut, dich zu umarmen. Weißt du das?«, fragt er, als er mich langsam loslässt und es sich ein bisschen so anfühlt, als würden meine Füße nach einem kurzen Rundflug wieder festen Boden spüren.

»Hey, ich wollte noch mal mit dir reden.«

Über den Kuss? Darüber, dass ich eine kleine Bettgeschichte bin? Über Jana und dass er es nicht für nötig empfunden hat, mich vor ihr zu verteidigen?

»Ich fand den Tag mit dir und Liam gestern echt schön. Dafür wollte ich nur danke sagen.«

Er wollte danke sagen? Soll ich darauf »Bitte, gern geschehen« antworten? Es ist ja nicht so, als hätte ich ihn nur begleitet, um ihm einen Gefallen zu tun. Es hat mir selbst doch auch gefallen.

»Kein Ding«, sage ich und merke erst im Nachhinein, dass »Kein Ding« seine Macke ist, die ich mir abgeguckt habe.

»Eigentlich wollte ich dich heute Nacht um zwölf anrufen. Aber persönlich zu gratulieren ist viel schöner.« Moritz strahlt mich an und fragt: »Willst du jetzt mein Geschenk haben?«

»Du solltest doch nicht …« Ich produziere ein leicht erzwungenes Lächeln.

»Psst!« Moritz lächelt für zwei. Mindestens. Vielleicht auch für alle Partybesucher zusammen.

Aus seiner hinteren Hosentasche zieht er einen zusammengefalteten Bogen Papier und überreicht ihn mir.

»Was ist das?«, frage ich.

»Ein Gutschein.«

Ich falte das Papier auseinander. Es ist ein DIN-A4-großes Foto von uns beiden, das wir irgendwann in den vergangenen zwei Wochen geschossen haben.

Moritz hatte mir gerade seine Kamera erklärt, mich überraschend in den Arm genommen, die Kamera nach vorne gestreckt und einhändig ein Bild von uns geschossen. Mein Gesichtsausdruck liegt irgendwo zwischen Lachen und In-eine-Zitrone-gebissen. Er lacht genau so wie immer, mit Vampireckzähnen und allem Drum und Dran. Mein Kopf liegt an seinem Hals, um meine Schulter liegt sein linker, tätowierter Arm.

»Da steht gar nichts drauf«, stelle ich fest.

»Ja. Ich wusste nicht genau, wie ich es ausdrücken soll.«

Mein Gesicht ist ein einziges Fragezeichen.

»Weißt du noch, als wir übers Tätowieren gesprochen haben? Du hast gesagt, du hättest auch gerne ein Tattoo, aber alle haben es dir ausgeredet.«

Ich nicke.

»Ich rede es dir nicht aus. Weil … wenn du es willst, dann nehme ich dich ernst.«

Ich verstehe immer noch nicht.

»Der Typ, der mein Tattoo gestochen hat, mit dem bin ich ganz gut befreundet, und er schuldet mir noch einen Gefallen. Ich habe mit ihm gesprochen, wir können hingehen, wann wir wollen.«

Ich starre erst auf das Foto und dann auf Moritz, der mich voller Erwartung anguckt, und frage: »Das heißt, du schenkst mir ein Tattoo?«

Moritz nickt. »Natürlich nur, wenn du noch willst. Und auch nicht sofort. Man muss sich das gut überlegen. Stichwort Arschgeweih.« Er kratzt sich am Kopf.

»Das … äh … ich weiß gar nicht, was ich sagen soll. Das ist …«

»… blöd?«, fragt Moritz leicht verunsichert.

»NEIN!« Ich hüpfe einen Schritt auf ihn zu und falle ihm um den Hals. Plötzlich durchströmt mich unendliche Euphorie, sie läuft geradezu in mir über und aus mir heraus. Das kenne ich gar nicht von mir. Für gewöhnlich habe ich ein eher bescheidenes Verhältnis zu Emotionen. Ich erinnere mich an meine Gedanken. Dass ich mir jemanden wünsche, der mir etwas schenkt, das ich unbedingt haben möchte.

Moritz legt seine Arme um meine Mitte, kommt mir näher. Wird das, was ich denke, dass es wird? Und wie wird es? Wie soll ich reagieren? Mein Mund riecht nach Schnaps, und ich erinnere mich wieder an meinen letzten Geburtstag, in den ich gemeinsam mit Jonas reingefeiert habe. Nur wir beide, eine Flasche Tequila und meine permanente Hoffnung, unser Tequila-Atem möge sich möglichst schnell vermischen. Für solche vagen Hoffnungen habe ich sogar Josephine an unserem gemeinsamen Geburtstag hängen gelassen. Ich war so ein Vollidiot.

Es folgt eine Kurzschlussreaktion. Ich drücke Moritz einen Kuss auf den Mund, springe davon und rufe ihm zu: »Das muss ich Jo erzählen!«

Ich entdecke meine Schwester im Getümmel, reiße sie von ihrem Steffen los und brülle sie an: »MORITZ IST HIER, UND ER IST IRGENDWIE PERFEKT, UND WIE KANN MAN DENN SO PERFEKT SEIN, UND EBEN WAR DA WIEDER SO ETWAS WIE EIN KUSS, ABER ICH KRIEG'S EINFACH NICHT HIN. IRGENDETWAS IST FALSCH MIT MIR, UND ICH GLAUBE, ICH DREHE NOCH DURCH!«

»Max, du bist bescheuert! Wie kannst du in einer solchen Situation überhaupt genug Verstand auftreiben, um ihm zu widerstehen?«

»Weiß auch nicht«, sage ich kleinlaut. Ich bin mir auch nicht sicher, dass es mit dem Verstand zu tun hat. »Was wird bloß aus mir, wenn er wieder verschwindet?«

Jo zuckt mit den Schultern. »Das wirst du nie erfahren, wenn du es nicht endlich ausprobierst. Und vielleicht wirst du es selbst dann nie erfahren. Aber bitte frag nicht mich.« Sie tippt mir auf die Schulter und deutet hinter mich.

Da steht Moritz. Sein Lächeln wirkt ein bisschen falsch und bitter, als er Jo fragt: »Na? Was sagst du?« Schließlich denkt er, ich habe ihr gerade verkündet, was er mir geschenkt hat.

»Ich sage, ihr beide seid bescheuert. Geht euch unterhalten.« Sie tanzt davon.

»Ist wohl nicht so gut angekommen«, kommentiere ich scheinheilig, zucke mit den Schultern und rufe dann mit leicht überdrehter Stimme: »Ich hab voll Durst! Ich gehe was trinken, willst du auch? Bier?«

Ich renne davon.

Moritz folgt mir.

Als ich vor Jonas und Oli stehe, sage ich bekloppterweise total überschwänglich: »Hallo, Jungs!« und greife in die Kühltruhe nach einem Bier. Ich will es am Truhenrand aufmachen, aber es gelingt mir nicht. So was! Das klappt sonst immer.

Jonas' Blick fällt auf Moritz, der mit verschränkten Armen zusieht, wie ich mich mit dem Kronkorken abrackere, und er sagt: »Versucht er dich abzuschleppen?«

Abschleppen, abschleppen! Was ist denn heute nur los mit allen?

»Nein, Jonas. Mich schleppt man nicht ab, und wenn, dann bringt man mich ziemlich schnell wieder zurück. Ich bin verdammt schwer zu handhaben.«

»Ja, das kann ich bestätigen«, sagt Moritz hinter mir. Er greift an mir vorbei, nimmt mir die Flasche ab, umfasst meine Hand und sagt: »Ich kann Jo nur zustimmen. Wir müssen uns mal unterhalten.«

»Oh, die Erwachsenen müssen sich unterhalten«, wirft Jonas ein.

Moritz und ich sagen gleichzeitig: »Halt die Klappe, Jonas!«

Dann zieht mich Moritz zur Seite und drängt mich an die Wand. »So, jetzt kannst du nicht mehr weglaufen.«

»Ich lauf doch gar nicht weg! Es gibt gar keinen Grund wegzulaufen. Wovor sollte ich weglaufen?« Ich weiche seinem Blick aus und starre auf meine Fingernägel.

»Das wüsste ich gerne von dir. Habe ich irgendetwas falsch gemacht? Keine Ahnung, ist dir das alles zu viel? Bin ich dir zu … weiß nicht. Ist es wegen Liam?«

»Hä?«, frage ich ehrlich. »Was hat denn Liam damit zu tun?«

»Was weiß denn ich!« Sein Arm fliegt in die Luft, als er das sagt. »Irgendeinen Grund muss es ja haben, dass du mir aus dem Weg gehst.«

Ich schnaube und schüttele dann den Kopf.

»Verdammt, Max. Wenn es wegen mir ist, dann sag's mir! Ist kein Ding. Ich kann so ziemlich alles wegstecken. Nur dass du vor irgendetwas wegrennst und ich nicht weiß, ob es meine Schuld ist, damit kann ich nicht umgehen. Ich meine, wenn es ist, dass du … weil du … noch an Jonas hängst, dann ist das okay. Klar ist es Scheiße, aber mit Scheiße kann ich irgendwie leben. Wenn du nur mit mir befreundet sein willst, dann kann ich damit auch leben. Bloß kann ich mich dann wahrscheinlich nicht weiter mit dir treffen, weil …«

Ich gucke ihn an, und meine Augen werden mit jedem Wort, das er sagt, größer. »Ich hab keine Ahnung, wovon du redest«, unterbreche ich ihn.

»Was?« Seine Stimme ist laut, er klingt ein bisschen sauer. »Max, wir haben uns in den letzten paar Wochen jeden Tag getroffen. Wir haben dieses ganze Zeug gemacht. Du weißt schon, wir haben gekocht und Filme geguckt und Musik gehört und zusammen in einem Bett geschlafen. Ich habe dir jeden Tag mindestens zehnmal gesagt, dass ich dich toll finde und dass du superhübsch bist und dass ich gerne mit dir zusammen bin.« Er zieht die Baseballmütze vom Kopf und krallt die rechte Hand in die Haare. »Und du? Wenn ich dir sage, wie toll ich dich finde, nimmst du das entweder zum Anlass, dich selbst schlechtzumachen, oder du ignorierst es, was beides ungefähr gleich beschissen ist. Ich … ich komme mir langsam vor wie der größte Trottel. Ich versuche ja, dir Zeit zu geben und mich zurückzunehmen, aber irgendwann kann ich nicht mehr. Ich gebe mir Mühe und alles, versuche dir näherzukommen, aber du weichst mir ständig aus. Wie lange soll ich das denn noch mitmachen? Vorgestern Nacht, hallo? Was war das denn? Wir haben uns geküsst, nur so zur Info, vielleicht hast du's ja vergessen … oder verdrängt!«

»Nein«, fiepe ich.

»Warum sagst du dann nichts? Du musst mir doch sagen, ob du das willst oder nicht. Dann könnten wir es wieder tun oder eben nicht. Ist mir beides recht, aber ich muss es wissen, weil ich sonst bald … Ach, egal. Ich kann nicht mehr. Ich will dich immer anfassen, wenn du bei mir bist, *immer*. Also entweder erlaubst du es mir, oder wir sind konsequent und gehen uns künftig aus dem Weg. Entscheide dich.« Er sieht mir ins Gesicht. »Sonst explodiere ich.«

Ich weiß nicht, was ich darauf sagen soll. War das … gerade eine Liebeserklärung oder so etwas in der Art? Ich glaube schon.

Eine Liebeserklärung! EINE LIEBESERKLÄRUNG?

Oh Gott. Oh Gott. Oh Gott.

So viele Bilder in meinem Kopf. Bilder von Moritz und mir aus der Vergangenheit. Bilder von dem, was noch kommen könnte. So viele Dinge, die auf einmal in den Bereich des Möglichen rücken. Schöne Bilder …

Himmel, Moritz hat Recht. Wenn man solche Bilder im Kopf hat und sie nicht umsetzen kann, dann droht man zu zerplatzen.

»Sagst du bitte mal was?«, fragt Moritz und schiebt die Hände in die Hosentaschen. »Du stehst hier vor mir in diesem total abgefahrenen Kleid und siehst so wunderschön aus, dass ich die ganze Zeit unanständige Gedanken habe, und ... und dahinten steht Jonas und glotzt zu uns rüber, als wollte er mich gleich verprügeln. Der denkt wahrscheinlich ...«

»Ich erlaube es dir«, unterbreche ich ihn.

»Was?«, Moritz steht vor mir wie ein verirrter Hund.

»Ich erlaube es dir«, wiederhole ich.

»Na, Gott sei Dank«, stößt Moritz aus.

Dann tritt er auf mich zu, zieht die Hände aus den Hosentaschen und legt sie um mein Gesicht. Oh Gott, er macht die Sache mit den Händen, er macht es, er macht es. Ich bin im Film! In einem verdammt kitschigen, verdammt guten Film! In wahnsinniger Geschwindigkeit führt er mein Gesicht zu seinem eigenen und drückt seinen Mund auf meinen. Ich stelle mich auf die Zehenspitzen und lehne mich gegen ihn. Seine rechte Hand gleitet zu meiner Taille, die linke krallt sich in meinem Nacken in den Haaransatz und zieht meinen Kopf, soweit das überhaupt möglich ist, näher an seinen. Ehe ich meinen Händen den Befehl geben kann, sind sie schon um Moritz herum und in die hinteren Taschen seiner Jeans geglitten. Ich schließe die Augen und höre endlich mit diesem verfluchten Denken auf.

Es zählen nur noch Moritz' heißer Atem und sein Körper, der schwer gegen meinen lehnt, aber nicht schwer genug, seine Faust in meinem Haaransatz und sein Kuss.

29. KAPITEL

in dem ich es genieße, eine Gehasste zu sein

»Irgendwie ist immer noch alles wie in der Schule. Man kommt aus den großen Ferien und denkt, die Welt hätte sich total verändert und man selbst sich mit ihr, aber dann? Nein, immer noch dieselben Hackgesichter.« Kim trommelt mit dem Kuli auf ihrem Block herum und zeichnet dann wahllos Kreise auf ihr Papier.

Wir sitzen im größten Vorlesungssaal der Uni, in der Vorlesung »Pionierinnen und Potentatinnen. Frauen, die Geschichte schrieben«. Es ist Montag, der 13. Oktober und der erste Tag des neuen Semesters. Der Hörsaal ist bis auf den letzten Platz besetzt mit den altbekannten vollbärtigen, reifberockten und axtschwingenden Kommilitonen, die wir bereits aus dem ersten Jahr kennen. Wenn ich es mir recht überlege, sind sogar noch ein paar lustige Vögel hinzugekommen.

»Ja, hast schon Recht.«

»Außer das Hackgesicht zu meiner Linken«, Kims Tonfall wird zynisch, als sie das Hackgesicht zu ihrer Linken, mich, mit verkniffenen Augen anstarrt. »Das ist eines von diesen nervigen Honigkuchenpferden geworden. Max, wie oft musste ich dich in den letzten sechs Wochen daran erinnern? Wir hassen Pärchen!«

Ich lächele und drücke meine Kugelschreibermine rein und raus und wieder rein. Klick, klack. Natürlich hassen wir Pärchen. Wir hassen alles, was wir nicht sind und nicht haben. Ich hasse Frauen mit großen Brüsten und Menschen mit modischem Gespür. Hass ist schlecht verkleideter Neid. Weil ich dieses eine Mal in der Position der Gehassten und nicht der Hassenden bin, ist alles ein klein wenig anders. Ich mag meine neue Position.

»Ey, ich hab jetzt schon keinen Bock mehr«, brummt Kim und fläzt sich breitbeinig in den hölzernen Klappstuhl.

»Es ist gerade mal zehn nach zwölf. In fünf Minuten fängt das Semester sozusagen erst an.«

»Tja, da siehst du mal, wie wenig Bock ich habe.«

»Du bist nur schlecht gelaunt«, stelle ich fest.

»Sag bloß. Wir können ja nicht alle mit Tschernobyl-Strahlegesichtern rumlaufen.«

»Tu ich gar nicht.«

»Doch, tust du. Und es ist furchtbar.«

Kim legt den Kopf auf die Ellenbogen und stößt einen lauten, genervten Laut aus. Ich tätschele ihr den Rücken.

»Ist es wegen Buzz?«

»Nein, wegen Benjamin Blümchen!«

Immer dieser Sarkasmus. Schlimm, diese Menschen, die ihre Gefühle hinter einer Maske aus Sarkasmus verstecken. Würde mir persönlich nie einfallen. Haha.

»Was hat er angestellt?«

»Er existiert. Erzähl mir lieber noch mal, wie Moritz auf so großartige Art und Weise der *Friendzone* entkommen konnte. Der Junge ist ein Held.« Ich sehe sie zynisch an, werde dann aber von Stolz auf meinen Helden übermannt, als Kim seufzend ihre Lieblingsstelle von Moritz' Worten an meinem Geburtstag rezitiert: »Ich kann nicht mehr. Ich will dich immer anfassen, wenn du bei mir bist, *immer*.«

Der Professor kommt die Stufen des Hörsaals herunter und unterbricht mein kleines Liebesmärchen. Er stellt sich hinter das Pult und beginnt zu sprechen. Leider versteht man kein Wort. Seine Lippen bewegen sich, aber kein Laut erreicht uns. Ob er glaubt, bei den tauben Lippenlesern gelandet zu sein? Ich dachte, das hier wäre eine Vorlesung in alter Geschichte.

»Och nee, schon wieder so ein Trottel mit Fistelstimme, der nicht ins Mikro sprechen kann.« Kim hebt nur kurz den Kopf und legt ihn augenblicklich wieder auf den Armen ab. »Gute Nacht!«

»Max! Hey, Max!«

Ich drehe mich um und sehe Jonas auf uns zurennen, als ich gemeinsam mit Kim aus dem Unigebäude komme und Richtung Park schlendere.

»Wo geht ihr hin?«, fragt er und schließt zu uns auf.

»Heim«, antworte ich.

»Cool. Bist du mit dem Auto da? Nimmst du mich mit?«

»Nach Hattersheim?«

»Ja. Wieso denn nicht?«

»Jonas! Das ist, als würdest du mich fragen, ob ich dich auf dem Weg nach Norwegen in Australien absetzen kann.« Er weiß genauso gut wie ich, dass das für mich einen riesigen Umweg bedeuten würde. Klar, ich habe in meinem Leben schon sehr viele Umwege für ihn gemacht. Buchstäbliche und metaphorische. Aber ich fahre mittlerweile lieber geradeaus.

»Du hast doch ein Semesterticket.«

»Ja klar. Du kannst mich aber auch mitnehmen.«

»Was ich nicht alles kann.« Ich ziehe meine Jacke zu. »Mein Vater sagt immer: Ich kann mir auch ein Loch ins Knie bohren und es als Christbaumständer benutzen.«

»Komm schon, Maxi.«

Das Schlimme an meinem Namen ist, dass alle ständig meinen, ich würde ihnen jeden erdenklichen Gefallen tun, sobald sie ihn durch Anhängen eines i verniedlichen.

»Nö!« Ich laufe ein bisschen schneller, um meine Konsequenz zu unterstreichen.

»Sieh mal einer an«, murrt Kim und deutet Richtung Straße.

Auf dem Bürgersteig wartet Moritz, halb auf seinem Rad sitzend. In der freien Hand hält er eine kleine Schultüte.

»Mann, ey! Der hat dir jetzt nicht wirklich 'ne Schultüte gebastelt, oder? Menno …« Kim schmollt und kickt einen Kieselstein über den Asphalt. »Buzz bekommt schon Bindungsängste, wenn ich mal länger als dreißig Sekunden mit ihm telefonieren möchte. Wie hast du ihn in so kurzer Zeit so gut erzogen?«

»Der war schon vorher so«, sage ich und muss zufrieden lächeln. Das stolze Gefühl, etwas zu haben, das andere nicht haben, schwappt dieses Mal fast über. Mein Stolz wird nämlich nicht nur von Kims neidischem Schmollmund, sondern auch von Jonas' Gesichtsausdruck befeuert.

Ich bin mir nicht sicher, welcher Gedanke derzeit im Kopf meines besten Freundes dominiert. Es sieht aus wie eine gute Mischung aus »Eine Schultüte? Voll dämlich!« und »Eine Schultüte? Ich tue so, als fände ich das voll dämlich, weil das von mir erwartet wird«. Herrgott, er ist so was von kindisch.

»Hallo, Baby«, sagt Moritz, weil er weiß, dass ich das furchtbar finde.

Nur Ghetto-Gangster nennen ihre Ghetto-Bräute Baby. Aber dass er es sagt, *weil* er weiß, dass ich es schrecklich finde, ist schon wieder unerträglich süß. Er greift nach meiner Hand, zieht mich an sich, legt meinen Arm um seine Mitte und küsst mich, küsst mich kurz und schlicht, aber bestimmt und intensiv.

Kein Geschlabber. Nein. Ich bin kein Fan von wildem Geknutsche auf offener Straße. Manche Körperteile muss man der Öffentlichkeit nicht zeigen. Die Zunge gehört dazu. Es ist eine Kunst, Menschen auf subtile Art und Weise neidisch auf das eigene Pärchenglück zu machen. Es wäre plump und einfallslos, es durch Zungeneinsatz zu provozieren.

»Hier«, sagt er strahlend und überreicht mir die Schultüte, die mit rotem Krepppapier und einer gelben Schleife geschmückt ist, »zum ersten Drittes-Semester-Tag.«

»Du bist ein Spinner«, sage ich, nehme die Tüte an und drücke ihm einen Kuss auf den Mund.

»Super. Max bekommt eine Schultüte, und was kriege ich? Nicht mal 'nen Scheißanruf …« Kim lugt mir über die Schulter und fummelt an dem Krepppapier und der Schleife herum.

»Fährst du mich jetzt heim?«, fragt Jonas hartnäckig.

»Nein.« Ich blicke auf meine Armbanduhr. »Aber in dreizehn Minuten kommt deine S-Bahn. Die schaffst du locker. Ist doch alles super.«

Jonas starrt mich an, als hätte ich sie nicht mehr alle. »Ja. Alles richtig super.« Dann verschwindet er.

Als er außer Hörweite ist, sagt Moritz: »Du hast komische Freunde.«

Ach ja. Das sagt ausgerechnet Moritz, der mit einem Typen zusammenwohnt, der gerne mal nackt bis auf seinen Slip mit Superman-Aufdruck am Küchentisch sitzt und versucht, zirkulär in ein Didgeridoo zu atmen.

»Hey!«, protestiert Kim.

»Ausnahmen bestätigen die Regel. Ich muss auch wieder los.« Moritz drückt mir einen Kuss auf den Mund. »Bye, Baby. Ich komme nach meiner Schicht bei dir vorbei. Viel Spaß euch beiden bis dahin.« Damit radelt er davon.

30. KAPITEL

in dem mein Gesicht nicht rot wird

»Dann muss es doch an mir liegen, oder?«

Kim liegt auf meinem Bett, die Beine an der Wand hochgestreckt, den Kopf über die Kante baumelnd. Im Sekundentakt greift sie nach der Tafel Schokolade, die sie aus ihrer Unitasche gezogen und mir als Geschenk übergeben hat. Aber wie das so ist mit den Alibigeschenken: Ich habe noch kein einziges Stück davon abbekommen und bestehe auch nicht darauf, denn Kim hat es nötiger als ich.

Prompt sagt sie: »Also habe ich beschlossen, ab sofort Diät zu halten.«

Skeptisch frage ich: »Was für 'ne Diät soll das sein? Die Milka-Erdbeer-Joghurt-Diät?«

»Das ist meine Henkerstafel, ich schwöre. Morgen fang ich an. Meine Schwester hat mal so ein Ernährungsprogramm durchgezogen, da hat sie in einer Woche vier Kilo abgenommen.«

Ich erspare mir, sie daran zu erinnern, dass ihre Schwester die vier Kilo im nächsten Monat wieder drauf hatte und die vier Kilo sogar noch ein paar Freunde mitgebracht hatten. Schließlich will ich sie nicht unnötig runterziehen.

Radikaldiäten sind außerdem nicht mein Expertengebiet.

»Was soll das bringen?«, frage ich und mustere Kim.

Sie ist nicht die Schlankeste und liegt vielleicht ein paar

Kilo über dem Normalgewicht, dafür hat sie kurvige Hüften, eine schöne Oberweite und eine ordentliche Taille. Ich wusste bisher nicht, dass sie das stört. Wir haben es bisher vorgezogen, Dinge, die wir nicht haben, zu hassen. Kim macht sich gerne über dünne Mädchen, Mädchen in kurzen Röcken und Model-Casting-Shows lustig, am liebsten über dünne Mädchen in kurzen Röcken, die zu Model-Casting-Shows gehen.

»Mann, Max! Mir ist schon klar, dass du dich da nicht reindenken kannst. Hallo, welche Hosengröße trägst du? Ungefähr vierunddreißig oder so.«

»Was? Hä?« Will sie sich jetzt mit mir über Kleidergrößen unterhalten? Das ist bei mir ein ganz schwieriges Thema. Soll ich das Gespräch im Keim ersticken, indem ich ihr ein schlechtes Gewissen mache? Etwas in der Art: »Komm mir bloß nicht mit Kleidergrößen! Du kannst wenigstens BHs im normalen ABC-Bereich kaufen.« Das klappt eigentlich immer. Ich könnte aber auch einfach die Klappe halten, zuhören und wenigstens einmal versuchen, eine gute, verständnisvolle Freundin zu sein.

»Ich meinte doch bloß, was soll dir das bei Buzz bringen?«

Buzz ist der Grund für Kims Besuch und die Orgie mit der Dreihundert-Gramm-Tafel Milka der Sorte Erdbeer-Joghurt. Gestern, am Sonntag, war sie bei Buzz zum Filmgucken eingeladen, und der Abend ist nicht ganz erwartungsgemäß verlaufen.

»Ich erkläre es dir gerne noch mal, Max. Wenn ein Typ ein Mädchen zu einem Filmabend einlädt, dann könnte er genauso gut fragen: Wer bringt die Kondome mit? Das ist ganz klar eine Sexeinladung.«

»Bist du bescheuert? Das stimmt doch gar nicht!«

»Nein, *du* bist bescheuert, wenn du das nicht wusstest.

Das ist Allgemeinwissen. Wenn dich ein Kerl zu einem Filmabend einlädt, dann zieh schöne Unterwäsche an, denn er wird sie zu Gesicht bekommen.«

»Das habe ich ja noch nie gehört.«

»Weil du verklemmt bist.«

»Weil ich … ?« Ach, was soll der Prostest. Von mir aus.

»Buzz und ich liegen also zusammen auf dem Sofa, schauen Filme und nichts passiert. Hallo? Vor ein paar Wochen waren wir da schon mal weiter.« Sie wackelt eindeutig mit den Augenbrauen. »Wenn wir jetzt schon zusammen abhängen, ohne Sex zu haben, dann ist das definitiv keine Affäre mehr. Der Kerl soll endlich mal in die Puschen kommen und unsere Nummer fix machen. Aber in solche Probleme kannst du dich mit deiner perfekten Beziehung wahrscheinlich gar nicht mehr reindenken.«

Ich grinse.

»Mir ist klar, warum du so doof grinst. Du hast ja Moritz. Hab ich dir heute schon gesagt, dass ich Pärchen verachte? Ich verachte Pärchen. Ich hasse Liebe im Allgemeinen.«

Ich denke an Moritz und muss laut loslachen.

»Bitte, Max, ich hab echt schlechte Laune. Hör auf, so zu strahlen. Ich weiß, Max und Moritz und Bussi und Schultüte und alles. Aber das ist nicht fair! Ich gönn's dir von Herzen, aber fair ist es nicht. Ich will so etwas auch. Stattdessen muss ich mich mit lahmen Abenden auf der Couch begnügen.«

Mit kritischem Blick greife ich nach einem Stück Schokolade, bevor sie alles wegessen kann, und schiebe es mir in den Mund. »Er wollte einmal nicht mit dir ins Bett, ergo du musst Diät halten? Ich glaube, du hast Recht. Da kann ich mich nicht reindenken.« Ich schlucke die Schokolade. »Nur was hat das mit eurem Filmabend auf dem Sofa zu tun? Moritz und ich hängen ständig nur rum. Und haben auch keinen Sex.« Ich nehme ein weiteres, diesmal ein extragroßes Stück Schokolade. Bei brisanten Themen ist es immer besser, etwas im Mund zu haben, damit man darauf verweisen kann, wenn man nicht antworten will.

»Cool. Dann seid ihr, wie Buzz und ich, also auch schon im Bereich *älteres Ehepaar* angekommen.« Kim tritt mit den Füßen gegen die Wand und schiebt sich das letzte Schokostück in den Mund.

Ich fasse ihre Aussage gedanklich noch einmal zusammen, um sie auch wirklich zu verstehen: Kim macht eine Diät, weil sie ihre Affäre in eine Beziehung umwandeln will – und das alles, nur weil bei einem gemeinsamen Abend mal der Fernseher statt heißer Action lief? Warum tun wir Frauen bloß so viele dämliche Sachen, um gut anzukommen? Wir kaufen Unterwäsche, die wir bereits nach zweisekündigem Tragen wieder gegen die bequemen H&M-Baumwoll-Pantys eintauschen wollen, wir rasieren, gerne auch mehrmals täglich, die abenteuerlichsten Körperregionen, und wir benutzen Bodylotions, die laut Hersteller nach exotischen Früchten, in Wahrheit aber nach Chemie und Kaugummi riechen.

Ich weiß, dass Kim frustriert ist und Panik vor ihrem künftigen Diätleben hat, also fahre ich ihr über den blonden Kopf und sage: »Wird schon alles werden.«

Guter Gott, ich bin so mies im Trösten. Etwas anderes als albernes Kopfgetätschel und Floskelgerede fällt mir nicht ein.

»Moritz kommt übrigens in ein paar Minuten vorbei«, warne ich sie vor.

»Super.« Kim reckt die Daumen nach oben, aber weil sie mit überstrecktem Kopf auf dem Rücken liegt, zeigen die Daumen aus meiner Perspektive nach unten.

»Habt ruhig den Sex, der mir verwehrt bleibt.«

Halt die Klappe, sagt alles an mir.

Kim springt auf, deutet mit dem Finger auf mich, so nahe, dass sie mir damit in der Nase bohren könnte, und grölt: »Ihr habt noch gar nicht!«

»*Noch* nicht? Wir sind gerade mal einen knappen Monat zusammen.«

»Na und? Musst du bis zum ersten Jahrestag warten oder wie?«

»Ich muss gar nichts.«

»Du *willst* gar nicht.« Wieder zeigt sie mit dem Finger auf mich, als hätte sie mich bei etwas ertappt.

»Es hat sich noch nicht ergeben. Wir müssen erst ein paar Sachen klären. Jana weiß es noch nicht, Liam weiß es noch nicht, mein Vater ...«

»Du willst erst die geisteskranke Ex deines Freundes, deren gemeinsamen Sohn und deinen Vater um Erlaubnis fragen, bevor ihr Sex habt?«

»Du willst mich falsch verstehen, oder?«, frage ich und boxe ihr spielerisch auf den Oberarm.

»Nein! Du machst nur mal wieder einen auf unreife Dreizehnjährige, Max.«

»Du hast erschreckend viel Taktgefühl.«

»Taktgefühl? Red hier nicht von Dingen, von denen du selbst keine Ahnung hast.«

»Vorsicht! Wenn ich so wenig Taktgefühl hätte wie du, hätte ich dir längst gesagt, dass Buzz vielleicht nur nichts Festes will, weil du so viel Stress machst.«

»Wen ... *Was?* Glaubst du echt?« Kim sackt in sich zusammen und beginnt an einem Fingernagel zu kauen. »Verdammt. Vielleicht ist es das wirklich ... Nein. Nein. MOMENT, Fräulein! Versuchst du hier etwa gerade von dir abzulenken? Ich will wissen, warum du noch nicht ...«

Es klopft an der Tür, und Moritz kommt rein. »Hallo, Ladys«, sagt er.

»Hi«, strahle ich ihn an.

»Bin schon weg, bin schon weg. Ich überlasse dir Tschernobyl freiwillig.«

Darf man nicht mal mehr strahlen, weil man sich freut, die zerzausten roten Haare, das verschmitzte Lächeln und die Vampirzähnchen seines Freundes zu sehen?

»Schon okay«, gibt Moritz zurück.

»Max schuldet mir noch eine Antwort, musst du wissen, deshalb ist ihr Gesicht gerade so rot«, erklärt Kim ihm die Lage.

Mein Gesicht ist gar nicht rot, muss ich an dieser Stelle zu meiner Verteidigung sagen. Die Vorhänge vor meinem Fenster sind rot, vielleicht sind meine Wangen gerade ein bisschen missverständlich beleuchtet, aber ich bin nicht rot! Nein!

»Ich lasse euch dann mal alleine. Bei was auch immer.« Kim schenkt mir ein gehässiges Lachen und eilt davon.

31. KAPITEL

in dem Moritz einen auf Macho und mir ein mehrdeutiges Angebot macht

»Was hat sie vorhin gemeint?«, fragt mich Moritz zum gefühlt hundertsten Mal.

Wir laufen durch den Spielwarenladen, zu dem wir gerade gefahren sind, weil er noch ein Geschenk für Liam besorgen möchte. Liams Geburtstag ist morgen, und ich finde es seltsamerweise ziemlich sympathisch, dass Moritz das Geschenk auf den letzten Drücker kauft, weil auch ich Dinge, die mir besonders wichtig sind, gerne so lange hinauszögere, bis ich sie erledigen *muss*.

»Das ist so ein Mädchending, okay?«, versuche ich ihn abzuschütteln. Dass es ein Mädchending ist, macht es für ihn aber nur umso interessanter. Da hätte ich auch gleich sagen können, dass es mit Sex zu tun hat.

»Ein Mädchending, ja?« Moritz zieht mich an meiner Hand zu sich hin, hält mich fest, küsst mein Ohr und sagt: »Die Max, die ich kenne, macht keine Mädchendinge.«

»Die Max, die *ich* kenne, schon. Jedenfalls von Zeit zu Zeit.« Wenn es um Sex geht, zum Beispiel.

»Dann musst du es mir sagen. Schließlich will ich alle deine Facetten kennenlernen.«

Er küsst mich.

Ich erinnere mich an die ersten Wochen mit meinem Exfreund David, in denen ich das Gefühl nicht losgeworden bin, dass es komisch, unpassend und irgendwie immer falsch war, ihn zu küssen. Es war, als würde ich im Körper einer fremden Person stecken, deren Handeln ich nicht steuern kann. Ich habe mir versucht gut zuzureden: Tja, Max, du führst jetzt nun mal ein Leben, in dem du eben küsst, ohne zu wissen, warum.

Mit Moritz ist alles so anders. Wenn er mich küsst, lehne ich mich hinein, lasse mich umarmen (metaphorisch und buchstäblich) und fallen (nur metaphorisch) und spüre die sagenumwobenen Schmetterlinge im Bauch, die sich bei David immer nur angefühlt haben wie dicke, eklige Raupen.

»Was soll's denn überhaupt sein? Playmobil? Lego?«, frage ich zur Ablenkung.

»Mhm … ich dachte an etwas anderes.« Er zieht mich durch die Gänge. »Übrigens weiß ich, dass das ein Ablenkungsmanöver war, ich bin nicht doof.«

»Was denn anderes?«, ablenkungsmanövriere ich weiter.

Er bleibt vor einem Regal stehen. »Voilà«, sagt er und deutet auf eine Reihe Pappkartons, in denen große, bunt gemusterte und mit Gummi gepolsterte Kinderfotoapparate stecken.

»Ich dachte, vielleicht macht es ihm auch Spaß. Er interessiert sich sehr dafür, fragt ständig, ob ich ihm Fotos zeigen kann, und so, daher …« Moritz fuchtelt mit den Händen und argumentiert.

Ich lege beide Arme um seine Mitte und gebe ihm die Bestätigung, die er braucht. »Das ist total süß.«

»Ja? Na gut. Lass mal sehen. Siebzig Euro? Die sind vielleicht lustig.« Er geht durch die Reihe und sucht nach einem günstigeren Modell, fragt sogar einen Verkäufer. Als Moritz ihm darlegt, dass seine Vorstellungen bei fünfzig Euro lägen, sagt er, so etwas hätten sie nicht da, aber mit dem etwas teureren Modell sei er sehr gut beraten.

»Klar bin ich mit dem teuren gut beraten. Die wollen schließlich nicht, dass ich woanders einen günstigeren finde. Lass uns noch zu einem anderen Laden fahren.«

»Es ist fünf vor acht«, erinnere ich ihn.

»Fuck«, flucht Moritz.

»Hey, ob fünfzig oder siebzig Euro, das sind nur zwanzig mehr. Es ist doch für Liam«, rede ich ihm gut zu, streichele seine Schulter und empfinde kurz das schöne Gefühl, jemand anderen als mich selbst zu umsorgen und zu beruhigen.

Moritz ist jedoch alles andere als umsorgt und beruhigt. »Ich weiß, dass es für Liam ist. Aber wenn ich nur fünfzig Eier habe, dann habe ich nur fünfzig Eier, da hilft es auch nichts, dass du mir hier was vorrechnest.« Nervös trommelt er mit den Fingern auf den Pappkarton der Kamera.

»Ist ja okay«, pampe ich zurück und verschränke die Arme. Vorbei das schöne Gefühl.

»Nein!« Er stellt den Karton ins Regal, umfasst mein Gesicht und küsst meine Stirn. »Entschuldige. Ich würde ihm so gern alles schenken, was er will, verstehst du? Aber ich kann es nicht. Nicht mal, wenn er Geburtstag hat. Das tut mir selbst weh.«

Meine Miene wird weich. Ich streichle ihm über die Wange und umarme ihn.

»Nimm die blöde Kamera. Wir gehen zur Kasse.«

»Max, ich hab nur fünfzig Euro dabei.«

»Ja. Ich hab zwanzig. Ich *will dir ja nichts vorrechnen*, aber fünfzig plus zwanzig ergeben siebzig.« Ich nehme ihn an der Hand und will ihn vorwärtsziehen.

»Nee, kommt nicht in Frage.«

»Warum denn nicht? Darf ich Liam nichts schenken?«

»Doch. Natürlich darfst du ihm was schenken. Aber du sollst mir kein Geld geben. Das ist mir peinlich.«

»Ich gebe dir kein Geld. Wir schenken ihm die Kamera einfach zusammen. Fünf Siebtel des Geschenks sind von Papa und zwei Siebtel von Papas ominöser guter Freundin.«

Moritz guckt mich schief an. »Klar. Das wird ein Fünfjähriger sicher verstehen.«

»Dann sagen wir's ihm eben nicht. Aber wir beide wissen, dass es so ist.«

»Nein. Leg den Karton zurück. Ich will das nicht.«

»Aber ich will es.« Ich drücke ihm einen Kuss auf den Mund, den er nicht erwidert. »Sei kein Macho.«

Woher kommen nur diese Komplexe im Zusammenhang mit Geld? Warum darf ich die Pizza nicht bezahlen und ihn auch beim Geburtstagsgeschenk seines Sohnes nicht unterstützen? Moritz ist ein aufgeklärter und emanzipierter Mensch – Machoallüren stehen ihm nicht. Sie passen nicht zu seiner kreativen Seele, die ausgezeichnete Pfannkuchen zubereiten kann. Für gewöhnlich steht er zu seinen Schwächen und spricht Probleme offen an. Ist es ihm peinlich, dass ich mir mehr leisten kann als er? Das sollte es nicht. Er geht für jeden Euro hart arbeiten, während ich eine Geldkarte zücke.

Warum nimmt er meine Hilfe nicht an?

Ich laufe mit dem Kinderfotoapparat zur Kasse, bemerke seine Gespaltenheit und würde gerne nachfragen, was ihn daran stört. Aber ich merke ihm deutlich an, dass er mir keine wahrheitsgemäße Antwort geben wird.

Trotz seines Widerwillens schiebt er seinen Fünfzigeuroschein hinterher, als ich das Geschenk aufs Band und einen Zwanziger auf den Kassentresen lege.

Moritz schmollt immer noch, als er neben mir im Auto sitzt, den Pappkarton auf den Knien. Den ganzen Heimweg über starrt er provokativ aus dem Fenster. Erst als wir aussteigen und auf sein Haus zulaufen, breche ich die Stille.

»Hör bitte auf, so ein Gesicht zu ziehen. Du verhältst dich, als hätte ich dir was Böses getan.«

Moritz schnaubt und sagt leise: »Das verstehst du nicht.«

Offenbar gibt es vieles, das ich nicht verstehe. Ich verstehe Kims Sorge nicht, sie könnte zu dick für eine Beziehung mit Buzz sein, weil ich kleinere Hosen trage als sie. Ich verstehe das Schmollen meines Freundes nicht, weil ich mit dem sprichwörtlichen goldenen Löffel im Mund geboren wurde, während er jeden Euro zweimal umdrehen muss.

Nur weil ich nicht in der gleichen Lage bin, soll ich niemanden verstehen?

Als ich letztens zu einer Kommilitonin, die sich beide Handgelenke gebrochen hatte, sagte: »Ich verstehe, dass du damit deine Hausarbeiten nicht schreiben konntest«, war das bloß Heuchelei, weil ich ihr mit zwei gesunden Gelenken gegenübersaß?

»Ja, stimmt, ich verstehe das nicht.«

Erst als wir oben in seinem Zimmer sind, leise Musik hören und auf seinem Bett liegen, meine Beine eng um seine Hüften geschlungen, sagt er: »Du sollst nicht denken, dass ich dich ausnehmen will oder so. Ich hasse es, wenn Leute mir etwas ausgeben, weil sie glauben, ich hätte sonst den Rest des Monats nichts zu fressen.«

»Aber ich weiß, dass du unglücklich gewesen wärst, wenn du den Fotoapparat nicht hättest kaufen können. Und ich will, dass du glücklich bist.«

»Bin ich doch«, widerspricht er energisch. »Aber ich werde dir das Geld zurückzahlen.«

»Wenn du dich dann besser fühlst.«

»Ja, wesentlich.«

»Okay.«

»Nächsten Monat. Ich weiß, es sind nur zwanzig Euro, aber … Vielleicht wird es bald besser. Ich will mich um einen Job bewerben und … die werden mich wahrscheinlich nicht nehmen, aber man weiß ja nie. Da würde ich echt ziemlich gut verdienen.«

Ich hebe den Kopf. »Aber das ist doch cool. Was für ein Job?«

»Als Fotograf. Ich weiß, ich habe keine Ausbildung und nichts, aber vielleicht klappt es ja.«

»Klar. Das bekommst du schon hin. Du bist supergut!«

Er streicht mir eine Haarsträhne aus dem Gesicht. »Danke«, flüstert er.

»Was ist das für eine Stelle?«, frage ich nach.

»Irgendetwas mit PR.«

»Ich wusste gar nicht, dass dich das interessiert. Ich könnte meinen Vater anrufen und …«

Er legt mir den Finger auf die Lippen. »Nee … danke, aber … mal schauen. Ich werde die Woche über meine Bewerbungsunterlagen zusammenstellen. Meine Mappe und den Rest neu ordnen. Ein paar Fotos auswählen. Wird viel Stress. Ich weiß nicht, ob wir uns oft sehen können.«

»Hey! Das ist vollkommen in Ordnung. Das geht vor, okay?«

Moritz nickt, küsst mich wieder und sagt: »Wir können uns am Samstag treffen.«

»Ja, Samstag ist gut.«

»Du kannst bei mir übernachten, wenn du willst.«

Ich nicke.

»Wir essen was zusammen und dann … keine Ahnung. Wir könnten uns ein paar DVDs ansehen. Ich hab schon lange keinen gemütlichen Filmabend mehr gemacht.«

Ach herrje!

32. KAPITEL

in dem Sex nicht wie Gelbwurst ist

Ich stapfe aus einem Geschichtsseminar und renne zum Kiosk. Mein Muffinspiegel ist auf dem Tiefpunkt, weshalb mein Gehirn nicht mehr produktiv arbeiten kann. Eben im Seminar ist mir zweimal der Kopf nach hinten weggekippt, weil ich so müde war. Nur der Schreck über meine plötzlich tiefenentspannten Muskeln hat dafür gesorgt, dass ich sofort wieder hochgeschreckt bin.

Mein Problem ist: Ich habe letzte Nacht kaum geschlafen. Heute ist Freitag. Wenn heute Freitag ist, dann ist morgen natürlich Samstag. Das weiß ich noch. Die Reihenfolge der Wochentage bekommt mein Gehirn eben noch so hin.

Kim läuft mir in die Arme. Sie trägt drei schwere, dicke Wälzer und sieht mich vollkommen perplex an.

»KIM! Mitkommen«, plärre ich sie an und ziehe sie am Arm.

»Äh? Hi! Was? Ich wollte gerade in die Bib.«

»Wir essen jetzt Muffins.«

»Ich muss aber ein Referat ... Ach, was soll's.« Wir gehen ein paar Schritte, dann haut Kim sich gegen die Stirn. »Nee, Max, geht doch nicht. Ich bin ja auf Diät.«

»Nein, die nächsten fünf Minuten nicht. Ich brauche deine Unterstützung.«

»Aha, du brauchst Unterstützung und was ich will, das zählt nicht?«

»Was willst du?«

»Ich will endlich wieder mit Buzz schlafen.«

Erschrocken sage ich: »Wirklich?«

»Ja, habe ich mich letztens nicht deutlich genug ausgedrückt?«

»Wenn du sagst, du willst, dann meinst du, du *willst* … also wollen im Sinne von *wollen*?«

»Ich kann dir nicht ganz folgen. Aber ich glaube, die Antwort lautet ja.«

Wir stellen uns am Kiosk an, kaufen zwei Muffins und setzen uns auf eine leere Bank gleich daneben.

»Weißt du, Max, das ist so: Sex ist wie dieser Muffin. Wenn er gut ist, dann ist er ziemlich gut. Und wenn er schlecht ist … dann ist er immer noch ziemlich gut.«

»Wie lange wartest du schon darauf, diesen Spruch mal anbringen zu können?«

»Seit ich ihn im Internet gelesen habe.« Kim lächelt und beißt genüsslich in ihren Sex-Muffin.

Ich stütze den Kopf auf der Faust ab und schmolle. So hab ich das nicht gemeint. Ich wollte bloß wissen, *warum* sie will. Also … wollen im Sinne von Lust und Hormonen und Kribbeln und wasweißich. Wo sind die Leute, die wissen, was man meint, wenn man es selbst nicht mal weiß? Anders gefragt: Wo ist Jo?

»Sag endlich: Wo ist das Problem?« Kim klopft mir aufmunternd aufs Knie.

»Morgen. Filmabend. Bei Moritz.«

»Na, wird auch Zeit.« Kim zuckt mit den Schultern, als sie mich fixiert.

»Und was mache ich jetzt?«, frage ich. Für mich war Sex nämlich bisher nicht wie ein Muffin, sondern eher wie Gelbwurst: ganz okay, solange man nicht drüber nachdenkt, was alles drin ist.

»Finde raus, ob du willst, und zieh dich dementsprechend an. Du weißt schon, unterwäschetechnisch.«

Es ist Samstag, und mein Inneres weigert sich strikt, strategische Unterwäsche zu tragen. Moritz würde einen Schock bekommen, wenn ich mich entblättere und in einer pornotauglichen Kreation vor ihm stünde. Etwa in roten Fetzen, die nur aus Tüll und Spitze bestehen. Oder in einem unterhosigen Hauch von rein gar nichts und dazu sternförmigen Nippelaufklebern mit Troddeln dran.

Ich gehe nicht sonderlich gerne »für drunter« einkaufen. Es frustriert zunehmend. Mit über zwanzig hat man nämlich keine Lust mehr auf rosafarbene Baumwolle mit einem aufgedruckten Snoopy, der lustige Dinge macht. Lustige Dinge wie Fußball spielen oder Blümchen pflücken. Das ist in etwa so sexy wie ein Becher fettreduzierter Früchtejoghurt.

Dabei will ich gar nicht sexy sein. Wenn ich über Nacht sexy sein wollte, müsste ich aufhören, verschiedenfarbige Socken und zerschlissene Turnschuhe zu tragen, und ich dürfte nie mehr laut zu Tenacious D »Fuck her gently« mitsingen.

Ich wollte nie sexy sein. Ich wollte die sein, in die man sich verliebt, weil sie *anders* ist. Weil sie *sie selbst* ist. Ich wollte dieser wahr gewordene Mythos sein. Die Frau, die ein Mann sich immer ersehnt hat, mit der man Konsolenspiele zocken, Bierflaschen leeren und Quentin-Tarantino-Filme gucken kann.

Allerdings habe ich in den letzten Jahren herausgefunden, dass Männer sich, was das betrifft, selbst etwas vormachen. Sie haben diese Frauen meistens direkt vor der Nase und wollen sie gar nicht. Sie wollen lieber deren ladylike Freundinnen und hübsche Schwestern.

Als ich anderthalb Stunden später bei Moritz zu Hause bin, habe ich immer noch keine Entscheidung im Hinblick auf meine persönliche Sexyness gefällt. Natürlich habe ich mich für einen Schlüppi entschieden, doch sollte diese Auswahl repräsentativ für mein Selbstbewusstsein sein, dann liegt mein Sexyness-Faktor irgendwo zwischen H&M-Ausverkauf und Baumwoll-Panty mit Alibi-Spitze.

Ich sitze unterlippekauend im Zimmer meines Freundes und hinterfrage meine Bekleidung. Allein, wohlgemerkt. Der Cordstoff des Sofas fühlt sich heute ungewöhnlich rau und unbequem an.

Als ich vor einer Viertelstunde bei ihm eingetroffen bin, hat er mich an der Tür kurz mit einem Kuss empfangen und dann in sein Zimmer geleitet. Dabei deutete er entschuldigend auf das Handy an seinem Ohr, aus dem Liams zarte Kinderstimme zu hören war.

Jetzt schlage ich mich mit einem Haufen weiterer sehr weiblicher Überlegungen herum. Soll ich mich aufs Bett setzen, wenn er reinkommt? Oder legen? Posieren? Sexy Musik einschalten? Soll ich auf dem Sofa bleiben? Doch lieber ins Bett hinüberwandern? Oder gar auf den Teppich? Soll ich meine Sweatjacke ausziehen? Soll ich vorher das Thema Verhütung ansprechen?

»Wir reden wann anders drüber, ja? Gibst du mir bitte mal die Mama?«, höre ich Moritz' Stimme, die mit jeder Silbe anschwillt, aus der Küche. Dann zieht er die Tür zu seinem Zimmer zu, sperrt mich sozusagen aus, und mir schwant nichts Gutes.

Ein Abend, der mit einem Streit mit Jana begonnen hat, ist bisher nie hemmungslos und leidenschaftlich zu Ende gegangen. Wobei ich mich frage, ob je ein Abend leidenschaftlich und hemmungslos war. Mein Gott, es stimmt, was Kim sagt. Ich bin total verklemmt! Das muss ich dringend ändern. Los, denk an was Schönes, Max. Stell dir vor, wie gut es werden kann.

Aber ich bekomme meine Gedanken nicht unter Kontrolle. Ich wippe nur nervös mit den Knien und spitze so sehr die Ohren, um etwas von dem Telefonat aufzuschnappen, dass ich bestimmt schon aussehe wie der spitzohrige Elb Legolas.

Moritz hält seinen Zorn nicht wirklich im Zaum, als er endlich hereinkommt. »Nicht wirklich« im Sinne von: Er kickt seine Schuhe quer durch den Raum, zieht sich den Pulli über den Kopf, wirft ihn wutentbrannt auf den Boden und lässt sich mit so viel Schwung neben mich aufs Sofa fallen, dass es schmerzerfüllt quietscht.

»Alles okay?«, traue ich mich zu fragen.

Er nickt halbherzig und reibt sich die Augen.

Ich fahre ihm durch die Haare. Er lehnt sich an mich und legt den Kopf gegen die Wand.

»Es ist nicht alles okay, stimmt's?«

»Nicht heute Abend, Max. Ich hab keinen Bock, ständig mit dir über Jana oder Liam oder meinen anderen Stress zu diskutieren. Nicht, dass Liam stressig ist, aber … Wir verbringen viel zu viel Zeit damit, uns über meine Probleme zu unterhalten. Das kann's nicht sein.«

Ich umarme ihn und drücke mein Gesicht gegen seinen Hals. »Jemand hat mir mal gesagt, dass man seinen Ärger rauslassen muss und nicht alles in sich hineinfressen soll.«

»Was für ein Jemand war das denn?«, mault Moritz, ringt sich ein Lächeln ab und legt beide Hände auf sein Gesicht.

»Liam will mit seinem Papa ins Fußballstadion gehen«, beginnt er schließlich. »Er hat mich eben angerufen und gesagt: ›Papa, ich bin fünf, es wird Zeit.‹«

Ich schmunzele. Er ist einfach zu süß. »Na, dann nichts wie hin.«

»Das Problem ist: Liam wird nicht mit seinem Papa ins Fußballstadion gehen.«

»Aber sein Papa ist Fußballfan. Er ahmt dich doch bloß nach.«

»Ja, und ich finde es auch niedlich. Und ich würde nichts lieber tun. Die Sache ist nur, dass ich es nicht tun kann. Trotzdem hat Jana ihm diesen Floh ins Ohr gesetzt.«

Ich verstehe nur Bahnhof.

»Sie hat ihm gesagt, er solle mich hier und jetzt anrufen und mir sagen, dass es Papa-Sache ist, mit ihm ins Stadion zu gehen. Ein Fünfjähriger, der sagt, es sei Papa-Sache, ins Stadion zu gehen? Das hat sie ihm in den Mund gelegt. Am Ende habe *ich* einen heulenden Knirps am Telefon, der mir vorwirft, dass ich seinen größten Wunsch nicht erfülle. Sie weiß das ganz genau. Und sie benutzt es, um Liam gegen mich aufzubringen.«

Meine Beherrschung blubbert, brodelt und pfeift wie ein Wasserkessel kurz vorm Explodieren. Ich kenne diese Getrennte-Eltern-Diplomatie aus eigener Erfahrung. Auch meine Eltern haben sich ihre gegenseitigen Schwächen gut, gerne und regelmäßig aufs Brot geschmiert. Jo und ich durften diese geschmierten Brote dann meist dem jeweils anderen Elternteil servieren. Obwohl mir das alles nur zu vertraut ist, lautet meine nächste Frage: »Warum tut sie so etwas?«

Moritz zuckt mit den Schultern, beugt sich vor, zieht ein Zigarettenpäckchen aus seiner Hosentasche, fragt mich mit einer Geste, ob ich einverstanden bin, und zündet nach meinem Nicken eine an.

»Warum geht sie nicht selbst mit ihm? Sie hat bestimmt das Geld dazu. Was kostet eine Karte für ein Heimspiel?

Vielleicht zwanzig Euro? Wenn die Eintracht nicht gerade gegen die Bayern spielt … Sie könnte zu irgendeinem DFB-Pokal-Spiel gegen einen Drittligisten mit ihm gehen. Da bekommt sie die Karte quasi geschenkt.« Ich fuchtele wild mit den Armen, bereit, noch zwanzig weitere Argumente gegen Jana abzufeuern.

»Du bist so sexy, wenn du fußballfachsimpelst.« Moritz beugt sich für einen Kuss zu mir herüber. Er schmeckt nach Rauch und Bitterkeit, und seine Oberlippe pikst ein wenig. »Jana geht es überhaupt nicht ums Geld. Es geht ihr auch nicht um den Fußball. Sie hält Stadionbesuche schon immer für primitives Machogetue. Im Grunde will sie gar nicht, dass Liam dorthingeht.«

»Das heißt, sie benutzt es nur als Mittel, um dich bei ihm schlechtzumachen. Sie ist echt …«

»Wir reden schon wieder über sie«, unterbricht Moritz meine Hasstirade.

Ich führe den Satz in Gedanken fort: … eine hinterlistige, rastabelockte, widerwärtige, zu lange nicht mehr auf einem Küchentisch vernascht wordene kleine Pestbeule!

»Es geht dir doch schlecht deswegen, oder? Muss ich dir auch erst einen Eisbecher so groß wie China vorsetzen, damit du zu deinen eignen Sprüchen stehst und nicht alles in dich hineinfrisst?«

Moritz strahlt mich an. »Du bist toll, weißt du das?«

»Ja, so langsam habe selbst ich verstanden, dass du irgendwas an mir toll findest.«

»Nicht nur irgendwas.« Er sieht mir ziemlich tief in die Augen. So tief, dass ich weggucken muss. »Ich würde dir gerne etwas sagen, Max, auch wenn ich weiß, dass es dafür noch viel zu früh ist …«

Ich übergehe die Andeutung und bohre nach: »Antworte mir lieber auf meine Frage. Was beschäftigt dich?«

Moritz stöhnt. »Du bist so ein Dickkopf. Ich kann nicht mit Liam zur Eintracht gehen.«

»So teuer sind die Karten nun auch wieder nicht. Schenk ihm das Ticket doch zu Weihnachten.«

»Es ist nicht wegen des Geldes. Ich … ich habe in Frankfurt Stadionverbot.«

»Du hast *was*?«, platzt es etwas zu laut aus mir heraus. Wie darf ich mir das bitte vorstellen? Hängen am Kassenhäuschen Wanted-dead-or-alive-Plakate mit seinem Konterfei? Ist dort ein Warnschild, das verkündet: »Moritz muss leider draußen bleiben«? Was hat er angestellt?

Moritz zuckt mit den Schultern. »Jana weiß das natürlich ganz genau, und trotzdem setzt sie Liam darauf an, mich zu fragen, ob wir hingehen. Aus irgendeinem Grund hält er mich für den Größten. Vielleicht passt ihr das nicht.«

Selten war das Wörtchen »vielleicht« überflüssiger. Es passt ihr ganz sicher nicht.

»Wie hast du es bis zum Stadionverbot geschafft?«

»Oh Max, wir wollten uns doch einen schönen Abend machen, oder? Egal. Ich habe mich geprügelt, der DFB war deshalb böse auf mich und fertig. Passiert. Die Konsequenz ist, dass Liam mich jedes Mal mit diesem quengelnden Blick anguckt. Ich leide genug darunter.«

Er leidet … Moritz kann sagen, dass er leidet.

Ich drücke mich enger an ihn, lege die Beine schräg über seinen Schoß und streichele mit der linken Hand seine Haare.

»Lass uns einen Film gucken«, sage ich schließlich. »Ich dachte an einen Kill-Bill-Marathon.«

FILMABEND BEDEUTET EBEN DOCH NICHT AUTOMATISCH SEX. MORITZ IST KEIN KLISCHEE.

Ich schicke diese Nachricht an Kim, während Moritz in

der Küche ist, und fummele derweil den zweiten Teil von Kill Bill aus der Hülle.

WARTE NUR AB. SIE SIND ALLE GLEICH.

»Wem schreibst du?«, fragt Moritz.

»Ach, nur Kim.«

Er lächelt und reicht mir eine Flasche Wein, die er aus der Küche mitgebracht hat.

»Ähm …«, ich trinke einen Schluck, »wie war's bei der Arbeit diese Woche? Hattest du schon ein Vorstellungsgespräch?«

»Wie man's nimmt. Ich habe meine Mappe bei einer Agentur abgegeben und … also, ich glaube nicht, dass die überhaupt reingucken. Sie haben mir gesagt, dass es sehr viele Bewerber gibt und sie mich anrufen, wenn ich in die engere Auswahl komme. Dann müsste ich noch mal hin und ein zweites Portfolio mitbringen, blabla. Alles nicht so leicht.«

»Aber du bist gut.« Ich schalte die DVD ein.

»Ist egal. Die lesen, dass ich keine Ausbildung habe, dass ich als Kurier arbeite und ein Kind habe und schon – bumms! – lande ich im Abfalleimer. Das kenne ich.«

»Ich verstehe nicht, warum du dich überhaupt bewirbst, wenn du so negativ denkst. Du bist doch sonst so optimistisch. Du bist der kleine Strahlemann, und ich bin der Miesepeter.«

Moritz sieht mich an. »Willst du mich aufmuntern?«

»Klar. Was soll ich denn sonst machen?«

»Du … du darfst nicht erschrecken, wenn ich dir gleich was sage, okay?«

Was kommt als Nächstes? Weitere Söhne oder Töchter von weiteren charmanten Exfreundinnen?

»Was denn?«, frage ich zurückhaltend.

»Ich …« Moritz streicht mir die Haare hinter die Ohren,

die mir widerspenstig zurück ins Gesicht fallen. Er küsst mich langsam und sachte. »Ich weiß, dass es noch viel zu früh ist, aber ich will dir sagen, dass … Ich glaube, ich liebe dich.«

Ich blinzele ihn an. »Äh«, sage ich.

Wow, wie klug. Die intellektuelle Poetin in mir ist wohl gerade mal wieder auf Urlaub. Bin ich wahnsinnig? Er hat mir soeben seine Liebe gestanden, und wir wissen alle dank Funk und Fernsehen, dass das für Männer ein Unterfangen ist, das mindestens so schlimm ist wie Freiheitsberaubung. Moritz dagegen sagt es ganz von sich aus, und was erwidere ich: Äh. Äh ist doch scheiße! Äh ist nicht mal ein Wort! Geschweige denn ein Satz!

»Heyheyhey.« Moritz nimmt meine Hände in seine. Er küsst mich auf die Stirn und meint: »Du musst gar nichts sagen. Du *darfst* nichts sagen. Ich musste es nur loswerden. Kennst mich doch. Ich muss immer sagen, was ich fühle.«

»Okay«, bringe ich hervor.

Moritz lacht über mich.

Ich kann mir vorstellen, dass mein Gesichtsausdruck gerade einer mittelschweren Katastrophe gleichkommt, und versuche ihn zu verändern, aber ich bringe nicht mehr als ein geisteskrankes, schiefes Lächeln zustande.

»Es tut gut, dass du auch mal nicht weißt, was du sagen sollst.« Moritz zieht mich zu sich heran und küsst mich eine Trillion Mal. (Vielleicht weniger, vielleicht auch mehr, mein Gehirn ist auf Autopilot, und in diesem Modus habe ich reichlich wenig Kontrolle darüber. Unkontrolliert ist mein Gehirn zu überhaupt gar nichts zu gebrauchen.)

Irgendwann zieht Moritz sein T-Shirt aus, küsst mich immer mehr und immer schöner, weshalb ich gar nicht richtig mitbekomme, was hier gerade abgeht. Ich bemerke erst, dass ich zwischen seinen Beinen auf ihm liege, als ich fühle, wie er mir den Pulli auszieht. Natürlich hat mir Moritz davor auch schon mal den Pulli ausgezogen und auch sein T-Shirt und sogar die Hose und keine Ahnung, was noch alles, aber ich weiß plötzlich, dass das hier anders ist. Etwas, bei dem ich weder gut noch sehr erfahren bin. Wenn ich ehrlich bin, denke ich folgendermaßen über Sex: Mit jemandem zu schlafen ist wie ihm ein Geschenk zu machen. Wenn dir derjenige, dem du es überreichen möchtest, viel bedeutet, denkst du intensiv darüber nach. Du planst alles, vom richtigen Timing bis zur Verpackung und den Worten auf der Glückwunschkarte. Wozu? Damit es ihm gefällt, damit es das Richtige ist. Ein Geschenk, das *bleibt*. Deswegen verstehe ich all die Menschen nicht, die Sex haben, ohne darüber nachzudenken. Ohne sich sicher zu sein, dass es das Richtige ist und dass der Beschenkte in ihrem Leben bleibt.

Ist der Augenblick für die Bescherung gekommen?, frage ich mich, als Moritz mir schnell und ambitioniert das Top abstreift.

Mein Körper scheint durchaus dieser Meinung zu sein: Meine rechte Hand liegt auf Moritz' Brust, meine linke ist zielsicher auf dem Weg zu seinem Hosenbund, und mein Becken hat vollkommen den Verstand verloren.

Dann aber gibt mein Hirn Warnmeldungen an meine Extremitäten aus, und meine Hände ziehen sich zurück, mein Körper verkrampft, und ich kann nicht mehr zurückküssen, geschweige denn meine linke Hand weiter ihr Unwesen treiben lassen.

»Hey, Max, nicht aufhören«, flüstert Moritz mir ins Ohr, fährt dabei über meinen Hintern und presst seinen Körper an meinen. »Bitte«, sagt er …

Ach, was rede ich denn da? Moritz sagt es nicht, er stöhnt. Yep, er stöhnt. Verdammt, Moritz will Sex, keine

Frage. Ich hätte Kim glauben sollen. Alle haben immer so viel *Rechter* als ich!

Ich setze mich auf und versuche, nur um meine Hände irgendwie zu beschäftigen, meine Haare zu entwirren. Moritz rückt sofort hinterher, nimmt meine Hände, legt sie um seinen Körper und küsst mich wieder. Seine Augen sind geschlossen, als er mich auf die Wange und aufs Ohr küsst und hineinhaucht: »Bitte, Max, ich liebe dich, und ich würde so gerne mit dir schlafen.«

Er setzt dazu an, meine Hose aufzumachen.

»Moment mal«, platzt es unvermittelt aus mir raus.

Moritz sieht mich erschrocken an. »Was?«, fragt er ratlos.

»*Was*? Was passiert denn hier gerade? Du kannst nicht immer …« Ich springe vom Sofa auf und rücke den spärlichen Rest meiner Klamotten zurecht. »Sagst du mir, dass du mich liebst, bloß damit ich mit dir schlafe?«

»Max!« Sein Gesicht sieht aus, als hätte ihm jemand einen Haken verpasst. Seine Augen gucken, als würde er die Welt nicht mehr verstehen.

Ich verstehe die Welt auch nicht mehr. Zwei Parteien kämpfen in mir. Die eine, die wunderschön fand, was er gemacht und gesagt hat, und die andere, die soeben aus mir gesprochen hat.

»Sorry, wenn ich dich … keine Ahnung. Was hab ich gemacht? Ich hab nur gesagt, was ich …«

»Jaja, was du gefühlt hast. Aber ich weiß nicht … ich glaube …«

Oh Gott, genau in diesem Moment bricht die Flut aus Peinlichkeit über mich hinein. Ich haue Moritz meine Worte ins Gesicht wie Ohrfeigen. Wie unangenehm muss ihm das erst sein? Ich bin so eine Idiotin. Ich will … nur weg von hier. Irgendwohin. Zu Jo.

»Es tut mir leid, Max.«

»Ja … mir auch, aber ich schlafe heute vielleicht besser zu Hause, okay?«

»Nein, hey, bitte nicht.« Moritz stellt sich neben mich, will mich umarmen.

»Doch. Ich … ich muss nachdenken.«

»Worüber denn?« Er starrt mich an wie ein kleiner Junge. Jetzt sieht er aus wie Liam.

»Keine Ahnung. Darüber muss ich auch erst nachdenken.«

»Aber du hast Wein getrunken. Du darfst nicht fahren.« Er fasst nach meiner Hand.

»Ich … ja, nur einen Schluck. Sorry, Moritz. Bitte entschuldige, dass ich so ein Theater mache, aber ich … weiß auch nicht.«

33. KAPITEL

in dem ich mir nicht sicher bin, ob ich in diesem Film die Hauptperson sein möchte

Gut zu wissen, dass es wenigstens einen Menschen auf diesem verfluchten Planeten gibt, der mir ansieht, wenn ich mich mal wieder fühle, als wäre ich nicht Teil dieser dämlichen Spezies, die auf dieser dämlichen Welt lebt. Mindestens so gut ist es, dass Jo darauf verzichtet, mir eine Predigt zu halten. Sie verhält sich geradezu vorbildlich.

Steffen, der Typ mit dem Ford Galaxy, ist zu Besuch, als ich mit zerwühlten Haaren zur Tür hereinplatze, mit den Nerven völlig am Ende. Weshalb? Weil Moritz mit mir schlafen wollte oder weil ich es nicht gemacht habe? Das weiß ich nicht einmal selbst.

Wahrscheinlich waren Jo und Steffen gerade auf dem besten Weg dahin, das zu tun, was ich zu tun nicht im Stande bin, aber sie lässt ihn in ihrem Zimmer sitzen, als ich anklopfe und »Oh, wusste ich nicht« stammele. Sie folgt mir, setzt sich neben mich auf mein Bett und sagt erst mal nichts.

»Danke«, sage ich irgendwann.

»Wofür?«

»Dafür, dass du nicht fragst, was passiert ist.«

»Ist ziemlich anstrengend. Aber du willst nicht drüber reden. Glaube ich zumindest.«

»Ja. Hat sowieso keinen Zweck.«

»Ist jetzt aber kein ernster Streit, oder?«

Ich zucke mit den Schultern und lasse mich ins Kissen fallen.

»Kann ich mir gar nicht vorstellen. Moritz ist immer so zart.«

Ja. Zart. Mein Moritz. War es ein Streit? Nee. Irgendwie nicht, oder? Wir waren nicht laut. Wir waren nicht unsachlich. Oder war ich unsachlich, als ich gesagt habe, seine Liebe hätte er mir nur gestanden, um mich ins Bett zu locken?

»Manchmal habe ich Angst, dass das alles nur eine Masche ist. In seiner Vergangenheit war er nicht immer so zart, vermute ich.« Mystische Formulierungen wie »in seiner Vergangenheit« wecken natürlich – das hätte ich bedenken müssen – Jos von Vampirfantasy und Krankenhausserien verfälschten Romantiksinn.

Es juckt sie in den Fingern, mich auszufragen. Sie streicht sich die langen Haare hinter die Ohren, legt einen Arm um mich und fährt mir zärtlich über den Oberarm.

»Er hat gesagt, dass er mich liebt.«

»Was?«, platzt Jo raus, und in ihren Augen glitzern ein paar Tausend *Twilight*-Vergleiche.

»Und ungefähr zwei Sekunden später hat er gesagt, dass er mit mir schlafen will.«

»Er hat es *gesagt*? So wie … im Film?«

»Welcher Film?«

»Der Film, in dem jedes Mädchen die Hauptrolle spielen will.«

Ich stöhne. Ich glaube nicht, dass ich irgendeine Hauptrolle spielen will. Bestimmt bin ich nur in dieser Situation, weil ich zu oft schon irgendwelche Rollen gespielt habe. Ich habe mit David Liebe und mit Jonas Freundschaft gespielt, und bei diesem ganzen Schmierentheater muss ich vergessen haben, was das eine und was das andere bedeutet.

»Und du denkst, dass sei seine Strategie?«

Ich zucke die Achseln.

»Max, sieh es doch mal so: Ihr seid inzwischen seit einem Monat zusammen. Vermutlich ist er ein anderes Tempo gewohnt. Alles in allem zeigt es doch, dass er dich anziehend findet, wenn er mit dir schlafen will. Das ist keine Beleidigung. Ich halte Moritz nicht für einen von den Typen, die sich ein ›Ich liebe dich‹ abringen, nur um mit dir ins Bett zu gehen.«

»Was, wenn ich mit ihm schlafe und er mich dann verlässt?«, frage ich sie mit brüchiger Stimme.

»Das wäre Pech.«

Ich glaube, durch einen unglücklichen Zwischenfall bei der Mitose sind bei uns die Zellen für Taktgefühl etwas fehlverteilt worden. Jo hat offenbar keine abbekommen.

»Pech? Wieso Pech? Ich kann mich doch nicht jemandem hingeben, um dann Pech zu haben.«

»Du musst es nicht haben. Aber du solltest es in Betracht ziehen. Willst du jetzt nie mehr einen Freund haben, aus lauter Panik, er könnte dich verlassen?«

Ich zucke mit den Schultern.

»Hör mal, Max. Es ist okay, etwas zu riskieren. Und es ist okay, Fehler zu machen.«

»Aber ich hasse es, Fehler zu machen.«

Jo nimmt mich in den Arm und flüstert: »Wenn er dich haben kann und irgendwann beschließt, dich gehen zu lassen, dann machst nicht du einen Fehler. Sondern er. Abgesehen davon werde ich ihm dafür die Haut abziehen. Versprochen.« Sie lächelt.

»Ich hab dich lieb«, murmele ich mit feuchten Augen.

Sie küsst mich auf den Scheitel. »Kann ich dich jetzt alleine lassen, oder soll ich Steffen sagen, dass er nach Hause gehen soll?«

»Nein, nein, Quatsch. Geh rüber zu ihm. Ich will schlafen.«

Sie küsst mich erneut und verlässt das Zimmer. Bevor sie die Tür hinter sich zuzieht, erinnert sie mich: »Weißt du, Maxi. Nur weil unsere Eltern sich getrennt haben und Mama abgehauen ist, heißt das nicht, dass dich alle Menschen enttäuschen werden. Hab mal ein bisschen Vertrauen. Gönn dir dein Glück. Schlaf gut, ich hab dich auch sehr lieb.« Jo wirft mir eine Kusshand zu, und die Tür fällt ins Schloss.

34. KAPITEL

in dem ich kurzschlussreagiere

Für das, was ich gerade im Begriff bin zu tun, sind drei äußere Faktoren ausschlaggebend.

1) Nachdem Jo am Samstagabend wieder in ihr Zimmer gegangen ist, war sie wohl der Auffassung, dass es mich trösten würde, wenn wenigstens eine von uns in dieser Nacht Sex hätte. Was passiert bloß im Kopf meiner Schwester? Mir geht es schlecht, sie macht einen auf Therapeutin, und dann geht sie schnurstracks in ihr Zimmer und schläft mit ihrem Ford-Galaxy-Fahrer! Und zwar in großzügiger Zimmerlautstärke, weshalb meine geplagte Seele leider Gottes jeden Ton mit anhören musste. Sollte das eine Schocktherapie sein? Kernaussage: Hier, liebes Schwesterlein, ich demonstriere dir mal, was dir entgeht. Echt klasse!

2) Am Sonntagmorgen erreichte mich eine SMS von Kim, in der sie mir mitteilte, dass sie gestern Nacht im Selbstversuch die These »Filmabend = Sex« überprüft habe und diese nun zu einhundert Prozent bestätigen könne. Als ich darauf nicht antwortete, rief sie kurz darauf an und überflutete mich mit Informationen, die ich in meinem Leben niemals hören wollte. Dauer, Intensität und Qualität des Geschlechtsverkehrs waren dabei nur die harmlosesten Details.

Irgendwann fragte sie dann: »UUUUUUND wie war's bei dir? Wir könnten eine empirische Studie erstellen, welche Filme zu welcher Art von Sex führen. Ich empfehle die *Saw*-Reihe, du hast danach solche Angst um dein Leben, dass du es treibst, als hätte dein letztes Stündlein geschlagen.«

Ich zog es vor, die Sache abzukürzen, und blaffte: »Also, Kim. Ich will im Moment nicht so genau wissen, was du mit Buzz gemacht hast, und solltest du mir jemals wieder auch nur in Ansätzen seine Genitalien beschreiben, werde ich kein Wort mehr mit dir sprechen.«

Hervorragend!

3) Heute ist Montag, und zur Feier des Tages verfiel ich in alte Muster und war bei einer Probe von Jonas und den Jungs dabei. Zu hören gab es unter anderem einen neuen Songtext. Überraschenderweise aus der Feder von Jonas, und das, obwohl ihn die poetische Muse bisher eher selten geküsst hat. Seine Musikalität beschränkt sich auf motorisches Können. Dennoch: Er packte also diesen Songtext aus, in dem es – natürlich, wie sollte es anders sein? – um Sex ging. Ich rechnete mit dem Schlimmsten, wurde jedoch in meiner Erwartung enttäuscht. Jonas hat einen sehr respektvollen Text übers Miteinanderschlafen geschrieben (ich meine mich erinnern zu können, dass die Formulierung »to make love« darin vorkam, was gleichermaßen schmierig und putzig ist), und er beschreibt ein tolles Mädchen und einen tollen Typen (also sich selbst) und blablabla … Egal. Als wir ihn darauf ansprachen, war von dem einfühlsamen kleinen Jonas jedoch nicht mehr viel übrig, und er sagte (ich zitiere vage): »Jojo, Mann, ich bin mindestens so hart wie Bushido, Alter, aber am Samstag hab ich diese Schnecke gebumst, und das hat mich so geflasht, da dachte ich, ich schreib mal drüber.« Bravo!

Alle, und damit meine ich ALLE, haben es am Samstag irgendwie hinbekommen. Keiner hat sich benommen wie eine Dreizehnjährige, die ihren ersten Freund hat.

Moritz hat sich seit besagtem Samstag nicht mehr bei mir gemeldet, und – ich erwähnte es bereits – heute ist Montag. Aber das spielt jetzt keine Rolle, denn ich stehe vor seiner Wohnungstür. Bitte nicht vergessen: Ich bin nicht schuld daran, dass ich gleich tue, was ich tun muss.

Jo hat Recht: Wir sind inzwischen einen Monat zusammen. Es wird langsam Zeit, wahrscheinlich. Moritz ist sicher ein anderes Tempo gewohnt. Er mag mich, also will er mit mir schlafen. Ich sollte mich freuen, dass er mich sexuell attraktiv findet. Sollte das danach nicht mehr der Fall sein, dann war es ein Fehler, aber Fehler machen ist okay. Ich bin zweiundzwanzig, ich *muss* Fehler machen. Alles prima. Mein Herz schlägt bloß deshalb so doll, weil es sich freut, so einfach ist das. Meine Knie sind so weich, weil ich aufgeregt bin. Und dieses drückende Gefühl in meinem ganzen Körper ist sicher nur sexuelle Erregung.

Ich werde jetzt klingeln.

Ich klingele.

Ich werde mich jetzt in Pose werfen, mir noch mal die neue Unterwäsche aus dem Hintern zupfen und meine Haare ins Gesicht fallen lassen.

Ich werfe mich in Pose, zupfe mir noch mal die neue Unterwäsche aus dem Hintern und lasse meine Haare ins Gesicht fallen.

Ich bin jetzt also sexy. Fühlt sich irgendwie gar nicht gut an.

Es ist halb elf abends. Moritz ist sicher zu Hause. Warum dauert es nur so lange, bis er an die Tür kommt? Was, wenn Kai aufmacht?

Moritz macht auf.

Seine Haare sind an der linken Seite eingedrückt, und er hat einen Kissenabdruck auf der Wange. »Max?«, fragt er mit schläfriger Stimme.

»Hi«, hauche ich und versuche meine sexuelle Ausstrahlung zu aktivieren. Los! Mach schon!

»Mit dir hab ich gar nicht gerechnet.« Er rauft sich die Haare und sieht mich verwirrt an. »Ist alles okay?«

»Mehr als okay«, gurre ich, lege ihm eine Hand auf die Brust, werfe laut die Tür hinter mir zu und schiebe ihn durch den Flur in die Küche.

Mit zusammengekniffenen Augen sieht Moritz mir dabei zu, wie ich meine Jacke ausziehe, sie über einen Küchenstuhl werfe und mir über den Hals und den Nacken fahre.

»Sicher?«, fragt er irritiert.

Ich mache einen Schritt auf ihn zu und küsse ihn schnell und heftig. Im ersten Moment ist er überrumpelt, dann macht er mit. Er zieht mich erst an sich und dann mit in sein Zimmer, fällt mit mir aufs Bett, schiebt seine Hände unter mein T-Shirt, zieht es mir aus. Ich verfolge mit Genugtuung, wie seine Augen weit werden.

»Sollen wir nicht …«

Ich unterbreche ihn, indem ich ihm den Mund mit einem Kuss verschließe. Sein »Ist das …?«, »Was soll …?«, »Hast du …?« und »Max, warum …?« ersticke ich mit derselben Taktik. Ich kann spüren, wie sein Körper auf mein Handeln reagiert, demnach ist es sicher nur eine Frage der Zeit, bis er seinen Verstand ausknipst.

Aber sein Verstand bleibt im Online-Modus.

Mit einem Ruck wälzt Moritz sich zur Seite, sodass ich unsanft von ihm herunterrolle. Er ist jetzt über mir und drückt mich mit beiden Händen an den Schultern in die weiche Matratze. »Stopp!«, sagt er bestimmt. »Was wird das, wenn ich fragen darf?«

»Ich will mit dir schlafen.«

»Du willst mit mir schlafen?«

Ich nicke und versuche mich zu befreien. Als ich mich seinem Griff nicht entwinden kann, greife ich zu drastischeren Maßnahmen. Ich fahre mit der Hand in seine Shorts.

»Nee, nee, nee«, bremst er mich aus und greift nach meinen Fingern. »Hör auf, bitte.«

Seine Stimme ist so streng und tief, das Funkeln in seinen Augen so drohend, dass ich hochschrecke. Wie ein Schwall Wasser klatscht mir die Scham ins Gesicht. Hastig greife ich nach meinem T-Shirt und halte es vor meinen halbnackten Körper.

»Warum?«, frage ich mit brüchiger Stimme.

Seine Miene entspannt sich. Seine Augen leuchten blau und seine Haare kupferfarben. Er kriecht ein Stück auf mich zu und zieht mich in seine Arme. »Weil ich ernst gemeint habe, was ich am Samstag zu dir gesagt habe.«

»Ich weiß. Da sage ich dir, dass ich auch mit dir schlafen will und du … du willst nicht mehr?«

Er schüttelt den Kopf. Mein Magen zieht sich zusammen. Jeden Augenblick ertrinke ich in Peinlichkeit.

»Warum?«

»Ich habe ernst gemeint, dass ich dich liebe. Du Dummkopf, du. Da kann ich doch nicht … Okay, du hast gerade eine Riesenshow abgezogen, und es fällt mir verdammt schwer, dir zu sagen, dass du damit aufhören sollst. Ich schwöre dir, ein oder zwei Minuten länger und du hättest mich so weit gehabt, aber ich hätte mich danach mindestens so schlecht gefühlt wie du.«

»Ich hätte mich nicht schlecht gefühlt.«

Moritz glaubt mir offensichtlich kein Wort.

»Echt nicht. Ich will …«

»Können wir nicht wenigstens erst mal über Samstag reden? Da wolltest du schließlich noch nicht.«

Ich versuche ein Lachen. »Irgendwas läuft bei uns falsch. Die Frau will Sex und der Kerl will reden.«

»Nein, es ist schon alles so, wie es sein sollte. Ich will Sex und du nicht, aber du tust so, als würdest du wollen, weil du denkst, dass ich es von dir erwarte. Weil du Angst hast.«

Was behauptet er da? Ich habe keine … Quatsch … pfff … Angst … Was … Scheiße, ich mach mir gleich in die Hose vor Angst!

»Ist doch so, oder?«

Halbherzig schüttele ich den Kopf.

Moritz legt sich auf die Seite und zieht mich mit. Er streichelt mir übers Haar, küsst mich auf die Nasenspitze und sagt: »Ich denke, wir sollten das auf unbestimmte Zeit vertagen.«

Ich überlege kurz, ob ich protestieren soll, dann nicke ich sachte.

»Gut«, sagt er leise, während ich mich an sein Schlüsselbein drücke. Eigentlich will ich mich nur irgendwo verstecken, weil mir selten etwas so peinlich war.

»'tschuldigung«, murmele ich.

»Wofür denn?«

»Ich bin … ich bin so furchtbar schlecht in alldem.«

Moritz lacht zweideutig, streichelt meine Seite und flüstert mir dann ins Ohr: »Och, was du eben gemacht hast war aber ziemlich gut.«

»Haha«, brumme ich. »Ich meine dieses ganze … keine Ahnung … alles eben.« Das Lieben und Geliebtwerden und Verstehen und Verstandenwerden. Ich gehöre nicht zu den Menschen, die ihre Gefühle ständig in Worte fassen müssen. Vielmehr gehöre ich zu denen, die in ihrem Magen ausreichend Speicherplatz haben, um sie alle herunterzuschlucken.

»Red keinen Mist.« Er dreht mich auf die Seite, kuschelt sich an mich, legt einen Arm um mich und küsst in kurzen Abständen immer wieder meinen Nacken. »Sei lieber wieder die Max, die ich so gerne mag. Und jetzt sollten wir vielleicht einfach nur schlafen.«

35. KAPITEL

in dem ich ein Lemming bin

Ich leide am Lemming-Syndrom. Aus keinem anderen Grund habe ich versucht, Moritz ins Bett zu kriegen. Das muss man sich mal vorstellen: *Ich* habe versucht, *ihn* ins Bett zu kriegen.

Ich wollte partout hinter Jo, Kim und Jonas die Klippe herunterspringen. So sind Frauen, glaube ich.

»Moritz ist so was von süß. Man sollte ihn drei Milliarden Mal klonen und jeder Frau auf der Welt einen schenken«, sagt Jo, als wir am nächsten Nachmittag in meinem Auto sitzen und zu unserem Vater fahren. Wir sind mit ihm und seiner Freundin zum Kaffee verabredet.

»Nicht zu vergessen die paar Millionen Klone für die schwulen Männer.« Jo zählt symbolisch an den Fingern ab.

»Jetzt ist aber gut«, versuche ich, sie zu besänftigen.

Doch während wir mein Auto in Papas Tiefgarage abstellen, durch die Stahltür ins Treppenhaus gehen und den Aufzug rufen, hört Jo nicht auf zu plappern. »Er ist toll! Du solltest ihn sofort heiraten! … Ich habe das Gefühl, dass er dich so nimmt, wie du bist. So etwas gibt es nicht oft … Er ist einer von den erwachsenen Männern. Er hat ein Kind, er weiß, worauf es ankommt«, sind dabei noch die bodenständigsten Äußerungen. Den gesamten Weg nach oben in die Penthouse-Etage zählt sie ein Pro-Argument nach dem anderen auf, ehe sich die Fahrstuhltüren öffnen und uns Papa und Kristin im Flur begrüßen.

Dann wechselt sie schlagartig das Thema. »Oh! Mein! Gott!«

Drei Worte wie aus einer Sitcom. Jo fächelt sich Luft zu und starrt auf Kristins Babybauch. Wenn sie jetzt noch etwas wie »Geschenk Gottes« oder »Wunder der Menschheit« sagt, könnte man ihr augenblicklich eine Krone aufsetzen und sie zur Miss Amerika küren. Ich müsste mich dann allerdings kurz auf die Toilette verabschieden, um zu brechen.

Wir folgen Papa und seiner Freundin ins Esszimmer, wo eine gedeckte Kaffeetafel auf uns wartet. Kristin macht einen auf verlegen und dreht sich strahlend hin und her. Sie sieht aus wie ein Topmodel, dem man einen noch nicht ganz prall aufgepumpten Wasserball unters Shirt gestopft hat. Ihr Siebenmonatsbauch will nicht so ganz zum restlichen Körper passen. Sie ist irgendwie noch zu attraktiv. Dabei hört man ständig so schreckliche Schwangerschaftstorys: zwanzig Kilo Gewichtszunahme, Wassereinlagerungen, Hautunreinheiten, nachlassendes Bindegewebe. Bestimmt treten diese Folgeerscheinungen nur bei Frauen auf, die auch vorher schon mies aussahen – getreu dem Motto: Der Teufel scheißt immer auf den größten Haufen.

Kristin lässt sich in ihrem trendigen Outfit an der Kaffeetafel nieder und verteilt Kaffee und Kuchen. Ihr Umstandskleid hat diesen Namen gar nicht verdient, dazu trägt sie hochhackige Schuhe und toll frisierte Haare. Mein Vater setzt sich daneben, strahlt benommen vor sich hin und schaufelt Kuchen in sich hinein. Er hat Schatten unter den Augen, und die roten Haare sind heute nicht so ordentlich gescheitelt wie sonst.

Kristin und Jo essen keinen Kuchen. Versteht sich von selbst. Ich hingegen beweise, dass ich meines Vaters Tochter bin, und verdrücke bereits das zweite Stück.

»… Eine Freundin von mir hat so tolle Babybauchbilder machen lassen. Sogar welche mit Bodypainting«, plappert Kristin.

Jo hört interessiert zu, nickt an den richtigen Stellen und schlägt sogar vor: »Mach das doch auch. Die Fotos wären bestimmt der Hammer. Hey, Max, vielleicht wäre das ein Job für Moritz, was meinst du?«

»Moritz?« Papa erwacht aus seiner Kuchenfutter-Babybauchglotz-Trance und sieht mich an.

»Uuuuuuh!«, macht Jo, klatscht in die Hände und hopst auf ihrem Stuhl herum, als säße sie auf einem Nadelkissen. »Uuuuuuuh, das wisst ihr ja noch gar nicht. Max hat einen Freund. Und er heißt wirklich Moritz.« Sie hat einen liebevollen Ton angeschlagen wie jedes Mal, wenn sie von Moritz spricht.

Papa mustert mich prüfend, als wolle er kontrollieren, ob Jo auch die Wahrheit sagt.

Ich nicke schulterzuckend, soll heißen: Jaaaa, ich hätte es euch früher sagen sollen.

»Was versteht dein Freund von Babybäuchen?«

Jo und ich stoßen uns gegenseitig in die Rippen. Nee, entscheide ich und erteile Jo gedanklich ein dickes Verbot, auch nur ein Wort über Liam zu verlieren. Die Info »Max hat einen Freund« sollte nicht direkt von »Ach ja, er hat übrigens einen fünfjährigen Sohn« getoppt werden. Ich weiß, ich sollte es Papa und Kristin vorbehaltlos sagen. Aber ich traue mich nicht, was sich ein wenig so anfühlt, als würde ich Moritz und Liam verraten. Für mich ist der Kleine eher wie Moritz' jüngerer Bruder. Sein jüngerer Bruder, der ihn Papa nennt.

Jo verdreht die Augen.

»Gar nichts. Aber er fotografiert.«

»Ach ja?« Papa ist nun wieder voll da. »War mir immer

klar, dass du eher auf kreative Typen stehst. Wo arbeitet er denn?«

»Er ... arbeitet nicht als Fotograf, sondern bei einem Kurierdienst. Er fotografiert nur nebenher.«

»Ist er selbstständig?«

»Ach, Papa ...« Diese Ausfrag-und-Nachbor-Unterhaltungen sind der Hauptgrund, warum ich es vermeide, große Neuigkeiten zu früh im Familienkreis publik zu machen.

»Ich hab doch nur gefragt, Max. Weißt du, wir suchen in der Firma gerade einen Fotografen. Wir haben immer einen oder zwei fest angestellt, und eine Stelle ist derzeit frei. Vielleicht mag sich dein Moritz mir mal vorstellen. Wenn er gut ist, könnte ich ihn einschleusen.«

Ich starre ihn an. »Kein Scherz?«

»Wir dürfen es natürlich nicht überstürzen. Er müsste sich ganz offiziell mit einer Mappe bewerben, das würde ganz normal über die Personalabteilung laufen. Alle Beteiligten müssten ihn für gut befinden. Aber ich will es mal so sagen: Letztendlich bin ich der Chef von allen Beteiligten.« Er lacht und sucht Kristins Blick.

Sie lacht mit. War ja klar.

»Ich gebe ihm auf jeden Fall Bescheid«, verspreche ich. Allerdings bin ich mir nicht sicher, was mein pizzaeinladungenausschlagender, geburtstagsgeschenkezuschussablehnender und nach Selbstständigkeit strebender Freund davon hält, wenn ich ihm via Vetternwirtschaft einen Job besorge – aber einen Versuch ist es allemal wert. Auch er muss früher oder später über seinen Schatten springen.

»Selbstverständlich muss er etwas können. Wenn es nicht klappt, kann er auf jeden Fall ein Praktikum bei uns machen. So drei Monate vielleicht. Das wäre sicher ganz gut als Berufserfahrung. Ich kenne die Szene. Ohne Erfahrung und Referenzen geht da nichts.«

»Ich werde für dich testen, wie gut er ist, Papa«, flötet Jo und legt ihm eine Hand auf den Arm.

Völlig überrascht starre ich sie an und frage: »Du wirst was?«

»Ich bin am Freitag mit ihm verabredet. Wir machen ein Shooting zusammen – das hat er mir zum Geburtstag geschenkt. Das hab ich dir doch erzählt … oder nicht?«

»Nope, muss dir entfallen sein.« Ich runzele die Stirn, während ich angestrengt überlege, ob mir Jo wirklich nichts davon erzählt hat. Ich kann mich beim besten Willen nicht erinnern. Allein bei der Vorstellung, dass Jo einen Tag lang vor Moritz' Kamera posiert, bekomme ich so schlechte Laune, dass ich mich für den Rest des Kaffeenachmittages aus der Unterhaltung ausklinke. Gespräche über Babybauch-Bodypaintings, Jeans mit eingesetztem Babybauch-Elastikbündchen und Fettcremes, die die Babybauchhaut geschmeidig halten, müssen leider ohne mich stattfinden. Ich sorge mich ausschließlich um einen Bauch. Jenen, der über Jos Verabredung mit Moritz mit derart irrationaler Eifersucht reagiert, dass ich ihn zur Beruhigung mit einem dritten Stück Kuchen füttere.

36. KAPITEL

in dem Moritz die Klappe hält

»… aber er hat gesagt, wenn sie dich nicht nehmen, kannst du auf jeden Fall ein Praktikum in der Firma machen. Drei Monate oder so. Das ist total cool. Die Agentur ist renommiert, du könntest das im Lebenslauf angeben und dich woanders bewerben.« Ich sprühe nur so vor Begeisterung beim Reden.

Moritz ist sehr still, guckt mir bloß in die Augen.

Heute ist einer der seltenen Abende, an dem wir mal ausgegangen sind. Wir sind in einem vollen, lauten Lokal in der Innenstadt, kurz hinter der ehemaligen Börse. An den Nachbartischen sitzen zu gleichen Teilen stylishe Hipster und elegant gekleidete Business-Menschen. Moritz und ich teilen uns eine Portion Nachos mir Käse und trinken dazu ein Bier-Mix-Getränk aus der Flasche, das mit ökologischen Zutaten und fairem Handel wirbt. Unvermittelt nimmt Moritz meine Hand, schließt seine Faust darum und führt meinen Handrücken an die Lippen. In ihm arbeitet etwas, das ist nicht zu übersehen.

»Das kann ich nicht machen.«

»Was?«

»Ich kann mich nicht in einen Job reinschmuggeln, für den ich nicht gut genug bin.«

»Du *bist* gut genug. Andernfalls nehmen sie dich eben nicht, aber du kannst in dem Praktikum Erfahrung sammeln und gut genug werden. Du brauchst nur eine Chance.«

»Hast du ihm gesagt, dass ich gar keine Ausbildung habe?«

»Nein. Das ist egal.«

»Du bist süß, Max, aber das ist nicht egal.«

»Papa hat klar und deutlich gesagt, dass er der Chef ist und da was machen kann.« Ich drücke seine Hand zurück.

»Das fühlt sich nicht richtig an«, grummelt Moritz.

»Ich mag diese Vitamin-B-Geschichten auch nicht. Aber du verdienst eine Chance. Und in der Branche ist es mit Beziehungen nun mal leichter.«

»Das muss ich noch lange nicht ausnutzen. Du sollst nicht denken, ich würde das …«

»Ich überrede dich doch gerade dazu, es auszunutzen, du Dummkopf.«

»Ich überlege es mir.«

»Ja, aber bitte beeil dich.«

Nachdem wir die anderen Lokalbesucher eine Weile beobachtet und auf der Ecke einer Serviette heimlich Ich-galge-was-was-du-nicht-galgst gespielt haben (es war die Leopardenleggin der blonden Dame an Tisch vier), fällt mir die andere wichtige Nachricht des Nachmittages ein. »Warum hat mir eigentlich niemand erzählt, dass du am Freitag ein Shooting mit meiner Schwester hast?«

»Ich dachte, sie hätte es dir gesagt«, sagt er, den Mund voll knuspriger Nachos.

»Hat sie auch. Allerdings erst vorhin. Ich wusste nicht mal, was du ihr geschenkt hast. Was habt ihr vor? Wo shootet ihr? Was ist das Motto?«

Moritz sagt dazu nichts.

Ich drehe mich zu ihm um und wiederhole die Frage: »Was macht ihr?«

»Wir schießen Fotos.« Er zwinkert mir zu.

»Was für welche?«

»Keine Ahnung, ob Jo will, dass du es weißt. Wenn sie es dir nicht erzählt hat, dann …«

Mein Herz schlägt schneller, weil es ahnt, was gleich kommt. Silbe für Silbe knurre ich: »Was für Fo-tos?«

Moritz schüttelt den Kopf.

»Sag es mir!« Ich boxe quer über den Tisch gegen seinen Arm. Fester als beabsichtigt.

Moritz drückt meine boxende Faust weg, nimmt meine Hände in seine, um sich vor weiteren Angriffen zu schützen, und antwortet: »Akt.«

Mein Freund schießt also Aktfotos von meiner Schwester. Aktfotos. Darauf wird sie zwangsläufig nackt sein. Warum lässt sich Jo nackt ablichten? Warum ausgerechnet von Moritz? Und warum hat mir keiner davon erzählt?

»Stört dich das?«, fragt Moritz, erneut mit vollem Mund.

»Nein. Oder doch. Es ist komisch. Warum habt ihr mir nichts gesagt?«

»Max, für mich ist nichts dabei. Ich habe ihr die Aufnahmen geschenkt, sie möchte darauf nackt sein. Es ist nur ein Job.«

»Aber Jo ist meine Schwester. Du solltest meine Schwester nicht nackt sehen.«

»Wenn du Bedenken hast, dann komm mit. Mir ist es egal. Nur solltest du Jo vorher fragen, ob sie damit einverstanden ist. Ein verkrampftes Aktmodell kann ich nämlich nicht gebrauchen.« Er gluckst und dippt den nächsten Nacho in die Guacamole.

»Nein, schon okay. Es ist ja nur ein Job.«

»So ist es«, sagt er mit Nachdruck und schiebt mir das eingedippte Nachodreieck in den Mund.

Die Fotosession soll am Freitag um halb sechs in einer alten Lagerhalle am Osthafen stattfinden. Jetzt ist Freitag um halb sechs.

Jo ist schon vor einer halben Stunde losgefahren. Das Wort »Akt« hat sie mir gegenüber immer noch nicht fallen lassen. Was will meine Schwester mit Aktfotos? Sie sich übers Bett hängen? Oder, schlimmer, in unser gemeinsames Wohnzimmer? Findet sie sich tatsächlich dermaßen schön? Soll sie ruhig. Mir doch egal.

Alles Unfug. Ich bin todneidisch. Und tierisch eifersüchtig.

Um sieben halte ich es nicht länger aus und fahre ins Ostend. Ich parke auf einem Lidl-Parkplatz und gehe zu Fuß in die Parallelstraße, um nach der besagten leerstehenden Halle zu suchen, in der sich Jo wahrscheinlich gerade auf dem dreckigen Boden wälzt oder mit Industrieabfällen um sich wirft.

Als ich dort ankomme, bin ich schrecklich nervös. Ich schlüpfe durch schwere Metalltüren und durchschreite den Vorraum, an dessen nackten Backsteinmauern aufwendige, richtig gute Graffiti prangen. In einer Ecke stehen armlose Schaufensterpuppen, daneben lagert ein kaputter Kühlschrank und Unmengen an Kabeln in allen erdenklichen Farben, zu riesigen Knäulen verworren. Neben der zweiten Metallschwingtür am Ende des Raums liegen in einem Pappkarton die abmontierten Puppenarme.

Hier könnte man gut einen Studenten-Horror-Streifen produzieren, gefilmt mit einer Handkamera aus der Ego-Perspektive. Meine reinliche, graziöse und klassisch schöne Schwester kann ich mir in dieser skurrilen, gruseligen Industrieumgebung nur schwer vorstellen.

Ich stoße die Türen auf.

In einer hinteren Ecke der Halle entdecke ich Moritz. Er

wendet mir den Rücken zu, um ihn herum stehen Schirme und Lichter. Weil es hier drinnen hallt, kann ich hören, wie er zu jemandem (vermutlich Jo) sagt: »Nimm die Hand noch ein Stück weiter nach vorne. Noch weiter vor die Brust.«

Ähem … Brust?

Langsam durchschreite ich die Halle, bis ich gut zwanzig Meter von den beiden entfernt stehen bleibe. Jo hockt in der Ecke, Rücken und Hinterkopf an die Wand gelehnt, und ist tatsächlich, also wirklich, ganzganzganz nackt. Nein, Verzeihung, nicht ganz nackt. Sie ist überall mit blauer Fingerfarbe beschmiert, sogar im Gesicht, sogar in den Haaren.

Die beiden bemerken mich erst, als ich provokant hüstele.

Jo schreckt auf und hält sich bei meinem Anblick die Brüste fester zu. So als wäre Moritz derjenige, der sie seit ihrer Geburt nackt kennt, und ich die Fremde.

Moritz wirkt leicht verlegen und begrüßt mich mit: »Hi, du bist ja doch gekommen.«

»Yep.«

Ich muss mich übrigens nochmals korrigieren: Jo ist doch nicht ganz nackt. Sie trägt eine fleischfarbene Unterhosenvariation, die ausschließlich aus Kordeln zu bestehen scheint.

Ich atme schwer. »Wie weit seid ihr?«, frage ich.

Moritz nimmt seine typische Fotografenentspannungspose ein. Er knickt in der rechten Hüfte ein und nimmt die linke Hand, in der er den Fotoapparat hält, hinter den Kopf. »Wir haben schon ein paar gute Sachen im Kasten. Jo ist ebenso fotogen wie du.« Er grinst. Ich nicht. »Wenn auch jede von euch auf ihre eigene Art.«

»Eben. Ich muss mich dafür nicht ausziehen.«

Jo verdreht die Augen, springt auf und schnappt sich ein Handtuch, das einen Meter neben ihr auf dem Boden liegt. Sie wickelt sich darin ein und zischt Moritz zu: »Deswegen wollte ich ihr nichts sagen. Weil ich gewusst habe, dass sie so einen Spruch bringt.«

»Was für 'nen Spruch denn?«, zische ich zurück.

»*Ich bin auch fotogen, ohne mich ausziehen zu müssen*«, äfft sie mich nach. »Ehrlich, Max, was soll das?«

»Wenn's doch so ist. Ich muss mich nicht ausziehen.«

»Ja, weil du verklemmt bist. Und weil du ein krasses Problem mit dir selbst hast. Ganz im Ernst.«

»Was hat das denn damit zu tun?« Ich mache einen Schritt auf sie zu und hebe drohend den Zeigefinger.

»Hey, hey, hey, Ladys!« Moritz greift nach meiner Hand. »Ist doch alles kein Ding, alles cool. Wir machen nur ein paar schöne Aktfotos, die Jo dann ihrem Freund schenkt.«

»Welchem Freund?«, rufe ich schockiert.

»Steffen.«

»Seit wann ist Steffen dein Freund?«

»Ist er … irgendwie. Wir daten derzeit beide niemanden sonst. Ich will sie ihm zu Weihnachten schenken.«

»Das ist doch erst in zwei Monaten. Als würde das so lange halten.« Mürrisch betrachte ich meine Fingernägel.

In ihrem Handtüchlein und dem Unterhöschen stapft Jo zu einem Berg von Klamotten, der hinter den Fototaschen liegt, hebt ihn auf und rauscht davon.

Moritz wirkt peinlich berührt. In diesem Moment erinnert er mich sehr an Jos und meine Kindergartenfreundin Nadine, die früher einmal die Woche bei uns zu Besuch war. Jeder zweite Besuch endete damit, dass Nadine heulte, als würde die Welt untergehen, weil sie Jos und meine Streitereien nicht länger ertragen konnte und nach Hause wollte.

Ich verschränke die Arme vor der Brust und beschließe, dass Schmollen in dieser Situation definitiv das Beste ist. Also schmolle ich. Und zwar vom Feinsten. Ich ziehe sogar eine Schnute.

»Du hast gerade mein Model verjagt«, sagt Moritz mit amüsiertem Unterton.

Aber mir ist nicht nach Amüsement. Nicht mal untertönig.

Stumm zucke ich mit den Schultern.

Eine Sekunde später steht er neben mir und umfasst mich mit beiden Armen. »Hey, bitte sei mir nicht böse, aber dein Verhalten ist, wie soll ich sagen, ein kleines bisschen lächerlich. Es gibt nicht den geringsten Grund zur Eifersucht. Ehrlich gesagt, fühle ich mich albern dabei, das überhaupt sagen zu müssen.« Er haucht mir einen Kuss auf den Hinterkopf.

»Das hat mit Eifersucht nichts zu tun«, brummele ich.

»Ach so«, erwidert Moritz gekünstelt.

»Tu nicht so doof«, murre ich.

»Wenn ich gewusst hätte, dass es dich stört, hätte ich es nicht gemacht. Aber ich brauchte noch etwas Ausgefallenes für meine Mappe. Da hat es sich eben angeboten.«

»Warum hast du nicht mich gefragt?«, platzt es unwillkürlich aus mir heraus.

Moritz streichelt meine Wange und sagt: »Weil du es nie gemacht hättest. Aber hey, zieh dich aus, ich fotografiere dich auf der Stelle.«

Ich drehe den Kopf von ihm weg. »Mir ist schon klar, dass Jo ein weitaus besseres Nacktmodel ist als ich.«

»Wie ist das denn bitte gemeint? Ich habe sie nicht angetatscht. Ich habe nicht mal hingeguckt. Das war ein Shooting, nichts weiter.«

»Ja, nein, das meine ich nicht.« Ich winde mich aus seiner Umarmung und senke den Kopf. Dann fahre ich mir als Antwort über die Brust und mache die typische Geste für dickere Brüste.

Moritz krallt beide Hände in die Haare und sieht mich vorwurfsvoll an. »Ist das dein Ernst? Hältst du mich für so primitiv?«

»Nein … Es ist nur … eben … im Allgemeinen. Jo sieht … nun mal sehr viel besser aus als ich«, bringe ich heraus und muss schlucken. Es ist schmerzhaft und erleichternd zugleich, das mal konkret auszusprechen. Es ist wahr, dass Gedanken zu unangenehmen Tatsachen werden, wenn man sie in Worte fasst. Trotzdem tut es auch unglaublich gut.

Moritz kommt auf mich zu, küsst mich auf die Schläfe und sagt: »Hör auf zu denken, dass sie besser ist als du. Du weißt selbst, dass es nicht stimmt. Und du wirst dich ja wohl hoffentlich nicht auf deine Brüste reduzieren wollen?«

Er fährt mit den Lippen über meinen Hals. Mir läuft ein Schauer über den Rücken – und durch den Rest meines Körpers. Überall schauert es.

»Beneide sie nicht wegen so etwas Dummem. Sie ist nicht perfekt.«

»Ich auch nicht«, flüstere ich.

»Ja, zum Glück nicht. Ich übrigens auch nicht, falls du es noch nicht bemerkt hast.«

Ich muss grinsen.

»Aber ich verstehe dich. Ich beneide meinen Bruder Benni auch um so manches.« Er wird nachdenklich.

»Zum Beispiel?«

»Er hat mehr Bartwuchs als ich. Was echt peinlich ist, weil er sechs Jahre jünger ist. Tja, ich bin vierundzwanzig. So viel wird da nicht mehr kommen.« Er streicht sich übers Kinn. »Ich habe mich damit abgefunden, dass ich niemals einen formvollendeten Frank-Zappa-Schnauzer tragen werde.«

Sanft trommele ich gegen seine Brust: »Du bist ein Spinner.«

»Yep«, sagt er und beginnt seine Ausrüstung zusammenzupacken.

Kurz darauf fahren wir in meinem Auto zu Moritz. Er schreibt Jo eine SMS, in der er ihr ohne mein Einverständnis mitteilt, dass er mit mir geredet habe und es mir leidtue. Ich weiß noch nicht recht, ob es stimmt, aber ich fühle mich besser, nachdem er den Text abgeschickt hat.

Bei Moritz tun wir beneidenswert peinliche Dinge. Er trägt mich huckepack bis in den zweiten Stock, wir kochen zusammen Nudeln mit Tomatensoße (ohne Salz, weil Kai nicht einkaufen war), kurz: Wir benehmen uns wie ein Klischeepärchen aus einer romantischen Komödie, füttern uns mit Nudeln, die wir zuvor gegen die Wand geschleudert haben, um ihre Al-dentigkeit zu überprüfen, wir singen Kinderabzählreime, wir tippen uns die Tomatensoßce auf die Nasen.

Schließlich sitzen wir uns mal wieder in seinem Zimmer auf dem Sofa gegenüber und machen einen auf Honigkuchenpferde.

»Ich fasse es nicht, dass du nicht merkst, wie schön du bist.«

»Hör auf«, schnurre ich verlegen und geschmeichelt zugleich.

»Nein, bildschön. Besonders wenn du so dasitzt und die Knie anziehst. In Jeans und T-Shirt.« Er zwinkert zweideutig. »Ich würde jetzt gerne ein Foto schießen, aber …«

Ich krabbele zu ihm zwischen seine ausgestreckten Beine, lasse mich auf ihn sinken und beginne ihn zu küssen.

Moritz legt eine Hand an die Seite meines Kopfes, fährt mit dem Daumen über meine Wange, unterbricht unseren Kuss, zieht mich an sein Gesicht und sagt leise: »Ich weiß, ich müsste mich erst vergewissern, ob das wieder nur eine Übersprungshandlung von dir ist, aber heute bin ich viel zu egoistisch.« Er küsst meine Unterlippe.

»Hör auf zu reden«, mahne ich und beiße auf seine Lippe.

Überrascht zuckt er zurück. Dann zieht er mir das weiße T-Shirt, für das er mir eben noch ein Kompliment gemacht hat, über den Kopf und streift es von meinen nach oben gestreckten Armen ab. Als ich aus dem Wirrwarr aus Stoff wieder auftauche, seine Hände sanft über die Innenseite meiner Arme heruntergleiten, schließlich meine Seite und meinen Rücken berühren, hält der Ausdruck aus Überrumplung und Erregung auf seinem Gesicht immer noch an.

»Was?«, frage ich, meine Stimme kaum mehr als ein Hauch.

Er schüttelt den Kopf und hört nicht einmal dann auf, mir gebannt in die Augen zu schauen, als er mir mit nur einem einzigen, sekundenschnellen »Schnipp« den BH öffnet.

Das Licht der Deckenlampe leuchtet hell, und trotzdem fühle ich mich alles andere als entblößt. Stattdessen fühle ich mich richtig. Jede Berührung von Moritz' warmer Hand auf meinem gänsehautüberzogenen Rücken prickelt, und ich bin wie befreit, als er mir die Jeans auszieht. Ich will ihn augenblicklich überall auf mir und um mich haben. Er riecht so gut wie noch nie, sein Körper fühlt sich weich und fest zugleich an. Es ist, als hätte ich ihn noch nie so intensiv wahrgenommen.

Mit einer routinierten, zielstrebigen Bewegung zieht

sich Moritz Pullover und T-Shirt auf einmal aus, drückt seinen nackten Oberkörper an meinen und dreht mich unter ihm auf den Rücken. Er greift nach seiner Hose, ich höre das metallene Klicken eines Gürtels und das Ratschen eines Reißverschlusses, dann sieht er mich wieder an, einen leichten Schatten von Unsicherheit in den Augen. Er streicht mir ein paar verstrubbelte Haarsträhnen aus der Stirn und fragt: »Bist du dir sicher? Ich will nicht, dass du …«

»Ich weiß, du musst immer sagen, was du fühlst, aber bitte nicht jetzt, okay?« Um ihm zu beweisen, dass es mir ernst ist, schlinge ich beide Beine um ihn und ziehe ihn so nah an mich heran, dass unsere Becken nur noch durch seine halb geöffnete Jeans getrennt sind.

»Ich liebe dich.« Der Satz rutscht ihm einfach so heraus. Er durchbricht den Rausch aus Küssen, Berührungen und heftigem Atmen. Sofort setzt Moritz eine entschuldigende Miene auf: »Oh … ich … das habe ich jetzt nicht gesagt, damit …«

Ich lege ihm einen Finger auf die Lippen, hole tief Luft und erwidere nach kurzem Zögern: »Du hältst sofort die Klappe und schläfst mit mir – verstanden?«

Verstanden.

37. KAPITEL

in dem das F-Wort fällt – und auch das V-Wort

Am nächsten Morgen wache ich in Moritz' Bett auf und kann mich im ersten Moment nicht mehr genau erinnern, wie ich dorthin gekommen bin. Ich weiß weder, wie lange ich geschlafen habe, noch wie viel Uhr es ist und auch nicht, ob ich ausgeschlafen oder noch müde bin. In meinem Kopf herrscht eine angenehme Wattigkeit. Ich schließe noch einmal die Augen und genieße diesen Zustand. Da ertönt ein scharfes, zischendes Klingeln. Die Haustür.

Mein Kopf liegt auf Moritz' Brust, er ist wach. Mit dem linken Handrücken streicht er mir über die Schulter, immer wieder, hin und her, ohne abzusetzen, seine andere Hand liegt in meinem Nacken, die Finger spielen mit meinen Haaren.

Er grinst mich an, grinst irgendwie erwachsen und kindlich zugleich und haucht mir einen Kuss auf die Nasenspitze. Ich versuche herauszufinden, wie ich mich in diesem Moment fühle. Ich durchforste meinen wattigen Kopf und stelle schließlich fest, dass ich mich folgendermaßen fühle: geliebt. Ganz einfach nur geliebt. So wie ich bin. Weil ich gut bin, wie ich bin. Weil ich es verdient habe.

Weil Moritz perfekt ist, sagt er genau in dem Augenblick, in dem ich ziemlich kurz davor bin, vor Glück in eine Milliarde Teile zu zerspringen: »Ich liebe dich.«

Ich seufze und sage: »Ich weiß.«

»Warum?«

»Ich kann's fühlen.«

Moritz wirkt kurz irritiert, doch dann drückt er mich so fest an sich, dass ich keine Luft mehr bekomme. Er zieht mich auf seinen Schoß. Ich laufe auf Autopilot. Mein Körper bewegt sich ohne Anweisungen. Ich höre es zum zweiten Mal an der Tür klingeln, aber das Geräusch ist mindestens tausend Meter weit weg. Es klingelt immer und immer wieder.

»Ist egal, Max«, murmelt Moritz. »Kai ist da. Er macht schon auf. Ist bestimmt für ihn.«

Dann wird es laut in der Küche. Wütendes, lautes Trampeln ist zu vernehmen, dann Kai, der noch aus dem Hintergrund ruft: »Heeeyyyy, Momentchen mal, du kannst da nicht rein!«

Eine Sekunde später fliegt die Tür auf.

Während ich hektisch die Decke um mich wickele, erkenne ich Jana im Türrahmen. Scheißescheißescheiße! Ich spähe an ihr vorbei durch die Küche, wo Kai gerade Liam in sein Zimmer und damit aus der Gefahrenzone zieht. Auf Liams viel zu kleinen Schultern sitzt der SpongeBob-Rucksack, in seinen zarten Händchen hält er stolz den Kinder-Fotoapparat.

»Sag mal, Moritz, bist du vollkommen bescheuert oder was?« Janas Stimme donnert durch die ganze Wohnung und hallt in den hintersten Ecken meines Kopfes. »Ich stehe mit deinem Sohn vor der Tür und du fickst hier irgendwelche kleine Mädchen!«

Moritz reibt sich die Stirn. Seinem Gesichtsausdruck nach zu urteilen ist er kurz vorm Überkochen. »Was? Wieso heute? Wir hatten für heute gar nichts ausgemacht.«

»Aber ich habe nun mal einen kurzfristigen Termin. Es wird ja wohl möglich sein, dass du auch mal spontan auf ihn aufpasst. Immerhin ist er dein Sohn! Vielleicht begrüßt du ihn mal.«

»Verschwinde!«

»Ich hab gesagt, du sollst deinen Sohn …«

»Ich hab gehört, was du gesagt hast«, brüllt Moritz zurück.

Ich fasse unter der Decke instinktiv nach seinem Arm, um ihn zu beruhigen. Dabei zittere ich selbst am ganzen Leib. Und wer beruhigt mich? Hallo? Ist da wer?

»Könnte deine kleine Freundin bitte das Zimmer verlassen, ich muss mit dir reden.«

Moritz sagt nichts.

Ich greife nach dem erstbesten T-Shirt, das ich neben dem Bett finde, ziehe es über und strecke die Beine aus dem Bett. Jana hat Recht. Ich sollte gehen.

»Bleib hier, Max«, sagt Moritz laut und stinkwütend zu mir. Dabei hält er mich am Arm fest. Er tut mir weh, aber ich wehre mich nicht.

»Na schön. Dann hört sie eben zu: Du schuldest mir knapp vierhundert Euro, mein Lieber. Liam ist heute nur bei dir, weil ich einen Termin habe und meine Eltern nicht da sind. Sonst hätte ich ihn dir nicht gebracht. Ich lasse ihn zu dir, *obwohl* du gegen unsere Abmachung verstößt.« Sie wendet sich zu mir um. »Ist die überhaupt schon volljährig?«

Mir reicht's! Ich springe auf, gehe auf Jana zu, baue mich vor ihr auf, wobei ich mich größer fühle, als ich bin, und zische mit bebender Unterlippe: »Moritz arbeitet sich dumm und dämlich, damit er dir Unterhalt zahlen kann. Er hat ein Recht darauf, seinen Sohn bei sich zu haben. Vielleicht freust du dich mal, dass er Liam überhaupt bei sich haben will. Hör gefälligst auf, so zu tun, als wärst du mir überlegen, nur weil du ein paar Jahre älter bist. Man streitet sich nicht, wenn das eigene Kind in unmittelbarer Nähe ist. Und man benutzt bestimmte Wörter nicht vor seinem fünfjährigen Sohn. Das ist dumm. Das ist niveaulos. Das ist verdammt *unreif*. Also bilde dir bloß nichts auf dein Scheißalter ein.« Damit drücke ich mich an ihr vorbei.

»Du spielst dich hier doch nur so auf, weil du denkst, dass du was Besonderes bist. Aber weißt du was? Moritz gibt *allen* das Gefühl, dass sie was Besonderes sind.« Sie brüllt mich an, wie mich bisher nur meine Mutter angebrüllt hat. Wie mich meine Manchmal-Mutter anbrüllt, wenn sie mich anruft und ich mich weigere, Begeisterung für ihre Erzählungen über José, Malle und ihre sagenhafte Liebe zu zeigen. Etwas in mir protestiert heftig dagegen, von jemand anderem als meiner Mutter derart angeschrien zu werden. Das verstößt gegen ein gutes Dutzend evolutionsbiologischer und gesellschaftlicher Richtlinien!

»Und du spielst dich hier nur so auf, weil Moritz dir dieses Gefühl nicht mehr gibt. Wenn du nicht sofort aufhörst, hier rumzubrüllen, rufe ich die Polizei.«

Ich stürme aus dem Zimmer und beschließe noch im Türrahmen, dass es das Beste ist, mich im Bad zu verbarrikadieren und zu heulen.

38. KAPITEL

in dem ich mich an Walter, das Walross, erinnere

Ich befürchte, dass ich Moritz mit meiner Predigt keinen Gefallen getan habe. Aber … aber das ging doch nicht … oder? Sie konnte doch nicht … oder konnte sie? Ich meine: Darf jemand mir völlig Fremdes so mit mir reden, nur weil … weil gar nichts?

Ich bin stolz, dass ich ruhig geblieben bin. Weil ich für gewöhnlich nicht sehr gut darin bin, ruhig zu bleiben. Weil ich die Erwachsenere war. Weil ich das letzte Wort hatte. Weil ich *Recht* hatte. Weil sie *Unrecht* hat.

Nicht mal Jo hat mich jemals derart angebrüllt, dabei haben Jo und ich uns in den vergangenen zweiundzwanzig Jahren schon öfter mit schwerem Geschütz bekriegt. Der einzige Makel in Jos sonst so perfektem Gesicht ist eine kreisrunde Narbe oberhalb der linken Augenbraue. An dieser Stelle hat sie ein Wecker getroffen, den ich in einem Streit vor gut zehn Jahren mal nach ihr geschleudert habe. Ich verstehe also durchaus etwas von dieser Art der Kriegsführung. Gegen Jana bin ich allerdings eine ziemlich kümmerliche Novizin.

Je länger ich über diese Frau nachdenke, umso mehr rege ich mich auf. Meine Finger zittern. In meinem Torso vibriert irgendetwas, das Angst ziemlich ähnlich ist. Ich stelle mich unter die Dusche. Selbst zehn Minuten kochend heißes Wasser helfen nicht, dieses Gefühl zu verscheuchen.

Ich denke so intensiv über ihre Worte nach, dass es mein Gehirn überanstrengt. Ich bilde mir seit ziemlich vielen Jahren etwas darauf ein, nichts darauf zu geben, was andere Leute von mir halten. Doch gerade durchlebe ich einen dieser seltenen Momente, in denen mir klar wird, dass – wie bei vielen Menschen, die das von sich behaupten – genau das Gegenteil der Fall ist. Es ist mir sogar so wichtig, was andere von mir halten, dass ich eine extreme Scheißegal-Einstellung entwickelt habe, um mich nicht damit auseinandersetzen zu müssen.

Ja, Moritz gibt mir das Gefühl, etwas Besonderes zu sein. Was soll daran schlecht sein?

Es klopft. Endlich.

»Ich bin's«, sagt Moritz, »magst du mich reinlassen?«

Ich schließe die Tür auf. Er steht vor mir, irritiert und nachdenklich zugleich. Dann umarmt er mich fest und flüstert immer wieder an meinem Ohr: »Max, es tut mir so leid!«

»Ich hätte besser nichts sagen sollen«, erwidere ich.

»NEIN! Ich hätte reagieren müssen. Sie hat dich beleidigt. Es ist dein gutes Recht, dich zu verteidigen.« Moritz zuckt mit den Schultern. »Du musst mich für einen kompletten Vollidioten halten.«

»Höchstens wegen deines Frauengeschmacks.«

Er lächelt. »Du bist …«

»Ihr müsst das ein für alle Mal klären.«

»Ich weiß. Wir haben uns eben noch ein bisschen ruhiger unterhalten. Jana ist einigermaßen auf den Teppich zurückgekommen, als sie gehört hat, dass ich mir einen besser bezahlten Job besorgen will.«

Ja. Weil sie sofort Dollarzeichen in den Augen hatte, die dämliche Ziege.

»Wo ist Liam?«, lenke ich vom Thema ab.

»Kai hat ziemlich schnell geschaltet. Er hat ihn sich geschnappt und ist mit ihm eine Runde Straßenbahn fahren gegangen. Liam steht total darauf.«

Nachdem wir um ein Uhr zu Mittag gegessen haben und Liam sich mit Malen und Basteln nicht mehr bespaßen lässt, setzt Moritz ihn kurz vor den Fernseher. Er erklärt mir, dass Liam nicht zu viel fernsehen dürfe, weil er es sonst vor lauter Begeisterung sofort Jana erzählt, was dann wieder auf Moritz zurückfällt. Natürlich lehnt Jana es ab. Schließlich ist Fernsehkonsum schwer kindeswohlgefährdend. Meines Erachtens nach ist *Willi will's wissen* eindeutig von höherem Erziehungswert als Janas erstklassiges Schimpfwortrepertoire.

»Was wollen wir heute noch mit ihm unternehmen?«, fragt Moritz, der gerade spült und meine Mithilfe strikt abgelehnt hat.

»Keine Ahnung. Was schlägst du vor?«

»Irgendwas, das kein Geld kostet, ich bin ziemlich blank diesen Monat.« Noch ehe ich Luft holen kann, um ihm meine Hilfe anzubieten, wimmelt er mich auch schon ab. »Wage es ja nicht!«

Als ich aus seinem Zimmer einen Werbeeinspieler für die abendliche Fußballzusammenfassung in den Sportnachrichten höre, kommt mir eine Idee. »Ich muss kurz mal wen anrufen.« Zum Telefonieren verschwinde ich ins Bad, weil Moritz sicher nicht begeistert wäre, wenn er wüsste, wen ich anrufe.

»Hey, Papa.«

Nach einer kurzen Begrüßung und einigen Fragen nach dem allseitigen Befinden lenke ich das Gespräch in die geplante Richtung. »Wir waren doch früher samstags häufiger bei der Eintracht. Ich finde, das haben wir schon echt lange nicht mehr gemacht.« Sehr subtil, Max, lobe ich mich selbst.

»Ja, weil du, seit du vierzehn bist, nur noch Musik und Bands und Freunde im Kopf hast und von Fußball nichts mehr wissen willst.«

»Wir waren doch damals immer in dieser Loge ...«

Ein Kollege meines Vaters hatte uns regelmäßig zu sich in die Businessloge eingeladen, die er jede Saison im Stadion der Frankfurter Eintracht anmietete. Dieser Mann hatte so viel Geld, dass ich die Zahlen auf seinen Kontoauszügen mit Sicherheit nicht mal aussprechen könnte.

»Ja, so alle zwei Monate statte ich der guten alten Eintracht auch heute noch einen Besuch ab. Walter mietet die Loge nach wie vor jede Saison, um seine Geschäftsfreunde zu beeindrucken.«

Stimmt. Der unglaublich reiche Mann heißt Walter und sieht – zumindest war es damals so – aus wie ein Walross. Jo und ich nannten ihn deshalb immer Walter, das Walross – wie ich finde ein sehr gelungener Spitzname für einen Mann, der Walter heißt und wie ein Walross aussieht.

»Wollen wir heute hingehen?«, frage ich. Das Stadionverbot von Moritz wird wohl kaum beachtet werden, wenn er mit einem Geschäftsmann anmarschiert kommt, der Zugang zu einer Business-Loge hat, die vermutlich mehrere zehntausend Euro pro Saison kostet.

»Also ... das überrascht mich etwas, aber gerne. Ich glaube, sie spielen heute gegen Freiburg, da könnte sogar ein Sieg rausspringen. Ich rufe Walter gleich an und frage ihn, ob er heute mit Kollegen im Stadion ist oder ob für uns noch zwei Plätze frei sind. Wie komme ich dazu, mit meiner Tochter zum Fußball zu gehen?«

»Mit deiner Tochter plus Anhang.«

»Doch nicht etwa mit meiner Tochter plus Freund?«

»Mit deiner Tochter plus Freund plus noch jemand.« Das ist keine Lüge. Liam ist ein Jemand.

Zehn Minuten später bekomme ich eine SMS.

WALTER SAGT, WIR SIND HERZLICH EINGELADEN. KOMMT UM DREI ZU MIR. GRUSS, PAPA.

Ich grinse so breit, wie ich es mir vor ein paar Stunden nicht hätte vorstellen können, rufe Liam aus Moritz' Zimmer und sage zu den beiden: »Ich habe eine Überraschung für euch.«

Liams Kinderaugen sind darauf konditioniert, beim Wort Überraschung automatisch zu leuchten.

»Was für eine?«, fragt er.

»Wir machen einen Ausflug.«

»Wohin?«, will Moritz wissen.

»Wir fahren erst zu meinem Vater und dann wohin.«

»Zu deinem Vater?« Moritz' Miene versteinert.

Ob ich wohl einen Fehler gemacht habe? »Oh. Hätten wir vorher ein Wann-lernen-wir-unsere-Eltern-kennen-Gespräch führen müssen?«

»Nein, schon okay.« Sein Lächeln wirkt trotzdem etwas verhalten.

»Mein Papa ist cool, also keine Angst.«

»Mein Papa ist auch cool«, sagt Liam, stapft zu dem Küchenstuhl, über den Moritz seine Jacke gehängt hat, und zieht sie sehr zielstrebig an. »Ich nehme meinen neuen Fotoapparat mit, ja? Dann können wir uns später erinnern, wie lustig der Ausflug war. Gehen wir jetzt? Oder nicht?«

Die fragend ausgestreckten Kinderärmchen bringen Moritz und mich derart zum Lachen, dass die Vater-Kennenlern-Problematik vorerst in den Hintergrund rückt und wir uns gutgelaunt auf den Weg machen.

39. KAPITEL

in dem sich Papa wie ein Opa fühlt

»Da vorne wohnt mein Papa«, erkläre ich Liam, der auf der Rückbank meines Autos sitzt. Moritz fährt hinten bei ihm mit, weil wir keinen Kindersitz haben und er sagt, Jana werde ihn töten, wenn sie davon erfährt. Daher hängt er jetzt halb über dem Kleinen und ist darauf gefasst, ihn bei einem potenziellen Unfall schützend an sich zu drücken. Moritz war drauf und dran, Liam einzureden, Mama ja nichts davon zu erzählen, aber ich konnte ihn davon überzeugen, dass er damit genau Gegenteiliges bewirkt. Ich weiß das, ich bin ein Scheidungskind.

»Ist das da sein Haus?«, fragt Liam, beugt sich zum Fenster und beobachtet die modernen Neubauten im Frankfurter Westhafen, die sogar eigene Bootsanlegestellen direkt am Mainufer haben. Nicht, dass mein Vater ein Boot hätte.

»Nein. Er hat da nur eine Wohnung.«

»Nur eine Wohnung?«, wiederholt Moritz. »So wie ihr auch *nur in einer Wohnung* wohnt?«

Ich ignoriere den Kommentar, fahre in die Tiefgarage und entdecke gleich darauf meinen Vater, der auf einem der Parkplätze neben seinem Wagen steht.

»Dein Vater fährt einen Jaguar«, brummt Moritz in einem Tonfall, als werfe er ihm die Ausrottung bedrohter Tierarten vor.

»Möglich«, sage ich und ziehe den Zündschlüssel ab.

In mir formt sich eine entscheidende Frage: Wie stelle ich Papa Moritz vor? Und noch kniffliger: Wie zum Henker stelle ich ihm Liam vor?

»Jetzt bin ich nervös«, sagt Moritz.

»Weil er einen Jaguar fährt?«

»Nein. Weil er dein Vater ist. Vielleicht auch ein bisschen, weil er einen Jaguar fährt und ich nur ein Jahresticket für die VGF habe.«

»Warum bist du nervös, Papa?«

»Weil ich will, dass der Papa von Max uns mag.«

Liam nickt verständnisvoll und sagt leise: »Ach sooo.«

Ohne mich umzudrehen, sage ich leise und beschämt zu Moritz: »Ich habe es ihm noch nicht gesagt.«

Moritz versteht sofort, steigt aus und kommt vor zur Fahrertür. Er macht sie auf, bückt sich, bis er auf Augenhöhe mit mir ist, und sagt: »Das ist vollkommen in Ordnung. Ich verstehe das. Du sagst es ihm, wann immer du willst. Aber Liam wird Papa zu mir sagen.«

Ich steige aus und strahle ihn an, weil ich vor Glück kurz vorm Platzen bin. Um es physikalisch auszudrücken: Ich bin bis zum Rand mit Wasserstoff gefüllt, und Moritz ist ein Streichholz. Immer wenn er liebe Sachen sagt oder locker und verständnisvoll ist, dann stehen wir ziemlich kurz vor der Knallgasprobe.

»Verrätst du mir langsam mal, wo wir hingehen?«, fragt Moritz.

»Überraschung«, verkünde ich und küsse ihn. »Auf in den Kampf!« Ich gehe auf meinen Vater zu.

Moritz folgt mir und weist Liam an, mit ihm zu kommen.

Ich hasse es, Leute einander vorzustellen. Es ist irgendwie eine peinliche Sitte.

Mit einer Umarmung begrüße ich meinen Vater und flüstere ihm dabei ins Ohr: »Bitte verrate nicht, wo wir hingehen, es soll eine Überraschung sein.«

Ich bemerke die Verwirrung in Papas Gesicht, als Moritz, dicht gefolgt von Liam, auf ihn zukommt.

»Papa, das ist Moritz.«

»Hi, freut mich«, sagt Moritz und schüttelt ihm die Hand. Das Tolle ist: Man sieht ihm an, dass es ihn richtig freut. Er sagt das nicht bloß so dahin. »Ich hoffe, es stört Sie nicht, dass wir noch jemanden mitgebracht haben.« Er deutet auf Liam, der sich verschüchtert hinter seinen Beinen versteckt.

Mein Vater grübelt und weicht dann aus, indem er erst mal klarstellt: »Das Siezen ist doch albern. Sag bitte Theo zu mir.«

Als wir ins Auto steigen, höre ich Liam leise fragen: »Papa, wo fahren wir hin?« Aber ich bin mir nicht sicher, ob mein Vater es gehört hat.

Wir fahren etwa eine Viertelstunde und sind kurz vorm Stadion, als Moritz ein geflüstertes »Oh no!« herausrutscht. Ich drehe mich zu ihm um und suche seinen Blick.

»Fußball?«, formt er mit den Lippen.

Scheinheilig zucke ich mit der rechten Schulter.

Als mein Vater auf einem der Parkplätze hinter dem Stadion anhält, versteht auch Liam, warum wir hier sind. Er quietscht, schreit, juchzt und vergisst alle Scham.

»Hier ist die Eintracht! Gell, hier ist die Eintracht? Hier ist der Fußball!« Als wir aussteigen, zieht er sogar meinen Vater am Ärmel und ruft dauernd: »Guck mal!« Auf dem Weg zum Eingang fragt er nach tausend Dingen: »Was ist das? Was macht man damit? Wer ist das?«

Moritz greift nach meiner Hand und flüstert: »Ich will nicht, dass dein Vater uns zu irgendetwas einlädt. Das ist mir peinlich. Außerdem weißt du ganz genau, dass ich hier kein gern gesehener Gast bin.«

»Das muss dir nicht peinlich sein. Er bezahlt nicht für die Karten. Dank Walter, dem Walross, müssen wir nicht mal durch den Vordereingang. Mach dir …«

Moritz lässt mich stehen, um Liam hinterherzueilen, der in die Menge gerannt ist, hinter etwas her, das seine Kinderaugen fasziniert hat.

Mein Vater, der ebenfalls losgelaufen ist, fällt zurück und keucht: »Also, wenn Kristin das Baby bekommen hat, muss ich anfangen, Sport zu treiben.«

Ich täusche ein Lächeln vor.

»Wie alt ist Moritz noch gleich?«, fragt er schließlich, als er wieder genügend Luft bekommt.

»Vierundzwanzig«, antworte ich und weiß sofort, worauf er hinauswill.

»Okay, der Kleine ist schätzungsweise fünf.« Ich nicke. »Das bedeutet entweder, dass er einen sehr viel jüngeren Bruder hat – wir beide wissen, dass das vorkommen kann. Oder – und dass das vorkommen kann, wissen deine Mutter und ich ebenfalls allzu gut – er ist ziemlich früh Vater geworden. Da der Kleine ihn vorhin Papa genannt hat, gehe ich mal schwer von Letzterem aus. Wie ich dich kenne, hast du gehofft, dass dein alter Herr zu begriffsstutzig ist, um zu merken, dass der Junge deinem Freund wie aus dem Gesicht geschnitten ist. Und wer wüsste besser als ich, wie dominant sich rotes Haar vererbt.« Er zwinkert mir zu. Ich hake mich bei Papa unter, und wir folgen Moritz und Liam ins Getümmel.

»Kommst du damit klar?«, fragt er.

»Ja«, sage ich mit Nachdruck. »Am Anfang war es komisch, aber inzwischen ist es einfach so.« Wenn ich ehrlich bin, kann ich es mir gar nicht mehr anders vorstellen.

Moritz ohne Liam, das wäre wie Moritz ohne Kopf. Er wäre ohne den Kleinen ein anderer Mensch, vielleicht immer noch der kopflose Teenager von früher.

»Kommst *du* damit klar?«, frage ich ihn.

»Ich? Ich will nur, dass meine Mädchen glücklich sind.« Er drückt mir einen Kuss auf die Stirn. »Na toll, jetzt fühle ich mich wie ein Opa«, flüstert er mir zu.

»Wenn sie verloren hätten, hätte ich sie umgebracht. Der Pappnasenverein hat meinem Sohn gefälligst was zu bieten, wenn er die Spieler zum ersten Mal im Stadion sieht.«

Ausgelassen hänge ich mich an Moritz' Arm, der daraufhin meine Hand nimmt. Liam und mein Vater laufen einige Meter vor uns und fachsimpeln. Der Kleine ist völlig außer sich. Er hüpft, kreischt und fuchtelt mit den Armen, genau wie Moritz, wenn er sich für etwas begeistert. Mein Freund war von dem super Blick aus der Loge ebenfalls sehr beeindruckt. Wir saßen ganz vorne auf rot bezogenen, weich gepolsterten Stühlen, die an Kinosessel erinnerten, und waren umgeben von wichtigen Menschen in schwarzen Anzügen. Walter, das Walross höchstpersönlich, war auch darunter. Seit ich ihn das letzte Mal getroffen habe, ist er noch reicher, dicker und schnauzbärtiger geworden. Er bereitete uns einen sehr herzlichen Empfang und nahm Liam sofort als Zögling an. Ausgiebig unterhielt er sich mit dem Jungen über Spielzüge und Spieler, knipste mit dem Kinderapparat ein Bild nach dem anderen und ließ ihn Fanta aus einem Weizenbierglas trinken.

»Ihr zwei seid wohl keine großen Fans von Fischspezialitäten«, sagt mein Vater zu Moritz und Liam, als wir am Auto sind. »Ihr habt gar nichts vom Buffet genommen.«

Dass Walter, das Walross, ausgerechnet Fisch in allen möglichen Formen, Farben, Größen und Garungszuständen in seiner Stadionloge kredenzen ließ, war eine günstige Fügung für sarkastische Menschen wie mich. Bei jedem Meerestierhappen, der unter seinem Schnurrbart verschwand, hätte ich vor unterdrücktem Lachen in Tränen ausbrechen können.

»Ach, ich wollte den netten Herren nix wegessen«, antwortet Moritz ausweichend. »Und Liam war so aufgeregt, dass er gar nichts essen konnte.«

»Na, dann essen wir eben jetzt etwas, da die Aufregung vorbei ist«, schlägt Papa vor und öffnet die Wagentür.

»Klar«, antworte ich, denn mein Magen verlangt schon seit einer Weile lautstark nach Nahrung. Auch mir haben die aufwendig drapierten Atlantikbewohner nicht sonderlich zugesagt. Ich habe lieber zusammen mit Moritz und Liam das Fußballspiel verfolgt.

»Wo wollen wir hin?« Ich wende mich zu Moritz um.

Er zuckt die Schultern und antwortet: »Irgendwas ganz Normales, keinen großen Aufwand bitte, nichts zu Feines oder so. Liam und ich, wir sauen uns immer ein.«

Ich stoße ihn zärtlich an und flüstere: »Ist schon okay«, dann sage ich laut an Papa gewandt: »Wie wäre es mit diesem Italiener am Westhafen Tower?«

Mein Vorschlag wird angenommen. Spätestens an Moritz' Gelassenheit beim Bestellen erkenne ich, dass die Wahl genau richtig war. Die heimelige und bodenständige Atmosphäre des Lokals scheint seine Panik, eingeladen zu werden, besänftigt zu haben. Rotkarierte Tischdecken, Papierservietten und Menüpreise wie vom Lieferservice um die Ecke haben ihn sogar gesprächig gemacht. Nach dem zweiten oder dritten Stück Pizza sind mein Vater und er in eine Diskussion über Fotografie vertieft, während ich aufmerksam Liams sportschautauglicher Spielanalyse lausche. Moritz erzählt von seinen bisherigen Erfahrungen, seinen Stärken und seiner Hoffnung auf eine Festanstellung. Papa hört ihm interessiert zu.

Ich weiß noch genau, wie es war, als ich das erste Mal mit meinem Vater und David essen war. Von der ersten Sekunde an war mir klar, dass Papa meinen Freund zum Kotzen fand. Sogar ich fand ihn an jenem Abend schlicht brechreizerregend. Wir waren in einem sehr viel teureren Restaurant als diesem, und David trug ein peinliches rosa Hemd. Wenn ich gewusst hätte, dass er ein Hemd in dieser Farbe besitzt, ich hätte es in einem feierlichen Ritus verbrannt. Aus irgendeinem Grund trank David Wein und siezte meinen Vater trotz dessen Angebots, ihn zu duzen, den ganzen Abend lang.

Mein Vater hat David nie gespannt und interessiert zugehört. Bereits nach der ersten Begegnung urteilte er, dass David, »wenn du mal ganz ehrlich zu dir selbst bist, Max«, nicht mein Typ sei. Er sagte, mein Freund sei zu glatt für mich, zu geleckt und zu wenig kantig.

Das Gute an Moritz ist: Er hat so viele Kanten, dass er schon fast wieder ein Kreis ist.

Nachdem Moritz Liam ins Bett gebracht hat, sitzen wir noch ein bisschen in der Küche und trinken Wein. Wir schauen uns dabei nur an, reden kein Wort. Vermutlich gucke ich wie ein verknalltes rosa Einhorn auf einer Blümchenwiese. Moritz guckt nachdenklich.

Nach einer Weile kommt Kai aus seinem Zimmer. Er trägt Adidas-Knopf-Jogginghosen und einen zu kleinen Pulli, auf dem »EVANGELISCHE JUGENDFREIZEIT 1999« steht.

»Hey, ihr Süßen. Ich will gar nicht lange stören. Ich geh noch mal weg.«

»Ist gut«, sagt Moritz knapp.

»Wohin?«, frage ich. Seinem Outfit nach würde ich schätzen, er ist auf dem Weg zu einer Bad-Taste-Party. Aber bei aller Liebe, Kai ist selbst für eine Bad-Taste-Party zu bad angezogen.

»Erstsemesterparty bei den Soziologen. Das wird ein Fest.«

»Sind die da nicht alle gut und gerne acht Jahre jünger als du?«, fragt Moritz und stützt das Kinn auf meine Schulter.

»Ist mir egal. Ich bin der Held des Abends. Guck dir nur mal meine Frisur an. Die ist vorne Business, hinten Party, ich bin fresh, ich bin gut drauf, ich bin total ready für die Soziologen-Erstis!«

»Kai, ich hab dir schon tausendmal gesagt, dass du kein Pott rauchen sollst, wenn Liam hier übernachtet.«

»Hab ich gar nicht! Kann ein gut gestylter Soziologiestudent im fünfzehnten Semester nicht ohne Grund gut gelaunt sein? Weil er sich freut, Frischfleisch kennenzulernen?«

Nachdem Kai gegangen ist, sagt Moritz: »Was für ein Spinner.«

»Meine Frisur ist vorne Business und hinten Party, ich studiere seit siebeneinhalb Jahren Soziologie, und später am Abend wird mir eine süße Erstsemestlerin meinen *Jugendfreizeit-Pulli* vom Leib reißen«, parodiere ich ihn ziemlich schlecht.

»Ich liebe dich«, sagt Moritz mitten in einem Lachanfall.

Ich hole tief Luft und erwidere: »Ich dich auch.«

40. KAPITEL

in dem sich Moritz verändert

Dass Jo sich eigentlich für das diesjährige Wintersemester an einer Uni hätte einschreiben sollen, ist unserem alten Herrn erst Ende Oktober wieder eingefallen. Daraufhin hat es gewaltig gekracht zwischen den beiden. Also wirklich gewaltig. Papa ist ein sehr gelassener Mann mit einem Geduldsfaden, so flexibel wie Gummitwist. Doch als er uns an einem Donnerstag vor zwei Wochen spontan und ohne Vorankündigung zu Hause besuchte, ging er an die Decke wie ein Sektkorken. Man muss zugeben, dass die Situation mehr als ungünstig war – ungünstig für Jo. Denn während ich den riesigen Esstisch mal wieder mit Unterlagen und Büchern überladen hatte und das erste Referat des neuen Semesters vorbereitete *(Keine Experimente – die Ära Adenauer und ihre Bedeutung für die deutsche Nachkriegsgeschichte)*, sortierte, probierte und posierte Jo vor dem Spiegel einen ganzen Berg neuer Wintergarderobe. Unter anderem einen Mantel von Burberry, dessen Preis ich hier lieber unerwähnt lasse. Über Geld spricht man bekanntlich nicht.

Papa wollte sich jedoch sehr wohl über Geld unterhalten. Es fielen viele unschöne Worte und Drohungen, Jo heulte ein bisschen, und ich kam mir fehl am Platz vor, weil ich plötzlich als Paradebeispiel für Disziplin herhalten musste. Dabei aß ich – mehr als undiszipliniert – einen ganzen Becher Strawberry-Cheesecake-Eis während meiner Adenauer-Recherchen. Fünfhundert Gramm wohlgemerkt.

Nach weiteren Tränen und neuen Vorwürfen trat Jo am nächsten Tag ein Praktikum in Papas PR-Agentur an. Die üblichen sechshundert Euro Praktikanten-Bruttogehalt als einzige Einnahmequelle sollten sie davon überzeugen, das nächste Sommersemester anzutreten.

Jetzt, Ende November, scheint Jo sich mit dem Gedanken abgefunden und sogar ein bisschen angefreundet zu haben. Sie leistet mir Gesellschaft, während ich in der Agenturkantine sitze und ein Rosinenbrötchen in mich reinschiebe. Ich habe Moritz begleitet, der heute sein Vorstellungsgespräch hat.

»Du krümelst«, sagt sie und verzieht angewidert das Gesicht. Jo hasst Krümel. Mindestens so sehr wie Unordnung. Vermutlich aus Prinzip, da ich ständig krümele und unordentlich bin.

»Ich weiß«, brumme ich und verziere den Tisch dabei mit den Resten eines halb zerkauten Bissens.

»Könntest du bitte aufhören, so viel zu essen?«

»Warum?«

»Es macht mich wahnsinnig!«

»Mich macht es wahnsinnig, dass du hier arbeitest und trotzdem Zeit hast, um mit mir sinnlos rumzusitzen.«

»Und mich macht es wahnsinnig, dass du nicht ruhig sitzen kannst.«

»Du hast gut reden. Der Termin heute ist ziemlich wichtig für Moritz. Für ihn geht es um alles.«

»Um *alles*, mach dich bitte nicht lächerlich.«

»Ich mach *dich* gleich lächerlich. Es geht um eine ganze Menge.«

Jo rührt in ihrem Kaffee und blinzelt mich an. »Jaja«, kommentiert sie dann.

Moritz absolviert heute einen wahren Vorstellungsgesprächsmarathon. Zuerst muss er zur Personalabteilung, dann zum Cheffotografen und schließlich zu meinem Vater. Der letzte Termin ist zwar reine Formsache, aber wenn eine der vorangehenden Hürden sich querstellt, wird auch Papa nicht viel ausrichten können, ohne hinterher Vetternwirtschaft vorgeworfen zu bekommen.

»Max, sein Portfolio ist super. Natürlich hat er nicht viele Referenzen, aber du hast Papa doch gehört. Vielleicht kann er hier sogar eine Ausbildung machen.«

»Moritz muss ein Kind ernähren. Da wäre eher eine Festanstellung mit vollem Gehalt sein Ziel.« Ich zerkrümele den Rest des Rosinenbrötchens zu kleinen Brocken, die ich auf meiner Serviette sammele.

»Wenn er hier eine Ausbildung macht, ist das egal. Dann wird er früher oder später eine gute Festanstellung bekommen.«

»Ja, ich weiß. Aber er hat sich alles schon so schön ausgemalt.«

Moritz hat in den letzten paar Wochen sein Leben auf den Kopf gestellt. Akribisch hat er an seiner Mappe gearbeitet, er hat versucht, mit Jana feste Zeiten für Liam auszuhandeln und mit ihr über Geld zu sprechen, was leider nicht von Erfolg gekrönt war, und er hat sich um eine eigene Wohnung gekümmert. Wir haben in den letzten zwei Wochen circa tausend Wohnungen besichtigt, die Moritz sich nur leisten kann, wenn er den Job hier bekommt. Einen richtigen Job, keinen Ausbildungsplatz. Dreizimmerwohnungen in Frankfurt gibt es nicht geschenkt. Aber Moritz will unbedingt drei Zimmer. Er wolle richtig wohnen, hat er gesagt, er wolle künftig alles richtig machen. Dazu braucht er ein Schlafzimmer, ein Wohnzimmer und ein Zimmer für Liam. Es ist Ende November, und Moritz hat gesagt, dass das nächste Jahr perfekt werden soll. Perfekt werden *wird*.

»Wahrscheinlich geben die ihm jeden Job, den er haben will. In seiner Mappe sind Fotos von uns, die kennen uns hier doch alle. Sie werden befürchten, dass Papa ihnen sonst kündigt.« Sie gluckst.

»Genau das will Moritz nicht, Jo. Er will sich nicht auf seinen Connections ausruhen.«

»Ach, papperlapapp. Nun, da er Connections hat, kann er sie auch nutzen. Ich wäre auch nicht hier ohne meine Connections.«

Da hat sie allerdings Recht. Ohne ihre erstklassigen Connections würde sie jetzt sicherlich nicht hier herumsitzen und Käffchen auf Kosten des Hauses schlürfen, sondern tatsächlich etwas arbeiten.

»In zwei oder drei Wochen bin ich in der Personalabteilung. Vielleicht kann ich denen ja ein bisschen Druck machen.«

»Sicher. Als ob die sich von Praktikantinnen Druck machen ließen.«

»Immerhin bin ich die Tochter …«

»Jaja, die Tochter vom Chef, sehr beeindruckend.«

Bevor wir uns streiten können, klingelt mein Handy. Es ist Jonas.

»Heyho, Maxi, wo bist du? Willst du mal wieder bei mir vorbeikommen?«

Immer langsam, immer langsam. »Hallo erst mal.«

Seit unserer stillschweigenden Übereinkunft, Jos Ausbruch nicht mehr zu thematisieren, ist unser Verhältnis total entspannt. Jonas ruft mich hin und wieder an und fragt, ob wir was zusammen unternehmen wollen. Ich sage manchmal ja und manchmal nein. Es ist ein bisschen wie damals in der achten Klasse, bevor ich mich auf die langjährige Irrfahrt meiner Jonas-Verliebtheit begeben habe. Ich habe das Gefühl, dass diese Odyssee so langsam in einem glücklichen Zielhafen endet.

»Ich kann heute nicht. Ich bin mit Moritz in der Agentur meines Vaters. Ich hab dir doch erzählt, dass er hier ein Bewerbungsgespräch hat.«

»Ach so, stimmt. Ich dachte nur, wir könnten vielleicht … keine Ahnung, schrottiges Zeug im Fernsehen gucken und ein Bier trinken, so wie früher. Oder Wein, du stehst ja irgendwie auf Wein in letzter Zeit.«

»Geht leider nicht. Vielleicht morgen oder so.«

»Wie wär's mit später? In diesem einen Schuppen soll heute Alternative-Nacht sein. Da könnten wir noch hin und was trinken, du könntest tanzen, ich könnte dumm rumstehen und dir zusehen oder so.« Er lacht, weil ich lachen muss. »Du weißt schon. Ich reiße ein paar Tussis auf, so wie immer halt, und wenn du angepöbelt wirst, behauptest du, ich wär dein Freund, und dann beschütze ich dich.«

»So wie immer? Das ist exakt noch nie passiert, Jonas.«

»Ja, aber theoretisch könnte es passieren. Dann … weißte ja Bescheid, ich bin jedenfalls zur Stelle.«

»Vielleicht. Ich frag mal Moritz.«

»Oh, okay. Ich dachte, wir könnten mal wieder alleine …«

In dem Moment kommt Moritz zur Tür herein.

»Und?«, brülle ich quer durch den Raum. Seine Miene ist unleserlich. Hastig würge ich Jonas ab. »Du, ich kann jetzt nicht. Ich rufe zurück.«

Ich springe auf, gehe auf Moritz zu, nehme seine Hand und frage: »Und?«

Er schluckt und stammelt: »Sie … haben gesagt, dass … dass sie mich wahrscheinlich nicht anstellen können.«

»Ach, Quatsch! Du lügst doch. Du bist ein ziemlich guter Schauspieler.« Ich wedele mit dem Zeigefinger vor seinem Gesicht herum, obwohl ich mir auf einmal gar nicht mehr so sicher bin, dass er nur schauspielert.

»Nein. Im Ernst, Max.«

»Hast du denen gesagt, dass du Papa kennst?«, bohrt Jo nach.

Ich werfe ihr einen eisigen Blick zu.

»Nein, ich wollte … es so schaffen. Ich habe auch die Fotos von euch beiden aus der Mappe genommen.«

»Moritz, das ist doch Blödsinn!«

»Hör nicht auf sie. Jo hat ganz spezielle Vorstellungen von der Arbeitswelt.« Ich funkele sie vorwurfsvoll an. »Was haben sie gesagt? Dass du … Du weißt schon, dass du nicht gut genug bist?«

»Nein, im Gegenteil«, Moritz krallt seine Hände in die Haare und zerstört die Bewerbungsgesprächsfrisur, die er sich heute Morgen zurechtgezimmert hat. Selbst Jackett und Hemd können nicht mehr darüber hinwegtäuschen, dass in dieser Verkleidung Moritz steckt. Obwohl er in diesem Aufzug ziemlich toll aussieht.

»Sie haben gesagt, dass ich gut sei. Erstaunlich gut.«

»Na und?«

»Ich habe zu wenig Erfahrung. Sie wollen abklären, ob ich eine Ausbildung beginnen kann. Sie sagten, sie seien zuversichtlich.«

Ich strahle ihn an. »Das ist doch super! Das müssen wir feiern. Wollen wir weggehen und …« Ich verstumme.

»Lass mal gut sein, Max.« Moritz entzieht mir seine Hand und dreht sich um.

»Wo gehst du hin?«

»Eine rauchen«, brummt er und schlurft davon.

»Was hat er denn? Eine Ausbildung ist doch wohl der Hammer.« Jo löffelt ihren Kaffee.

Ich ächze, zucke die Schultern, schnappe mir meine Jacke und renne hinter ihm her.

»Redest du bitte mit mir?«

Moritz läuft ruhelos in unserem Wohnzimmer auf und ab und raucht eine Zigarette nach der anderen. Er hat schon auf der Autofahrt nur einsilbig geantwortet. Davon abgesehen ist er seit drei Wochen Nichtraucher. Das ist Teil des großen Plans.

»Ich rede doch mit dir.« Er schnippt Asche in den Besucheraschenbecher, den ich für ihn auf die Küchentheke gestellt habe.

»Ja, und wie.« Ich gehe auf ihn zu, nehme ihm die Zigarette aus dem Mund, lege sie in den Aschenbecher und massiere ihm die Schultern.

Sofort greift er wieder nach der Zigarette und murrt wie ein kleines Kind: »Das ist meine.« Er klemmt sie sich in den Mundwinkel, entzieht seine Schulter meinen Händen und lässt sich angespannt auf einen der Barhocker sinken.

Was ist los mit ihm? Was ist los mit *uns*?

Sein Gesicht ist gräulich, die Haare sind zerwühlt, er wirkt müde. Kraftlos hängt er auf dem Hocker, zieht an der Zigarette und bläst den Rauch aus, ohne sie aus dem Mundwinkel zu nehmen. Ehrlich gesagt sieht er furchtbar aus und gleichzeitig interessant. Ein bisschen wie ein Rockstar, der betont scheiße-drauf-mäßig für eine Schwarz-Weiß-Fotografie post. Mein Bauch fängt an zu kribbeln.

»Warum guckst du so?«, fragt Moritz.

»Weil ich dich liebe«, gurre ich, trete auf ihn zu, postiere mich zwischen seinen baumelnden Beinen und umarme ihn. »Und weil ich stolz auf dich bin, egal ob Festanstellung oder Ausbildungsplatz. Das solltest du auch sein.

Mach die Ausbildung. Es ist nur ein kleiner Zwischenstopp. Stell dir vor, du fährst mit dem Zug und musst einmal häufiger umsteigen als geplant. Na und? Du kommst trotzdem ans Ziel. Nur eben zwei, drei Jahre später.«

»Zwei, drei Jahre? Das ist aber eine ziemlich miese Zugverbindung.«

»Nein! Nichts weiter als ein kurzer Aufenthalt, danach kannst du durchstarten: eigene Wohnung, Festanstellung, vielleicht sogar Selbstständigkeit. Ein eigenes Studio.«

»Ach, Max, hör auf zu spinnen.« Er muss lächeln, drückt die Zigarette aus, erwidert meine Umarmung und lehnt den Kopf gegen meine Brust.

»Ich. Spinne. Nicht.« Ich küsse ihn nach jedem Wort. Auf die Stirn, die Nase, den Mund.

Seine Miene bleibt betrübt.

In den vergangenen Wochen war er sehr oft schlecht gelaunt. Weder depressiv noch mutlos, aber weniger fröhlich, ausgelassen und extrovertiert. Ich habe das auf den Stress um den Job geschoben und hoffe, dass es nach der endgültigen Entscheidung der Agentur wieder mit ihm bergauf geht. Ehrlich gesagt war es recht anstrengend, ihm ständig gut zuzureden. Aber es macht mich glücklich, dass es jemanden gibt, den ich glücklich machen kann.

Ich ziehe den Reißverschluss meiner Jacke auf und grinse ihn mit meinem verführerischen Grinsen an, von dem ich noch nicht allzu lange weiß, dass ich es habe.

Moritz geht nicht darauf ein.

»Was ist los?«, frage ich.

»Ach, Max. Ich hab …«, er rauft sich die Haare, »ich kann nicht mehr. Ich …« Er atmet schwer und beißt sich auf die Unterlippe. »Darf ich noch eine rauchen?«, fragt er und hat sich längst eine angezündet und mich von sich weggeschoben, ehe ich antworten kann.

»Ich hab schon so viel Mist gebaut, vielleicht ist das die Quittung dafür.«

»Die Quittung? Wofür?«

»Keine Ahnung. Karma oder so. What goes around comes around. Ich weiß es nicht.«

»Du hast einen Job – VIELLEICHT – nicht bekommen. Die Betonung liegt auf vielleicht. Doch du tust gerade so, als wärst du ein schlechter Mensch.«

»Vielleicht bin ich ja einer.«

Ich boxe ihn gegen die Schulter.

»Stimmt doch. Ich bin vierundzwanzig, habe keine Ausbildung, lebe in einer Drecksbude mit einem Typen, der dauerhaft high ist, arbeite seit Jahren als Fahrradkurier und habe einen fünfjährigen Sohn, dem ich nichts, aber auch rein gar nichts bieten kann. Er hat nicht mal sein eigenes Bett bei mir. Und ich … ich … ich habe zwar dich, aber irgendwie … Irgendwie habe ich dich gar nicht verdient! Ich will ja endlich alles richtig machen, aber jedes Mal, wenn ich es versuche, wird alles nur noch schlimmer.« Angewidert starrt er die Zigarette an. »Ich wollte aufhören zu rauchen. Nicht mal das krieg ich hin.«

Seine Laune hat einen bisher nie dagewesenen Tiefpunkt erreicht. So kenne ich ihn gar nicht. Sonst ist er so selbstbewusst. So lieb. So *Moritz* eben. Jetzt jedoch seufzt er inbrünstig und schnieft, als müsse er sich die Tränen verkneifen. Ich verbanne die Vorstellung von Jo aus meinem Kopf, die sich mit Vorliebe über weinerliche Männer beschwert. In Jos Welt sollen Männer sein wie stillgelegte Atomkraftwerke: dass es im Innern kocht, ist egal, solange nichts durch die bleigepanzerte Außenhülle dringt.

»Wenn du es willst, dann schaffst du es auch.« Derart optimistische Aussagen passen wiederum eigentlich nicht zu mir, aber ich meine es ehrlich und glaube auch selbst daran. »Was redest du da überhaupt? Natürlich hast du mich verdient!«

»Du verstehst das nicht, Max. Ich wollte es dieses Mal wirklich schaffen, deshalb …«

Er sieht mir in die Augen. Ich nehme ihm die Zigarette aus der Hand, drücke sie aus und schiebe Aschenbecher, Feuerzeug und den Tabak von ihm weg.

»Hey, reiß dich zusammen. Mach die Ausbildung. Vielleicht kannst du nebenbei weiterjobben. Oder ich rede mit Papa. Vielleicht … keine Ahnung, wie hoch so ein Azubigehalt ist, aber …«

»Ach, Max, das will ich alles nicht. Du hast keine Vorstellung davon, *wie* mies sich das anfühlt.«

Ich schweige. Nee, davon habe ich keine Vorstellung. Ich weiß nicht, wie es sich anfühlt, wenn Papa nicht dafür sorgt, dass immer genügend Geld da ist. Ich weiß nicht, wie es sich anfühlt, ständig gesagt zu bekommen, dass man es nicht schafft. Ich weiß nur, dass Moritz eine Chance verdient hat.

Weil ich keine Ahnung habe, wie ich ihm all diese Dinge sagen soll, umarme ich ihn. Ich merke, wie er sein Gesicht an meinen Hals drückt und meine Kehle küsst. Er zieht mich an sich, küsst mich wieder und sagt halb im Kuss leise: »Egal was du sagst: Ich hab dich nicht verdient.«

»Doch.«

»Nein. Aber ich liebe dich.«

»Ich weiß.«

»Vergiss das nicht, ja?«

»Tu ich nicht, wenn du jetzt mit mir in mein Bett kommst«, sage ich frech.

41. KAPITEL

in dem ich nackt mit Jonas telefoniere

Moritz kommt aus dem Bad, legt sich warm und tropfend neben mich und küsst meinen nackten Rücken.

»Du bist einmalig«, flüstert er.

Schmunzelnd drehe ich mich zu ihm um und lasse mir die verstrubbelten Haare aus dem Gesicht streichen. »Einmalig was? Gut im Bett? Geschickt darin, dich mit meinem Körper von deinen Depri-Gedanken abzulenken?«

»Einmalig … schön«, ein Kuss auf mein linkes Schulterblatt, »klug«, ein Kuss auf das rechte, »sexy«, eine Reihe von Küssen auf die Wirbelsäule, »und ja, auch einmalig geschickt darin, mich abzulenken«. Er dreht mich auf den Rücken. »Wenn ich es mir recht überlege, habe ich schon wieder Depri-Gedanken. Was willst du dagegen tun?« Mit einem herausfordernden Lächeln senkt er seinen Körper auf meinen, packt mich und …

… wird von meinem Handyklingeln unterbrochen. Moritz greift danach (es liegt auf dem Nachttisch) und sieht aufs Display.

»Jonas«, sagt er.

»Gib ihn mir«, erwidere ich. Mir fällt ein, dass ich vergessen habe, ihn zurückzurufen.

»Ganz sicher nicht.« Er schüttelt heftig den Kopf und beantwortet den Anruf selbst. »Hi, Jonas. Max kann gerade nicht.«

»Natürlich kann ich«, werfe ich dazwischen.

»Nein, sie kann nicht, sie ist nackt.«

»Bist du bekloppt? Gib mir das Handy.« Ich greife danach, aber Moritz dreht sich weg.

»Was soll das denn heißen?«, fragt Moritz ins Telefon, und seine Miene gefriert. Dann feuert er mir das Handy entgegen, schwingt die Beine aus dem Bett und zieht eine Hose über. »Ich geh eine rauchen«, grummelt er.

»Wolltest du nicht aufhören?«, frage ich halb im Scherz.

»Kann es sein, dass *du* unbedingt willst, dass ich aufhöre?«, fährt er mich an und verlässt das Zimmer.

Ich halte mir das Handy ans Ohr und sage: »Hey, Jonas.«

»Dein Alter hat sie ja nicht mehr alle«, verkündet er. »Was ist denn bei dem kaputt?«

»Keine Ahnung. Ist nicht sein Tag heute«, sage ich.

»Ich hab bloß zu ihm gesagt, dass ich schon öfter mit dir gesprochen habe, wenn du nackt warst. Wie oft hast du mich schon aus der Badewanne angerufen? Bestimmt tausendmal. Der soll sich mal geschmeidig machen. Ist ja nicht so, als hätten wir was miteinander … oder?«

»Wie gesagt, Moritz ist schräg drauf heute.«

»Jetzt mal ohne Scheiß: Bist du nackt?«, fragt Jonas und lacht anzüglich.

»Ehrlich gesagt, ja.«

»Nice!«, findet er.

Ja, total nice! Nice ist nicht gerade mein Lieblingswort. Auf der Liste meiner Hasswörter rangiert es direkt hinter der bescheuerten Abkürzung lol. Also wirklich: lol sagt man nicht, man lacht einfach.

»Ja, aber auch irgendwie nicht nice«, korrigiert er sich dann. »Ich hab euch doch wohl nicht beim … na, du weißt schon?«

»Dann wäre ich sicher nicht rangegangen.«

»Bist du ja auch nicht. Dein Alter ist rangegangen.«

»Nenn ihn nicht so!«

»Wie denn sonst? Dein Stecher? Dein Macker?«

»Moritz vielleicht?«

Jonas schnaubt verächtlich. »Na, egal«, sagt er dann. »Wir gehen heute Abend zu diesem Alternative-Dings, das ist in dem Club, von dem du mal erzählt hast. Wird sicher gut. Ach ja, du gehst übrigens mit.«

»Echt jetzt?«

»Ja, du musst nicht mal fahren. Oli fährt.«

»Na, das ist doch nett.« Wär ja auch die Höhe gewesen, wenn er mich nur angerufen hätte, weil sie einen Fahrer brauchen. Sammeltaxi Maxime von Steinacker hat heute leider Lenkzeitpause.

»Können wir uns vorher bei euch treffen?«

»Ja, wieso nicht?«

»Cool. Dann ab halb zehn bei dir. Wir beide haben schon lange nicht mehr viel zu viel getrunken. Heute Abend gibt's keinen Wein, mein liebes Mäxchen, heute gibt es Bier, das gehört sich so.«

Ich muss lachen, auf die Art, wie ich es nur bei Jonas kann.

»Ja, Wein kannst du mit deinem Macker trinken.«

»Bis nachher, du Penner«, sage ich und lege auf.

Es ist kurz vor acht. Ich schwinge mich aus dem Bett, schlüpfe in meine Unterwäsche und ein T-Shirt, steige in meine Jeans und gehe runter zu Moritz in die Küche. Er sitzt rauchend am Tisch, den Arm aufgestützt, vor einer Tasse Kaffee.

»Jonas hat bloß 'nen dummen Spruch gemacht, du kennst ihn doch«, gurre ich versöhnlich und lege die Arme um ihn.

»Ach ja? Ich denke nicht, dass ich ihn kenne. Ich kenne dich. Und ich hab noch nicht vergessen, dass du jahrelang verliebt in ihn warst.«

Ich verdrehe die Augen. Es war nur eine Frage der Zeit, bis wir auf dieses Thema zu sprechen kommen. Wenn ich darüber nachdenke, ist es ein Wunder, dass wir über zwei Monate gebraucht haben, um darauf zu sprechen zu kommen. Paranoid, wie ich manchmal bin, habe ich immer befürchtet, Moritz würde mir das früher oder später vorhalten. Aber ich will nicht darüber reden, ich will mich nicht verteidigen oder herausreden müssen. Weil es egal ist. Weil es vorbei ist. Weil es mir nie gutgetan hat, in Jonas verliebt zu sein, und weil es mir unendlich guttut, mit Moritz zusammen zu sein.

»Warst. *Warst*, Moritz. Jonas und ich … sind Freunde, wir sind dazu *bestimmt*, Freunde zu sein. Das war schon immer so, okay?«

Moritz lächelt. Aber nicht überzeugend.

»Ich gehe heute Abend mit den Jungs weg.« Das in dieser Sekunde anzubringen, ist vielleicht nicht die klügste Idee.

»Du und Jonas?«, fragt er, die Augenbrauen eng aneinandergedrückt.

»Und Oli«, schieße ich schnell hinterher. »Und Buzz, nehme ich mal an. Vielleicht ist Kim noch dabei. Und du solltest auch mitgehen.«

»Nee, lass mal. Auf diese Konstellation habe ich keine Lust.«

Ich hebe irritiert den Kopf.

»Jonas ist nicht so mein Typ«, schmollt er.

»Na, dann ist es wohl besser, wenn ich allein gehe.«

»Du willst gar nicht, dass ich mitkomme.«

»Du hast gerade gesagt, dass du gar nicht mitwillst!« Derlei Logik kennt man doch sonst nur von Frauen.

Moritz winkt ab und trinkt einen tiefen Schluck aus der Tasse. »Ist egal«, brummt er. »Wo geht ihr hin?«

»In den Club, in dem du mal gearbeitet hast. Da ist heute Alternative-Abend.«

»Aha. Na, dann verschwinde ich besser gleich.«

»Moritz, bitte. Das ist doof. Bleib wenigstens noch ein bisschen hier und trink ein Bier mit uns. Und sei vor allem nicht böse.«

»Ich bin nicht böse. Ich bin eifersüchtig.«

»Auf Jonas? Du warst nie eifersüchtig auf Jonas.«

»Ich war vom ersten gottverdammten Tag an eifersüchtig auf Jonas. Du hast mich glauben lassen, er wäre dein Freund, erinnerst du dich?« Moritz springt auf und kratzt sich den nackten Oberarm.

»Warum wirfst du mir das auf einmal vor? Ich habe dir gar nichts getan.«

»Ich weiß«, knurrt Moritz, atmet tief ein und aus, nimmt dann mein Gesicht in beide Hände und sagt in versöhnlichem Tonfall: »Tut mir leid. Ich bin total durch. Ich gehe jetzt nach Hause und rege mich ab.«

»Ist gut«, sage ich und lasse mich von ihm küssen. Den Nachsatz »Ist vermutlich besser so« kann ich mir nur schwer verkneifen.

42. KAPITEL

in dem ich eine Zeitreise mache

Ich habe mich ein bisschen in Schale geworfen. In meine Normalo-Schale: Die Augen etwas mehr geschminkt als sonst, die Fingernägel dunkel lackiert, dazu Jeans, schwarzes Top und Docs. Jo würde das nicht als Styling bezeichnen, sondern die Augen verdrehen.

Als ich nach unten stürze, weil es geklingelt hat, laufe ich Jo und Steffen in die Arme. Die beiden stehen noch in Jacken neben der Küchenzeile und sehen aus, als wären sie gerade erst eingetroffen.

»Hey. Wo kommt ihr denn her?«, frage ich.

»Wir waren Sushi essen«, antwortet Jo. »Wo willst du hin?« Sie mustert mich und verdreht die Augen.

Ich wusste es. »Tanzen. Jonas und die Jungs sind gerade auf dem Weg nach oben.«

»Tanzen? Du siehst aus, als wärst du bereit für ein Heavy-Metal-Konzert«, meint meine Schwester zu wissen.

»Nein, tue ich definitiv nicht.«

Sie schaut hilfesuchend zu Steffen.

»Tut sie wirklich nicht«, sagt er kleinlaut und schulterzuckend.

Guter Junge. Er hat die Schwagerprüfung hiermit bestanden.

Ich ziehe die Haustür auf, als Jonas, Kim, Buzz und Oli gerade aus dem Fahrstuhl steigen.

Jonas hat sich ebenfalls in Schale geworfen, stelle ich fest, als er mich zur Begrüßung umarmt. Mit schlecht seitengescheitelten Haaren, die lange nicht geschnitten wurden, Bandshirt und löchrigen Jeans erzielt er genau jenen coolen Ich-scher-mich-nicht-drum-Look, auf den die Mädels bei Alternative-Abenden abfahren.

»Bäm!«, begrüßt er mich. »Gut, dass wir da sind, gut, dass du gut aussiehst. Schnell, lass uns rein, wir sind dir biertechnisch um einige voraus. Los, husch, husch.«

Ich werde ins Wohnzimmer gedrückt und begrüße Oli und Kim mit Küsschen auf die Wange, was ich sonst nie tue, heute aber für nötig halte, weil wir uns in letzter Zeit selten getroffen haben. Buzz trägt einen Bierkasten, in dem nur noch etwa die Hälfte der Flaschen gefüllt ist. Er stellt den Kasten neben dem Sofa ab, knackt in Windeseile die Kronkorken von sieben Bieren und reicht sie an mich, meine Gäste, Jo und Steffen weiter. Meine Schwester betrachtet das Getränk, als wüsste sie nicht, wie man aus einer Bierflasche trinkt.

»Auf einen legendären Abend!«, brüllt Jonas mit seiner gutgelaunten Partystimme.

Ich stoße mit den anderen an und versuche, mich voll auf den legendären Abend zu konzentrieren und nicht mehr an Moritz zu denken.

Vor dem Club angekommen, rauschen Adrenalin, Alkohol und Albernheit durch unsere Körper. Die Dreierkombination hat es geschafft, die Diskussion mit Moritz aus meinem System zu spülen. Von der S-Bahn-Station zur Eingangstür veranstalten wir ein Wettrennen. Kim sitzt auf dem Rücken von Buzz, ich auf dem von Jonas, und wir beide gewinnen.

»Das war nicht fair«, beschwert sich Buzz, »Max ist viel leichter.«

»Na, herzlichen Dank!«, ruft Kim und boxt ihn auf die Schulter.

Buzz wendet sich ihr zu, packt ihr Gesicht und sagt laut: »Dafür geht sie auch viel schneller kaputt, wenn's mal wilder wird.« Er drückt ihr einen heftigen Kuss auf den Mund.

Kim quietscht überrascht und belustigt.

»Ich hab nun mal die bessere Ausdauer.« Jonas tätschelt sich selbst die Schulter. »Und ich sehe besser aus.«

»Ja genau, deshalb kannst du schneller rennen. Bruder, du bist ein Vollidiot.« Oli klopft ihm im Vorbeigehen auf die Schulter.

Im Club ist es voll, aber nicht zu voll. Es ist nicht zu warm, und die Getränke sind bezahlbar. Wir haben großen Spaß. Wir trinken Tequila und Desperados und hören Lieder von Bands, die ich schon seit Jahren nicht mehr gehört habe, die Jonas und ich vergöttert haben, als wir vierzehn waren, und die damals zum ersten Repertoire seiner Band gehörten.

Da entdecke ich Chris, Moritz' besten Freund. Er kommt auf mich zu, umarmt mich, lässt sich Jonas und die anderen vorstellen, trinkt einen Tequila mit und fragt schlussendlich, wo Moritz sei.

»Er wollte nicht mit. Das Vorstellungsgespräch bei meinem Vater ist nicht so gelaufen, wie er es sich erhofft hat.«

»Dein Macker will bei deinem Vater arbeiten?«, fragt Jonas dazwischen.

»Wollen sie ihn denn nicht?«, fragt Chris.

»Schon. Sie haben ihm eine Ausbildungsstelle angeboten, aber er wollte gerne festangestellt werden.«

Chris nickt. »Verstehe. Da hängt 'ne Menge für ihn dran. Aber sonst: Ist alles okay mit ihm?«

»Er ist ein bisschen durch den Wind, doch es geht ihm

gut, denke ich.« Plötzlich überfällt mich mein schlechtes Gewissen. Vielleicht hätte ich bei ihm bleiben sollen. Aber wir hocken schon seit Wochen ständig zu Hause herum. Die Möglichkeit, mal wieder einen richtig bekloppten Abend zu haben, so wie früher, kam mir gelegen. Und ich habe es auch echt mal wieder gebraucht. Es ist schön, rauszukommen und ausgelassen zu sein. Es ist schön, mit Jonas »American Idiot« komplett auswendig mitsingen zu können – eine kleine Reise ins Jahr 2004, als wir Freunde waren. Einfach nur Freunde ohne meine Hintergedanken.

Aber Moritz ging es heute richtig schlecht. Hätte ich trotz seiner Absage darauf bestehen sollen, dass er mitkommt?

»Ich habe ihn schon eine ganze Weile nicht mehr getroffen.« Chris nippt an seinem Bier. »Er hatte viel zu tun. Und er hat ja jetzt dich.« Er grinst.

»Ja.« Ich frage mich, was Moritz wohl gerade macht. Meist verbringt er jede freie Minute am Computer und bearbeitet seine Bilder. Allerdings glaube ich nicht, dass sich aus dem lethargischen Haufen Elend, der er heute ist, auch nur ein Fünkchen Kreativität herauspressen lässt.

»Bei euch noch alles okay? Noch Liebe und alles?« Er schnippt Anführungszeichen in die Luft und beobachtet meine Miene.

Ich setze ein freundlicheres Gesicht auf, wiederhole die Geste und sage im gleichen Tonfall: »Jo, voll Liebe und so.«

»Das freut mich.« Chris tätschelt mir die Schulter, als würden wir uns super gut kennen, was definitiv nicht der Fall ist. Jene Art von Schulterklopfen, das man bei einem guten Freund zu deuten wüsste – das einen bei einem eher flüchtigen Bekannten aber verwirrt.

Eine Stunde später hüpfe ich mit Jonas zu Blink182 auf der Tanzfläche herum. Herrgott, als wir vierzehn waren, haben wir kaum etwas anderes gehört. Blink182 ist eine Zeitmaschine! Jonas fasst mich an den Händen und lässt mich Pirouetten drehen.

»Als mich meine erste Freundin verlassen hat, habe ich eine Woche lang ›I miss you‹ von Blink gehört«, brüllt Jonas.

»Ach echt? Du hast immer gesagt, du hättest *sie* verlassen.«

»Ja? War gelogen, ich wollte bloß cool und stark rüberkommen.«

Er greift meine rechte Hand und dreht mich zweimal um die eigene Achse. Dann nehme ich seine und drehe ihn, wobei wir uns verrenken müssen, weil er viel größer ist als ich.

Jemand tippt mir auf die Schulter, während Jonas und ich gerade die sterblichen Überreste unserer Pirouette entknoten. Ich drehe mich ausgelassen um und stehe direkt vor Moritz.

»Moritz?« Ich lasse Jonas' Hände fallen.

»Was macht ihr hier?«, fragt er irritiert.

»Was machst *du* hier?«, frage ich abwesend zurück, noch halb in einen Lacher über Jonas und mich vertieft.

»Ich … ich wollte mich entschuldigen und den Abend mit dir verbringen, aber ihr scheint ja ganz gut ohne mich klarzukommen.«

»Ach, stell dich nicht so an, wir tanzen bloß.« Ich lege ihm die Arme um den Hals und küsse ihn. Moritz riecht nach Alkohol. »Ich find's cool, dass du da bist. Wollen wir was trinken?«, frage ich, um ihn abzulenken.

»Ihr habt schon ziemlich viel getrunken, oder?« Er schiebt die Hände in die Hosentaschen, unangenehm berührt.

»Dasselbe gilt ja wohl für dich?«

Er schüttelt den Kopf und weiß wahrscheinlich, dass ich weiß, dass er lügt.

»Hey, Chris ist auch hier. Komm, wir gehen zu ihm.«

Ich ziehe Moritz hinter mir her, Jonas bleibt etwas verdattert auf der Tanzfläche zurück. Als ich ihm winke, folgt er uns nur widerwillig.

Wir entdecken Chris an der Bar. Er und Moritz begrüßen sich verhalten, was mich wundert, weil sie für gewöhnlich sehr herzlich miteinander umgehen. Wo ist die männertypische Begrüßung aus fünfzig Prozent Umarmung und fünfzig Prozent Hand-Shake hin? Sie bestellen sich ein Bier, lehnen sich gegen die Theke und beginnen ein Gespräch, das ihrer Körpersprache nach zu urteilen nicht für meine Ohren bestimmt ist.

Kim zieht mich in eine Umarmung und ein Gespräch. Sie ist total happy, erzählt mir von ihren zweihundert letzten Abenteuern mit Buzz und strahlt. Ich lächele halbherzig mit, beobachte aber aus dem Augenwinkel das Gespräch zwischen Chris und Moritz.

Ich werde das Gefühl nicht los, dass es um mich geht. Chris gestikuliert viel, runzelt mehrfach die Stirn und deutet sogar ein paar Mal mit dem Finger auf mich. Moritz hält die Arme verschränkt und zieht das missmutigste Gesicht aller Zeiten. Sein ganzer Körper ist in der Defensive. Er antwortet gar nicht oder nur knapp.

Mir rauscht das Blut nur so durch den Körper. Meine Wangen werden heiß, mein Herz schlägt schneller.

Was ist da los? Gibt es etwas, das ich wissen sollte? Etwas, das mir das Verhalten meines Freundes erklärt?

Als Chris Moritz allein lässt, gehe ich zu ihm und frage: »Was war eben los?«

Er zuckt mit den Schultern und stürzt sein Bier herunter.

»Moritz, ich bin nicht blöd.«

Er sieht mich an und murmelt: »Ich weiß.« Dann zieht er mich in eine enge Umarmung und sagt: »Es ist nichts. Er hat mir nur gesagt, dass ich aufhören soll, mich dir gegenüber unfair zu benehmen. Wegen Jonas und allem. Er findet, dass ich die Ausbildung machen soll, und hat mir ein bisschen den Kopf gewaschen.«

»Okay«, sage ich leise und lege den Kopf gegen seine Brust. »Komm«, sage ich nach einer Weile, nehme seine Hand und gehe mit ihm zu den anderen.

43. KAPITEL

zu dem ich aus gesundheitlichen Gründen leider nichts sagen kann

An der Bar gliedert sich Moritz problemlos in meinen Freundeskreis ein. Zumindest kommt es mir so vor, nachdem er sofort ein offenbar unterhaltsames Gespräch mit Oli beginnt. Sie gestikulieren und machen in erstaunlicher Geschwindigkeit und Regelmäßigkeit eindeutige Gesten Richtung Barkeeper. Das Glas in Moritz' Händen, in dem die bernsteinfarbene Mischung aus Red Bull und Wodka auf Eis schwimmt, füllt sich wie durch Zauberhand immer wieder auf, bevor er es ausgetrunken hat. Ich habe schon mal gesehen, wie Moritz an einem Abend ein paar Bier getrunken hat, ich war dabei, als er nach einer Flasche Wein ausgelassen wurde und zum Singen, Tanzen und Rumalbern aufgelegt war, und ich habe erlebt, wie er nach ein paar Schnaps innige Männergespräche geführt hat. Aber die Menge an Wodka-Energy, die er gerade ohne Unterbrechung in sich hineinschüttet, ist ein völlig neues Maß für mich. Ich bin mir sicher, dass die verstohlenen Blicke, die er mir zwischendurch zuwirft, in engem Bezug zu dem flügelverleihenden Mixgetränk stehen. Ich kann Red-Bull-Longdrinks nicht ausstehen – ich hasse den Geschmack und den Geruch des süßen Zeugs und habe schon vielevieleviele Situationen miterlebt, die wegen dieses Teufelszeugs eskaliert sind.

Argwöhnisch verfolgt Moritz aus dem Augenwinkel,

wie ich mich mit Jonas unterhalte. Indem er mir laut ins Ohr brüllt, erzählt er mir von einem neuen Satz Schlagzeugbecken, die er sich zulegen will, quatscht irgendetwas von Klang, Kosten und Qualität. Ich verstehe kaum ein Wort – abgesehen von jenen Details, die ich verstehe, weil Jonas mich ständig mit derartigem Zeug volllabert und ich seit vielen Jahren Interesse daran zeige. Doch eigentlich höre ich kaum mit einem Viertel Ohr zu. Meine Aufmerksamkeit gilt Moritz. Irgendwie lässt mich der Verdacht nicht los, dass etwas in ihm brodelt. Wie ein Vulkan, der jahrelang stillstand, kurz vorm Ausbruch.

Ich bringe Jonas zum Schweigen, indem ich ihm eine Hand auf den Arm lege, und wende mich demonstrativ dem Gespräch von Oli und Moritz zu.

»Am liebsten würde ich fest als Fotograf arbeiten. Dummerweise bekommt man in diesem Land aber keine Stelle, wenn man vorher keine Ausbildung gemacht hat«, erklärt Moritz ihm gerade.

»Bekommt man schon«, hängt sich Jonas in das Gespräch. Ich merke ihm sofort an, dass er kurz davor ist, etwas sehr Unangemessenes auszusprechen. Er hat dann diesen ganz bestimmten Blick, der seine Nase länger und sein Kinn spitzer wirken lässt. So einen diabolischen Haudrauf-Blick. »Man muss nur die richtigen Mädels flachlegen.«

Ich ziehe ihn am T-Shirt-Saum, um ihn zu stoppen.

Oli hält die Bemerkung für einen Witz und bricht in lautes Gackern aus, das Buzz und Kim auf den Plan ruft, die bisher einen Schritt abseits geknutscht und zur Musik getanzt haben. Oli gibt den vermeintlichen Scherz noch mal zum Besten und holt so Buzz mit ins ach so humoristische Boot. Kim bemerkt meinen alarmierten Blick und wirkt dementsprechend irritiert. Unwillkürlich wiederholt sie die Geste, mit der ich eben Jonas zum Schweigen bringen wollte. Sie hält Buzz an seinem Shirt fest und zieht ihn leicht zu sich her.

Doch die Situation ist schon zu weit fortgeschritten.

Moritz' Augen blitzen. »Was soll das heißen?« Er stellt sein Glas auf dem Tresen ab und baut sich vor Jonas auf, der gut zehn oder fünfzehn Zentimeter größer ist als er.

»Nix«, zischt Jonas.

»Wie, nix? Erst dumme Sprüche bringen und dann nicht die Eier in der Hose haben, um zu sagen, was du denkst?«

Wie redet er denn da? Hallo, Moritz, bist du das?

Jonas schürzt die Lippen. »Warum tickst du gleich aus? Das ist ja wohl Beweis genug.«

»Es reicht, Jonas«, greife ich ein, stelle mich vor ihn und sehe dabei Moritz an.

Mein Freund hat einen mir völlig fremden Gesichtsausdruck. Seine Augen sind verengt, der Mund ist verzerrt, und die Hände sind zu Fäusten geballt.

»Geh weg, Max. Der Kleine will offensichtlich etwas loswerden.« Moritz schiebt mich zur Seite, doch ich wehre mich und bleibe, wo ich bin. »Geh. Aus. Dem. Weg«, ermahnt er mich und sieht mich wie ein Beschützer und Angreifer zugleich an.

»Der Kleine?« Jonas, zweifelsohne kräftiger, weniger einfühlsam und aufbrausender als Moritz, drückt mich mit einer einzigen, fast brutalen Geste aus der Schusslinie und packt meinen Freund am Kragen.

»Jonas!«, brülle ich, während Oli versucht, den Streit mit einem »Hey! Hey! Hey!« zu schlichten.

»Du machst es dir gern leicht, was? Willst beim Vater von Max anfangen. Die nehmen dich bestimmt, da bin ich mir sicher. Wie gesagt: Wenn man mit den richtigen Mädels ins Bett geht, kriegt man jeden Job.«

»Jonas!«, rufe ich noch einmal.

Aber es ist zu spät. Wie in Trance verfolge ich, wie Moritz seine Faust so fest in Jonas' Gesicht rammt, dass ich spitz aufschreie – unsicher, ob vor Angst um meinen besten oder vor Schreck über meinen festen Freund. Er landet einen gezielten Treffer auf Jonas' Nase, den dieser blindlings mit einem Schlag auf Moritz' Wange pariert.

Endlichendlichendlich schalten sich Oli und Buzz ein. Gemeinsam halten sie Jonas zurück, der strampelt, sich wehrt und wieder losmacht, um mit verzerrtem Gesicht erneut auf Moritz zuzustürmen.

Die Discobesucher um uns herum weichen erschrocken zurück, Mädchen verstecken sich kreischend hinter Männerrücken, Jungs brüllen, der Barkeeper wird auf uns aufmerksam und ruft einen Kollegen herbei. Ich stehe da wie in Drahtwolle gepackt – abgeschottet, gedämpft und von einer Panik erfasst, die ich bisher nicht kannte.

Wie aus dem Nichts taucht Chris zwischen den beiden auf. Keine Ahnung, wo er herkam, aber nun ist er da und wirkt größer, breiter und grimmiger, als mir je bewusst war. Wie eine Wand stellt er sich zwischen die beiden und streckt die Arme abwehrend in die Höhe. Jonas scheint völlig neben sich zu sein. Er ringt mit Buzz, der ihn zurückhält, kickt um sich und tritt dabei Chris in den Magen, der jedoch keine Miene verzieht. Ohne eine Regung dreht er sich um und schlägt Jonas die geballte Faust aufs Auge.

Kim schreit wie am Spieß. Ich kann mich kaum rühren. Oli brüllt seinen Bruder an, sich zu beherrschen. Buzz hat Mühe, Jonas festzuhalten, der größer und fitter ist als er. Immer wieder treffen ihn dessen zappelnde Ellenbogen im Gesicht.

Ich suche den Blick von Moritz, sage immer wieder leise seinen Namen, aber er bemerkt mich nicht. Wo sind die schrankigen Türsteher, die in solchen Situationen eingreifen sollten? Der Barkeeper hinter der Theke ruft erneut nach Verstärkung. Aber niemand kommt.

Mit einem Ruck reißt sich Jonas los, stürzt sich auf Moritz und prallt mit solcher Wucht gegen ihn, dass sie gemeinsam zu Boden stürzen. Moritz will sich mit dem Unterarm abfangen.

Ich kann das Knacken in dem Gelenk förmlich hören, als der Arm unter dem Gewicht der beiden einknickt. Sie rappeln sich wieder hoch, Moritz den Arm schützend an den Körper gepresst, ein Rinnsal Blut an der Unterlippe. Ein gebrochener Arm erscheint mir in diesem Moment viel zu surreal. Der unumstößliche Beweis, dass hier gerade etwas furchtbar falsch läuft, ist dieses Rot an Moritz' Mund, das er sich mit einer einzigen Bewegung über den Handrücken und das gesamte Kinn schmiert.

Endlich gehe ich dazwischen. Ich höre mich noch »Seid ihr komplett …« sagen, bemühe mich sogar, ruhig und diplomatisch aufzutreten, dann trifft mich etwas am Kopf. Schwarz. Dumpf. Fallen.

So fühlt es sich also an, ohnmächtig zu werden.

44. KAPITEL

in dem ich wohl so etwas wie einen Schock erleide

Es ist halb sechs morgens, und ich sitze auf einem unbequemen kotzgrünen Plastikstuhl in der Ambulanz der Uniklinik. Moritz steht mir gegenüber am anderen Ende des Raumes. Seine Augen sind rot. Sein Arm ist bereits gegipst. Sie mussten den doppelten Bruch in seinem Handgelenk schienen. Er sieht mich nicht an. Steht nur schweigend da. Aber ich wüsste auch nicht, was ich erwidern sollte.

Mir ist nichts weiter passiert. Ich brauche nicht mal ein Pflaster. Es war eine Bierflasche, die Jonas von der Theke gegriffen hat und nach Moritz schleudern wollte. Er hat mich damit am Kopf getroffen und für kaum mehr als eine Minute ins Reich der Träume geschickt.

Danach ist Folgendes passiert:

Der Barkeeper rief einen Krankenwagen und verständigte den Clubbesitzer. Dieser kannte Moritz noch aus seiner Zeit als Partyfotograf und sagte, wir sollten alle augenblicklich gehen und am besten nie mehr wiederkommen. Er verzichtete darauf, die Polizei zu rufen, und Moritz nickte ihm dankbar zu. Ich war zu dem Zeitpunkt noch halb im Delirium.

Nachdem die Flasche mich getroffen hatte und ich kurz ohnmächtig war (ohnmächtig, das klingt so entwürdigend, ohnmächtig, das wird man nicht im echten Leben, das wird Harry Potter beim Quidditch), setzte Moritz Jonas durch einen einzigen Schlag mit der unverletzten linken Hand aufs Nasenbein außer Gefecht. Ich habe noch nie einen Menschen mit derart viel Blut im Gesicht gesehen. Die Nase sah aus wie ein abartiges Stück moderne Kunst – eine merkwürdige Plastik, über und über mit roter Farbe beschmiert. Moritz' rechter Unterarm war merkwürdig und unansehnlich verdreht, ich konnte kaum hingucken.

Jonas kommt aus dem Behandlungszimmer und reißt mich aus meinen Gedanken. Seine Nase haben sie mit einem kleinen Gips und reichlich Tape fixiert. Demnach war es ein Bruch. Verdammt. Das Blut haben sie weggewaschen, sein Auge und die untere linke Wange laufen bereits blau an. Der Arzt reicht ihm zum Abschied die Hand, Jonas bedankt sich. Dann geht er ohne ein Wort oder einen Blick auf Moritz oder mich aus der Notaufnahme. Ich bin mit dem Gefühlscocktail in meinem Bauch komplett überfordert. Einerseits bin ich wütend auf die beiden Jungs, die mir so viel bedeuten. Andererseits fühle ich mich benutzt, dass sie ihren Zwist auf meinem Rücken austragen, und gleichzeitig mies, weil ich das ganze Drama anscheinend heraufbeschworen habe. Hätte ich nicht mehr tun können, als zuzuschauen, wie sich die beiden gegenseitig die Knochen brechen?

Ich werfe Moritz einen kurzen Blick zu, aber er starrt nur auf den Linoleumboden. Spontan renne ich Jonas hinterher.

»Ist sie gebrochen?«, frage ich ängstlich, obwohl ich die Antwort bereits kenne.

»Yep. Glatt durch.«

»Zeig ihn bitte nicht an«, rufe ich ihm hinterher.

Er dreht sich um. »Keine Angst. Mach ich nicht.«

»Moritz … keine Ahnung … er hat's nicht gerade leicht im Moment. Und du hast ihn provoziert.«

»Schon okay, Max. Ist mir alles scheißegal. Ich mach's nur dir zuliebe nicht. Weil es mir leidtut, dass ich dich mit der Flasche getroffen habe. Das wollte ich nicht. Weil du meine beste Freundin bist. Und weil ich eigentlich weiß, dass du was Besseres verdient hast als den da.«

Ich bemerke, dass er gerade dieselben Worte benutzt hat wie Jo über ihn.

»Vergiss es. Alles gut. Bis dann.« Damit verschwindet er in der Dunkelheit.

Ich hole mein Handy aus der Hosentasche und rufe Jo an. Noch während die Verbindung aufgebaut wird, fange ich an zu heulen.

Schlaftrunken und grummelnd geht Jo ans Telefon. »Mhfm?«

»Kannst du mich bitte abholen?«

Ihre Stimme ändert sich schlagartig. »Max? Alles okay? Weinst du etwa? Wo bist du? Ist alles okay?«

»Nee … ich bin in der Uniklinik. Komm mich bitte abholen.«

»Uniklinik? Bist du verletzt?« Sie wird panisch und sagt leise, aber hysterisch zu jemandem, vermutlich Steffen: »Irgendwas ist mit Max, sie ist im Krankenhaus, sie weint.«

Ich höre nur noch, wie er sagt: »Ich fahre.«

Sie brauchen eine Viertelstunde. Bis sie eintreffen, stehe ich draußen in der Kälte und friere.

»Nehmt ihr mich mit? Bitte!« Moritz' Stimme klingt gebrochen, rau und leise. Ich habe ihn nicht kommen gehört. »Ich kann jetzt nicht alleine sein.«

Ich sage nichts, zucke nur mit den Schultern, was wohl Ja heißen soll.

»Danke.« Seine Stimme geht unter.

»Kannst du mir bitte mal sagen, was mit dir los ist?«, bricht es plötzlich aus mir heraus.

Er schüttelt den Kopf.

»Ich dachte, ihr schlagt euch tot, verdammt! Ich hab dich noch nie so erlebt!«

Jonas habe ich schon öfter in Rage erlebt. Ich war dabei, wenn er bei Handballspielen gegnerische Angreifer niedergewalzt hat, als er auf Konzerten die Kontrolle verloren und sich mit dem Nächstbesten geprügelt hat, ich war dabei, als er bei einer Bandprobe dermaßen wütend wurde, dass er mutwillig das Fell seiner Bassdrum durchgetreten hat. Ich weiß, dass Jonas dieses Potenzial hat. Aber Moritz ist mir in den letzten Stunden wildfremd geworden.

»Ich erkenne dich überhaupt nicht wieder. Mann, Moritz, ich hatte eine Heidenangst um dich. Und ... ich hatte Angst vor dir! Was zum Teufel ist los mit dir?« Mir laufen die Tränen in Bächen übers Gesicht.

Moritz sagt nichts. Er zuckt nur mit den Schultern.

Dann schweigen wir so lange, bis Jo mich anruft, um zu fragen, wo genau ich bin. Steffen und sie sammeln uns ein, und wir fahren nach Hause.

In unserer Wohnung angekommen, bedankt Moritz sich nüchtern bei Jo und Steffen, wünscht eine gute Nacht und geht ohne ein weiteres Wort hoch in mein Zimmer.

Jo zieht sich die Jacke enger um die Schultern, tätschelt meinen Oberarm und fragt: »Was zur Hölle ist passiert? Was ist mit Moritz' Arm? Und seiner Lippe? Seid ihr überfallen worden?«

Überfallen worden ... Jo guckt zu viel fern.

»Nein. Es war ein Missverständnis ... ein Streit. Keine Ahnung, was es war. Moritz und Jonas mussten sich irgendwie beweisen, wer am meisten in der Hose hat. Was weiß denn ich.« Ich versuche zwar, alles ins Lächerliche zu ziehen, aber ich heule immer noch. Oder wieder. Ich kann es nicht mehr genau sagen.

»Jonas und Moritz? Die beiden … haben sich geprügelt?«

Ich nicke, und es wird mir dadurch erst bewusst: Jonas und Moritz haben sich geprügelt. Und sie waren furchterregend dabei.

»Warum? Wegen dir? Haben sie sich um dich geprügelt?« Jo kennt solches Balzgehabe aus ihren kitschigen Serien.

Die Wahrheit ist: Wenn sich zwei Männer wegen etwas prügeln, das eindeutig mit einem selbst zu tun hat, dann ist das bei weitem nicht so aufregend, wie man es sich immer erträumt hat. Es gibt keinen glorreichen Gewinner, keinen Ritter, keinen Bösen und keinen Guten. Es gibt nur einen Haufen Verlierer. Obwohl ich äußerlich heil geblieben bin, fühle ich mich wie der größte von allen.

»Nein«, schluchze ich und versuche mich zu erinnern. »Jonas hat irgendwas Dummes gesagt. Er kann Moritz nun mal nicht besonders gut leiden. Und Moritz war wegen des Bewerbungsgesprächs schon den ganzen Tag mies drauf. Da ist irgendwie eins zum anderen gekommen.«

»Jonas mag Moritz nicht, und Moritz hatte 'nen schlechten Tag? Na super! Deshalb brechen die sich gleich die Knochen? Moritz hat einen Gipsarm! Wie geht es Jonas?«

»Seine Nase ist gebrochen«, berichte ich, und meine Stimme bricht ebenfalls. Ich reibe mir mit dem Ärmel über die nassen Augen und die laufende Nase.

»Was hat Jonas denn Blödes gesagt? Moritz ist so ein lieber Kerl, was hat ihn derart provoziert?«

»Ach, es war total dumm.« Ich kralle beide Hände in den Haaransatz. »Jonas hat behauptet, dass Moritz nur wegen des Jobs bei Papa mit mir ins Bett geht.«

Jo kommt nicht ganz mit. »Moritz wollte doch gar nicht, dass du deine Kontakte nutzt.«

»Das weiß Jonas ja nicht.«

»Ach so. Und anstatt es ihm zu erklären, hat Moritz ihn verprügelt.«

Ich zucke mit den Schultern. »Es geht ihm echt schlecht wegen dieser ganzen Jobsache. Es war ein ungünstiger Zeitpunkt. Jonas hat ihn provoziert.«

Jo verengt die Augen, drückt mich dann fest an sich und sagt: »Sprich noch mal mit Moritz. Er kann doch nicht deinen besten Freund verkloppen. Vielleicht steckt ja mehr dahinter. Vielleicht war er eifersüchtig. Wahrscheinlich ist es schwer für einen Mann, eine Freundschaft wie die zwischen Jonas und dir zu verstehen. Vor allem … weil es lange Zeit mehr als eine Freundschaft war. Jedenfalls von dir aus.«

Ich erinnere mich an die Vorwürfe, die Moritz mir am frühen Abend gemacht hat. Er habe noch nicht vergessen, dass ich jahrelang in Jonas verliebt gewesen sei und so getan hätte, als wäre er mein Freund.

Als ich in mein Zimmer komme, sitzt Moritz mit angezogenen Beinen auf dem Bett und spielt mit meinem Schlaf-T-Shirt.

Er schnuppert daran und sagt: »Riecht nach dir.«

»Ach was.« Mein sarkastischer Tonfall wirkt nicht überzeugend. Meine Stimme ist noch immer brüchig vom Heulen.

»Hör bitte auf zu weinen«, sagt er leise.

»Würd ich ja gerne!«, rufe ich und stampfe kindisch mit dem Fuß auf.

Moritz muss lachen und kommt auf mich zu. Ich funkele ihn böse an, weil er mich auslacht.

»Sorry«, murmelt er, »aber das war gerade zu süß.«

»Ich will nicht süß sein, ich will wissen, was mit dir los ist.« Ich lasse den Kopf gegen seine Brust sinken.

Er schließt die Arme um mich und streichelt mir über den Rücken. »Ich weiß es nicht. Aber ich will dir nicht wehtun. Ich wollte das alles nicht, aber … Max, ich …«

Er legt die gesunde Hand an mein Gesicht und küsst mich. »Ich weiß, es ist dumm zu sagen, dass es mir leidtut. Ich bin nun mal ziemlich dumm.« Er seufzt.

»Warum warst du so aggressiv?«

Er zuckt mit den Schultern. Was ist nur mit dem Moritz passiert, der immer sagen muss, was er fühlt?

»Kannst du es mir nicht sagen oder willst du nicht?«

»Es ist bloß der Stress. Ich bin total durch den Wind. Die Sache mit dem Job macht mir schwer zu schaffen. Ich habe so sehr darauf gehofft, dass es mit der Fotografenstelle bei deinem Vater klappt. Es hätte alles leichter gemacht.«

»Ich weiß. Du wolltest ja nicht, dass ich noch mal mit ihm rede.«

Moritz wendet sich ab, zieht sich die Jeans und den blutbesudelten Pulli aus und legt sich ins Bett. Ich lege mich zu ihm und bin distanziert. Ich weiß einfach nicht mit der Situation umzugehen. Anscheinend hat mein Körper beschlossen, das anhaltende Unwissen durch Heulen zu kompensieren. Obwohl ich diejenige bin, die heult, kriecht Moritz in *meine* Umarmung, versteckt den Kopf an *meiner* Brust und lässt sich von *mir* übers Haar streicheln.

Dabei sagt er abwechselnd »Es tut mir leid« und »Ich liebe dich«.

45. KAPITEL

in dem eine Freundschaft auf die Probe gestellt wird

»Es tut ihm wirklich leid – .Danke.« Ich nehme die Flasche Cola entgegen, die Jonas mir reicht.

Endlich hat er auf eine meiner Nachrichten reagiert und mich zu sich nach Hause eingeladen. Nach meiner letzten Vorlesung an diesem Freitag bin ich sofort zu ihm gefahren. In Winterjacken gehüllt, sitzen wir auf der Terrasse seines Elternhauses in der alten Hollywoodschaukel, in der er damals den Zauberflöte-Witz gerissen hat. Wir starren auf den Garten, in dem wir als Teenies so viel Zeit verbracht haben, auf die Schaukel, auf der ich zum ersten Mal betrunken war. Ich sehe ihn von der Seite an. Der Nasenpanzer ist bereits entfernt, aber seine rechte Gesichtshälfte schimmert in sämtlichen Schattierungen von Rot über Blau bis Gelb. Ein bunter Schlägerei-Regenbogen.

Der Vorfall ist zwei Wochen her, und Jonas und ich treffen uns heute zum ersten Mal wieder. Man nennt das wohl Sicherheitsabstand. Oder auch Gras darüber wachsen lassen. Die ganze Sache fühlt sich allerdings noch merkwürdig nah und gänzlich graslos an.

Desinteressiert zuckt er die Achseln.

»Reden wir jetzt darüber, oder willst du weiterhin so tun, als wäre nichts vorgefallen?«, frage ich vorsichtig.

»Seit wann musst du ständig über alles reden?«, blökt er und knackt den Kronkorken seiner Flasche an der Kante seines Handys. Er rutscht tiefer in die Schaukel und schlägt den Kragen seiner Jacke hoch. Seine Haare sind triefend nass und tropfen ihm ins Gesicht.

»Deine Haare sind nass.« Etwas Offensichtliches sagen, um die Lage zu entspannen – eine meiner Lieblingsstrategien. »Du erkältest dich noch.« Es ist zwar nicht so kalt, wie es sich für Anfang Dezember gehört, dennoch sind es nur knapp fünf Grad und es windet.

»Ich war an den Drums und danach duschen.«

»Ja, muss schon sein, so einmal die Woche«, versuche ich einen Witz.

Jonas sieht mich zuerst kritisch an, dann lacht er. Das erleichtert uns beide, und er legt sogar einen Arm um mich.

»Ehrlich gesagt, ist das mit dem Veilchen gar nicht so schlimm. So ein Bad-Boy-Image hat noch keinem geschadet. Das macht die Mädels scharf.« Er mustert mich aus dem Augenwinkel.

»Also ich fand eure Prügelei nicht besonders scharf. Ich hatte echt Angst um euch.« Ich nippe an meiner Flasche.

»Um uns? Wohl eher um deinen Macker.«

»Nein, um euch beide. Deshalb war ich auch sauer auf euch beide.«

»Wir sind Männer. Männer prügeln sich ab und zu.«

»Ja, wenn sie in Höhlen leben und mit Keulen Säbelzahntiger jagen.« Haben Neandertaler und Säbelzahntiger tatsächlich zur selben Zeit gelebt, oder bin ich *Ice-Age*-geschädigt?

Jonas lacht über meinen eventuell evolutionsbiologisch unsinnigen Witz und tätschelt mit der um meine Schultern gelegten Hand meinen Oberarm. Ich lasse den Kopf kurz gegen seine Schulter sinken, löse mich dann aber aus seiner Umarmung und fordere: »Wir reden jetzt über eure Schlägerei, einverstanden? Schlimm genug, dass ich nicht mit Moritz darüber sprechen kann …«

»Ich dachte, er wäre so ein Lass-uns-drüber-reden- und Es-ist-okay-wenn-Männer-weinen-Typ?«

»Was die Sache angeht, macht er dicht.«

Jonas nickt hämisch und stößt ein überhebliches Zischen aus.

Eine Welle aus Zorn auf ihn überflutet mich. In diesem Moment hasse ich alles an ihm – alles von dem Stück Knie, das durch die albern zerrissene Hose guckt, bis zu seinen nussfarbenen Augen und der Frisur, für die er viel zu alt ist. Er grinst, als würde er meine Beziehung besser kennen als ich. Als wäre er klüger als ich. Weitsichtiger. Als wäre ich dumm. Doch die Zeiten, in denen ich mich von Jonas habe für dumm verkaufen lassen, sind mehr als vorbei.

»Was ist los?«, frage ich aggressiv.

»Nichts. Nur … Moritz ist echt ein toller Freund. Geht auf deinen besten Kumpel los und kann dir nicht mal sagen, warum. Das bin ich doch noch, oder?« Er sieht mir in die Augen, die schmalen Brauen über der etwas zu großen Nase zusammengezogen.

»Was?«

»Dein bester Freund?«

Ich weiß, dass ihm diese Frage nicht leichtfällt, ich kenne ihn. Jonas hält es generell für überflüssig, über Gefühle zu reden. Vermutlich weiß er nicht mal genau, was Gefühle sind. Jonas weiß nur, dass sie im besten Fall dazu führen, dass man Sex hat. Er hält auch nichts von heulenden Männern – er hat einen Tobsuchtsanfall bekommen, als Daniel Craig in *Skyfall* geweint hat.

Er starrt auf seine Flasche, die er zwischen den Schenkeln eingeklemmt hat, und trommelt mit den Fingern auf ihrem Hals herum.

Ist Jonas mein bester Freund? Von allen männlichen

Freunden, die ich habe, ist Jonas sicher der beste. Doch die Wahrheit ist: Selbst zu der Zeit, als ich Jonas immer als meinen besten Freund bezeichnet habe, war er es nicht. Ich war verliebt in ihn, und Menschen, die man liebt, sind nun mal per definitionem Geliebte und keine Freunde. Ich bin mir sicher, dass er es insgeheim immer gewusst und zu seinem Vorteil genutzt hat. Selbst wenn dieser Vorteil nur darin bestanden hat, sein Ego mit mir zu pushen. Ich unterstelle ihm keine Absicht – der Mensch wird nun mal gerne geliebt, da kann man nichts machen.

Jetzt stimmt es vielleicht endlich, wenn ich auf die Frage, ob er mein bester Freund ist, mit Ja antworte. Ich sage also: »Ja.«

Er nickt stumm.

»Warum fragst du?«

»Ich wollte nur sichergehen. Seit du mit Moritz zusammen bist, bist du so anders als früher.«

»Ach, hör doch auf …«

»Du wolltest reden. Wir reden!«

»Ich wollte darüber reden, warum du dich mit meinem Freund geprügelt hast.«

»Er hat angefangen.«

Ich sehe Jonas kritisch an. »Ihr habt euch nicht um ein Sandkastenförmchen gestritten.«

»Hat er wirklich!«, beteuert Jonas.

»Du hast ihn provoziert.«

»Das ist Auslegungssache.«

Erneutes Augenbrauenheben.

»Darf ich nicht mal mehr meine Meinung sagen, ohne befürchten zu müssen, dass mir dein Prügelknabe eine reinhaut?«

»Mein was?« Ich muss fast schmunzeln. »Du musst ja nicht gleich zurückschlagen.«

»Hätte ich mich etwa verkloppen lassen sollen? Hör auf, deinen Macker in Schutz zu nehmen. Versuch lieber mal objektiv zu sein.«

»Nenn ihn nicht immer so!«

»Neulich hat er eindeutig bewiesen, dass er ein kleiner Macker ist. Das ist wie bei diesen kleinen Yorkshire Terriern mit den Haarspangen. Kaum größer als mein linker Fuß, aber bellen wie die Großen.« Ich muss gar nicht nachfragen. Mir ist auch so klar, dass Moritz in diesem Vergleich der Yorkshire Terrier mit der Haarspange ist. »Spiel sein Verhalten nicht herunter. Er ist auf mich los.«

Ich verschränke die Arme und werde zunehmend wütender auf Jonas, doch weil er theoretisch Recht hat, ziehe ich schließlich meinen Joker. »Du hast eine Flasche nach mir geworfen. Ich war ohnmächtig. OHN-MÄCH-TIG!« Wenn auch nur für eine Minute, aber das tut gerade nichts zur Sache.

Jonas fährt zu mir herum. »Du weißt genau, dass es mir tierisch leidtut. Das war zu viel des Guten, selbst wenn ich Moritz getroffen hätte. Aber ich war besoffen, und er war besoffen, und ich kann den Kerl nicht ausstehen. Der Typ hat Dreck am Stecken, Max. Mann, Maxi, das musst du doch auch erkennen.«

Ich funkele ihn böse an. »Was ist dein Problem, Jonas?«

»Ich habe kein Problem. Er hat eins. Und du … wenn du mit ihm zusammenbleibst.«

Ich springe auf, so voller Zorn, dass ich befürchte, mich gleich auf die Terrasse zu übergeben und eine Portion Zorn auszukotzen. »Nur weil du ihn nicht leiden kannst?«

»Nee … weil er dich ausnutzt, Max.«

Ich puste verachtend und brülle Jonas an: »DU bist ein wirklich, wirklich schlechter Freund. Ist mir egal, wie dumm das klingt, aber es stimmt: Du bist ein schlechter Freund. Nein, du bist ein schlechter *Mensch,* Jonas! Nur weil du es nicht ertragen kannst, dass ich mich nicht mehr für dich zum Hampelmann mache. Weil ich nicht mehr deine dumme, kleine Maxi bin, die dich anhimmelt und dir fünfzigtausendmal die Woche sagt, wie *tooooll* du doch bist. Bist du nämlich gar nicht! Du bist ein armseliger, schlechter Mensch, der sein Selbstbewusstsein damit aufmöbelt, von jemandem angehimmelt zu werden oder auf jemandes Gefühlen herumzutrampeln. Dieser Jemand will ich nicht mehr sein, und damit kommst du nicht klar!« Ich stelle meine Cola-Flasche mit einem Schwappen auf den Terrassenfliesen ab. »Weißt du was? Ja, ich habe mich verändert. Weißt du auch, warum? Weil ich endlich … endlichendlichendlich … nicht mehr verliebt in dich bin. Das habe ich allein Moritz zu verdanken. Also versuch bitte nicht, mir einzureden, dass Moritz schlecht für mich ist, nur weil du mich seinetwegen nicht mehr sicher in der Rückhand hast.«

Jonas starrt mich verwirrt an. »Ich …«, stammelt er und sagt dann das Kindischste, was es in dieser Situation zu sagen gibt. »Du warst verliebt in mich?«

»Tu doch nicht so. Jo hat es dir vor ein paar Monaten bereits ins Gesicht gesagt.«

Er versucht mich zu beruhigen, steht auf und greift nach meinem Arm. »Ja, aber du hast das Thema nie mehr angesprochen. Ich dachte, Jo hätte übertrieben …«

Ich wedele hysterisch mit den Armen. »Mann, du kennst mich ja so gut. Etwas nicht anzusprechen, weil es NICHT der Wahrheit entspricht. Ja genau, das klingt viel mehr nach Max als vor etwas wegrennen, weil es wahr ist und nie hätte ausgesprochen werden sollen.«

»Ich … Hey, Max, komm, lass uns das bitte vergessen und … Lass uns ein Bier trinken und …«

»Nein, Jonas, ich trinke bestimmt kein Bier mit dir. Ich gehe.«

Genau das tue ich. Ich wende mich ab und lasse Jonas doof auf der Hollywoodschaukel sitzen. Jenen Jonas, von dem ich dachte, dass er endlich der werden könnte, den ich ihn jahrelang nie habe sein lassen: mein bester Freund.

46. KAPITEL

in dem es um Moritz' Zukunft geht

Ich sitze in meinem Zimmer auf dem Bett, die Decke komplett um mich geschlungen, und höre das Rise-Against-Album *The Sufferer and the Witnesses*. Ich höre es ziemlich laut, Jo schreit sich bereits im Erdgeschoss die Seele aus dem Leib. »Mach leiser, Max. Der Scheiß macht mich aggressiv, Max. Ich drehe gleich die Sicherung raus, Max.«

Pah. Als wüsste sie, wie das geht. Ich fühle mich wie ein dummer Teenager. Warum wohne ich eigentlich immer noch mit meiner Schwester zusammen? Ich sollte weg von hier. Ich habe es satt, ständig angemeckert zu werden.

Es muss so laut sein. Man hört sonst, dass ich heule. Dass ich wegen Jonas heule, hysterisch und laut und mit markerschütternden Schluchzern, zwischen denen ich nach Luft schnappe. Dabei war ich mir so sicher, dass er nicht mehr die Macht hat, mich zum Heulen zu bringen. Aber das versteht Jo natürlich nicht. Das liegt zum einen daran, dass sie vor lauter Lärmbelästigung nicht an den emotionalen Grund dahinter denken kann. Zum anderen kann sie sich schlicht nicht in jemanden einfühlen, der seinen Kummer eher exotherm verarbeitet. Ich strahle nach außen ab. Ich werde hitzig, blase Dampf raus.

Ich habe mich mit Jonas doch so gut verstanden in den Wochen vor der Schlägerei. Mit einem Mal konnte ich sogar witzig sein. Ich konnte *ich* sein. All das war möglich, weil ich in Jonas nur noch Jonas gesehen habe und keinen Traumprinzen mehr, der auf seinem von mir errichteten Thron aus Selbstsicherheit gehockt hat. Es hat sich gut angefühlt. Weil ich Jonas sehr mag, wenn ich nicht gerade hoffnungslos in ihn verliebt bin. Ich konnte über ihn lachen und ihm auf die Schulter klopfen, nicht bloß um ihn heimlich anzufassen, sondern in genau der harmlosen Bedeutung, die diese Geste eigentlich hat.

Und jetzt ist alles kaputt.

Stell dich gefälligst nicht so an, Max. Wird schon wieder. Du findest bestimmt einen anderen besten Freund.

Oder probiere es doch zur Abwechslung mal mit einer Freund*in*. Bring Kim endlich die Aufmerksamkeit als beste Freundin entgegen, die sie verdient. Aber hör vor allen Dingen auf, mit dir selbst in der zweiten Person zu reden, du bist doch nicht geistesgestört!

Okay. Jonas kann ein Vollidiot sein. Diesmal ist er echt zu weit gegangen. Er ist missgünstig! Ja, dieses Wort beschreibt ihn ziemlich gut: missgünstig! Deshalb hat er sich ausgedacht, dass Moritz mich ausnutzt. Mal im Ernst: Weshalb und warum sollte mein Freund mich ausnutzen? Was kann ich ihm schon bieten?

Das hat alles das dumme, kleine Gehirn von Jonas ausgeheckt. Sein dummes, kleines Schlagzeugergehirn. Ich erinnere mich an ein Zitat von Tres Cool, dem Drummer von Green Day, der einmal gesagt hat: »I can count from one to four and repeat – I'm a drummer!« Richtig! So ist es. Das Oberstübchen von Jonas hat sich in den letzten Jahren auf die Funktion zurückgebildet, von eins bis vier zählen zu können und diesen Vorgang beliebig oft zu wiederholen.

Ehrlich gesagt bin ich ziemlich mies darin, tiefe Freundschaften aufzubauen. Die Psychoanalytik würde das vermutlich Bindungs- und vor allem Verlustangst nennen.

Vielleicht hat die Wissenschaft in diesem Fall ja Recht: Ich fürchte mich davor, Jonas zu verlieren und dass er dann eine Lücke hinterlässt, die genau seine Maße hat und deshalb auch nur von ihm wieder gefüllt werden kann. Wie soll ich denn jemals wieder jemanden finden, mit dem ich, seit ich dreizehn bin, zu »She hates me« von Puddle of Mudd tanzen kann?

Jo klopft zum tausendsten Mal gegen meine Tür.

»Maxime?«

Wenn sie schon Maxime sagt …

Sie kommt herein und setzt sich zu mir aufs Bett. Ich kann sie nicht sehen, da ich die Wand anstarre. Über meinem Bett hängt seit ein paar Wochen eine stetig wachsende Fotocollage.

Jo nimmt die Fernbedienung und schaltet den CD-Player leiser. »Du hast Besuch«, sagt sie.

»Bitte nicht Jonas!«

Sie stößt mich zärtlich in die Seite. »Es ist Moritz. Ich hab ihm von deinem Streit mit Jonas erzählt. Das war hoffentlich okay. Er hat gesagt, ich soll erst nachfragen, ob er reinkommen darf. Ihm ist das alles noch immer ziemlich peinlich, glaube ich.«

Wie sollte Moritz mir je etwas Böses wollen? Er ist der rücksichtsvollste Mensch dieser Welt. In den vergangenen zwei Wochen hat er sich alle Mühe gegeben, zuvorkommend zu sein. Er hat mich besucht, er hat mich bekocht, er hat mich massiert und sich interessiert sämtliche Details meines Adenauer-Referats angehört. Kein einziges Mal hat er versucht, mit mir zu schlafen, sondern gewartet, bis ich den ersten Schritt gemacht habe. Vielleicht glaubt er, das sei das Richtige, um mir zu beweisen, dass er kein wilder Schlägertyp ist. Mich hat das alles so sehr verunsichert, dass wir es in den vergangenen zwölf Tagen nur einmal getan haben. Und es hat nicht funktioniert. Wir wissen alle, welchen Kommentar Kim dazu abgeben würde, aber für mein eigenes Sexleben erscheint mir so ein derber Spruch zu respektlos.

Ich drehe mich um und nicke, dann wische ich mir die verräterischen Tränen aus dem Gesicht und wickele mich aus der Decke.

»Ich gehe ihn holen«, sagt sie und streichelt mir über die Wange. »Er ist echt gut gelaunt … und er hat Liam dabei. Meine Güte, der Kleine ist ja so was von süß, wenn ich ihn angucke, würde ich am liebsten die Pille absetzen.«

Lachen fühlt sich in einem verheulten Gesicht zwar falsch an, aber ich tue es trotzdem. Diese Art von Humor ist bei Jo selten, dadurch aber besonders gut. So wie gutes Essen, das seinen Wert verlieren würde, wenn man es jeden Tag vorgesetzt bekäme.

»Stiefmutter und Halbschwester reichen mir, ich muss nicht auch noch Tante werden«, zische ich ihr zu.

Jo geht in den Flur und ruft Moritz nach oben. Kurz darauf höre ich Liams kleine Füße die Treppe hinaufstürmen, und eine Sekunde später wirft er sich auf mein Bett und mir in die Arme.

Freudestrahlend betritt Moritz mein Zimmer. Vor mir steht der Moritz von den Fotos, ganz eindeutig. Jener Moritz, der in den letzten Wochen einem gestressten Abbild gewichen war, das nicht so recht wusste, wie es sein Leben so hinbiegen kann, dass es selbst damit zufrieden ist.

Er setzt sich neben mich, legt die gesunde Hand in meinen Nacken und küsst mich. Zuerst auf den Mund, dann auf die Nase. »Hiiiii«, sagt er leise und langgezogen. »Willst du darüber reden?«, fragt er direkt.

Ich schüttele den Kopf.

»Ging es um mich?«

Erneut schüttele ich den Kopf. Moritz weiß, dass das gelogen ist, fragt aber nicht nach und beweist mir damit so vieles – alles aufzuzählen würde einen ganzen Roman füllen.

»Was treibt euch zu mir?«, frage ich und raffe mich auf. Nach meinem katastrophalen Besuch bei Jonas bin ich voll bekleidet und mit Schuhen ins Bett gefallen. Ich richte meinen Pferdeschwanz und rücke die verdrehte Kapuzenjacke zurecht.

Moritz beißt sich gespannt auf die Unterlippe. »Ich habe eine Überraschung.«

»Für mich?« Er nickt.

»Für mich auch, hast du gesagt«, Liam springt ihm auf die Schultern.

»Ja, für euch beide. Und für mich selbst auch.« Er zwinkert geheimniskrämerisch.

Seine gute Laune steckt mich an und verdrängt die Gedanken an Jonas in einen weniger aktiven Teil meines Gehirns.

»Was ist es?«, frage ich.

»Das kann ich dir nur zeigen, wenn du mitkommst.«

Ich sehe ihn fragend an, aber seine Miene gibt mir keine Antwort, also strecke ich ihm die Hand hin und lasse mich aus dem Haus ziehen.

»Wo gehen wir hin?«, frage ich jetzt schon zum wiederholten Mal.

Moritz führt uns, Liam auf dem Arm und mich hinter sich, vom Südbahnhof, an dessen Straßenbahnhaltestelle wir gerade ausgestiegen sind, zu einem mehrstöckigen Haus, das groß und auf nostalgische Art und Weise schön ist. Die Architektur lässt auf Altbauwohnungen schließen. Die Haustür ist nur angelehnt, Moritz zieht uns hinein.

»Okay, ich erzähl dir erst mal die Vorgeschichte.« Er setzt Liam auf dem Boden ab, reicht ihm seine gesunde Hand und sieht mich begeistert und voller Vorfreude an. »Ich hatte in den letzten zwei Wochen ziemlich viel Zeit, um ein paar Dinge zu klären.«

Erwartungsvoll verenge ich die Augen, doch dann sagt Moritz etwas, das nicht ins Konzept passt.

»Ich war letzte Woche bei meinem Chef vom Kurierdienst, um mich wegen des Arms krankzumelden. Daraufhin hat er mich gefeuert.«

»WAS? Warum hast du das denn nicht früher gesagt?« Das erklärt natürlich, warum er nicht gerade zu Romantik und Intimität aufgelegt war. Er muss ja halb wahnsinnig werden vor Geldsorgen. »Der kann dich doch nicht feuern, nur weil du verletzt bist! Moritz, da gibt es Gesetze und …«

»Nein, nein, immer langsam, bevor du jemandem mit dem Gesetz kommst. Er hat mich nicht richtig gefeuert. Ich war bei ihm nie fest angestellt.«

»Hä?« Ja. *Hä?*

»Ich hab immer nur schwarzgearbeitet. Er hat mich angerufen, wenn er einen Auftrag hatte, ich habe ihn ausgeführt und wurde bezahlt. Kein Auftrag, keine Bezahlung. Ich kann die nächsten fünf Wochen nicht fahren, also hat er keine Verwendung für mich. Dann habe ich ihn auch noch gefragt, ob es möglich sei, dass ich ab nächstem Jahr weniger arbeite, weil ich überlege, parallel eine Ausbildung anzufangen, und da ist er ein bisschen ausgetickt. Na ja, die Kurzfassung ist, dass ich nicht mehr dort arbeite.«

Ich bin total baff. »Moment mal! Du willst also doch die Ausbildung machen?«

»Ich hatte darüber nachgedacht. Aber dafür hätte ich den Job gebraucht. Wegen der Kohle.«

»Also machst du sie nicht?« Ich verstehe nur noch Bahnhof.

»Warte, Max, langsam. Ich bin am Montag fast durchgedreht. Aber ich habe an all das gedacht. An Liam und an dich und daran, was du gesagt hast.«

»Warum hast du denn nicht mit mir geredet, wenn du solche Probleme hattest? Bin ich deine Freundin, oder bin ich deine Freundin?« Ich versuche meine Stimme so ruhig und wenig vorwurfsvoll wie möglich klingen zu lassen, damit Liam nicht mitbekommt, dass ich enttäuscht bin.

Moritz küsst mich kurz, aber fest und ergänzt: »Meine Freundin, der ich weiß Gott schon genug zugemutet habe. Ich habe gemerkt, dass ich auch mal was alleine hinbekommen muss – und dass du Recht hast. Es ist nur ein kleiner Schritt! Ich kann die Ausbildung anfangen, mich so lange irgendwie durchbeißen und danach starte ich richtig durch. Mit neuer Wohnung und allem, was ich wollte. Einen neuen Nebenjob hätte ich sicher gefunden.«

»*Hätte*? Das heißt, du …«

»Lass mich dir doch erzählen, was das heißt.« Er drückt mir noch einen schnellen Kuss auf den Mund und winkt uns dann hinter sich die Treppe hoch.

Wir gehen in den ersten Stock, wo er vor einer Wohnung stehen bleibt. Liam turnt gedankenverloren über den Flur, lässt seine Fingerchen über das Treppengeländer rattern und brabbelt dabei vor sich hin.

»Ich hab also am Montag in der Agentur angerufen und nachgefragt, ob das Angebot wegen der Ausbildung noch steht.«

»UND?«

Er strahlt, nickt und sagt: »Sie haben sich sehr gefreut und gemeint, dass ich im April anfangen und bis dahin ein Praktikum machen kann.«

Ich falle ihm in die Arme und küsse ihn auf die Wange. »Wirklich? Ich bin so …«

Bevor ich sagen kann, dass ich stolz auf ihn bin – was mir nicht besonders leichtfällt –, drückt er mich ein Stückchen von sich weg und fährt fort: »Es geht noch weiter. Am Montagnachmittag bin ich mit Liam nach Gießen gefahren und habe meine Eltern besucht.«

Liam horcht auf, als er seinen Namen hört, stürmt im Hopserlauf auf uns zu und erklärt: »Ja. Wir waren in der Uni. Da hat der Opa vorgelesen.«

»Wir haben meinen Vater in der Uni abgeholt und zusammen mit meinen Eltern und meinem Bruder Kaffee getrunken. Dann hab ich es ihnen erzählt – alles. Irgendwas hat sich in mir die ganze Zeit dagegen gesträubt, aber mit einem Mal hat es sich nicht mehr so schlimm angefühlt. Ich hab ihnen von der Ausbildungsstelle erzählt und davon, dass ich nicht länger als Kurier arbeiten kann, dass ich umziehen möchte und … Ich musste nicht mal darum bitten. Es war total leicht. Mein Vater ist aufgestanden, hat mich umarmt und mir sofort seine Unterstützung zugesichert. Finanziell, du weißt schon. Weil ich mit dem Ausbildungsgehalt allein nicht für Liam und die Miete und alles …«

Ich freue mich so für ihn, dass ich meine Enttäuschung über seine Eigenmächtigkeit vergesse und fast anfange zu heulen. Ich drücke ihn fest und küsse ihn.

»Wer wohnt hier?«, fragt Liam, vollkommen ungerührt von meinem emotionalen Ausbruch und meinen offensichtlichen Gefühlen seinem Vater gegenüber, und reckt fragend die Handflächen nach oben.

Moritz holt einen Schlüssel aus der Hosentasche, schließt die Wohnung auf und sagt: »Ab Januar ich.«

Eine Stunde später sitzen Moritz, Liam und ich auf dem

Laminatboden in seinem künftigen Wohnzimmer und essen Pizza aus Pappkartons.

Ich bin eine gute halbe Stunde strahlend durch die wunderschöne Altbauwohnung gewandert, habe jeden Winkel inspiziert und Moritz sekündlich geküsst, aber kein einziges Wort herausbekommen.

Die Wohnung hat einen großen Wohn-Ess-Bereich mit einer bereits eingebauten Küche, einst aus unschönem altem Holz, aber vom Vormieter zum Glück weiß lackiert, viele Fenster, ein modernes, weiß gefliestes Bad mit Wanne und zwei Schlafzimmer. Ein kleineres für Liam und für Moritz ein etwas größeres mit einer Nische, die sich als Arbeitsecke eignet. (Memo an mich: Karriere als Wohnungsanzeigentexterin in Erwägung ziehen.)

Auch wenn Liam die Tragweite all dessen und die Bedeutung der Wohnung für seinen Papa noch nicht ganz erfassen kann, freut er sich wie ein Schneekönig. Er springt durch die leeren Räume, rollt über den Boden und versucht abzuschätzen, wie hoch die Decke ist (das höchste Gebot liegt bei dreizehn Meter und fünf Liter). Vor allem freut er sich aber über die Pizza Salami, denn Salami gibt es zu Hause nicht oft.

»Du warst also am Dienstag bei der Wohnungsbesichtigung, hattest Mittwoch schon den Zuschlag, und erst jetzt erzählst du mir davon?«, fasse ich zusammen.

»Genau.«

»Erstens: Das ist eine Frechheit!« Ich küsse ihn. »Und zweitens: Warum ist das alles so schnell gegangen?«

»Connections. Mein Vater ist der Doktorvater des Vormieters. Er hat ein gutes Wort für mich eingelegt. Fertig.«

»Wow. Du scheinst deine Einstellung dazu geändert zu haben.« Ich grinse. »Ich bin total stolz auf dich.« Mir fällt es nicht leicht, das zu sagen. Ich habe es noch nicht oft gemacht, und wenn ich ehrlich bin, habe ich auch noch nicht oft gehört, dass jemand stolz auf mich ist. Es sind die Sätze, die man selbst nicht oft hört und die man auch selbst nur schwer aussprechen kann.

»Das solltest du nicht.« Moritz sieht mich eindringlich an, lässt dann den Augenkontakt abreißen und überbrückt die dadurch entstehende peinliche Stille, indem er sagt: »Liam und ich sollten langsam nach Hause und ins Bett. Also, der Knirps zumindest.«

»Nein!«, brüllt der Kleine sofort. »Nein, Papa, bitte, ich will hier mit dir schlafen.«

»Liam, wir können hier noch nicht schlafen.«

»Aber ich will!«

»Ich will auch so viel.« Er sieht mich wieder an, während er das sagt, halb grinsend, halb ich-weiß-nicht-wie.

Januar, denke ich, ab Januar wird alles gut.

47. KAPITEL

in dem gute Laune vergänglich ist

Am nächsten Vormittag bin ich mit Papa und Jo zum Weihnachtsshopping verabredet, auf das ich mich in diesem Jahr so sehr freue wie noch nie. Wir sind damit zwar ein wenig früh dran, aber mein Vater ist ein vorsichtiger Mensch. Er gerät leicht in Panik und zieht es deshalb vor, bis Ende der ersten Dezemberwoche sämtliche Einkäufe fürs Fest beisammenzuhaben.

In einem Designerladen für Wohnaccessoires, in dem Papa ein Gemälde für seine Eltern kauft, entdecke ich einen Bildband von einem angesagten New Yorker Fotografen, von dem ich weiß, dass Moritz ihn vergöttert. Er hat mir mal die Homepage des Künstlers gezeigt und sich über dessen Porträtfotos derart in Rage geredet, dass er mit den Händen eine Flasche Wein umgestoßen und damit seine Computertastatur ruiniert hat. Ich muss den Band kaufen.

Da in dem Laden keine Preisschilder an der Ware kleben, bemerke ich den horrenden Preis erst, als ich bereits an der Kasse stehe und sich in meinem Kopf die Zukunftsvision von einem glücklichen Moritz unter dem Weihnachtsbaum längst behaglich eingenistet hat. Im ersten Moment frage ich mich ernsthaft, ob in den Bucheinband irgendwelche Edelmetalle eingearbeitet sind, aber dann drücke ich beide Augen zu und bezahle. Nachdem sie mir den Bon ausgehändigt hat, lüftet die Kassiererin endlich das Geheimnis hinter dem Preis: »Das ist eine echte Rarität! Auf eintausend Exemplare weltweit limitiert.«

Aha.

Vor den Statuen der Frankfurter Börse schießen wir ein Foto von uns dreien. Papa und Jo an den Bullen gelehnt, ich auf dem Bären sitzend. Papa liebt so etwas. Er würde sich am liebsten jeden Tag mit uns fotografieren lassen, um die Bilder immer wieder herumzuzeigen und die eine oder andere Anekdote dazu zu erzählen.

Jo und ich beschließen heimlich, das Foto in einem Copy-Shop auf eine Tasse oder ein Mouse-Pad oder im Posterformat drucken zu lassen. Es ist das perfekte Geschenk für unseren Vater: selbstgemacht (irgendwie), aber nicht teuer, denn er hasst teure Geschenke. Er will nichts, was er sich auch selbst anschaffen könnte. Denn leider schafft er sich alles, was er haben möchte, auch selbst an. Es hat keinen Zweck, vor anstehenden Feier- oder Geburtstagen den Wunschäußerungen meines Vaters zu lauschen, weil er zwei Stunden später schon in die Stadt gerannt ist und sich den Wunsch selbst erfüllt hat. Zu oft schon standen wir an Festtagen vor unserem Vater und hielten die CD-Slash-das Buch-Slash-die technische Raffinesse in den Händen, die-Slash-das-Slash-die bereits im Regal zu seiner Rechten zu bestaunen war.

Ein Geschenk für Jo zu kaufen ist deutlich leichter. Hauptsache, es glitzert, glänzt oder ist von einem bekannten Label. In einem unbeobachteten Moment kaufe ich ihr ein silbernes Armband, das sicher angesagt ist, da der Kaufpreis eines einzelnen die Material- und Herstellungskosten von gefühlten fünfzig Armbändern deckt. Jo ersteht im selben Laden eine Armbanduhr für Steffen.

»Wolltest du ihm nicht die Aktfotos schenken?«, erinnere ich sie schmunzelnd.

»Ja, aber doch nicht nur!«, ruft sie entsetzt aus.

Stimmt. Hätte ich fast vergessen: Wir sind hier ja nicht bei armen Leuten. Wie um das zu beweisen, suchen sie und Papa gemeinsam ein Paar Ohrringe aus, die er Kristin schenken wird. Von der Kohle könnten fünf Kinder auf ein amerikanisches Elite-College gehen. Harvard oder so. Und zwar jeweils vierundzwanzig Semester.

Ich verlasse die beiden bei der nächsten U-Bahn-Haltestelle, um zu Moritz zu fahren.

»Grüß ihn von mir«, sagt Papa. »Ach ja, und erinnere ihn bitte daran, dass wir noch ein paar Unterlagen von ihm brauchen.«

»Wird gemacht«, beteuere ich.

Doch leider ist dieses Versprechen bereits in einer entfernten Windung meines Gehirns verschwunden, als ich die Stufen zur Station Hauptwache hinuntergehe und in die erstbeste U-Bahn hüpfe. Ich freue mich zu sehr über die Routine, die Moritz und ich mittlerweile haben. Ich fahre zu ihm, wir verbringen den Abend zusammen, machen Pärchendinge und genießen vor uns hin. Da bleibt für Bürokratie nicht viel Platz. Genau das tun wir auch heute.

Gegen sieben sitze ich mit Liam und Kai an dem bemalten Esstisch, während Moritz seine leckeren Pfannkuchen für uns zubereitet. Liam malt und produziert im Dreißig-Sekunden-Takt neue Kunstwerke – das nenne ich mal Effizienz. Kai ist damit beschäftigt, eine Anzeige zu schreiben, mit der er einen Nachmieter für Moritz suchen will.

»Bei aller Verzweiflung über deinen Weggang, Momo«, sagt er, streicht über sein T-Shirt (»Ich hab auch Augen, du Arsch«) und räuspert sich dann voller Pathos. Er hebt das vollgekritzelte Papier hoch und liest vor: »Lässiger Profi-

Didgeridoo-Spieler mit nicht von der Hand zu weisender Attraktivität sucht Füllung für die Leere, die sein untreu gewordener Ex-Mitbewohner beim Auszug hinterlassen hat, inklusive Füllung für dessen ehemaliges Zimmer. Ist zwar nicht groß und auch länger nicht belüftet worden, hat aber ein Fenster, könnte man also nachholen. Außerdem Küche und Bad. Alles nicht schön, aber – hey, was soll's, für euch Studenten wird's reichen!«

Beifallheischend sieht er uns an.

»Sie werden Schlange stehen«, beteuere ich.

»Genau! Große, helle, geile Zimmer bieten sie dir an jeder Ecke an, aber 'ne echte Charakterbude gib's nur bei mir.«

»Ach, nennt man das jetzt Charakter?« Moritz stellt einen großen Haufen Pfannkuchen auf den Tisch und setzt sich zu uns.

Es ist Routine, und es ist wunderschön.

Als ich am Montagmorgen in meinem Bett aufwache, beschert mir das familiäre und rundum perfekte Wochenende, das hinter mir liegt, immer noch gute Laune.

Ich bin gut gelaunt, als ich hinunter zum Frühstück gehe, gut gelaunt, als ich in die Uni fahre und zwei Geschichtsseminare hinter mich bringe, gut gelaunt, als ich mir ein Buch aus der Bibliothek ausleihe, und gut gelaunt, als ich wieder nach Hause fahre.

Kurzum: Ich bin den ganzen Tag super drauf. Und zwar die Art von super, die die Leute in deiner Umgebung dazu bringt, dich komisch anzugucken, dich sogar anzusprechen und danach zu fragen, die dazu führt, dass der Regenhimmel babyblau aussieht und Leitungswasser nach Ambrosia schmeckt. Wobei ich nicht mal weiß, ob Ambrosia überhaupt trinkbar und-Slash-oder wohlschmeckend ist. Aber ich glaube, ich habe das mal in einem *Asterix*-Comic gelesen.

Als ich zu Hause ankomme, prallt meine gute Laune zum ersten Mal an diesem Tag gegen eine Mauer, die sie nicht binnen Sekunden einreißen kann. Ich werfe Jacke und Unitasche unachtsam neben die Eingangstür, und mir fällt auf, dass Jo angespannt am Esstisch sitzt. Ihr Gesichtsausdruck ist so dramatisch, dass die Situation nur noch theatralischer sein könnte, wenn sie mit den Anfangstakten von Beethovens Fünfter unterlegt wäre. Ta – Ta – Ta – Taaaaaaaa.

Ich weiß, dass Jo zu überzogener Theatralik neigt. Es ist gut möglich, dass sie nur so dasitzt und dreinschaut, als würde gleich der Himmel runterkommen, weil sie eine ihrer Lieblingssendungen abgesetzt haben. Oder weil der böse, sexy Typ aus *Vampire Diaries* in der nächsten Staffel durch Nicolas Cage ersetzt wird oder weil ihre Lieblingsnagellackfarbe Rosé leer ist.

Aber ich weiß auch, dass es in diesem Augenblick einen triftigen Grund für ihre Gesichtsentgleisung gibt. Einen Grund, der auch in meiner Welt Bedenken auslöst.

»Ist was passiert?«, frage ich sofort.

Sie sieht mich weiter komisch an. Ein Filmregisseur würde nun mit schnellen Schnitten auf ihr Gesicht zoomen. Zack. Schnitt. Zoom. Schnitt. Halbtotale. Nah. Detail. Jos Augen. Vielleicht dieses Mal hinterlegt mit der Musik der Duschszene aus Hitchcocks *Psycho*. *Wing! Wing! Wing!*

»Setz dich mal hin«, fordert sie mich auf, ihre Stimme ganz belegt.

»Jo, was ist los? Ist was mit Steffen?«

»Nein. Mit mir ist alles in Ordnung.«

»Was mit Papa? Oder dem Baby?«

»Nein, Maxime.«

Ach herrje! Sie hat Maxime gesagt. Mein Herz fängt schnell und hart an zu pochen. Ich setze mich ihr gegenüber an den Tisch und nicke ihr auffordernd zu.

»Ich weiß nicht, ob ich es dir sagen soll, Max.«

»Was denn?« Sie soll endlich mit der Sprache herausrücken!

Sie seufzt, beginnt mit dem Knie zu wippen und an der Kuppe ihres Daumens zu nuckeln. »Ich will dir nicht wehtun. Aber ich muss es dir doch sagen, oder? Weil ich nicht will, dass jemand dir wehtut. Vielleicht ist das ja auch alles nur ein Missverständnis oder ein dummer Zufall. Keine Ahnung.«

Ein flaues Gefühl breitet sich in meinem Bauch aus. Jenes Gefühl, das einen erfasst, wenn man auf der Treppe beim Hinuntergehen eine Stufe verpasst und eine Nanosekunde lang nicht weiß, ob man gleich hinfällt und sich alle Knochen bricht oder nicht.

Ich versuche ruhig zu bleiben, lache prustend und falsch und frage: »Was redest du da, Jo? Du tust ja so, als wäre jemand gestorben.«

»Ich weiß ja auch nicht, ich kann es nicht erklären.«

»Erzähl es mir, ich erkläre es dir dann.«

Jo wirft mir einen Max-hör-auf-die-Coole-zu-spielen-Blick zu. Dann räuspert sie sich laut und dramatisch. »Also, ich arbeite seit dieser Woche bei Papa in der Agentur in der Personalabteilung und …«

Meine Alarmglocken schrillen, bevor sie ausgeredet hat. »Ist was mit der Ausbildung von Moritz?«

Jo verzieht das Gesicht, als wollte sie sagen: Nicht direkt.

»Jo, wenn es um meinen Freund geht, dann solltest du mir endlich sagen, was passiert ist.«

Mein Herzschlag stellt neue Geschwindigkeitsrekorde auf. Bummbumm. Was ist mit Moritz? Bummbumm.

Es wird doch alles gut, oder? Bummbummbumm. Er hat doch schon die neue Wohnung. Alles läuft gut.

»Ja, aber du musst auch verstehen, dass es mir schwerfällt, mit dir darüber zu reden.«

»Also hat es doch etwas mit Moritz zu tun?«

»Ja, Max. Oder eher mit dir. Also mit euch beiden.«

Ich entspanne mich ein bisschen. »Bei uns ist alles gut.«

»Nein, ist es nicht. Irgendwas stimmt mit Moritz nicht, Max.«

»Wie bitte?« Ich werde laut. Jo ist missgünstig. Das war ja nur eine Frage der Zeit. Früher oder später musste es so kommen. »Was soll das denn heißen?«, keife ich sie an.

»Tick bitte nicht gleich aus.« Sie greift nach meiner auf dem Tisch aufgestützten Hand. »Hör zu, vielleicht habe ich da auch etwas falsch verstanden. Aber die Sache ist die: Ich sollte in der Agentur ein paar Akten sortieren und kopieren. Dämliche Praktikantenarbeit eben. Das war mir zu langweilig, deshalb habe ich mir die Akten näher angeguckt und …«

»… und du hast Moritz nachgeschnüffelt?« Ich funkele sie an.

»Papa wollte von mir wissen, ob seine Unterlagen komplett sind!«

Ja klar, wer's glaubt. Ich verschränke skeptisch die Arme. Was soll sie großartig herausgefunden haben? Nichts, was ich nicht schon weiß. Nichts, was nicht leicht zu erklären wäre. Und überhaupt: Was soll in dieser dämlichen Mappe schon drin sein? Sein Lebenslauf, Arbeitsproben, ein Vorvertrag. Alles total spannende Dinge. Nein, jetzt mal ehrlich. Selbst meine überdurchschnittlich neugierige Schwester Jo kann daran nichts Interessantes finden.

»Dabei habe ich zwei Dinge festgestellt. Erstens: Sein aktuelles polizeiliches Führungszeugnis fehlt. Und zweitens: Moritz hat sich vor etwa einem halben Jahr schon mal in der Agentur beworben.«

Beworben? Bei Papa? Wofür? Warum? Vielleicht war es ein Namensvetter … eine Verwechslung … Nein, ein Missverständnis.

Ich kneife die Augen zusammen. »Wo genau?«

»Direkt bei der Personalabteilung. Um einen Ausbildungsplatz als Fotodesigner, den sie ausgeschrieben hatten.«

»Als Fotode … Jo, das kann nicht sein. Moritz wollte ursprünglich gar keine Ausbildung machen. Ich selbst habe ihn dazu überredet. Moritz Stolz ist kein ungewöhnlicher Name.« Ich versuche, sachlich und unaufgeregt zu sprechen, scheitere jedoch kläglich. Meine Stimme ist porös und trieft förmlich vor Unsicherheit.

»Moritz *Maria* Stolz. In der Akte ist seine komplette alte Bewerbung abgelegt. Mit Passbild und vollem Namen. Glaub mir, Max, das waren seine Unterlagen.«

Ich verstehe das alles nicht. Ich bin richtig schlecht darin, etwas nicht zu verstehen. Etwas nicht zu verstehen, sägt den Grundpfeiler an, auf dem der nicht geheuchelte Teil meines Selbstbewusstseins gebaut ist: Intelligenz.

Warum hat er mir das nie gesagt? Was hat das zu bedeuten? Und was hat es zu bedeuten, dass er es mir nie gesagt hat? Ich dachte, wir führen eine von diesen neiderregenden Wir-können-über-alles-reden-Beziehungen? Eine, von der man erst glaubt, dass sie wahr werden kann, wenn man sie selbst erlebt hat. Was ich offenbar nicht habe.

Überleg doch mal, Max, fragt mich ein wachsender Zweifel in meinem Kopf. Er hat dir auch nichts von der neuen Wohnung erzählt, von seiner Kündigung, vom Besuch bei seinen Eltern …

Jo bemerkt mein ratloses Gesicht und erzählt weiter. »In

dem alten Bewerbungshefter war ein Vermerk von einem Mitarbeiter aus der Personalabteilung. Ich habe mit ihm gesprochen. Sie haben Moritz damals zum Vorstellungsgespräch eingeladen und waren erst von ihm begeistert, aber dann haben sie ihm quasi in letzter Sekunde eine Absage erteilt. Weißt du, wieso?«

Ich schüttele nur den Kopf. Ich bin überrascht, dass ich diese Bewegung noch durchführen kann. Meine Motorik ist komplett eingefroren. Meine Arme sind unbeweglich, meine Lider steif, die Augen verengt und alle Gedanken erstarrt. Ich würde mich gerne darüber lustig machen, dass Jo hier den Sherlock gibt, aber ich kann nicht.

Ich höre ihre Antwort wie durch Watte: »Wegen seiner polizeilichen Vorgeschichte. Er musste sie damals einreichen und … sie ist wohl etwas umfangreicher.« Sie sieht mich an, als erwarte sie eine Antwort.

Ich seufze und gebe ihr erleichtert eine. »Aber Jo, das weiß ich doch. Ich weiß, dass er sich früher wegen irgendwelcher Schlägereien beim Fußball mehrfach Mist eingebrockt hat. Aber so ist er nicht mehr. Das war, bevor Liam auf die Welt gekommen ist. Er ist erwachsen geworden.«

»Darum geht's doch gar nicht. Ich glaube nicht, dass Moritz ein schlechter Mensch ist, nur weil er vor ein paar Jahren dumme Sachen gemacht hat. Aber Sachbeschädigung und Körperverletzung kommen nun mal bei keinem Arbeitgeber gut an.«

»Ist doch egal, jetzt haben sie in der Agentur eben erkannt, dass irgendwelche Jugendgeschichten nichts mit Talent und Können zu tun haben.«

Jo sieht mich beschwichtigend an. »Ich weiß, Max. Aber wie gesagt, das meine ich gar nicht.«

Ich zucke mit den Schultern, blocke ab, als sie wieder mein Knie streichelt, und springe mit Puddingbeinen vom

Bett auf. »Dann sag endlich, was du meinst. Wenn du Moritz bloß schlecht machen willst, dann lass mich gefälligst in Ruhe.«

»Menno, ich wusste, dass du so reagierst.« Sie schwingt ihre langen blonden Wellen über die Schulter und sieht mich mit schiefgelegtem Kopf an, als wäre sie ein Golden Retriever. Als sie nach meiner Hand greift, ziehe ich sie weg.

»Sag, was du loswerden willst, und dann verzieh dich«, knurre ich.

»Okay, okay. Du willst die Geschichte also auf die harte Tour, bitte sehr.« Theatralische Pause. »Ist es nicht komisch, dass Moritz sich *schon mal* bei Papa beworben hat, eigentlich erfolgreich war, dann aber wegen seiner kriminellen Vorgeschichte abgelehnt wurde?«

»Kriminell? Was redest du denn da?«, werfe ich laut ein, aber sie ignoriert mich und spricht einfach weiter.

»Dann lernt er ganz zufällig dich kennen. Nach wenigen Tagen zeigt er dir gleich die überschwänglichsten Gefühle. Er akzeptiert sogar, dass du anfänglich eigentlich noch auf Jonas stehst. Er überredet dich förmlich dazu, dich mit ihm zu verabreden, er lässt nicht eine Sekunde locker, obwohl du unausstehlich bist. Glücklicherweise werdet ihr ein Paar, alles ist wunderschön – Moritz ist der scheinbar tollste Freund der Welt. Dank dir hat er auf einmal wieder die Chance, sich in der Agentur zu bewerben. Nur will er dieses Mal auf keinen Fall eine Ausbildung machen, weil dann seine Unterlagen sofort bei der Personalabteilung landen würden, und zwar bevor er überhaupt eine Chance bekommt, sich bei dem Fotografen oder Papa zu beweisen. Vielleicht würde sich auch jemand an ihn erinnern. Dieses Mal – oh Wunder – klappt es, obwohl er sein polizeiliches Führungszeugnis nicht rausrücken will.«

Sie sieht mich an, schafft dabei komischerweise den Spagat zwischen einem arroganten, schulmeisterlichen Blick und einem anteilnehmenden Gesichtsausdruck. Schließlich holt sie zum finalen Stoß aus. »Liegt das vielleicht daran, dass er inzwischen mit der Tochter vom Chef zusammen ist?«

Meine Unterlippe vibriert.

Jos Miene wird wieder butterzart. »Das tut mir alles schrecklich leid, Max.«

Ich schiebe meine zittrigen Hände in die Hosentaschen und sage, ohne Jo anzusehen: »Wenn du damit ausdrücken willst, dass Moritz nur mit mir zusammen ist, um an den Job zu kommen, dann ist das … das ist das Dümmste, was ich jemals gehört habe.«

Ich schreie sie nicht an. Es hätte keinen Zweck. Ich darf auf keinen Fall die Beherrschung verlieren und Jo das Gefühl geben, Recht zu haben. Denn sie hat Unrecht. Wie sollte das wahr sein? Es ist der miese Plot einer Daily Soap!

Moritz und ich haben uns kennengelernt, weil ich meine Tasche am Elefantengehege vergessen habe. Er hat sie mitgenommen, er mochte mich, er wollte mich fotografieren, weil er mich vom ersten Augenblick an hübsch und interessant fand. Weil er der Meinung ist, dass ich etwas Besonderes bin. Weil er es wahrgenommen hat. Weil er nicht nur an mir vorbei auf Jo geblickt hat. Weil endlich mal ich im Mittelpunkt stand. Er hat mein Handy in der Tasche gefunden und mich kontaktiert, und als er mir die Tasche zurückgebracht hat, haben wir uns näher kennengelernt. Er konnte zu keinem Zeitpunkt wissen, wer mein Vater ist. Geschweige denn, wo Papa arbeitet. Hält Jo ihn allen Ernstes für ein derart perfides Meistergenie?

Mir läuft eine Träne über die Wange, was Jo falsch versteht. Sie glaubt, ich hätte ihre dumme Geschichte gefressen. Sie denkt, ich würde ihr glauben. Voller Mitleid steht sie auf und will mich in den Arm nehmen.

Ich weiche einen Schritt vor ihr zurück. »Nein«, flüstere ich. »Geh weg!«

»Ich weiß doch, wie glücklich du mit ihm warst.«

»Ja, genau. Und das hat dir nicht gepasst. Ist mir schon klar, dass du dir nicht vorstellen kannst, dass jemand mal *mit mir* zusammen sein will. Natürlich, dahinter muss eine komplett bescheuerte Verschwörung stecken.«

Kopfschüttelnd und zornig stapfe ich die Wendeltreppe hinauf.

Jo ruft mir nach: »Es ist okay, dass du sauer auf mich bist. Rede mit Moritz, dann wird sich hoffentlich alles klären.«

48. KAPITEL

in dem sich alles klärt

Jo hat gesagt, ich müsse bloß mit ihm reden, dann werde sich alles klären. Hat meine Schwester in Beziehungsdingen nicht irgendwie immer Recht? Ist doch so, oder?

Warum mache ich mir dann fast in die Hose, als ich um kurz nach acht in der Tiefgarage in mein Auto steige, mit zittriger Hand den Schlüssel ins Zündschloss stecke und versuche, mich daran zu erinnern, wo Moritz wohnt, wie ich dort hinkomme, wie man Auto fährt, was eben passiert ist und warum das passiert ist, was Jo gesagt hat.

Es wird sich schon klären, Max. Es ist doch Moritz. Und Moritz liebt dich. Das hat er dir mehr als tausendmal gesagt.

Er liebt mich. Mich. MICH. Endlich mal mich. Und er wollte mich – immer. Er fand mich von Anfang an gut und schön und klug. Und wertvoll. Bei ihm war ich das alles *wert*. Das ist ja das Tolle an der Sache. Das macht alles so *echt*.

Soll das jetzt zu Ende sein?

Soll Jo Recht behalten?

Nein! Ich sage ganz entschieden: Nein!

Es ist kompletter Unfug. Wenn ich darüber nachdenke, nur für einen Moment rational bin, dann spüre ich, dass es kompletter Unfug ist – die größte, dümmste, schlimmste

Lüge, die ich je gehört habe. Wie sollte Moritz das gemacht haben?

Es ist Unfug.

Er hat mich angesprochen, bevor er wusste, wer ich bin.

Es ist Unfug!

Er wusste nicht, wie ich mit Nachnamen heiße, wer mein Vater ist und wie ich zu dieser bescheuerten Agentur stehe!

ES IST UNFUG!

Wie soll er davon gewusst haben? Für wen hält Jo ihn eigentlich?

Das alles ist ausgemachter Quatsch. Ganz rational gedacht: Es ist Unfug.

Wie oft soll ich es noch sagen? So oft, bis ich davon überzeugt bin: Es. Ist. Unfug.

Keiner kann die Zusammenhänge erschließen. So gerissen ist niemand. Schon gar nicht Moritz. Er hätte mir niemals Liam vorgestellt, hätte nicht den Streit mit Jana provoziert, hätte mich nicht so tief in sein Leben gelassen. Hätte nicht mit mir geschlafen.

Das hätte er doch nicht, oder?

Moritz … Moritz sagt immer alles, was er denkt. Er hat keine Geheimnisse vor mir. Moritz könnte mir nichts vormachen. Er ist wie ein offenes Buch für mich. Ich merke, wenn etwas nicht mit ihm stimmt.

Ich liebe ihn doch. Und er liebt mich!

Aber er wollte mich unbedingt kennenlernen. Er musste mich wiedertreffen. Er war hartnäckig. Obwohl ich ein grummeliges, missmutiges, unerträgliches Wesen ohne nennenswertes Selbstwertgefühl war. Obwohl ich ihm ständig alle Türen vor der Nase zugeschlagen, obwohl ich ihn abgewiesen habe, obwohl ich anstrengend und schwierig und nervenaufreibend war. Obwohl er von Jonas wusste.

Wenn er …

Meine Finger verkrampfen sich. Ich kralle die Nägel tief ins lederbespannte Lenkrad und spüre, wie sich das flaue Gefühl in meinem Magen verändert.

Wenn er das …

Eben noch wollte ich mich schnellstmöglich übergeben, alles nach außen stülpen, alles loswerden, was in mir brodelt, weg damit! Ich wollte mich nicht mehr damit beschäftigen müssen, alles raus und bloß nicht mehr darüber nachdenken.

Wenn er das getan hat …

Jetzt bin ich sauer. Ich bin fast glücklich, dass ich derart wütend sein kann. Warum hat er mir nie gesagt, dass diese Bewerbung nicht seine erste war? Es wäre seine gottverdammte Pflicht gewesen! Er hätte es mir sagen müssen, und allein die Tatsache, dass er es nicht getan hat, beweist doch irgendetwas. Er wollte nicht, dass ich es merke. Es gibt da noch einen anderen Moritz. Einen, den ich nicht kenne. Einen, von dem er nicht wollte, dass ich ihn kennenlerne. Einen, den ich gar nicht kennen will.

Wenn er das getan hat, wenn das alles eine Lüge war, wenn er mich nur benutzt hat, dann … weiß ich auch nicht.

Einen Moment erscheint es mir furchtbar attraktiv und so viel leichter, gar nichts zu tun. Es ist doch schön so, wie es ist. Ich will glauben, dass alles okay ist, dass Moritz in der Flut an Bewerbungen, die er in den letzten Jahren geschrieben hat, jene an meinen Vater schlicht vergessen hat. Ich könnte alles ignorieren – ich kann so was gut. Ich bin darin geschult, alles Emotionale runterzuschlucken, bis der Kloß in meinem Hals so groß ist, dass mein Organismus ihn in eine Extraschicht Haut verwandelt, an der alles abprallt. Warum soll ich mich mit diesem ganzen Mist auseinandersetzen? Ich könnte alles einstecken und mir eine neue Elefantenhautschicht zulegen.

Vielleicht mag ich deshalb die Elefanten im Zoo am liebsten. Sie sind quasi meine Artgenossen.

Plötzlich kommt mir ein Gedanke, der mich eiskalt erwischt. Jonas hat Moritz einen Vorwurf gemacht, der haarsträubend war und ihn dennoch so hart getroffen hat, dass er deshalb eine Schlägerei angezettelt hat.

Ich lasse den Motor an und fahre viel zu schnell los.

Mein Magen will mich davon abhalten, die Treppenstufen zu Moritz' Wohnung hochzusteigen.

In ein paar Wochen zieht er um. Oft werde ich ihn hier sowieso nicht mehr besuchen. Mein schmerzender Bauch hält mich zurück. Mir ist speiübel. Ich muss mich auf dem ersten Treppenabsatz abstützen und durchatmen wie eine alte, bronchienkranke Frau. Meine Brust tut weh, aber mein Atem ist seltsam. Seltsam normal. Normal ist in solchen Situationen immer falsch. Alles müsste kopfstehen, in Alarmbereitschaft sein.

Ich gehe trotzdem weiter bis in den zweiten Stock.

Als ich direkt vor der Wohnung stehe, muss ich nur noch klingeln. Nur noch. Haha. Ich würde lieber heulend davonrennen, zwei Tage durchflennen, Halsklöße schlucken und danach mit einer neuen Schicht Elefantenhaut wiederkommen.

Ich muss bloß den Finger ausstrecken und klingeln. Oder klopfen. Oder …

Die Tür geht auf. Mein Herz überschlägt sich, ich muss jeden Moment kotzen.

Vor mir steht Kai. Er trägt einen alten Bundeswehrparka und eine schwarze Wollmütze mit dem Emblem von

Mighty Ducks, dieser Zeichentrickserie über eishockeyspielende Enten aus den Neunzigern.

»Wowowow, verschwinde, so lange du noch kannst. Der Alten sitzen die Rastazöpfchen mal wieder zu stramm. Die dreht komplett am Rad, sag ich dir.« Er deutet in die Wohnung, und wie auf Kommando höre ich Janas schrille Stimme durch die Küche hallen.

»Du bist ein übler Mistkerl«, sind ihre Worte.

Kai murmelt: »Ich verzieh mich«, und dann verzieht er sich. Hüpfend und pfeifend geht er die Treppe hinunter. Er pfeift das Lied aus der Kinder-Riegel-Werbung. Ich erwäge ernsthaft, das Schlachtfeld an dieser Stelle zu verlassen. Es ist kein günstiger Zeitpunkt, wenn Jana gerade hier ist und die beiden mal wieder streiten. Ich könnte Kai hüpfend und pfeifend folgen. Nichts wie weg hier und Dinge tun, die Kai abends nun mal so tut. Mir bekifft das Didgeridoospielen beibringen, auf eine Ersti-Party gehen oder irgendetwas anderes tun, was Max sonst nie macht. Plötzlich überkommt mich das bedrückende Gefühl, etwas verpasst zu haben – in meinem Leben, in meiner Beziehung, in allem. Warum muss ausgerechnet jetzt so eine Gefühlsflut über mir zusammenbrechen?

Jana bemerkt mich, als ich gerade versuche, aus dieser emotionalen Welle wieder aufzutauchen. »Wenn man vom Teufel spricht«, sagt sie, und ihre bösen gelblich grünen Augen funkeln mich an.

Warum haben böse Menschen immer so gruselige Augenfarben? Ich habe noch nie einen unsympathischen Menschen mit schönen, strahlenden Augen gesehen.

»Jana, du …« Moritz erscheint im Flur, sein Gesicht ist kalkweiß und wird noch weißer, als er mich bemerkt. Seine Haare sind zerzaust, als hätte er viel Stress gehabt. Außerdem umgibt ihn starker Zigarettengeruch. Wo ist mein

Moritz? Der mit dem frechen Zug um den Mund? Mit den rot schimmernden Haaren? Den blauen Augen? Den Jackpot-Augen!

»Max«, sagt er dann. Nur: »Max.«

»Ihr habt über mich gesprochen?« Meine Stimme ist leise.

»Nichts, Max, lass sie reden …«

»Sie soll mich reden lassen? Das ist ja mal interessant. Das klang eben aber noch ganz anders.«

»Jana!«, zischt er sie an.

»Ich muss mit *dir* reden«, sage ich zu Moritz.

»Okay.« Er scheint meinen bitteren Tonfall bemerkt zu haben, denn seine Stimme klingt unsicher. Er reibt sich die Hände, wippt auf den Fußballen. Er fühlt sich sichtlich unwohl.

»Allein.« Ich blinzele Jana zu.

»Klingt ganz so, als wollte da jemand ein ernstes Wörtchen mit dir reden, Momo.«

»Wie kann ein einziger Mensch nur so scheiße sein«, frage ich mich. Leider merke ich zu spät, dass ich gerade laut gedacht habe.

Jana sieht mich entsetzt an.

»Glotz nicht so blöd«, fahre ich sie an. »Jetzt mal ehrlich! Ich fühle mich langsam, als wäre *ich* deine Exfreundin. Ich habe keinen Bock, ständig in eure Streitigkeiten reingezogen zu werden.«

»Hör mir mal zu, Schätzchen, das hier ist keine Streiterei, in die du *reingezogen* wurdest. Sie ist wegen dir entstanden. Weil ich versucht habe, dich zu verteidigen, du dummes kleines Ding!« Sie bohrt mir den Zeigefinger schmerzhaft ins Brustbein.

»Nenn mich gefälligst nicht dumm!« Ich schlage ihren Finger weg.

»Dann sei nicht dumm!«

»Jana!« Moritz' Ton hat etwas Flehendes, als wollte er sagen: Bitte tu es nicht … Er sieht klein aus neben ihr. In sich zusammengesackt und kraftlos.

»Nix, Jana!«, wirft sie ein und mustert mich dann mit zusammengekniffenen Augen und nicht mehr ganz so geringschätzig wie sonst. »Ich denke, es ist gut, wenn ihr euch mal unterhaltet. Ich weiß nicht, ob du's schon gemerkt hast, aber hinter all dem unschuldigen Getue und dem süßen Rotschopf steckt ein übler, selbstsüchtiger Mistkerl.«

»Jana, bitte …« Dieses Mal sagt er es: Jana, bitte …

»Jana, bitte was?« Meine Beine zittern, mein Bauch schmerzt, und meine Kehle ist staubtrocken. »Was meinst du?«, frage ich Jana direkt. Wir sehen uns zum ersten Mal ins Gesicht.

Jana wendet sich zu Moritz um.

Er schüttelt den Kopf und sagt: »Max, sie … Hör bitte nicht auf sie, ja?«

»Du bist ein feiges Arschloch.« Janas Stimme klingt enttäuscht. »Ich weiß, es ist echt nicht mein Problem. Aber hey, ich mache euch die Sache dadurch nur leichter. Moritz verarscht dich, verstehst du? Er verarscht dich.« Damit zieht sie ihre Jacke energisch zu und drückt sich an mir vorbei.

Ich kann kaum schlucken.

Was hat sie da gerade gesagt?

Was meint sie?

Woher will sie das wissen?

Und was … heißt das?

49. KAPITEL

in dem alles wie im Kino ist

Mittlerweile hat auch meine Atmung gemerkt, dass etwas nicht stimmt. Sie geht viel zu schnell. Meine Brust hebt und senkt sich, als wäre ich gerade Achterbahn gefahren. Eine richtig schlimme. So eine wie im Comic. Eine, die im rechten Winkel nach oben geht, in der Wolkendecke verschwindet und nicht wieder herunterkommt. *I'm on a rollercoaster that only goes up, my friend.*

Was tut Moritz?

Moritz sagt nichts. Stattdessen schiebt er mal wieder die Hände in die Hosentaschen. Ich starre ihn an.

»Vielleicht willst du reinkommen?«, bietet er mir endlich an.

Ich nicke bloß und folge seiner einladenden Handbewegung. Ich setze mich an den Küchentisch.

Hier hat alles angefangen. An diesem Tisch, auf dem immer noch mit schwarzem Edding Janas Name in einem Herzen steht.

Moritz lehnt sich gegen die Arbeitsplatte, sagt nichts und starrt auf seine Finger, die damit beschäftigt sind, einen Fleck aus seinem Pullover zu reiben.

»Würdest du mal was sagen?«, bitte ich ihn.

»Ich weiß nicht, was.«

»Zum Beispiel könntest du mir erklären, was Jana eben gemeint hat.«

»Ich … nein … sorry, Max, aber das kann ich nicht. Du weißt doch, sie … sie macht es mir ständig schwer.«

»Nein, Moritz. Das eben war anders. Das war etwas *ganz* anderes.«

Er hebt den Kopf. Seine blauen Augen liegen wie hinter einem milchigen Film verborgen. Er wirkt dünn. Fahl. Kaputt. Seine Haare leuchten nicht.

»Weißt du, ich bin hergekommen, weil ich mit dir reden wollte. Weil Jo eben etwas zu mir gesagt hat, das ich nicht verstanden habe. Und kaum bin ich hier, spricht Jana zum ersten Mal vernünftig mit mir, und sie sagt mir genau dasselbe wie Jo: dass du mich verarschst.«

Moritz' Miene versteinert. »Warum sagt deine Schwester so etwas?«

Ich merke, wie der Kloß in meinem Hals so dick wird, dass ich vor Schmerz fast weinen muss.

»Sie hat deine alte Bewerbung gefunden.«

Mehr muss ich gar nicht sagen. Moritz weiß sofort Bescheid. Er weiß es. Und ich weiß es auch. Wir wissen beide, dass die Sache damit klar ist. Moritz hat mich absichtlich belogen. Wieder starrt er auf seine Finger, sagt keinen Ton.

»Komischer Zufall, findest du nicht?«

»Wie kannst du nur so zynisch sein?«, fragt er, den Kopf immer noch gesenkt.

»Wie ich …« Ich pruste. »Wie kannst du nur zu feige sein, dich zu verteidigen? Hallo? Ich werfe dir gerade vor, dass du nur mit mir zusammen bist, weil du geil auf diesen dämlichen Job warst!« Ich kann nicht mal weinen. Die Situation ist viel zu surreal. Wie im Kino. Ich kann im Kino nie weinen. Nicht wenn jemand stirbt, nicht wenn jemand leidet, nicht mal vor Lachen.

»Hallo! Sag endlich was!«, brülle ich Moritz an.

Als er weiter schweigt, will ich aufspringen, aber im

nächsten Moment ist Moritz vor mir auf dem Boden. Er umklammert meine Knie, hält meine Hände fest, als ich ihn wegstoßen will.

»Bitte, Max, geh nicht weg. Bitte *geh nicht*!«

»Lass mich!«

»Nein.« Er legt den Kopf in meinen Schoß. »Ich weiß, dass ich Mist gebaut habe, aber … ich liebe dich, verdammt.«

»Du kannst aufhören. Ist schon in Ordnung. Ich nehme dir den dämlichen Ausbildungsplatz nicht weg. Du hast den Vertrag unterschrieben. Den können nicht mal meine ach so guten Kontakte zum Chef brechen.« Mit Schwung stehe ich auf und gehe schnell durch den Flur.

Moritz stolpert mir hinterher und fleht: »Ich habe dich nicht verarscht, glaub mir. *Bitte!* Bitte, Max, du bist doch … du bist alles, was ich habe! Ich *weiß*, dass du mich liebst!«

»Ja, toll, darauf kannst du dir was einbilden.« Nun fange ich doch an zu weinen. »Herzlichen Glückwunsch!«

»Max, du darfst nicht weinen.«

»Warum tust du mir dann so weh? Was denkst du eigentlich, wer du bist? Du freundest dich mit mir an, du kriegst mich rum, du gehst sogar mit mir ins Bett – und das alles nur wegen eines Jobs? Das ist … Ist das ein beschissener Film?«

»So war das alles gar nicht. Ich wollte doch bloß, dass endlich alles gut wird. Ich brauche den Job wegen Liam, wegen Jana. Sie wollte mir den Kleinen nicht mehr geben, wenn ich nicht endlich …«

»Hör auf, dir von Jana dein Leben diktieren zu lassen! Hör auf, sie ständig für alles verantwortlich zu machen. Sei endlich mal … keine Ahnung … eigenständig!«

Er greift nach meiner Hand, ich ziehe sie weg. »Das will

ich ja, darum geht es doch.« Er schnappt sich mein Handgelenk und flüstert, dass er mich liebt.

Ich fahre ihn an: »Halt bloß die Klappe!«

»Hör mir doch wenigstens zu.«

»Du sagst sowieso nichts, um dich zu verteidigen!«

»Weil ich Angst habe, dass du mich dann verlässt.«

Aus einem seiner blauen Augen, die so blau sind wie den Himmel reflektierender polierter Stahl, läuft eine Träne. Nur eine einzige. Kaum habe ich sie bemerkt, wischt Moritz sie mit dem Handrücken weg, als wollte er sämtliche Beweismittel vernichten.

»Also stimmt alles …«

Er sieht mich lange an. Schüttelt nicht den Kopf, nickt nicht.

»Okay.« Das ist mir Antwort genug.

Für einen kurzen Augenblick wünsche ich mir, ich wäre gar nicht hergekommen. Hätte es ignoriert. Vielleicht wäre ich ja gestärkt aus der Sache hervorgegangen.

Jetzt dagegen ist ein kleines Stückchen gestorben. Ein kleines Stückchen Selbstwertgefühl.

Während ich über den Flur laufe, ruft mir Moritz etwas zu, das ich wie durch Watte höre. Mensch, ich wäre so gerne in Watte gepackt.

»Ich verspreche dir, Max, seitdem du das erste Mal hier warst, ist alles echt. Bitte glaub mir!«

50. KAPITEL

zu Ende

Ich liege in Jos Armen.

Ich bin vom stillen Weinen zu lautem Fluchen übergegangen, danach zurück zum Weinen und schließlich zu lautem Heulen. Außerdem zu Unverständnis, zu Wut, zu Liebe, zu Verzweiflung, zu Ende. Es ist zu Ende.

Jo wiegt mich bloß und zischt einen endlosen beruhigenden Ton. Schschsch. Sie reibt meine Wangen, tupft mir die Augen trocken. Sagt nichts und fragt nichts. Sie tröstet mich so lange, bis ich anfange zu sprechen.

»Jo?«

»Ja.«

»Ist es jetzt zu Ende?«

»Das weiß ich nicht. Das musst du entscheiden.«

»Aber … es ist ihm nie um mich gegangen.«

»Hat er das gesagt?«

Ich japse laut auf. Dann winde ich mich aus ihrer Umarmung, stütze das Gesicht in die Handinnenflächen und breche erneut keuchend in Tränen aus.

Jo nimmt meine Hände in die ihren, streichelt mit den Daumen über meine Handrücken, macht wieder Schschsch und sagt schließlich: »Du musst erst mal runterkommen. Und dann müsst ihr miteinander reden. Max, so doof das klingt, aber ihr müsst das klären. Sonst fragst du dich ewig, was wirklich passiert ist.«

»Was pa-pa-pa-passiert ist?«, schluchze ich. »Er hat so getan, als würde er mich lieben, damit er einen Job bekommt! Einen popeligen Job!«

»Vielleicht war es am Anfang tatsächlich so, und dann hat er gemerkt, dass er dich aufrichtig liebt!«

»Wach auf, Jo! Mein Leben ist kein kranker Teenie-Film! Ich frage mich seit Monaten, wie es sein kann, dass ich – ausgerechnet ich – einen so tollen Fang gemacht habe. Moritz mit seiner dämlichen Gefühlezeigerei. Und das frühe ›Ich liebe dich‹. Und die Komplimente. Und das Familiengetue. Ich muss kotzen.« Hastig springe ich auf.

»Ich weiß, das ist alles furchtbar, aber …«

»Nee, ich meine es ernst …«

Ich stürze aus dem Zimmer, renne ins Bad und würge über der Toilette. Ich erbreche Galle und heule dabei. Mir tut der Hals weh.

Ich will nicht, dass es zu Ende ist.

Aber es ist zu Ende. Wie sollte es jetzt weitergehen?

Ich will erst mal nur alleine sein. Alleine oder bei Jo. Oder bei Moritz. Aber das geht ja nicht. Es ist unerträglich, wenn derjenige, bei dem man vor allem Schmerz Zuflucht suchen möchte, der Verursacher der Schmerzen ist.

Am nächsten Morgen gehe ich nicht in die Uni. Was will ich da? Was soll ich da? Ich gehe einfach nie mehr aus dem Haus. Den ganzen Tag sterbe ich vor mich hin. Kim hat mehrfach angerufen – bestimmt um zu fragen, wo ich gewesen bin. Aber ich bin nicht drangegangen. Ich will es ihr nicht erzählen, weil ich es nicht aussprechen will. Weil ich gar nicht weiß, welche Worte ich benutzen soll. Es ist, als müsste ich plötzlich eine fremde Sprache sprechen. Ich kenne die Vokabeln nicht, um die Situation, in die ich ohne eigenes Zutun geraten bin, zu beschreiben.

Trennungs-Suaheli – das musste ich vorher auch nie sprechen. Jo meint, vielleicht war es am Anfang tatsächlich wegen des Jobs, aber dann hat Moritz sich in mich verliebt … Für mich ergibt das alles keinen Sinn. Das hier ist keine Märchenwelt, in der eine Beziehung aus böser Absicht geführt wird, bis sich das hässliche Entlein in einen tollen Schwan verwandelt. Das kann überhaupt nicht sein, weil ich dann die Rolle des Schwans hätte übernehmen müssen und … nun ja.

Wie hätte das auch gutgehen sollen? Ich bin für all das gar nicht gemacht.

Ich hatte von Anfang an das Gefühl, nicht gut genug für Moritz zu sein. Dass er zu gut für mich ist. Er hat mir ständig gesagt, wie toll ich bin. Tausendmal. Damit ich ihm glaube. Damit ich diese ganze Lüge ernst nehme. Damit er es leichter hat.

Es war ein Kinderspiel für ihn. Ich fühle mich schrecklich dumm, weil er sich nicht mal Mühe geben musste.

Ich weine wieder. Dabei hasse ich weinen. Ich will das nicht. Ich will auch nicht leiden. Ich will nicht, dass es so wehtut. Weil ich das nicht kenne. Wieso kann mir Moritz so wehtun? Warum hat er diese Macht über mich? Ich will nur ich sein und als einzige Macht über mich haben. Aber das geht wohl nicht, wenn man gleichzeitig auch geliebt werden will.

Musste ich diese Lektion auf die harte Tour lernen? Hätte ein bisschen sanfter nicht gereicht? Ein bisschen weniger *Bäm! Mitten ins Gesicht!*

Ich habe die ganze letzte Nacht nicht geschlafen. Ich weiß, man sagt oft, man habe die ganze Nacht nicht geschlafen und will damit nur ausdrücken, dass es zwei oder drei Stunden weniger waren als üblich. Aber bei mir stimmt es. Keine einzige Minute habe ich geschlafen. Nicht mal eine Sekunde. Ich hatte nicht mal die Augen zu. Ich fühle mich, als hätte mich jemand bestellt und dann beschlossen, mich zu retournieren. Weil ich nicht zufriedenstellend war. Mindere Qualität. Produkt weist Fehler auf. Wenigstens hat mich die vergangene Nacht ohne Schlaf derart erledigt, dass ich am frühen Abend bereits einschlummere und erst wieder aufwache, als um halb sieben am nächsten Morgen das Festnetztelefon klingelt. Ich ignoriere den schrillen Ton so lange, bis Jo sich erbarmt und rangeht. Dreißig Sekunden später stürmt sie in mein Zimmer und strahlt.

51. KAPITEL

in dem das Baby da ist

Dass überhaupt noch Kinder geboren werden. Dass das Leben einfach so weitergeht. Finde ich nicht fair. Ich bin gerade nicht in der Stimmung, um mich über zerknautschten, lilafarbenen, verfrühten Nachwuchs zu freuen.

Jo schafft es heute Morgen, selbst ungeschminkt und in Jeans und Sweatshirt supergut auszusehen. Vielleicht unterstelle ich ihr seit Jahren ungerechterweise, dass ihre Schönheit das Ergebnis von jeder Menge Pomp und Make-up ist. Sie ist von Natur aus ein wunderschöner Mensch.

Ich dagegen sehe aus wie … keine Ahnung. Mein letzter bewusster Blick in den Spiegel war vorgestern. Meine Haare sind strähnig, und sie riechen auch ein bisschen seltsam. Meine Fingernägel sind so weit heruntergekaut, wie es mir nur möglich war. Keine Ahnung, wann ich das gemacht habe. Ich kann mich beim besten Willen nicht daran erinnern.

»Wenn wir wenigstens wüssten, ob es ein Junge oder ein Mädchen wird, dann wäre ich jetzt nicht so aufgeregt.«

»Mhm«, summe ich.

Jo setzt sich zu mir und legt den Arm um mich. »Maxi, ich weiß, dass das alles furchtbar wehtut, aber Papa bekommt gerade ein Baby!«

»Na ja, technisch gesehen …«

Jo brummt schmunzelnd »Halt die Klappe« und legt den Kopf gegen meinen.

Wir sind in der Uniklinik. Nur ein Stockwerk über der Notaufnahme, wo ich vor lächerlich kurzer Zeit mit Jonas und Moritz saß.

Da kommt Papa um die Ecke, in den Armen ein Bündel rosa Handtücher. In seinen Augen stehen Tränen und Glück. »Hach, meine drei Mädchen«, sagt er.

Jo fängt an zu heulen und stürmt auf ihn zu. Ich für meinen Teil bin froh, weil nun niemandem auffällt, dass ich aus ganz anderen Gründen weine.

Der Tag ist mir viel zu anstrengend. Wir sind lange im Krankenhaus, bestaunen das Baby und lassen uns beglückwünschen. Dabei habe ich zu Zeugung und Geburt dieses Babys nicht sonderlich viel beigetragen.

Die Kleine soll Lea heißen. Lea Meier, mit Kristins Nachnamen. Nicht Lea von Steinacker, mit Papas Nachnamen.

Gegen zwölf holen wir uns in der Krankenhauskantine etwas zu essen und nehmen es mit aufs Zimmer. Ich rede mich heraus und behaupte, ich hätte keinen Hunger, was stimmt und auch nicht stimmt. Ich kann mir nur gerade nicht vorstellen, dass mein Körper den Verdauungsvorgang überlebt. Also knabbere ich lieber ein bisschen weiter an den Fingernägeln.

Das Baby ist sehr klein. Mit winzigen Händen und Füßen, zartrosa Haut und rostroten, dichten Haaren. Kristin stillt die Kleine so lange, dass ich befürchte, sie könnte jeden Moment platzen.

Ich sitze neben dem leeren Bettchen und schaue durch die anderen hindurch, die zu fasziniert von dem neuen Leben sind, um meine geistige Abwesenheit zu bemerken.

Der Tag wird eine einzige Qual, und ich sehe mich vor

meinem geistigen Auge schon als alte Jungfer, wie ich jahrein, jahraus an Leas Geburtstag den Schwank aus meiner Jugend nacherzähle: wie ich an ihrer Geburt – von einem Haufen Elend im negativen Sinne weit entfernt – vor mich hin vegetierte und einen Kack auf Babys und alles, was damit zusammenhing, gegeben habe.

Demnach interessiert es mich auch nicht besonders, als die anderen mich, ohne dass ich nachgefragt hätte, darüber aufklären, dass es heutzutage nicht unüblich sei, das Krankenhaus noch am Tag der Niederkunft zu verlassen. Kristin darf nämlich am Nachmittag schon gehen, als hätte sie nur mal eben einen Zahn gezogen bekommen und nicht einen kleinen Menschen zur Welt gebracht. Aha, wieder was gelernt. Sollte ich jemals schwanger werden, kann ich die neun Monate in dem ruhigen Gewissen überstehen, dass ich am Tag der Niederkunft abends zur neuen Folge von *Wer wird Millionär* wieder vor der heimischen Glotze hocken kann.

Nach diesem elend langen Tag sitze ich abends auf dem Bett. Obwohl ich gut zwanzig Jahre meines Lebens alleine geschlafen habe, kommt mir mein Bett plötzlich viel zu groß und leer vor.

Ich versuche herauszufinden, warum es so wehtut.

Moritz und ich – das war für mich in den letzten Wochen alles. Bei ihm zu sein, ihn zu riechen, von ihm angefasst und umarmt zu werden. Mit ihm zu sprechen, ihm zuzuhören und mir zuhören zu lassen. Ihn lachen zu sehen und zum Lachen gebracht zu werden. Sich richtig zu fühlen, angekommen, aufgehoben. So, als würde es niemals aufhören, als sei man in den Hafen eingelaufen, gelandet, als würde man demjenigen alles geben, was er braucht, um glücklich zu sein. Und genau dasselbe zurückzubekommen. Ich brauchte nicht mehr als Moritz. Es war alles richtig. Es war meins.

Das dachte ich zumindest.

In jenen Momenten, in denen ich diese doofen Gedanken zugelassen habe, sah ich mich, wie ich zu Moritz in die neue Wohnung ziehe, wie wir die Zimmer bunt streichen, wie wir Fotos von uns in schöne Rahmen packen und an die farbenfrohen Wände hängen. Ich habe mir vorgestellt, in Liams Kinderzimmer Dino-Motive auf die Tapeten zu malen, und hinter mir das Auslösen von Moritz' Fotoapparat gehört, der die Malerarbeiten dokumentiert.

Es ist lange her, dass ich so viel geweint habe. Als David und ich Schluss gemacht haben, habe ich keine einzige Träne vergossen. Damals habe ich zusammen mit Jonas einen richtig dummen Song über den übermäßigen Verzehr von Apfelwein geschrieben und mir danach zweimal hintereinander den Film *Superbad* mit ihm angesehen. Währenddessen habe ich mir eingebildet, dass er sich freut, weil ich nun wieder zu haben bin.

Und warum? Weil ich David nie so nahe an mich heranlassen konnte wie Moritz. Wenn ich darüber nachdenke, war meine alte Strategie vielleicht nicht die allerschlechteste. Einen Song über Apfelwein zu schreiben, fühlt sich wesentlich angenehmer an als das, was seit Tagen in meinem Körper passiert.

Mir wird bewusst, dass ich Jonas vermisse. Nicht weil ich hoffe, dass er sich über meinen neuen Beziehungsstatus freut, sondern weil ich glaube, dass er mich ablenken kann.

Ich wähle seine Handynummer, und als er abhebt, fasse ich die Situation so kurz es geht zusammen: »Bitte entschuldige, dass ich dich angeschrien habe. Du bist kein schlechter Mensch. Ich will nicht mehr streiten. Ich will vorbeikommen und mir mit dir *Superbad* anschauen. Wenn das für dich okay ist.«

»Es ist halb zwölf«, sagt Jonas nach langem Zögern.

»Ich weiß.«

»Wenn es dich nicht stört, dass ich schon im Bett liege, dann komm vorbei. Musst du … reden oder so?«

»Nein. Ich will nur den Film schauen.«

»Gut.«

Bevor wir auflegen, hauche ich noch ein Letztes in den Hörer: »Jonas? Du bist mein bester Freund.«

52. KAPITEL

in dem der erste Anruf kommt

»Boah, krass! Du siehst echt krass scheiße aus!«

Für gewöhnlich schätze ich es an Kim, dass sie gnadenlos ehrlich zu mir ist. Aber heute hätte sie ruhig ein wenig feinfühliger sein können.

Bevor ich am Morgen nach einer Woche schwänzen, leiden und Trübsalblasen in die Uni gefahren bin, habe ich dann doch einen Blick in den Spiegel geworfen. Meine Wangen sind eingefallen und farblos, meine Lippen spröde, und ich habe Schatten von der Größe Hessens unter den Augen. Ich sehe aus wie ein ausgehungerter Vampir. Das waren zumindest Jos Worte, als sie mir ein Nutella-Brötchen vorgesetzt und befohlen hat: »Iss das!«

Kim und ich sitzen zur Hochbetriebszeit in der Uni-Mensa und machen gemeinsam Mittagspause. Sie hat eine Kleinigkeit zu essen und zwei Muffins gekauft. Während sie ihre Tomatensuppe löffelt, starrt sie mich permanent besorgt an.

»Was ist los mit dir?« Sie schiebt mir einen Muffin zu und entblättert ihren eigenen.

»Ich …« Okay. Es ist an der Zeit. Ich muss die Worte sagen. »Moritz …«

»Alter, das brauch ich jetzt«, dröhnt eine Stimme neben mir, dann schiebt mich jemand zur Seite und lässt sich auf den Stuhl neben mir fallen.

Jonas hat sich enthusiastisch zu uns gesellt und den

Muffin geschnappt, den Kim mir gekauft hat. Dann beißt er den besten Teil des Muffins, nämlich den, der beim Backen oben aus dem Förmchen kuppelförmig herausquillt, mit einem Mal ab.

Kim wirft Jonas einen vorwurfsvollen Blick zu. »Hallo? Sag mal, musst du ihr den wegfressen? Guck sie dir mal an, sie sieht aus, als hätte sie seit September nix mehr zwischen die Zähne gekriegt.«

Dann guckt Jonas mich mit vollen Backen an. »Schulligng«, mampft er, schluckt und sagt schließlich: »Kim hat den Nagel auf den Kopf getroffen. Du siehst aus wie ein Haufen Scheiße.«

Noch mehr solche Komplimente und ich lasse das Thema Freundschaften am besten ganz. Am besten, ich sitze nur noch alleine zu Hause rum. Dass ich scheiße aussehe, sagt mir dann nur einer: der Spiegel. Und den kann ich wenigstens mundtot machen.

Ich weiß selbst, dass Essen, Körperpflege und positive Energie in den letzten zehn Tagen definitiv zu kurz gekommen sind. Zehn Tage ... Der Gedanke daran, dass die Welt vor so kurzer Zeit noch ein verführerisch duftender Süßigkeitenladen war, hat es mir unmöglich gemacht, Jonas oder Kim von der Trennung zu erzählen. Ich wollte auch gar nicht wissen, was sie dazu zu sagen haben. Ich wollte weder ihren Trost noch ihren Zorn. Als ich am Tag von Leas Geburt bei Jonas war, ist kein Wort darüber gefallen, warum ich mitten in der Nacht bei ihm aufgetaucht bin, um mir mit ihm einen Film anzusehen, den wir schon achthundert Mal geguckt haben.

»Sie wollte gerade etwas erzählen.« Kims Tonfall gegenüber Jonas ist fast vorwurfsvoll. »Also, was ist passiert?«

Ich starre auf den halben Muffin und sage leise: »Ich bin nicht mehr mit Moritz zusammen.«

Kim guckt unverständlich und tröstend. Jonas' zornfunkelnde Augen verengen sich.

»Alter, ich hab doch gewusst, dass da was nicht gestimmt hat. Warum hast du nix gesagt? Was hat er gemacht? Wenn der Scheißkerl dich betrogen hat oder so … Max, du weißt genau, ich geh zu ihm hin und …«

»Ist schon okay«, lüge ich und bin gerührt. Ich glaube Jonas sofort, dass er alles stehen und liegen lassen würde, um Moritz die Meinung zu geigen. Aber das will ich nicht.

»Wie? Nicht mehr zusammen?«

»Ach, Kim, das ist doch nicht so schwer zu kapieren, oder?«, knurre ich sie an, springe auf und laufe davon, weil ich nicht will, dass sie mich heulen sehen.

Jonas folgt mir. »Max!«

»Lass gut sein, Jonas.«

»Nein, Max! Hey! Irgendwas muss doch gewesen sein. Du hättest nie einfach so mit ihm Schluss gemacht. Ich kenne dich.« Er hat mich eingeholt und am Ellenbogen gepackt. Dass ständig alle zu wissen glauben, wie ich handele, nur weil sie der Meinung sind, dass sie mich kennen.

Ich drehe mich zu ihm um und sage nur: »Du hattest Recht. Zufrieden?« Dann gehe ich weiter.

»Womit?« Er rennt hinter mir her.

»Mit allem.«

»Mit … der Jobsache? Scheiße, Maxi. Hey, warte doch mal! Wo rennst du überhaupt hin?«

»Ich fahre nach Hause. Ich will allein sein«, sage ich, und er lässt sich zurückfallen.

Später am Tag, gegen sechs Uhr abends, kommt der erste Anruf.

Auf meinem Handy leuchtet der Schriftzug *Moritz ruft an*. Dazu sieht man ein Bild von ihm und mir, das er eines

Morgens geschossen hat, während ich noch geschlafen habe. Mein Gesicht liegt an seinem Schlüsselbein, mein Arm umklammert seinen Hals, Moritz küsst mich auf die Stirn. Es ist wunderschön. Wie kann etwas so Schönes nur so falsch sein?

Ich tue Moritz weder den Gefallen ranzugehen noch drücke ich ihn weg. Ich lasse es klingeln. Anderthalb Minuten dauert es, bis die Mailbox drangeht. Kurz darauf erhalte ich eine SMS von der Mailbox. Keine Nachricht hinterlassen. Toll. Warum belästigt mich die Scheißmailbox dann überhaupt?

Fünfzehn Minuten später dann eine SMS. *Eine neue Nachricht von Moritz*, steht da. Ich sehe das Handy vorwurfsvoll von der Seite an, wie es unschuldig neben mir auf dem Bett liegt.

Dann klopft es an der Tür, und ich befürchte sofort, dass es Moritz ist. Vielleicht sollte ich ihm kurz und bündig mitteilen, dass er sich um den dämlichen Job keine Gedanken machen soll. Er kann ihn trotzdem haben. Was hätte ich davon, ihm die Chance zu versauen? Ich denke dabei auch an Liam. Es wäre falsch, ein Arschloch zu sein, nur weil Moritz eines ist. Der Gedanke *Moritz ist ein Arschloch* fällt meinem Gehirn nicht leicht. Es ist wie bei einem dieser Bilder mit den vielen Treppen, die gleichzeitig hoch und runter führen.

Die Tür geht auf, und Jonas steht im Zimmer. Sein Blick ist besorgt und beruhigend zugleich. Er hebt mein Handy vom Bett auf, setzt sich ohne ein Wort neben mich und dreht mein Telefon in den Händen.

»Vielleicht willst du ja keine Gesellschaft, aber ich möchte dir nur schnell was vorbeibringen.«

Ich hebe den Kopf.

»Es ist … ein bisschen kitschig, aber, hey, was soll's. Ich

weiß, dass du es wahrscheinlich nett findest, deswegen kommt mein Ego damit klar.« Er grinst das typische schiefe Jonas-Grinsen und zieht dann eine CD aus der Jackentasche. »Da sind ein paar Songs drauf, die ich höre, wenn es mir scheiße geht.«

Die Vorstellung, dass es Jonas mal scheiße geht, ist mir fremd. Klar, auch er ist mal schlecht drauf, manchmal zickt er rum, manchmal ist er zornig. Aber emotional leidend habe ich ihn noch nie erlebt. Schon gar nicht aus Liebeskummer.

»Danke, das ist sehr nett.«

»Was meinst du, wollen wir sie anhören?«

Ich zucke mit den Schultern. »Vielleicht.«

»Sind ein paar ziemlich peinliche Nummern drauf.«

»›Bed of Roses‹ von Bon Jovi?«

Jonas klopft mir auf die Schulter. »Quatsch. Nee, nicht ganz so schlimm.«

Er spielt mit dem Handy herum und meint dann: »Du … hast eine SMS von Moritz bekommen.«

Ich nicke. »Kannst du mir einen Gefallen tun und sie lesen?«

Er zuckt zustimmend mit dem Kopf, öffnet die Nachricht und liest sie mit zusammengekniffenen Augen.

»Was steht drin?«

Jonas sagt: »Ist wohl ein kleiner Poet, dein Hampelmann.« Dann liest er den Text laut vor: »Es wäre dumm zu behaupten, ich wüsste, wie sehr ich dich verletzt habe. Denn ehrlich gesagt übersteigt es meine Vorstellungskraft. Ich weiß nur, wie weh es mir tut, dass du nicht mehr bei mir bist. Das wollte ich dir sagen, wirklich. Ich hatte gehofft, dass dein Glaube an uns stark genug ist, um das zu verkraften. Ich kann nur wiederholen, dass ich dich liebe und dass ich hoffe, wir können darüber reden. Ich wäre jetzt gerne für dich da, aber dafür bin ich natürlich der Falsche. Wenn du nichts von mir hören willst, ist das kein Ding, aber ich kann nicht anders, als mich bei dir zu melden. Das alles tut mir schrecklich leid.« Jonas leiert ein bisschen beim Lesen, um sein Unbehagen zu verbergen.

Mir laufen die Tränen nur so übers Gesicht. Es ist komisch, dass sich Jonas' Mund bewegt, aber Moritz' Worte zu hören sind. Im Fernsehen nennt man so etwas eine Text-Bild-Schere.

»Na, wenn das mal nicht die längst SMS ist, die die Menschheit je gesehen hat.«

Im ersten Moment möchte ich Jonas anschnauzen und ihm sagen, dass nicht jeder so ein emotionaler Eisklotz ist wie er, der seine Gefühle nicht mal artikulieren könnte, wenn sein Leben davon abhinge. Würde man ihm eine Knarre an den Kopf halten und die Möglichkeit geben, vor dem Abdrücken in einem Brief alles aufzuschreiben, was er seinen Lieben noch sagen will – ich bin mir sicher, er würde den Text des Apfelwein-Songs zitieren.

Ich entscheide mich dafür, ihn freundlich zu bitten, mich alleine zu lassen. Ich behaupte, ich sei müde, was man mir bei meinem blutleeren Vampirgesicht locker abnimmt.

Kurz darauf bin ich alleine mit der SMS von Moritz und der CD von Jonas, die ich den restlichen Abend höre.

Creep (acoustic) – Radiohead
I miss you – Blink 182
Closer – Kings of Leon
The Kill – 30 seconds to Mars
Stockholm syndrome – Muse
If it means a lot to You – A Day to Remember
I don't love you – My Chemical Romance

All I wanted – Paramore
Miserable at best – Mayday Parade
Breakeven – The Script
Waiting for the End – Linkin Park

Am darauffolgenden Sonntag muss ich die Bombe erneut platzen lassen. Es ist schlimm und schmerzhaft, dass man nach einer Trennung mit allen reden muss. Doch es ist wichtig – allein aus Selbstschutz. Schließlich will man nicht in die Situation geraten, nach dem Ex gefragt zu werden und auch Freunde und Verwandte nicht in den Fettnapf treten lassen. Ist bekanntlich für alle Beteiligten unangenehm. So nervig, wenn dann alle sagen, wie schade und traurig und wie unvorhersehbar und schönes Paar und was weiß ich. So schlimm, wenn dann alle fragen, warum. Noch schlimmer sind die, die sich nicht direkt nachzufragen trauen und lauter doofe Dinge sagen, um es trotzdem aus einem herauszukitzeln.

Zum Glück ist mein Freundeskreis überschaubar. Jonas sorgt dafür, dass die Jungs aus der Band aufgeklärt sind. Mit Kim rede ich selbst ausführlich. Sie ist fuchsteufelswild und will nach eigener Aussage einen Killer beauftragen, der dafür sorgen soll, dass Moritz, der »verlogene, eierlose, dumme Mistsack«, möglichst bald das Zeitliche segnet.

Doch heute wartet das schwierigste Wir-haben-uns-getrennt-Gespräch auf mich, nämlich das mit Papa. Jo, Steffen und ich besuchen ihn und Kristin am dritten Adventssonntag zu Kaffee, Kuchen und zum Babygucken. Da der Kaffeeklatsch von langer Hand geplant war, hatte Papas Freundin uns mit »unseren Männern« eingeladen.

Papas erster Satz lautet dann auch tatsächlich: »Wo sind denn deine Männer?« Damit meint er Moritz und Liam.

Ich komme nicht mal dazu, darauf zu antworten, da Jo hinter meinem Rücken wort- und halsabschneidende Handbewegungen macht.

Papas Lippen formen ein O, und er fragt: »Schlechtes Thema?«

Jo nickt heftig.

»Schon okay«, sage ich.

»Was ist passiert?«, fragt er, als Jo und Steffen den Weg zu Baby Lea gefunden haben und damit beschäftigt sind, die Wiege anzuschmachten.

»Wir haben Schluss gemacht.«

»Ihr habt Schluss gemacht.« Das ist keine Frage. Er wiederholt bloß, was ich gesagt habe.

Ich nicke.

»Ihr? Oder er?«

So schnell kommt man in Bedrängnis. Ich bin mir plötzlich nicht mal sicher, ob wir überhaupt Schluss gemacht haben. Das Wort »Schluss« ist nicht gefallen. Aber … es ist Schluss. Was sollte sonst sein?

»Beide«, antworte ich ausweichend. Schließlich haben wir beide unseren Teil dazu beigetragen. Er hat mich beschissen, ich habe mich bescheißen lassen.

»Kann ich dir was Gutes tun?«, fragt Papa.

Nein. Alle wollen mir irgendetwas geben. Beistand. Schokoladeneis, Schnulz- und Splatterfilme. Aber ich will das alles nicht haben. Nichts von dem kann ich auch nur im Entferntesten gebrauchen.

53. KAPITEL

in dem es der Zufall so will

Frankfurt ist eine ziemlich große Stadt. Hier wohnen viele Menschen, und noch mehr arbeiten hier. Die Straßen und Bahnen sind zu jeder Uhrzeit voll, und wenn man sich mit jemandem treffen möchte, reicht eine grobe Ortsangabe meist nicht aus. Ist man verabredet, findet man sich in dem Gewusel nicht. Aber kaum willst du mal unbeobachtet in diesem Gewusel untertauchen, begegnen dir x Menschen, die sich mit dir unterhalten wollen. Ich bin nicht der Typ, der mitten auf der Straße zum Schnacken stehen bleibt, sich eine halbe Stunde volllabern und womöglich auch noch zum Kaffee überreden lässt. Die Menschen, mit denen ich mich unterhalten will, treffe ich nicht auf der Straße. Pseudo-Freunde, mit denen man pseudo-interessante Gespräche darüber führt, was sie seit dem Abi so gemacht haben, sind mir ein Graus. Ich werde später sicher auch nie auf Klassentreffen gehen. Jo ist da anders. Sie kann sich stundenlang mit Menschen unterhalten, die sie im Laden zwischen Unterwäsche und Accessoires trifft, und bringt anschließend auch noch Lust und das ehrliche Interesse auf, mit ihnen zu Starbucks zu gehen, um dort überteuerten Milchschaum zu löffeln.

Kurzum: Ich mag es nicht, Menschen auf der Straße zu treffen.

Vielleicht sollte ich mir deshalb abgewöhnen, an Samstagen auch nur einen Fuß auf die Zeil zu setzen. Erst recht an den Samstagen zwischen den Jahren. Ist ja nicht auszuhalten. Die Stadt platzt vor Menschen, die Geschenke um-, Gedanken aus- oder Geschenkgutscheine eintauschen.

Ich bin mit Jo unterwegs und treffe allein auf dem Weg von der S-Bahn-Haltestelle Konstablerwache zu Peek & Cloppenburg zwei Leute aus der Uni und einen Pseudo-Freund, mit dem wir die Schulbank gedrückt haben. Alle wollen mit mir über das zurückliegende Weihnachtsfest und über Und-wie-geht's-dir-sonst-so? sprechen.

Mir geht's supergeil, möchte ich antworten. Gestern hat man (Jo) mich gezwungen, mich zu wiegen, und mir ob des angeblich zu niedrigen Ergebnisses zu gesteigerter Nahrungsaufnahme geraten. Musste daher seit gestern Morgen siebenmal warm essen, davon zweimal bei McDonald's. Damit meine Schwester mit mir aus dem Haus ging, musste ich Make-up auflegen, weil sie fürchtete, jemand könnte sie für eine Menschenhändlerin halten, die mich seit Wochen ohne Tageslicht in einem Bunker gefangen hält. Weihnachten habe ich auch nicht richtig genossen, denn ich habe mich erst kurz vorher von meinem verlogenen Exfreund getrennt, der mir seither ständig SMS schreibt, in denen er mich um Verzeihung bittet. Dafür habe ich jetzt eine Ausgabe des auf eintausend Exemplare limitierten Bildbandes eines New Yorker Porträtfotografen zu Hause rumliegen, der noch auf einen Abnehmer wartet. Zufällig Interesse?

Stattdessen sage ich nichts und verteufele die Welt, während Jo angeregt mit dem Typen aus unserer Schulvergangenheit plaudert.

Eine halbe Stunde später als geplant sind wir endlich im P&C, streifen durch die Gänge, bepacken uns (das heißt: Jo bepackt mich) mit Klamottenbergen und kommen nicht umhin, in die Kinderabteilung zu gehen. Beim Anblick der kleinen Strampelanzüge und winzigen Jeanshosen mit kurzen Beinchen und riesigen Windelhintern wird Jo schier wahnsinnig. Sie wühlt sich gerade durch einen Berg von Bodys, als ich das klare, helle Rufen höre.

»Chriiiiiis, da ist Maaaaax!«

Ich drehe mich schlagartig um, und auch Jo folgt der hohen Kinderstimme.

Nur wenige Wimpernschläge später zieht Liam an meiner Jacke, rennt um mich herum und versteckt sich hinter einer Kleiderstange voller rosa Mädchenkleidchen.

»Hallo!«, quiekt er dabei.

Die Begegnung mit Liam trifft mich mindestens so hart, als würde Moritz selbst vor mir stehen.

»Hallo«, sage ich und bemühe mich um ein Lächeln.

Chris kommt auf uns zugerannt und nimmt Liam auf den Arm. »Hi«, sagt er mitfühlend.

»Hi, Chris. Das ist meine Schwester. Jo«, stelle ich die beiden vor, um von mir abzulenken. Er reicht ihr die Hand. »Chris ist Liams Patenonkel«, kläre ich Jo auf, »und der beste Freund von Moritz.«

Jo lächelt freundlich.

»Und ihr? Auch shoppen? Bisschen klein, der Fummel, oder?« Chris deutet auf das Kinderstrickkleid, das Jo soeben inspiziert. »Wobei … Max, du siehst fast so aus, als würdest du bald in das Teil reinpassen.«

Jo wirft mir einen Hab-ich-dir-doch-gesagt-Blick zu.

»Weihnachten ist eben stressig«, rede ich mich heraus. »Was macht ihr beide hier?«

»Wir shoppen!«, ruft Liam begeistert.

»Ja. Wir machen heute einen Männertag und haben von Jana den Auftrag bekommen, dem Knirps etwas Schniekes für Silvester zu kaufen.«

»Das haben wir auch vor.«

Stimmt. Deshalb hat mich Jo überhaupt hergeschleppt. Sie will mich in ein kleines Schwarzes zwingen und mit mir ausgehen. An Silvester. Übermorgen.

»Okay. Was macht ihr an Silvester?« Seine eisblauen Augen wandern von meinen zu Jos und wieder zurück. Dann bleiben sie in meinem Gesicht haften.

»Irgendwas Schickes. Max muss mal wieder vor die Tür.«

Ich möchte sie gerne ermahnen, zum Teufel noch mal die Fresse zu halten, aber nun ist es zu spät.

»Max? Weißt du, was ich zu Weihnachten bekommen habe?« Liam leiert seine Geschenkeliste herunter, setzt dann ein irritiertes Gesicht auf und fragt: »Warum warst du an Weihnachten nicht bei Papa?«

Chris dreht sich um, erblickt die Fernsehecke, in der einkaufsgeplagte Eltern ihre Sprösslinge parken können, und schickt Liam dorthin. Der Kleine ist Feuer und Flamme und rennt quer durch den Laden. In meinem Kopf steigt ein schreckliches Bild auf, von Moritz, der am Heiligen Abend alleine dasitzt.

Chris schiebt die Hände in die Jackentaschen und sagt: »Er hat das auch schon seinen Papa gefragt.«

»Was hat er gesagt?«, will ich wissen. Ich will es wirklich wissen. Der Gedanke, dass Moritz irgendwo irgendetwas über mich sagt, macht mich verrückt.

»Er hat ihm erzählt, dass du mit deiner Familie feierst. Er hat ihm nicht gesagt, was zwischen euch war.«

»Feigling«, zischt Jo unüberhörbar, obwohl sie so tut, als hätte sie nur Augen für die Strickkleidchen.

»Nein, das hat nichts mit Feigheit zu tun. Er hat die Sache nur noch nicht abgeschrieben.« Das Letzte sagt er zu mir.

»Du hast es gewusst, stimmt's?«, spreche ich aus, was seit längerer Zeit in meinem Kopf herumspukt. Chris hat gewusst, was abgeht. Ich rufe mir einige Szenen aus der Disco vor Augen. Jene Szenen, in denen Chris Moritz die Leviten liest, eindeutig wegen einer Sache, die etwas mit mir zu tun hat.

Chris nickt. »Aber dir muss klar sein, dass ich es dir nicht sagen konnte. Moritz ist und bleibt mein bester Kumpel, egal wie viel Mist er baut. Er ist ein guter Kerl.«

»Du musst keine Werbung für ihn machen«, bricht es aus mir heraus. »Wie kann es sein, dass jeder Depp gewusst hat, dass es ihm nur um den Job geht? Selbst Jana hat es gewusst!«

»Das mit Jana ist meine Schuld. Ich habe mich mal verplappert, und eine Freundin von ihr hat es mitbekommen. Hey, jetzt mal ohne Scheiß – als ob es ihm bloß um den Job gegangen wäre!«

Ich funkele ihn böse an. »Was denn sonst? Du hast doch eben selbst zugegeben, dass er Scheiße gebaut hat. Ich war dabei, als du ihn zur Rede gestellt hast.«

»Ja, mein Gott, Moritz ist irgendwann zu mir gekommen und hat gesagt, er hätte da ein Mädel kennengelernt, die Tochter von diesem Steinacker, dem die PR-Agentur gehört, bei der er damals im Bewerbungsgespräch abgeblitzt war.«

»Und da habt ihr es für eine gelungene Idee gehalten, wenn er besagte Tochter rumkriegt und nebenbei ein Job für ihn rausspringt.« Mittlerweile brülle ich die gesamte Kinderabteilung zusammen.

Jo ist es natürlich todpeinlich, dabei hört mich keiner, weil es brechend voll und viel zu laut ist.

»Quatsch! Er wollte sich bloß mit dir anfreunden. Man, der Kerl ist total verknallt in dich! Ihm geht's saudreckig wegen der Sache. Er sieht mindestens so mies aus wie du!«

»Herzlichen Dank«, brumme ich sarkastisch. Ich merke, wie mir der Sarkasmus hilft, die Sache nicht allzu nah an mich heranzulassen.

»Er gibt sich echt Mühe. Schreibt dir SMS und so.«

Ja. Jeden Tag eine, und das, seit ich seinen ersten und bisher letzten Anruf ignoriert habe. Darin stehen Dinge, die mir Zorn und Wut und Schmerz in die Brust treiben. Dinge wie ICH BRAUCHE DICH oder ICH HÄTTE DICH JETZT GERNE BEI MIR. Dinge, die mir sehr wehtun. Heute hat er geschrieben: ICH DENKE AN DICH.

»Kannst du ihm bitte von mir ausrichten, dass er das lassen soll? Es nervt mich.«

Chris nickt.

»Es war trotzdem schön, euch zu sehen«, sage ich mit einem leichten Lächeln und greife nach Jos Hand.

Sie versteht sofort, hängt schweren Herzens das Kleid zurück und folgt mir.

54. KAPITEL

in dem ich einen Schritt rückwärts mache

Heute ist Silvester. Silvester gehört zu den Abenden, die immer schiefgehen. Weil sie so gut wie immer unter den Erwartungen bleiben. Abende wie der 24. Dezember oder der, an dem du deinen Geburtstag feierst. Weil du dir zu viel vornimmst und zu hohe Erwartungen hast, kann es nie gut werden.

Doch wenn du ein komplettes Jahr hinter dir lassen willst, muss es ein gebührendes Fest geben. Du schmiedest Pläne. Was willst du essen und trinken, wer soll dabei sein, wo gehst du um zwölf zum Feuerwerk hin und wo danach zum Feiern? Ich konnte Jo ein wenig auf den Teppich zurückholen und sie zu einem klassischen Raclette-Essen mit Freunden überreden. Jonas, Oli, Buzz und Kim kommen vorbei, außerdem Steffen und zwei Freundinnen von Jo.

Meine Schwester hat die Gäste dazu genötigt, sich herauszuputzen, weil sie ihnen sonst keinen Zutritt in unser trautes Heim gewähren wollte. Dementsprechend trägt sie ein schwarzes Kleid, für das mir lediglich ein Wort einfällt, das unsere Oma gerne benutzt: überkandidelt. Ich weiß nicht, ob es dieses Wort gibt und ob es Menschen außerhalb meiner Familie kennen. Aber es passt in diesem Fall sehr gut. Das schulterfreie Monstrum mit Tüllrock und Plingpling tut mir in den Augen weh, und ich beneide Jo um ihre langen Beine, die in schwarzen Perlons stecken und auf schwarzen hohen Pumps balancieren.

Weil meine Schwester mich gezwungen hat, einen Rock zu tragen, trage ich einen Rock. Allerdings die Sparvariante. Einen Jeansmini mit schwarzen Strumpfhosen, Chuck's und einem gestreiften Oberteil. Jo findet, dass ich eine schlechte, unpassende Definition von *herausputzen* habe, und straft mich mit vorwurfsvollen Blicken.

Ich fühle mich irgendwie schlaff und ausgelaugt, hänge auf dem Sofa herum, umfasse mit den Händen meine Knie und höre, wie Jo beständig auf mich einredet.

»Unsere Gäste kommen in zehn Minuten«, sagt sie und stellt circa hunderte teure Murano-Schälchen auf den Tisch.

Ich bin mir sehr sicher, dass der mit mir befreundete Teil der Gäste nicht pünktlich um acht hier aufkreuzen wird. Zu guten Freunden kommt man nie pünktlich. Manchmal kommt es mir so vor, dass ein Funke Respektlosigkeit ein Attribut wahrer Freundschaft ist.

Jo geht noch mal die Checkliste in ihrem Kopf durch. »Sekt steht im Kühlschrank, Cocktailzutaten sind hier, Bier ist auf dem Balkon, das Raclette ist schon heiß, die Sachen fürs Bleigießen bringt Steffen mit. Musik? Max, was ist mit der Musik?«

Ich schlurfe nach oben und stapele kurz darauf einige CDs vor Jo auf. Ja. Wenn man mich um Musik bittet, hole ich tatsächlich noch CDs hervor. Keine Festplatte.

Fünfzehn Minuten später, es ist fünf nach acht, und ich bin ganz baff, sind nicht nur Jos, sondern auch meine Gäste da, und meine Schwester platziert uns an ihrer gedeckten Tafel. Mich setzt sie zwischen Kim und Jonas. Mein bester Freund trägt doch tatsächlich ein schwarzes Jackett, das ich seinem Kleiderschrank nie zugetraut hätte. Es ist aus leichtem, eng anliegendem Stoff und sieht extrem gut an ihm aus. Jo macht ihm dafür ein Kompliment und übersieht großzügig, dass er dazu ein Bandshirt und Jeans trägt.

Beim Essen führen wir ein ganz nettes Tischgespräch, alle amüsieren sich und quatschen wild durcheinander. Jeder hat eine Anekdote von vergangenen Silvesterabenden in petto. Jonas erzählt gleich zweimal, wie wir zu zweit eine Flasche Tequila getrunken haben und danach sternhagelvoll in seinem Bett eingeschlafen sind.

»Weißt du das noch?« Er sieht mich mit nostalgischem Blick an.

»Das war erst letztes Jahr«, brumme ich. Es kommt mir wie eine Ewigkeit vor. Dabei ist es erst lächerliche dreihundertfünfundsechzig Tage her.

Jonas hält sich den ganzen Abend an mich. Könnte daran liegen, dass Kim und Buzz aneinanderkleben wie ein schnulziges Pärchen und sein Bruder sich bestens mit den beiden Freundinnen von Jo unterhält. Selbst für meine Schwester hat Jonas keine Augen, denn die wiederum bildet eine kleine perfekte Zweisamkeit mit Steffen. Wir beiden sind die Überbleibsel.

Wir trinken zu viel Bier, so wie früher, und haben für die cocktailtrinkenden Mädchen nur Hohn und Spott übrig, auch so wie früher. Allerdings guckt er mich dabei ständig von der Seite an. Nicht so wie früher.

Irgendwann fragt er: »Sag mal, Max, geht's dir eigentlich gut?«

»Klar, warum sollte es mir nicht gut gehen?«

Er zuckt die Schultern. »Die Sache mit deinem Typen steckt dir bestimmt noch in den Knochen. Du bist nur, keine Ahnung, irgendwie anders als sonst. Du sagst gar nichts.«

»Wir reden seit einer Stunde ununterbrochen.«

»Ja, ich weiß auch nicht. Du redest, als wär's dir scheißegal, ob wir reden oder nicht. So als wärst du viel lieber alleine und hättest deine Ruhe. Du wirkst traurig. Du bist dünn geworden. Im Ernst, ich mach mir wirklich 'nen Kopf um dich.«

»Mir geht's gut. Ist ja inzwischen über drei Wochen her.«

»Du warst schon anders, bevor ihr Schluss gemacht habt.«

»Besser anders?«

»Nee … weiß nich. Vielleicht.«

Jonas leert sein Bier, nimmt die Füße vom Couchtisch und sieht mich an. Ich starre geradeaus und blase zur Ablenkung über den Flaschenhals. Wie soll ich das verstehen? Bin ich jetzt besser anders als früher oder schlechter anders?

»Was heißt das genau?«, frage ich nach.

»Nicht so wichtig.«

»Leute, es ist kurz vor zwölf, lasst uns zum Anstoßen runter auf die Straße gehen«, brüllt Jo durchs Wohnzimmer.

»Los«, motiviere ich Jonas, stehe auf und ziehe meinen verrutschten Rock ein Stück herunter. »Jos Abendplanung darf nicht durchkreuzt werden. Sonst wird sie zur Furie.« Ich packe ihn an der Hand und helfe ihm hoch.

Um halb eins sind wir im neuen Jahr und wieder oben in unserer Wohnung, trinken Sekt, essen die Überreste des Nachtischs, und ich versuche das alte Jahr irgendwie hinter mir zu lassen. Dabei will ich das gar nicht.

Eigentlich war es ein sehr gutes Jahr. Ich meine mich erinnern zu können, dass ich ziemlich oft ziemlich glücklich war. Ich glaube, ich habe zahlreiche Schritte nach vorne gemacht im letzten Jahr.

Jo trommelt erneut alle zusammen, denn als Nächstes

will sie tanzen, feiern und Spaß haben. So steht es zumindest auf ihrer Tagesordnung. Mir ist überhaupt nicht danach.

»Ich komme gleich nach«, sage ich, als sie mich und Jonas mit einem »Hopphopphopp« aufscheucht, weil wir die Letzten sind, die noch nicht vor lauter Vorfreude auf die Partynacht nach unten gehüpft sind. Sie verdreht die Augen, rauscht in den Hausflur und lässt die Tür hinter sich weit offen stehen.

Als die Geräuschkulisse mit den anderen aus der Wohnung verschwunden ist, höre ich plötzlich wieder Musik. »All I wanted« von Paramore schwingt leise durch das Wohnzimmer. Jonas und ich sitzen beinahe andächtig und angenehm ruhig nebeneinander am Tisch und starren auf die leeren Nachtischschälchen.

Plötzlich wird mir bewusst, dass ich mich nicht erinnern kann, wann ich zuletzt die Stille zwischen Jonas und mir als angenehm empfunden habe, wann ich nicht versucht habe, die Ruhe durch doofes Gequatsche zu beenden, und mich schweigend neben ihm wohlgefühlt habe.

Da sagt er: »Du bist in manchen Dingen besser anders geworden. Du warst besser gelaunt und hast nicht mehr so viel rumgezickt.« Er grinst mich schief an.

Das Lied klingt aus.

»Aber zugleich auch schlechter anders. Der Typ hat dich verändert. Du warst oft bei ihm und so. Und … vielleicht ist das egoistisch von mir, aber du hast eben deine Prioritäten neu geordnet.«

»Miserable at best« beginnt. Das ist die CD von Jonas, die im Hintergrund läuft. Ausgerechnet diese Playlist … Ich beobachte, wie er lächelnd den Kopf schüttelt und flüstert: »Hey, nicht heulen!« Dann streicht er mir eine Träne vom Gesicht.

»Es ist das Lied«, rede ich mich heraus, springe auf und schalte die Anlage aus.

»Glaubst du, mit ein bisschen Abstand wirst du wieder die alte Max?«, fragt Jonas und klingt dabei fast ein wenig naiv. Außerdem flüstert er noch immer.

»Wie meinst du das?«

Er sieht mich an. Seine Pupillen bewegen sich rasend schnell zwischen meinen hin und her, als suchten sie eine Möglichkeit, meine Augen festzuhalten.

»Ich weiß nicht, ich ...«

Dann nimmt Jonas meine Hand, legt seine Finger in meinen Nacken, zieht meinen Kopf zu seinem Gesicht und haucht mich an. Sein Atem riecht nach Bier und Salzbrezeln. Dann drückt er seine Lippen auf meinen Mund.

Wenn etwas eintritt, auf das man so lange gewartet hat, dann ist das ein bisschen wie Silvester. Man schraubt die Erwartungen so hoch, dass es eigentlich nur misslingen kann.

Die erste halbe Sekunde, in der Jonas' Mund auf meinem ruht, fühlt sich an wie Silvester. Es ist komisch. Es ist so anders. Seine Lippen sind schmal und trocken, und über seiner Oberlippe stechen mich ein paar vergessene Härchen, außerdem drückt seine Nase gegen meine. Es ist, als würden wir etwas furchtbar Falsches tun. Als würden wir die Schuhe an den Händen tragen.

Dann verändert sich etwas, und ich merke: Das bin ich. Für einen kurzen Moment bin ich wieder die alte Max. Ich lasse mich fallen. Beuge mich zu ihm, in ihn, an ihn. Merke, wie seine Hand hektisch und haltsuchend über meinen Rücken gleitet. Wie ich seine Unterlippe kurz ansauge und küsse. Wie er den Kopf schief legt und den Mund öffnet. Wie seine Zungenspitze plötzlich an meiner ist.

Ich versuche mich zu fangen, aber es geht nicht, ich falle immer weiter.

Es sollte doch richtig sein. Und besonders. Feuerwerk, Funken und bunte Lichter, dazu Oooooh und Aaaaah. Es sollte ein Schritt vorwärts werden und nicht einer zurück.

Ich habe mich zu tief fallen lassen und knalle hart auf dem Boden der Realität auf. Meine Augen öffnen sich und begegnen dem Blick von Jonas.

Just in dem Moment merken wir beide, dass wir nicht darauf vorbereitet waren, dass es auch ein *Danach* geben würde. Wir lassen voneinander ab.

Was soll ich tun oder sagen? Soll ich weitermachen? Lügen? Weggehen?

»Frohes neues Jahr«, höre ich hinter mir eine Stimme, die mein Blut gefrieren und mein Herz gleichzeitig höher schlagen lässt.

55. KAPITEL

in dem ich meinen Koffer packe

Gang, gang, gang, gang. Mein Herzmuskel kontrahiert so fest und schnell, dass jeder einzelne Schlag in meinem ganzen Körper widerhallt.

In der offenen Wohnungstür steht Moritz. Mein Moritz. Nein, nicht mehr mein Moritz.

Ich tue, was mir mein Instinkt sagt, springe auf, ohne Jonas zu beachten, und gehe auf Moritz zu, um mich zu verteidigen. »Das war …«

»Ich weiß schon, was das war, Max.« Seine Stimme zittert. Er zieht mich in den Hausflur.

»Hey!«, höre ich Jonas noch rufen.

Ich besänftige ihn mit einem Blick. Das hier geht ihn nichts an.

Moritz krallt eine Hand in die Haare, hält sich die andere vor den Mund. »Ausgerechnet er?«, zischt er mir zu. »Vielleicht kapierst du's nicht, dass … dass … ich … ich hatte wochenlang Schiss, dass du mich wegen dem da sitzen lässt. Aber ich habe nie etwas gesagt, weil ich wusste, dass du … dass ich …«

Wovon spricht er da? Hier geht es doch gar nicht um Jonas und mich.

»Um Jonas und mich geht es doch gar nicht«, spreche ich meine Gedanken laut aus. »Und es kann dir auch egal sein.« Ich verschränke die Arme vor der Brust und warte auf seine Reaktion.

»Wie kannst du nur so hart sein, Max? Du bist so … Seid ihr … hast du jetzt etwa was mit dem da? Du warst nie über ihn hinweg, oder?«

»Es geht nicht um Jonas«, wiederhole ich.

»Doch. Weil … hier geht's um dich. Und du bildest dir ein, dass du, dass er … Achwasweißich.«

»Ich bilde mir gar nichts ein! Jonas ist nur ein Freund.« Mir ist es wichtig, ihm das zu sagen, obwohl es nicht von Bedeutung ist. Ich darf tun, was ich will, küssen, wen ich will, befreundet sein, mit wem ich will.

»Mit ›nur einem‹ Freund knutscht man nicht«, ruft Moritz mit gefassterem, deutlich kräftigerem Tonfall.

»Das geht dich nichts an.«

Er nickt ungläubig. »Aha. Schön zu wissen, dass ich rein gar keine Rolle in deinem Leben mehr spiele.«

»Das hast du dir selbst zuzuschreiben.«

»Du warst nie über ihn hinweg.«

In diesem Moment werde ich sauer. Kann er denn nicht verstehen, wie sehr er mir wehgetan hat? Dass er alles kaputt gemacht hat? Dass er, ja ER, der Grund war, weshalb ich endlich über Jonas hinweg war. Wie kann er mir nur so etwas vorwerfen?

»Das sagst ausgerechnet du? Du lässt dir dein Leben immer noch von deiner Exfreundin diktieren.«

»Was? Was soll das denn heißen?«

»Stimmt doch. Dein ganzes Leben dreht sich nach wie vor um Jana. Du bist für Liam da, wann immer sie es möchte, und nicht wann es dir passt. Du besorgst dir einen Job, nur weil sie deine Kohle will. Du bist sogar bis heute Vegetarier, nur weil du für sie damit angefangen hast. Bloß weil du immer noch der manipulierbare kleine Junge bist, der so happy darüber ist, dass eine dumme Kuh wie Jana auf ihn steht.« Der zusammengeschnürte Kloß aus Dingen, die ich Moritz seit einer ganzen Weile sagen, ihn fragen oder von ihm wissen wollte, mich aber nie anzusprechen getraut habe, liegt zwar entwirrt, jedoch nicht minder schwer in meinem Magen.

Moritz winkt ab und geht wortlos die Treppe hinunter.

Jonas streckt den Kopf zur Wohnungstür herein und fragt: »Alles okay?«

Ich schüttele den Kopf. Nichts ist okay.

»Das mit dem Kuss war 'ne saudumme Idee«, wirft Jonas ein. Ich nicke. Ich weiß auch, warum es eine saudumme Idee war: Sich fallen zu lassen ist etwas, das ich von Moritz gelernt habe. Es war falsch, es mit Jonas zu tun. Es konnte nicht funktionieren. Es ist wie Betrug.

Für mich fühlt es sich an, als wären unsere Leben ein einziges, nicht enden wollendes Spiel von »Ich packe meinen Koffer ...«. Wir packen unsere Koffer mit dem ganzen Mist voll, den wir so erleben, und schleppen sie mit uns herum. Bevor wir bereit sind, etwas Neues in den Koffer aufzunehmen, rattern wir die ganze Liste an bereits darin enthaltenen Dingen hinunter und hängen das neue einfach hinten an. Wir setzen die Koffer nie auf null zurück, leeren sie nie aus. Wenn wir eine Beziehung eingehen, bringen wir den ganzen Inhalt mit. Genauso wie die andere Person ihren Kofferinhalt anschleppt.

Also, ich packe meinen Koffer und nehme mit: mangelndes Selbstwertgefühl, eine fehldefinierte Freundschaft zu Jonas, Minderwertigkeitskomplexe, Stimmungsschwankungen, das warme Gefühl im Bauch, wenn ich an Moritz denke, seine Fehler, meine Fehler, seine Lügen.

Ich kann meinen Koffer nicht umpacken. Dabei hat er längst Übergewicht. Ihn auf eine Reise mitzunehmen wäre ziemlich teuer.

56. KAPITEL

das am 1. März spielt

»Deine Haare sehen toll aus.« Jo zupft an meinem Haupt herum, wuschelt mir durch die Frisur und drückt mir einen lippenstiftigen Kuss auf die Wange.

»Ja, ich weiß, das hast du schon tausendmal gesagt.« Genau genommen sagt sie es mir seit Ende Januar, als ich dachte, ich mache mal einen auf Klischee und lasse mir die Haare schneiden, um damit irgendetwas zu kompensieren. Ich habe seitdem kupferrote Haare, die bei günstigem Lichteinfall tatsächlich glänzen und seltsame Dinge mit meinem Teint anstellen, weshalb ich nicht mehr bleich, sondern vornehm blass bin.

»Ich habe es zu Recht schon tausendmal gesagt.« Sie sieht auf die Uhr. »Schon halb zwei. Wo bleiben die denn?«

Papa wollte um halb zwei vorbeikommen und uns für die Taufe von Lea abholen. Wenn Papa halb zwei sagt, erscheint er prinzipiell vor zwanzig nach, was bedeutet, dass er um zehn nach hätte da sein müssen. So ist das nun mal.

»Ob er uns vergessen hat?« Jo guckt aus dem Panoramafenster hinter der Couch.

Ich schnüre meine Chuck's zu und beobachte dabei lächelnd, wie Jo sich auf einem High Heel balancierend über die Couch beugt, um einen besseren Blick nach draußen zu erhaschen.

Steffen kommt aus dem Badezimmer. Standesgemäß trägt er ein schwarzes Jackett mit weißem Hemd und dunklen Jeans.

Es klingelt an der Tür, und ich renne zur Sprechanlage.

»Jo, jo, jo, kommt ihr runter?«, grölt die verzerrte Stimme von Jonas, und wir folgen seinem Ruf.

Mein bester Freund steht auf dem Bordstein vor unserem Apartmenthaus gegen das Auto seiner Eltern gelehnt, in dem Oli und Buzz samt Musikequipment sitzen. Zur Begrüßung boxt er mich gegen die Schulter und pfeift. »Heißer Fummel, Max«, sagt er und tut überrascht, so als würde ich in einem Clownskostüm vor ihm stehen und nicht in einem Kleid. In einem Kleid, das – ich muss es zugeben – ziemlich gut aussieht. Nicht nur generell, sondern auch speziell an mir. Es war nicht leicht, mir das einzugestehen, denn es hat sich ein bisschen so angefühlt, als würde ich mir selbst untreu werden. Dieses schulterfreie, kurze graue Kleidchen, das zu allem Unglück auch noch um die Beine herum absteht (sicherlich gibt es dafür einen modischen Fachbegriff, aber den kenne ich nicht – wer ihn kennt, möge sich bei mir melden und mich aufklären), ist ein waghalsiges Experiment. Aber mein Schuhwerk entschärft es ungemein, denke und hoffe ich.

Als der Wagen von meinem Vater vorfährt, steigt Jonas zu Oli und Buzz ins Auto und sagt: »Na dann bis gleich.«

Ich kann gar nicht ausdrücken, wie froh ich bin, dass dieser mehr als bescheuerte Silvesterkuss nicht alles zerstört hat, was Jonas und ich je hatten. Noch glücklicher bin ich darüber, dass er nicht zu einem schweren Rückschlag geführt hat. Im Gegenteil. Es musste sein. Wie hätte ich sonst herausfinden sollen, was das zwischen Jonas und mir ist? Jetzt weiß ich's: Es ist eine tiefe, lange Freundschaft. Gott sei Dank nicht weniger und Gott sei Dank auch nicht mehr. Immerhin konnte ich ihn dank dieser Freundschaft fragen, ob seine Band bei der Taufe meiner Schwester spielen würde, wir überleben deshalb dumme Streits und dumme Küsse, wir können deshalb mittlerweile darüber reden und sogar ohne doofe Witzchen zu machen, weil wir wohl irgendetwas wie Erwachsene geworden sind.

Das alles weiß ich, weil ich in den letzten Monaten gelegentlich in ruhigen Momenten darüber reflektiert habe. Dabei habe ich herausgefunden, dass Lieben anders geht. Dass Lieben etwas anderes bedeutet als immer nur Gebengebengeben.

Mir ist völlig klar, welcher Person ich diese Erkenntnis zu verdanken habe: einzig und allein Moritz. Vielleicht musste das zwischen Moritz und mir erst kaputtgehen, damit ich das herausfinden konnte. Alles in allem habe ich sehr viel dabei gelernt.

Deshalb erzähle ich seit jenem Tag, der nicht nur rein zufällig mit dem meines Friseurbesuches zusammenfällt, jedem, dass ich zufrieden bin. Und zwar jedem, der sich nicht rechtzeitig Ohropax in die Lauscher stecken kann. Ich? Klar! Zufrieden mit allem. So wie alles ist und so wie alles war. Ich sage dann Dinge wie: »Es war wichtig, dass ich diese Erfahrungen gemacht habe« oder: »Moritz war ein wichtiger Abschnitt für mich, aber dieser Abschnitt ist vorbei und das ist gut so«.

Ich fahre ganz gut mit diesem auswendig gelernten Text, solange mein Gesprächspartner nicht genauer darauf eingeht und mir tiefer gehende Fragen stellt. Denn dann weiß ich nicht weiter und offenbare sehr schnell, dass Moritz mir in Wahrheit so sehr fehlt, als wäre er ein amputierter Körperteil. Phantomschmerz.

Dumme Floskeln aufzusagen sind, ebenso wie klischeemäßige Dinge wie Friseurbesuche und Schokoeisverzehr, in dieser Hinsicht ganz hilfreich. Die machen es im Inneren zwar nicht besser, aber sie sorgen zumindest dafür, dass man der Außenwelt und manchmal auch sich selbst etwas vorgaukeln kann.

Ich kann guten Gewissens behaupten, dass es mir prächtig geht. Echt jetzt. Kein Scheiß.

Auch wenn ich immer klinge, als würde ich sarkastisches Gefasel von mir geben. Ich meine das in diesem Fall ernst. Mir geht es ja schon alleine deshalb besser, weil ich eine coole Frisur habe und immerhin weiß, wie es sich anfühlt, wenigstens zum Schein richtig doll geliebt zu werden.

Mist!

Themawechsel.

Vielleicht bin ich doch noch nicht ganz darüber hinweg. Nein, nein, Quatsch! Es geht mir prächtig. Wenn es sich nicht gerade um Liebe oder Gefühle oder sonst was dreht, bin ich außerordentlich guter Laune.

»Ich wollte schon immer mal in einer Kirche spielen. So wie die Toten Hosen im Video zu ›Eisgekühlter Bommerlunder‹.« Jonas dreht sich unter der Kuppel und starrt nach oben.

»Soweit ich weiß, mussten sie die Kirche nach diesem Videodreh neu weihen. Wenn es irgendwie geht, hätten wir es gerne etwas weniger unorthodox.«

»Herr von Steinacker, ich bin begeistert. Was Sie alles wissen.«

Papa lächelt, weil er sich hip fühlt. Jo und ich müssen gleichzeitig losprusten.

Die Kirche füllt sich gegen zwanzig vor drei mit den Gästen. Kristin trägt die schlafende Lea in der Kirche spazieren und unterhält sich mit der Pfarrerin, Papa liefert Jonas einen Zeitzeugenbericht über Achtziger-Jahre-Punk ab. Um zehn nach drei möchte die Pfarrerin den Gottesdienst beginnen.

Papa kommt auf mich zu und bittet: »Max, kann ich noch kurz mit dir reden?«

Weiter kommen wir nicht, denn er wird von Kristin unterbrochen. »Theo? Das kann doch warten.«

Da hat sie allerdings Recht. So vor dem Altar, hinter dem eine drängelnde evangelische Geistliche steht, möchte ich mich nur ungern unterhalten.

Ich suche meinen Platz neben Jo in der Kirchenbank, die so angespannt und aufgeregt Steffens Hand in ihrer Linken hält, als müsste sie gleich im Taufbecken den Freischwimmer ablegen. Als ich mich setze, umklammert sie meine Hand ebenfalls und führt so einen nervösen Ringelrein auf.

»Die spielen doch hoffentlich nichts von den Toten Hosen, oder?«, wispert sie mir zu und deutet zur Band.

Jonas zählt leise, aber im Kirchenschiff deutlich hörbar, den Takt ein.

»Doch, Jo, bestimmt.« Ich zwinkere ihr sarkastisch zu, während die ersten Klänge von Joan Osbornes »One of us« ertönen.

Jo weint binnen Sekunden. Wen wundert's, sie war schon immer eine Heulboje. Sie legt den Kopf auf meine Schulter, und in dieser Position verharren wir den gesamten Gottesdienst.

Nach der Kirche treffen sich die Taufgäste in einem kleinen Festsaal. Es gibt Kaffee und Kuchen, und Jonas, Buzz und Oli spielen ungemein angemessenen Classic Rock. Jo hat sich wieder gefangen und strahlt durch den ganzen Saal.

Papa und Kristin sind damit beschäftigt, Grüße, Glückwünsche und Geschenke entgegenzunehmen. Ich bin damit beschäftigt, mir sagen zu lassen, wie toll meine neue Frisur sitzt und wie verändert mein Auftreten ist. Ich fühle mich immer so lange in einen Werbespot von Drei-Wetter-Taft versetzt, bis Begriffe wie *selbstbewusst* und *erwachsen* fallen. Meine Oma schießt den Vogel ab, als sie zu mir sagt: »Du bist ja eine richtige Frau.« Das ist schön. Warum muss man erst ein Kleid tragen, damit auch die eigene Großmutter es bemerkt? Bisher war ausschließlich Jo »eine richtige Frau«, und ich war, keine Ahnung, ich existierte so neben Jo vor mich hin.

Als das Gewusel sich einigermaßen beruhigt hat, bemerke ich aus dem Augenwinkel, dass ich fotografiert werde. Mein Unterbewusstsein verbindet einen Blitz immer noch automatisch mit Moritz und sorgt dafür, dass ich mich umdrehe.

Zunächst glaube ich, dass mein Unterbewusstsein mir einen ziemlich doofen Streich spielt. Genauso wie meine Augen. Und mein übermütig klopfendes Herz.

»Hey.«

Es *ist* Moritz.

Er lächelt, die Kamera noch halb vor dem Gesicht, dann lässt er sie sinken, und sie baumelt vor seiner Brust. Seine eisblauen Augen fixieren mich – liebevoll, strahlend, bedenklich, entschuldigend, versöhnlich. Mir würden sicher noch tausend Adjektive einfallen. Sie sehen mich so vieldeutig an, dass ich mich für den Bruchteil einer Sekunde vergesse. Ich vergesse, was in den letzten Wochen passiert ist. Wie durchweg bescheiden es mir ging. Wie ich allen etwas vormache. Wie ich mir verbiete, bestimmte Lieder zu hören und Gerüche zu riechen. Wie ich Orte und Erinnerungen meide.

Plötzlich ist da nur noch diese eine Person, nach der ich mich seit Wochen sehne. Jene Person, von der ich insgeheim glaube, dass sie die einzige ist, die alles wieder heil machen kann.

Moritz hat mir seit dem Tag, an dem ich Chris beim Einkaufen getroffen habe, keine SMS mehr geschrieben. So wie ich es wollte. Doch ich habe seine Nachrichten bereits am ersten Tag nach ihrem Ausbleiben schrecklich vermisst.

Seit Silvester haben wir kein Wort miteinander gewechselt und uns nicht mehr getroffen. Wenn ich ehrlich bin, hat es mich gestört, dass er sich danach keine Mühe mehr gegeben hat, dass er nicht weiter angerufen und geschrieben hat oder gar vorbeigekommen ist. Vielleicht hätte ich mich ja überzeugen lassen, habe ich in den seltenen tagträumerischen Augenblicken gedacht. Mit seltenen tagträumerischen Augenblicken meine ich jene Momente, in denen ich ausnahmsweise ehrlich zu mir war. Ich weiß, dass diese Unentschlossenheit ein mieses Frauending ist, aber – hey – mittlerweile bin ich nun mal eine Frau, das bringt gewisse gesellschaftliche Verpflichtungen mit sich.

Seine Haare sind länger als sonst. Er trägt Jeans, ein schwarzes Hemd mit hochgekrempelten Ärmeln und neue Schuhe. Festzustellen, dass er neue Schuhe anhat, die ich nicht kenne, fühlt sich doof an. Es bedeutet: Sein Leben ist auch weitergegangen. Er hat Dinge ohne mich getan, weitergemacht. Klar weiß ich, dass es nur der Kauf von dämlichen neuen Schuhen war (ich bin jetzt eine Frau, ich darf so etwas denken!). Würde ich mich denn besser fühlen, wenn er hier vor mir stünde und sichtbar leiden würde? Ausgemergelt vor Kummer, in zerlumpten Klamotten und zerschlissenen Schuhen, nicht mit dem tadellosen Paar Air Max und diesem neuen Kameraobjektiv? Es ist verdammt unfair, dass ich nicht mal mitbekommen habe, wann er sich all diese Dinge angeschafft und beschlossen hat, die Haare länger zu tragen.

Ob er ähnlich denkt? Schließlich stehe ich gerade in dem kürzesten Kleid vor ihm, das ich je getragen habe, und mit einer neuen Haarfarbe. Ob er mich hübsch findet? Ob er daran denkt, wie schön es zwischen uns war? Wie schön *alles* war.

Warum denke ich überhaupt so viel? Kann mein Gehirn nicht einfach kurz absterben?

»Du könntest wenigstens auch Hi sagen.« Moritz lächelt mich an.

»Hi«, bringe ich hervor. Ich bin mir noch nicht sicher, ob ich sauer und zickig reagieren soll. Oder lieber ignorant. Oder, noch besser, freundlich. Nichts schmerzt bei einem Wiedersehen mit dem Ex mehr als freundschaftlicher Umgang. Es zeigt so eindeutig, dass man darüber hinweg ist. Aber ich weiß nicht, ob ich Moritz diesen Schmerz zufügen will.

Er blickt kurz auf das Display seiner Kamera, verzieht instinktiv die Mundwinkel und hebt den Kopf wieder.

»Du siehst gut aus«, sagt er nickend und studiert wieder das Display, so als könnte er mich darauf besser erkennen, als wenn er mir ins Gesicht sieht.

»Was machst du hier?«, frage ich endlich matt.

»Ich … Oh, ich dachte, dein Vater hätte mit dir gesprochen. Ich wäre sonst nicht gekommen. Er hat mich gebeten, ein paar Fotos zu schießen, von der Feier und der Zeremonie und so.«

Ich nicke stumm und denke: Ich bringe ihn um. Ich bringe meinen Vater um. Ich habe schon den Titel morgen in der *BILD* vor Augen: FAMILIENDRAMA! DIESES MÄDCHEN (daneben ein Bild von mir) ERSTICHT SEINEN

VATER MIT DIESEM KUCHENMESSER (nebst schlecht gephotoshopptem, bluttropfendem Kuchenheber)! Alles in Rot auf schwarzem Grund, zweimal unterstrichen. Wie bestellt spielt die Band gerade die traurige Melodie von Green Days »Good Riddance«.

Papa hätte es mir sagen müssen! Ich hätte Vorbereitungszeit gebraucht. Jetzt stehe ich hier, nass von dem kalten Wasser, in das ich geschubst wurde, triefe aus den Ohren und dem offen stehenden Mund und habe meinen Text komplett vergessen.

Ich blicke mich im Raum um, um zu checken, ob uns jemand beobachtet. Ja, meine Schwester hat uns ins Visier genommen. Sie steht neben der Bühne in einer hellen Ecke des Saales, hat Steffen untergehakt und fixiert uns, als wäre sie bereit, jederzeit einzuschreiten.

Ich lächele sie beschwichtigend an und drehe mich dann wieder zu Moritz um. Er sieht mich so unvoreingenommen und unschuldig an, als wäre nichts gewesen. Einfach nur seine blauen Augen und meine blauen Augen, der genetische Jackpot.

Er streckt seinen Arm aus, als wolle er mich berühren, hält aber mitten in der Bewegung inne und sagt stattdessen: »Du siehst gut aus. So als würde es dir richtig gut gehen.«

»Ja?«

»Ja, vielleicht.«

»Mhm.«

»Geht's dir denn gut?«

Ich blicke zu Boden. Mein Magen kribbelt unangenehm. Nicht mehr vor Aufregung. Prompt tut mir der Bauch weh, als hätte ich einen furchtbar wichtigen Termin verpasst – ein dumpfes, tiefes Drücken ganz tief unten. »Ich glaube, ich will mich nicht so unterhalten.«

Wirklich, Mund? Mund, was redest du da?

»Oh, ja. Ist kein Ding.«

Ist kein Ding, das habe ich ewig nicht mehr gehört.

»Dann fotografiere ich mal ein bisschen weiter. Hi, Jo!«

Ich wirbele herum. Meine Schwester ist hinter mir aufgetaucht, mit einem Blick zwischen Besorgnis und Streitlust. Als ich mich wieder umdrehe, ist Moritz in der Menge verschwunden.

»Er hat nervös geklungen. Was hat er gesagt?«

»Dass ich hübsch bin.«

»Sonst nichts? Dass er dich vermisst? Oder dass es ihm leidtut?«

Ich schüttele den Kopf. Hätte er das sagen müssen?

»Alles okay?«, fragt Jo und streichelt meinen Oberarm.

Ich schüttele wieder den Kopf. »Ach Scheiße, Jo. Ich hab keinen Bock mehr, so zu tun, als wäre ich drüber hinweg.«

Sie schaut mich mitleidig an.

»Ich gehe kurz frische Luft schnappen, ja?« Ich zeige mit dem Finger zur Tür.

Jo nickt. Ihr Angebot, mich zu begleiten, schlage ich aus.

Draußen vor dem Saal weht ein frischer Frühlingswind, und ich friere in dem kurzen Kleidchen. Meine Schultern ziehen sich zusammen, mein ganzer Körper zittert. Ich kann nicht mehr. Ich wollte doch, dass es mir gut geht. Ich wollte doch, dass ich nicht mehr an ihn denke, ihn nicht mehr liebe, ihn nicht mehr für einen wunderbaren Menschen halte. Warum klappt das bloß nicht?

»Das hier wollte ich dir noch geben.« Moritz' Stimme erschreckt mich aufs Neue. »Sorry.«

Sein unschuldiges Lächeln macht mich echt fertig. Er reicht mir einen dicken weißen Umschlag. Erstaunt greife ich danach.

»Ich habe sie bei meinem Umzug von der Wand genommen und … dachte, du möchtest sie vielleicht haben.«

Ich schaue hinein: In dem Umschlag ist ein großer Stapel von Fotografien. Von mir. Von ihm. Von uns.

In dem Moment wird mir klar, warum Moritz so unverkrampft lächelt, warum sein Leben einfach weitergegangen zu sein scheint: Es ist tatsächlich einfach weitergegangen.

Ich nicke. »Danke«, heuchele ich und verschwinde endgültig von der Feier.

57. KAPITEL

in dem ich ein Tagebuch lese

Ich kann es nicht fassen. Was für eine ausgemachte Unverschämtheit! Wie kann er mir nur dermaßen die Tauffeier versauen? Er muss doch wissen, wie sehr es mich verletzt, wenn er unsere gemeinsamen Erinnerungen an mich abdrückt. So als wären sie kein Teil mehr von ihm. Als müsste ich entscheiden, was damit passieren soll. Als wäre es ihm egal.

Als wäre ich ihm egal.

Um mich so richtig im Elend zu suhlen, hole ich am Abend den Fotostapel aus dem Umschlag und breite die Bilder vor mir aus. Bald sitze ich zu Hause in meinem Zimmer in einem Meer aus Hochglanzfotografien, von denen mich eine lächerlich glückliche Zeit anlächelt. Ich versuche mich daran zu erinnern, wie grausam Moritz diese gemeinsame Zeit zerstört hat, aber ich sehe auf einmal nur noch, was ich nicht mehr habe.

Als ich aufstehe, um das Kleid auszuziehen, trete ich versehentlich auf ein Bild und knicke eine Ecke um. Es könnte mir gleich sein, aber es ist mir wichtig, dass die Fotos unversehrt sind, also knie ich mich hin, um die Ecke glattzustreichen. Dabei fällt mir auf, dass jemand mit schwarzem Filzstift etwas auf die Rückseite geschrieben hat. Ich wende das Foto und lese:

29. Dezember – Chris hat mir erzählt, dass er dich getroffen hat. Ich soll dir keine Nachrichten mehr schicken. Wenn ich dir schreibe, fühlt es sich an, als hätten wir irgendwie noch eine Verbindung, aber wenn dir das wehtut, dann lasse ich es natürlich.

Mein Hals wird trocken. Hektisch drehe ich alle Fotos um und entdecke auf jedem einzelnen Moritz' Schrift. Auf allen stehen ein Datum aus den letzten zwei Monaten und ein kleiner Text dazu. Mal nur ein Satz, mal ist das Fotopapier bis zum Rand vollgeschrieben.

31. Dezember – Für heute Abend gibt es drei Alternativen: 1) Ich betrinke mich aufs Übelste. 2) Ich komme dich besuchen, obwohl du mich nicht sehen willst. 3) Ich betrinke mich aufs Übelste und komme dich besuchen, obwohl du mich nicht sehen willst.

1. Januar – Ich liebe dich. Er nicht. Warum erkennst du das denn nicht?

Ich greife nach weiteren Fotos und sauge die Worte in mich auf, die darauf geschrieben stehen.

3. Januar – Erste Nacht in der neuen Wohnung. War zum Kotzen. Ich dachte, das interessiert dich vielleicht. Mit dir wär's schöner gewesen. Zumindest weniger einsam. Und weniger Platz im Bett.

3. Januar – Sorry wegen der Bett-Anspielung. Nachts im Bett wird mir nur besonders deutlich, was für ein einsamer Trottel ich bin.

Ich muss lachen und denke zuerst, dass die Träne, die mir über die Wange kullert, davon kommt. Bin mir aber nicht so sicher.

7. Januar – Liam hat nach dir gefragt. Ich habe ihm gesagt, dass wir dich nicht mehr so oft treffen werden.

8. Januar – Jana hat Liam erklärt, was »nicht mehr so oft treffen werden« bedeutet. Klasse, jetzt hat er sich heulend im Bad verbarrikadiert. Wenn ich mich nicht so mies fühlen würde, wär's süß.

12. Januar – Hab deinem Vater alles erzählt. Und mit al-

les meine ich alles. Er hat mich zum Glück nicht gefeuert. Im Gegenteil. Er glaubt mir, dass ich da in eine Situation reingerutscht bin, die so nicht beabsichtigt war. Er ist ein Teufelskerl – ich mag ihn. Er hofft, dass wir das wieder hinbekommen. Das hoffe ich auch.

13. Januar – Ich liebe dich.

14. Januar – Ach ja: Ich könnte dir jetzt meinen Teil der Geschichte erzählen – du kannst ja nicht weglaufen …

Aufgeregt suche ich nach dem Foto mit dem nächsten Datum, finde es aber nicht. Moritz hat zwischenzeitlich offenbar eine neue Sortierung vorgenommen.

Die ganze Geschichte, Teil 1 – Als ich dich zum ersten Mal im Opel-Zoo gesehen habe, da ist mir fast das Hirn explodiert. Kein Quatsch, Max! Du hast mich komplett umgehauen! Ich wollte unbedingt mit dir quatschen, wollte wissen, wer du bist und was sich hinter diesen monströsen Kopfhörern verbirgt.

Die ganze Geschichte, Teil 2 – Dass du deine Tasche vergessen hast … Ich dachte, das ist Fügung. Ich habe es für einen total romantischen Auftritt gehalten, sie dir persönlich zurückzubringen

Die ganze Geschichte, Teil 3 – Als ich auf dem Klingelschild deinen Nachnamen gelesen habe, ist bei mir eine Sicherung durchgebrannt. Plötzlich hatte ich die Möglichkeit vor Augen, doch bei deinem Vater anfangen zu können. Ich habe mir gedacht, dass er für die Freunde seiner Tochter bestimmt eine Stelle frei hat. (Streng genommen haben Chris und ich abends ordentlich gebechert und die Schnapsidee gemeinsam ausgekaspert, aber ich will nicht von mir ablenken.)

Die ganze Geschichte, Teil 4 – Ich weiß, ich bin ein Trottel, ein Arschloch, ein Mistkerl. Ja, bin ich alles! Aber unabhängig davon fand ich dich vom ersten Moment an toll.

Die ganze Geschichte, Teil 5 – Ich gebe es zu: Die Nummer mit dem Kurier, der dir das Post-it mit der Nachricht gebracht hat, dass ich dich fotografieren will, war eine Masche, um dich rumzukriegen. Aber es ging einzig und allein um dich, nicht um deinen Vater oder den Job.

Die ganze Geschichte, Teil 6 – Ich schwöre dir, ich war schneller in dich verknallt, als mir lieb war. Das war so nicht geplant. Aber du bist nun mal ein verführerisches, ruppiges, schlagfertiges, miesepetriges kleines Biest. Wir haben uns gegenseitig so gutgetan. Mitzuerleben, wie du durch mich mehr und mehr an dich selbst geglaubt hast, hat mir so viel Selbstbewusstsein gegeben.

Die ganze Geschichte, Teil 7 – Die Sache mit deinem Vater habe ich zwischenzeitlich schlicht vergessen. Aber mit jedem Streit, den ich mit Jana ums Geld geführt habe, wurde es dringender, dass ich einen anständigen Job finde.

Die ganze Geschichte, Teil 8 – Ich hätte es dir sagen müssen, aber ich habe den Absprung verpasst. Es gibt dafür keine Entschuldigung. Und mit den Konsequenzen muss ich leben. Das bekomme ich offensichtlich nicht besonders gut hin, denn ich schreibe Nachrichten an dich auf Fotografien und habe dabei tatsächlich das Gefühl, als würde ich mit dir sprechen.

Die ganze Geschichte, Teil 9 – Ich komme mir doch ziemlich geistesgestört vor. Aber: Ich liebe dich!

Ich muss mehr und mehr lachen. Dazu heule ich. Ich dachte, so etwas passiert nur in Büchern und Filmen. Heulen und Lachen waren bei mir bisher zwei kategorisch voneinander getrennte Emotionen.

Ich greife nach einem Bild, das ich sehr gut kenne. Jenes, über das Jo gesagt hat, ich sähe darauf schön und schrecklich zugleich aus.

4. Februar – Das hier ist mein Lieblingsfoto. Jetzt, wo ich dich seit Wochen nicht gesehen habe, fällt mir fast nicht mehr auf, dass du in echt viel schöner bist als auf den Fotos.

7. Februar – Hatte heute ein Pärchen-Shooting. Wollte zwi-

schenzeitlich Amok laufen. Habe aber befürchtet, dass sie mich dann nicht bezahlen.

Ich lasse die restlichen Bilder durch die Hände gleiten. Ein Dutzend Entschuldigungen, ein Dutzend Liebeserklärungen.

Ich bin mir fast sicher, dass Moritz der einzige Mensch auf der Welt ist, der so etwas für mich tun würde. Der einzige, dem es nichts ausmacht, sein Innerstes derart zur Schau zu stellen. Ich weiß auch, dass er der einzige Mensch ist, bei dem ich mich derart hingeben kann. Wie soll ich denn da ohne ihn sein?

Ich strampele mich aus dem Kleid und verwandele mich in Windeseile in die richtige Max zurück. Mein Entschluss steht fest.

58. KAPITEL

in dem es Spaghetti gibt

Ich rufe nur kurz »Bin noch mal weg!« durch unsere Wohnung, haste aus dem Haus, steige in die erstbeste Straßenbahn und fahre zum Südbahnhof. Es dämmert bereits, als ich mit federndem Schritt über das Pflaster eile, auf den großen Altbau zu, aus dessen Haustür gerade eine Frau mit Kinderwagen kommt und mich hineinlässt. Es ist bestimmt Schicksal, dass ich nicht klingeln muss, genauso ist es Schicksal, dass die Wohnungstür von Moritz nur angelehnt ist. Ich bin hier nicht fehl am Platz, denke ich, ich bin hier *goldrichtig*.

Langsam gehe ich hinein und sage im Flur leise: »Hallo?« Niemand antwortet. Also noch mal: »Hallo?«

Aus der Küche weht mir der Geruch von kochenden Nudeln entgegen. Dann wird die Küchentür aufgestoßen, eine kleine Gestalt stürzt sich in den Flur und schreit: »Hände hoch!« Dabei deutet sie mit einer Schöpfkelle auf mich. Es ist Liam. Er trägt einen Topf auf dem Kopf und eine Schürze als Cape. Er guckt mich so ernst an, als wollte er mich jeden Moment mit der Schöpfkelle aus der Wohnung prügeln. Dann erkennt er mich, stürzt auf mich zu und springt in meine Arme, wobei der Topf scheppernd von seinem Kopf fällt.

»Maxmaxmaxhalloooowillstdunudelnwirkochennudelnisstdumituns?«

Ich streiche Liam die verstrubbelten Haare aus der Stirn, setze ihn auf den Boden und frage: »Wo ist denn der Papa?«

»Bringt den Müll runter. Komm mit, ich zeige dir mein Zimmer.«

Er zieht mich quer über den Flur in das kleine Schlafzimmer, lässt mich aber nur kurz hineingucken, bevor er mich flugs weiter ins Wohnzimmer zerrt.

»Hier gucken wir Fernsehen«, erklärt er. »Hier sitzen wir auf dem Sofa. Hier arbeitet der Papa.« Er rennt zum Schreibtisch, auf dem Chaos herrscht. »Man darf nichts anfassen, sonst wird der Papa böse. Und da ist die Küche.« Liam rennt vorneweg, hebt im Flur den Kochtopf auf und beginnt, mit der Kelle darauf zu trommeln. Dazu singt er: »Wir kochen Nudeeeeeeln mit Soßäääääää.«

Ich setze mich auf einen der zusammengewürfelten Stühle und amüsiere mich über Liam, der sich mit wehendem Kochschürzencape singend und trommelnd im Kreis dreht.

»Mensch, Liam, man hört dich im ganzen Haus!« Der Klang einer mir wohlvertrauten Stimme steigert meine Aufregung ins Unermessliche. Die Wohnungstür schlägt zu. »Die alte Frau aus dem Erdgeschoss, die so komisch nach Suppe riecht, hat mich letzte Woche schon gefragt, ob ich dir Aufputschmittel gebe.«

Liam setzt sich den Topf wieder auf und springt in Superman-Manier zurück in den Flur.

»Du bist ein kleiner Quatschkopf«, höre ich Moritz sagen, dann quietscht Liam.

Moritz kommt mit dem Topf auf dem Kopf und Liam über der Schulter in die Küche.

Er sieht mich entgeistert an. »Max!«

»Ja, Papa, Max ist da. Sie isst mit uns Nudeeeeeeln mit

Soßäääää.« Der Kleine schwingt den Schöpflöffel wie eine Neandertaler-Keule.

»Liam, gehst du … gehst du bitte kurz in dein Zimmer?«

»Nö!«

»Doch! Du bist total überdreht. Geh ein Bild malen oder so. Ich muss mit Max sprechen, okay?«

Liam verdreht die Augen, verlässt die Küche und murmelt: »Ich bin ja auch nicht doof, die wollen doch bloß knutschen …«

Moritz stellt den Herd aus und sagt dann: »Er hat irgendwie einen Schaden heute.« Dann tippt er sich gegen die Stirn. »Hat er aber nicht von mir.«

»Bist du dir da sicher?« Ich stehe auf und gehe auf ihn zu.

»Nein … eigentlich weiß ich, *dass* er das von mir hat.« Er lacht.

»Ja, das glaube ich auch. Was soll bei so einem kreuzbekloppten Papa auch sonst rauskommen?«

Ich spüre das Kribbeln in meinem Bauch und das Ziehen auf der Höhe meines Bauchnabels. Ich gehe näher auf Moritz zu und ergreife die Hand, die er mir entgegenstreckt. Ich lehne mich gegen seinen Oberkörper. Sofort verbirgt er das Gesicht an meiner Schulter und fährt mit seiner Nase über meinen Hals.

Ich ziehe mich zurück.

»Entschuldige«, sagt er hastig und schiebt die Hände in die Taschen.

»Ich war stinksauer auf dich.«

»Ich weiß.«

»Und ich hab's noch nicht vergessen.«

»Sollst du auch nicht.«

»Aber ich kann so nicht …«

Er zieht mich wieder zu sich heran und wird ganz still. Er streichelt mir über die Wange und fragt: »Weißt du noch, was ich an deinem Geburtstag zu dir gesagt habe? Bevor wir uns geküsst haben, meine ich.«

Ich muss nicht lange überlegen. Dieser Moment gehört zu den Kopfbildern, die dafür gesorgt haben, dass ich nicht aufhören konnte, an Moritz zu denken. Egal ob tagsüber oder im Schlaf.

»Du hast gesagt, dass du platzen wirst, wenn du mich nicht bald küssen darfst.«

Er nickt sachte, streicht ein paar Strähnen von meinen Schultern und sieht mich erwartungsvoll an.

»Mach schon«, fordere ich ihn auf.

Er umarmt mich fester und fährt so innig, zärtlich und bestimmt mit seinen Lippen über meine, dass ich wie bei unserem ersten Kuss das Gefühl habe, noch nie im Leben so geküsst worden zu sein.

»Hab ich doch gesagt: Die wollen nur knutschen!«

Liam steht im Türrahmen. Als Moritz ihn gespielt böse anfunkelt, bricht er wieder in Gejohle aus, rennt durch die Küche, schnappt sich Topf und Kelle und wuselt trommelnd durch die ganze Wohnung.

»Liam!«, ruft Moritz ihm mahnend hinterher.

»Ach, lass die Suppen-Lady doch meckern«, flüstere ich und drehe sein Gesicht wieder zu meinem.

Mit dem breitesten Grinsen aller Zeiten schließt er mich in die Arme.

DANKSAGUNG

Gerade habe ich die finalen Korrekturen an diesem Buch vorgenommen. Und hier ist er nun, der Moment, in dem es heißt: loslassen! Das ist wahrscheinlich der beste Augenblick, um Danke zu sagen.

Mein bumsraketensternhagelvollster Dank gilt:

– meiner ganzen Familie. Vor allem natürlich dem harten Kern: Mama, Papa, Gianluca. Für – kurzum – einfach alles.
- meinen Besten. Allen voran den Sellestädter Power-Hirsen (ihr wisst, dass ihr gemeint seid!), außerdem Lucienne, die zu dieser Geschichte fast mehr beigetragen hat als ich, Katrin, die mich nie leid wird, Harry, der so talentiert und inspirierend ist, dass ich nicht mal neidisch darauf sein kann, und Alex, meiner Bastion im Fall der Fälle. Ich danke euch für jeden Kaffee, jeden Abend, jedes Gespräch und jedes Wort.
– meinen Kollegen. Für Unterstützung und Verständnis, für jede Gref-Worscht und jeden Cappuccino, für sechshundertfünfzig handsignierte Pinguin-Bücher und sechshundertfünfzig überstrapazierte Insider-Witze.
– meinen Ladys Eléonore Delair, Leonie Schöbel und Angela Troni. Für Kritik, Lob, Ansporn und Schokolade.
– meinen Pingus. Also euch allen, die ihr mir nach *Pinguine lieben nur einmal* per Rezension oder Facebook so viel Kraft gegeben habt. Ich werde es euch nie vergessen!

– natürlich auch dir, weil du meiner Einladung gefolgt bist, und pünktlich um halb drei bei den Elefanten warst.

Eure Kyra

Ach nein! Eins noch: Falls jemand weiß, wie schulterfreie kurze Kleidchen heißen, die um die Beine herum abstehen, dann würde ich mich unter www.facebook.de/KyraGrohAutorin über eine Antwort freuen.